陳建初
胡世文 注譯
徐朝紅

新譯爾雅讀本

三民書局

國家圖書館出版品預行編目資料

新譯爾雅讀本／陳建初,胡世文,徐朝紅注譯.——初版二刷.——臺北市：三民，2021
面；　公分.——(古籍今注新譯叢書)

ISBN 978-957-14-5465-8 (平裝)
1.爾雅 2.注釋

802.11　　100004200

古籍今注新譯叢書

新譯爾雅讀本

注譯者　陳建初　胡世文　徐朝紅
發行人　劉振強
出版者　三民書局股份有限公司
地址　臺北市復興北路 386 號 (復北門市)
　　　臺北市重慶南路一段 61 號 (重南門市)
電話　(02)25006600
網址　三民網路書店 https://www.sanmin.com.tw

出版日期　初版一刷 2011 年 5 月
　　　　　初版二刷 2021 年 12 月
書籍編號　S033180
ISBN　978-957-14-5465-8

刊印古籍今注新譯叢書緣起

劉振強

人類歷史發展，每至偏執一端，往而不返的關頭，總有一股新興的反本運動繼起，要求回顧過往的源頭，從中汲取新生的創造力量。孔子所謂的述而不作，溫故知新，以及西方文藝復興所強調的再生精神，都體現了創造源頭這股日新不竭的力量。古典之所以重要，古籍之所以不可不讀，正在這層尋本與啟示的意義上。處於現代世界而倡言讀古書，並不是迷信傳統，更不是故步自封；而是當我們愈懂得聆聽來自根源的聲音，我們就愈懂得如何向歷史追問，也就愈能夠清醒正對當世的苦厄。要擴大心量，冥契古今心靈，會通宇宙精神，不能不由學會讀古書這一層根本的工夫做起。

基於這樣的想法，本局自草創以來，即懷著注譯傳統重要典籍的理想，由第一部的四書做起，希望藉由文字障礙的掃除，幫助有心的讀者，打開禁錮於古老話語中的豐沛寶藏。我們工作的原則是「兼取諸家，直注明解」。一方面熔鑄眾說，擇善而從；一方面也力求明白可喻，達到學術普及化的要求。叢書自陸續出刊以來，頗受各界的喜愛，使我們得到很大的鼓勵，也有信心繼續推廣這項工作。隨著海峽兩岸的交流，我們注譯的成員，也由臺灣各大學的教授，擴及大陸各有專長的學者。陣容的充實，使我們有更多的資源，整理更多樣化的古籍。兼採經、史、子、集四部的要典，重拾對通才器識的重視，將是我們進一步工作的目標。

古籍的注譯，固然是一件繁難的工作，但其實也只是整個工作的開端而已，最後的完成與意義的賦予，全賴讀者的閱讀與自得自證。我們期望這項工作能有助於為世界文化的未來匯流，注入一股源頭活水；也希望各界博雅君子不吝指正，讓我們的步伐能夠更堅穩地走下去。

新譯爾雅讀本　目次

導讀

《爾雅》的著者及書名

《爾雅》是我國古代的一部辭書。我國古代辭書或稱「字書」，大體可分三類：一類是按字形編排的，又稱為形書，以漢代許慎的《說文解字》為代表；第二類是按字音編排的，又稱為音書或韻書，以隋代陸法言等的《切韻》為代表（陸氏《切韻》原本今已不存，其後的增訂、修訂本中，宋代陳彭年的《廣韻》完整留存至今，故韻書又可以《廣韻》為代表）；第三類是按意義編排的，又稱為義書，《爾雅》即其代表作。

《爾雅》傳世歷史悠久，但由於其世傳本皆不著撰人，不明成書時代，故後人對於《爾雅》的作者及成書年代眾說紛紜，莫衷一是。有說是西周時代周文王的兒子、輔助周武王滅紂而建立周王朝的周公所作，有說是孔聖人所作，也有說是孔聖人門徒所作，還有說是秦漢之間學《詩》者所作等等。對此，目前學界比較通行的說法是：《爾雅》初成於戰國末年，西漢時期有所增補修改而定形，如何九盈《中國古代語言學史》、趙振鐸《訓詁學史略》皆持此說。但成書年代雖略可論定，具體撰人則仍難以考定，惜乎！

《爾雅》是中國第一部按義類編排的辭書，相當於我們今天所說的辭典，這種性質首先從書名亦可考見。「爾雅」一詞作為書名，並非著者杜撰，而是取自古代習語。《大戴禮記．小辨》：「爾雅以觀于古，足以辯言矣。」盧辯注：「爾，近也。謂依於雅頌。」《史記．三王世家》：「公戶滿意習於經術，最後見王，稱引古今通義，國家大禮，文章爾雅。」司馬貞索隱：「爾，近也；雅，正也。」作為書名的《爾雅》一般也認為是這個意思，如早在漢代的著名學者劉熙寫了一本解釋事物得名緣由的書叫《釋名》，他在書中解釋《爾雅》的名稱時說：「爾雅：爾，昵，近也；雅，義也。義，正也。五方之言不同，皆以近正為主也。」（《釋名．釋典藝》）「爾」釋為「近」，是「邇」的通假字，劉熙以「昵」釋之，是用聲訓說命名之由。「雅」釋為「正」，則是常訓。劉熙解釋《爾雅》書名的含義或者說其性質是「五方之言不同，皆以近正為主。」那麼「近正」又是什麼意思呢？前賢之說對我們有啟發意義。清代學者阮元認為《爾雅》是「引古今天下之異言，以近於正言。」（《揅經室集．與郝蘭皋戶部論爾雅書》）劉台拱則理解為：「綜合謠俗，釋以雅言；比物連類，使相附近。」（《論語駢枝．釋雅言》）則「近正」為述賓結構，「近」即接近，含「通過解釋使接近」之意。「近」的對象則是「正」，指正言、雅言，亦即通語，用今天的話來說，就是指合乎規範的共同語，在《爾雅》中，當指古代中原地區通用的語言。「近」的主語，按劉熙的說法是「五方之言」，照阮元的說法是「古今天下之異言」。在《爾雅》書中，則實指所收錄的被解釋詞。綜之，「爾雅」（近正）的含義就是：用作者當時中原地區通用的共同語，去解釋古今方俗的異言，使之相接近，相連通。所以要說《爾雅》就是「以今語釋古語，以通語釋方言」，也是比較準確的理解。

按照前賢的說法及我們的理解，則《爾雅》一書的性質，就是一種按義類編排的綜合性辭書，它既釋普通語詞，也釋各類名物詞，既具語文辭典的功效，又有百科全書的雛形，特點非常明顯。

《爾雅》的內容及體例

《爾雅》內容非常豐富。全書依《十三經注疏》本的條目分割，共有一四四八個詞條，包含四三〇〇多個被釋詞。其中有的詞條包含幾十個被釋詞，最少的則只有一個被釋詞。若以訓釋詞（用來解釋的詞）為單位計，則有二二一九條訓釋（此據管錫華《爾雅研究》統計，安徽大學出版社一九九六年版）。如〈釋詁〉：「遹、遵、率、循、由、從，自也。遹、遵、率，循也。」（一・〇一二）這是一個詞條，包含二條訓釋共九個被釋詞（被釋詞相同而訓釋詞不同的重複計算）。〈釋詁〉：「卬、吾、台、予、朕、身、甫、余、言，我也。」（一・〇四三）這是一個詞條，包含一條訓釋共九個被釋詞。〈釋言〉：「賦，量也。」（二・一一二）這也是一個詞條，只包含一條訓釋一個被釋詞。

《爾雅》所收四三〇〇多個詞就其內容來說包羅萬象。從宏觀方面來看，它既有普通語詞，又有各種名物詞；既有人文社會科學範疇的語詞，又有自然科學範疇的語詞；既有單音詞，又有複音詞，還有屬於非詞的短語或語句。前述諸種不煩舉例，後者如〈釋訓〉：「不俟，不來也。」（三・〇七八）「不俟」當是否定副詞組成的偏正短語，不是嚴格的語詞。〈釋訓〉：「『如切如磋』，道學也。『如琢如磨』，自修也。『瑟兮僩兮』，恂慄也。『赫兮烜兮』，威儀也。『有斐君子，終不可諼兮』，道盛德至善，民之不能忘也。」（三・〇八八）此條所釋，均採自《詩經・衛風・淇奧》中的詩句，都不是單純的詞語。所解釋的也不是詞義，而是詩句意旨。當然，這種屬於非詞的被釋對象，在《爾雅》中占的比重很小。

今本《爾雅》共分為十九篇，這是編撰者對於所收詞語的一種分類。其中前三篇〈釋詁〉、〈釋言〉、〈釋訓〉解釋的是普通語詞，其餘十六篇解釋百科性的專有名詞。下面我們就其內容和體例方面的特點做些簡單介紹：

〈釋詁〉解釋普通詞語，其體例主要是把若干同義詞、近義詞列在一起，用一個當時通行的同義詞去加以解釋。篇名為〈釋詁〉，詁者，古也。《說文解字》：「詁，訓故言也。」所以它一般是以今語釋古語，也包括以通語釋方言。如開篇第一條：「初、哉、首、基、肇、祖、元、胎、俶、落、權輿，始也。」十一個被釋詞是同義詞或近義詞，都有「始」的意思，「始」即是今語，符合規範的共同語，即所謂「雅言」，而被釋詞則相對古舊一些。又如最後一條：「崩、薨、無祿、卒、徂落、殪，死也。」（一・一七三）顯然「死」是今語，「崩」等是其同義詞，但使用對象不同。

〈釋言〉也是解釋普通詞語，訓釋的體例也是以同義詞、近義詞相釋，在性質上與〈釋詁〉並不構成類別的差異，甚至有同義詞而分屬兩篇的現象，如〈釋詁〉有「迓，迎也。」（一・一五八）〈釋言〉有「逆，迎也。」（二・〇七〇）二者同訓，合為一條未嘗不可。這兩篇最明顯的區別是：〈釋詁〉主要以一個詞解釋多個同義詞，〈釋言〉主要以一個同義詞解釋另一個詞，所以〈釋詁〉一七三個詞條所解釋的語詞，比〈釋言〉二八五條還多得多。

〈釋訓〉倒是明顯區別於前兩篇，它所解釋的不再是單音節詞（個別例外），而是複音節的詞或語句，其中大體包括三類：一是疊音詞，占多數，如：「明明、斤斤，察也。」（三・〇〇一）二是少量連綿詞，如：「婆娑，舞也。」（三・一〇六）三是語句，如：「『其虛其徐』，威儀容止也。」（三・〇九六）所收詞（語）的性質不同，解釋的內容和方法也就不同，它不再是以同義詞、近義詞相釋，而是主要解說它們的含義與用法。篇名為〈釋訓〉，訓者，順也，有順釋、疏通的意思。《說文解字》：「訓，說教也。」也正是解說疏通的意思。

值得注意的是解釋普通詞語的〈釋詁〉等三篇中，有所謂「二義同條」的現象，即不同意義的詞列為一條，用同一個詞去訓釋，而訓釋詞兼有兩種不同的意義（義項）。例如：「閑、狎、串、貫，習也。」（一・一一一）其中「閑」是熟習義，「狎、串、貫」是習慣義，訓釋詞「習」兼有熟習、習慣二義。又如：「育、孟、耆、艾、正、伯，長也。」（一・一三三）

其中「育、孟、耆、艾、伯」有年長義，「正、伯」有官長、首長義，訓釋詞「長」兼有上述二義。這種現象實質上是非同義詞而同訓，訓釋詞以不同的義項分別對釋不同的被釋詞，我們在研讀《爾雅》時當充分注意。

還有一點值得注意的是，《爾雅》前三篇中的被釋詞與訓釋詞，並非都是同義詞、近義詞的關係，其中有的是通假字，如：「貉、縮，綸也。」（一・一六七）「貉」是一種動物，解釋為「綸」（繩子）是「絡」的通假字。「徂落、殪，死也。」（一・一七三）「徂」是「殂」的通假字。有的是古今字，如：「敖、幠，傲也。」（二・〇一九）「敖」即「傲」的古字，「幠」即「憮」的通假字。「左、右，亮也。」（一・〇四八）「左」與「佐」是古今字，「右」與「佑」是古今字，「亮」是「諒」的通假字。有的是異體字的關係，如：「遜，遯也。」（二・一八一）「遯」是「遁」的異體字。「逸、諐，過也。」（二・〇二一）「諐」是「愆」的異體字。還有的是以聲訓詞推語源，也不是一般同義、近義關係。如：「鬼之為言歸也。」（三・一一六）是說「鬼」得名於「歸」，並非說二者同義。凡此種種，也是研讀時應該明察的。

〈釋親〉以下十六篇，分別解釋各類名物詞，有表示人類宗族親屬關係的名稱，有人類製造的各類應用之器的名稱，諸如房屋橋梁、生產工具、生活器具、服飾車輿等等。還有天文地理山水、草木蟲魚鳥獸等等，內容廣泛，包羅萬象。編撰者於篇內所釋往往又再分若干小類，從一個側面反映出當時社會科學、自然科學的認識水準。如〈釋親〉又分為「宗族」、

「母黨」、「妻黨」、「婚姻」四類；〈釋天〉又分為「四時」、「祥」、「災」、「歲陽」、「歲名」、「月陽」、「月名」、「風雨」、「星名」、「祭名」、「講武」、「旌旂」等十二類。當然，這些分類及具體詞的歸類，用今天的眼光去看，也有不準確不科學的地方，如將道路、橋梁歸於〈釋宮〉篇，將講武、旌旂歸在〈釋天〉篇內，還有〈釋草〉、〈釋木〉中草本植物與木本植物的混淆等等，都有可商但又不可苛求之處。

以上十六篇對名物詞的解釋方法，與前三篇對普通語詞的訓釋自然是不同的。大體說來，《爾雅》對名物詞的解說，主要採用以下三種方法：一是界定法，即下定義的方法。例如〈釋親〉：「子之子為孫。孫之子為曾孫。曾孫之子為玄孫。玄孫之子為來孫。……」（四・〇〇八）〈釋宮〉：「雞棲於弋為榤。鑿垣而棲為塒。」（五・〇〇九）二是描摹法，即通過描寫事物的形狀、特徵等解說詞語。如〈釋獸〉：「猩猩，小而好啼。」（一八・〇四七）「蜼，卬鼻而長尾。」（一八・〇四五）三是比況法，即用打比方的方式，拿人們熟知的具有相似特徵的事物去類比，以達到解說詞語的目的。如〈釋獸〉：「兕，似牛。」（一八・〇三三）「狒狒，如人，被髮，迅走，食人。」（一八・〇三六）前例解釋「兕」，用牛來比況；後例解釋「狒狒」，拿人類比，皆簡捷高效。另外，這些方法有時是綜合運用的，如「狒狒」一條，既用了比況法，也使用了描摹法。

《爾雅》的地位與價值

《爾雅》作為我國古代第一部按義類編排的辭典，在古代字書以及整個古代典籍中有著崇高的地位。早在西漢時期，《爾雅》已為朝廷所重，被奉為「傳記」，漢文帝時代設《爾雅》傳記博士，實際上已將其尊為準經典，故漢代古文經學家劉歆的《七略》，以及班固的《漢書·藝文志》等史籍，均不把《爾雅》歸於「小學」類書，而是列於《論語》、《孝經》等經書之後。隨著古代科舉制度的建立與發展，那些被認為記載儒家道德準則和行為規範的典籍逐漸成為入仕的必修課，原來稱為傳記的逐漸升格為經典，自漢至唐，由「五經」而「七經」，唐初形成「十一經」，至唐文宗開成二年（西元八三七年）鐫刻石經，《爾雅》正式升格為經，入宋又加上《孟子》，於是有了傳世至今而眾所周知的「十三經」。在十三經裡，《爾雅》即被列於《論語》、《孝經》之後，而排在《孟子》之前，其地位亦可見一斑。

一部書的價值與地位，是由其內容和社會需求所決定的。《爾雅》在古代之所以受到重視，被稱為「九流之津涉，六藝之鈐鍵」（郭璞〈爾雅注序〉），是因為它廣泛採輯了《詩》、《書》、《易》、《禮》、諸子百家經典著作中的古詞古義，分門別類加以解釋，從而可以成為士人研讀經典、進身入仕的津梁，成為統治者選拔官吏的工具。在這種歷史背景下，《爾雅》受到漢以來統治集團的重視和廣大士人的尊崇，是順理成章的事。

一千多年後的今天，我們來看《爾雅》的價值角度自然是有所不同的，而且我們可以從更廣的角度去全面審視其歷史地位與價值。首先，《爾雅》為訓詁學的誕生奠定了基礎，創造了訓詁學通釋語義的範式。訓詁學作為我國一門古老的文獻語言學科，濫觴於先秦典籍原文中的詞義自注，誕生於漢儒為闡釋經典義理而作的隨文注解。而漢儒以及後來的訓詁家們在為古書作注解時，許多都直接採自《爾雅》或以之為據，如毛亨、鄭玄注《詩經》，韋昭注《國語》，高誘注《呂覽》，王逸注《楚辭》等等，可見是《爾雅》為訓詁家們的訓詁實踐提供了有力的武器，為訓詁學的誕生奠定了深厚的基礎。且「訓詁」之稱，即取自《爾雅》的〈釋詁〉、〈釋訓〉兩篇之名。訓詁的一些基本方法、術語，《爾雅》中也已初具雛形。另外，訓詁兩大體式——隨文釋義與通釋語義，後者即由《爾雅》所首創。要之，《爾雅》堪稱訓詁學的開山之作，在訓詁學史上有著崇高的地位。

其次，《爾雅》開「雅學」之先河，為漢語辭典之鼻祖。自《爾雅》之後，仿《爾雅》之體例，以「雅」為書名的接踵而起，如《小爾雅》、《廣雅》、《埤雅》、《駢雅》、《通雅》、《拾雅》、《別雅》、《疊雅》、《比雅》等等，加上訓詁家們對這些雅書的再研究，形成了一個介於訓詁學與辭典學之間的專門研究領域，學界或稱之為「雅學」。雅學之興，無疑肇始於《爾雅》。同時，《爾雅》作為我國古代第一部辭書，又開啟了辭典編纂的先河，一系列雅書包括《方言》等專門辭書的產生，正是在其影響下辭典編纂實踐的結果。這些辭書從詞語的收錄與分類，到釋義的方式和引證，無不深受《爾雅》的影響。現代大型綜合辭書的編纂，也是《爾雅》的繼承和發展。

第三，《爾雅》保存了先秦漢語的大量古詞古義，是我們閱讀理解古代文獻不可缺少的工具書，也是我們研究古代漢語辭彙的重要參考資料。前文已經提到，古代訓詁家為古書作注常常以《爾雅》為據，說明早在漢代《爾雅》就成了一把進入古代文獻寶庫的鑰匙。隨著時代的推移和語言的發展演變，漢語的古今差異越來越大，今人閱讀整理先秦古籍，《爾雅》等古代辭書就成了必不可少的工具書。正如清代著名學者錢大昕所言：「欲窮六經之旨，必自《爾雅》始。」(〈與晦之論爾雅書〉）舉例來說，先秦典籍《尚書》號稱「詰屈聱牙」，歷來認為難讀，先師周秉鈞先生作《尚書易解》（岳麓書社一九八四年十一月出版），其注解即常常稱引《爾雅》為訓。如〈皋陶謨〉：「禹曰：洪水滔天，浩浩懷山襄陵。」《尚書易解》：「襄，〈釋言〉：除也。」又：「予欲聞六律五聲八音，在治忽。」《尚書易解》：「在，察也，見〈釋詁〉。」〈盤庚〉：「惰農自安，不昏勞作。」《尚書易解》：「昏，〈釋詁〉：強也。」〈高宗肜日〉：「民有不若德，不聽罪。」《尚書易解》：「若，〈釋詁〉：善也。聽，順也。……言民有不善之德，不順之罪。」此類例子在《尚書易解》中比比皆是，使得《尚書》中這些古詞古義有了確解，晦澀難懂的語句可以順暢地釋讀。著名訓詁大師楊樹達先生在為《尚書易解》所作的序言中評論說：「於是先儒所稱詰屈聱牙號為不易讀者，得君爬梳而整比之，庶幾乎人人可讀矣。」愚謂使難讀之《尚書》成為易解易讀，除了先生的治學精深之外，正得益於《爾雅》等古代辭書。同時，《爾雅》對所收詞語的各種分類解釋，也為我們研究古代漢語辭彙提供了重要的參考資料，具有辭彙學的價值。如古語與今語、通語與方言、單音與複音、實詞與虛詞、同義與類義等等，這些分類雖然在《爾雅》中不很明確，更沒有類似的術語概念，但都已萌芽，或初具雛形，實屬難能可貴。

第四，《爾雅》記載了豐富的古代文化，是我們了解中國古代社會文化與科技的寶庫。《爾雅》十九篇分門別類收釋眾多語詞，其中〈釋親〉以下十六篇專釋各種名物制度，從不同側面反映了中國古代文化和社會科學、自然科學水準。如〈釋親〉記載了中國古代的親屬制度，對研究古代的民族制度、婚姻制度有重要價值，其親屬關係稱謂大多沿用至今，對統一和規範後代的親屬稱謂起了重要作用。〈釋宮〉、〈釋器〉反映了古代的建築文化與工藝水準，也大致展現了古人的衣食住行狀貌。〈釋天〉反映了我國古代在天文、曆法、氣象方面的認識水準，其中包含對祭名的解釋，不僅記錄了古代豐富的祭祀文化，而且體現了先民對天人關係的重視。〈釋地〉、〈釋丘〉、〈釋山〉、〈釋水〉等篇則屬於古代地理學的範疇，既有各種地形地貌的名稱，又有「九州」等地理區劃的名稱，也有山丘河川水澤的名稱，還有關於各地物產的記載等等，涉及到山川地理、水利地理、經濟地理、人文地理等領域，內容非常豐富。〈釋草〉、〈釋木〉兩篇屬於古代植物學的範疇，草、木之分已有了草本植物與木本植物的分類學意義。其中記載解釋了近三百種植物名稱，包括糧食作物、草藥等，既反映了當時人們對自然的認識水準，也為後人了解各種植物的古今異名、俗名提供了重要資料。〈釋蟲〉以下五篇屬於古代動物學的範疇，其中按動物外形進行的分類，諸如：「有足謂之蟲，無足謂之豸。」(〈釋蟲〉一五・〇五七)「二足而羽謂之禽。四足而毛謂之獸。」(〈釋鳥〉一七・〇七七)雖與現代科學不合,但同樣具有動物分類的科學意義。其中保存解釋的各種動物(特別是畜養動物)的異名,同一動物如牛、羊、犬等,因毛色、年齡、雌雄、大小、壯弱的不同而有不同的命名,反映出上古時代漁獵社會的社會形態以及畜牧業的發展水平,是研究古代社會民族史、科技史方面的珍貴資料。

總之,《爾雅》的價值是多方面的,如上所述,它所保存的資料,對於訓詁學、辭彙學、辭典學、文獻學、文化學、歷史學、社會學、動物學、植物學等的研究,都有重要的參考價值。

《爾雅》的整理與研究

正因為《爾雅》的重要價值與地位,後人研究整理《爾雅》者層出不窮,據學界統計有專著二百餘種,論文一百餘篇。漢魏時即有犍為文學、劉歆、樊光、李巡、孫炎等五家為之作注,然原作惜已不存,僅有後人引用和輯錄可得窺一斑。東晉人郭璞花費近二十年時間精力所著《爾雅注》,是至今保存完好的最早的注釋本,甚得學界推崇,《十三經注疏》中的《爾雅》即採用郭注。唐宋間繼郭璞之後注《爾雅》的主要有兩家,一是初唐陸德明的《爾雅音義》,注音、訓義並校字,很有參考價值。二是北宋人邢昺奉詔所作的《爾雅疏》,既注釋《爾雅》本文，也疏解郭注，於疏釋中廣列異音、異義、異字，其視野已超出《爾雅》之外，該書亦採入《十三經注疏》之中。另外，宋人還有兩種《爾雅》注釋書值得提及，即陸佃的《爾雅新義》和鄭樵的《爾雅注》。

經元明期的沉寂之後，《爾雅》研究至有清一代形成鼎盛之勢，學者們對《爾雅》進行了較全面的整理研究，有輯佚性的著作，如馬國翰的《玉函山房輯佚書》所輯《爾雅》十三種，黃奭的《爾雅古義》；有校勘考訂性著作，如阮元《爾雅注疏校勘記》和嚴元照《爾雅匡名》；有釋例性著作，如王國維《爾雅草木蟲魚鳥獸釋例》；有補正性著作，如翟灝《爾雅補郭》、錢坫、胡承珙分別所撰《爾雅古義》等等。最有代表性的是邵晉涵的《爾雅正義》和郝懿行的《爾雅義疏》兩種。據黃侃《爾雅略說》歸納，《爾雅正義》的內容包括「校文、博義、補郭、證經、明聲、辨物」六個方面，十分豐富。《爾雅義疏》則重在疏釋詞義，特別注重勾連詞的音義關係及詞與詞的音義通轉關係，繫聯同族詞，對研究古代漢語詞義演變和詞的孳生規律有參考價值。

近代以降至今，《爾雅》研究逐漸步入科學的軌道，重要的論著有黃侃的《爾雅略說》和《爾雅音訓》，前者屬通論性著作，後者是摘錄黃氏手批《爾雅》中相關內容彙集而成的，其性質主要是注明詞語之間的音義通轉關係。通論性著作還有今人管錫華的《爾雅研究》值得一讀，該書分六章分別探討了《爾雅》的名義、作者和時代，《爾雅》的著錄、篇卷和內容，《爾雅》的性質、體例、價值，以及《爾雅》的古今研究等問題，較全面而深入。注釋和今譯類的有兩種，一是徐朝華的《爾雅今注》，二是胡奇光、方環海的《爾雅譯注》，兩書對於《爾雅》進行了新的整理研究，以今注今譯的形式為讀者提供了一個方便的讀本。

現在，受臺灣三民書局之邀，我們撰著了這本《新譯爾雅讀本》，旨在為現代讀者提供一個普及性、通俗性的《爾雅》讀本。當然，通過我們的工作，也希望能為文史工作者、語言文字研究者提供一本注釋允確、譯文平實的新的《爾雅》整理本。但限於學識水準，這個目標是否能實現，我們不敢盲目自信，唯待讀者諸君評論與指正。另外，本書的撰寫，參考採納了前賢時哲的諸多成果，除〈主要引用書目〉所列和文中相關地方注明的之外，還參考了徐朝華先生的《爾雅今注》（《十三經今譯》，岳麓書社一九九四年版）和胡奇光、方環海先生的《爾雅譯注》（上海古籍出版社一九九九年版），在此一併說明並致謝！

本書為集體撰著，分工如下：陳建初教授負責〈釋詁〉、〈釋言〉兩篇的注譯，胡世文博士負責〈釋訓〉至〈釋山〉共九篇的注譯，徐朝紅博士負責〈釋水〉至〈釋畜〉等八篇的注譯。此外，體例的制訂與分工，撰寫工作的組織協調，後期的審稿、統稿，以及〈導讀〉、〈凡例〉、〈主要引用書目〉等，均由陳建初教授負責。

陳建初

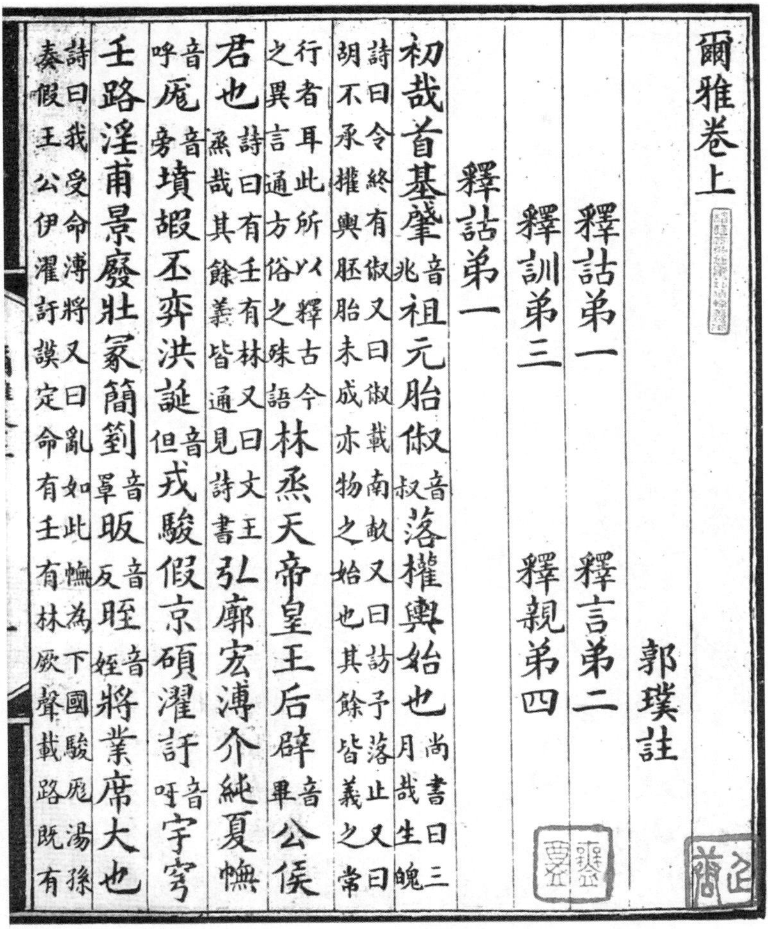
爾雅卷上　郭璞註

釋詁第一　釋言第二

釋訓第三　釋親第四

釋詁第一

初哉首基肇音兆祖元胎俶音叔落權輿始也尚書曰三月哉生魄詩曰令終有俶又曰俶載南畝又曰訪予落止又曰胡不承權輿胚胎未成亦物之始也其餘皆義之常行者耳此所以釋古今之異言通方俗之殊語林烝天帝皇王后辟音畢公侯君也詩曰有壬有林又曰文王烝哉其餘義皆通見詩書弘廓宏溥介純夏幠音呼厖音旁墳嘏丕奕洪誕音但戎駿假京碩濯訏音吁宇穹壬路淫甫景廢壯冢簡箌音罩昄音反晊音姪將業席大也詩曰我受命溥將又曰亂如此幠為下國駿厖湯孫奏假王公伊濯訏謨定命有壬有林厥聲載路既有

圖一　重刊影宋本晉郭璞《爾雅音圖》書影。

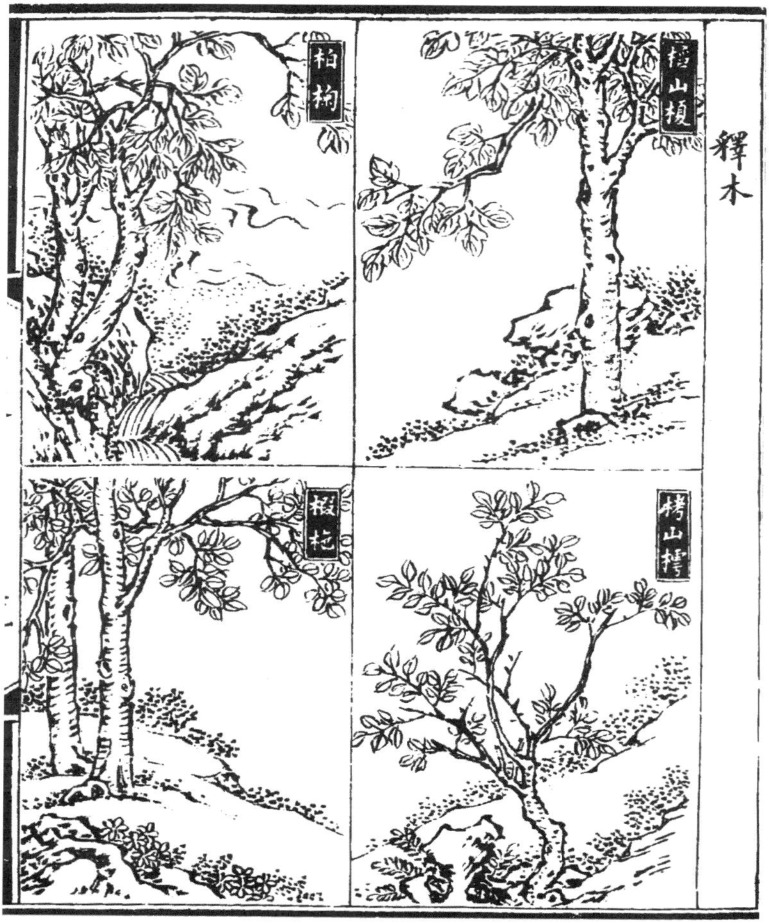

圖二　《爾雅音圖》插圖選：釋木。

圖三 《爾雅音圖》插圖選：釋魚。

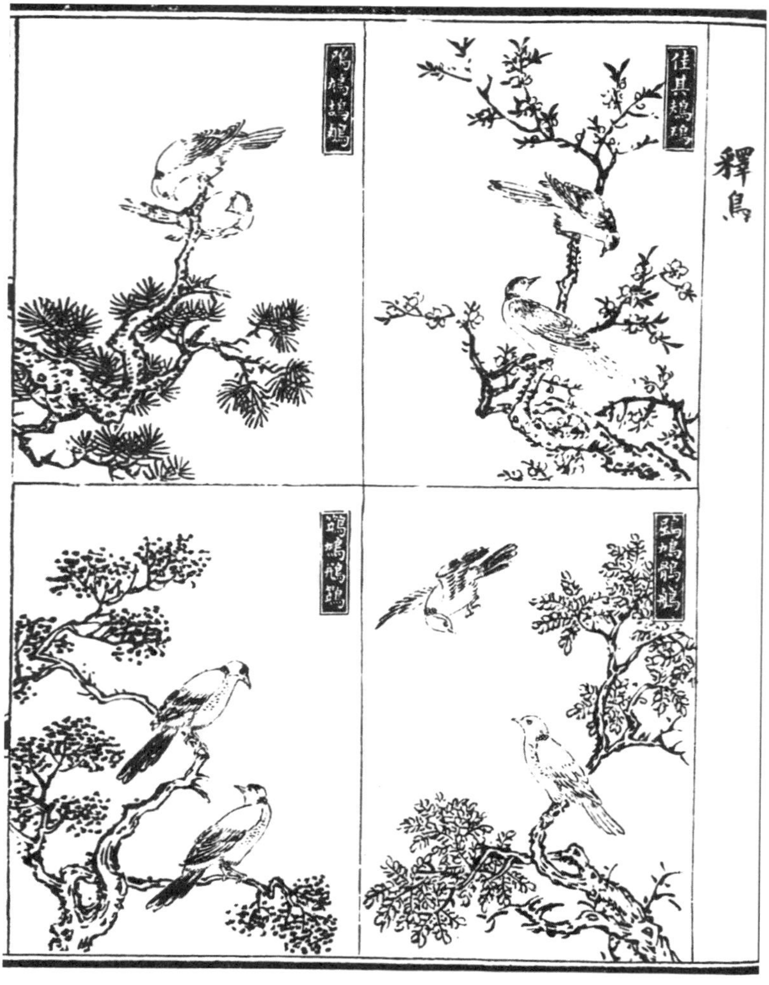

圖四　《爾雅音圖》插圖選：釋鳥。

凡例

一、本書所據《爾雅》版本為《十三經注疏》本，詞條分劃一依該本所分之自然條目。用字則參考阮元校勘等各家意見，有所選擇。

二、為查閱方便，在詞條前分篇加以序號數。如首篇〈釋詁〉的第一條前加序號為一・〇〇一，即表示為第一篇的第一條。據此類推，第八篇〈釋天〉的第十八條即編為「八・〇一八」，第十九篇〈釋畜〉的第三十九條即編以「一九・〇三九」，餘仿此。

三、每篇前加有題解，簡要介紹本篇的內容、特點，以期有導讀之效。

四、正文先注後譯，注與譯一致。注釋力求精簡，不作繁瑣考證，但儘量引用古書古注為證，以示注有所依，且書證一般選用時代較早的文獻為準。譯文力求直白，不憑空添加詞句，但由於多人合作，譯語風格未強求一律。

五、《爾雅》被釋詞語中有通假字、古今字、異體字等現象，注釋中予以注明，並指出其本字、今字、正字，相應地在譯文中亦加括弧予以標注。如〈釋詁〉：「疇、孰，誰也。」（一・〇五一）注釋：「❶疇　通『誰』。疑問代詞，指代人。……」語譯：

「疇（誰）、孰等詞，都有代詞『誰』的意思。」即表示本條中「疇」是通假字，括弧中所附「誰」是其本字。餘類推。

六、被釋詞間有同詞異訓而義同義近或義異者，注釋中則注明參見某某條（一般是在後者注明參見前面某某條），注釋則互有詳略，閱讀時可以互見互補。如〈釋言〉：「干、流，求也。」（二・〇四五）注釋：「❷流 ……參見一・〇六三條：『流，擇也。』」

七、《爾雅》釋詞有二義同條現象，注釋時加按語予以說明，語譯則分別譯出。如〈釋言〉：「漠、察，清也。」（二・〇六五）注釋：「❸清　本義為水清，在本條取清靜、清晰之義，此一條二義之例。」又：「競、逐，彊也。」（二・〇五四）注釋：「❸彊　……按：此一條二義，『彊』（強）兼有強勁有力、勉力兩個意義。」

八、本書注釋中引用書名，有的用全稱，有的用簡稱。例句原文出處一般加書名號，頻繁稱引的古注疏類書一般不加書名號。具體請參見〈主要引用書目〉。

釋詁第一

【題解】本篇共釋詞語九四二個，主要是單音詞，亦有少量複音詞。解釋的方法大抵是以今語釋古語，以雅語通方言。解釋的形式主要是列舉古人所使用的若干同義詞，然後用一個詞去加以訓釋；但有時也將意義只是相通甚至不同的詞列為一條，然後用一個詞去解釋，這後一種情況尤其值得我們注意。

一·○○一　初❶、哉❷、首❸、基❹、肇❺、祖❻、元❼、胎❽、俶❾、落❿、權輿⓫，始也。

【注釋】❶初　本義為裁剪衣服的開始。《說文》：「初，始也。从刀从衣，裁衣之始也。」引申為凡事之開始。《詩·大雅·生民》：「厥初生民，時維姜嫄。」鄭箋：「初，始也。」❷哉　通「才」。本義為艸木初生。《說文》：「才，艸木之初也。」引申為開始。《詩·大雅·文王》：「陳錫哉周，侯文王孫子。」鄭箋：「哉，始也。」❸首　本義指人的頭，在人體的最上部，引申為開始。《公羊傳·隱公元年》：「《春秋》雖無事，首時過則書。」何休注：「首，始也。」❹基　本義為牆的基腳。《說文》：「基，牆始也。」引申有開始義。《儀禮・士喪禮》：「度茲幽宅，兆基有無後艱？」鄭注：「基，始也。」❺肈　字又作「肇」，通「肁」。本義是門始開。《說文》：「肁，始開也。」引申為開始。《詩・周頌・維清》：「維清緝熙，文王之典，肇禋。」毛傳：「肇，始也。」❻祖　祖先。祖先為家族之始，故引申有開始義。《易・小過》：「六二，過其祖，遇其妣。」注：「祖，始也。」❼元　本義指人頭，引申為開始。《易・乾》：「元亨，利貞。」子夏傳：「元，始也。」❽胎　本義指孕育於母體中的幼體，為生命的初始階段，故引申為開始。❾俶　本義為動作的開始。《詩・大雅・既醉》：「令終有俶，公尸嘉告。」毛傳：「俶，始也。」❿落　本義為草木凋落，凋落即意味著新生的開始，終始相嬗，故落引申有始義。《詩・周頌・訪落》：「訪予落止，率時昭考。」毛傳：「落，始也。」⓫權輿　通「虇蕍」。本義為草木開始生長，引申為開始。

【語　譯】初、哉（才）、首、基、肈（肁）、祖、元、胎、俶、落、權輿（虇蕍）等詞，都有開始的意思。

一・〇〇二　林❶、烝❷、天❸、帝❹、皇❺、王❻、后❼、辟❽、公❾、侯❿，君⓫也。

【注　釋】❶林　叢生的樹木，引申為群聚、眾多義。《詩・小雅・賓之初筵》：「百禮既至，有壬有林。」毛傳：「林，君也。」這裡的「君」猶群也，可理解為眾多的意思。❷烝　通「眾」。眾多。《詩・大雅・文王有聲》：「文王烝哉！」毛傳：「烝，君也。」陸德明釋文：「《韓詩》云：美也。」則毛亨所釋的「君」也是眾盛之義，所以《韓詩》解釋為「美也」。❸天　本義指頭頂。《說文》：「天，顛也。」又「顛，頂也。」引申指上天。古時君王自謂「君權天授」，自命為「天子」，故「天」亦指君王。《孟子・離婁上》引《詩》：「天之方蹶，無然泄泄。」趙岐注：「天，謂王者。」❹帝　商周時代一般指天帝，後來指奴隸社會或封建社會的最高統治者。❺皇　本義為大，秦以後用作封建社會最高統治者的稱號，故可釋為君王。《詩・周頌・桓》：「於昭于天，皇以間之。」鄭箋：「皇，君也。」❻王　帝王，奴隸社會或封建社會的最高統治者，秦以後改稱皇帝。❼后　君主；帝王。《書・舜典》：「既月乃日，覲四岳群牧，班瑞于群后。」孔傳：「后，君也。」周代起，「后」又用作君王正妻的稱號。❽辟　君主。《書・洪範》：「惟辟作福，惟辟作威，惟辟玉食。」孔傳：「言惟君得專威福，為美食。」《詩・大雅・文王有聲》：「四方攸同，皇王維辟。」鄭箋：「辟，君也。」❾公　春秋時諸侯國國君的通稱。《詩・周頌・臣工》：「嗟嗟臣工，敬爾在公。」毛傳：「公，君也。」❿侯　古代五等爵位的第二等，也用作君主的稱呼。《詩・大雅・文王》：「陳錫哉周，侯文王孫子。」鄭箋：「侯，君也。」⓫君　君主。先秦時代大夫以上據有土地的統治者皆可稱君。《儀禮・喪服》：「君，至尊也。」鄭注：「天子諸侯及卿大夫有地者皆曰君。」又通「群」。眾多、眾盛之義。《爾雅》有一條二義之例，本條訓釋語「君」即兼有君王、眾多二義。

【語譯】林、烝（眾）二詞，有眾多的意思；天、帝、皇、王、后、辟、公、侯等詞，都有君主的意思。

一・〇〇三　弘❶、廓❷、宏❸、溥❹、介❺、純❻、夏❼、幠❽、厖❾、墳❿、嘏⓫、丕⓬、奕⓭、洪⓮、誕⓯、戎⓰、駿⓱、假⓲、京⓳、碩⓴、濯㉑、訏㉒、宇㉓、穹㉔、壬㉕、路㉖、淫㉗、甫㉘、景㉙、廢㉚、壯㉛、冢㉜、簡㉝、箌㉞、昄㉟、晊㊱、將㊲、業㊳、蓆㊴，大也。

【注釋】❶弘　廣大；光大。《詩・大雅・民勞》：「戎雖小子，而式弘大。」鄭箋：「弘猶廣也。」❷廓　寬大；擴大。《詩・大雅・皇矣》：「上帝耆之，憎其式廓。」毛傳：「廓，大也。」❸宏　本義為屋子大，引申為宏大。《書・酒誥》：「圻父薄違，農父若保，宏父定辟，矧汝剛制于酒。」孔傳：「宏，大也。」❹溥　本義為水大。《說文》：「溥，大也。从水專聲。」引申為大。《詩・大雅・韓奕》：「溥彼韓城，燕師所完。」鄭箋：「溥，大也。」❺介　通「夰」。《說文》：「夰，大也。」經典通作「介」。《詩・大雅・生民》：「履帝武敏歆，攸介攸止。」毛傳：「介，大也。」❻純　通「奄」。《說文》：「奄，大也。」經典通作「純」。《詩・周頌・維天之命》：「於乎不顯，文王之德之純。」毛傳：「純，大也。」❼夏　有大的意思。《方言》卷一：「自關而西，秦晉之間，凡物之壯大者而愛偉之謂之夏。」《詩・周頌・時邁》：「我求懿德，肆于時夏。」毛傳：「夏，大也。」❽幠　覆蓋，引申為大。《方言》卷一：「凡物之大貌……東齊海岱之間曰夰，或曰幠。」《詩・小雅・巧言》：「無罪無辜，亂如此幠。」毛傳：「幠，大也。」❾厖　本義為石頭大。《說文》：「厖，石大也。」引申為大。《左傳・成公十六年》：「巨以神降之福，時無災害，民生敦厖，和同以聽。」杜注：「厖，大也。」❿墳　本義為隆起的大土堆，引申為高大。《周禮・秋官・司烜氏》：「凡邦之大事，共墳燭庭燎。」鄭注：「墳，大也。」⓫嘏　大；壯大。《方言》卷一：「秦晉之間凡物壯大謂之嘏。」《儀禮・少牢饋食禮》：「以嘏于主人。」鄭注：「嘏，大也。予主人以大福。」⓬丕　偉大。《說文》：「丕，大也。」《左傳・僖公二十八年》：「重耳敢再拜稽首，奉揚天子之丕顯休命！」杜注：「丕，大也。」⓭奕　盛大。《說文》：「奕，大也。」《詩・大雅・韓奕》：「奕奕梁山，維禹甸之。」毛傳：「奕奕，大也。」⓮洪　本義為水大，引申為大。《書・堯典》：「四岳湯湯洪水方割，蕩蕩懷山襄陵，浩浩滔天。」孔傳：「洪，大也。」⓯誕　本義為說大話，引申為大。《詩・大雅・皇矣》：「無然畔援，無然歆羨，誕先登于岸。」鄭箋：「誕，大也。」⓰戎　大。《方言》卷一：「戎，大也。宋魯陳衛之間謂之嘏，或曰戎。」《書・盤庚上》：「乃不畏戎毒于遠邇，惰農自安，不昏作勞，不服田畝，越其罔有黍稷。」孔傳：「戎，大也。」⓱駿　本義為高頭大馬，引申為高大。

《詩・大雅・文王有聲》：「文王有聲，遹駿有聲。」鄭箋：「駿，大也。」⓲假　通「嘏」。故可釋為大。《詩・大雅・思齊》：「肆戎疾不殄，烈假不瑕。」毛傳：「假，大也。」⓳京　本義為高丘，引申為大。《說文》：「京，人所為絕高丘也。」《詩・大雅・文王》：「殷士膚敏，裸將于京。」毛傳：「京，大也。」⓴碩　本義為頭大，引申為大。《說文》：「碩，頭大也。」《詩・魏風・碩鼠》：「碩鼠碩鼠，無食我黍。」鄭箋：「碩，大也。」㉑濯　盛大。《方言》卷一：「碩，大也。荊吳揚甌之交曰濯。」《詩・大雅・文王有聲》：「王公伊濯，維豐之垣。」毛傳：「濯，大也。」㉒訏　大。《方言》卷一：「訏，大也。中齊西楚之間曰訏。」《詩・鄭風・溱洧》：「洧之外，洵訏且樂。」毛傳：「訏，大也。」㉓宇　上下四方，空間的總稱，引申為廣大。《荀子・非十二子》：「矞宇嵬瑣。」楊倞注：「宇，大也。放蕩恢大也。」㉔穹　穹窿，中央隆起，四周下垂的形狀，引申指天，故有高大義。《史記・司馬相如列傳》：「觸穹石，激堆埼。」裴駰集解引張揖：「穹，隆大石貌。」㉕王　通「妊」。懷妊腹大，故引申為大。《詩・小雅・賓之初筵》：「百禮既至，有王有林。」毛傳：「王，大也。」㉖路　本為道路，道路可通達四方，故引申為大。《詩・大雅・皇矣》：「帝遷明德，串夷載路。」毛傳：「路，大也。」㉗淫　本義為久雨，積久則多，故引申為大。《書・費誓》：「今惟淫舍牿牛馬，杜乃擭，敜乃穽，無敢傷牿。」孔疏：「淫訓大也。」㉘甫　博大。《詩・小雅・車攻》：「東有甫草，駕言行狩。」毛傳：「甫，大也。」㉙景　本義為日光，日光普照萬物，故引申為廣大。《詩・小雅・楚茨》：「以妥以侑，以介景福。」鄭箋：「景，大也。」㉚廢　通「奔」。《說文》：「奔，大也。」《詩・小雅・四月》：「廢為殘賊，莫知其尤。」陸德明釋文：「又一本作廢，大也。」㉛壯　人體高大。《說文》：「壯，大也。」《楚辭・天問》：「何壯武厲?」王逸注：「壯，大也。」㉜冢　本義為高大的墳堆，引申為大。《說文》：「冢，高墳也。」《書・牧誓》：「王曰：嗟！我友邦冢君御事。」馬融曰：「冢，大也。」㉝簡　闊大。《書・盤庚》：「予其懋簡相爾，念敬我眾。」孔傳：「簡，大也。」㉞箌　本義為草大，引申為高大。《詩・小雅・甫田》：「倬彼甫田。」陸德明釋文：「《韓詩》作箌，音同。云：箌，卓也。」卓與高大義通。㉟昄　大。《說文》：

「昄，大也。」《詩・大雅・卷阿》：「爾土宇昄章，亦孔之厚矣。」毛傳：「昄，大也。」㊱晊　大。本作「至」。郭注：「至，極，亦為大也。」《戰國策・秦策一》：「商君治秦，法令至行。」高誘注：「至，猶大也。」㊲將　通「壯」。故有大義。《方言》卷一：「將，大也。秦晉之間凡人大謂之奘，或謂壯；燕之北鄙、齊楚之郊或曰京，或曰將，皆古今語也。」《詩・豳風・破斧》：「哀我人斯，亦孔之將。」毛傳：「將，大也。」㊳業　本義為古代懸掛樂器架子上的大版，引申為大。《說文》：「業，大版也，所以飾縣鐘鼓。」《詩・大雅・烝民》：「四牡業業，征夫捷捷。」毛傳：「業業，言高大也。」㊴蓆　寬大。《說文》：「蓆，廣多也。」《詩・鄭風・緇衣》：「緇衣之蓆兮，敝予又改作兮。」毛傳：「蓆，大也。」

【語　譯】弘、廓、宏、溥、介（夰）、純（奄）、夏、幠、厖、墳、嘏、丕、奕、洪、誕、戎、駿、假（嘏）、京、碩、濯、訏、宇、穹、壬（妊）、路、淫、甫、景、廢（奅）、壯、冢、簡、箌、昄、晊、將（壯）、業、蓆等詞，都有大的意思。

一・〇〇四　幠❶、厖❷，有也。

【注　釋】❶幠　本義為覆蓋。《說文》：「幠，覆也。」引申為擁有、占有。郭璞注引《詩・魯頌・閟宮》「遂幠大東」，今本作「遂荒大東」，毛傳：「荒，有也。」荒與幠同義換用。❷厖　擁有。王引之《經義述聞》以為字或通「龓」。《說文》：「龓，兼有也。」

【語　譯】幠、厖二詞，是擁有的意思。

一·〇〇五 迄❶、臻❷、極❸、到、赴、來、弔❹、艐❺、格❻、戾❼、懷❽、摧❾、詹❿，至也。

【注　釋】❶迄　至；到達。《詩·大雅·生民》：「后稷肇祀，庶無罪臨，以迄于今。」毛傳：「迄，至也。」❷臻　至；到達。《說文》：「臻，至也。」《詩·大雅·雲漢》：「天降喪亂，饑饉薦臻。」毛傳：「臻，至也。」❸極　頂點；到達頂點。引申為到達義。《詩·鄘風·載馳》：「控于大邦，誰因誰極？」毛傳：「極，至也。」❹弔　通「𨑩」。《說文》：「𨑩，至也。」《詩·小雅·天保》：「神之弔矣，詒爾多福。」毛傳：「弔，至也。」❺艐　本義為船在沙灘擱淺不能行駛，引申為到達。《方言》卷一：「艐，至也，宋語也。」❻格　通「𢓜」。來到。《方言》卷二：「𢓜，來也。周鄭之郊、齊魯之間曰𢓜。」《書·堯典》：「光被四表，格于上下。」孔傳：「格，至也。」❼戾　到達。《詩·小雅·采芑》：「鴥彼飛隼，其飛戾天，亦集爰止。」毛傳：「戾，至也。」❽懷　思念；歸依。引申為到來。《詩·周頌·時邁》：「懷柔百神，及河喬嶽。」毛傳：「懷，來也。」❾摧　本義為擠、迫，引申為至、到。《詩·大雅·雲漢》：「胡不相畏，先祖于摧。」毛傳：「摧，至也。」❿詹　到達。《方言》卷一：「詹，至也。詹，楚語也。」《詩·魯頌·閟宮》：「泰山巖巖，魯邦所詹。」毛傳：「詹，至也。」

【語　譯】迄、臻、極、到、赴、來、弔（𨑩）、艐、格（𢓜）、戾、懷、摧、詹等詞，都有到達、來到的意思。

一·〇〇六 如❶、適❷、之❸、嫁❹、徂❺、逝❻，往也。

【注釋】❶如　本義為從隨，引申為往、到……去。《書・洛誥》：「王如弗敢及天基命定命，予乃胤保大相東土，其基作民明辟。」孔傳：「如，往也。」❷適　往。《說文》：「適，之也。」《詩・小雅・巷伯》：「彼譖人者，誰適與謀？」鄭箋：「適，往也。」❸之　往；到……去。《詩・召南・何彼襛矣》：「曷不肅雝，王姬之車。」鄭箋：「之，往也。」《莊子・庚桑楚》：「行不知所之。」成玄英疏：「之，往也。」❹嫁　女子到男方家結婚成家，故引申有「往」的意思。《列子・天瑞》：「國不足，將嫁於衛。」張湛注：「自家而出謂之嫁。」❺徂　往。《說文》：「𨑢，往也。……𨑢或从彳。」《詩・衛風・氓》：「自我徂爾，三歲食貧。」鄭箋：「徂，往也。」❻逝　往。《說文》：「逝，往也。」《詩・陳風・東門之枌》：「穀旦于逝，越以鬷邁。」毛傳：「逝，往也。」

【語譯】如、適、之、嫁、徂、逝等詞，都有往、到……去的意思。

一・〇〇七　賚❶、貢❷、錫❸、畀❹、予、貺❺，賜也。

【注釋】❶賚　賞賜；贈予。《說文》：「賚，賜也。」《詩・小雅・楚茨》：「工祝致告，徂賚孝孫。」毛傳：「賚，予也。」❷貢　通「贛」。賜予。《說文》：「贛，賜也。」文獻通作「貢」，一般用作下對上、卑對尊的進獻。❸錫　通「賜」。賜予。《公羊傳・莊公元年》：「王使榮叔來錫桓公命。錫者何？賜也。」❹畀　給予。《說文》：「畀，相付與之。」《詩・小雅・巷伯》：「有北不受，投畀有昊。」鄭箋：「付與昊天，制其罪也。」❺貺　賜予；贈送。《詩・小雅・彤弓》：「我有嘉賓，中心貺之。」毛傳：「貺，賜也。」

【語譯】賚、貢、錫（賜）、畀、予、貺等詞，都有賜予、贈與的意思。

一・〇〇八　儀❶、若❷、祥、淑、鮮❸、省❹、臧❺、嘉、令❻、類❼、綝❽、彀❾、攻❿、穀⓫、介⓬、徽⓭，善也。

【注釋】❶儀　本義為容儀、儀表，引申為好、善。《說文》：「儀，度也。」即儀度、風度。《詩・小雅・斯干》：「無非無儀，唯酒食是議，無父母詒罹。」鄭箋：「儀，善也。」❷若　本義為擇菜，引申有選擇義。《說文》：「若，擇菜也。從艸右，右，手也。」選擇當從善，故引申有善義。《書・立政》：「我其克灼知厥若，丕乃俾亂。」孫星衍今古文注疏引〈釋詁〉：「若，善也。」《漢書・禮樂志》：「神若宥之。」顏師古注：「若，善也。」❸鮮　新鮮；明麗。引申為善、好。《詩・大雅・皇矣》：「度其鮮原，居岐之陽，在渭之將。」鄭箋：「鮮，善也。」❹省　本義為省視、察看。《說文》：「省，視也。」省視則擇善棄惡，故引申有使善、美善的意思。《詩・大雅・皇矣》：「帝省其山，柞棫斯拔，松柏斯兌。」鄭箋：「省，善也。」❺臧　善。《說文》：「臧，善也。」《詩・鄘風・載馳》：「視爾不臧，我思不閟。」鄭箋：「臧，善也。」❻令　本義為地位尊貴的人發號令，引申有美好義。《詩・小雅・賓之初筵》：「飲酒孔嘉，維其令儀。」鄭箋：「令，善也。」❼類　法則；榜樣。引申為好、善。《詩・大雅・既醉》：「孝子不匱，永錫爾類。」毛傳：「類，善也。」❽綝　後來寫作「諃」，善言，引申為善。《玉篇》：「諃，善言。」❾彀　本義為張弓射箭。《說文》：「彀，張弩也。」後指善射，故引申有善義。《史記・廉頗藺相如列傳》：「彀者十萬人，悉勒習戰。」司馬貞索隱：「彀謂能射也。」❿攻　通「工」。本義為工巧，引申為善、善於。《說文》：「工，巧飾也。」⓫穀　穀物，百穀之總稱。穀物可使人生養，故引申有善義。《詩・小雅・四月》：「我日構禍，曷云能穀？」鄭箋：「穀，善也。」⓬介　通「夰」。大的意思，引申為美善。《漢書・諸侯王表》：「介人惟藩。」顏師古注：「介，善也。」⓭徽　美好。《詩・大雅・思齊》：「大姒嗣徽音，則百斯男。」鄭箋：「徽，善也。」

【語　譯】儀、若、祥、淑、鮮、省、臧、嘉、令、類、綝（諃）、彀、攻（工）、穀、介（夰）、徽等詞，都有美善、善於的意思。

一・○○九　舒❶、業❷、順，敘❸也。舒、業、順、敘，緒❹也。

【注　釋】❶舒　本義為伸展。《說文》：「舒，伸也。」引申為次序義。《詩・大雅・常武》：「王舒保作。」陸德明釋文：「舒，序也。」❷業　本義為古代懸掛樂器架上的大版，大版上刻作鋸齒的形狀，鋸齒排列有序，故引申有次序義。《孟子・盡心下》：「有業屨於牖上。」趙岐注：「織之有次業而未成也。」《國語・晉語四》：「信於事，則民從事有業。」韋昭注：「業，猶次也。」王引之《經義述聞》：「次亦敘也。」❸敘　秩序；次序。《說文》：「敘，次弟也。」《書・皋陶謨》：「敘九族，庶明勵翼，邇可遠，在茲。」鄭注：「敘，次序也。」《淮南子・本經》：「四時不失其敘。」引申又有頭緒義。《書・大誥》：「殷小腆誕敢紀其敘。」蔡沈集傳：「敘，緒也。」❹緒　本義為絲頭。《說文》：「緒，絲耑也。」引申為端緒、頭緒。次序義與頭緒義通，故舒、業、順、敘等詞又都可釋為緒。

【語　譯】舒、業、順等詞，有次序的意思。舒、業、順、敘等詞，又有頭緒的意思。

一・○一○　怡❶、懌❷、悅、欣、衎❸、喜、愉、豫❹、愷❺、康❻、妉❼、般❽，樂也。

【注　釋】❶怡　和悅；喜樂。《禮記・內則》：「下氣怡聲，問衣燠寒。」鄭注：「怡，說也。」按：「說」

與「悅」為古今字。❷懌　喜悅。《說文》新附：「懌，說也。」《詩・大雅・板》：「辭之懌矣，民之莫矣。」毛傳：「懌，悅。」❸衎　本義為行路之樂，引申為喜樂。《說文》：「衎，行喜皃。」《詩・小雅・南有嘉魚》：「君子有酒，嘉賓式燕以衎。」毛傳：「衎，樂也。」❹豫　安樂。《書・五子之歌》：「太康尸位以逸豫。」蔡沈傳：「豫，樂也。」❺愷　快樂。《說文》：「愷，樂也。」《左傳・僖公二十八年》：「振旅愷以入於晉。」杜注：「愷，樂也。」❻康　安樂。《詩・唐風・蟋蟀》：「無已大康，職思其居。」毛傳：「康，樂也。」❼妉　快樂。邵晉涵正義：「妉，樂之甚也。」經典通作「媅」。《說文》：「媅，樂也。」或作「湛」。《詩・小雅・常棣》：「兄弟既翕，和樂且湛。」陸德明釋文引《韓詩》：「湛，樂之甚也。」或作「耽」。《詩・衛風・氓》：「于嗟女兮，無與士耽。」毛傳：「耽，樂也。」❽般　快樂；遊樂。《逸周書・祭公》：「允乃詔，畢桓于黎民般。」孔晁注：「般，樂也。」

【語　譯】怡、懌、悅、欣、衎、喜、愉、豫、愷、康、妉、般等詞，都有快樂的意思。

一・〇二　悅❶、懌❷、愉❸、釋❹、賓❺、協❻，服也。

【注　釋】❶悅　本義為喜悅、心悅則服，故引申有服從義。《詩・召南・草蟲》：「亦既見止，亦既覯止，我心則說。」按：「說」與「悅」為古今字。毛傳：「說，服也。」❷懌　喜悅，引申也有服從的意思。《詩・小雅・節南山》：「既夷既懌，如相酬矣。」毛傳：「懌，服也。」❸愉　愉悅，引申為服從。❹釋　通「懌」。段玉裁《說文解字注》以為與「懌」是古今字，故亦可訓為「服」。郭注即曰：「釋，謂喜而服從。」❺賓　本義為賓客，引申為敬服。《書・旅獒》：「明王慎德，四夷咸賓。」孔傳：「言明王慎德以懷遠，故四夷皆賓服。」❻協　本義為和同，引申為順服。邢昺疏：「協者，和合而服也。」《說文》：「協，眾之同和也。」

【語譯】悅、懌、愉、釋（懌）、賓、協，又都有服從的意思。

一·〇二二　遹❶、遵❷、率❸、循❹、由、從，自❺也。遹、遵、率，循也。

【注釋】❶遹　通「述」。遵從，指沿著一定的路徑（行走或行事），故釋為「循」。也指從路徑的起點開始，故又可釋為「自」，二者意義相通。《說文》：「述，循也。」《詩·大雅·文王有聲》：「文王有聲，遹駿有聲。」鄭箋：「遹，述也。」❷遵　遵循。《說文》：「遵，循也。」《詩·鄭風·遵大路》毛傳：「遵，循也。」❸率　遵循；沿著。《詩·大雅·緜》：「率西水滸，至於岐下。」毛傳：「率，循也。」❹循　遵從；順著。《左傳·昭公二十三年》：「欲自武城還，循山而南。」❺自　從，表示起點。《詩·邶風·日月》：「日居月諸，出自東方。」鄭箋：「自，從也。」

【語譯】遹（述）、遵、率、循、由、從等詞，都有自從的意思。遹（述）、遵、率等詞，又有遵循的意思。

一·〇二三　靖❶、惟❷、漠❸、圖、詢❹、度❺、咨❻、諏❼、究❽、如❾、慮、謨❿、猷⓫、肇⓬、基⓭、訪⓮，謀也。

【注釋】❶靖　謀劃；思考。《詩·大雅·召旻》：「實靖夷我邦。」毛傳：「靖，謀也。」❷惟　思考；謀劃。《說文》：「惟，凡思也。」《廣雅·釋詁》：「惟，謀也。」《詩·大雅·生民》：「載謀載惟，取蕭祭脂。」鄭箋：「惟，思也。」❸漠　通「謨」。謀劃。參見本條❿。❹詢　考慮；謀劃。《說文》新附：「詢，謀也。」《詩・大雅・皇矣》：「帝謂文王，詢爾仇方，同爾兄弟。」鄭箋：「詢，謀也。」❺度　揣度；謀劃。《詩・大雅・皇矣》：「度其鮮原，居岐之陽，在渭之將。」鄭箋：「度，謀也。」❻咨　商議；謀劃。《說文》：「咨，謀事曰咨。」《詩・周頌・臣工》：「王釐爾成，來咨來茹。」鄭箋：「咨，謀。」❼諏　諮詢；謀劃。《說文》：「諏，聚謀也。」《左傳・襄公四年》：「訪問于善為咨，咨親為詢，咨禮為度，咨事為諏，咨難為謀。」❽究　本義為窮盡、探究，引申為謀劃。《說文》：「究，窮也。」《左傳・文公四年》引《詩》：「惟彼二國，其政不獲。惟此四國，爰究爰度。」杜注：「究、度，皆謀也。」❾如　通「茹」。謀劃。《詩・周頌・臣工》：「王釐爾成，來咨來茹。」鄭箋：「茹，度也。」參見二・〇五一條：「茹，度也。」❿謨　謀慮；計謀。《說文》：「謨，議謀也。」《孟子・萬章上》：「象曰：謨蓋都君咸我績。」趙岐注：「謨，謀也。」⓫猷　謀劃。參見二・〇九一條：「猷，圖也。」《書・君奭》：「告君乃猷裕，我不以後人迷。」孔疏：「猷訓為謀。」⓬肈　同「肇」。有開始義。行事往往始於謀劃，故引申有謀劃義。《詩・大雅・江漢》：「肇敏戎公，用錫爾祉。」毛傳：「肇，謀也。」⓭基　有開始義，引申為謀劃。《禮記・孔子閒居》：「『夙夜其命宥密』，無聲之樂也。」鄭注：「《詩》讀其為基，聲之誤也。基，謀也。」今《詩・周頌・昊天有成命》正作「成王不敢康，夙夜基命宥密。」⓮訪　本義為諮詢、徵求意見，引申為謀劃。《說文》：「訪，汎謀曰訪。」《詩・周頌・訪落》：「訪予落止，率時昭考。」毛傳：「訪，謀也。」

【語譯】靖、惟、漠（謨）、圖、詢、度、咨、諏、究、如（茹）、慮、謨、猷、肈（肇）、基、訪等詞，都有謀劃的意思。

一・〇一四　典（ㄉㄧㄢˇ）❶、彝（ㄧˊ）❷、法（ㄈㄚˇ）、則（ㄗㄜˊ）、刑（ㄒㄧㄥˊ）❸、範（ㄈㄢˋ）❹、矩（ㄐㄩˇ）❺、庸（ㄩㄥ）❻、恆（ㄏㄥˊ）❼、律（ㄌㄩˋ）❽、戛（ㄐㄧㄚˊ）❾、

職（ㄓˊ）⑩、秩（ㄓˋ）⑪，常（ㄔㄤˊ）⑫也（ㄧㄝˇ）。

【注　釋】❶典　本義為典冊、經籍。多指記載有被尊為準則或規範的古人言行、古代規章制度等的經書。《說文》：「典，五帝之書也。」引申為常規、法則。《詩・周頌・維清》：「維清緝熙，文王之典，肇禋。」毛傳：「典，法也。」參見二・二六八條：「典，經也。」❷彝　本義為古代用於祭祀的禮器，多為青銅器。因其為宗廟所常設，故引申為常法之義。《說文》：「彝，宗廟常器也。」《書・湯誥》：「凡我造國，無從匪彝。」孔傳：「彝，常也。」❸刑　通「型」。範鑄金屬器物的模具，引申為常法、法則。《詩・大雅・抑》：「罔敷求先王，克共明刑。」毛傳：「刑，法也。」❹範　模型；型範。引申為規範、法則。《孟子・滕文公下》：「吾為之範我馳驅，終日不獲一；為之詭遇，一朝而獲十。」趙岐注：「範，法也。」❺矩　用來畫直角或方形的曲尺一類的工具，引申為規矩、法規。《周禮・冬官・考工記》：「軌之車，半矩謂之宣。」鄭注：「矩，法也。」❻庸　恆常。《書・皋陶謨》：「天秩有禮，自我五禮有庸哉！」孔傳：「庸，常也。」❼恆　經久不變的；經常。《孟子・離婁上》：「人有恆言，皆曰天下國家。」趙岐注：「恆，常也，人之常語也。」❽律　規律；法制。法制恆久，故可訓「常」。❾戛　常禮；常法。《書・康誥》：「不率大戛，矧惟外庶子訓人。」孔傳：「戛，常也。」參見二・一九一條：「戛，禮也。」❿職　常業；經常。《詩・唐風・蟋蟀》：「無已大康，職思其居。」俞樾《群經平議》：「猶曰常思其居耳。」⓫秩　常規；經常的。《詩・商頌・烈祖》：「嗟嗟烈祖，有秩斯祜。」毛傳：「秩，常也。」⓬常　固定的；長久的。引申為法則、規律、經常。《荀子・天論》：「故道無不明，外內異表，隱顯有常。」楊倞注：「有常，言有常法也。」《國語・越語下》：「無忘國常。」韋昭注：「常，典法也。」

【語　譯】典、彝、法、則、刑（型）、範、矩、律、戛、秩等詞，有常法、法則等意思。庸、恆、職等詞，有經常的意思。

一·○一五 柯❶、憲❷、刑、範、辟❸、律、矩、則，法也。

【注釋】❶柯　本義為斧柄。《說文》：「柯，斧柄也。」斧柄為人所執持，且長度有定，故引申為法度義。❷憲　法令；典範。《詩・小雅・六月》：「文武吉甫，萬邦為憲。」毛傳：「憲，法也。」❸辟　法令。《說文》：「辟，法也。」《詩・小雅・雨無正》：「如何昊天？辟言不信。」毛傳：「辟，法也」。

【語　譯】柯、憲、刑、範、辟、律、矩、則等詞，都有法則、法度的意思。

一·○一六 辜❶、辟❷、戾❸，辠也。

【注　釋】❶辜　罪過；罪行。《說文》：「辜，辠也。」按：「辠」為「罪」之本字。《詩・小雅・正月》：「民之無辜，并其臣僕。」鄭箋：「辜，罪也。」❷辟　本義為法令，引申指依法治罪，故郭璞注曰：「辟，刑罪。」《左傳・僖公二十三年》：「貳乃辟也。」杜預注：「辟，罪也。」此指治罪，後來引申又指罪過。《後漢書・張衡傳》：「神明降其禍辟也。」李賢注：「辟，罪也。」此指罪過。❸戾　本義為不正、邪曲。《說文》：「戾，曲也。」引申為罪。《左傳・文公四年》：「今陪臣來繼舊好，君辱貺之，其敢干大禮以自取戾？」杜預注：「戾，罪也。」

【語　譯】辜、辟、戾等詞，都有罪過的意思。

一·○一七 黃髮❶、齯齒❷、鮐背❸、耇❹、老，壽❺也。

【注　釋】❶黃髮　高壽之人頭髮由黑變白，再由白變黃，因此以黃髮指代老人，故釋為「壽」。《詩・魯頌・閟宮》：「黃髮台背，壽胥與試。」鄭箋：「黃髮、台背，皆壽徵也。」❷齯齒　年高之人牙齒脫落後重新長出的細小牙齒。《說文》：「齯，老人齒。」故齯齒可指代老人，可釋為「壽」。《釋名・釋長幼》：「九十……或曰齯齒，大齒落盡更生細者如小兒齒也。」字又作「兒齒」。《詩・魯頌・閟宮》：「既多受祉，黃髮兒齒。」❸鮐背　鮐為一種海魚，背部隆起，人老背駝者似之，因此以鮐背借代老人，故可釋為「壽」。字又寫作「台背」。《詩・魯頌・閟宮》：「黃髮台背，壽胥與試。」❹耇　老人臉上因色素積澱形成的暗黑色斑塊。《說文》：「耇，老人面凍黎若垢。」引申指老年人。《詩・小雅・南山有臺》：「樂只君子，遐不黃耇？」毛傳：「耇，老。」❺壽　活得久；長壽；年老。《禮記・曲禮下》：「壽考曰卒。」孔疏：「壽考，老也。」

【語　譯】黃髮、齯齒、鮐背、耇、老等詞，都有長壽、老人的意思。

一・〇一八　允❶、孚❷、亶❸、展❹、諶❺、誠、亮❻、詢❼，信❽也。

【注　釋】❶允　誠信；的確。《說文》：「允，信也。」《書・堯典》：「允恭克讓，光被四表，格于上下。」孔傳：「允，信也。」❷孚　誠信；取信。《詩・大雅・文王》：「儀刑文王，萬邦作孚。」毛傳：「孚，信也。」❸亶　誠然；確實。《詩・小雅・祈父》：「祈父！亶不聰！」毛傳：「亶，誠也。」❹展　誠實；誠然。《方言》卷七：「展，信也。東齊海岱之間曰展。」《國語・楚語下》：「展而不信，愛而不仁。」❺諶　誠信。《詩・大雅・蕩》：「天生烝民，其命匪諶。」毛傳：「諶，誠也。」字又作「訦」。《方言》卷一：「訦，信也。燕岱東齊曰訦。」❻亮　通「諒」。誠信。《說文》：「諒，信也。」《孟子・告子下》：「君子不亮，惡乎執！」趙岐注：「亮，信也。」❼詢　通「恂」。誠信；確實。《說文》：「恂，信心也。」《方言》卷一：「詢，信也。」

宋衛曰詢。」經籍多寫作「洵」。《詩・鄭風・叔于田》：「不如叔也，洵美且仁。」鄭箋：「洵，信也。言叔信美好而又仁。」❽信　本義指言語真實，引申有誠實、信譽、相信、確實等義。《說文》：「信，誠也。」

【語　譯】允、孚、亶、展、諶、誠、亮（諒）、詢（恂）等詞，都有誠信、確實的意思。

一・○一九　展、諶、允、慎❶、亶，誠❷也。

【注　釋】❶慎　謹慎，引申為誠實、確實。《詩・小雅・巧言》：「昊天已威，予慎無罪。」毛傳：「慎，誠也。」❷誠　誠實；確實。《孟子・盡心上》：「萬物皆備於我矣，反身而誠，樂莫大焉。」趙岐注：「誠者，實也。」又《孟子・公孫丑上》：「子誠齊人也。」趙岐注：「誠，實也。」按：展、諶、允、亶等詞在上一條釋為「信」，此條釋為「誠」，實則意義相同。兩條中錯見的孚、亮、詢、慎等詞，意義也與之相通。

【語　譯】展、諶、允、慎、亶等詞，都有誠實、確實的意思。

一・○二○　謔❶、浪❷、笑、敖❸，戲謔❹也。

【注　釋】❶謔　戲弄；開玩笑。《說文》：「謔，戲也。」《詩・邶風・終風》：「謔浪笑敖，中心是悼。」毛傳：「言戲謔不敬。」❷浪　放浪；不嚴肅。與戲謔義通。❸敖　本義為優遊玩樂。《說文》：「敖，出游也。从出从放。」段注：「從放，取放浪之意。」故引申為放浪、戲謔。❹戲謔　戲弄調笑。《詩・衛風・淇奧》：「善戲謔兮，不為虐兮。」

【語　譯】謔、浪、笑、敖，都有戲謔的意思。

一·〇二二　粵(ㄩㄝˋ)❶、于(ㄩˊ)❷、爰(ㄩㄢˊ)❸，曰(ㄩㄝ)❹也(ㄧㄝˇ)。爰(ㄩㄢˊ)、粵(ㄩㄝˋ)，于(ㄩˊ)也(ㄧㄝˇ)。

【注　釋】❶粵　句首、句中助詞，無實義，相當「曰」。劉淇《助字辨略》：「粵字有在句首者，亦有在句中者，皆為語辭，而義有少別。如《史記．周本紀》：粵詹雒伊，毋遠天室。此粵字在句首，發語辭也。《漢書．敘傳》：尚粵其幾，淪神域兮。此粵字在句中，助語辭也。」又作連詞，表示順承，相當「於是」。字或作「越」。《書．盤庚》：「越其罔有黍稷。」陸德明釋文：「越，本又作粵，音曰，于也。」王引之《經傳釋詞》：「〈夏小正〉曰：『越有小旱。』傳曰：『越，于也。』于，猶今人言於是也。」❷于　句首、句中助詞，無實義，相當「曰」。《詩．小雅．小弁》：「民莫不穀，我獨于罹。」鄭箋：「于，曰也。」又作連詞，相當「與」。《書．多方》：「不克敬于和，則無我怨。」❸爰　句首、句中助詞，無實義，相當「曰」。《詩．小雅．鶴鳴》：「樂彼之園，爰有樹檀，其下維蘀。」鄭箋：「爰，曰也。」又作連詞，相當「與」、「於是」等。《書．無逸》：「作其即位，爰知小人之依，能保惠于庶民。」孔傳：「起就王位，於是知小人之所依。」❹曰　本義為言說，虛化作句首、句中助詞，無實義。《詩．豳風．東山》：「我東曰歸，我心西悲。」又《詩．小雅．采薇》：「曰歸曰歸，歲亦莫止。」

【語　譯】粵、于、爰，相當於句首、句中助詞「曰」。爰、粵，又可作連詞，相當「於是」。

一·〇二三　爰(ㄩㄢˊ)❶、粵(ㄩㄝˋ)❷、于(ㄩˊ)❸、那(ㄋㄨㄛˊ)❹、都(ㄉㄨ)❺、繇(ㄧㄡˊ)❻，於(ㄩˊ)❼也(ㄧㄝˇ)。

【注　釋】❶爰　又作介詞，相當「於」。《書．盤庚》：「乃正厥位，綏爰有眾。」孔傳：「安於有眾，戒無戲怠。」❷粵　又作介詞，相當「於」。《漢書．律曆志》：「粵五日甲子，咸劉商王紂。」❸于　介詞，故又釋為「於」。《詩・召南・采蘩》：「于以采蘩？于沼于沚。」毛傳：「于，於也。」❹那　介詞，相當「於」。《國語・越語下》：「上天降禍於越，委制於吳，吳人之那不穀，亦又甚焉。」韋昭注：「那，於也。」❺都　介詞，相當「於」。《孟子・萬章上》：「象曰：謨蓋都君咸我績。」趙岐注：「都，於也。」❻繇　通「由」。介詞，故可釋為「於」。《左傳・昭公二十六年》：「射之，中楯瓦，繇朐汰輈，匕入者三寸。」孔疏：「繇即由也。」❼於　本讀「烏」，作語氣詞。後作介詞，與「于」用法基本相同，可表時間、地點、物件、原因等等。先秦典籍中「于」、「於」作介詞時，《詩》、《書》、《易》多寫作「于」，《論語》、《孟子》多作「於」，《左傳》則並用。

【語　譯】爰、粵、于、那、都、繇（由）等詞，都相當介詞「於」。

一・〇二三　敆❶、郃❷、盇❸、翕❹、仇❺、偶❻、妃❼、匹❽、會，合也。

【注　釋】❶敆　會合。《說文》：「敆，合會也。」徐灝《說文解字注箋》：「合、敆古今字。」❷郃　通「佮」。對合。《說文》：「佮，合也。」❸盇　通「闔」。閉合。《說文》：「闔，門扇也。一曰閉也。」《易・豫》：「勿疑，朋盇簪。」王弼注：「盇，合也。」❹翕　本義為鳥羽斂合，引申為聚合、和合。《詩・小雅・常棣》：「兄弟既翕，和樂且湛。」毛傳：「翕，合也。」❺仇　配偶；同伴；仇敵。與「合」義通，今語尚稱夫妻佳偶為「天作之合」。《詩・周南・兔罝》：「赳赳武夫，公侯好仇。」又《詩・大雅・皇矣》：「帝謂文王，詢爾仇方，同爾兄弟。」鄭箋：「怨偶曰仇。」❻偶　匹配；相合。郭注：「謂對合也。」《書・君奭》：「汝明勖偶王。」孔疏：「偶，配也。」《莊子・齊物論》：「彼是莫得其偶，謂之道樞。」郭象注：「偶，對也。」❼妃　配偶。《說文》：「妃，匹也。」段注：「人之配偶亦曰匹。妃本上下通稱，後人以為貴稱耳。」《左傳・隱公元年》：「惠公元妃孟子。」孔疏：「妃者，匹配之言，非有尊卑之異。」❽匹　配偶；同伴。

《禮記・三年問》：「今是大鳥獸，則失喪其群匹，越月逾時焉，則必反巡。」鄭注：「匹，偶也。」

【語 譯】敆、郃（佮）、盍（闔）、翕、仇、偶、妃、匹、會等詞，都有聚合、配偶的意思。

一・〇二四 仇❶、讎❷、敵❸、妃❹、知❺、儀❻，匹❼也。

【注 釋】❶仇 匹配；相當。《春秋繁露》：「百物皆有合偶，偶之合之，仇之匹之，善矣。」❷讎 本義為以言辭應答，引申為匹配、對等、相當。《說文》：「讎，猶譍也。」《書・召誥》：「予小臣敢以王之讎民百君子越友民，保受王威命明德。」孔疏：「讎訓為匹。」❸敵 匹敵；相當。《戰國策・秦策五》：「四國之兵敵。」高誘注：「敵，強弱等也。」❹妃 匹配。《左傳・昭公三十二年》：「故天有三辰，地有五行，體有左右，各有妃耦。」❺知 匹配。《詩・檜風・隰有萇楚》：「天之沃沃，樂子之無知。」鄭箋：「知，匹也。」❻儀 匹配。《詩・大雅・烝民》：「我儀圖之，維仲山甫舉之，愛莫助之。」鄭箋：「儀，匹也。」❼匹 本為布帛長度單位，引申為匹配、成雙、相敵等義。《詩・大雅・文王有聲》：「築城伊淢，作豐伊匹。」毛傳：「匹，配也。」《左傳・僖公二十三年》：「秦，晉匹也。」杜預注：「匹，敵也。」

【語 譯】仇、讎、敵、妃、知、儀等詞，都有匹配、相當的意思。

一・〇二五 妃、合、會，對❶也。妃，媲❷也。

【注 釋】❶對 對應；對合。《易・无妄・象傳》：「先王以茂對時育萬物。」孔疏：「對，當也。」焦循章句：「對，猶應也。」《廣雅・釋詁四》：「對，向也。」《管子・宙合》：「物至而對形。」尹知章注：「對，配也。」❷媲　匹配；配偶。《說文》：「媲，妃也。」《廣韻》：「媲，配也。」

【語　譯】妃、合、會等詞，有對應、對合的意思。妃，又有匹配、配偶的意思。

一·〇二六　紹❶、胤❷、嗣❸、續、纂❹、緌❺、績❻、武❼、係❽，繼也。

【注　釋】❶紹　繼續；承續。《說文》：「紹，繼也。」《詩·大雅·抑》：「女雖湛樂從，弗念厥紹。」毛傳：「紹，繼也。」❷胤　本義為後嗣、子孫。《說文》：「胤，子孫相承續也。」引申為承繼。《左傳·隱公十一年》：「夫許，大岳之胤也。」杜注：「胤，繼也。」❸嗣　繼承。《書·洪範》：「鯀則殛死，禹乃嗣興。」孔傳：「嗣，繼也。」❹纂　通「纘」。繼承。《說文》：「纘，繼也。」《左傳·襄公十四年》：「今余命女環，茲率舅氏之典，纂乃祖考，無忝乃舊。」杜注：「纂，繼也。」❺緌　本義指古代帽帶在下頷處打結後下垂的部分。《說文》：「緌，系冠纓也。」引申為連接、繼承義。郝疏：「通作蕤。《漢書·律曆志》云：『蕤，繼也。』」❻績　本義為績麻，即將麻纖維一股股地搓成麻線，引申為連續、承繼。《左傳·昭公元年》：「子盍亦遠績禹功而大庇民乎？」杜注：「勸趙孟使纂禹功。」按：杜預以「纂」釋「績」，纂（纘）即承繼之義。❼武　古義為足跡，足跡前後相繼，故引申為承繼。《詩·大雅·下武》：「下武維周，世有哲王。」毛傳：「武，繼也。」❽係　本義為捆束。《說文》：「係，絜束也。」引申為連接、承繼。《後漢書·班彪傳下》：「係唐統，接漢緒。」李賢注：「言光武能繼唐堯之統業也。」

【語　譯】紹、胤、嗣、續、纂（纘）、緌、績、武、係等詞，都有繼續、繼承的意思。

一·〇二七　忥❶、謚❷、溢❸、蟄❹、慎❺、貉❻、謐❼、顗❽、頠❾、密❿、寧，靜也。

【注釋】❶忥　本義為癡滯。《說文》：「忥，癡皃。」引申為安靜。字又通作「塈」。王念孫《廣雅疏證》：「《爾雅》：『忥，靜也。』靜即休息之意。〈(詩)邶風・谷風〉：『伊餘來塈。』〈大雅・假樂〉篇：『民之攸塈』，毛傳併云：『塈，息也。』塈與忥通。」休息與安靜義通。❷謚　通「侐」。安靜。《說文》：「侐，靜也。」❸溢　亦通「侐」。黃侃《爾雅音訓》：「謚、溢、謐同字並見，皆當作侐，靜也。」❹蟄　本義指動物冬眠潛藏。《說文》：「蟄，藏也。」動物冬眠即不食不動，故可訓為靜。❺慎　謹慎。《說文》：「慎，謹也。」引申為安靜之義。黃侃《爾雅音訓》：「〈(易)繫辭傳〉：『是以(君子)慎密不出也。』是慎、密同義。密訓靜，慎亦訓靜。」❻貉　通「貊」。安靜。《詩・大雅・皇矣》：「帝度其心，貊其德音。」毛傳：「貊，靜也。」❼謐　安寧；寂靜。《說文》：「謐，靜語也。一曰無聲也。」《素問・氣交變大論》：「其化清謐。」王砅注：「謐，靜也。」❽顗　本義為謹慎莊重。《說文》：「顗，謹莊皃。」謹莊與靜義相近，故引申為安靜。❾頠　安靜；安詳。《說文》：「頠，頭閑習也。」閑習與安靜、安詳義相近。❿密　本義指山的幽深處，引申為安靜、靜默。《書・舜典》：「三載，四海遏密八音。」孔傳：「密，靜也。」

【語譯】忥(塈)、謚(侐)、溢(侐)、蟄、慎、貉(貊)、謐、顗、頠、密、寧等詞，都有安靜的意思。

一・〇二八　隕、磒❶、湮❷、下、降、墜、摽❸、蘦❹，落也。

【注釋】❶磒　同「隕」。墜落。郭注：「磒猶隕也，方俗語有輕重耳。」《說文》：「磒，落也。」段注：

「磒與隕音義同。」《列子・周穆王》：「化人移之。王若磒虛焉。」張湛注：「磒，墜也。」❷湮　沉落於水中；湮沒。《說文》：「湮，沒也。」《文選》司馬相如〈封禪文〉：「紛綸葳蕤，湮滅而不稱者，不可勝數。」李善注：「湮，沒也。」❸摽　落下。《詩・召南・摽有梅》：「摽有梅，其實七兮。」毛傳：「摽，落也。」本字作「𠬪」。《說文》：「𠬪，物落也，上下相付也。讀若《詩》『摽有梅』。」段注：「《毛詩》摽字，正𠬪之假借。」❹蘦　通「零」。《說文》：「零，餘雨也。」引申為飄落。《楚辭・遠遊》：「悼芳草之先蘦。」蔣驥注：「蘦、零同。」《詩・鄭風・野有蔓草》：「野有蔓草，零露漙兮。」鄭箋：「零，落也。」

【語譯】隕、磒、湮、下、降、墜、摽（𠬪）、蘦（零）等詞，都有下落的意思。

一・〇二九　命❶、令❷、禧❸、畛❹、祈❺、請❻、謁❼、訊❽、誥❾，告也。

【注釋】❶命　本義為使令、命令。《說文》：「命，使也。」引申為告訴。《禮記・雜記》：「大夫之喪，大宗人相，小宗人命龜。」注：「命龜，告以所問事也。」❷令　命令。《說文》：「令，發號也。」引申為告訴。《詩・齊風・東方未明》：「倒之顛之，自公令之。」毛傳：「令，告也。」❸禧　本義為禮告。《說文》：「禧，禮吉也。」徐鍇本作「禮告」，與此義合。黃侃《爾雅音訓》：「禧之言誨也。誨訓曉、教，亦告之義。禧訓告，猶誨訓曉矣。曉、告聲又近。」❹畛　祝告；致意。《禮記・曲禮下》：「臨諸侯，畛於鬼神。」鄭玄注：「畛，致也，祝告致於鬼神辭也。」❺祈　本義為禱告求福。《說文》：「祈，求福也。」引申有告訴義。《詩・大雅・行葦》：「酌以大斗，以祈黃耇。」毛傳：「祈，報也。」鄭箋：「以告黃耇之人。」❻請　告訴。《說文》：「請，謁也。」《儀禮・投壺》：「請賓曰：順投為入，比投不釋，勝飲不勝者。」鄭玄注：「請猶告也。」❼謁　稟告；報告。《說文》：「謁，白也。」《左傳・襄公二十七年》：「壬申，左師復言於子木，子木使駟謁諸王。」杜預注：「謁，告也。」❽訊　本義為訊問。《說文》：「訊，問也。」引申為告訴。《詩・陳風・墓門》：「夫也不良，歌以訊之。」毛傳：「訊，告也。」按：《爾雅義疏》本「訊」作「誶」，字通。❾誥　告訴。又特指上告下。《說文》：「誥，告也。」段注：「以言告人，古用此字，今則用告字，以此誥為上告下之字。」《書・太甲》：「伊尹申誥于王。」

【語譯】命、令、禧、畛、祈、請、謁、訊、誥等詞，都有告訴的意思。

一・〇三〇　永❶、悠❷、迥❸、違❹、遐❺、逷❻、闊❼，遠也。永、悠、迥、遠，遐也。

【注釋】❶永　本義為水流長。《說文》：「永，長也。象水巠理之長。」引申為長遠、久遠。《詩・周南・卷耳》：「我姑酌彼金罍，維以不永懷。」毛傳：「永，長也。」參見一・〇三六條：「永，長也。」❷悠　遙遠；長久。《詩・周頌・訪落》：「於乎悠哉，朕未有艾。」毛傳：「悠，遠。」❸迥　遙遠。《說文》：「迥，遠也。」《史記・司馬相如列傳》：「迥闊泳沫。」裴駰集解：「迥，遠。」❹違　本義為背離。《說文》：「違，離也。」離則遠，故引申為遠。《國語・魯語》：「今命臣更次於外，為有司之以班命事也，無乃違乎？」韋昭注：「違，遠也。」❺遐　遠。《說文》新附：「遐，遠也。」《詩・小雅・天保》：「降爾遐福，維日不足。」鄭玄箋：「遐，遠也。」❻逷　遠。《詩・大雅・抑》：「用戒戎作，用逷蠻方。」毛傳：「逷，遠也。」經籍中或用「逖」，音義皆同。《說文》：「逖，遠也。逷，古文逖。」《書・秦誓》「逖矣西土之人」，郭注即引作「逷矣西土之人」。❼闊　寬疏；廣遠。《說文》：「闊，疏也。」《詩・邶風・擊鼓》：「于嗟闊兮，不我活兮。」鄭箋：「離散相遠。」《史記・司馬相如列傳》：「迥闊泳沫。」郝疏曰：「迥、闊皆遠也。」按：此條永、悠、迴等詞既釋為「遠」，又釋為「遐」，實則二者同義。

【語譯】永、悠、迴、違、遐、逷（逖）、闊等詞，都有遠的意思。永、悠、迴、遠等詞，又都可解釋為「遐」的意思。

一〇二 虧❶、壞、圮❷、垝❸，毀也。

【注釋】❶虧　本義為氣力虛損。《說文》：「虧，气損也。」引申為虧損、毀壞之義。《詩・魯頌・閟宮》：「不虧不崩，不震不騰。」鄭箋：「虧、崩皆謂毀壞也。」❷圮　毀壞。《說文》：「圮，毀也。」《書・堯典》：「帝曰：吁，咈哉！方命圮族。」孔傳：「圮，毀。」❸垝　倒塌；毀壞。《說文》：「垝，毀垣也。」《詩・衛風・氓》：「乘彼垝垣，以望復關。」毛傳：「垝，毀也。」

【語譯】虧、壞、圮、垝等詞，都有毀壞的意思。

一〇三 矢❶、雉❷、引❸、延❹、順❺、薦❻、劉❼、繹❽、尸❾、旅❿，陳也。

【注釋】❶矢　陳列；陳述。假借為「尸」。楊樹達《爾雅略例》：「矢訓弓弩矢，知尸為本字，而矢為尸之假字也。」《詩・大雅・卷阿》：「豈弟君子，來游來歌，以矢其音。」毛傳：「矢，陳也。」《書・大禹謨》：「皋陶矢厥謨。」孔傳：「矢，陳也。」孔疏：「皋陶為帝舜陳其謀。」❷雉　陳列。亦假借為「尸」。郝疏：「雉者，從矢聲，與矢義同。」楊樹達《爾雅略例》亦主此說。❸引　有延伸、援引等義，故引申為陳述、陳列義。《左傳・文公六年》：「陳之藝極，引之表儀。」王引之《經義述聞》：「引亦陳也。」❹延　鋪陳。《國語・晉語》：「使張老延君譽于四方。」韋昭注：「延，陳也。」❺順　本義為順序、有條理。《說文》：「順，理也。」引申為陳列、陳設。《儀禮・士冠禮》：「洗有篚，在西，南順。」王引之《經義述聞》：「古者謂陳為順。」❻薦　草席，引申為鋪陳、陳列。《左傳・襄公三十一年》：「其輸之，則君之府實也，非薦陳之，不敢輸也。」按：「薦陳」同義連文，「薦」也是「陳」的意思。又《左傳・昭公二十年》：「其祝史薦信，無愧心矣。」杜注：「祝史陳說之，無所愧。」❼劉　陳；鋪陳。郝疏以為與「臚」、「旅」等音近義通。王引之《經義述聞》：「《逸周書・敘》曰：『文王唯庶邦之多難，謹典以匡謬，作劉法。』劉法者，陳法也。」❽繹　本義為抽絲。《說文》：「繹，抽絲也。」引申為陳述、陳列之義。《詩・周頌・賚》：「文王既勤止，我應受之。敷時繹思。」毛傳：「繹，陳也。」《禮記・射禮》：「射之為言者繹也，或曰舍也。繹者，各繹己之志也。」孔疏：「繹，陳也。言陳己之志。」❾尸　陳臥；陳列。《說文》：「尸，陳也。象臥之形。」《詩・小雅・祈父》：「胡轉予于恤，有母之尸饔。」毛傳：「尸，陳也。」❿旅　本指軍隊，引申為排列、陳列。《詩・小雅・賓之初筵》：「籩豆有楚，肴核維旅。」毛傳：「旅，陳也。」《左傳・莊公二十二年》：「庭實旅百，奉之以玉帛。」杜注：「旅，陳也。百言物備。」

【語譯】矢（尸）、雉（尸）、引、延、順、薦、劉、繹、尸、旅等詞，都有陳列、陳述的意思。

一・〇三三　尸ㄕ❶、職ㄓˊ❷，主ㄓㄨˇ❸也ㄧㄝˇ。

【注釋】❶尸　尸主，即古代祭祀時代替家主接受祭祀的活人，引申為主持、執掌。《左傳・成公十七年》：「殺老牛莫之敢尸。」杜注：「尸，主也。」❷職　執掌；主持。《左傳・僖公二十六年》：「載在盟府，大師職之。」杜注：「職，主也。」❸主　主持；執掌。《廣韻・麌韻》：「主，掌也。」《孟子・萬章上》：「使之主事而事治，百姓安之。」

【語　譯】尸、職二詞，都有執掌、主持的意思。

一·〇三四　尸❶，寀❷也。寀、寮❸，官也。

【注　釋】❶尸　尸主；主持。引申可指官位、職位。《漢書·郊祀志下》：「王命尸臣。」顏師古注：「尸臣，主事之臣也。」❷寀　本義為上古時卿大夫的封地，引申指官職。或寫作「采」。《文選》司馬相如〈封禪文〉：「以展采錯事。」李善注：「以展其官職，設錯事業也。」❸寮　同「僚」。官吏，也指一起做官的人。《左傳·文公七年》：「同官為寮，吾嘗同寮，敢不盡心乎？」

【語　譯】尸這個詞，有官位的意思。寀、寮（僚）二詞，都有官職的意思。

一·〇三五　績❶、緒❷、采❸、業、服❹、宜❺、貫❻、公❼，事也。

【注　釋】❶績　功績；事業。《荀子·禮論》：「績厚者流澤廣，績薄者流澤狹也。」楊倞注：「績，功業也。」❷緒　前人遺留下來的事業。《詩·魯頌·閟宮》：「奄有下土，纘禹之緒。」毛傳：「緒，業也。」鄭箋：「緒，事也。」❸采　事業；服事。《書·堯典》：「帝曰：『疇咨若予采？』」孔傳：「采，事也。復求誰能順我事者。」《書·皋陶謨》：「日嚴祗敬六德，亮采有邦。」馬融注：「采，事也。」❹服　事業；從事。《詩·小雅·六月》：「共武之服，以定王國。」鄭箋：「服，事也。」《禮記·曲禮上》：「孝子不服暗，不登危，懼辱親也。」鄭注：「服，事也。」❺宜　適宜，引申為適宜的事、事宜。《禮記·月令》：「天子乃與公卿大夫共飭國典，論時令，以待來歲之宜。」王引之《經義述聞》：「宜者，事也。」❻貫　事業；事。《論語・先進》：「仍舊貫，如之何？何必改作？」皇侃疏：「貫，事也。」又服事，侍奉。《詩・魏風・碩鼠》：「三歲貫女，莫我肯顧。」毛傳：「貫，事也。」❼公　公事；事業。《詩・召南・采蘩》：「被之僮僮，夙夜在公。」鄭箋：「公，事也。早夜在事。」又《詩・大雅・江漢》：「肇敏戎公，用錫爾祉。」毛傳：「公，事也。」

【語　譯】績、緒、采、業、服、宜、貫、公等詞，都有事業、從事的意思。

一・〇三六　永❶、羕❷、引❸、延❹、融❺、駿❻，長也。

【注　釋】❶永　本義指水流長。《說文》：「永，長也。象水巠理之長。《詩》曰：『江之永矣。』」引申為久長。《詩・周南・卷耳》：「我姑酌彼金罍，維以不永懷。」毛傳：「永，長也。」❷羕　水流長。《說文》：「羕，水長也。《詩》曰：『江之羕矣。』」按：《詩・周南・漢廣》「江之永矣」，許慎據《韓詩》又引作「江之羕矣」。❸引　延伸；延長。《詩・小雅・楚茨》：「子子孫孫，勿替引之」。鄭箋：「願子孫勿廢而長行之。」❹延　本義為走遠。《說文》：「延，長行也。」引申為延長、長遠。《左傳・成公十三年》：「君亦悔禍之延，而欲徼福于先君獻、穆。」杜注：「延，長也。」❺融　長久。《方言》卷一：「融，長也。宋、衛、荊、吳之間曰融。」《詩・大雅・既醉》：「昭明有融，高朗令終。」毛傳：「融，長也。」❻駿　本義為高大的良馬，引申為長。《詩・周頌・清廟》：「對越在天，駿奔走在廟。」毛傳：「駿，長也。」

【語　譯】永、羕、引、延、融、駿等詞，都有長遠、長久的意思。

一・〇三七　喬❶、嵩❷、崇❸，高也。崇，充也。

【注　釋】❶喬　高。《說文》：「喬，高而曲也。」《詩・周頌・般》：「墮山喬嶽，允猶翕河。」鄭箋：「喬，高也。」❷嵩　山高，引申為高大。《漢書・揚雄傳》：「瞰帝唐之嵩高兮，脈隆周之大寧。」顏師古注：「嵩亦高也，言峻大也。」❸崇　本義為山高，引申為高大、高。《說文》：「崇，嵬高也。」《禮記・檀弓上》：「於是封之，崇四尺。」鄭注：「崇，高也。」又引申為充實、充滿。《儀禮・有司徹》：「再拜，崇酒。」鄭注：「崇，充也。」

【語　譯】喬、嵩、崇等詞，都有高或高大的意思。崇一詞，又有充滿的意思。

一・〇三八

犯（ㄈㄢˋ）❶、奢（ㄕㄜ）❷、果（ㄍㄨㄛˇ）❸、毅（ㄧˋ）❹、剋（ㄎㄜˋ）❺、捷（ㄐㄧㄝˊ）❻、功（ㄍㄨㄥ）❼、肩（ㄐㄧㄢ）❽、堪（ㄎㄢ）❾，勝（ㄕㄥ）也（ㄧㄝˇ）。

【注　釋】❶犯　侵犯，引申為勝、制服。《韓非子・解老》：「人無毛羽，不衣則不犯寒。」按：指不勝寒。❷奢　奢侈；過分。引申為勝過。張衡〈西京賦〉：「彼肆人之男女，麗美奢乎許史。」薛綜注：「言長安市井之人，被服皆過此二家。」❸果　本義為草木果實，引申為戰果、勝利之義。《左傳・宣公二年》：「殺敵為果，致果為毅。」❹毅　衍文。疑因「殺敵為果，致果為毅」連及而衍。❺剋　戰勝。《韓非子・初見秦》：「夫一人奮死，……萬可以剋天下矣。」字通作「克」。《詩・大雅・桑柔》：「為民不利，如云不克。」鄭箋：「克，勝也。」❻捷　勝利。《詩・小雅・采薇》：「豈敢定居？一月三捷。」毛傳：「捷，勝也。」❼功　功績；勝利。《周禮・夏官・大司馬》：「若師有功，則左執律，右秉鉞以先，愷樂獻於社。」鄭注：「功，勝也。」❽肩　勝任；克服。《書・盤庚》：「式敷民德，永肩一心。」楊樹達《讀書記》：「肩，克也，勝也，今言克服。」❾堪　通「戡」。戰勝。《書》「西伯既戡黎」孔傳：「戡亦勝也。」

【語　譯】犯、奢、果、剋（克）、捷、功、肩、堪（戡）等詞，都有勝過、勝利的意思。

一·〇三九　勝（ㄕㄥˋ）❶、肩（ㄐㄧㄢ）、戡（ㄎㄢ）、劉（ㄌㄧㄡˊ）❷、殺（ㄕㄚ），克（ㄎㄜˋ）也（ㄧㄝˇ）。

【注　釋】❶勝　勝過；制勝。《禮記·聘義》：「故勇敢強有力者，……天下有事則用之於戰勝。」鄭注：「勝，克敵也。」《論語·雍也》：「質勝文則野，文勝質則史。」❷劉　殺伐；征服。與戰勝義通。《左傳·成公十三年》：「芟夷我農功，虔劉我邊陲。」杜注：「劉，殺也。」《逸周書·世俘》：「則咸劉商王紂，執矢惡臣百人。」孔晁注：「劉，克也。」按：「劉」釋為「殺」，釋為「克」，故下文「殺」亦有「克」的意思。

【語　譯】勝、肩、戡、劉、殺等詞，都有戰勝、制勝的意思。

一·〇四〇　劉（ㄌㄧㄡˊ）、獮（ㄒㄧㄢˇ）❶、斬（ㄓㄢˇ）、刺（ㄘˋ），殺（ㄕㄚ）也（ㄧㄝˇ）。

【注　釋】❶獮　本義為秋獵，引申有獵殺義。《周禮·夏官·大司馬》：「遂以獮田如蒐之法，羅弊，致禽以祀祊。」鄭注：「秋田為獮。」《文選·西京賦》：「白日未及移其晷，已獮其什七八。」李善注引薛綜曰：「獮，殺也。」

【語　譯】劉、獮、斬、刺等詞，都有殺戮的意思。

一·〇四一　亹亹（ㄨㄟˇ ㄨㄟˇ）❶、蠠沒（ㄇㄧˇ ㄇㄛˋ）❷、孟（ㄇㄥˋ）❸、敦（ㄉㄨㄣ）❹、勗（ㄒㄩˋ）❺、釗（ㄓㄠ）❻、茂（ㄇㄠˋ）❼、劭（ㄕㄠˋ）❽、勔（ㄇㄧㄢˇ）❾，勉（ㄇㄧㄢˇ）也（ㄧㄝˇ）。

【注　釋】❶亹亹　勤勉、努力的樣子。《詩·大雅·崧高》：「亹亹申伯，王纘之事。」鄭箋：「亹亹，勉也。」❷蠠沒　勤勉。郭璞注：「猶黽勉。」《詩·邶風·谷風》：「何有何亡？黽勉求之。」❸孟　勉力。郝疏：「孟者，黽之假音也。」《文選・幽通賦》：「盍孟晉以迨群兮，辰倏忽其不再。」李善注引曹大家曰：「孟，勉也。」❹敦　勸勉；勉勵。《文選・典引》：「有於德不台淵穆之讓，靡號師矢敦奮撝之容。」蔡邕注：「敦，勉也。」按：今語云「敦促」。❺勗　同「勖」。勸勉。《說文》：「勖，勉也。」《詩・邶風・燕燕》：「先君之思，以勖寡人。」毛傳：「勖，勉也。」❻釗　勸勉。《方言》卷一：「釗，勉也。秦晉曰釗。」朱駿聲《說文通訓定聲》以為假借為「劭」。❼茂　通「懋」。勉勵。《說文》：「懋，勉也。」《詩・小雅・節南山》：「方茂爾惡，相爾矛矣。」毛傳：「茂，勉也。」❽劭　勸勉。《說文》：「劭，勉也。」《漢書・成帝紀》：「先帝劭農。」顏師古注引晉灼曰：「劭，勸勉。」❾勔　勉力；勸勉。《文選・思玄賦》：「勔自強而不息兮，蹈玉階之嶢崢。」

【語譯】亹亹、蠠沒、孟、敦、勗（勖）、釗（劭）、茂（懋）、劭、勔等詞，都有勉力、勸勉的意思。

一・〇四二　騖❶、務❷、昏❸、暋❹，強也。

【注釋】❶騖　本義為馳騁，引申為勉強、勉力從事。《說文》：「騖，亂馳也。」按：與「敄」、「務」音義通。《說文》：「敄，彊也。」❷務　努力從事；致力於（某項工作）。《論語・述而》：「君子務本，本立而道生。」朱熹集注：「務，專力也。」❸昏　通「暋」。勉力；努力。《書・盤庚》：「乃不畏戎毒遠邇，惰農自安，不昏作勞，不服田畝，越其罔有黍稷。」孔傳：「昏，強也。」❹暋　勉強。《書・康誥》：「寇攘奸宄，殺越人于貨，暋不畏死，罔弗憝。」孔傳：「暋，強也。」

【語譯】騖、務、昏（暋）、暋等詞，都有勉強、勉力的意思。

一•〇四三　卬❶、吾、台❷、予❸、朕❹、身❺、甫❻、余❼、言❽，我也。

【注　釋】❶卬　我。第一人稱代詞。郭璞注：「卬，猶姎也，語之轉身。」《說文》：「姎，女人自稱我也。」《詩・邶風・匏有苦葉》：「招招舟子，人涉卬否。」毛傳：「卬，我也。」❷台　我。《書・禹貢》：「中邦錫土姓，祇台德先；不距朕行。」孔傳：「台，我也。」❸予　我。《詩・衛風・河廣》：「誰謂宋遠？跂予望之。」鄭箋：「予，我也。」❹朕　我；我的。秦以前不論貴賤皆可自稱為「朕」，秦以後一般用於皇帝自稱。《書・堯典》：「朕在位七十載，汝能庸命，巽朕位。」馬融注：「朕，我也。」《楚辭・離騷》：「朕皇考曰伯庸。」王逸注：「朕，我也。」❺身　自身；自己。己身稱代詞，與自稱為「我」相通。《韓非子・五蠹》：「吾有老父，身死，莫之養也。」按：身，我也。❻甫　古代男子的美稱。古書中未見「甫」用作第一人稱「我」的例證，此釋為「我」，義例不詳。❼余　我。《楚辭・離騷》：「皇攬揆余于初度兮，肇錫余以嘉名。」王逸注：「余，我也。」❽言　我。《詩・周南・葛覃》：「言告師氏。」毛傳：「言，我也。」又《詩・小雅・我行其野》：「昏姻之故，言就爾居。」鄭箋：「言，我也。」

【語　譯】卬、吾、台、予、朕、身、甫、余、言等詞，都有第一人稱代詞「我」的意思。

一•〇四四　朕、余、躬❶，身也。

【注　釋】❶躬　自身；自己。與己身稱代詞「身」義通。《詩・衛風・氓》：「靜言思之，躬自悼矣！」鄭箋：「躬，身也。」

【語　譯】朕、余、躬等詞，都有自身的意思。

一·〇四五 台、朕、賚❶、畀❷、卜❸、陽❹，予❺也。

【注釋】❶賚 賜予；給予。參見一·〇〇七條注釋。❷畀 給予；給與。《左傳·襄公十七年》：「遂幽其妻，曰：畀余而大璧！」杜注：「畀，與也。」參見一·〇〇七條注釋。❸卜 本義為占卜，引申為賜與、給予。《詩·小雅·天保》：「君曰：卜爾，萬壽無疆！」毛傳：「卜，予也。」❹陽 通「姎」。第一人稱代詞。郭璞注：「《魯詩》曰：『陽如之何？』今巴、濮之人自呼阿陽。」❺予 第一人稱代詞，讀陽平，相當「我」。又作動詞，賜予；給予，讀上聲。此條「予」即包含二義。

【語譯】台、朕、陽（姎）等詞，有第一人稱代詞「我」的意思；賚、畀、卜等詞，都有賜予、給予的意思。

一·〇四六 肅❶、延❷、誘❸、薦❹、餤❺、晉❻、寅❼、藎❽，進也。

【注釋】❶肅 本義為恭謹嚴肅，引申有恭謹地引進的意思。《禮記·曲禮上》：「主人肅客而入。」鄭注：「肅，進也。進客謂道之。」按：「肅客」即引客人進入。❷延 引進；引導。《儀禮·覲禮》：「再拜稽。擯者延之，曰：升！」鄭注：「延，進也。」❸誘 引導；使前進。《禮記·樂記》引《詩》：「誘民孔易。」鄭注：「誘，進也。」《論語·子罕》：「夫子循循然善誘人。」何晏集解：「誘，進也。」❹薦 進獻；使進。《左傳·宣公十四年》：「誅而薦賄，則無及也。」杜注：「薦，進也。」❺餤 進食，引申為增進。《詩·小雅·巧言》：「盜言孔甘，亂是用餤。」毛傳：「餤，進也。」孔疏：「此險盜之人，其言甚甘，使人信之而不已，其亂用是之故而日益進也。」❻晉 進。《說文》：「晉，進也，日出，萬物進。」《易·晉》：「晉，進也。」按：今言「晉升」、「晉級」，都含有長進之意。❼寅　演生，引申為前進。《詩・小雅・六月》：「元戎十乘，以先啟行。」毛傳：「殷曰寅車，先疾也。」鄭箋：「寅，進也。」❽藎　通「進」。進用。《詩・大雅・文王》：「王之藎臣，無念爾祖。」毛傳：「藎，進也。」鄭箋：「今王之進用臣，當念女祖為之法。」

【語　譯】肅、延、誘、薦、餤、晉、寅、藎（進）等詞，都有引進、前進的意思。

一・〇四七　羞❶、餞❷、迪❸、烝❹，進也。

【注　釋】❶羞　進獻。《說文》：「羞，進獻也。」《左傳・文公十六年》：「年自七十以上，無不饋詒也，時加羞珍異。」杜注：「羞，進也。」❷餞　以酒食送行。餞行必勸行人進酒食，故與進獻義通。邢昺疏：「餞者，進飲食之名也。」❸迪　進；進用。《說文》：「迪，道也。」邢昺疏：「迪者，以道而進也。」《詩・大雅・桑柔》：「維此良人，弗求弗迪。」毛傳：「迪，進也。」孔疏：「言不干進也。」❹烝　本義為火氣向上行進，引申為進獻。《說文》：「烝，火氣上行也。」《詩・小雅・信南山》：「是烝是享，苾苾芬芬，祀事孔明。」毛傳：「烝，進也。」

【語　譯】羞、餞、迪、烝等詞，都有進獻、進用的意思。

一・〇四八　詔❶、亮❷、左右❸、相❹，導也。詔、相、導、左❺、右❻、助、勴❼也。亮、介❽、尚❾，右也。左、右，亮也。

【注　釋】❶詔　本義為告訴，用於尊對卑。《說文》：「詔，告也。」引申為教導、輔助之義。《周禮・秋官・

大行人》：「若有大喪，則詔相諸侯之禮。」鄭注：「詔相，左右教告之也。」《周禮・天官・大宰》：「以八柄詔王，馭群臣。」鄭注：「詔，助也。」❷亮　通「涼」。本或作「諒」。輔助。《詩・大雅・大明》：「維師尚父，時維鷹揚，涼彼武王。」毛傳：「涼，佐也。」孔疏：「亮、諒義同。」❸左右　輔佐；佑助。後來分別寫作「佐」、「佑」。《書・益稷》：「予欲左右有民。」孔傳：「左右，助也。」❹相　本義為察看，引申為教導、輔助。《說文》：「相，省視也。」《詩・大雅・生民》：「誕后稷之穡，有相之道。」毛傳：「相，助也。」❺左　輔助。後來寫作「佐」。《說文》：「左，手相左助也。」《詩・小雅・六月》：「王于出征，以佐天子。」❻右　輔助。後來寫作「佑」。《說文》：「右，助也。」《易・大有》：「上九，自天右之，吉，無不利。」虞翻注：「右，助也。」❼勴　贊助；輔助。《說文》作「勴」，曰：「助也」。郭璞注：「勴謂贊勉。」按：依《爾雅》體例，此字當在「助」字之前，說見黃侃《爾雅音訓》。語譯從之。❽介　幫助；佑助。《詩・周頌・酌》：「時純熙矣，是用大介。」鄭箋：「介，助也。」❾尚　推崇，引申為輔助。《詩・大雅・抑》：「肆皇天弗尚。」王引之《經義述聞》：「謂天弗右也。」按：王氏正以「右」（佑）釋「尚」，佑助之義。

【語　譯】詔、亮（涼、諒）、左右（佐佑）、相等詞，都有教導輔助的意思。詔、相、導、左（佐）、右（佑）、勴等詞，都有輔助的意思。亮（涼、諒）、介、尚等詞，都有佑助的意思。左（佐）、右（佑）等詞，都有輔助的意思。

一・〇四九　緝熙❶、烈❷、顯❸、昭❹、晧❺、頲❻，光也。

【注　釋】❶緝熙　光明。《詩・周頌・維清》：「維清緝熙，文王之典肇禋。」鄭箋：「緝熙，光明也。」❷烈　本義為火勢大，引申為光明。《說文》：「烈，火猛也。」《詩・周頌・烈文》：「烈文辟公，錫茲祉福。」

毛傳：「烈，光也。」❸顯　本義指亮麗的頭飾，引申為明顯、光顯。《說文》：「顯，頭明飾也。」《詩·周頌·執競》：「不顯成康，上帝是皇。」毛傳：「顯，光也。」❹昭　光明；明亮。《說文》：「昭，日明也。」《詩·大雅·既醉》：「君子萬年，介爾昭明。」鄭箋：「昭，光也。」❺晧　日出時光明的樣子。《說文》：「晧，日出皃。」段注：「謂光明之貌也。」按：晧與皓音義相同。《楚辭·九辯》：「顥晧日之顯行兮，雲蒙蒙而蔽之。」洪興祖補注：「晧，光也，明也，日出貌也。」❻熲　光明；明亮。《說文》：「熲，火光也。」《詩·小雅·無將大車》：「無思百憂，不出于熲。」毛傳：「熲，光也。」

【語　譯】緝熙、烈、顯、昭、晧、熲等詞，都有光明的意思。

一·○五○　劼❶、鞏❷、堅、篤❸、掔❹、虔❺、膠❻，固也。

【注　釋】❶劼　通「硈」。堅固；穩固。《說文》：「硈，石堅也。」《書·酒誥》：「予惟曰汝劼毖殷獻臣……」孔傳：「劼，固也。」❷鞏　本義為用皮革捆紮，引申為穩固、使牢固。《說文》：「鞏，以韋束也。」《易·革》：「初九，鞏用黃牛之革。」王弼注：「鞏，固也。」按：今語「鞏固」，使牢固之義，「鞏」，也是固的意思。❸篤　厚實，引申為堅定、堅固。《論語·子張》：「執德不弘，信道不篤，焉能為有？」劉寶楠正義：「篤，固也。」王引之《經義述聞》：「《論語·泰伯》『篤信好學』，謂信之固也。」❹掔　堅固；牢固。《說文》：「掔，固也。」段注：「掔之言堅也，緊也，謂手持之固也。」《墨子·迎敵祠》：「令命昏緯狗、纂馬、掔緯。」孫詒讓閒詁：「掔，固也。……言緯纂必堅固。」❺虔　虔誠，指堅信而不動搖，與固義通。郝疏：「虔者，敬之固也。」《詩·商頌·長發》：「武王載旆，有虔秉鉞。」毛傳：「虔，固也。」❻膠　本義指粘合物體使牢固的東西，引申為牢固、堅固。《詩·小雅·隰桑》：「既見君子，德音孔膠。」毛傳：「膠，固也。」鄭箋：「其教令之行，甚堅固也。」

【語譯】劼（硈）、鞏、堅、篤、掔、虔、膠等詞，都有堅固、穩固的意思。

一·○五一 疇❶、孰❷，誰也。

【注釋】❶疇 通「誰」。疑問代詞，指代人。《書·堯典》：「疇咨！若時登庸？」孔傳：「疇，誰也。」❷孰 誰。疑問代詞，既可代人也可代物。《禮記·檀弓上》：「夫明王不興，而天下其孰能宗予？」鄭注：「孰，誰也。」

【語譯】疇（誰）、孰等詞，都有代詞「誰」的意思。

一·○五二 暀暀❶、皇皇❷、藐藐❸、穆穆❹、休❺、嘉❻、珍❼、禕❽、懿❾、鑠❿，美也。

【注釋】❶暀暀 光亮盛美的樣子。《說文》：「暀，光美也。」與「皇皇」義同。❷皇皇 盛美的樣子。《詩·魯頌·泮水》：「烝烝皇皇，不吳不揚。」毛傳：「皇皇，美也。」鄭箋：「皇皇，當作暀暀。」❸藐藐 美好的樣子。《詩·大雅·崧高》：「有俶其城，寢廟既成。既成藐藐。」毛傳：「藐藐，美貌」。❹穆穆 美好的樣子。《書·舜典》：「賓于四門，四門穆穆。」孔傳：「穆穆，美也。」❺休 美好。《詩·大雅·江漢》：「虎拜稽首，對揚王休。」鄭箋：「休，美也。」❻嘉 美好。《說文》：「嘉，美也。」《詩·大雅·烝民》：「仲山甫之德，柔嘉維則。」鄭箋：「嘉，美也。」❼珍 本義為寶物。《說文》：「珍，寶也。」引申為珍美。郝疏：「珍者，寶之美也。……《華嚴經音義》上引《國語》賈注云：『珍，美也。』」❽禕 美好。

《文選‧東京賦》：「漢帝之德，侯其褘而。」薛綜注：「褘，美也。」❾懿　美好。《說文》：「懿，專久而美也。」《詩‧周頌‧時邁》：「我求懿德，肆于時夏。」鄭箋：「懿，美也。」❿鑠　通「爍」。光明盛美。《詩‧周頌‧酌》：「於鑠王師，遵養時晦。」毛傳：「鑠，美也。」

【語譯】暀暀、皇皇、藐藐、穆穆、休、嘉、珍、褘、懿、鑠（爍）等詞，都有美好的意思。

一‧○五三　諧❶、輯❷、協❸，和也。關關❹、噰噰❺，音聲和也。勰❻、燮❼，和也。

【注釋】❶諧　和諧。《書‧堯典》：「克諧以孝，烝烝乂不格姦。」孔傳：「諧，和也。」又：「八音克諧，無相奪倫，神人以和。」按：此言八音和諧，不相錯亂失序，神人因而可和。❷輯　本義指車聲和諧。《說文》：「輯，車和輯也。」引申為和諧、和睦。《詩‧大雅‧抑》：「視爾友君子，輯柔爾顏，不遐有愆。」毛傳：「輯，和也。」❸協　和諧；協調。《說文》：「協，眾人同和也。」《左傳‧昭公二十五年》：「乃能協于天地之性。」杜注：「協，和也。」❹關關　鳥鳴聲和諧。《詩‧周南‧關雎》：「關關雎鳩，在河之洲。」毛傳：「關關，和聲也。」❺噰噰　鳥鳴聲和美。《楚辭‧九辯》：「雁噰噰而南游兮。」王逸注：「雌雄和樂，群戲行也。」古籍中又寫作「雝雝」等。《詩‧邶風‧匏有苦葉》：「雝雝鳴雁，旭日始旦。」毛傳：「雝雝，雁聲和也。」❻勰　思想統一和諧。《說文》：「勰，同思之和也。」引申為和諧、協調。陸璉〈皇太子釋奠〉：「昭圖勰軌，道清萬國。」❼燮　和諧。《說文》：「燮，和也。」《書‧洪範》：「燮友柔克；沉潛剛克，高明柔克。」孔傳：「燮，和也。」

【語譯】諧、輯、協等詞，都有和諧的意思。關關、噰噰，是聲音和諧的意思。勰、燮二詞，也有和諧的意思。

一·〇五四　從❶、申❷、神❸、加、弼❹、崇❺，重也。

【注　釋】❶從　隨從；跟從。引申為重疊義。《詩·大雅·既醉》：「釐爾女士，從以孫子。」王引之《經義述聞》：「是從為重也。」❷申　重複。《書·堯典》：「申命羲叔，宅南交。」孔傳：「申，重也。」《儀禮·士昏禮》：「庶母及門內，施鞶，申之以父母之命。」鄭注：「申，重也。」❸神　通「申」。《說文通訓定聲》：「神，假借為申。」《風俗通義·怪神》：「神者，申也。」故「神」也可釋為重複之義。❹弼　本義為矯正弓弩的工具，引申為輔佐、重疊。《說文》：「弼，輔也，重也。」《方言》卷一二：「弼，高也。」《廣雅·釋詁》：「弼，上也。」按：訓「高」訓「上」，意謂加於其上，與重疊義通。❺崇　本義指山巒高大重疊，引申為重疊、重複。《說文》：「崇，嵬高也。」《詩·大雅·鳧鷖》：「公尸燕飲，福祿來崇。」毛傳：「崇，重也。」朱熹集傳：「崇，積而高大也。」

【語　譯】從、申、神（申）、加、弼、崇等詞，都有重複、疊加的意思。

一·〇五五　觳❶、悉❷、卒❸、泯❹、忽❺、滅❻、罄❼、空、畢❽、罊❾、殲❿、拔⓫、殄⓬，盡也。

【注　釋】❶觳　通「確（埆）」。本指土地瘠薄，引申為盡。郭注：「觳，忽然盡貌。」《史記·秦始皇本紀》：「雖監門之養，不觳於此。」司馬貞索隱：「觳，謂盡也。」❷悉　詳盡；盡。《說文》：「悉，詳盡也。」《穀梁傳・莊公二十九年》：「冬，築微。春，新延廄，以其用民力為悉矣。」范甯注：「悉，盡也。」❸卒　終盡。《詩・小雅・楚茨》：「禮儀卒度，笑語卒獲。」鄭箋：「卒，盡也。」❹泯　本義為泯滅。《說文》：「泯，滅也。」《詩・大雅・桑柔》：「亂生不夷，靡國不泯。」毛傳：「泯，滅也。」鄭箋：「無國不見殘滅也。」消滅則盡，故引申有終盡義。邢昺疏：「泯者，滅盡也。」《文選・東都賦》：「于時之亂，生人幾亡，鬼神泯絕。」李周翰注：「泯，盡也。」❺忽　本義為忘記，引申為滅盡。《說文》：「忽，忘也。」《漢書・杜欽傳》：「刺戒者至迫近，而省聽者常怠忽，可不慎哉！」顏師古注：「忽，忘也。」《詩・大雅・皇矣》：「是伐是肆，是絕是忽。」毛傳：「忽，滅也。」按：滅亦訓盡，義通。❻滅　消滅；絕盡。《說文》：「滅，盡也。」《詩・大雅・桑柔》：「天降喪亂，滅我立王。」鄭箋：「滅，盡也。」❼罄　本義指器物中空，引申為絕盡、用盡。《說文》：「罄，器中空也。」《詩・小雅・蓼莪》：「缾之罄矣，維罍之恥。」毛傳：「罄，盡也。」按：此用本義。《文選・東京賦》：「東京之懿未罄。」薛綜注：「罄，盡也。」按：今成語有「罄竹難書」，罄，用盡之意。❽畢　本義為一種捕獵用的帶柄網狀工具。《說文》：「畢，田网也。」用作終盡義是「𢿱」的假借。《說文》：「𢿱，盡也。」段注：「事畢之字當作此。」《呂氏春秋・貴信》：「則天地之物畢為用矣。」高誘注：「畢，盡也。」❾罊　本義為器中盡，引申為絕盡。《說文》：「罊，器中盡也。」❿殲　滅盡；絕盡。《說文》：「殲，微盡也。」《詩・秦風・黃鳥》：「彼蒼者天，殲我良人。」毛傳：「殲，盡也。」《左傳・襄公二十八年》：「天其殃之也，其將聚而殲旃！」杜注：「殲，盡也。」⓫拔　拔出，引申有滅盡義。郝疏：「陳根悉拔，故為盡。」邢疏：「拔者，搴除使盡也。」⓬殄　滅絕；絕盡。《說文》：「殄，盡也。」《詩・大雅・瞻卬》：「人之云亡，邦國殄瘁。」毛傳：「殄，盡也。」鄭箋：「天下邦國將盡窮困。」

【語　譯】㱿(確、埆)、悉、卒、泯、忽、滅、罄、空、畢(𢿱)、罊、殲、拔、殄等詞，都有絕盡的意思。

一·○五六 苞❶、蕪❷、茂，豐也。

【注釋】❶苞 草木叢生，引申為豐茂、豐盛。《詩·大雅·行葦》：「牛羊勿踐履，方苞方體。」鄭箋：「苞，茂也。」又《詩·商頌·長發》：「苞有三蘖，莫遂莫達。」鄭箋：「苞，豐也。」按：指豐茂之草。❷蕪 本指叢草遮蔽，土地荒廢，引申與豐茂義通，故可釋為豐。

【語譯】苞、蕪、茂等詞，都有豐茂、豐盛的意思。

一·○五七 揫❶、斂、屈❷、收、戢❸、蒐❹、裒❺、鳩❻、摟❼，聚也。

【注釋】❶揫 本義為捆束。異體作「⿱⿰火禾手」。《說文》：「⿱⿰火禾手，束也。」物體捆束則聚，故引申有聚義。《方言》卷二：「斂物而細謂之揫。」《後漢書·馬融傳》：「揫斂九藪之動物。」李賢注：「揫，聚也。」❷屈 蜷曲，引申為收斂、聚攏義。《儀禮·聘禮》：「宰執圭屈繅，自公左授使者。」鄭注：「屈繅者，斂之。」《詩·魯頌·泮水》：「順彼長道，屈此群醜。」毛傳：「屈，收也。」按：收、斂與聚義通。❸戢 本義為收藏兵器，引申為收斂、聚集。《說文》：「戢，臧兵也。」段注：「聚與藏義相成，聚而藏之也。」《詩·小雅·白華》：「鴛鴦在梁，戢其左翼。」鄭箋：「戢，斂也。」❹蒐 通「搜」。本義為搜求，引申為聚集。《說文》：「搜，眾意也。一曰求也。……《詩》曰：『束矢其搜』。」《詩·魯頌·泮水》：「角弓其觩，束矢其搜。」毛傳：「搜，眾意也。」王引之《經義述聞》：「搜者，聚束之貌。故毛傳云：『搜，眾意也。』『搜』與『蒐』古字通。」❺裒 聚集。《詩·周頌·般》：「敷天之下，裒時之對。」毛傳：「裒，聚也。」❻鳩 通「勼」。聚集。《說文》：「勼，聚也。」段注：「〈釋詁〉曰：『鳩，聚也。』《左傳》作鳩，古文《書》作逑。」《左傳・昭公十七年》：「五鳩，鳩民者也。」杜注：「鳩，聚也。」❼摟　聚集。原作「樓」，此依阮元校作「摟」。《說文》：「摟，曳聚也。」《孟子・告子下》：「五霸者，摟諸侯以伐諸侯者也。」王引之《經義述聞》：「摟諸侯即聚諸侯。」字又通作「婁」。《詩・小雅・角弓》：「莫肯下遺，式居婁驕。」鄭箋：「婁，斂也。」

【語　譯】揫、斂、屈、收、戢、蒐（搜）、裒、鳩（勼）、摟等詞，都有聚集的意思。

一・〇五八　肅❶、齊❷、遄❸、速、亟❹、屢❺、數❻、迅，疾也。

【注　釋】❶肅　本義為嚴肅認真，引申為迅急義。《禮記・月令》：「天地始肅。」鄭注：「嚴急之言也。」《國語・齊語》：「父兄之教不肅而成。」韋昭注：「肅，疾也。」❷齊　迅捷。《荀子・性惡》：「齊給便敏而無類。」楊倞注：「齊，疾也。」❸遄　迅速。《說文》：「遄，往來數也。」按：數，頻繁疾速之意。《詩・邶風・泉水》：「遄臻于衛，不瑕有害。」毛傳：「遄，疾也。」❹亟　急速；趕快。《說文》：「亟，敏疾也。」《詩・小雅・何人斯》：「爾之亟行，遑脂爾車。」鄭箋：「亟，疾也。」❺屢　多次；頻繁。引申為疾急。《詩・周頌・桓》：「綏萬邦，屢豐年，天命匪解。」鄭箋：「屢，亟也。誅無道，安天下，則亟有豐熟之年，陰陽和也。」字或作「婁」。《爾雅・釋言》：「婁，亟也。」又作「僂」。《公羊傳・莊公二十四年》：「夫人不僂。」何休注：「僂，疾也。」❻數　疾速。《禮記・祭義》：「仲尼嘗，奉薦而進，其親也愨，其行也趨趨以數。」鄭注：「數之言速也。」

【語　譯】肅、齊、遄、速、亟、屢、數、迅等詞，都有迅速的意思。

一・〇五九　寁❶、駿❷、肅、亟、遄，速也。

【注　釋】❶寁　迅速。《說文》：「寁，居之速也。」王筠《說文釋例》：「與疌同意同音。」《說文》：「疌，疾也。」《詩・鄭風・遵大路》：「無我惡兮，不寁故也。」毛傳：「寁，速也。」❷駿　本義為良馬，引申為疾速。《說文》：「駿，馬之良材者。」《詩・周頌・噫嘻》：「駿發爾私，終三十里。」鄭箋：「駿，疾也。」《管子・弟子職》：「若有賓客，弟子駿作。」尹知章注：「駿作，迅起也。」

【語　譯】寁、駿、肅、亟、遄等詞，都有迅速的意思。

一・〇六〇　壑❶、阬阬❷、滕❸、徵❹、隍❺、漮❻，虛也。

【注　釋】❶壑　本義為溝谷。《說文》：「㕡，溝也。」重文作「壑」。溝谷貫通中空，故可釋為空虛義。《廣韻・鐸韻》：「壑，虛也」。❷阬阬　當單作「阬」，重一字為衍文。「阬」與「坑」同，下陷之地，中空，故與空虛義通。《墨子・大取》：「愛之相若，擇而殺其一人，其類在阬下之鼠。」孫詒讓引《爾雅・釋詁》：「阬，虛也。」❸滕　通「盅」。器皿空虛。《說文》：「盅，器虛也。」黃侃《爾雅音訓》：「滕今以為盅之假借。《說文》：『器虛也。』滕之借盅，猶滕與沖皆訓湧矣。」❹徵　假借為「瀓」。《說文》：「瀓，清也。」段注：「《周易》『君子以徵忿』，徵者，瀓之假借字。」按：瀓訓清，此取清虛之義。❺隍　本義為無水之城池。《說文》：「隍，城池也。有水曰池，無水曰隍。」城池無水則空，故與空虛義通。❻漮　水中心空虛。《說文》：「漮，水虛也。」段注：「康者，穀皮中空之謂，故从康之字皆訓為虛。」《方言》卷一三：「漮，空也。」

【語　譯】壑、阬（坑）、滕（盅）、徵（瀓）、隍、漮等詞，都有空虛的意思。

一・〇六一　黎❶、庶❷、烝❸、多、醜❹、師❺、旅❻，眾也。

【注　釋】❶黎　眾多。《詩・大雅・雲漢》：「周餘黎民，靡有孑遺。」鄭箋：「黎，眾也。」又《詩・小雅・天保》：「群黎百姓，徧為爾德。」鄭箋：「黎，眾也。群眾百姓遍為女之德。」❷庶　庶民；眾庶。《說文》：「庶，屋下眾也。」《詩・小雅・小明》：「念我獨兮，我事孔庶。」鄭箋：「庶，眾也。」❸烝　本義為火氣向上升騰，引申有眾多義。《詩・大雅・棫樸》：「淠彼涇舟，烝徒楫之。」鄭箋：「烝，眾也。」又《詩・大雅・烝民》：「天生烝民，有物有則。」毛傳：「烝，眾。」❹醜　同類；同輩。引申為眾多。《詩・小雅・吉日》：「升彼大阜，從其群醜。」鄭箋：「醜，眾也。」《左傳・定公四年》：「輯其分族，將其類醜。」杜注：「醜，眾也。」❺師　本為古時一種軍隊編制。《說文》：「二千五百人為師。」引申為眾人、民眾。《詩・大雅・文王》：「殷之未喪師，克配上帝，宜鑒于殷，駿命不易。」鄭箋：「師，眾也。」《左傳・哀公五年》：「師乎師乎，何黨之乎?」杜注：「師，眾也。」❻旅　本為古時一種軍隊編制。《說文》：「旅，軍之五百人為旅。」引申為眾人、眾多義。《詩・大雅・大明》：「殷商之旅，其會如林。」鄭箋：「旅，眾也。」《左傳・隱公五年》：「三年而治兵，入而振旅。」杜注：「旅，眾也。」

【語　譯】黎、庶、烝、多、醜、師、旅等詞，都有眾多的意思。

一・〇六二　洋(ㄧㄤˊ)❶、觀(ㄍㄨㄢ)❷、裒(ㄆㄡˊ)❸、眾(ㄓㄨㄥˋ)、那(ㄋㄨㄛˊ)❹，多(ㄉㄨㄛ)也(ㄧㄝˇ)。

【注　釋】❶洋　大水；水多。引申為眾盛、盛多。文獻一般重言「洋洋」。《詩・魯頌・閟宮》：「萬舞洋洋，孝孫有慶。」毛傳：「洋洋，眾多也。」❷觀　本義為觀看。訓釋為「多」，黃侃以為與「夥」音義相通。《爾雅音訓》：「觀從吅聲，與夥為對轉。《說文》：『齊謂多為夥。』」郝懿行疏：「聲同灌。灌，叢也。叢聚亦多也。」按：「灌」亦從吅聲，與黃侃說同理。《詩・周頌・有瞽》：「我客戾止，永觀厥成。」陸德明釋文：

「觀，多也。」❸裒　聚集，引申為眾多。《詩・周頌・般》：「敷天之下，裒時之對。」鄭箋：「裒，眾也。」按：眾與多義通。❹那　眾多。《詩・商頌・那》：「猗與那與，置我鞉鼓。」毛傳：「那，多也。」

【語　譯】洋、觀、裒、眾、那等詞，都有眾多的意思。

一・〇六三　流❶、差❷、柬❸，擇也。

【注　釋】❶流　通「求」。求取；擇取。《詩・周南・關雎》：「參差荇菜，左右流之。」毛傳：「流，求也。」郝疏：「求、擇義近。《詩》『左右流之』，流宜訓擇。毛傳流訓求、芼訓擇者，蓋以淺深為義，實則二義亦相成也。」❷差　擇取；選擇。《詩・陳風・東門之枌》：「穀旦于差，南方之原，不績其麻，市也婆娑。」鄭箋：「差，擇也。」又《詩・小雅・吉日》：「吉日庚午，既差我馬。」毛傳：「差，擇也。」❸柬　選擇。後來寫作「揀」。《說文》：「柬，分別簡之也。」《荀子・修身》：「安燕而血氣不惰，柬理也。」楊倞注：「言柬擇其事理所宜而不務驕逸。」

【語　譯】流（求）、差、柬（揀）等詞，都有擇取、選擇的意思。

一・〇六四　戰❶、慄❷、震❸、驚、戁❹、竦❺、恐、慴❻，懼也。

【注　釋】❶戰　通「顫」。發抖；恐懼。朱駿聲《說文通訓定聲》：「戰，假借為顫。」《呂氏春秋・審應》：「公子還相周，中向說之而戰。」高誘注：「戰，懼也。」《漢書・高五王傳》：「因退立，股戰而栗。」顏師古注：「戰，懼之甚也。」按：「戰」是指因恐懼而發抖，故顏師古說是「懼之甚也。」❷慄　戰慄。《詩・秦風・黃鳥》：「臨其穴，惴惴其慄。」毛傳：「慄，慄懼也。」《莊子・人間世》：「匹夫猶未可動，而況諸侯乎！吾甚慄之。」陸德明釋文引李注：「慄，懼也。」❸震　震動，引申為恐懼、懼怕。郝疏：「震者，動之懼也。」《詩・商頌・長發》：「昔在中葉，有震有業。」朱熹集傳：「震，懼。業，危也。」❹戁　敬畏；懼怕。《說文》：「戁，敬也。」《詩・商頌・長發》：「不戁不竦，百祿是總。」毛傳：「戁，恐。」❺竦　通「愯」。驚懼。郝疏：「竦者，愯之假音也。」《說文》：「愯，懼也。從心，雙省聲。」《詩・商頌・長發》：「不戁不竦，百祿是總。」毛傳：「竦，懼也。」《漢書・李廣傳》：「故怒形則千里竦。」顏師古注：「竦，驚也。」❻慴　恐懼。《說文》：「慴，懼也。」《莊子・達生》：「死生驚懼，不入乎其胸，是故遻物而不慴。」陸德明釋文：「慴，懼也。」

【語　譯】戰（顫）、慄、震、驚、戁、竦（愯）、恐、慴等詞，都有恐懼、懼怕的意思。

一・〇六五　痡❶、瘏❷、虺頹❸、玄黃❹、劬勞❺、咎❻、顇❼、瘽❽、瘉❾、鰥❿、戮⓫、癙⓬、癵⓭、𤸇⓮、痒⓯、疷⓰、疵⓱、閔⓲、逐⓳、疚⓴、痗㉑、瘥㉒、痱㉓、癉㉔、瘵㉕、瘼㉖、癠㉗，病也。

【注　釋】❶痡　疲病；疲困。古人疲困也稱作病。《說文》：「痡，病也。」《詩・周南・卷耳》：「我僕痡矣。」毛傳：「痡，亦病也。」❷瘏　疲病；疲困而致病。《說文》：「瘏，病也。」《詩・周南・卷耳》：「我馬瘏矣。」毛傳：「瘏，病也。」又《詩・豳風・鴟鴞》：「予口卒瘏，曰予未有室家。」毛傳：「瘏，病也。」❸虺頹　疲病的樣子。或作「虺積」、「虺隤」。《詩・周南・卷耳》：「陟彼崔嵬，我馬虺隤。」毛傳：「虺隤，病也。」孔疏：「虺隤者，病之狀。」朱熹集傳：「虺隤，馬罷（疲）不能升高之病。」❹玄黃　患病的樣子。《詩・周南・卷耳》：「陟彼高崗，我馬玄黃。」王引之《經義述聞》：「虺頹，疊韻字；玄黃，雙聲字。……皆謂病貌也。」按：「玄黃」與上文「虺隤」，都是形容馬疲病的樣子，故釋為「病」。❺劬勞　勞苦；疲累。《詩・小雅・鴻鴈》：「之子于征，劬勞于野。」毛傳：「劬勞，病苦也。」按：勞累也是病，故釋為「病」。❻咎　災禍。《說文》：「咎，災也。」郝疏：「災即病也，古人謂病曰災。」《公羊傳・莊公二十年》：「大災者何？大瘠也。」何休注：「瘠，病也，齊人語也。」按：病謂之災，故災亦可謂之病。❼顇　憔悴；疲病。《說文》：「顇，顦顇也。」按：即今之「憔悴」。字又通作「瘁」。《詩・小雅・四月》：「盡瘁以仕，甯莫我有。」毛傳：「瘁，病也。」❽瘽　勞累；疲病。《說文》：「瘽，病也。」邢昺疏：「瘽者，勞苦之病也。」❾瘉　疲病；勞累致病。《詩・小雅・正月》：「父母生我，胡俾我瘉？」毛傳：「瘉，疾病也。」❿鰥　通「瘝」。病疾；病痛。《書・康誥》：「小子封，恫瘝乃身，敬哉！」孔傳：「瘝，病。」⓫戮　羞辱。郭注：「相戮辱，亦可恥病也。」《國語・晉語七》：「魏絳戮寡人之弟。」韋昭注：「戮，辱也。」按：人受羞辱則為心病，故可訓為病也。郝疏：「戮者，辱之病也。」⓬癙　憂病。《詩・小雅・正月》：「哀我小心，癙憂以痒。」毛傳：「癙，痒皆病也。」《山海經・中山經》：「（脫扈之山）有草焉，……名曰植楮，可以已癙。」郭璞注：「癙，病也。」⓭癵　積憂成疾而身體消瘦的一種病態。陸德明釋文引舍人曰：「癵，心憂憊之病也。」⓮痗　憂鬱成病。通假作「里」。《詩・小雅・十月之交》：「悠悠我里，亦孔之痗。」毛傳：「里，病也。」《玉篇》引《詩》即作「悠悠我痗。」⓯痒　憂思成疾。《詩・大雅・桑柔》：「降此蟊賊，稼穡卒痒。」鄭箋：「痒，病也。」⓰疷　憂病不止。《說文》作「疧」，云：「疧，病也。」《詩・小雅・白華》：「之子之遠，俾我疷兮。」毛傳：「疷，病也。」⓱疵　小病，引申為小過錯。《說文》：「疵，病也。」《呂氏春秋・悔過》：「是師必有疵。」高誘注：「疵，病也。」⓲閔　本義是傷悼、憂憫。《說文》：「閔，弔者在門也。」段注：「引申為凡痛惜之辭。俗作憫。」故可釋作病。《詩・邶風・柏舟》：「覯閔既多，受侮不少。」毛傳：「閔，病也。」⓳逐　通

「疛」。腹病。王引之《經義述聞》：「逐當讀為疛。」《說文》：「疛，小腹病。」按：「疛」為本字，「逐」為通假字。文獻中又通作「軸」。《詩・衛風・考槃》：「考槃在陸，碩人之軸。」鄭箋：「軸，病也。」或通作「擣」。《詩・小雅・小弁》：「我心憂傷，惄焉如擣。」毛傳：「擣，心疾也。」陸德明釋文：「擣，《韓詩》作疛。」⑳疚　憂病。《詩・小雅・大東》：「既往既來，使我心疚。」鄭箋：「疚，病也。」㉑痗　積憂成疾。《詩・小雅・十月之交》：「悠悠我里，亦孔之痗。」毛傳：「痗，病也。」又《詩・衛風・伯兮》：「願言思伯，使我心痗。」毛傳：「痗，病也。」㉒瘥　小病。《左傳・昭公十九年》：「鄭國不天，寡君之二三臣札瘥夭昏。」杜注：「大死曰札，小疫曰瘥。」㉓痱　中風病。《說文》：「痱，風病也。」《史記・魏其武安侯列傳》：「魏其良久乃聞，聞即恚，病痱，不食欲死。」司馬貞索隱：「痱音肥，又音扶味反，風病也。」㉔癚　久勞成疾。字或作「癉」。《說文》：「癉，勞病也。」《詩・大雅・板》：「上帝板板，下民卒癉。」毛傳：「癉，病也。」陸德明釋文：「沈本作癚。」㉕瘵　疾病；疾苦。《說文》：「瘵，病也。」《詩・小雅・菀柳》：「上帝甚蹈，無自瘵焉。」毛傳：「瘵，病也。」又《詩・大雅・瞻卬》：「邦靡有定，士民其瘵。」鄭箋：「士卒與民皆勞病。」㉖瘼　病苦。《說文》：「瘼，病也。」《方言》卷三：「瘼，病也。東齊海岱之間曰瘼。」《詩・大雅・桑柔》：「捋采其劉，瘼此下民。」毛傳：「瘼，病也。」㉗癠　疾病。《禮記・玉藻》：「親癠，色容不盛，此孝子之疏節也。」鄭注：「癠，病也。」

【語譯】痛、瘏、虺頹、玄黃、劬勞、咎、顇（悴、瘁）、瘽、瘉、鰥（瘝）、戮、癙、癵、痻、痒、疧、疵、閔、逐（疛）、疚、痗、瘥、痱、癚（癉）、瘵、瘼、癠等詞，都有疾病、憂病的意思。

一・〇六六　恙❶、寫❷、悝❸、盱❹、繇❺、慘❻、恤❼、罹❽，憂也。

【注　釋】❶恙　憂愁。《說文》：「恙，憂也。」《周禮・秋官・大行人》：「三問三勞。」鄭注：「問，問不恙也。」賈公彥疏：「恙，憂也。問賓得無憂也。」❷寫　通「癙」。憂愁。字又寫作「鼠」。《詩・小雅・雨無正》：「鼠思泣血，無方不疾。」鄭箋：「鼠，憂也。」參見一・〇六五條：「癙，病也。」❸悝　憂愁。《說文》：「悝，……一曰病也。」按：「病」與憂愁義通。字又通假作「里」。《詩・大雅・雲漢》：「瞻卬昊天，云如何里？」鄭箋：「里，憂也。」❹盱　通「忬」。憂愁。《說文》：「忬，憂也。」《詩・小雅・都人士》：「我不見兮，云何盱矣！」鄭箋：「盱，病也。」按：「病」亦為憂愁義。字又通假作「吁」。《詩・周南・卷耳》：「我僕痡矣，云何吁矣！」毛傳：「吁，憂也。」❺繇　通「愮」。憂愁。《方言》卷一〇：「愮，……又憂也。」《玉篇》：「愮，憂也。」《集韻・宵韻》：「繇，憂也。」按：此釋假借義。❻慘　憂愁。字當作「懆」。《說文》：「懆，愁不安也。」《詩・陳風・月出》：「舒夭紹兮，勞心慘兮！」陸德明釋文：「慘，憂貌。」又《詩・大雅・抑》：「視爾夢夢，我心慘慘。」毛傳：「慘慘，憂不樂也。」陳奐《毛詩傳疏》：「慘慘，當作懆懆。懆懆，憂也。」❼恤　憂愁。《說文》：「恤，憂也。」《詩・邶風・谷風》：「我躬不閱，遑恤我後。」鄭箋：「恤，憂也。」《易・晉》：「失得勿恤，往吉無不利。」孔疏：「失之與得，不須憂恤。」❽罹　憂愁。《說文》新附：「罹，心憂也。」《詩・小雅・小弁》：「民莫不穀，我獨于罹。」鄭箋：「罹，憂也。」按：古書通假作「離」。《詩・小雅・四月》：「亂離瘼矣，爰其適歸。」毛傳：「離，憂也。」

【語　譯】恙、寫（癙）、悝、盱（忬）、繇（愮）、慘（懆）、恤、罹等詞，都有憂愁的意思。

一・〇六七　倫(ㄌㄨㄣˊ)❶、勩(ㄧˋ)❷、邛(ㄑㄩㄥˊ)❸、敕(ㄔˋ)❹、勤(ㄑㄧㄣˊ)❺、愉(ㄩˊ)❻、庸(ㄩㄥˊ)❼、癉(ㄉㄢˋ)❽，勞(ㄌㄠˊ)也(ㄧㄝˇ)。

【注　釋】❶倫　疲勞；倦怠。按：疑假借為「傫」。《廣雅・釋詁》：「傫，疲、勞、懈……嬾也。」王念孫曰：「各本皆作『儽、疲，勞也。』……嬾、勞、儽又一聲之轉，是儽、疲、勞三字皆與嬾同義，今訂正。」❷勩　勞苦。《說文》：「勩，勞也。」《詩・小雅・雨無正》：「正大夫離居，莫知我勩。」毛傳：「勩，勞也。」❸邛　勞苦。《禮記・緇衣》引《詩・小雅・巧言》：「匪其止共，維王之邛。」鄭注：「邛，勞也。」❹敕　勞苦。郭注：「以為約敕，亦為勞。」❺勤　辛勞；勞苦。《說文》：「勤，勞也。」《詩・周頌・賚》：「文王既勤止，我應受之。」毛傳：「勤，勞也。」❻愉　通「瘉」。勞累致病。邢昺疏：「謂勞苦也。」參見一・〇六五條：「瘉，病也。」❼庸　勞苦。《詩・王風・兔爰》：「我生之初，尚無庸。」鄭箋：「庸，勞也。」❽癉　勞苦而病。《說文》：「癉，勞病也。」字又寫作「憚」。《詩・小雅・大東》：「契契寤歎，哀我憚人。」毛傳：「憚，勞也。」郭璞注引此詩句作「哀我癉人。」

【語　譯】倫、勩、邛、敕、勤、愉（瘉）、庸、癉等詞，都有勞苦的意思。

一・〇六八　勞❶、來❷、強❸、事❹、謂❺、翦❻、篲❼，勤也。

【注　釋】❶勞　辛勞；勤勞。《論語・為政》：「有事，弟子服其勞。」《詩・魏風・碩鼠》：「三歲貫女，莫我肯勞。」朱熹集傳：「勞，勤勞也。」❷來　通「勑」。辛勞。《說文》：「勑，勞也。」《詩・大雅・文王有聲》：「匪棘其欲，遹追來孝。」鄭箋：「來，勤也。」❸強　勤勉；勉力。《孟子・梁惠王下》：「君如彼何哉？強為善而已矣。」按：謂勉力為善罷了。《墨子・天志中》：「上強聽治，則國家治矣；下強從事，則財用足矣。」按：二「強」字皆為勤勉、努力之義。❹事　本為職事，引申為勤勉。《說文》：「事，職也。」任職事須勤勉，因可與勤義通。《禮記・儒行》：「先勞而後祿，不亦易祿乎？」鄭注：「勞，猶事也。」按：勞與事義通，故「事」亦可釋為勤勞。❺謂　勤勉；盡力。《詩・召南・摽有梅》：「求我庶士，迨其謂之。」鄭箋：「謂，勤也。」黃侃《爾雅音訓》：「謂、肄皆勩之借。」按：依黃侃之說，「謂」訓釋為「勤」，是「勩」的假借。❻翦　勤勉。郝疏：「翦者，猶言前也，進也。前、進皆有勤義。……段氏玉裁《說文》云：翦之言盡也，謂盡力之勤也。」❼肄　勤勉。黃侃《爾雅音訓》：「謂、肄皆勩之借，同文並見。肄通作肆，《文選・東京賦》薛綜注：肆，勤也。」

【語　譯】勞、來（勑）、強、事、謂（勩）、翦、肄（勩）等詞，都有勤勞、辛勞的意思。

一・〇六九　悠❶、傷❷、憂❸，思也。

【注　釋】❶悠　憂思；思念。《說文》：「悠，憂也。」《詩・周南・關雎》：「悠哉悠哉，輾轉反側。」毛傳：「悠，思也。」❷傷　憂思；想念。《詩・陳風・澤陂》：「有美一人，傷如之何？」鄭箋：「我思此美人，當如之何得而見之？」字又寫作「慯」，《說文》：「慯，憂也。」❸憂　憂思。《楚辭・天問》：「何啟惟憂，而能拘是達？」蔣驥注：「憂，憂思也。」《易・臨》：「既憂之，無咎。」焦循章句：「憂，亦思也。」

【語　譯】悠、傷、憂等詞，都有憂思、思念的意思。

一・〇七〇　懷❶、惟❷、慮❸、願❹、念❺、惄❻，思也。

【注　釋】❶懷　思念。《說文》：「懷，念思也。」《詩・鄘風・載馳》：「女子善懷，亦各有行。」鄭箋：「懷，思也。」按：今語「懷念」，「懷」與「念」同義複合，「懷」即思念義。❷惟　思慮；想。《說文》：「惟，凡思也。」《詩・大雅・生民》：「載謀載惟，取蕭祭脂。」鄭箋：「惟，思也。」按：今語「思維」，也作「思惟」，「惟」即「思」也，同義複合。❸慮　思慮；思考。《說文》：「慮，謀思也。」按：即思考謀劃之義。《論語・衛靈公》：「人無遠慮，必有近憂。」❹願　想；希望。《方言》卷一：「願，欲思也。」《詩・邶風・終風》：「寤言不寐，願言則嚏。」鄭箋：「願，思也。」❺念　思念。《說文》：「念，常思也。」朱駿聲《說文通訓定聲》：「謂長久思之。」《潛夫論・交際》：「惡人之忘我也，故常念人。」汪繼培箋引《方言》曰：「念，常思也。」❻惄　憂思；思念。《說文》：「惄，……一曰憂也。」《詩・小雅・小弁》：「我心憂傷，惄焉如擣。」毛傳：「惄，思也。」又《詩・周南・汝墳》：「未見君子，惄如調飢。」鄭箋：「惄，思也。未見君子之時，如朝飢之思食也。」按：「調」通「朝」，指早晨。

【語　譯】懷、惟、慮、願、念、惄等詞，都有思念的意思。

一・〇七一　祿❶、祉❷、履❸、戩❹、祓❺、禧❻、禠❼、祜❽，福也。

【注　釋】❶祿　福祿；幸福。《說文》：「祿，福也。」《詩・大雅・既醉》：「其胤維何？天被爾祿。」毛傳：「祿，福也。」❷祉　幸福；福祉。《說文》：「祉，福也。」《詩・小雅・六月》：「吉甫燕喜，既多受祉。」毛傳：「祉，福也。」❸履　通「祿」。福祿；幸福。《詩・周南・樛木》：「樂只君子，福履綏之。」毛傳：「履，祿。」馬瑞辰通釋：「履與祿雙聲，故履得訓祿，即以履為祿之假借也。」❹戩　福祿。《方言》卷七：「福祿謂之祓戩。」《詩・小雅・天保》：「天保定爾，俾爾戩穀。」毛傳：「戩，福；穀，祿。」黃侃《爾雅音訓》：「戩讀翦除之翦，與祓除同音。以戩為祿，猶以祓為福也。」❺祓　幸福。《說文》：「祓，除惡祭也。」按：除惡是為求福，故釋為福。黃侃所謂「以祓為福」也是這個意思。❻禧　祥福；幸福。《說文》：「禧，禮吉也。」《廣韻・之韻》：「禧，吉也。」按：吉祥吉利即是福。❼禠　幸福。《說文》：「禠，福也。」

《文選・東京賦》：「祈褫禳災。」薛綜注：「謂求祈福而除災害也。」❽祜　福祿；大福。《詩・小雅・桑扈》：「君子樂胥，受天之祜。」鄭箋：「祜，福也。」

【語　譯】祿、祉、履（祿）、戩、祓、禧、褫、祜等詞，都有福祿、幸福的意思。

一・〇七二　禋❶、祀❷、祠❸、蒸❹、嘗❺、禴❻，祭也。

【注　釋】❶禋　一種祭祀的名稱，特點是升火煙以祭天，又泛指虔誠的祭祀。《說文》：「禋，潔祀也。一曰精意以享為禋。」《書・洛誥》：「予不敢宿，則禋于文王、武王。」鄭注：「禋，芬芳之祭。」❷祀　祭祀。《說文》：「祀，祭無巳也。」按：許慎的解釋也是說「祀」是指虔誠持久的祭祀。古籍中泛指祭祀。《文選・東京賦》：「元祀惟稱，群望咸秩。」薛綜注：「祀，祭也。」❸祠　一種祭祀的名稱。特指春天的祭祀，祭品少，多文辭。《說文》：「祠，春祭曰祠，品物少，多文辭也。」《詩・小雅・天保》：「禴祠蒸嘗，于公先王。」毛傳：「春曰祠，夏曰禴，秋曰嘗，冬曰蒸。」又泛指祭祀。《書・伊訓》：「惟元祀十有二月乙丑，伊尹祠于先王。」陸德明釋文：「祠，祭也。」❹蒸　一種祭名，特指冬天的祭祀，儀禮齊備眾多。字又作「烝」。《國語・魯語上》：「夏父弗忌為宗，蒸，將躋僖公。」韋昭注：「凡四時之祭，蒸為備。」《詩・小雅・信南山》：「是烝是享，苾苾芬芬，祀事孔明。」朱熹集傳：「烝，冬祭名。」也泛指祭祀。《楚辭・天問》：「何獻蒸肉之膏，而後帝不若？」王逸注：「蒸，祭也。」❺嘗　一種祭名，特指秋天的祭祀，有新穀可嘗。《詩・小雅・楚茨》：「濟濟蹌蹌，絜爾牛羊，以往烝嘗。」鄭箋：「秋祭曰嘗。」《春秋繁露・四祭》：「秋曰嘗。嘗者，以七月嘗黍稷也。」❻禴　一種祭名，特指夏天的祭祀，儀禮簡約。《易・萃》：「孚乃利用禴。」鄭玄注：「禴，夏祭名。」王弼注：「禴，殷者祭名也，四時祭之省者也。」

【語譯】禋、祀、祠、蒸（烝）、嘗、禴等詞，都是祭祀的意思。

一·〇七三 儼❶、恪❷、祗❸、翼❹、諲❺、恭、欽❻、寅❼、熯❽，敬也。

【注釋】❶儼 恭敬而嚴肅。《楚辭·離騷》：「湯禹儼而求合兮，摯咎繇而能調。」王逸注：「儼，敬也。」❷恪 恭敬。字本作「愙」。《說文》：「愙，敬也。」段注：「今字作恪。」《詩·商頌·那》：「溫恭朝夕，執事有恪。」毛傳：「恪，敬也。」❸祗 恭敬。《說文》：「祗，敬也。」《詩·商頌·長發》：「昭假遲遲，上帝是祗。」鄭箋：「祗，敬也。」❹翼 恭敬。《詩·小雅·六月》：「有嚴有翼，共武之服。」毛傳：「翼，敬也。」《逸周書·程典》：「慎下必翼上。」孔晁注：「翼，敬也。」按：翼有輔佐義，恭敬之義蓋由此引申。❺諲 通「禋」。恭敬。本指虔誠的祭祀，引申為恭敬義。《左傳·桓公六年》：「故務其三時，修其五教，親其九族，以致其禋祀。」杜注：「禋，絜敬也。」❻欽 恭敬。《書·堯典》：「帝堯，曰放勳，欽明文思安安。」孔傳：「欽，敬也。」又：「乃命羲和，欽若昊天，曆象日月星辰，敬授人時。」《史記·五帝本紀》及《漢書·藝文志》中「欽若昊天」皆引作「敬順昊天」，是以「敬」訓「欽」也。❼寅 通「夤」。恭敬。《說文》：「夤，敬惕也。」段注：「〈釋詁〉云：『寅，敬也。』凡《尚書》寅字皆假為夤也。」《書·堯典》：「寅賓出日，平秩東作。」孔傳：「寅，敬。」❽熯 通「戁」。恭敬。郝疏：「熯者，戁之假音也。《說文》云：『戁，敬也。』本《爾雅》。」《詩·小雅·楚茨》：「我孔熯矣，式禮莫愆。」毛傳：「熯，敬也。」

【語譯】儼、恪、祗、翼、諲（禋）、恭、欽、寅（夤）、熯（戁）等詞，都有恭敬的意思。

一·〇七四 朝、旦❶、夙❷、晨、晙❸，早也。

【注釋】❶旦　早晨。《說文》：「旦，明也。」按：指天剛明亮，即早晨。《呂氏春秋・順民》：「以與吳王爭一旦之死。」高誘注：「旦，朝也。」❷夙　早晨；清早。《詩・召南・采蘩》：「被之僮僮，夙夜在公。」毛傳：「夙，早也。」❸晙　晨；黎明。《說文》新附：「晙，明也。」邢疏：「晙，亦明之早也。」按：「晙」與「旦」同訓為明，都是指天剛明亮，即黎明、早晨。

【語譯】朝、旦、夙、晨、晙等詞，都有早晨的意思。

一・〇七五　䇓❶、竢❷、替❸、戾❹、底❺、止❻、徯❼，待也。

【注釋】❶䇓　等待。《說文》：「䇓，待也。从立，須聲。」字後來寫作「須」。《詩・邶風・匏有苦葉》：「人涉卬否，卬須我友。」毛傳：「人皆涉，我友未至，我獨待之而不涉。」《儀禮・士昏禮》：「某敢不敬須？」鄭注：「須，待也。」❷竢　等待。《說文》：「竢，待也。」《漢書・揚雄傳》：「懿神龍之淵潛，竢慶雲而將舉。」顏師古注：「竢，待也。」字又寫作「俟」。《詩・邶風・靜女》：「靜女其姝，俟我於城隅。」毛傳：「俟，待也。」❸替　本義為廢止。《說文》：「替，廢也。」引申為停止、止待。郭注：「替、廢，皆止住也。」郝疏：「蓋廢有止義，止有待義，故又訓待也。」❹戾　止息；安定。《詩・大雅・桑柔》：「民之未戾，職盜為寇。」毛傳：「戾，定也。」按：止息義與待義相通，故「戾」又可釋為「待」。❺底　止息；到達。《左傳・襄公十年》：「若蓽門閨竇，其能來東底乎？」杜注：「底，至也。」按：這裡的「底」等於說定居，與止息、等待義通。❻止　停止。郭注：「止亦相待。」《廣韻・止韻》：「止，待也。」按：「止」的常義為停止、止息，與等待義通。凡等待皆含止義，故「止」也可釋為「待」。❼徯　等待。《說文》：「徯，待也。」

【語譯】䇓（須）、竢、替、戾、底、止、徯等詞，都有等待、止待的意思。

一·〇七六 唏❶、幾❷、烖❸、殆❹，危也。

【注釋】❶唏 通「俙」。危險。黃侃《爾雅音訓》：「唏與俙音義同。《呂覽·明理》『有倍俙』注：『俙，日旁之危氣也。』」故「唏」可釋為「危」。一說通「譎」。詭詐。《說文》：「譎，權詐也。」❷幾 危險。《說文》：「幾，微也，殆也。」《左傳·宣公十二年》：「利人之幾而安人之亂以為己榮，何以豐財？」杜注：「幾，危也。」❸烖 同「災」。災禍；災危。《說文》：「烖，天火曰烖。」重文作「災」。災禍義與危險義相通。❹殆 危險。《說文》：「殆，危也。」《左傳·昭公四年》：「晉有三不殆，其何敵之有？」杜注：「殆，危也。」

【語譯】唏（俙）、幾、烖（災）、殆等詞，都有危險的意思。

一·〇七七 ⿱山幾❶，汽❷也。

【注釋】❶⿱山幾 幾乎；將近。《說文》：「⿱山幾，⿱𢆶乞也。」段玉裁注改作「汔也」，曰：「汔各本作⿱𢆶乞，無此字，今正。……汔，水涸也，水涸則近於盡矣，故引申為凡近之詞。」❷汽 同「汔」。將近；幾乎。《易·井》：「汔至亦未繘井，羸其瓶，危。」虞翻注：「汔，幾也。」

【語譯】⿱山幾，有將近的意思。

一·〇七八 治❶、肆❷、古❸，故❹也。

【注釋】❶治 通「始」。當初；過去。《書·益稷》：「予欲聞六律五聲八音，在治忽，以出納五言，汝聽。」

《史記・夏本紀》作「在始忽」。❷肆　所以，作連詞。《書・大禹謨》：「肆予以爾眾士，奉辭罰罪。」孔傳：「肆，故也。」按：此「故」亦為「所以」之意。《詩・周頌・昊天有成命》：「於緝熙，單厥心，肆其靖之。」朱熹集傳：「是能繼續光明文武之業而盡其心，故今能安靜天下而保其所受之命也。」馬瑞辰通釋：「肆，可訓為語詞之故。」❸古　過去。《說文》：「古，故也。」《詩・大雅・烝民》：「古訓是式。」毛傳：「古，故也。」❹故　此條訓釋詞「故」有二義：一為從前、過去；二為所以，作連詞。

【語　譯】治（始）、古，是過去的意思；肆，是所以的意思。

一・〇七九　肆（ㄙˋ）、故（ㄍㄨˋ），今（ㄐㄧㄣ）❶也（ㄧㄝˇ）。

【注　釋】❶今　所以。相當「故」，連詞。王引之《經義述聞》：「今亦可訓為故。……〈湯誓〉曰：『夏德若茲，今朕必往。』言故朕必往也。」按：依王氏之說，「肆」、「故」訓釋為「今」，均是「所以」之意。《書・梓材》：「肆王惟德用，和懌先後迷民，用懌先王受命。」蔡沈集傳：「肆，今也。」《詩・大雅・大明》：「涼彼武王，肆伐大商。」鄭箋：「肆，故今也。」《書・盤庚》：「故有爽德，自上其罰汝，汝罔能迪。」孫星衍今古文注疏引《釋詁》：「故，今也。」

【語　譯】肆、故，都有所以的意思。

一・〇八〇　惇（ㄉㄨㄣ）❶、亶（ㄉㄢˇ）❷、祜（ㄏㄨˋ）❸、篤（ㄉㄨˇ）❹、掔（ㄑㄧㄢ）❺、仍（ㄖㄥˊ）❻、肶（ㄆㄧˊ）❼、埤（ㄆㄧˊ）❽、竺（ㄓㄨˊ）❾、腹（ㄈㄨˋ）❿，厚（ㄏㄡˋ）也（ㄧㄝˇ）。

【注　釋】❶惇　敦厚。《說文》：「惇，厚也。」《書・皋陶謨》：「惇敘九族，庶明勵翼，邇可遠，在茲。」

鄭注：「惇，厚也。」❷亶　敦厚。《國語・周語》：「亶厥心肆其靖之。」韋昭注：「厚其心，以固和天下。」❸祜　大福；福厚。引申有厚義。參見一・〇七一條：「祜，福也。」❹篤　純厚；深厚。《詩・唐風・椒聊》：「彼其之子，碩大且篤。」毛傳：「篤，厚也。」《論語・述而》：「君子篤于親則民興於仁。」皇侃疏：「篤，厚也。」❺掔　本義為緊固。《說文》：「掔，固也。」引申為厚實。❻仍　同「訒」。加厚；厚重。《說文》：「訒，厚也。」段注：「因仍則加厚，訒與仍音義略同。」❼肶　同「膍」。本義為牛百葉，引申為厚實。《詩・小雅・采菽》：「樂只君子，福祿膍之。」毛傳：「膍，厚也。」陸德明釋文引《韓詩》作「肶」。❽埤　加厚。《說文》：「埤，增也。」按：增益則加厚，故引申為厚義。《詩・邶風・北門》：「王事適我，政事一埤益我。」毛傳：「埤，厚也。」❾竺　厚實。《說文》：「竺，厚也。」此義後來寫作「篤」。《書・微子之命》：「予嘉乃德，曰篤不忘。」孔傳：「我善汝德，謂厚不可忘。」陸德明釋文：「篤，本又作竺。」❿腹　本義為腹部，引申為厚實。《說文》：「腹，厚也。」《禮記・月令》：「冰方盛，水澤腹堅，命取冰。」鄭注：「腹，厚也。」

【語譯】惇、亶、祜、篤、掔、仍、肶、埤、竺、腹等詞，都有厚實的意思。

一・〇八一　載❶、謨❷、食❸、詐❹，偽❺也。

【注釋】❶載　施行；作為。《荀子・榮辱》：「皆使人載其事而各得其宜。」楊倞注：「載，行也。」《周禮・春官・大宗伯》：「大賓客，則攝而載果。」鄭注：「載，為也。」❷謨　謀劃。《說文》：「謨，議謀也。」《詩・大雅・抑》：「訏謨定命，遠猶辰告。」毛傳：「謨，謀也。」按：謀劃與作為義近。❸食　飾偽；欺詐。《文選・思玄賦》：「嘉群神之執玉兮，疾防風之食言。」舊注：「食，偽也。」黃侃《爾雅音訓》：「食者，飾之假借也。」❹詐　欺詐；詐偽。《說文》：「詐，欺也。」《廣韻・禡韻》：「詐，偽也。」❺偽　此條訓釋詞「偽」有二義：一是作為、人為。《荀子・性惡》：「可學而能，可事而成之在人者謂之偽。」又：「人之性惡，其善者偽也。」楊倞注：「偽，為也。」二是虛偽、詐偽。《說文》：「偽，詐也。」《孟子・萬章上》：「然則舜偽喜者與？」趙岐注：「偽，詐也。」

【語　譯】載、謨二詞，有作為的意思；食、詐二詞，有虛偽的意思。

一・〇八二　話❶、猷❷、載❸、行❹、訛❺，言也。

【注　釋】❶話　言語；說話。《詩・大雅・抑》：「慎爾出話，敬爾威儀。」朱熹集傳：「話，言也。」❷猷　言談；告道。郭注：「猷者道，道亦言也。」《書・多方》：「王若曰：猷告爾四國多方，惟爾殷侯尹民。」孔疏：「猷，道也。」孫星衍疏：「猷告猶言告道。」❸載　盟約之言。《周禮・秋官・司盟》：「司盟，掌盟載之法。」鄭注：「載，盟詞也。盟者，書其辭於策，殺牲取血，坎其牲，加書於上而埋之，謂之載書。」❹行　言說。郭注：「今江東通謂語為行。」《管子・山權數》：「行者，道民之利害也。」按：以「道」釋「行」，正是言說之義，今語猶有「說道」、「說三道四」、「說不清道不明」等，皆言說之義。❺訛　詐偽之言。郭注：「世以妖言為訛。」《詩・小雅・沔水》：「民之訛言，寧莫之懲？」鄭箋：「訛，偽也。」《漢書・成帝紀》：「京師無故訛言大水至。」顏師古注：「訛，偽言也。」按：今成語「以訛傳訛」，「訛」正指偽言。字又作「譌」。《說文》：「譌，譌言也。」

【語　譯】話、猷、載、行、訛等詞，都有言語、言說的意思。

一・〇八三　遘❶、逢，遇也。遘、逢、遇，逆❷也。遘、逢、遇、逆，見也。

【注　釋】❶遘　遇見；碰上。《說文》：「遘，遇也。」《楚辭・哀時命》：「夫何予生之不遘時？」王逸注：「遘，遇也。」字又作「覯」。《說文》：「覯，遇見也。」《詩・邶風・柏舟》：「覯閔既多，受侮不少。」朱熹集傳：「覯，見也。」按：遘（覯）既訓遇又訓見，二者義相通，《說文》即「遇見」連文為釋，今語同。❷遻　遇見。《說文》：「遻，相遇驚也。」《列子・黃帝》：「死生驚懼不入乎其胸，是故遻物而不慴。」殷敬順釋文：「遻音忤，遇也。一本作遌。」

【語　譯】遘、逢二詞，有遇到的意思。遘、逢、遇三詞，都有遇見的意思。遘、逢、遇、遻等詞，都有見到的意思。

一・〇八四　顯❶、昭❷、覲❸、釗❹、覿❺，見❻也。

【注　釋】❶顯　顯現。顯現的東西容易看見，故引申有看見的意思。《詩・周頌・敬之》：「敬之敬之，天維顯思。」毛傳：「顯，見。」陳奐傳疏：「見，猶視也。」❷昭　彰明；可見。《詩・周頌・時邁》：「明昭有周，式序在位。」鄭箋：「昭，見也。」❸覲　朝見；會見。《說文》：「諸侯秋朝曰覲。」《詩・大雅・韓奕》：「韓奕入覲，以其介圭，入覲于王。」毛傳：「覲，見也。」《書・舜典》：「乃日覲四嶽群牧。」孔傳：「覲，見也。」❹釗　通「昭」。昭與顯同義，故可同訓為見。郭注：「昭，明見也。逸《書》曰：『釗我周王』。」郝疏引梅《書》作「昭我周王」。黃侃《爾雅音訓》：「昭釗同字並見。」❺覿　看見；相見。《易・困》：「初六，臀困於株木，入于幽谷，三歲不覿。」陸德明釋文：「覿，見也。」《公羊傳・莊公二十四年》：「覿者何？見也。」❻見　看見；會見。這個意義音「建」，是常義。又有顯現、出現的意思，這個意義音「現」，後來即寫作「現」。《漢書・杜周傳》：「久繫待問而微見其冤狀。」顏師古注：「見，顯也。」按：微見即微現。此條中「顯」、「昭」、「釗」的基本義是顯現、顯明，然顯現義與看見義相通，故可同訓為「見」。

【語　譯】顯、昭、覲、釗（昭）、覿等詞，都有看見的意思。

一〇八五　監❶、瞻❷、臨❸、涖❹、覜❺、相❻，視也。

【注　釋】❶監　本義指從器皿裝的水中照視自己的面容，引申為察看。《書・酒誥》：「古人有言曰：人無于水監，當於民監。」孔傳：「視水見己形，視民行事見吉凶。」《詩・小雅・節南山》：「國既卒斬，何用不監？」毛傳：「監，視也。」❷瞻　觀看；向高處或向遠處看。《詩・小雅・節南山》：「赫赫師尹，民具爾瞻。」毛傳：「瞻，視也。」❸臨　視察；從上往下看。《詩・大雅・皇矣》：「皇矣上帝，臨下有赫。」鄭箋：「臨，視也。大矣天之視天下，赫赫甚明。」❹涖　視察；臨視。字又作「蒞」。《禮記・文王世子》：「成王幼，不能蒞阼。」鄭注：「蒞，視也。」❺覜　聘禮相見。《說文》：「諸侯三年大相聘曰覜。覜，視也。」按：「覜」十三經本作「頫」，此依阮元校訂。或說「覜」同「眺」。遠望。❻相　察看；仔細看。《說文》：「相，省視也。」《詩・鄘風・相鼠》：「相鼠有皮，人而無儀。」毛傳：「相，視也。」《楚辭・九章・惜誦》：「故相臣莫若君兮，所以證之不遠。」洪興祖補注：「相，視也。」

【語　譯】監、瞻、臨、涖（蒞）、覜、相等詞，都有察看的意思。

一〇八六　鞫❶、訩❷、溢❸，盈❹也。

【注　釋】❶鞫　盈滿。《詩・小雅・節南山》：「昊天不傭，降此鞫訩。」毛傳：「鞫，盈也。」❷訩　當為衍文，蓋以郭璞注引《詩》「降此鞠訩」連及而衍，此依阮元校訂。❸溢　盈滿。《說文》：「溢，器滿也。」按：本指水滿溢出，引申為盈溢。《孟子・離婁上》：「故沛然德教溢乎四海。」朱熹集注：「溢，充滿也。」❹盈　充滿。《說文》：「盈，滿器也。」《孟子・盡心上》：「流水之為物也，不盈科不行。」趙岐注：「盈，滿也。」

【語　譯】鞠、溢等詞，有盈滿的意思。

一・〇八七　孔❶、魄❷、哉❸、延❹、虛❺、無❻、之❼、言❽，間也。

【注　釋】❶孔　孔穴。《玉篇》：「孔，竅也，空也。」孔穴與間隙義通，故訓為「間」。❷魄　通「薄」。助詞，表示言語間語氣上的空隙，故訓為「間」。黃侃《爾雅音訓》：「魄以為語詞，則《詩》之『薄』也。」《詩・小雅・采芑》：「薄言采芑，于彼新田。」❸哉　句中、句末語氣助詞，表示話語中的間隙。《說文》：「哉，言之間也。」❹延　間斷；停息。《書・大誥》：「天降割於我家，不少延。」王引之《經義述聞》：「延者，間也，息也。」❺虛　虛空。與間隙義同。❻無　虛無；虛空。與間隙義同。郭注：「虛，無，皆有間隙。」「無」與「有」相對。郝懿行疏：「無者，有之間也。」❼之　句中、句末助詞，表示話語中的間歇。王引之《經傳釋詞》：「之，言之間也。若『在河之洲』之屬是也。」❽言　句中助詞，表示話語中的間隔，無實義。《詩・邶風・泉水》：「駕言出遊，以寫我憂。」

【語　譯】孔、延、虛、無等詞，都有間隙的意思；魄（薄）、哉、之、言等詞，表示話語中的間隙。

一・〇八八　瘞❶、幽❷、隱、匿、蔽❸、竄❹，微❺也。

【注釋】❶瘞　埋藏；隱藏。《說文》：「瘞，幽薶也。」段注：「幽者隱也，隱而薶之也。」《詩・大雅・雲漢》：「上下奠瘞，靡神不宗。」陸德明釋文：「瘞，埋也。」❷幽　隱藏；不顯露。《說文》：「幽，隱也。」《荀子・正論》：「上幽險則下漸詐矣。」楊倞注：「幽，隱也。」❸蔽　隱藏。《廣雅・釋詁》：「蔽，隱也。」《文選・離騷》：「世溷濁而不分兮，好蔽美而嫉妒。」呂延濟注：「蔽，隱也。」❹竄　隱匿。《說文》：「竄，匿也。」《荀子・儒效》：「惠施鄧析不敢竄其察。」楊倞注：「竄，隱匿也。」❺微　隱藏不見。《說文》：「微，隱行也。」《左傳・哀公十六年》：「白公奔山而縊，其徒微之。」杜注：「微，匿也。」

【語譯】瘞、幽、隱、匿、蔽、竄等詞，都有隱藏的意思。

一・〇八九　訖❶、徽❷、妥❸、懷❹、安❺、按❻、替❼、戾❽、底❾、厎❿、尼⓫、定、曷⓬、遏⓭，止也。

【注釋】❶訖　終止。《說文》：「訖，止也。」《穀梁傳・僖公九年》：「毋雍泉，毋訖糴，毋易樹子，毋以妾為妻，毋使婦人與國事。」注：「訖，止也。」❷徽　靜止。郝疏：「徽者，微之止也。徽從微省聲，微有隱義，安隱與止息義近。」王引之《經義述聞》：「《楚辭・離騷》『忽緯繣其難遷』，《廣韻》作『徽繣』。徽繣者，止而不遷之謂。」❸妥　安坐。安坐與止息義通，故訓為止。《詩・小雅・楚茨》：「以妥以侑，以介景福。」毛傳：「妥，安坐也。」《儀禮・士相見禮》：「凡言非對也，妥而後傳言。」鄭注：「妥，安坐也。……古文妥為綏。」按：「綏」也有止義。《國語・齊語》：「使民以勸，綏謗言。」韋昭注：「綏，止也。」則「妥」與「綏」音義相通。❹懷　使人心歸止；使來到。《禮記・學記》：「夫然後足以化民易俗，近者說服而遠者懷之。」鄭注：「懷，來也，安也。」參見一・〇〇五條注釋。❺安　靜止。《說文》：「安，靜也。」安靜與停止義相通。《詩・小雅・鴻鴈序》：「萬民離散，不安其居。」孔疏：「由厲王衰亂，萬民分離逃散，皆不安止其居。」按：孔疏「安止」連言，「安」即「止」義。❻按　制止。《呂氏春秋・期賢》：「故簡子之時，衛以十人者按趙之兵。」高誘注：「按，止也。」❼替　廢止。《詩・大雅・召旻》：「彼疏斯粺，胡不自替，職兄斯引。」毛傳：「替，廢也。」參見一・〇七五條注釋。❽戾　止息。《詩・小雅・采菽》：「優哉游哉，亦是戾矣！」鄭箋：「戾，止也。諸侯有盛德者，亦優游自安止於是。」參見一・〇七五條注釋。❾底　物體的最下部，引申為止住、停滯。《說文》：「底，……一曰下也。」《左傳・昭公元年》：「於是乎節宣其氣，勿使有所壅閉湫底以露其體。」杜注：「底，滯也。」孔疏引服虔注：「底，止也。」❿底　到達；停止。《左傳・襄公十年》：「若篳門閨竇，其能來東底乎？」杜注：「底，至也。」按：此條「底」一本作「廢」，義亦通。⓫尼　制止。《孟子・梁惠王下》：「行或使之，止或尼之。」趙岐注：「尼，止也。」⓬曷　通「遏」。遏止；阻止。《詩・商頌・長發》：「如火烈烈，則莫我敢曷。」《漢書・刑法志》引作「莫我敢遏。」黃侃《爾雅音訓》：「曷遏亦同字並見，曷即遏也。」⓭遏　阻止。《說文》：「遏，微止也。」《易・大有・象傳》：「君子以遏惡揚善。」陸德明釋文：「遏，止也。」

【語　譯】訖、徽、妥、懷、安、按、替、戾、底、底、尼、定、曷（遏）、遏等詞，都有終止的意思。

一・〇九〇　豫❶、射❷，厭❸也。

【注　釋】❶豫　滿足。《楚辭・九章・惜誦》：「行婞直而不豫兮，鮌功用而不就。」王逸注：「言鮌行婞很勁直，恣心自用，不知厭足，故殛之羽山。」❷射　通「斁」。滿足；厭倦。《詩・小雅・車舝》：「式燕且譽，好爾無射。」鄭箋：「射，厭也。」❸厭　飽足；滿足。《漢書・鮑宣傳》：「今貧民菜食不厭。」顏師古注：「厭，飽足也。」《呂氏春秋・懷寵》：「徵斂無期，求索無厭。」高誘注：「厭，足也。」

【語　譯】豫、射（斁）等詞，都有滿足的意思。

一・〇九一

烈（ㄌㄧㄝˋ）❶、績（ㄐㄧ）❷，業（ㄧㄝˋ）也（ㄧㄝˇ）。

【注　釋】❶烈　本義為火勢猛，引申為功業。《說文》：「烈，火猛也。」《禮記・祭法》：「此皆有功烈於民者也。」鄭注：「烈，業也。」❷績　業績；功業。《詩・大雅・文王有聲》：「豐水東注，維禹之績。」毛傳：「績，業也。」

【語　譯】烈、績等詞，都有功業的意思。

一・〇九二

績（ㄐㄧ）、勳（ㄒㄩㄣ）❶，功（ㄍㄨㄥ）也（ㄧㄝˇ）。

【注　釋】❶勳　功勞；功業。《左傳・昭公四年》：「孟孫為司空以書勳。」杜注：「勳，功也。」按：上條「烈、績」同訓為「業」，此條「績、勳」同釋為「功」，兩條為近義詞，「業」與「功」亦同義，今語尚有「建功立業」之說，故郝懿行《爾雅義疏》合此二條為一條。

【語　譯】績、勳二詞，都有功勞的意思。

一・〇九三

功（ㄍㄨㄥ）、績（ㄐㄧ）、質（ㄓˊ）❶、登（ㄉㄥ）❷、平（ㄆㄧㄥˊ）❸、明（ㄇㄧㄥˊ）❹、考（ㄎㄠˇ）❺、就（ㄐㄧㄡˋ）❻，成（ㄔㄥˊ）也（ㄧㄝˇ）。

【注釋】❶質　完成；成功。《詩・大雅・抑》：「質爾人民，謹爾侯度，用戒不虞。」毛傳：「質，成也。」❷登　完成；成功。《詩・大雅・崧高》：「定申伯之宅，登是南邦，世執其功。」毛傳：「登，成也。」又指莊稼成熟，成語有「五穀豐登」。❸平　平定。與完成義相通，故可訓「成」。特指達成和平友好關係，古代又稱為「行成」。《穀梁傳・宣公四年》：「公及齊侯平莒及郯……平者成也。」按：今語將處理好某件事，完成某項工作叫做「擺平」，亦可證「平」有「完成」義。❹明　成；成熟。《詩・周頌・臣工》：「於皇來牟，將受厥明。」馬瑞辰通釋：「古以年豐穀熟為明，……明亦成也。」《史記・李斯列傳》：「大山不讓土壤，故能成其大；河海不擇細流，故能就其深；王者不卻眾庶，故能明其德。」按：句中「成」、「就」、「明」對文同義，「明其德」猶言「成其德」。❺考　完成；落成。《穀梁傳・隱公五年》：「九月，考仲子之宮。考者何也？考者成之也。」❻就　成就；完成。《漢書・高帝紀》：「故可因以就宮室。」顏師古注：「就，成也。」按：成語有「功成名就」，「就」與「成」同義。

【語譯】功、績、質、登、平、明、考、就等詞，都有完成、成功的意思。

一・〇九四　梏(ㄐㄩㄝˊ)❶、梗(ㄍㄥˇ)❷、較(ㄐㄩㄝˊ)❸、頲(ㄊㄧㄥˇ)❹、庭(ㄊㄧㄥˊ)❺、道(ㄉㄠˋ)❻，直(ㄓˊ)也(ㄧㄝˇ)。

【注釋】❶梏　正直。《禮記・射義》：「發而不失正鵠者，其唯賢宅乎！」鄭注：「鵠之言梏也。梏，直也。言人正直乃能中也。」或以為通「覺」。朱駿聲《說文通訓定聲》：「梏，假借為覺。」《詩・大雅・抑》：「有覺德行，四國順之。」毛傳：「覺，直也。」《禮記・緇衣》引作「有梏德行，四國順之。」鄭注：「梏，大也，直也。」❷梗　耿直；正直。《廣雅》：「梗，直也。」《方言》卷一三：「梗，覺也。」郭璞注：「謂直也。」❸較　直；正直。《尚書大傳》：「覺兮較兮，吾大命格兮。」鄭玄注：「較兮，謂直道者也。」❹頲挺直。字又寫作「侹」、「脡」等。《一切經音義》卷一三：「侹，古文作『頲』。《通俗文》：『平直曰侹。』」《禮記．曲禮下》：「脯曰尹祭，槁魚曰商祭，鮮魚曰脡祭。」鄭注：「脡，直也。」❺庭　正直。《詩．周頌．閔予小子》：「念茲皇祖，陟降庭止。」毛傳：「庭，直也。」黃侃《爾雅音訓》：「頲、庭一語而字殊爾。」❻道　本義為道路，路以直為捷近，故引申為直。王引之《經義述聞》：「直、道一聲之轉。……《文子．自然篇》：『行道者而被刑。』《淮南．主術篇》『道』作『直』，是『道』與『直』同義。」

【語　譯】梏（覺）、梗、較、頲（侹）、庭、道等詞，都有直的意思。

一．〇九五　密❶、康❷，靜也。

【注　釋】❶密　寧靜。《書．舜典》：「百姓如喪考妣，三載，四海遏密八音。」孔傳：「密，靜也。」參見一．〇二七條注釋。❷康　安寧；安靜。《楚辭．離騷》：「日康娛而自忘兮，厥首用夫顛隕。」王逸注：「康，安也。」按：「安」與「靜」義通，故「康」可釋為「靜」。

【語　譯】密、康二詞，都有安靜的意思。

一．〇九六　豫❶、寧、綏❷、康❸、柔❹，安也。

【注　釋】❶豫　安樂。《國語．晉語四》：「母老子強，故曰豫。」韋昭注：「豫，樂也。」❷綏　安撫。《詩．大雅．民勞》：「民亦勞止，汔可小康。惠此中國，以綏四方。」鄭箋：「康、綏，皆安也。」❸康　安樂。《詩．大雅．生民》：「上帝不寧，不康禋祀。」鄭箋：「康、寧，皆安也。」❹柔　安撫。《左傳．文公七年》：「服而不柔，何以示懷？」杜注：「柔，安也。」

【語　譯】豫、寧、康等詞，有安樂、安寧的意思。綏、柔等詞，有安撫的意思。

一·〇九七　平❶、均❷、夷❸、弟❹，易❺也。

【注　釋】❶平　平齊；平和。《玉篇》：「平，均也，齊等也。」《詩·商頌·那》：「既和且平，依我磬聲。」毛傳：「平，正平也。」❷均　平均；均齊。《說文》：「均，平偏也。」《周禮·地官·小司徒》：「乃均土地以稽其人民，而周知其數。」鄭注：「均，平也。」❸夷　平坦；平和。《淮南子·說林》：「川竭而谷虛，邱夷而淵塞。」高誘注：「夷，平也。」《詩·召南·草蟲》：「亦既覯止，我心則夷。」毛傳：「夷，平也。」馬瑞辰通釋：「心平則喜。」❹弟　和易；平和。《詩·大雅·旱麓》：「豈弟君子，干祿豈弟。」陸德明釋文：「豈，樂也；弟，易也。」按：這個意義後來寫作「愷悌」。❺易　平；平和。《詩·小雅·何人斯》：「爾還而入，我心易也。」毛傳：「易，說。」按：「說」（悅）即平和、和樂之意。「我心易也」與「我心則夷」語意相近似。《淮南子·兵略》：「易則用車，險則用騎。」高誘注：「易，平地也。」

【語　譯】平、均、夷、弟等詞，都有平均、平和的意思。

一·〇九八　矢❶，弛也。弛❷，易❸也。

【注　釋】❶矢　施陳；散布。《詩·大雅·卷阿》：「豈弟君子，來遊來歌，以矢其音。」毛傳：「矢，陳也。」又《詩·大雅·江漢》：「矢其文德，洽此四國。」毛傳：「矢，施也。」❷弛　本義指弓弦鬆弛，引中為散布、施陳。《禮記・孔子閒居》引《詩》：「弛其文德，協此四國。」鄭注：「弛，施也。」❸易　移易；延移。《左傳・隱公六年》：「惡之易也，如火之燎原。」王引之《經義述聞》：「易者延也。」《詩・大雅・皇矣》：「其德靡悔，既受帝祉，施於孫子。」鄭箋：「施，猶易也，延也。」按：散布則延移，故「弛」可訓作「易」。

【語　譯】矢，有施陳、散布的意思。弛，有延移的意思。

一・〇九九　希❶、寡❷、鮮❸，罕❹也。鮮，寡也。

【注　釋】❶希　少；罕見。《論語・公冶長》：「不念舊惡，怨是用希。」皇侃義疏：「希，少也。」《呂氏春秋・原亂》：「故凡作亂之人，禍希不及身。」高誘注：「希，鮮也。」按：這個意義後來寫作「稀」。❷寡　少。《論語・為政》：「多聞闕疑，慎言其餘，則寡尤。」皇侃義疏：「寡，少也。」❸鮮　少；罕見。《論語・里仁》：「以約失之者鮮矣。」皇侃義疏：「鮮，少也。」《詩・大雅・蕩》：「靡不有初，鮮克有終。」鄭箋：「鮮，寡也。」❹罕　稀少。《荀子・天論》：「養略而動罕，則天不能全。」楊倞注：「罕，希也。」

【語　譯】希、寡、鮮等詞，都有稀少、罕見的意思。鮮一詞，有稀少的意思。

一・一〇〇　酬❶、酢❷、侑❸，報也。

【注　釋】❶酬　本義指主人向客人回敬酒。《說文》：「酬，主人進客也。」引申為酬答、報答。《左傳・昭公二十七年》：「吾無以酬之，若何？」杜注：「酬，報獻。」❷酢　本義為客人給主人回敬酒。《說文》作「醋」，曰：「醋，客酌主人也。」引申為回報、報答。《詩・小雅・楚茨》：「神保是格，報以介福，萬壽攸酢。」毛傳：「酢，報也。」❸侑　酬答。《詩・小雅・楚茨》：「以為酒食，以饗以禮。以妥以侑，以介景福。」毛傳：「侑，勸也。」按：此指勸酒以為酬謝。王引之《經義述聞》：「侑與酬、酢同義。」

【語　譯】酬、酢、侑等詞，都有報答的意思。

一・一〇一　毗劉❶，暴樂❷也。

【注　釋】❶毗劉　連綿詞，形容樹木枝葉枯落稀疏的樣子。也作「仳離」、「披離」等。❷暴樂　連綿詞，形容樹葉脫落稀疏的樣子。又寫作「爆爍」等。

【語　譯】毗劉，是「暴樂」的意思，都是形容樹木枝葉脫落稀疏的樣子。

一・一〇二　覭髳❶，茀離❷也。

【注　釋】❶覭髳　連綿詞，形容草木叢生的樣子。❷茀離　連綿詞，形容草木叢生的樣子。

【語　譯】覭髳，是「茀離」的意思，都是形容草木叢生的樣子。

一・一〇三　蠱❶、謟❷、貳❸，疑也。

【注　釋】❶蠱　誘惑；使疑惑。《左傳・莊公二十八年》：「楚令尹子元欲蠱文夫人。」陸德明釋文：「蠱，惑也。」❷謟　疑惑；可疑。《左傳・昭公二十六年》：「天道不謟，不貳其命，若之何禳之？」杜注：「謟，疑也。」❸貳　懷疑；疑惑。《列子・仲尼》：「此其所以事吾而不貳也。」陸德明釋文：「貳，疑也。」

【語　譯】蠱、謟、貳等詞，都有疑惑的意思。

一・一〇四　楨❶、翰❷、儀❸，榦❹也。

【注　釋】❶楨　支柱；主幹。喻指中堅力量。《說文》：「楨，剛木也。」《詩・大雅・文王》：「王國克生，維周之楨。」毛傳：「楨，幹也。」❷翰　通「榦」。支柱；主幹。《詩・大雅・板》：「大邦維屏，大宗維翰。」毛傳：「翰，榦也。」❸儀　通「檥」。立木；支柱。《說文》：「檥，榦也。」❹榦　本義指古代築牆時豎立在夾板兩旁起固定作用的木柱，引申為主幹、支柱。《說文》：「榦，築牆耑木也。」按：「耑」，古「端」字。

【語　譯】楨、翰（榦）、儀（檥）等詞，都有主幹的意思。

一・一〇五　弼❶、棐❷、輔、比❸，俌❹也。

【注　釋】❶弼　輔佐。《說文》：「弼，輔也，重也。」《書・大禹謨》：「明於五刑，以弼五教，期於予治。」孔傳：「弼，輔也。」❷棐　輔佐。《說文》：「棐，輔也。」《書・酒誥》：「封，我西土棐徂邦君、御事、小子，尚克用文王教。」孔疏：「棐，輔也。」❸比　本義為相併、親密，引申為說明、輔佐。《說文》：「比，密也。」《詩・唐風・杕杜》：「嗟行之人，胡不比焉？」鄭箋：「比，輔也。」❹俌　輔佐。《說文》：「俌，輔也。」段注：「謂人之俌，猶車之輔也。」按：輔助之義後來寫作「輔」。

【語　譯】弼、棐、輔、比等詞，都有輔佐的意思。

一·一〇六　疆、界、邊、衛❶、圉❷，垂❸也。

【注　釋】❶衛　本義為戍守、保衛，引申指戍守的範圍，四界之內，故有邊疆義。《說文》：「衛，宿衛也。」《周禮·春官·巾車》：「革路，龍勒，條纓五就，建大白，以即戎，以封四衛。」鄭注：「四衛，四方諸侯守衛者，蠻服以內。」❷圉　邊境。《說文》：「圉，垂也。」《左傳·隱公十一年》：「寡人之使吾子處此，不唯許國之為，亦聊以固吾圉也。」杜注：「圉，邊垂也。」❸垂　邊陲。《說文》：「垂，遠邊也。」按：這個意義後來寫作「陲」。

【語　譯】疆、界、邊、衛、圉等詞，都有邊陲的意思。

一·一〇七　昌❶、敵❷、彊❸、應❹、丁❺，當❻也。

【注　釋】❶昌　本義為美言。《說文》：「昌，美言也。」美善之言當理，引申有正當、美善之義，故可訓為「當」。《書·皋陶謨》：「禹拜昌言曰：俞！」孔傳：「昌，當也。以皋陶言為當，故拜受而然之。」王引之《經義述聞》：「昌言者，當理之言，故曰：『昌，當也。』」❷敵　相當。《左傳·文公四年》：「諸侯敵王所愾而獻其功，王於是乎賜之彤弓一，彤矢百，玈弓矢千，以覺報宴。」杜注：「敵猶當也。」孔疏：「敵者，相當之言也。」❸彊　相當。郭注：「彊者，好與物相當值。」黃侃《爾雅音訓》：「彊者直也，直即當之訓。」❹應　應當；承當。《說文》：「應，當也。」《呂氏春秋·論人》：「則何事之不勝？何物之不應？」

高誘注：「應，當也。」《詩・周頌・賚》：「文王既勤止，我應受之。」毛傳：「應，當。」❺丁　承當；遭逢。《詩・大雅・雲漢》：「上帝不臨，耗斁下土，寧丁我躬。」毛傳：「丁，當也。」朱熹集傳：「何以當我之身而有是災也。」❻當　相當；承當。這個意義讀平聲。《呂氏春秋・孟夏紀》：「行爵出祿，必當其位。」又引申為恰當、正當。這個意義讀去聲。《淮南子・原道》：「是故舉錯不能當，動靜不能中。」

【語　譯】昌、敵、彊、應、丁等詞，都有相當、承當的意思。

一・一〇八　浡❶、肩❷、搖、動、蠢❸、迪❹、俶❺、厲❻，作❼也。

【注　釋】❶浡　通「勃」。興起；勃動。《孟子・梁惠王上》：「天油然作雲，沛然下雨，則苗浡然興之矣。」朱熹集注：「浡然，興起貌。」❷肩　肩任；任用。邢疏：「肩者，勝任之作也。」《書・盤庚》：「朕不肩好貨。」孔傳：「肩，任也。」按：「肩」釋為「作」，是動作、作為之意。參見一・〇三八條注釋。❸蠢　本義指蟲子蠕動。《說文》：「蠢，蟲動也。」引申為動作、行動。《詩・小雅・采芑》：「蠢爾蠻荊，大邦為讎。」毛傳：「蠢，動也。」❹迪　動作；行動。《書・皋陶謨》：「允迪厥德，謨明弼諧。」孔傳：「迪，蹈也。」按：蹈即履行之義，與動作、行動義通。邵晉涵疏：「迪者，〈（書）微子〉：『詔王子出迪』。迪訓為行，行即作也。」❺俶　作；造作。《詩・大雅・崧高》：「有俶其城，寢廟既成。」毛傳：「俶，作也。」❻厲　作為。《書・皋陶謨》：「惇敘九族，庶明勵翼。」「勵」，孔穎達疏引鄭玄注作「厲」，云：「厲，作也。」按：「庶明厲翼」，意為以眾賢明作輔翼之臣。❼作　本義為起身、站起來。《說文》：「作，起也。」引申為興起。《文選・兩都賦序》：「王澤竭而詩不作。」李善注：「作，興也。」又引申為動作、進行或擔任某項工作。《呂氏春秋・審分》：「今以眾地者公作則遲，有所匿其力也。」高誘注：「作，為也。」

【語　譯】浡（勃）、肩、搖、動、蠢、迪、俶、厲等詞，分別有興起、動作的意思。

一・一〇九　茲❶、斯❷、咨❸、呰❹、已❺，此也。

【注　釋】❶茲　此，指示代詞。《書・大禹謨》：「念茲在茲，釋茲在茲，名言茲在茲，允出茲在茲，惟帝念功。」孔傳：「茲，此也。」❷斯　此，指示代詞。《論語・述而》：「不圖為樂之至於斯也！」皇侃疏：「斯，此也。」❸咨　通「茲」。此，指示代詞。郝疏：「咨者，與茲音近同字通。魏〈孔羨碑〉云：『咨可謂命世大聖，千載之師表者已。』咨即茲也。又咨嗟之咨，《說文》作『嗞』，從口、茲聲，亦其證也。」❹呰　此，指示代詞。郭注：「呰、已皆方俗異語。」郝疏：「呰、已與此皆音相近，故得為『此』也。」❺已　此，指示代詞。相當於「茲」。《書・皋陶謨》：「邇可遠在茲。」《史記・夏本紀》引作「近可遠在已」。

【語　譯】茲、斯、咨（茲）、呰、已等詞，都有指示代詞「此」的意思。

一・一一〇　嗟❶、咨❷，蹉❸也。

【注　釋】❶嗟　歎詞，表示讚歎、驚歎、悲歎等。《呂氏春秋・知化》：「嗟乎！吳朝必生荊棘矣！」高誘注：「嗟，歎詞也。」❷咨　歎詞，表示讚歎、驚歎等。《呂氏春秋・行論》：「文王流涕而咨之。」高誘注：「咨、嗟，歎詞。」❸蹉　歎詞，「嗟」的古字。按：或以為此條當作「蹉、咨，嗟也。」

【語　譯】嗟、咨二詞，都有表示感歎的意思。

一・二一二　閑❶、狎❷、串❸、貫❹，習❺也。

【注　釋】❶閑　通「嫻」。習慣；熟悉。《孟子・滕文公下》：「吾為此懼，閑先聖之道，距楊墨，放淫辭，邪說者不得作。」趙岐注：「閑，習也。」❷狎　習慣；熟悉。《左傳・襄公四年》：「邊鄙不聳，民狎其野。」杜注：「狎，習也。」《禮記・曲禮上》：「賢者狎而敬之，畏而愛之。」鄭注：「狎，習也，近也。」❸串　通「貫」。習慣。《荀子・大略》：「國法禁拾遺，惡民之串以無分得也。」楊倞注：「串，習也。」黃侃《爾雅音訓》：「串、貫同字並見。」❹貫　習慣；熟悉。這個意義後來寫作「慣」。《詩・齊風・猗嗟》：「舞則選兮，射則貫兮。」鄭箋：「貫，習也。」《孟子・滕文公下》：「我不貫與小人乘，請辭。」趙岐注：「貫，習也。」❺習　本義為鳥練習飛行。《說文》：「習，數飛也。」按：數飛即反復飛，故引申有熟悉、習慣的意思。

【語　譯】閑（嫻）、狎、串（貫）、貫（慣）等詞，都有習慣、熟悉的意思。

一・二一三　曩❶、塵❷、佇❸、淹❹、留❺，久也。

【注　釋】❶曩　從前；過去。表示過去的時間較長久。《楚辭・九章・惜頌》：「欲釋階而登天兮，猶有曩之態也。」王逸注：「曩，久向也。」❷塵　通「陳」。久舊；長久。郝疏：「塵者，陳之假音也。」《文選・思玄賦》：「美襞積以酷烈兮，允塵邈而難虧。」李善注：「塵，久也。」❸佇　久久站立。《說文》新附：「佇，久立也。」《詩・邶風・燕燕》：「瞻望弗及，佇立以泣。」毛傳：「佇立，久立也。」❹淹　久留，引申為長久。《左傳・宣公十二年》：「王師淹病矣，君請勿許也！」杜注：「淹，久也。」❺留　停留，引申為長久。《禮記・儒行》：「悉數之乃留，更僕未可終也。」鄭注：「留，久也。」

【語　譯】曩、塵（陳）、佇、淹、留等詞，都有時間長久的意思。

一・一一三　逮❶、及❷、暨❸，與❹也。

【注　釋】❶逮　連及；相與。《說文》：「逮，唐逮，及也。」《禮記・王制》：「養耆老以致孝，恤孤獨以逮不足。」鄭注：「逮，及也。」❷及　與；和。《公羊傳・隱公元年》：「公及邾婁儀盟於眛。及者何？與也。」《詩・豳風・七月》：「女心傷悲，殆及公子同歸。」毛傳：「及，與也。」❸暨　及；與。《公羊傳・隱公元年》：「會、及、暨，皆與也。」《書・堯典》：「咨，汝羲暨和，期三百有六旬有六日，以閏月定四時，成歲。」孔傳：「暨，與也。」❹與　本為動詞，給與。虛化作介詞，可作「和」講。《論語・述而》：「與朋友交，言而有信。」又作連詞，表示並列關係。《論語・述而》：「用之則行，舍之則藏，唯我與爾有是夫！」陸德明釋文：「與，及也。」

【語　譯】逮、及、暨等詞，都有和、同的意思。

一・一一四　騭❶、假❷、格❸、陟❹、躋❺、登，陞❻也。

【注　釋】❶騭　通「陟」。上升；登上。《書・洪範》：「箕子，惟天陰騭下民，相協厥居，我不知其彝倫攸敘。」陸德明釋文引馬融注：「騭，升也。」❷假　通「佫」。上升。《方言》卷一：「佫，登也，梁益之間曰佫。」《淮南子・齊俗》：「其不能乘雲升假亦明矣。」高誘注：「假，上也。」❸格　通「佫」。上升；登。《書・呂刑》：「皆聽朕言，庶有格命。」孔疏：「鄭玄云：『格，登也。』登命謂壽考者。」❹陟　登；上升。《說文》：「陟，登也。」《書・舜典》：「三載，汝陟帝位。」孔傳：「陟，升也。」❺躋　登上；升。《說文》：「躋，登也。」《詩・豳風・七月》：「躋彼公堂，稱彼兕觥，萬壽無疆。」陸德明釋文：「躋，升也。」❻陞　「升」的本字。上升。《書・舜典》：「玄德升聞，乃命以位。」孔疏：「從下而上謂之升。」

【語　譯】騭（陟）、假（𢓜）、格（𢓜）、陟、躋、登等詞，都有上升的意思。

一・一一五　揮❶、盝❷、歇❸、涸❹，竭❺也。

【注　釋】❶揮　揮散；拋灑。郭注：「揮，振去水，亦為竭。」《左傳・僖公二十三年》：「奉匜沃盥，既而揮之。」按：揮散則盡，故與竭盡義通。❷盝　滲漏，引申為乾涸。黃侃《爾雅音訓》：「盝者，漉之別字，漉之訓竭，亦猶滲之訓盡。」郝疏：「《周禮・考工記・㡆氏》：『清其灰而盝之。』鄭注：『於灰澄而出盝晞之。』鄭意蓋謂澄出其水為盝，而後晞乾之。故《廣韻》云：『盝，去水也，竭也。』」❸歇　本義為歇息。《說文》：「歇，息也。」息止與完盡義通，引申為盡、完。《左傳・襄公二十九年》：「齊國之政將有所歸，未獲所歸，難未歇也。」杜注：「歇，盡也。」❹涸　本義為水乾枯，引申為竭盡。《禮記・月令・仲秋之月》：「殺氣浸盛，陽氣日衰，水始涸。」鄭注：「涸，竭也。」❺竭　盡。今語「竭盡」連言，「竭」亦盡也。《呂氏春秋・下賢》：「精充天地而不竭。」高誘注：「竭，盡也。」

【語　譯】揮、盝（漉）、歇、涸，都有竭盡的意思。

一・一一六　摭❶、拭❷、刷❸，清也。

【注釋】❶拒 通「㨷」。擦乾淨。《說文》：「㨷，拭也。」《禮記・喪大紀》：「浴用絺巾，拒用浴衣，如它日。」鄭注：「拒，拭也。」❷拭 擦乾淨。《儀禮・聘禮》：「賈人北面坐，拭圭。」鄭注：「拭，清也。」❸刷 本作「㕞」。《說文》：「㕞，拭也。」

【語譯】拒（㨷）、拭、刷（㕞），都有清潔的意思。

一・一一七 鴻(ㄏㄨㄥˊ)❶、昏(ㄏㄨㄣ)❷、於(ㄩˊ)❸、顯(ㄒㄧㄢˇ)❹、間(ㄐㄧㄢˋ)❺，代(ㄉㄞˋ)❻也(ㄧㄝˇ)。

【注釋】❶鴻 通「庸」。更替。郝疏：「鴻與庸聲義通。《方言》云：『庸，代也。』」黃侃《爾雅音訓》：「鴻與傭通。《周禮・考工記・梓人》『搏身而鴻』注：『鴻，傭也。』是鴻、傭以同部而通。……通作庸。」❷昏 本為黃昏，黃昏是晝夜更代之時。《說文》段注：「昏者，陽往而陰來。」正是更代之意，故訓為代。❸於 同「于」。郝疏：「凡言於者，以此於彼，以彼於此，於字皆居中間。……人之於己，己之於人，並以相間代為義矣。」《孟子・萬章上》：「女其于予治。」邵晉涵《孟子正義》解為「汝其代予治之也。」❹顯 顯明。郝疏：「顯者，明也。明者，昏之代也。」按：「顯」與「昏」義相對，則「顯」釋為「代」與「昏」釋為「代」理同。❺間 更替；代替。《儀禮・聘禮》：「凡庭實，隨入，左先，皮馬相間，可也。」鄭注：「間，猶代也。」❻代 代替；更迭。《說文》：「代，更也。」《左傳・昭公十二年》：「寡人中此與君代興！」杜注：「代，更也。」

【語譯】鴻（庸）、昏、於（于）、顯、間等詞，都有更迭、更代的意思。

一・一一八 饁(ㄧㄝˋ)❶、饟(ㄒㄧㄤˇ)❷，饋(ㄎㄨㄟˋ)❸也(ㄧㄝˇ)。

【注釋】❶饁 送食物，特指給耕作者送食物。《說文》：「饁，餉田也。」按：即給在田間勞作的人送食物。《詩・豳風・七月》：「同我婦子，饁彼南畝。」毛傳：「饁，饋也。」又《詩・周頌・載芟》：「有嗿其饁，思媚其婦，有依其士。」鄭箋：「饁，饋饟也。」❷饟 同「餉」。送食物。《說文》：「饟，周人謂餉曰饟。」《詩・周頌・良耜》：「或來瞻女，載筐及筥，其饟伊黍。」陳奐傳疏：「饟，猶饁也。」❸饋 贈送食物或其他物資。《說文》：「饋，餉也。」《左傳・文公十六年》：「年自七十以上，無不饋詒也，時加羞珍異。」孔疏：「饋、詒，皆是與人物之名也。」

【語　譯】饁、饟（餉）二詞，都有送食物、饋贈的意思。

一・一一九　遷❶、運❷，徙❸也。

【注　釋】❶遷 移運；遷徙。《說文》：「遷，登也。」按：指由低處遷移至高處，引申為一般遷移。《詩・衛風・氓》：「以爾車來，以我賄遷。」毛傳：「遷，徙也。」❷運 移動；遷徙。《說文》：「運，迻徙也。」按：「迻」即移的本字。《莊子・逍遙遊》：「是鳥也，海運則將徙于南冥。」陸德明釋文引簡文曰：「運，徙也。」❸徙 移動；遷徙。《說文》：「徙，迻也。」《論語・顏淵》：「子曰：主忠信，徙義，崇德也。」邢昺疏：「徙，遷也。」

【語　譯】遷、運二詞，都有遷移、移動的意思。

一・一二〇　秉❶、拱❷，執❸也。

【注釋】❶秉　把持；拿。《說文》：「秉，禾束也。从又持禾。」故引申有執持義。《詩・鄭風・溱洧》：「士與女，方秉蕑兮。」鄭箋：「秉，執也。」按：今語有雙音詞「秉持」，同義連用。❷拱　執持。郭注：「兩手持為拱。」在古籍中多通作「共」。《詩・大雅・抑》：「罔敷求先王，克共明刑。」毛傳：「共，執也。」❸執　持；拿著。《禮記・曲禮》：「執天子之器則上衡。」孔疏：「執，持也。」

【語譯】秉、拱二詞，都有執持的意思。

一・一二二　廞❶、熙❷，興也。

【注釋】❶廞　興起；製作。《周禮・春官・巾車》：「大喪，飾遣車，遂廞之行之。」鄭注：「廞，興也。」❷熙　興起。《書・堯典》：「允釐百工，庶績咸熙。」陸德明釋文：「熙，興也。」

【語譯】廞、熙二詞，都有興起的意思。

一・一二三　衛❶、蹶❷、假❸，嘉❹也。

【注釋】❶衛　通「褘」。美好；讚美。郝疏：「今登萊人嘉其物曰麾，亦曰褘，亦曰偉，三者音轉，語有輕重耳。衛訓為嘉，皆其證也。」參見一・〇五二條：「褘，美也。」❷蹶　讚美。郝疏：「今東齊里俗見人有善誇美之曰蹶。」❸假　美好；讚美。《詩・周頌・雝》：「假哉皇考，綏予孝子。」毛傳：「假，嘉也。」❹嘉　嘉美；讚美。《說文》：「嘉，美也。」《詩・大雅・大明》：「文王嘉止，大邦有子。」毛傳：「嘉，美也。」《儀禮・覲禮》：「予一人嘉之。」鄭注：「嘉之者，美之辭也。」

【語　譯】衛（褘）、蹶、假等詞，都有美好、讚美的意思。

一·一二三　廢❶、稅❷、赦❸，舍❹也。

【注　釋】❶廢　廢棄；捨棄。《論語·微子》：「虞仲、夷逸，隱居放言，身中清，廢中權。」陸德明釋文引馬融：「廢，棄也。」又《論語·雍也》：「力不足者，中道而廢。」按：廢，止也。成語「半途而廢」即出於此。❷稅　通「挩」（脫的古字）。捨棄；釋放。《說文》：「挩，解挩也。」《呂氏春秋·慎大》：「乃稅馬於華山，稅牛于桃林。」高誘注：「稅，釋也。」❸赦　捨棄；免去。《說文》：「赦，置也。」段注：「赦與捨音義同，非專為赦罪也。」《周禮·秋官·司刺》：「掌三刺、三宥、三赦之法，以贊司寇聽獄訟。」鄭注：「赦，舍也。」❹舍　同「捨」。捨棄；放棄。《論語·雍也》：「犁牛之子騂且角，雖欲勿用，山川其舍諸？」皇侃疏：「舍猶棄也。」

【語　譯】廢、稅（挩）、赦等詞，都有捨棄的意思。

一·一二四　棲遲❶、憩❷、休、苦❸、𣪠❹、齂❺、呬❻，息❼也。

【注　釋】❶棲遲　歇息；遊息。《詩·陳風·衡門》：「衡門之下，可以棲遲。」毛傳：「棲遲，遊息也。」孔疏：「舍人曰：棲遲，步行之息也。」❷憩　休息；憩息。《詩·召南·甘棠》：「勿翦勿敗，召伯所憩。」毛傳：「憩，息也。」❸苦　通「盬」。止息。《詩·小雅·四牡》：「王事靡盬，我心傷悲。」王引之《經義述聞》：「盬者，息也。王事靡盬者，王事靡有止息也。」郝疏：「《周禮·鹽人》及〈典婦功〉注杜子春、鄭眾併云『苦讀為鹽』，是鹽、苦通。」❹敂　通「喟」。歎息。郝疏：「敂者，喟之假音也。」《說文》：「喟，大息也。」《一切經音義》七：「喟，又作敂。」❺齂　睡覺時的呼吸聲；氣息。《說文》：「齂，臥息也。」《玉篇》：「齂，鼻息也。」❻呬　呼吸；喘息。《說文》：「呬，東夷謂息為呬。」郭璞注：「呬，氣息貌。」❼息　呼吸；歎息。《論語・鄉黨》：「攝齊升堂，鞠躬如也，屏氣似不息者。」朱熹集注：「息，鼻息出入者也。」《漢書・蘇武傳》：「武氣絕，半日復息。」顏師古注：「息，謂出氣也。」按：此即指呼吸，引申有止息、休息義。《詩・唐風・葛生》：「予美亡此，誰與獨息？」毛傳：「息，止也。」《淮南子・精神》：「曷能久熏勞而不息乎？」高誘注：「息，止也。」按：此條「息也」即兼有上述二義。

【語譯】棲遲、憩、休、苦（鹽）等詞，都有休息、止息的意思；敂（喟）、齂、呬等詞，都有呼吸、歎息的意思。

一・一二五　供❶、峙❷、共❸，具❹也。

【注釋】❶供　供給；設置。《說文》：「供，設也。……一曰供給。」❷峙　通「庤」。儲備；具備。《說文》：「庤，儲置屋下也。」《書・費誓》：「峙乃糗糧，無敢不逮，汝則有大刑。」孔疏：「峙，具也。預貯米粟謂之儲峙。」❸共　通「供」。供給；具備。《周禮・地官・舍人》：「凡祭祀，共簠簋。」鄭注：「共，具物也。」《漢書・王莽傳》：「共酒食，具資用。」顏師古注：「共，讀曰供。」按：「共」與「具」對文同義。❹具　具備；置辦。《說文》：「具，共置也。」《儀禮・特牲饋食禮》：「宗人告有司具。」鄭注：「具，猶辦也。」

【語譯】供、峙（庤）、共（供）等詞，都有供給、置辦的意思。

一·一二六 憮❶、憐❷、惠❸，愛也。

【注釋】❶憮 撫愛；憐撫。《說文》：「憮，撫也。」《方言》卷六：「憮，憐也。」郭璞注：「憮，韓、鄭語。今江東通呼為憐。」❷憐 憐愛。《方言》卷一：「憐，愛也。汝潁之間曰憐。」又：「自關而西秦晉之間凡相敬愛謂之亟，陳楚江淮之間曰憐。」《戰國策·趙策四》：「丈夫亦愛憐其少子乎？」❸惠 仁愛；關愛。《詩·大雅·瞻卬》：「瞻卬昊天，則不我惠。」鄭箋：「惠，愛也。」

【語譯】憮、憐、惠等詞，都有憐愛的意思。

一·一二七 娠❶、蠢❷、震、戁❸、妯❹、騷❺、感❻、訛❼、蹶❽，動也。

【注釋】❶娠 胎動。《說文》：「娠，女妊身動也。」字與「震」通。《左傳·昭公元年》：「當武王邑姜方震大叔。」杜注：「懷胎為震。」陸德明釋文：「震，本又作娠。」❷蠢 本義為蟲動，引申為動。《說文》：「蠢，蟲動也。」參見一·一〇八條：「蠢，作也。」❸戁 驚動；驚恐而動。《詩·商頌·長發》：「敷奏其勇，不震不動，不戁不竦。」毛傳：「戁，恐也。」邢昺疏：「戁者，恐動也。」按：謂驚恐而震動。❹妯 激動。《說文》：「妯，動也。」《方言》卷六：「妯，擾也，人不靜曰妯。」《詩·小雅·鼓鐘》：「淮有三洲，憂心且妯。」毛傳：「妯，動也。」❺騷 擾動；騷動。《說文》：「騷，擾也。」《詩·大雅·常武》：「王舒保作，匪紹匪遊，徐方繹騷。」毛傳：「騷，動也。」❻感 心動。《說文》：「感，動人心也。」《易·繫辭上》：「《易》無思也，無為也，寂然不動，感而遂通天下之故。」李鼎祚集解引虞翻曰：「感，動也。」❼訛 活動，常與睡寢相對而言。《詩·小雅·無羊》：「或降于阿，或飲于池，或寢或訛。」毛傳：「訛，動也。」

字又寫作「吪」。《詩・王風・兔爰》：「我生之後，逢此百罹，尚寐無吪。」毛傳：「吪，動也。」❽蹶 跳動，引申為擾動。《說文》：「蹶，……一曰跳也。」《詩・大雅・板》：「天之方蹶，無然泄泄。」毛傳：「蹶，動也。」陳奐傳疏：「猶擾動也。」

【語　譯】娠、蠢、震、戁、妯、騷、感、訛（吪）、蹶等詞，都有動的意思。

一・一二八　覆❶、察、副❷，審❸也。

【注　釋】❶覆 本為覆蓋、反復之義，引申為審察。《周禮・考工記・弓人》：「覆之而角至，謂之句弓。」鄭注：「覆，猶察也。」《管子・五輔》：「上彌殘苟而無解舍，下愈覆鷙而不聽從。」尹知章注：「覆，察也。」❷副 剖析。《說文》：「副，判也。」又「判，分也。」《禮記・曲禮上》：「為天子削瓜者副之，巾以絺。」鄭注：「副，析也。」按：剖析與審察義近，故釋為審也。❸審 仔細察看；細究。《荀子・非相》：「欲知億萬則審一二。」楊倞注：「審，謂詳觀其道也。」

【語　譯】覆、察、副等詞，都有審察的意思。

一・一二九　契❶、滅❷、殄❸，絕也。

【注　釋】❶契 刻斷。郭注：「今江東呼刻斷物為契斷。」按：刻斷義與滅絕義通，故釋為絕。❷滅 消滅；滅絕。《說文》：「滅，盡也。」《荀子・大略》：「流言滅之，貨色遠之。」楊倞注：「滅，絕也。」❸殄 消滅；滅絕。《說文》：「殄，盡也。」《詩・大雅・桑柔》：「不殄心憂，倉兄填兮！」鄭箋：「殄，絕也。」

參見一・〇五五條：「殄，盡也。」

【語　譯】契、滅、殄等詞，都有滅絕的意思。

一・一三〇　郡❶、臻❷、仍❸、迺❹、侯❺，乃❻也。

【注　釋】❶郡　通「窘」。頻仍。《詩・小雅・正月》：「終其永懷，又窘陰雨。」鄭箋：「窘，仍也。」王引之《經義述聞》：「《法言・孝至》：『龍堆以西，大漠以北，郡勞王師，漢家不為也。』郡者，仍也。仍者，重也，數也。言數勞王師於荒服之外，漢家不為也。」❷臻　本義為「至」、「到」，引申有頻仍之義。《說文》：「臻，至也。」《玉篇》：「臻，聚也。」又「眾也。」按：眾、聚與頻仍義通。《墨子・尚同中》：「飄風苦雨，薦臻而至者，此天之降罰也。」孫詒讓曰：「《爾雅・釋詁》云：臻、仍，乃也。仍與重義亦同。」❸仍　頻仍；接連不斷。《漢書・武帝紀》：「今大將軍仍復克獲。」顏師古注：「仍，頻也。」❹迺　同「乃」。虛詞。於是；就。《玉篇》：「迺，與乃同。」《列子・周穆王》：「穆王迺為之改築。」殷敬順釋文：「迺，古乃字。」❺侯　於是；就，作虛詞。作用相當「乃」。《詩・大雅・文王》：「上帝既命，侯于周也。」王引之《經義述聞》：「侯，乃也。上帝既命文王之後，乃臣服于周也。」❻乃　於是；就，虛詞。《周禮・天官・大宰》：「乃懸治象之法于象魏，使萬民觀治象，挾日而斂之。」又與「仍」通。朱駿聲《說文通訓定聲》：「乃，假借為仍。」《法言・孝至》：「郡勞王師，漢家不為也。」王念孫《讀書雜志》：「《爾雅》曰：『郡，乃也。』乃與仍同。」按：此一條二義。「郡」、「臻」、「仍」釋為「乃」，是頻仍義，「乃」借為「仍」；「迺」、「侯」釋為「乃」，是虛詞，作「於是」、「就」等解釋。

【語　譯】郡（窘）、臻、仍等詞，有頻仍、接連不斷的意思；迺、侯二詞，有於是、就的意思。

一·一二二　迪❶、繇❷、訓❸，道❹也。

【注　釋】❶迪　本義為道路，引申為道理。《說文》：「迪，道也。」《楚辭·懷沙》：「易初本迪兮，君子所鄙。」王逸注：「迪，道也。」❷繇　通「猷」。道術；道理。《漢書·敘傳上》：「謨先聖之大繇兮，亦鄰德而助信。」顏師古注：「繇，道也。」《方言》卷三：「猷，道也。」戴震疏證：「猷、繇古通用。」❸訓　本義為教導，引申為道理、法則。《說文》：「訓，說教也。」段注：「說教者，說釋而教之，必順其理。」《書·顧命》：「嗣守文、武大訓，無敢昏逾。」鄭注：「大訓，謂禮法。先王禮教即〈虞書〉『典』、『謨』是也。」❹道　本義為道路，引申有道理、法則、教導、引導等義。《說文》：「道，所行道也。」《論語·里仁》：「朝聞道，夕死可矣。」朱熹集注：「道者，事物當然之理。」《論語·為政》：「道之以政，齊之以刑，民免而無恥。」邢昺疏：「道，謂化誘。」按：化誘指教化誘導。《楚辭·離騷》：「乘騏驥以馳騁兮，來吾道夫先路。」蔣驥注：「道，引也。」按：這個意義後來寫作「導」。

【語　譯】迪、繇（猷）、訓等詞，都有道理的意思。

一·一二三　僉❶、咸❷、胥❸，皆也。

【注　釋】❶僉　都；全部。《說文》：「僉，皆也。」《書·堯典》：「僉曰：於！鯀哉。」孔傳：「僉，皆也。」❷咸　都；全部。《說文》：「咸，皆也，悉也。」《書·堯典》：「允釐百工，庶績咸熙。」孔傳：「咸，皆也。」❸胥　都。《方言》卷七：「自山而東五國之郊曰僉，東齊曰胥。」《詩·小雅·角弓》：「爾之遠矣，民胥然也。」鄭箋：「胥，皆也。言王女不親骨肉，則天下之人皆如之。」

【語　譯】僉、咸、胥等詞，都有皆、都的意思。

一・一三三　育❶、孟❷、耆❸、艾❹、正❺、伯❻，長❼也。

【注　釋】❶育　本義為生育、養育，引申有年長義。《詩・邶風・谷風》：「既生既育，比予於毒。」鄭箋：「育，謂長老也。」按：長老謂年長。❷孟　排行最大的；年長者。《說文》：「孟，長也。」《詩・鄭風・有女同車》：「彼美孟姜，洵美且都。」毛傳：「孟姜，齊之長女。」❸耆　年長者；老年。《說文》：「耆，老也。」《禮記・曲禮上》：「六十曰耆。」《大戴禮記・曾子疾病》：「年既耆艾。」王聘珍解詁：「耆，長也。」❹艾　年長；年老。《方言》卷六：「艾，長老也。東齊魯衛之間凡尊老或謂之艾。」《楚辭・少司命》：「竦長劍兮擁幼艾。」王逸注：「艾，長也。」《左傳・定公十四年》：「既定爾婁豬，盍歸吾艾豭？」杜注：「艾，老也。」❺正　官長。郭注：「正、伯，皆官長。」《左傳・昭公二十九年》：「木正曰句芒，火正曰祝融。」杜注：「正，官長也。」❻伯　兄弟中排行第一的。《左傳・定公四年》：「三者皆叔也，而有令德，故昭之以分物。不然，文武成康之伯猶多，而不獲是分也，唯不尚年也。」孔疏：「伯，是兄弟之長。」又引申為官長、霸主。《禮記・曲禮下》：「五官之長曰伯。」❼長　年長；年老。《孟子・公孫丑下》：「子為長者慮，而不及子思。」趙岐注：「長者，老者也。」又引申指官長。《周禮・天官・大宰》：「一曰牧，以地得民；二曰長，以貴得民。」鄭注：「長，諸侯也。」按：此一條二義，訓釋詞「長」含有年長、官長二義。

【語　譯】育、孟、耆、艾、伯等詞，都有年長的意思；正、伯二詞，有官長的意思。

一・一三四　艾❶，歷❷也。

【注釋】❶艾　年長；年老。年長者經歷更多，故引申有閱歷義。郭注：「長者多更歷」。《詩・周頌・訪落》：「於乎悠哉，朕未有艾，將予就之。」朱熹集傳：「其道遠矣，予不能及也。」參見一・一三三條：「艾，長也。」❷歷　經歷；閱歷。《說文》：「歷，過也」。《漢書・劉向傳》：「歷周唐之所進以為法。」顏師古注：「歷，謂歷觀之。」

【語譯】艾這個詞，有經歷、閱歷的意思。

一・一三五　厤(ㄌㄧˋ)❶、秭(ㄗˇ)❷、算(ㄙㄨㄢˋ)❸，數(ㄕㄨˋ)也(ㄧㄝˇ)。

【注釋】❶厤　同「曆」。曆數，引申為數目。《管子・海王》：「終月大男食鹽五升少半，大女食鹽三升少半，吾子食鹽二升少半，此其大曆也。」尹知章注：「曆，數。」❷秭　數位名。即表數的單位。《說文》：「五稯為秭。……一曰，數億至萬曰秭。」《詩・周頌・豐年》：「豐年多黍多稌，……萬億及秭。」❸算　計數；計算。《論語・子路》：「噫，斗筲之人，何足算也！」皇侃疏：「算，數也。」又有數目義。《禮記・檀弓下》：「辟踊，哀之至也；有算，為之節文也。」鄭注：「算，數也。」

【語譯】厤（曆）、秭、算等詞，都有數目的意思；算，又有計數的意思。

一・一三六　歷(ㄌㄧˋ)❶，傅(ㄈㄨˋ)❷也(ㄧㄝˇ)。

【注釋】❶歷　本義為經過，引申為逢遇、靠近義，故可與附著、貼近義通。《楚辭・離騷》：「惟茲佩之可貴兮，委厥美而歷茲。」王逸注：「歷，逢也。」《廣韻・錫韻》：「歷，近也。」❷傅　通「附」。附著、貼近。《周禮・冬官・廬人》：「傳人則密，是故侵之。」鄭注：「傳，近也。」

【語　譯】歷這個詞，有附著、貼近的意思。

一・一三七　艾❶、歷❷、覛❸、胥❹，相❺也。

【注　釋】❶艾　通「乂」。治理；輔佐。《詩・小雅・小旻》：「或哲或謀，或肅或艾。」毛傳：「艾，治也。」王引之《經義述聞》：「艾與乂同，乂為輔相之相。」❷歷　本義為經過，引申為察、視。《禮記・郊特牲》：「簡其車賦，而歷其卒伍。」王引之《經義述聞》：「歷，謂閱視之也。」❸覛　察視。《說文》：「覛，衺視也。」《國語・周語上》：「古者，太史順時覛土。」韋昭注：「覛，視也。」❹胥　察視。《詩・大雅・緜》：「爰及姜女，聿來胥宇。」毛傳：「胥，相也。」鄭箋：「於是與其妃太姜自來相可居者。」按：胥宇猶言相宅，察視房宅。《管子・君臣》：「百姓之力也，胥令而動者也。」尹知章注：「胥，視也。視令而動，則所舉不妄。」胥之訓「相」，又為輔佐義。《方言》卷六：「胥，輔也。吳越曰胥。」《廣雅・釋詁》：「胥，助也。」❺相　察視。《說文》：「相，省視也。」《詩・鄘風・相鼠》：「相鼠有皮。」毛傳：「相，視也。」按：成語有「伯樂相馬」，今語有「相親」等，引申為輔助。《書・呂刑》：「今天相民，作配在下。」陸德明釋文：「相如字，馬息亮反，助也。」按：此一條二義，訓釋詞「相」含有察視、輔佐二義。

【語　譯】艾（乂）、胥，有輔佐的意思；歷、覛、胥，有察視的意思。

一・一三八　乂❶、亂❷、靖❸、神❹、弗❺、淈❻，治也。

【注釋】❶乂 治理。《書・堯典》：「下民其咨，有能俾乂。」孔傳：「乂，治也。」❷亂 治理。《說文》：「亂，治也。」《書・皋陶謨》：「願而恭，亂而敬，擾而毅。」孔傳：「亂，治也。」鄭注：「亂謂剛柔治理。」按：亂的本義為整理亂絲，故引申為治理之義。後來專指動亂、紊亂義。❸靖 治理；安定。《詩・小雅・菀柳》：「俾予靖之，後予極焉。」毛傳：「靖，治也。」朱熹集傳：「靖，安也。」❹神 通「伸」。治理。《廣雅・釋詁》：「伸，理也。」朱駿聲《說文通訓定聲》：「神，假借為伸。」《孟子・盡心》：「夫君子所過者化，所存者神。」王引之《經義述聞》：「神，治也。言君子所過之地則民化，所在之地則民治。」❺弗 通「茀」。特指除去雜草，故可訓治。《詩・大雅・生民》：「茀厥豐草，種之黃茂。」毛傳：「茀，治也。」鄭箋：「除治茂草，使種黍稷。」❻淈 通「汩」。本義為治水，引申為治理。《說文》：「汩，治水也。」《楚辭・天問》：「不任汩鴻，師何以尚之？」王逸注：「汩，治也。鴻，大水也。」

【語譯】乂、亂、靖、神（伸）、弗（茀）、淈（汩）等詞，都有治理的意思。

一・一三九 頤❶、艾❷、育，養也。

【注釋】❶頤 保養；休養。《禮記・曲禮上》：「五十曰艾，……百年曰期頤。」鄭注：「頤，養也。」按：成語有「頤養天年」，頤與養同義連用。❷艾 養育。《方言》卷一：「胎，養也。……汝潁梁宋之間曰胎，或曰艾。」《詩・小雅・南山有臺》：「樂只君子，保艾爾後。」毛傳：「艾，養；保，安也。」

【語譯】頤、艾、育等詞，都有養育、保養的意思。

一・一四〇 汱❶、渾❷、隕❸，墜也。

【注釋】❶汏　水落的樣子。郭注：「汏、渾皆水落貌。」《集韻・銑韻》：「汏，水落貌。」❷渾　水落下的樣子。郝疏：「渾者，水流之墜也。」《說文》：「渾，……一曰洿下皃。」按：洿下即低窪水落處，義可通。朱駿聲《說文通訓定聲》認為，「渾」釋為「墜」是「隕」之假借。❸隕　墜落。《說文》：「隕，從高下也。」《書・湯問》：「若將隕於深淵。」蔡沈集傳：「隕，墜也。」

【語譯】汏、渾、隕等詞，都有墜落的意思。

一・一四一　際（ㄐㄧˋ）❶、接（ㄐㄧㄝ）❷、翜（ㄕㄚˋ）❸，捷（ㄐㄧㄝˊ）❹也（ㄧㄝˇ）。

【注釋】❶際　本義為牆壁會合處，引申為會合、接續。《說文》：「際，壁會也。」《孟子・萬章下》：「敢問交際何心也？」趙岐注：「際，接也。」按：今語「交際」，同義連用，「際」也是交的意思。❷接　交接；會合。《說文》：「接，交也。」《呂氏春秋・懷寵》：「兵不接刃而民服若化。」高誘注：「接，交。」又通「捷」。迅捷。《荀子・大略》：「先事慮事謂之接。」楊倞注：「接讀為捷，速也。」《禮記・曾子問》：「曾子問曰：當祭而日食，大廟火，其祭也如之何？孔子曰：接祭而已矣。如牲至未殺，則廢。」孔疏：「接，捷也；捷，速也。速而祭之。」❸翜　飛行捷速。《說文》：「翜，捷也，飛之疾也。」❹捷　快捷；迅疾。《楚辭・離騷》：「何桀紂之昌披兮，夫唯捷徑以窘步。」王逸注：「捷，疾也。」又通「接」。交接；會合。《莊子・人間世》：「若唯無詔，王公必將乘人而鬥其捷。」陸德明釋文：「捷作接。其接，引續也。」《文選・上林賦》：「捷垂條，掉希間。」李善注引張揖曰：「捷持懸垂之條。」按：捷持，接持之意。此一條二義，訓釋詞「捷」含有迅捷、交接二義。

【語譯】際、接二詞，有接續、交接的意思；接、翜二詞，有迅捷的意思。

一二四二 毖❶、神❷、溢❸，慎也。

【注釋】❶毖　慎重；謹慎。《說文》：「毖，慎也。」《詩・大雅・桑柔》：「為謀為毖，亂況斯削。」毛傳：「毖，慎也。」❷神　謹慎。神祕者當謹慎，故神有謹慎義。郝疏：「神者，祕之慎也。……《荀子・非相篇》云：『貴之神之』。楊倞注：『神之，謂不敢慢也。』不敢慢即慎矣。」❸溢　謹慎。《詩・周頌・維天之命》：「假以溢我，我其收之。」毛傳：「溢，慎。」

【語譯】毖、神、溢等詞，都有謹慎的意思。

一二四三 鬱陶❶、繇❷，喜也。

【注釋】❶鬱陶　喜悅。特指稍有喜悅而未至暢快。《禮記・檀弓下》：「人喜則斯陶，陶斯詠。」鄭注：「陶，鬱陶也。」孔疏：「鬱陶者，心初悅而未暢之意也。」❷繇　通「嗂」。喜悅。《說文》：「嗂，喜也。」朱駿聲《說文通訓定聲》：「繇，假借又為嗂」。

【語譯】鬱陶、繇（嗂）二詞，都有喜悅的意思。

一二四四 馘❶、穧❷，獲也。

【注釋】❶馘　本義為割取戰俘不服者之左耳以計功，引申為抓獲。《說文》：「聝，軍戰斷耳也。」《詩・大雅・皇矣》：「執訊連連，攸馘安安。」毛傳：「馘，獲也。不服者殺而獻其左耳曰馘。」❷穧　收割；收穫。《說文》：「穧，穫刈也。」按：指收割莊稼。《詩・小雅・大田》：「彼有不獲稚，此有不斂穧。」陸德明釋文：「穧，獲也。」

【語　譯】馘、穧二詞，都有獲得的意思。

一・一四五　阻❶、艱，難也。

【注　釋】❶阻　險阻；艱難。《書・舜典》：「棄，黎民阻饑，汝后稷，播時百穀。」陸德明釋文引王弼注：「阻，難也。」

【語　譯】阻、艱二詞，都有困難、艱難的意思。

一・一四六　剡❶、䂼❷，利也。

【注　釋】❶剡　鋒利；銳利。《說文》：「剡，銳利也。」《楚辭・九章・橘頌》：「曾枝剡棘，圓果摶兮。」王逸注：「剡，利也。」❷䂼　本義為刀刃，引申為鋒利。《說文》以為「㓞」的重文，曰：「㓞，刀劍刃也。」通假字作「略」。《詩・周頌・載芟》：「有略其耜，俶載南畝。」毛傳：「略，利也。」陸德明釋文：「略，字書作䂼。」

【語　譯】剡、䂼二詞，都有鋒利的意思。

一・一四七　允❶、任❷、壬❸，佞❹也。

【注釋】❶允　應允；承諾。引申為以花言巧語取信於人。《逸周書・寶典》：「展允干信。」按：謂使用巧言求取信任，是為佞也。❷任　奸佞；花言巧語。《書・舜典》：「柔遠能邇，惇德允元，而難任人，蠻夷率服。」孔傳：「任，佞也。」❸壬　奸佞。《書・皋陶謨》：「何畏乎巧言令色孔壬？」《史記・夏本紀》即作「何畏乎巧言令色佞人。」黃侃《爾雅音訓》：「任、壬同字並見。」❹佞　巧言取媚；奸佞。《說文》：「佞，巧讇高材也。」《韓詩外傳》四：「佞，諂也。」《論語・衛靈公》：「放鄭聲，遠佞人。」皇侃疏：「佞人，惡人也。」

【語譯】允、任、壬等詞，都有奸佞、巧言諂媚的意思。

一・一四八　俾(ㄅㄧˋ)❶、拼(ㄆㄣ)❷、抨(ㄆㄥ)❸，使(ㄕˇ)❹也(ㄧㄝˇ)。俾(ㄅㄧˋ)、拼(ㄆㄣ)、抨(ㄆㄥ)、使(ㄕˇ)，從(ㄘㄨㄥˊ)也(ㄧㄝˇ)。

【注釋】❶俾　使令；致使。《詩・小雅・菀柳》：「俾予靖之，後予極焉。」鄭箋：「俾，使也。」又引申為順從。使之行而行，則為順從，相反相成也。郝疏：「從亦使也，使亦從也，故訓從之字即可訓使。」《書・君奭》：「海隅日出，罔不率俾。」王引之《經義述聞》：「俾者，從也。」❷拼　使。通作「荓」。《詩・大雅・桑柔》：「民有肅心，荓云不逮。」毛傳：「荓，使也。」陸德明釋文：「荓，本或作拼，同。」又通作「并」。隨從。《說文》：「并，相從也。」❸抨　使令。《文選・思玄賦》：「抨巫咸作占夢兮，乃貞吉之元符。」舊注：「抨，使也。」又引申為隨從。《慧琳音義》卷三七「抨界道」注引《爾雅》郭璞注：「抨，謂相隨從也。」❹使　使命；致使。又引申為隨從、相從。《詩・小雅・雨無正》：「云不可使，得罪于天子。亦云可使，怨及朋友。」鄭箋：「不可使者，不正不從也；可使者，雖不正從也。」

【語譯】俾、拼、抨三詞，都有使的意思。俾、拼、抨、使等詞，又都有隨從、相從的意思。

一・一四九　儴（ㄖㄤˊ）❶、仍（ㄖㄥˊ）❷，因（ㄧㄣ）❸也（ㄧㄝˇ）。

【注　釋】❶儴　因襲；沿用。《新語・至德》：「儴道者眾歸之，恃刑者民畏之。」《玉篇》：「儴，因也。」❷仍　因仍；沿襲。《說文》：「仍，因也。」《論語・先進》：「仍舊貫，如之何？何必改作？」何晏集解引鄭玄云：「仍，因也。」❸因　因襲；沿用。《說文》：「因，就也。」《管子・心術上》：「因也者，舍己而以物為法者也。」尹知章注：「舍己而隨物故曰因。」《呂氏春秋・盡數》：「精氣之來也，……因長而養之，因智而明之。」高誘注：「因，依也。」

【語　譯】儴、仍二詞，都有因襲的意思。

一・一五〇　董（ㄉㄨㄥˇ）❶、督（ㄉㄨ）❷，正（ㄓㄥˋ）❸也（ㄧㄝˇ）。

【注　釋】❶董　督正。《書・大禹謨》：「戒之用休，董之用威，勸之以九歌，俾勿壞。」孔傳：「董，督也。」《楚辭・九章・涉江》：「余將董道而不豫兮，固將重昏而終身。」王逸注：「董，正也。」❷督　督察；督正。《說文》：「督，察也。」《管子・心術》：「故事督乎法，法出乎權，權出乎道。」尹知章注：「督，察也。」《左傳・僖公十二年》：「應乃懿德，謂督不忘。」孔疏：「督，正也。」❸正　督正；治理。《呂氏春秋・順民》：「昔者湯克夏而正天下。」高誘注：「正，治也。」

【語　譯】董、督二詞，都有督正的意思。

一・一五一　享（ㄒㄧㄤˇ）❶，孝（ㄒㄧㄠˋ）❷也（ㄧㄝˇ）。

【注釋】❶享　本義為進獻食物等。《說文》：「享，獻也。」《禮記・曲禮下》：「五官致貢曰享。」引申為供養、孝養。《廣雅・釋詁》：「享，養也。」《書・洛誥》：「汝其敬識百辟享。」孔傳：「奉上曰享」。按：供奉祖先、供養長輩即是孝，故享可釋為孝。❷孝　孝敬；孝養。《禮記・祭統》：「孝者，畜也。」孔疏：「畜謂畜養。」

【語譯】享這個詞，有孝敬、孝養的意思。

一・一五二　珍❶、享❷，獻也。

【注釋】❶珍　珍寶，引申指進獻珍寶。《文選・羽獵賦》：「是以旃裘之王，胡貉之長，移珍來享，抗手稱臣。」李善注引舍人曰：「獻珍物曰珍，獻食物曰享。」❷享　進獻。《說文》：「享，獻也。」《詩・商頌・殷武》：「自彼氐羌，莫敢不來享。」鄭箋：「享，獻也。」

【語譯】珍、享二詞，都有進獻的意思。

一・一五三　縱❶、縮❷，亂也。

【注釋】❶縱　放縱。放縱則亂，故釋為亂。朱駿聲《說文通訓定聲》：「縱，任情肆意之謂也。」《大戴禮記・保傅》：「縱美雜采不以章。」王引之《經義述聞》：「縱、雜皆亂也。」❷縮　紊亂。《說文》：「縮，亂也。」段注：「《通俗文》云：『物不申曰縮。』不申則亂，故曰亂也。」

【語譯】縱、縮二詞，都有亂的意思。

一・二五四　探（ㄊㄢˋ）❶、篡（ㄘㄨㄢˋ）❷、俘（ㄈㄨˊ）❸，取（ㄑㄩˇ）也（ㄧㄝˇ）。

【注　釋】❶探　摸取；求取。郭注：「探者，摸取也。」《說文》：「探，遠取之也。」《論語・季氏》：「孔子曰：『見善如不及，見不善如探湯。』」按：探湯，把手伸進開水中摸取東西。❷篡　謀取；非法奪取。《說文》：「屰而奪取曰篡。」《方言》卷一：「自關而西，秦晉之間，凡取物而逆謂之篡。」《墨子・天志上》：「處大國不攻小國，處大家不篡小家。」❸俘　捉取，特指戰爭中擒獲敵人。《左傳・定公十五年》：「吳之入楚也，胡子盡俘楚邑之近胡者。」杜注：「俘，取也。」

【語　譯】探、篡、俘等詞，都有取得的意思。

一・二五五　徂（ㄘㄨˊ）❶、在（ㄗㄞˋ），存（ㄘㄨㄣˊ）也（ㄧㄝˇ）。

【注　釋】❶徂　本義為往、到。到達即為存在，故又可釋為存。《說文》：「徂，往也。」《書・召誥》：「以哀籲天，徂厥亡出執。」孫星衍今古文注疏：「徂者，在也。」

【語　譯】徂、在二詞，都有存在的意思。

一・二五六　在（ㄗㄞˋ）❶、存（ㄘㄨㄣˊ）❷、省（ㄒㄧㄥˇ）❸、士（ㄕˋ）❹，察（ㄔㄚˊ）也（ㄧㄝˇ）。

【注　釋】❶在　察視。《禮記・文王世子》：「食上，必在視寒暖之節。」鄭注：「在，察也」。❷存　察看；省視。《周禮・春官・司尊彝》：「大喪，存奠彝，大旅亦如之。」鄭注：「存，省也。」❸省　察看。《說文》：

「省，視也。」《禮記・禮器》：「孔子曰：禮不可不省也。」鄭注：「省，察也。」❹士　負責視察的人；監察官。《周禮・秋官・大司寇》：「士師，下大夫四人。」鄭注：「士，察也，主察獄訟之事者。」

【語　譯】在、存、省、士等詞，都有察看的意思。

一・一五七　烈❶、枿❷，餘也。

【注　釋】❶烈　餘留的功業。《方言》卷一：「烈，餘也，晉衛之間曰烈。」《詩・大雅・雲漢序》：「宣王承厲王之烈。」鄭箋：「烈，餘也。」《漢書・王莽傳》：「或典氣熏烝，昭耀章明，以著黃、虞之烈焉。」顏師古注：「烈，餘業也。」❷枿　同「蘖」。樹木砍伐後殘餘的部分。《方言》卷一：「枿，餘也。陳鄭之間曰枿」。《禮記・玉藻》：「公子曰『臣孽』，士曰『傳遽之臣』。」鄭注：「孽當為枿，聲之誤。」孔疏：「枿是樹生之餘。」

【語　譯】烈、枿（蘖）二詞，都有殘餘的意思。

一・一五八　迓❶，迎也。

【注　釋】❶迓　迎接。《說文》：「訝，相迎也。……迓，訝或从辵。」《左傳・成公十三年》：「訝晉侯于新楚。」杜注：「訝，迎也。」

【語　譯】迓這個詞，有迎接的意思。

一・二五九　元(ㄩㄢˊ)❶、良(ㄌㄧㄤˊ)❷，首(ㄕㄡˇ)也(ㄧㄝˇ)。

【注　釋】❶元　本義為頭部，引申為年長的、為首的、開頭的。《詩・魯頌・閟宮》：「叔父！建爾元子，俾侯於魯。」毛傳：「元，首也。」《左傳・昭公十二年》：「元，善之長也。」❷良　本義為善、好的，引申指尊長、年長。《說文》：「良，善也。」《廣雅・釋詁》：「元、良，長也。」長與首義通，故元、良可同訓為首，又同訓為長。古時婦女稱丈夫為「良人」，意即丈夫於妻子為長。

【語　譯】元、良二詞，都有為首的意思。

一・二六〇　薦(ㄐㄧㄢˋ)❶、摯(ㄓˋ)❷，臻(ㄓㄣ)❸也(ㄧㄝˇ)。

【注　釋】❶薦　進獻。《左傳・宣公十四年》：「誅而薦賄，則無及也。」杜注：「薦，進也。」進獻含有「使至」的意思，故可釋為「臻」。《廣雅・釋詁》：「薦，至也。」❷摯　至；到達。《書・西伯戡黎》：「天曷不降威，大命不摯。」孔傳：「摯，至也。」❸臻　至；到達。《說文》：「臻，至也。」《詩・大雅・雲漢》：「天降喪亂，饑饉薦臻。」毛傳：「臻，至也。」

【語　譯】薦、摯二詞，都有到達的意思。

一・二六一　賡(ㄍㄥ)❶、揚(ㄧㄤˊ)❷，續(ㄒㄩˋ)也(ㄧㄝˇ)。

【注　釋】❶賡　繼續；連續。《書・益稷》：「乃賡載歌曰：元首明哉！股肱良哉！庶事康哉！」孔傳：「賡，續。」按：《說文》以為「賡」是「續」的古文。❷揚　繼承；承續。《書・立政》：「以覲文王之耿光，以揚武王之大烈。」又《書・洛誥》：「以予小子揚文武烈。」王引之《經義述聞》：「皆謂續前人之業也。」

【語　譯】賡、揚二詞，都有繼續、承續的意思。

一・一六二　祔❶、祪❷，祖也。

【注　釋】❶祔　古時指新死者附祭於祖廟，對後人而言亦成先祖，故可釋為祖。《說文》：「祔，後死者合食於先祖。」《禮記・檀弓下》：「是日也，以吉祭易喪祭。明日，祔于祖父。」鄭注：「祔，祭合于其祖之廟。」❷祪　已毀廟的遠祖。《說文》：「祪，祔祪祖也。」段注：「祔謂新廟，祪謂毀廟，皆祖也。」《玉篇》：「祪，毀廟之祖也。」

【語　譯】祔、祪二詞，都有祖先的意思。

一・一六三　即❶，尼❷也。

【注　釋】❶即　靠近；接近。《公羊傳・宣公元年》：「若此乎，古之道不即人心！」何休注：「即，近也。」❷尼　接近；親近。《說文》：「尼，從後近之。」《尸子》：「悅尼而來遠。」這個意義後來寫作「暱」。《書・高宗肜日》：「王司敬民，罔非天胤，典祀無豐於昵。」孔疏：「尼與昵音義同。」

【語　譯】即這個詞，有接近的意思。

一・一六四　尼(ㄋㄧˇ)❶，定(ㄉㄧㄥˋ)也(ㄧㄝˇ)。

【注　釋】❶尼　止息；不動。郭注：「尼者，止也。止亦定。」《孟子・梁惠王下》：「行或使之，止或尼之。行止非人所能也。」趙岐注：「尼，止也。」

【語　譯】尼這個詞，有止息的意思。

一・一六五　邇(ㄦˇ)❶、幾(ㄐㄧ)❷、暱(ㄋㄧˋ)❸，近(ㄐㄧㄣˋ)也(ㄧㄝˇ)。

【注　釋】❶邇　近；接近。《說文》：「邇，近也。」《書・仲虺之誥》：「惟王不邇聲色，不殖貨利。」孔傳：「邇，近也。」按：成語「名聞遐邇」，意即名聞遠近。❷幾　接近。《論語・子路》：「如知為君之難也，不幾乎一言而興邦乎？」何晏集解：「孔曰：事不可以一言而成，如知此，則可近也。」《荀子・榮辱》：「知不幾者不可與及聖人之言。」楊倞注：「幾，近也。」❸暱　同「昵」。接近；親近。《說文》：「暱，日近也。从日，匿聲。《春秋傳》曰：『私降暱燕。』昵，暱或从尼。」《詩・小雅・菀柳》：「上帝甚蹈，無自暱焉。」毛傳：「昵，近也。」

【語　譯】邇、幾、暱（昵）等詞，都有接近的意思。

一・一六六　妥(ㄊㄨㄛˇ)❶，安(ㄢ)坐(ㄗㄨㄛˋ)❷也(ㄧㄝˇ)。

【注　釋】❶妥　坐安穩。《儀禮・士相見禮》：「凡言，非對也，妥而後傳言。」鄭注：「妥，安坐也。」

《詩・小雅・楚茨》：「以妥以侑，以介景福。」毛傳：「妥，安坐也。」參見一・〇八九條：「妥，止也。」❷安坐　坐安穩。此條一讀為：「妥、安，坐也。」郝疏：「《爾雅》此讀當從『坐也』斷句，蓋以妥、安訓坐，是即上文妥、安訓止之義也。然妥亦可斷句，妥訓安坐，亦即妥、安訓坐之義也。蓋此二讀於義俱通。」

【語　譯】妥這個詞，有坐安穩的意思。

一・一六七　貉❶、縮❷，綸❸也。

【注　釋】❶貉　通「絡」。繩子。朱駿聲《說文通訓定聲》：「貉，假借為絡。」又「絡，纏束之意。」郭注：「貉，謂牽縛縮貉之，今俗語亦然。」《廣雅・釋器》：「絡，綆也。」按：綆即汲井繩。❷縮　當作「縮」。繩子。《詩・大雅・緜》：「其繩則直，縮版以載。」毛傳：「乘謂之縮。」鄭箋：「乘，聲之誤也，當為繩也。」❸綸　繩子。《說文》：「綸，青絲綬也。」《詩・召南・何彼襛矣》：「其釣維何？維絲伊緡。」毛傳：「緡，綸也。」陸德明釋文：「綸，繩也。」

【語　譯】貉（絡）、縮（縮）二詞，都有繩子的意思。

一・一六八　貉❶、嗼❷、安，定也。

【注　釋】❶貉　通「貊」。安靜；安定。郝疏：「貉，通作貊。」《詩・大雅・皇矣》：「維此王季，帝度其心，貊其德音。」毛傳：「貊，靜也。」❷嗼　安定；安靜。《說文》：「嗼，啾嗼也。」按：啾嗼即今之寂寞，與安靜義通。《呂氏春秋・首時》：「饑馬盈廄，嗼然，未見芻也。」按：嗼然，即安靜的樣子。字又通作「莫」。

《詩・大雅・皇矣》：「監觀四方，求民之莫。」毛傳：「莫，定也。」

【語　譯】貉（貊）、嗼、安等詞，都有安靜的意思。

一・一六九　伊❶，維❷也。伊、維，侯❸也。

【注　釋】❶伊　句首、句中語氣詞，相當「惟」、「維」，無實義。《詩・召南・何彼襛矣》：「其釣維何？維絲伊緡。」毛傳：「伊，維也。」❷維　句首、句中語氣詞，無實義。《詩・商頌・殷武》：「維女荊楚，居國南鄉。」又《詩・豳風・鴟鴞》：「風雨所漂搖，予維音嘵嘵。」陳奐傳疏：「維，發聲。」❸侯　句首、句中語氣詞，相當「惟」、「維」，無實義。《詩・小雅・四月》：「山有嘉卉，侯栗侯梅。」鄭箋：「侯，維也。」

【語　譯】伊，相當語氣詞「維」的意思。伊、維二詞，相當語氣詞「侯」的意思。

一・一七〇　時❶、寔❷，是❸也。

【注　釋】❶時　此；這，指示代詞。郝疏：「古人謂是為時，今人謂時為是，是、時一聲也，是、時一義也。」《書・湯誓》：「時日曷喪？予及汝皆亡。」《史記・殷本紀》作「是日何時喪？」《詩・大雅・公劉》：「于時處處，于時廬旅。」鄭箋：「時，是也。」❷寔　此，指示代詞，相當「是」。《公羊傳・桓公六年》：「寔來者何？猶曰是人來也。」《詩・召南・小星》：「肅肅宵征，夙夜在公，寔命不同。」毛傳：「寔，是也。」❸是　此；這，指示代詞。《論語・八佾》：「八佾舞於庭，是可忍也，孰不可忍也？」皇侃疏：「是，猶此也。」

【語　譯】時、寔二詞，都有指示代詞「此」的意思。

一·一七一 卒❶、猷❷、假❸、輟❹，已❺也。

【注釋】❶卒　終止；完畢。《禮記·投壺》：「卒投，司射執算曰：左右卒投，請數。」鄭注：「卒，已也。」❷猷　同「猶」。停止；終止。《穀梁傳·宣公八年》：「猶者，可以已之辭也。」《詩·小雅·鼓鐘》：「淑人君子，其德不猶。」王引之《經義述聞》引《爾雅》曰：「猶，已也。」❸假　通作「格」。到達；停止。《說文》：「假……一曰至也。〈虞書〉曰：假于上下。」按：《書·堯典》原文作「允恭克讓，光被四表，格于上下。」「格」亦是假借字，本字當作「㣛」。《玉篇》：「㣛，至也。」《方言》卷一：「㣛，至也，邠唐冀兗之間曰假，或曰㣛。」《禮記·曲禮》：「告喪，曰：天子登假。」鄭注：「假，已也。」❹輟　中止；停止。《禮記·曲禮》：「輟朝而顧，不有異事，必有異慮。」鄭注：「輟，猶止也。」《呂氏春秋·期賢》：「乃按兵輟不敢攻之。」高誘注：「輟，止也。」❺已　止；停止。《詩·鄭風·風雨》：「風雨如晦，雞鳴不已。」鄭箋：「已，止也。」又《詩·小雅·南山有臺》：「樂只君子，德音不已。」毛傳：「已，止也。」

【語譯】卒、猷(猶)、假(格、㣛)、輟等詞，都有停止的意思。

一·一七二 求❶、酋❷、在❸、卒、就❹，終也。

【注釋】❶求　通「救」。終止。黃侃《爾雅音訓》：「求與遒、就聲通同訓，正作救，止也。」《說文》：「救，止也。」《詩·大雅·文王有聲》：「遹求厥寧，遹觀厥成。」又《詩·大雅·下武》：「王配于京，世德作求。」鄭箋並云：「求，終也。」❷酋　終盡。《詩·大雅·卷阿》：「俾爾彌爾性，似先公酋矣。」毛傳：「酋，終也。」馬瑞辰傳箋通釋：「酋之言久也，就也，久則有終，就亦終也。」❸在　通「載」。終盡。俞樾

《爾雅平議》：「在、載得通用，載之言成也，成與終義相近。」邵晉涵正義：「在者，左氏昭十二年傳云：『將何以在』。哀二十七年傳云：『多陵人者皆不在。』皆以在為終也。」❹就　完成；終結。《禮記・孔子閒居》：「無體之禮，日就月將。」鄭注：「就，成也。」按：完成與終結義通，故釋為終。《國語・越語》：「先人就世，不穀即位。」韋昭注：「就世，終世也。」

【語　譯】求（救）、酋、在（載）、卒、就等詞，都有終盡、終止的意思。

一・一七三　崩❶、薨❷、無祿❸、卒、徂落❹、殪❺，死也。

【注　釋】❶崩　本義指山體坍塌，喻指古代帝王之死。《公羊傳・隱公三年》：「三月庚戌，天王崩。……曷為或言崩，或言薨？天子曰崩，諸侯曰薨，大夫曰卒，士曰不祿。」❷薨　特指侯王之死。《說文》：「薨，公侯𣨛也。」《論語・憲問》：「君薨，百官總己以聽於冢宰三年。」邢昺疏：「諸侯死曰薨。」❸無祿　即「不祿」。原意為不終享俸祿，古代為士死亡的諱語，也指其他尊者之死。《國語・晉語》：「又重之以寡君之不祿。」韋昭注：「上死曰不祿。」❹徂落　死亡。徂，通「殂」。《說文》：「殂，往死也。」《書・舜典》：「二十有八載，帝乃殂落，百姓如喪考妣。」孔傳：「殂落，死也。」《孟子・萬章上》引為：「放勳乃徂落。」❺殪　死亡。《說文》：「殪，死也。」《左傳・昭公二十六年》：「聲子射其馬，斬鞅，殪。」杜注：「殪，死也。」

【語　譯】崩、薨、無祿、卒、徂（殂）落、殪等詞，都有死亡的意思。

釋言第二

【題解】〈釋言〉共有三七一個被釋詞（含同詞異訓），主要解釋的是古代經籍中的常用詞。解釋的方法仍是用同義詞、近義詞相訓，這一點與〈釋詁〉並無性質上的區別。但〈釋言〉中大多數詞條只包含一個被釋詞，很少像〈釋詁〉那樣一條包含多個語詞。

二·〇〇一 殷❶、齊❷，中也。

【注釋】❶殷 在中間。《周禮·秋官·大行人》：「凡諸侯之邦交，歲相問也，殷相聘也，世相朝也。」鄭注：「殷，中也。」❷齊 平齊，引申為中正、中央。《詩·小雅·小宛》：「人之齊聖，飲酒溫克。」孔疏：「中正謂齊。」《儀禮·既夕禮》：「齊三采元貝。」鄭注：「齊，居柳之中央。」孔疏：「以其言齊，若人之齊（臍），亦居身之中央也。」

【語譯】殷、齊這兩個詞，都有正中的意思。

二·〇〇二 斯❶、誃❷，離也。

【注釋】❶斯　本義為劈開。《說文》：「斯，析也。」引申為分離。《方言》卷七：「斯，離也。齊陳曰斯。」《詩・陳風・墓門》：「墓門有棘，斧以斯之。」陸德明釋文引孫炎曰：「斯，析之離。」❷誃　離開。《說文》：「誃，離別也。……周景王作洛陽誃臺」。郝疏：「按：誃臺猶離宮別館也。」

【語譯】斯、誃這兩個詞，都有分離的意思。

二・〇〇三　謖❶、興❷，起也。

【注釋】❶謖　起來。《儀禮・特牲饋食禮》：「尸謖，祝前，主人降。」鄭注：「謖，起也。」❷興　起來。《詩・衛風・氓》：「夙興夜寐，靡有朝矣。」毛傳：「興，起也。」

【語譯】謖、興這兩個詞，都有起來的意思。

二・〇〇四　還❶、復❷，返也。

【注釋】❶還　返回。《說文》：「還，復也。」《呂氏春秋・行論》：「宋公服以病告而還師。」高誘注：「還，反也。」《詩・大雅・何人斯》：「爾還而入，我心易也。」❷復　返回。《說文》：「復，往來也。」《書・舜典》：「如五器，卒乃復。」孔傳：「復，還也。」

【語譯】還、復這兩個詞，都有返回的意思。

二・〇〇五　宣❶、徇❷，徧❸也。

【注　釋】❶宣　周遍。《周禮・秋官・小司寇》：「令群士，乃宣佈于四方，憲刑禁。」鄭注：「宣，遍也」。❷徇　通「旬」。周遍。《說文》：「旬，徧也。」《詩・大雅・江漢》：「王命召虎，來旬來宣。」毛傳：「旬，遍也。」《史記・五帝本紀》：「幼而徇齊，長而敦敏，成而聰明。」司馬貞索隱：「又《爾雅》云：『徇，徧也。』……言黃帝幼而才智周徧，且辯給也。」❸徧　同「遍」。周遍。《說文》：「徧，帀也。」《說文》：「帀，周也。」《詩・邶風・北門》：「我入自外，室人交徧讁我。」陸德明釋文：「徧，古遍字。」

【語　譯】宣、徇（旬）這兩個詞，都有周遍的意思。

二・〇〇六　馹❶、遽❷，傳❸也。

【注　釋】❶馹　驛車；驛馬。《說文》：「馹，驛傳也。」《左傳・襄公二十一年》：「于是祁奚老矣，聞之，乘馹而見宣子。」杜注：「馹，傳也。」❷遽　驛車；驛馬。《說文》：「遽，傳也。」《左傳・昭公二年》：「子產在鄙，聞之，懼弗及，乘遽而至。」杜注：「遽，傳車也。」❸傳　本義為驛站，引申指驛站傳遞資訊的車馬。《說文》傳、遽互訓。《周禮・秋官・行夫》：「行夫：掌邦國傳遽之小事、美惡而無禮者。」鄭注：「傳遽，若今時乘傳騎驛而使者也。」

【語　譯】馹、遽這兩個詞，都有古代用以傳遞資訊的驛車、驛馬的意思。

二・〇〇七　蒙❶、荒❷，奄❸也。

【注　釋】❶蒙　覆蓋；包蒙。《左傳・襄公十年》：「狄虒彌建大車之輪，而蒙之以甲，以為櫓。」杜注：

「蒙，覆也。」❷荒　掩蓋。《說文》：「荒，……一曰艸掩地也。」《詩・魯頌・閟宮》：「奄有龜蒙，遂荒大東。」鄭箋：「荒，奄也。」❸奄　覆蓋。《說文》：「奄，覆也。」《詩・魯頌・閟宮》：「奄有下國，俾民稼穡。」鄭箋：「奄猶覆也。」

【語　譯】蒙、荒這兩個詞，都有覆蓋的意思。

二・〇〇八　告（ㄍㄠˋ）❶、謁（ㄧㄝˋ）❷，請（ㄑㄧㄥˇ）也（ㄧㄝˇ）。

【注　釋】❶告　請求。《儀禮・鄉飲酒禮》：「徵唯所欲，以告於先生君子可也。」鄭注：「告，請也。」❷謁　請求。《禮記・曲禮下》：「問士之子，長，曰：『能典謁矣。』」鄭注：「謁，請也。」

【語　譯】告、謁這兩個詞，都有請的意思。

二・〇〇九　肅（ㄙㄨˋ）❶、噰（ㄩㄥ）❷，聲（ㄕㄥ）也（ㄧㄝˇ）。

【注　釋】❶肅　鳥翅扇動的聲音。《詩・唐風・鴇羽》：「肅肅鴇羽，集于苞栩。」毛傳：「肅肅，鴇羽聲也。」❷噰　鳥和鳴之聲。《楚辭・九辯》：「雁噰噰而南遊兮。」王逸注：「雄雌和樂，群戲行也。」字又作「雝」。《詩・邶風・匏有苦葉》：「雝雝鳴雁，旭日始旦。」毛傳：「雝雝，雁聲和也。」

【語　譯】肅、噰這兩個詞，都有聲音的意思。

二・〇一〇　格（ㄍㄜˊ）❶、懷（ㄏㄨㄞˊ）❷，來（ㄌㄞˊ）也（ㄧㄝˇ）。

【注　釋】❶格　來；到來。《禮記・緇衣》：「夫民，教之以德，齊之以禮，則民有格心。」孔疏：「格，來也。」《書・盤庚上》：「格汝眾！予告汝訓汝。」孫星衍今古文注疏引〈釋言〉云：「格，來也。」參見一・〇〇五條注釋。❷懷　到來。《詩・周頌・時邁》：「懷柔百神，及河喬嶽。」毛傳：「懷，來也。」參見一・〇〇五條注釋。

【語　譯】格、懷這兩個詞，都有到來的意思。

二・〇二二　畛❶、底❷，致❸也。

【注　釋】❶畛　到；達到。《禮記・曲禮下》：「臨諸侯，畛于鬼神。」鄭注：「畛，致也。」❷底　到；達到。《左傳・襄公九年》：「夫婦辛苦墊隘，無所底告。」杜注：「底，致。」❸致　到；到達。《論語・子張》：「致遠恐泥，是以君子不為也。」皇侃疏：「致，至也。」

【語　譯】畛、底這兩個詞，都有達到的意思。

二・〇二三　恀❶、怙❷，恃❸也。

【注　釋】❶恀　依恃；倚仗。《荀子・非十二子》：「儉然，恀然。」楊倞注：「恀然，恃尊長之貌。」❷怙　依恃。《說文》：「怙，恃也。」《詩・唐風・鴇羽》：「王事靡盬，不能蓺稷黍。父母何怙？」毛傳：「怙，恃也。」❸恃　依靠。《說文》：「恃，賴也。」《楚辭・惜誦》：「君可思而不可恃。」王逸注：「恃，怙也。」

【語　譯】恀、怙這兩個詞，都有依恃的意思。

二〇一三　律（ㄌㄩˋ）❶、遹（ㄩˋ）❷，述（ㄕㄨˋ）❸也（ㄧㄝˇ）。

【注釋】❶律　遵守；遵循。《禮記・中庸》：「上律天時，下襲水土。」鄭注：「律，述也。」❷遹　遵循；追隨。《詩・大雅・文王有聲》：「文王有聲，遹駿有聲。」鄭箋：「遹，述也。文王有令聞之聲者，乃述行有令聞之聲之道所致也。」❸述　遵循。《說文》：「述，循也。」《書・五子之歌》：「五子咸怨，述大禹之戒以作歌。」孔傳：「述，循也。」

【語譯】律、遹這兩個詞，都有遵循的意思。

二〇一四　俞（ㄩˊ）❶、畣（ㄉㄚˊ）❷，然（ㄖㄢˊ）❸也（ㄧㄝˇ）。

【注釋】❶俞　表示應答。《書・堯典》：「帝曰：『俞！予聞，如何？』」孔傳：「俞，然也。」❷畣　同「答」。應答。郭注：「畣者應也，亦為然。」❸然　用於表示贊同的應答。《孟子・公孫丑下》：「然；夫時子惡知其不可也？」《論語・微子》：「曰：是魯孔丘之徒與？對曰：然。」

【語譯】俞、畣（答）這兩個詞，都有表示應答的意思。

二〇一五　豫（ㄩˋ）❶、臚（ㄌㄨˊ）❷，敘（ㄒㄩˋ）❸也（ㄧㄝˇ）。

【注釋】❶豫　順序。郝疏：「豫者，舒也，序也。故〈釋地〉釋文引《春秋元命苞》云：豫之言序也。」按：《爾雅・釋地》釋文：「豫之言序也，言陽氣分佈各得其處，平靜多序也。」❷臚　陳列。《文選・思玄賦》：

「心猶豫而狐疑兮，即岐阯而臚情。」李善注：「臚，陳也。」按：陳列當有順序，故釋為「敘」。❸敘　次序；排列次序。《說文》：「敘，次弟也。」《書・皋陶謨》：「惇敘九族，庶明勵翼。」鄭注：「敘，次序也。」

【語　譯】豫、臚這兩個詞，都有次序的意思。

二・〇一六　庶幾❶，尚❷也。

【注　釋】❶庶幾　也許會；差不多。表示某種希望、揣測之詞。《左傳・襄公二十六年》：「懼而奔鄭，引領南望曰：庶幾赦余！」郝疏：「庶幾二字，亦可單言。」《論語・先進》：「回也其庶乎！」皇侃疏：「庶，庶幾也。」《說文》：「幾，微也，殆也。」《呂氏春秋・自知》：「文侯微翟黃，則幾失忠臣矣。」高誘注：「微，無也；幾，近也。」❷尚　差不多。表示希望、揣度之詞。《說文》：「尚，庶幾也。」《書・大禹謨》：「爾尚一乃心力，其克有勳。」孔傳：「尚，庶幾也。」

【語　譯】庶幾這個詞，有「差不多」的意思。

二・〇一七　觀❶、指❷，示❸也。

【注　釋】❶觀　顯示於人；給人看。《左傳・襄公十一年》：「圍鄭，觀兵于南門，西濟于濟隧。」杜注：「觀，示也。」❷指　指給人看。《禮記・仲尼燕居》：「治國其如指諸掌而已乎！」在《禮記・中庸》中作「治國其如示諸掌乎！」❸示　給人看。《史記・廉頗藺相如列傳》：「相如奉璧奏秦王，秦王大喜，傳以示美人及左右。」按：「示美人及左右」，即給美人和左右臣下們看。

【語譯】觀、指這兩個詞，都有給人看的意思。

二〇一八 若❶、惠❷，順也。

【注釋】❶若 順從；柔順。《詩·大雅·烝民》：「天子是若，明命使賦。」毛傳：「若，順從。」❷惠 柔順。《詩·大雅·崧高》：「申伯之德，柔惠且直。」陳奐傳疏：「惠，順也。」

【語譯】若、惠這兩個詞，都有順從的意思。

二〇一九 敖❶、幠❷，傲也。

【注釋】❶敖 倨傲不遜。這個意義後來寫作「傲」。《說文》：「傲，倨也。」「倨，不遜也。」《楚辭·九章·抽思》：「憍吾以其美好兮，敖朕辭而不聽。」洪興祖補注：「敖，倨也。與傲同。」❷幠 傲慢無禮。《禮記·投壺》：「毋幠，毋敖，毋偝立，毋踰言。」鄭注：「幠，敖慢也。」字又作「憮」。《詩·小雅·巧言》：「無罪無辜，亂如此憮。」鄭箋：「憮，敖也，甚敖慢無法度也。」

【語譯】敖（傲）、幠（憮）這兩個詞，都有傲慢的意思。

二〇二〇 幼、鞠❶，稚❷也。

【注釋】❶鞠 幼小。《書·康誥》：「兄亦不念鞠子哀，大不友于弟。」孔傳：「為人兄亦不念稚子之可哀。」❷稚　本又作「稺」。本義為幼禾，引申為幼小。《說文》：「稺，幼禾也。」段注：「引申為凡幼之稱。今字作稚。」《孟子・滕文公上》：「使老稚轉乎溝壑；惡在其為民父母也？」朱熹集注：「稚，幼子也。」

【語　譯】幼、鞠這兩個詞，都有幼小的意思。

二・〇二二　逸❶、僁❷，過也。

【注　釋】❶逸　過錯；過失。《說文》：「逸，失也。」《書・胤征》：「天吏逸德，烈於猛火。」孔傳：「逸，過也。」❷僁　同「愆」。過錯。《說文》：「愆，過也。」《詩・大雅・抑》：「淑慎爾止，不愆于儀。」鄭箋：「不可過差于威儀。」按：《禮記・緇衣》引作「不僁于儀」。

【語　譯】逸、僁（愆）這兩個詞，都有過錯的意思。

二・〇二三　疑❶、休❷，戾❸也。

【注　釋】❶疑　止息。《儀禮・士昏禮》：「婦疑立于席西。」鄭注：「疑，止立自定之貌。」❷休　止息。《說文》：「休，息止也。」《左傳・昭公二十七年》：「休公徒之怒，而啟叔孫氏之心。」杜注：「休，息也。」❸戾　止息。《詩・大雅・桑柔》：「民之未戾，職盜為寇。」毛傳：「戾，定也。」按：參見一・〇七五條：「戾，待也。」

【語　譯】疑、休這兩個詞，都有止息的意思。

二·〇二三　疾❶、齊❷，壯❸也。

【注　釋】❶疾　急速。《國語・齊語》：「及耕，深耕而疾耰之，以待時雨。」韋昭注：「疾，速也。」❷齊　敏捷；快速。《荀子・性惡》：「齊給便敏而無類，雜能旁魄而無用。」楊倞注：「齊，疾也。」❸壯　迅疾。《莊子・徐無鬼》：「百工有器械之巧則壯。」陸德明釋文引李頤注：「壯猶疾也。」

【語　譯】疾、齊這兩個詞，都有迅疾的意思。

二·〇二四　悈❶、褊❷，急也。

【注　釋】❶悈　心氣急躁。郝疏：「悈者，心之急也。……悈通作戒。《詩》『我是用急』，《鹽鐵論・繇役篇》作『我是用戒』，戒即悈也。」《玉篇》：「悈，疾也。」按：疾與急義通。❷褊　急躁。《詩・魏風・葛屨序》：「其君儉嗇褊急，而無德以將之。」孔疏：「褊急言性躁。」

【語　譯】悈、褊這兩個詞，都有急躁的意思。

二·〇二五　貿❶、賈❷，市❸也。

【注　釋】❶貿　本義為交換財物，引申為買賣。《說文》：「貿，易財也。」《詩・衛風・氓》：「氓之蚩蚩，抱布貿絲。」陸德明釋文：「貿，買也。」❷賈　買賣。《說文》：「賈，市也。……一曰，坐賣售也。」《左傳・桓公十年》：「吾焉用此，其以賈害也？」杜注：「賈，買也。」❸市　本義為進行買賣的場所。《說文》：「市，買賣所之也。」引申指在這個場所中進行買賣活動。《論語・鄉黨》：「沽酒市脯不食。」朱熹集注：「沽、市，皆買也。」

【語　譯】貿、賈這兩個詞，都有買賣的意思。

二・〇二六　厞（ㄈㄟˋ）❶、陋（ㄌㄡˋ）❷，隱（ㄧㄣˇ）也（ㄧㄝˇ）。

【注　釋】❶厞　隱蔽。《說文》：「厞，隱也。」《儀禮・有司徹》：「右幾，厞用席。」鄭注：「厞，隱也。」❷陋　偏僻而隱蔽。《玉篇》：「陋，隱小也。」《淮南子・脩務》：「今使人生於僻陋之國，長於窮簷漏室之下……然其知者必寡矣。」高誘注：「陋，鄙小也。」《文選・移書讓太常博士》：「苟因陋就寡，分文析字，煩言碎辭……。」呂向注：「陋，隱也。」

【語　譯】厞、陋這兩個詞，都有隱蔽的意思。

二・〇二七　遏（ㄜˋ）❶、遾（ㄕˋ）❷，逮（ㄉㄞˋ）❸也（ㄧㄝˇ）。

【注　釋】❶遏　及至；達到。郭注：「東齊曰遏，北燕曰遾，皆相及逮。」字通作「曷」。《詩・小雅・四月》：「我日構禍，曷云能穀？」毛傳：「曷，逮也。」按：遏本訓為「止」，止與及至義通，故可釋為「逮」。❷遾　通「逝」。往；到達。《詩・魏風・十畝之間》：「桑者泄泄兮，行與子逝兮。」鄭箋：「逝，逮也。」❸逮　達到；趕上。《說文》：「逮，及也。」《論語・里仁》：「古者言之不出，恥躬之不逮也。」皇侃疏：「逮，及也。」

【語　譯】遏、遾這兩個詞，都有達到的意思。

二·○二八　征（ㄓㄥ）❶、邁（ㄇㄞˋ）❷，行（ㄒㄧㄥˊ）也（ㄧㄝˇ）。

【注釋】❶征　遠行；出征。《說文》：「延，正行也。从辵正聲。征，延或从彳。」《詩·小雅·黍苗》：「烈烈征師，召伯成之。」鄭箋：「征，行也。」❷邁　遠行。《說文》：「邁，遠行也。」《詩·王風·黍離》：「行邁靡靡，中心如噎。」毛傳：「邁，行也。」

【語譯】征、邁這兩個詞，都有遠行的意思。

二·○二九　圮（ㄆㄧˇ）❶、敗（ㄅㄞˋ）❷，覆（ㄈㄨˋ）❸也（ㄧㄝˇ）。

【注釋】❶圮　傾覆；毀壞。《說文》：「圮，毀也。」《書·堯典》：「咈哉，方命圮族。」孔傳：「圮，毀。」❷敗　毀壞；敗壞。《說文》：「敗，毀也。」《呂氏春秋·尊師》：「能全天之所生而勿敗之，是謂善學。」高誘注：「敗，毀也。」❸覆　傾敗。《禮記·緇衣》：「〈太甲〉曰：『毋越厥命，以自覆也。』」鄭注：「覆，敗也。」

【語譯】圮、敗這兩個詞，都有敗壞的意思。

二·○三○　荐（ㄐㄧㄢˋ）❶、原（ㄩㄢˊ）❷，再（ㄗㄞˋ）❸也（ㄧㄝˇ）。

【注釋】❶荐　重複；再次。《左傳·僖公十三年》：「冬，晉荐饑，使乞糴于秦。」陸德明釋文：「荐，重也。」字又通作「薦」。《詩·大雅·雲漢》：「天降喪亂，饑饉薦臻。」毛傳：「薦，重也。」❷原　再次。

《禮記・文王世子》：「命膳宰曰：『末有原。』」鄭注：「原，再也，勿有所再進。」❸再　本義為兩次，第二次，引申有再三的意思。《說文》：「再，一舉而二也。」段注：「凡言再者，重複之詞。」

【語譯】荐、原這兩個詞，都有再三的意思。

二・〇三一　撫❶、敉❷，撫也。

【注釋】❶撫　愛撫。字當作「憮」，與訓釋詞誤同。郭注：「憮，愛撫也。」《說文》：「憮，愛也。韓、鄭曰憮。」又「撫，安也。」❷敉　安撫。《說文》：「敉，撫也。」《書・大誥》：「民獻有十夫，予翼以于敉甯武圖功。」孔傳：「來翼佐我周用撫安武事謀立其功。」

【語譯】撫（憮）、敉這兩個詞，都有安撫的意思。

二・〇三二　臞❶、脙❷，瘠❸也。

【注釋】❶臞　瘦削。《說文》：「臞，少肉也。」《史記・司馬相如列傳》：「形容甚臞。」司馬貞索隱引韋昭曰：「臞，瘠也。」❷脙　消瘦。《說文》：「脙，齊人謂臞脙也。」《玉篇》：「齊人謂瘠腹為脙。」❸瘠　瘦削。《左傳・襄公二十一年》：「瘠則甚矣，而血氣未動。」杜注：「瘠，瘦也。」

【語譯】臞、脙這兩個詞，都有瘦的意思。

二・〇三三　桄❶、熲❷，充❸也。

【注　釋】❶桄　充盛；充滿。《說文》：「桄，充也。」字亦作「光」。《書・堯典》：「允恭克讓，光被四表。」孔傳：「光，充也。」❷熲　本義為火光，引申為光明義。光明與充盛義通，故釋為「充」。參見一・〇四九條：「熲，光也。」❸充　充實；充滿。《左傳・襄公三十一年》：「寇盜充斥。」杜注：「充，滿也。」《呂氏春秋・下賢》：「精充天地而不竭。」高誘注：「充，實也。」

【語　譯】桄、熲這兩個詞，都有充盛的意思。

二・〇三四　屢、暱❶，亟❷也。

【注　釋】❶暱　同「昵」。親近；親昵。《左傳・僖公二十四年》：「親親，暱近，尊賢，德之大者也。」杜注：「暱，親也。」《韓非子・難言》：「暱近習親。」❷亟　屢次；多次。《左傳・昭公三十年》：「亟肄以罷之，多方以誤之。」杜注：「亟，數也。」按：「數」即多次的意思。又有親昵的意思。《方言》卷一：「亟，愛也。東齊、海、岱之間曰亟。自關而西，秦、晉之間，凡相親愛謂之亟。」按：這個意義或與「㥛」通。《廣雅・釋詁》：「㥛，愛也。」王念孫疏證：「㥛，亦作亟。」此二義同條。「亟」兼有多次、親近兩種意義。

【語　譯】屢這個詞，有屢次的意思；暱這個詞，有親近的意思。

二・〇三五　靡❶、罔❷，無也。

【注　釋】❶靡　無；沒有。《詩・衛風・氓》：「三歲為婦，靡室勞矣。」鄭箋：「靡，無也。」❷罔　無；沒有。《詩・大雅・民勞》：「無縱詭隨，以謹罔極。」鄭箋：「罔，無也。」

【語　譯】靡、罔這兩個詞，都有無、沒有的意思。

二·〇三六　爽❶，差❷也。爽，忒❸也。

【注　釋】❶爽　差錯。《詩·小雅·蓼蕭》：「其德不爽，壽考不忘。」毛傳：「爽，差也。」又引申為改變。《國語·周語》：「言爽，日反其信；聽淫，日離其名。」韋昭注：「爽，貳也。」按：貳即不一，故為改變義。❷差　差錯；過錯。《說文》：「差，貳也，差不相值也。」按：不相值即不相當，猶今語「不對」，故為差錯。《楚辭·離騷》：「湯禹儼而祇敬兮，周論道而莫差。」王逸注：「差，過也。」❸忒　改變。《說文》：「忒，更也。」《詩·大雅·瞻卬》：「鞫人忮忒，譖始竟背。」毛傳：「忒，變也。」

【語　譯】爽，有差錯的意思。爽這個詞，又有改變的意思。

二·〇三七　佴❶，貳❷也。

【注　釋】❶佴　相次；隨後。《說文》：「佴，佽也。」按：佽即相次之意。《文選·報任少卿書》：「李陵既生降，隤其家聲，而僕又佴之蠶室，重為天下觀笑。」李善注引如淳曰：「佴，次也，若人相次也。」❷貳　副的；相隨的。《說文》：「貳，副益也。」《周禮·天官·大宰》：「建其正，立其貳。」

【語　譯】佴這個詞，有相次、隨其後的意思。

二·〇三八　劑❶、翦❷，齊❸也。

【注　釋】❶劑　剪齊。郭注：「南方人呼翦刀為劑刀。」《說文》：「劑，齊也。」《玉篇》：「劑，翦齊也。」❷翦　剪斷；剪齊。《詩・魯頌・閟宮》：「實始翦商。」毛傳：「翦，齊也。」鄭箋：「翦，斷也。」❸齊　斷；剪斷。《儀禮・既夕禮》：「犬服，木錧，約綏，約轡，木鑣，馬不齊髦。」鄭注：「齊，剪也。」

【語　譯】劑、翦這兩個詞，都有剪齊、剪斷的意思。

二・〇三九　饙（ㄈㄣ）❶、餾（ㄌㄧㄡˋ）❷，稔（ㄖㄣˇ）❸也（ㄧㄝˇ）。

【注　釋】❶饙　蒸飯。字亦作「餴」。《詩・大雅・泂酌》：「挹彼注茲，可以餴饎。」毛傳：「餴，餾也。」陸德明釋文：「餴，又作饙。字書云：一蒸米也。」❷餾　重蒸已涼的熟食。《說文》：「餾，飯气蒸也。」按：今有「蒸餾水」，餾亦蒸也。❸稔　通「飪」。蒸熟；煮熟（食物）。《說文》：「飪，大孰也。」按：今語煮熟食物為烹飪。

【語　譯】饙、餾這兩個詞，都有蒸熟的意思。

二・〇四〇　媵（ㄧㄥˋ）❶、將（ㄐㄧㄤ）❷，送（ㄙㄨㄥˋ）也（ㄧㄝˇ）。

【注　釋】❶媵　古代本指送嫁或陪嫁的人，引申為送。《儀禮・燕禮》：「媵觚於賓。」鄭注：「媵，送也。」❷將　送。《詩・邶風・燕燕》：「之子于歸，遠于將之。」鄭箋：「將亦送也。」

【語　譯】媵、將這兩個詞，都有送的意思。

二·○四一 作❶、造，為❷也。

【注釋】❶作 本義為站起、興起，引申為做、從事。《論語·先進》：「魯人為長府。閔子騫曰：『仍舊貫，如之何？何必改作！』」按：句中「為」、「作」同義，都是建造義。❷為 做。「為」在古漢語中是個用法非常靈活的動詞，意義因物件不同而變化。《詩·大雅·大明》：「造舟為梁，不顯其光！」為，製造、架設之義。《商君書·農戰》：「善為國者，倉廩雖滿，不偷于農。」為，治理之義。

【語譯】作、造這兩個詞，都有做的意思。

二·○四二 餥❶、餱❷，食❸也。

【注釋】❶餥 喫。《說文》：「餥，餱也。……陳楚之閒相謁而食麥飯曰餥。」❷餱 乾糧。《說文》：「餱，乾食也。」《詩·大雅·公劉》：「迺積迺倉，迺裹餱糧。」陸德明釋文：「餱，食也。」❸食 按：食有名詞、動詞兩種用法和意義，一為食糧、食物；一為食用、喫。本條即兼有二義。

【語譯】餥這個詞，有進食的意思；餱這個詞，有食糧的意思。

二·○四三 鞫❶、究❷，窮❸也。

【注釋】❶鞫 窮盡。《詩·大雅·瞻卬》：「鞫人忮忒，譖始竟背。」鄭箋：「鞫，窮也。」❷究 窮盡。《說文》：「究，窮也。」《詩·小雅·鴻鴈》：「雖則劬勞，其究安宅。」毛傳：「究，窮也。」❸窮 窮盡。

《禮記・樂記》：「行乎陰陽而通乎鬼神，窮高極遠而測深厚。」孔疏：「窮，盡也。」

【語　譯】鞫、究這兩個詞，都有窮盡的意思。

二・〇四四　滷(ㄌㄨˇ)❶、矜(ㄐㄧㄣ)❷、鹹(ㄒㄧㄢˊ)❸，苦(ㄎㄨˇ)也(ㄧㄝˇ)。

【注　釋】❶滷　同「鹵」。本為鹽鹼地。《說文》：「鹵，西方鹹地也。」引申有鹹苦之義。《玉篇》：「鹵，鹹也。」又「滷，苦地也。」❷矜　辛苦。《莊子・在宥》：「愁其五藏以為仁義，矜其血氣以規法度。」王引之《經義述聞》：「矜者苦也。」❸鹹　鹹苦。《書・洪範》：「潤下作鹹，炎上作苦。」按：極鹹則有苦味，故釋為苦。此一條二義，「苦」兼有味苦、辛苦二義。

【語　譯】滷（鹵）、鹹這兩個詞，都有味苦的意思；矜這個詞，有辛苦的意思。

二・〇四五　干(ㄍㄢ)❶、流(ㄌㄧㄡˊ)❷，求(ㄑㄧㄡˊ)也(ㄧㄝˇ)。

【注　釋】❶干　求取；尋求。《書・大禹謨》：「罔違道以干百姓之譽。」孔傳：「干，求也。」❷流　采擇；求取。《詩・周南・關雎》：「參差荇菜，左右流之。」毛傳：「流，求也。」參見一・〇六三條：「流，擇也。」

【語　譯】干、流這兩個詞，都有求取的意思。

二・〇四六　流(ㄌㄧㄡˊ)❶，覃(ㄊㄢˊ)❷也(ㄧㄝˇ)。覃(ㄊㄢˊ)，延(ㄧㄢˊ)也(ㄧㄝˇ)。

【注　釋】❶流　水流動。《說文》：「流，水行也。」引申為延行、流傳。《禮記・中庸》：「故君子和而不流。」鄭注：「流，猶移也。」《後漢書・馬援傳》：「問以東方流言及京師得失。」李賢注：「流，猶傳也。」❷覃　蔓延；延移。《詩・周南・葛覃》：「葛之覃兮，施于中谷。」毛傳：「覃，延也。」

【語　譯】流這個詞，有延行、流傳的意思。覃這個詞，有蔓延、延移的意思。

二・〇四七　佻❶，偷❷也。

【注　釋】❶佻　輕薄；苟且。《楚辭・離騷》：「雄鳩之鳴逝兮，余猶惡其佻巧。」王逸注：「佻，輕也。」《左傳・昭公十年》：「佻之謂甚矣，而壹用之，將誰福哉？」孔疏引李巡曰：「佻，偷薄之偷。」❷偷　本義為苟且，引申為輕薄。《論語・泰伯》：「故舊不遺，則民不偷。」皇侃疏：「偷，薄也。」《左傳・昭公十六年》：「晉國、韓子不可偷也。」杜注：「偷，薄也。」按：這裡是薄待、輕視義。

【語　譯】佻這個詞，有輕薄苟且的意思。

二・〇四八　潛❶，深❷也。潛、深，測❸也。

【注　釋】❶潛　本義為入水的動作。《說文》：「潛，涉水也。一曰藏也。」引申為水深之意。郝疏引《後漢書・班彪傳》注曰：「潛，深也。」又引申為測量水深。《莊子・田子方》：「上窺青天，下潛黃泉。」郭慶藩注：「潛與窺對文，潛，測也，與窺之義相近。」❷深　水深，與淺相對，又引申為測量水深。《列子・黃帝》：「彼將處乎不深之度而藏乎無端之紀。」王引之《經義述聞》：「不深，不測也。」❸測　測量深度。《說文》：

「測，深所至也。」段注：「深所至謂之測，度其深所至亦謂之測。」

【語　譯】潛這個詞，有水深的意思。潛、深這兩個詞，又都有測量水深的意思。

二·〇四九　穀（ㄍㄨˇ）❶、鞠（ㄐㄩ）❷，生（ㄕㄥ）❸也（ㄧㄝˇ）。

【注　釋】❶穀　本義為糧食的總稱，人賴食糧以生長，因此引申有生養義。《詩·小雅·甫田》：「以祈甘雨，以介我稷黍，以穀我士女。」鄭箋：「穀，養也。」又《詩·小雅·小宛》：「握粟出卜，自何能穀？」鄭箋：「穀，生也。」❷鞠　養育。《書·盤庚》：「鞠人謀人之保居，敘欽。」鄭注：「鞠，養。」❸生　使生長；養育。《周禮·天官·大宰》：「六曰事典，以富邦國，以任百官，以生萬民。」鄭注：「生猶養也。」

【語　譯】穀、鞠這兩個詞，都有養育的意思。

二·〇五〇　啜（ㄔㄨㄛˋ）❶，茹（ㄖㄨˊ）❷也（ㄧㄝˇ）。

【注　釋】❶啜　喫。《說文》：「啜，嘗也。」《禮記·檀弓下》：「啜菽飲水盡其歡，斯之謂孝。」陸德明釋文：「熬豆而食曰啜菽。」❷茹　喫。《莊子·人間世》：「顏回曰：『回之家貧，唯不飲酒不茹葷者數月矣。』」陸德明釋文：「茹，食也。」

【語　譯】啜這個詞，有喫的意思。

二·〇五一　茹（ㄖㄨˊ）❶、虞（ㄩˊ）❷，度（ㄉㄨㄛˋ）也（ㄧㄝˇ）。

【注釋】❶茹　估計；揣度。《詩・邶風・柏舟》：「我心匪鑒，不可以茹。」毛傳：「茹，度也。」❷虞　料想；揣測。《詩・大雅・文王》：「宣昭義問，有虞殷自天。」毛傳：「虞，度也。」《左傳・桓公十一年》：「鄖人軍其郊，必不誡。且日虞四邑之至也。」杜注：「虞，度也。」

【語譯】茹、虞這兩個詞，都有揣度的意思。

二・〇五二　試❶、式❷，用也。

【注釋】❶試　任用。《說文》：「試，用也。」《書・盤庚中》：「今予將試以汝遷，安定闕邦。」孔傳：「試，用也。」❷式　使用。《書・仲虺之誥》：「帝用不臧，式商受命，用爽厥師。」孔傳：「式，用也。」

【語譯】試、式這兩個詞，都有任用、使用的意思。

二・〇五三　誥❶、誓❷，謹也。

【注釋】❶誥　戒慎；使謹慎。《說文》：「誥，告也。」徐鍇《說文繫傳》：「以文言告曉之也。」《荀子・大略》：「誥誓不及五帝，盟詛不及三王，交質子不及五伯。」楊倞注：「誥誓，以言辭相誡約也。」按：以言辭相誡約，即戒慎，使謹慎之義。❷誓　以言辭相約束。《說文》：「誓，約束也。」引申有戒慎之義。《禮記・文王世子》：「曲藝皆誓之，以待又語。」鄭注：「誓，謹也。」

【語譯】誥、誓這兩個詞，都有戒慎、使謹慎的意思。

二·〇五四　競(ㄐㄧㄥˋ)❶、逐(ㄓㄨˊ)❷，彊(ㄑㄧㄤˊ)❸也(ㄧㄝˇ)。

【注　釋】❶競　競爭。《說文》：「競，彊語也。一曰逐也。」《韓非子‧五蠹》：「上古競于道德，中世逐于智謀，當今爭於氣力。」又有強勁義。《詩‧大雅‧抑》：「無競維人，四方其訓之。」鄭箋：「競，彊也。」❷逐　角逐；競爭。《說文》：「逐，追也。」《左傳‧昭公元年》：「自無令王，諸侯逐進，狎主齊盟，其又可壹乎？」杜注：「逐猶競也。」❸彊　強勁。《說文》：「彊，弓有力也。」引申為凡剛勁有力之稱，這個意義後來寫作「強」。《淮南子‧脩務》：「是故田者不強，囷倉不盈。」高誘注：「強，力也。」又盡力；勉力。《淮南子‧脩務》：「秦王乃發車千乘，步卒七萬……，此功之可彊成者也。」高誘注：「彊，勉也。」《孟子‧梁惠王下》：「君如彼何哉？彊為善而已矣。」焦循正義引高誘曰：「彊，勉也。」按：此一條二義，「彊」(強)兼有強勁有力、勉力兩個意義。

【語　譯】競、逐這兩個詞，都有競爭、勉力的意思；競這個詞，還有強勁有力的意思。

二·〇五五　禦(ㄩˋ)❶、圉(ㄩˇ)❷，禁(ㄐㄧㄣˋ)也(ㄧㄝˇ)。

【注　釋】❶禦　禁禦；禁止。《書‧牧誓》：「弗禦克奔以役西土，勖哉夫子！」馬融曰：「禦，禁也。」❷圉　本義為監牢，引申為禁禦、禁止義。《說文》：「圉，囹圄，所以拘罪人。」《玉篇》云：「圉，禁也。」按：一說「圉」通「禦」。《莊子‧繕性》：「寄之，其來不可圉，其去不可止。」陸德明釋文：「圉，本又作禦。」

【語　譯】禦、圉這兩個詞，都有禁止的意思。

二・〇五六　窒❶、薶❷，塞也。

【注　釋】❶窒　填塞。《詩・豳風・東山》：「洒埽穹窒，我征聿至。」鄭箋：「窒，塞也。」❷薶　通「埋」。掩埋與填塞義通，故釋為「塞」。《玉篇》：「薶，與埋同。」《廣雅・釋詁》：「薶，藏也。」

【語　譯】窒、薶（埋）這兩個詞，都有填塞的意思。

二・〇五七　黼❶、黻❷，彰❸也。

【注　釋】❶黼　古代繡在禮服上白黑相間的斧形花紋。《說文》：「黼，白與黑相次文。」《書・益稷》：「粉米、黼、黻、絺繡。」陸德明釋文：「白與黑謂之黼，青與黑謂之黻。」孔傳：「黼若斧形，黻為兩已相背。」❷黻　古代繡在禮服上青黑相間的亞形花紋。❸彰　錯綜的花紋或色彩。《說文》：「彰，文彰也。」

【語　譯】黼、黻這兩個詞，都有花紋的意思。

二・〇五八　膺❶、身❷，親❸也。

【注　釋】❶膺　本義為胸，引申為親身。《儀禮・少儀》：「拚席不以鬣，執箕膺擖。」鄭注：「膺，親也。」❷身　本義為身體，引申為親自。《韓非子・五蠹》：「禹之王天下也，身執耒臿以為民先。」❸親　親自；親身。《禮記・文王世子》：「膳宰之饌，必敬視之；疾之藥，必親嘗之。」

【語　譯】膺、身這兩個詞，都有親自的意思。

二·〇五九　**愷悌❶，發❷也。**

【注釋】❶愷悌　或作「豈弟」。在經籍中多用為和樂、平易之義，此指黎明時出發。《詩·齊風·載驅》：「魯道有蕩，齊子豈弟。」鄭箋：「此豈弟猶言發夕也。」孔疏：「上言發夕，謂初夜即行。」❷發　本義為發射，引申為出發。《呂氏春秋·當賞》：「卒與吏其始發也，皆曰往擊寇。」高注：「發，行也。」

【語　譯】愷悌（豈弟）這個詞，有黎明出發的意思。

二·〇六〇　**髦士❶，官也。**

【注　釋】❶髦士　英俊有才的男子。郭注：「取俊士令居官。」《詩·大雅·棫樸》：「奉璋峨峨，髦士攸宜。」毛傳：「髦，俊也。」此等人適宜為官，故釋為「官」。

【語　譯】髦士這個詞，有做官人選的意思。

二·〇六一　**畯❶，農夫也。**

【注　釋】❶畯　農官。《說文》：「畯，農夫也。」《詩·豳風·七月》：「同我婦子，饁彼南畝，田畯至喜。」毛傳：「畯，田大夫也。」鄭箋：「言勸其事，又愛其吏也。」王引之《經義述聞》：「鄭箋以農夫為主田之吏。」

【語　譯】畯這個詞，有農官的意思。

二○六二 蓋❶、割，裂也。

【注釋】❶蓋 通「害」。《說文》：「害，傷也。」《書・呂刑》：「群後之逮在下，明明棐常，鰥寡無蓋。」按：傷害與割裂義通，故釋為裂。

【語譯】蓋（害）、割這兩個詞，都有割裂的意思。

二○六三 邕❶、支❷，載❸也。

【注釋】❶邕 通「攤」。字又作「擁」。《說文》：「攤，抱也。」引申有擁護、愛戴義。邢疏：「謝氏云：邕，字又作擁。釋云：擁者，護之載也。」❷支 支撐；承受。《國語・越語》：「皆知其資財不足以支長久也。」韋昭注：「支猶堪也。」按：堪即承受義。❸載 乘載。《說文》：「載，乘也。」引申有承受義。《詩・大雅・緜》：「縮版以載，作廟翼翼。」朱熹集傳：「載，上下相承也。」又通「戴」。擁護；愛戴。《韓非子・功名》：「人主者，天下一力以共載之。」按：此一條二義，「載」兼有承載、擁戴兩個意義。

【語譯】邕（攤）這個詞，有擁戴的意思；支這個詞，有支撐、承載的意思。

二○六四 諈諉❶，累❷也。

【注釋】❶諈諉 託付、煩勞他人。郭注：「以事相屬累為諈諉。」《說文》：「諈，諈諉，累也。」❷累 負累；煩勞。《呂氏春秋・審分》：「臣主同地，則臣有所匿其邪矣，主無所避其累矣。」高誘注：「累猶負也。」

【語　譯】誣諉這個詞，有煩勞的意思。

二·〇六五　漠❶、察❷，清❸也。

【注　釋】❶漠　清靜。《漢書·馮奉世傳》：「元成等漠然。」顏師古注：「漠，無聲也。」《荀子·解蔽》：「掩耳而聽者，聽漠漠而以為哅哅，勢亂其官也。」楊倞注：「漠漠，無聲也。」黃侃《爾雅音訓》：「〈釋詁〉：『貉，靜也。』又『貉、嗼，定也。』漠與貉、嗼並通。」❷察　明察；清晰。《楚辭·離騷》：「悔相道之不察兮，延佇乎吾將反。」王逸注：「察，審也。」《禮記·禮器》：「君子曰：無節於內者，觀物弗之察矣。」按：弗之察，猶今語「看不清楚」，故釋為「清」。❸清　本義為水清，在本條取清靜、清晰之義，此一條二義之例。

【語　譯】漠這個詞，有清靜的意思；察這個詞，有清晰的意思。

二·〇六六　庇❶、庥❷，廕❸也。

【注　釋】❶庇　遮蔽；保護。《說文》：「庇，蔭也。」《左傳·文公七年》：「葛藟猶能庇其本根，故君子以為比，況國君乎？」杜注：「葛之能藟蔓繁滋者，以本枝蔭庥之多。」《呂氏春秋·懷寵》：「故兵入於敵之境，則民知所庇矣。」高誘注：「庇，依蔭也。」❷庥　本指樹蔭，引申為遮蔽、保護義。郭注：「今俗語呼樹蔭為庥。」字又作「茠」。《淮南子·精神》：「今夫繇者……得茠越下則脫然而喜矣。」高誘注：「茠，蔭也。三輔人謂休華樹下為茠也。楚人樹上大本小如車蓋狀為越，言多蔭也。」❸廕　同「蔭」。草木之蔭，引申為覆蓋、庇護。《說文》：「蔭，艸陰地。」字又通作「陰」。《詩·大雅·桑柔》：「既之陰女，反予來赫。」

鄭箋：「既往覆陰女。」陸德明釋文：「陰，鄭音蔭，覆蔭也。」

【語　譯】庇、庥這兩個詞，都有遮蔽、保護的意思。

二·〇六七　穀❶、履❷，祿❸也。

【注　釋】❶穀　本義為糧食的總稱。《說文》：「穀，百穀之總名也。」古代以糧食作為官員俸祿，因此有俸祿義。《詩·小雅·正月》：「仳仳彼有屋，蔌蔌方有穀。」鄭箋：「穀，祿也。」《論語·憲問》：「邦有道穀，邦無道穀，恥也。」❷履　通「釐」。福祿。《說文》：「釐，家福也。」《詩·周南·樛木》：「樂只君子，福履綏之！」毛傳：「履，祿。」❸祿　福祿。《說文》：「祿，福也。」《詩·大雅·既醉》：「其胤維何？天被爾祿。」毛傳：「祿，福也。」又引申為俸祿。《周禮·天官·大宰》：「四曰祿位，以馭其士。」鄭注：「祿，若今月奉也。」按：此一條二義，祿兼有福祿、俸祿二義。

【語　譯】穀這個詞，有俸祿的意思；履（釐）這個詞，有福祿的意思。

二·〇六八　履❶，禮也。

【注　釋】❶履　本義為足履，即腳上穿的鞋，引申為踐踏、實踐、履行等義。古人認為，禮是必須履行的，行事必須符合禮，故履又表示禮的意義。《禮記·坊記》引《詩》：「爾卜爾筮，履無咎言。」鄭注：「履，禮也。」《詩·商頌·長發》：「率履不越，遂視既發。」朱熹集傳：「履，禮。」

【語　譯】履這個詞，有禮儀的意思。

二·○六九 隱❶，占❷也。

【注釋】❶隱 審度；估計。《書·盤庚下》：「邦伯師長百執事之人，尚皆隱哉！」孔疏：「隱謂隱審也。」❷占 本義為占卜。《說文》：「占，視兆問也。」引申為預測、審度。《史記·平準書》：「雖無市籍，各以其物自占。」司馬貞索隱：「按郭璞云：『占，自隱度也。』謂各自隱度其財物多少，為文簿送之官也。」

【語譯】隱這個詞，有審度的意思。

二·○七○ 逆❶，迎也。

【注釋】❶逆 迎接。《說文》：「逆，迎也。……關東曰逆，關西曰迎。」《書·呂刑》：「爾尚敬逆天命，以奉我一人！」孔疏：「逆，迎也。」

【語譯】逆這個詞，有迎接的意思。

二·○七一 憯❶，曾❷也。

【注釋】❶憯 竟然。表語氣的副詞，相當「曾」。《詩·大雅·雲漢》：「胡寧瘨我以旱？憯不知其故。」陸德明釋文：「憯，曾也。」❷曾 竟然。表語氣的副詞。《說文》：「曾，詞之舒也。」段注：「曾之言乃也。」《孟子·公孫丑上》：「爾何曾比予於管仲！」趙岐注：「何曾，猶何乃也。」

【語譯】憯這個詞，有竟然的意思。

二·〇七二　增，益❶也。

【注釋】❶益　增加；增長。《國語·周語》：「有是寵也，而益之以三怨，其誰能忍之？」韋昭注：「益，猶加也。」

【語譯】增這個詞，有增加的意思。

二·〇七三　窶❶，貧也。

【注釋】❶窶　貧困。《禮記·曲禮上》：「客歠醢，主人辭以窶。」陸德明釋文：「窶，貧也。」

【語譯】窶這個詞，有貧困的意思。

二·〇七四　薆❶，隱也。

【注釋】❶薆　隱蔽。《史記·司馬相如列傳》：「觀眾樹之塕薆兮，覽竹林之榛榛。」司馬貞索隱：「薆，謂隱也。」

【語譯】薆這個詞，有隱蔽的意思。

二·〇七五　僾❶，唈❷也。

【注釋】❶僾　呼吸不暢，鬱悶。《詩・大雅・桑柔》：「如彼遡風，亦孔之僾。」毛傳：「僾，唈。」鄭箋：「使人唈然如鄉疾風，不能息也。」《荀子・禮論》：「祭者，志意思慕之情也，愅詭唈僾，而不能無時至焉。」楊倞注：「唈僾，氣不舒憤鬱之貌。」❷唈　氣不順暢；悶悶不樂。郭璞注：「嗚唈，短氣。」

【語譯】僾這個詞，有氣不順、鬱悶的意思。

二・〇七六　基❶，經❷也。基，設也。

【注釋】❶基　本義為牆基。《說文》：「基，牆始也。」牆基為建屋之始，故引申為開始。參見一・〇〇一條：「基，始也。」又有謀劃、設計義。《禮記・孔子閒居》：「孔子曰：『夙夜其命宥密，無聲之樂也。』」鄭注：「《詩》讀其為基，聲之誤也。基，謀也。」❷經　開始。《鬼谷子・抵巇》：「經起秋毫之末，揮之於太山之本。」陶弘景注：「經，始也。」

【語譯】基這個詞，有開始的意思。基這個詞，又有謀劃、設計的意思。

二・〇七七　祺❶，祥❷也。祺，吉也。

【注釋】❶祺　一義為吉兆。郭注：「謂徵祥。」《荀子・成相》：「清牧基，明有祺，主好論議必善謀。」楊倞注：「祺，祥也。」一義為吉利。《說文》：「祺，吉也。」❷祥　預兆，多指吉兆。《左傳・昭公十八年》：「鄭之未災也，里析告子產曰：『將有大祥。』」杜注：「祥，變異之氣。」孔疏：「祥者，善惡之徵。」《呂氏春秋・制樂》：「湯退卜者曰：『吾聞，祥者福之先者也，見祥而不為善，則福不至。』」

【語　譯】祺這個詞，有吉兆的意思。祺這個詞，又有吉利的意思。

二·〇七八　兆（ㄓㄠˋ）❶，域（ㄩˋ）也（ㄧㄝˇ）。

【注　釋】❶兆　通「垗」。本義為田界。《說文》：「垗，畔也。」引申指田界內的區域或其他區域，如墳地的區域。郭注：「謂塋界。」《左傳·哀公二年》：「素車、樸馬，無入于兆。」杜注：「兆，葬域。」

【語　譯】兆（垗）這個詞，有界域的意思。

二·〇七九　肇（ㄓㄠˋ）❶，敏（ㄇㄧㄣˇ）也（ㄧㄝˇ）。

【注　釋】❶肇　行動敏捷。郝疏：「肇之言猶趙也。《穆天子傳》云：『天子北征，趙行。』郭注：『趙，猶超騰也。』超騰與敏疾義近。」字又作「肈」。《逸周書·謚法》：「肇敏行成曰直。」王念孫《讀書雜志》：「肇與敏同義。」

【語　譯】肇這個詞，有敏捷的意思。

二·〇八〇　挾（ㄒㄧㄝˊ）❶，藏（ㄘㄤˊ）也（ㄧㄝˇ）。

【注　釋】❶挾　夾持；懷藏。《說文》：「挾，俾持也。」段注：「俾持正謂藏匿之持。」《莊子·齊物論》：「旁日月，挾宇宙。」成玄英疏：「挾，懷藏也。」

【語譯】挾這個詞，有懷藏的意思。

二·〇八一 浹❶，徹❷也。

【注釋】❶浹 通徹；通達。《荀子·解蔽》：「其所以貫理焉，雖億萬已不足以浹萬物之變，與愚者若一。」按：浹萬物之變猶言通萬物之變。❷徹 通；通達。《說文》：「徹，通也。」《左傳·昭公二年》：「徹命於執事，敝邑弘矣，敢辱郊使？」杜注：「徹，達也。」《國語·周語》：「若本固而功成，施遍而民阜，乃可以長保民矣，其何不徹？」韋昭注：「徹，達也。」

【語譯】浹這個詞，有通達的意思。

二·〇八二 替❶，廢也。替，滅也。

【注釋】❶替 廢除；廢棄。《詩·大雅·召旻》：「胡不自替？職兄斯引。」毛傳：「替，廢也。」引申為滅絕。《國語·晉語》：「今德替矣！」韋昭注：「替，滅也。」參見一·〇七五條：「替，待也。」一·〇八九條：「替，止也。」

【語譯】替這個詞，有廢除的意思。替這個詞，又有滅絕的意思。

二·〇八三 速❶，徵❷也。徵，召也。

【注　釋】❶速　徵召；招請。《文選・思玄賦》：「速燭龍令執炬兮過鐘山而中休。」舊注：「速，徵也。」按：成語「不速之客」，速即招請的意思。❷徵　徵召；召致。《說文》：「徵，召也。」《周禮・典禮》：「徵役于司隸而役之。」鄭注：「徵，召也。」《戰國策・宋衛策》：「梁王伐邯鄲而徵師于宋。」高誘注：「徵，召也。」

【語　譯】速這個詞，有徵召的意思；徵這個詞，有召致的意思。

二・〇八四　琛❶，寶也。

【注　釋】❶琛　珍寶。《說文》新附：「琛，寶也。」《詩・魯頌・泮水》：「憬彼淮夷，來獻其琛。」毛傳：「琛，寶也。」

【語　譯】琛這個詞，有珍寶的意思。

二・〇八五　探❶，試也。

【注　釋】❶探　本義為把手伸進去取物，引申為探測、試探。郭注：「刺探，嘗試。」

【語　譯】探這個詞，有試探的意思。

二・〇八六　髦❶，選❷也。髦，俊也。

【注　釋】❶髦　本義為毛髮中的長毫，引申指傑出人才。《詩・大雅・棫樸》：「奉璋峨峨，髦士攸宜。」

毛傳：「髦，俊也。」又有選拔義。《詩・大雅・思齊》：「古之人無斁，譽髦斯士。」王引之《經義述聞》：「士之選謂之髦，……選士亦謂之髦，『譽髦斯士』是也。譽髦斯士，選斯士也。」❷選　選拔；推舉。《禮記・禮運》：「選賢與能，講信脩睦。」又引申指選拔出來的傑出人才。《禮記・禮運》：「禹湯文武成王周公，由此其選也。」孔疏：「用此禮義教化其為三王中之英選也。」《詩・齊風・猗嗟》：「舞則選兮，射則貫兮。」鄭箋：「選者，謂其倫等最上。」

【語譯】髦這個詞，有選拔的意思。髦這個詞，又有俊傑人才的意思。

二・〇八七　俾（ㄅㄧˋ）❶，職（ㄓˊ）❷也（ㄧㄝˇ）。

【注釋】❶俾　使。《詩・邶風・綠衣》：「我思古人，俾無訧兮。」毛傳：「俾，使也。」《左傳・哀公十六年》：「昊天不弔，不慭遺一老，俾屏余一人以在位。」杜注：「俾，使也。」按：凡言使，多有使從事之義。郭注：「使供職。」郝疏：「職不必居官也，凡事也、業也，主者皆謂之職。」故引申與「職」義近。❷職　主持事務。《左傳・僖公二十六年》：「載在盟府，大師職之。」杜注：「職，主也。」又引申為職務、職業。《周禮・夏官・掌固》：「民皆有職焉。」

【語譯】俾這個詞，有使擔任事務的意思。

二・〇八八　紕（ㄆㄧˊ）❶，飾（ㄕˋ）也（ㄧㄝˇ）。

【注釋】❶紕　給衣帽、旗幟等鑲邊以為裝飾，亦可指所鑲上的邊緣。《禮記・玉藻》：「縞冠素紕，既祥之冠也。」鄭注：「紕，緣邊也。」按：緣邊等於說鑲邊。

【語　譯】紕這個詞，有裝飾的意思。

二·〇八九　淩❶，慄❷也。慄，慼❸也。

【注　釋】❶淩　通「凌」。本義為寒冷。《說文》：「凌，仌（冰）出也。」引申為戰慄。《漢書·揚雄傳》：「熊羆之挐攫，虎豹之淩遽。」顏師古注：「淩，戰慄也。」❷慄　戰慄。《廣雅·釋言》：「慄，戰也。」字又作「栗」。《書·舜典》：「直而溫，寬而栗。」陸德明釋文：「栗，戰慄也。」又有畏懼義。《莊子·人間世》：「匹夫猶未可動，而況諸侯乎！吾甚慄之。」陸德明釋文引李注：「慄，懼也。」又引申為憂戚。《文選·西京賦》：「將乍往而未半，怵悼慄而聳競。」薛綜注：「慄，憂戚也。」❸慼　悲憂。《詩·小雅·小明》：「心之憂矣，自詒伊慼。」毛傳：「慼，憂也。」

【語　譯】淩（凌）這個詞，有戰慄的意思。慄這個詞，又有悲憂的意思。

二·〇九〇　蠲❶，明也。茅❷，明也。明，朗❸也。

【注　釋】❶蠲　顯明。《左傳·襄公十四年》：「惠公蠲其大德，謂我諸戎是四嶽之裔胄也，毋是翦棄。」杜注：「蠲，明也。」❷茅　通「旄」。清楚地表明。本義指旗杆頂端飾有旄牛尾的旗幟，古代行軍以此為前導，有標誌、表明情況的作用，故釋為「明」。《左傳·宣公十二年》：「右轅，左追蓐，前茅慮無，中權，後勁。」杜注：「茅，明也。」❸朗　明朗。《說文》：「朗，明也。」《國語·周語》：「度于天地而順于時動，和於民神而儀於物則，故高朗令終，顯融昭明，命姓受氏，而附之以令名。」韋昭注：「朗，明也。」

【語　譯】蠲這個詞，有顯明的意思。茅（旄）這個詞，有表明的意思。明這個詞，有明朗的意思。

二・〇九一　猷(ㄧㄡˊ)❶，圖(ㄊㄨˊ)❷也(ㄧㄝˇ)。猷(ㄧㄡˊ)，若(ㄖㄨㄛˋ)❸也(ㄧㄝˇ)。

【注　釋】❶猷　圖謀。《書・君奭》：「告君乃猷裕，我不以後人迷。」孔疏：「猷訓為謀。」參見一・〇一三條：「猷，謀也。」又通「猶」。猶如。《文選・女史箴》：「王猷有倫。」李善注：「猷與猶古字通。」❷圖　圖謀。《說文》：「圖，畫計難也。」《禮記・檀弓上》：「伯氏苟出而圖吾君，申生受賜而死！」鄭注：「圖猶謀也。」❸若　如若；猶如。《呂氏春秋・壅塞》：「牛之性不若羊。」高誘注：「若，猶如也。」

【語　譯】猷這個詞，有圖謀的意思。猷這個詞，又有猶如的意思。

二・〇九二　偁(ㄔㄥ)❶，舉(ㄐㄩˇ)也(ㄧㄝˇ)。

【注　釋】❶偁　同「稱」。舉起。《說文》：「偁，揚也。」《書・牧誓》：「稱爾戈，比爾干，立爾矛，予其誓。」孔傳：「稱，舉也。」

【語　譯】偁（稱）這個詞，有舉起的意思。

二・〇九三　稱(ㄔㄥ)❶，好(ㄏㄠˇ)❷也(ㄧㄝˇ)。

【注釋】❶稱 適宜；恰當。《荀子・正論》：「辨其談說，明其譬稱。」楊倞注：「稱，謂所宜也。」又〈禮論〉：「貴賤有等，長幼有差，貧富輕重皆有稱者也。」楊倞注：「稱，謂各當其宜。」❷好 本義為美麗，引申為適宜、恰好。《詩・鄭風・緇衣》：「緇衣之好兮，敝，予又改造兮。」毛傳：「好猶宜也。」

【語譯】稱這個詞，有適宜的意思。

二・○九四 坎❶、律❷，銓❸也。

【注釋】❶坎 通「科」。法則。黃侃《爾雅音訓》：「坎，聲轉為科。《孟子》『盈科而後進』，科即坎也。科，程也，程亦法也。」《說文》：「科，程也，从禾从斗。斗者，量也。」《太玄・玄摛》：「三儀同科。」范望注：「科，法也。」❷律 律令；法規。《書・舜典》：「協時月正日，同律度量衡。」孔傳：「律，法制。」❸銓 本義為稱量之器，即秤。《說文》：「銓，衡也。」引申為衡量。《廣雅・釋詁》：「硂，度也。」硂即銓之或體。《國語・吳語》：「不智，則不知民之極，無以銓度天下之眾寡。」衡量須有標準，故引申又有法則義。

【語譯】坎（科）、律這兩個詞，都有法則的意思。

二・○九五 矢❶，誓也。

【注釋】❶矢 通「誓」。發誓。郝疏：「矢、誓古通用。」《論語・雍也》：「夫子矢之曰：『予所否者，天厭之！天厭之！』」何晏集解引孔安國注：「矢，誓也。」

【語譯】矢（誓）這個詞，有發誓的意思。

二·〇九六　舫ㄈㄤˇ❶，舟ㄓㄡ也ㄧㄝˇ。

【注　釋】❶舫　本義指並排的兩隻船，引申為船的泛稱。白居易〈白蓮池泛舟〉詩：「白藕新花照水開，紅窗小舫信風迴。」

【語　譯】舫這個詞，有船的意思。

二·〇九七　泳ㄩㄥˇ❶，游ㄧㄡˊ也ㄧㄝˇ。

【注　釋】❶泳　在水面下游。《說文》：「泳，潛行水中也。」《詩·邶風·谷風》：「就其淺矣，泳之游之。」鄭箋：「潛行為泳。」引申為泛稱游水。《詩·周南·漢廣》：「漢之廣矣，不可泳思。」

【語　譯】泳這個詞，有游水的意思。

二·〇九八　迨ㄉㄞˋ❶，及ㄐㄧˊ❷也ㄧㄝˇ。

【注　釋】❶迨　趁著。《方言》卷三：「迨，及也。東齊曰迨」。《詩·邶風·匏有苦葉》：「士如歸妻，迨冰未泮。」毛傳：「迨，及也。」❷及　本義為趕上、追上，引申有趁著、就著等義。《管子·大匡》：「及齊君之能用之也，管子之事濟也。」尹知章注：「及猶就也。」

【語　譯】迨這個詞，有趁著的意思。

二・〇九九 冥❶，幼❷也。

【注釋】❶冥 幽深；陰暗。《說文》：「冥，幽也。」《玉篇》：「冥，窈也。」《荀子・正名》：「說不行則白道而冥窮。」楊倞注：「冥，幽隱也。」❷幼 通「窈」。《說文》：「窈，深遠也。」《素問・徵四失論》：「窈窈冥冥，孰知其道？」王砅注：「窈窈冥冥，言玄遠也。」《詩・小雅・斯干》：「噲噲其正，噦噦其冥。」毛傳：「冥，幼也。」鄭箋：「冥，夜也。」陸德明釋文：「幼，本或作窈。」

【語譯】冥這個詞，有幽暗、幽深的意思。

二・一〇〇 降❶，下也。

【注釋】❶降 降下。《說文》：「降，下也。」《詩・大雅・旱麓》：「豈弟君子，福祿攸降。」鄭箋：「降，下也。」

【語譯】降這個詞，有降下的意思。

二・一〇一 傭❶，均也。

【注釋】❶傭 均等；公平。《說文》：「傭，均直也。」《玉篇》：「傭，均也，直也。」《詩・小雅・節南山》：「昊天不傭，降此鞠訩。」毛傳：「傭，均也。」

【語譯】傭這個詞，有公平、均等的意思。

二·二〇二　強(ㄑㄧㄤˊ)❶，暴(ㄅㄠˋ)也(ㄧㄝˇ)。

【注釋】❶強　強暴；粗暴。字本作「彊」。《詩·大雅·蕩》：「咨，女殷商！曾是彊禦！」毛傳：「彊禦，彊梁禦善也。」孔疏：「彊梁，任威使氣之貌。」郝疏：「彊梁即粗暴。」

【語譯】強這個詞，有強暴的意思。

二·二〇三　窕(ㄊㄧㄠˇ)❶，肆(ㄙˋ)❷也(ㄧㄝˇ)。肆(ㄙˋ)，力(ㄌㄧˋ)❸也(ㄧㄝˇ)。

【注釋】❶窕　通「佻」。輕佻放肆。郝疏：「郭云：『輕窕者，好放肆。』蓋讀窕為佻。」❷肆　極力；努力。《說文》：「肆，極陳也。」《文選·東京賦》：「瞻仰二祖，厥庸孔肆。」薛綜注：「肆，勤也。」又引申為放肆義。《文選·東京賦》：「必以肆奢為賢，則是黃帝合宮，有虞總期，固不如夏癸之瑤臺，殷辛之瓊室也。」薛綜注：「肆，放也。」❸力　極力；努力。《詩·大雅·烝民》：「古訓是式，威儀是力。」鄭箋：「力猶勤也。」

【語譯】窕（佻）這個詞，有放肆的意思。肆這個詞，有極力的意思。

二·二〇四　俅(ㄑㄧㄡˊ)❶，戴(ㄉㄞˋ)也(ㄧㄝˇ)。

【注釋】❶俅　本義為帽上飾物。《說文》：「俅，冠飾皃。」引申為戴帽。邢昺疏：「俅，謂頭戴也。」《詩·周頌·絲衣》：「絲衣其紑，載弁俅俅。」

【語　譯】俅這個詞，有頭戴的意思。

二·一〇五　瘞❶，幽❷也。

【注　釋】❶瘞　深埋；埋。《說文》：「瘞，幽薶也。」按：薶同埋。《山海經·北山經》：「其祠，毛用一雄雞，彘瘞。」郭璞注：「薶之。」《禮記·禮運》：「列祭祀，瘞繒。」孔疏：「瘞，埋也。」❷幽　幽隱；埋藏。《說文》：「幽，隱也。」邢昺疏：「瘞、幽，皆謂薶藏。」按：幽有埋藏義，故墳墓亦稱「幽室」。《文選》陶潛〈挽歌詩〉：「幽室一已閉，千年不復朝。」劉良注：「幽室，墳墓也。」

【語　譯】瘞這個詞，有埋藏的意思。

二·一〇六　氂❶，罽❷也。

【注　釋】❶氂　長毛；毛織物。邢昺疏引舍人曰：「氂謂毛罽也，胡人續羊毛而作衣。」❷罽　通「蘮」。毛織物。《說文》：「蘮，西胡毳布也。」段注：「毳者，獸細毛也，用織為布，是曰蘮。」《周禮·春官·司服》：「祀四望山川則毳冕。」鄭注：「毳，罽衣也。」孫詒讓正義：「罽者，蘮之借字。」

【語　譯】氂這個詞，有毛織物的意思。

二·一〇七　烘❶，燎❷也。

【注　釋】❶烘　燒。《說文》：「烘，尞也。」按：尞與燎當是古今字。《詩・小雅・白華》：「樵彼桑薪，卬烘于煁。」毛傳：「烘，燎也。」❷燎　燒。《說文》：「燎，放火也。」《文選・西京賦》：「燎京薪，駴雷鼓。縱獵徒，赴長莽。」薛綜注：「燎謂燒之。」

【語　譯】烘這個詞，有焚燒的意思。

二・一〇八　煁❶，烓❷也。

【注　釋】❶煁　古代一種可移動的烤火爐灶。《說文》：「煁，烓也。」《詩・小雅・白華》：「樵彼桑薪，卬烘于煁。」毛傳：「煁，烓灶也。」朱熹集傳：「煁，無釜之灶，可燎而不可亨飪者也。」❷烓　古代一種可移動的爐灶。《說文》：「烓，行竈也。」段注：「行竈非為飲食之竈，若今火爐，僅可炤物，自古名之曰烓，亦名之曰煁。」

【語　譯】煁這個詞，有灶爐的意思。

二・一〇九　陪❶，朝❷也。

【注　釋】❶陪　本為加土。《說文》：「陪，重土也。」引申有增加、輔助義。郝疏：「加鼎曰陪鼎，侍朝曰陪位。」按：臣朝君是為了輔佐君王，臣子處於陪伴地位，故陪與朝義可通。❷朝　朝見，多用於臣下朝見君王。《詩・小雅・采菽》：「君子來朝，何錫予之？」

【語　譯】陪這個詞，有朝見的意思。

二·二一〇 康❶，苛❷也。

【注　釋】❶康　通「穅」。《說文》作「穅」，曰：「穀之皮也。……康，穅或省作。」穀皮粉末為糠，所以糠可與細碎微小義通。邵晉涵正義：「康、苛皆細小之物，故假借以為煩碎之名。」❷苛　小草。《說文》：「苛，小艸也。」引申為苛細。《漢書·高帝紀》：「父老苦秦苛法久矣。」顏師古注：「苛，細也。」

【語　譯】康（糠）這個詞，有細碎的意思。

二·二一一 樊❶，藩❷也。

【注　釋】❶樊　藩籬。《詩·齊風·東方未明》：「折柳樊圃，狂夫瞿瞿。」毛傳：「樊，藩也。」《莊子·山木》：「莊周遊於雕陵之樊，睹一異鵲自南方來者，翼廣七尺，目大運寸。」陸德明釋文引司馬云：「樊，藩也。」❷藩　藩籬。《易·大壯》：「羝羊觸藩，羸其角。」孔疏：「藩，籬也。」《後漢書·楊震傳》：「故太尉震，正直是與，俾匡時政，而青蠅點素，同茲在藩。」李賢注：「藩，樊也。」

【語　譯】樊這個詞，有藩籬的意思。

二·二一二 賦❶，量❷也。

【注　釋】❶賦　稅賦。郭注：「賦稅所以評量。」《說文》：「賦，斂也。」按：收稅皆需計量，故可釋為「量」。《列子·楊朱》：「一國之人，受其施者，相與賦而藏之。」俞樾《諸子平議》：「賦者，調計口出錢也。」❷量　計量。《說文》：「量，稱輕重也。」《國語・周語下》：「古者，天災降戾，於是乎量資幣，權輕重，以振救民。」韋昭注：「量猶度也。」

【語　譯】賦這個詞，有計量的意思。

二・一一三　粻(ㄓㄤ)❶，糧(ㄌㄧㄤˊ)也(ㄧㄝˇ)。

【注　釋】❶粻　糧食。《說文》新附：「粻，食米也。」《禮記・王制》：「五十異粻，六十宿肉。」鄭注：「粻，糧也。」

【語　譯】粻這個詞，有糧食的意思。

二・一一四　庶(ㄕㄨˋ)❶，侈(ㄔˇ)❷也(ㄧㄝˇ)。庶(ㄕㄨˋ)，幸(ㄒㄧㄥˋ)❸也(ㄧㄝˇ)。

【注　釋】❶庶　眾多。《書・湯誓》：「格爾眾庶，悉聽朕言。」孔疏：「庶，亦眾也。」顧炎武《日知錄・重言》：「既庶且多，庶即多也。」又為慶幸、冀幸義。《詩・大雅・江漢》：「四方既平，王國庶定。」鄭箋：「庶，幸也。」❷侈　多；過多。《管子・侈靡》：「不侈，本事不得立。」尹知章注：「侈謂饒多也。」❸幸　慶幸。《公羊傳・宣公十五年》：「君子見人之厄則矜之，小人見人之厄則幸之。」何休注：「幸，僥倖也。」

【語　譯】庶這個詞，有眾多的意思。庶這個詞，又有慶幸的意思。

二・一一五　筑(ㄓㄨˊ)❶，拾(ㄕˊ)也(ㄧㄝˇ)。

【注釋】❶筑 通「叔」。拾取。《說文》：「叔，拾也」。《詩・豳風・七月》：「七月食瓜，八月斷壺，九月叔苴。」毛傳：「叔，拾也。」《書・金縢》：「凡大木所偃，盡起而築之。」孔疏：「鄭、王皆云：築，拾也。」按：「築」與「筑」字通，皆「叔」之假借。

【語譯】筑（叔）這個詞，有拾取的意思。

二・二一六 奘❶，駔❷也。

【注釋】❶奘 粗大。《說文》：「奘，駔大也。」段注：「奘與壯音同，與駔義同。」《方言》卷一：「奘，大也。秦晉之間凡人之大謂之奘。」❷駔 本義為馬大。《說文》：「駔，壯馬也。」引申有高大粗壯義。《玉篇》：「駔，猶粗也。」《類篇》：「駔，大也。」

【語譯】奘這個詞，有粗大的意思。

二・二一七 集❶，會也。

【注釋】❶集 聚集；會合。《詩・周頌・小毖》：「未堪家多難，予又集于蓼！」鄭箋：「集，會也。」《漢書・萬石君傳》：「人臣尊寵乃舉集其門。」顏師古注：「集，合也。」

【語譯】集這個詞，有會合的意思。

二・二一八 舫❶，泭❷也。

【注　釋】❶舫　通「方」。竹木筏。郝疏：「舫者，亦方之假借也。」《詩・邶風・谷風》：「就其深矣，方之舟之。」鄭箋：「方，泭也。」❷泭　竹木筏子。《說文》：「泭，編木以渡也。」《國語・齊語》：「方舟設泭，乘桴濟河，至於石枕。」韋昭注：「編木曰泭，小泭曰桴。」

【語　譯】舫（方）這個詞，有竹木筏子的意思。

二・一一九　洵❶，均也。洵，龕❷也。

【注　釋】❶洵　通「旬」。均遍；平均。《說文》：「旬，徧也。」《易・豐》：「初九，遇其配主，雖旬無咎，往有尚。」王弼注：「旬，均也。」又通「恂」。誠信。《方言》卷一：「恂，信也。宋衛汝潁之間曰恂。」誠信則可勝任，因此又與勝任義通。郝疏：「洵又訓龕者，借洵為恂。恂，信也。借龕為堪。堪，任也，言信可堪任也。」❷龕　通「堪」。能經受；勝任。《方言》卷六：「龕，受也。」錢繹箋疏：「龕，與堪通。」

【語　譯】洵（旬）這個詞，有平均的意思。洵（恂）這個詞，又有勝任的意思。

二・一二〇　逮❶，遝❷也。

【注　釋】❶逮　及至；達到。《說文》：「逮，及也。」參見二・〇二七條注釋。❷遝　及至；達到。《方言》卷三：「遝，及也。東齊曰迨，關之東西曰遝，或曰及。」《墨子・非攻下》：「今遝乎好攻伐之君，又飾其說，以非子墨子曰……」孫詒讓閒詁引洪云：「遝、逮古字通用。」

【語　譯】逮這個詞，有達到的意思。

二·一二二 是❶，則❷也。

【注　釋】❶是　正確。與「非」相對。《說文》：「是，直也。」《荀子·勸學》：「使目非是無欲見也，使耳非是無欲聞也，使口非是無欲言也，使心非是無欲慮也。」楊倞注：「或曰：是，謂正道也。」符合正道的東西值得效法，故「是」又可引申為法則、效法。《荀子·富國》：「其所是焉誠美，其所得焉誠多，其所利焉誠大。」按：「所是」即所以為是，與效法義近。❷則　準則；法則。《書·五子之歌》：「有典有則，貽厥子孫。」孔傳：「則，法也。」引申有效法義。《孟子·滕文公上》：「惟天為大，惟堯則之。」朱熹集注：「則，法也。」按：則之，即效法天。

【語　譯】是這個詞，有法則、效法的意思。

二·一二三 畫，形❶也。

【注　釋】❶形　描繪形象。《說文》：「形，象形也。」段注：「形容謂之形，形容之亦謂之形。」

【語　譯】畫這個詞，有描繪形象的意思。

二·一二四 賑❶，富也。

【注　釋】❶賑　富有。《說文》：「賑，富也。」《文選·蜀都賦》：「爾乃邑居隱賑，夾江傍山。」劉良注：「賑，富也。」《資治通鑑·宋紀十》：「天下銅少，宜減錢式以救交弊，賑國舒民。」胡三省注：「賑，富也。」

【語　譯】賑這個詞，有富裕的意思。

二·一二四　局❶，分也。

【注　釋】❶局　部分。《禮記·曲禮上》：「進退有度，左右有局，各司其局。」鄭注：「局，部分也。」

【語　譯】局這個詞，有部分的意思。

二·一二五　憭❶，怒也。

【注　釋】❶憭　憤怒。《玉篇》：「憭，怒也，疾也。」《詩·大雅·板》：「天之方憭，無為夸毗。」陸德明釋文：「憭，疾怒也。」

【語　譯】憭這個詞，有憤怒的意思。

二·一二六　偞❶，聲也。

【注　釋】❶偞　聲音。郭璞注：「偞，謂聲音，言聲音偞偞然也。」《說文》：「偞，聲也。」《玉篇》：「偞，小聲也。」

【語　譯】偞這個詞，有聲音的意思。

二·二二七 揆❶，揆❷也。揆，度也。

【注釋】❶揆 通「揆」。衡量；揣度。《詩·小雅·采菽》：「樂只君子，天子揆之。」毛傳：「揆，揆也。」❷揆 衡量；揣度。《左傳·文公十八年》：「舜臣堯，舉八愷，使主后土，以揆百事。」杜注：「揆，度也。」《戰國策·燕策二》：「善為事者，先量其國之大小，而揆其兵之強弱，故功可成而名可立也。」鮑彪注：「揆，度也。」

【語譯】揆（揆）這個詞，有衡量的意思。揆這個詞，有揣度的意思。

二·二二八 逮❶，及❷也。

【注釋】❶逮 及至；到達。《說文》：「逮，及也。」參見二·〇二七條、二·一二〇條注釋。❷及 本義為趕上，引申為及至、達到。《呂氏春秋·明理》：「故眾正之所積，其福無不及也；眾邪之所積，其禍無不逮也。」高誘注：「及，至也。」按：逮與及，對文同義。

【語譯】逮這個詞，有及至的意思。

二·二二九 惄❶，飢也。

【注釋】❶惄 憂愁。《說文》：「惄，飢餓也。……一曰憂也。」段注以為「飢餓」當作「飢意」，則惄是飢餓的感覺，故與飢義通。《詩·周南·汝墳》：「未見君子，惄如調飢。」毛傳：「惄，飢意也。」

【語譯】惄這個詞，有飢餓感覺難受的意思。

二・一三〇 眕❶，重也。

【注釋】❶眕 穩重。《說文》：「眕，目有所恨而止也。」止即有所收斂，不妄動，故與穩重義通。《集韻》：「眕，安重也。」《左傳・隱公三年》：「夫寵而不驕，驕而能降，降而不憾，憾而能眕者，鮮矣。」杜注：「降其身則必恨，恨則思亂，不能自安自重。」

【語譯】眕這個詞，有穩重的意思。

二・一三一 獵❶，虐❷也。

【注釋】❶獵 獵殺。邢昺疏：「獵謂從禽也，必暴害於物，故云虐。」《說文》：「獵，放獵逐禽也。」段注：「引申為淩獵。」❷虐 暴虐。《說文》：「虐，殘也。」《禮記・檀弓下》：「虐，毋乃不可歟？」鄭注：「暴之是虐。」

【語譯】獵這個詞，有暴虐的意思。

二・一三二 土❶，田❷也。

【注釋】❶土 土地。《說文》：「土，地之吐生萬物者也。」按：土是泛稱，指能生長萬物的土地，包括田地。❷田 田地。《說文》：「田，陳也。樹穀曰田。」按：田是特稱，指已耕可栽種穀物的土地。田與土統言無別，析言有別。

【語　譯】土這個詞，有田地的意思。

二·一三三　戍❶，遏❷也。

【注　釋】❶戍　邊防；守衛邊疆。郭璞注：「戍守，所以止寇賊。」《說文》：「戍，守邊也」。《左傳·莊公八年》：「齊侯使連稱、管至父戍葵丘」。杜注：「戍，守也。」按：戍邊是阻止敵人侵犯，故戍有遏止義。❷遏　遏制；阻止。《說文》：「遏，微止也。」《公羊傳·莊公三十二年》：「季子之遏惡也，不以為國獄。」何休注：「遏，止也。」

【語　譯】戍這個詞，有遏止的意思。

二·一三四　師❶，人❷也。

【注　釋】❶師　古代軍隊編制單位，二千五百人為師，引申指眾人。《說文》：「師，二千五百人為師。从帀，从𠂤。𠂤，四帀眾意也」。《書·堯典》：「師錫帝曰：『有鰥在下，曰虞舜。』」孔傳：「師，眾也。」《左傳·哀公五年》：「師乎師乎，何黨之乎？」杜注：「師，眾也。」❷人　眾人。《穀梁傳·隱公八年》：「可言公及人，不可言公及大夫。」范甯注：「稱人，眾辭。」

【語　譯】師這個詞，有眾人的意思。

二·一三五　硈❶，鞏❷也。

【注　釋】❶硈　本義為石頭堅硬。《說文》：「硈，石堅也。」引申為物體堅固。《玉篇》：「硈，堅也。」❷鞏　堅固。《詩・大雅・瞻卬》：「藐藐昊天，無不克鞏。」毛傳：「鞏，固也。」參見一・〇五〇條：「劼、鞏、堅，固也。」

【語　譯】硈這個詞，有堅固的意思。

二・一三六　棄（ㄑㄧˋ）❶，忘（ㄨㄤˋ）也（ㄧㄝˇ）。

【注　釋】❶棄　本義為拋棄。《說文》：「棄，捐也。」引申為忘記。《左傳・昭公十三年》：「南蒯、子仲之憂，其庸可棄乎？」杜注：「棄猶忘也。」

【語　譯】棄這個詞，有忘記的意思。

二・一三七　囂（ㄒㄧㄠ）❶，閑（ㄒㄧㄢˊ）❷也（ㄧㄝˇ）。

【注　釋】❶囂　囂囂，輕鬆悠閒的樣子。《孟子・萬章上》：「湯使人以幣聘之，囂囂然曰：『我何以湯之聘幣為哉！』」趙岐注：「囂囂然，自得之志，無欲之貌也。」又《孟子・盡心上》：「人知之亦囂囂，人不知亦囂囂。」焦循正義：「囂囂，即閑閑也。」❷閑　幽閒；舒緩。《文選》曹植〈美女篇〉：「美女妖且閑，采桑歧路間。」李善注：「閑，幽閒也。」又《文選》沈約〈宿東園〉：「東郊豈異昔，聊可閑余步。」張銑注：「閑，緩也。」《詩・魏風・十畝之間》：「十畝之間兮，桑者閑閑兮。」朱熹集傳：「閑閑，往來者自得之貌。」

【語　譯】囂這個詞，有悠閒自得的意思。

二·一三八 謀❶，心❷也。

【注釋】❶謀 謀慮；思慮。《說文》：「慮難曰謀。」按：謀慮用心，故與心義相通。《論衡·超奇》：「心思為謀。」《書·立政》：「率惟謀從容德，以並受此丕丕基。」劉逢祿集解：「謀，心也。」❷心 本義指心臟，古人以為人思惟用心臟，故心與思想、謀慮義相通。王引之《經義述聞》：「心者，思也。」《書·泰誓》：「受有億兆夷人，離心離德。」孔穎達疏：「心謂謀慮。」

【語譯】謀這個詞，有心思、心計的意思。

二·一三九 獻❶，聖❷也。

【注釋】❶獻 賢明之人。《論語·八佾》：「文獻不足故也。足，則吾能徵之矣。」朱熹集注：「文，典籍也；獻，賢也。」《逸周書·謚法》：「知質有聖曰獻。」又：「聰明睿哲曰獻。」❷聖 德才兼備之賢人。《說文》：「聖，通也。」《書·洪範》：「聰作謀，睿作聖。」孔傳：「於事無不通謂之聖。」《新書·道術》：「且明且賢，此謂聖人。」

【語譯】獻這個詞，有賢聖的意思。

二·一四〇 里❶，邑❷也。

【注釋】❶里 居里；居民區。《說文》：「里，居也。」《論語·里仁》：「里仁為美。擇不處仁，焉得知？」

何晏集解引鄭玄注：「里者，民之所居也。」《詩・大雅・韓奕》：「韓侯迎止，于蹶之里。」毛傳：「里，邑也。」❷邑　城邑；人所聚居之地。《周禮・地官・里宰》：「掌比其邑之眾寡與其六畜、兵器，治其政令。」鄭注：「邑猶里也」。賈公彥疏：「邑是人所居之處。」

【語　譯】里這個詞，有居民區的意思。

二・一四一　襄（ㄒㄧㄤ）❶，除（ㄔㄨˊ）也（ㄧㄝˇ）。

【注　釋】❶襄　通「攘」。除去。《詩・小雅・出車》：「赫赫南仲，玁狁于襄。」毛傳：「襄，除也。」陸德明釋文：「襄，本或作攘。」

【語　譯】襄（攘）這個詞，有除去的意思。

二・一四二　振（ㄓㄣˋ）❶，古（ㄍㄨˇ）❷也（ㄧㄝˇ）。

【注　釋】❶振　自；自從。《詩・周頌・載芟》：「匪且有且，匪今斯今，振古如茲！」毛傳：「振，自也。」《資治通鑑・齊紀七》：「聽其言，如振古忠恕之賢。」胡三省注：「振古，自古也。」❷古　王引之《經義述聞》：「蓋《爾雅》本作『振，自也。』自字古文作直，形與古相似，因訛為古。」按：依王氏說，「古」是「自」的形誤字。

【語　譯】振這個詞，有自從的意思。

二・一四三　懟❶，怨❷也。

【注　釋】❶懟　怨恨。《說文》：「懟，怨也」。《穀梁傳・莊公三十一年》：「且財盡則怨，力盡則懟，君之危之，故謹而志之也。」陸德明釋文：「懟，怨也」。❷怨　恨。《論語・述而》：「求仁而得仁，又何怨？」皇侃疏：「怨，恨也。」

【語　譯】懟這個詞，有怨恨的意思。

二・一四四　縭❶，介❷也。

【注　釋】❶縭　在鞋子上鑲嵌絲帶作為裝飾。《說文》：「縭，以絲介履也。」段注：「介者畫也，謂以絲介畫履間為飾也。」按：鑲嵌時嵌物處於原物之中，把原物分開，故與分隔、介入義通。❷介　介入；分隔。《說文》：「介，畫也。」《漢書・陳餘傳》：「今將軍下趙數十城，獨介居河北。」顏師古注：「介，隔也。」又《漢書・鄒陽傳》：「陽為人有智略，忼慨不苟合，介於羊勝、公孫詭之間。」顏師古注：「介謂間廁也。」

【語　譯】縭這個詞，有分隔、介入的意思。

二・一四五　號❶，謼❷也。

【注　釋】❶號　呼叫。《說文》：「號，呼也。」《左傳・宣公十二年》：「還無社與司馬卯言，號申叔展。」陸德明釋文：「號，呼也。」❷謼　大聲喊。亦作「呼」。《說文》：「謼，評也。」又「評，召也。」按：評與呼同。

【語　譯】號這個詞，有喊叫的意思。

二·一四六　凶❶，咎❷也。

【注　釋】❶凶　不吉利；天災人禍。《說文》：「凶，惡也。」段注：「凶者，吉之反。」《易·屯》：「九五，屯其膏，小，貞吉；大，貞凶。」《禮記·曲禮下》：「歲凶，年穀不登，君膳不祭肺，馬不食穀，弛道不除，祭事不縣。」孔疏：「歲凶，謂水旱災害也。」❷咎　災禍。《說文》：「咎，災也。」《呂氏春秋·侈樂》：「知其所以知之謂知道，不知其所以知之謂之棄寶，棄寶者必離其咎。」高誘注：「咎，殃也。」

【語　譯】凶這個詞，有災禍的意思。

二·一四七　苞❶，稹❷也。

【注　釋】❶苞　草木茂盛。《詩·大雅·行葦》：「牛羊勿踐履，方苞方體。」鄭箋：「苞，茂也。」參見一·〇五六條：「苞，豐也。」❷稹　本為禾長得稠密，引申泛指草木茂盛。《詩·唐風·鴇羽》：「肅肅鴇羽，集于苞栩。」毛傳：「苞，稹也。」邢昺疏引孫炎曰：「物叢生曰苞，齊人名曰稹。」則苞與稹義通。

【語　譯】苞這個詞，有草木茂盛的意思。

二·一四八　迕❶，寤❷也。

【注釋】❶迕　迕逆；不順。《鶡冠子・天則》：「下之所迕，上之可蔽。」陸佃注：「迕之言午也。」按：「午」即迕逆的意思。《說文》：「午，啎也。」❷寤　通「啎」。迕逆。《左傳・隱公元年》：「莊公寤生，驚姜氏。」《史記・鄭世家》：「生太子寤生，生之難，及生，夫人弗愛。」《爾雅》郝疏：「〈鄭世家〉以為寤生者，啎逆難生，久不得下，故驚武姜也。」

【語譯】迕這個詞，有迕逆的意思。

二・一四九　頲❶，題❷也。

【注釋】❶頲　額頭。通常寫作「定」。《詩・周南・麟之趾》：「麟之定，振振公姓。」毛傳：「定，題也。」朱熹集傳：「定，額也。」❷題　本義指額頭。《說文》：「題，額也。」《禮記・王制》：「南方曰蠻，雕題交趾，有不食火者矣。」鄭注：「題，謂額也。」

【語譯】頲這個詞，有額頭的意思。

二・一五〇　猷❶、肯❷，可也。

【注釋】❶猷　通「猶」。可能；可以。《詩・魏風・陟岵》：「上慎旃哉！猶來無止！」毛傳：「猶，可也。」❷肯　願意；可以。《詩・邶風・終風》：「終風且霾，惠然肯來。」鄭箋：「肯，可也。」

【語譯】猷、肯這兩個詞，都有可以的意思。

二・一五一 務❶，侮也。

【注釋】❶務　通「侮」。侮辱。郝疏：「務者，侮之假音也。」《詩・小雅・常棣》：「兄弟鬩于牆，外禦其務。」毛傳：「務，侮也。兄弟雖內鬩而外禦侮也。」《左傳・僖公二十四年》正引作「外禦其侮。」

【語　譯】務（侮）這個詞，有侮辱的意思。

二・一五二 貽❶，遺❷也。

【注釋】❶貽　饋贈。《說文》新附：「貽，贈遺也。」《書・五子之歌》：「有典有則，貽厥子孫。」孔傳：「貽，遺也。」❷遺　給予；贈送。《玉篇》：「遺，貽也。」《禮記・曲禮上》：「問疾弗能遺，不問其所欲。」陸德明釋文：「遺，與也。」

【語　譯】貽這個詞，有贈送的意思。

二・一五三 貿❶，買也。

【注釋】❶貿　本義為交換財物，引申為做買賣，或單指買。《詩・衛風・氓》：「氓之蚩蚩，抱布貿絲。」陸德明釋文：「貿，買也。」參見二・〇二五條：「貿，市也。」

【語　譯】貿這個詞，有買的意思。

二·一五四 賄（ㄏㄨㄟˋ）❶，財（ㄘㄞˊ）也（ㄧㄝˇ）。

【注釋】❶賄　財物。《說文》：「賄，財也。」《左傳·文公十八年》：「竊賄為盜，盜器為姦。」杜注：「賄，財也。」

【語譯】賄這個詞，有財物的意思。

二·一五五 甲（ㄐㄧㄚˇ）❶，狎（ㄒㄧㄚˊ）❷也（ㄧㄝˇ）。

【注釋】❶甲　通「狎」。狎暱；親近。《詩·衛風·芄蘭》：「雖則佩韘，能不我甲。」毛傳：「甲，狎也。」❷狎　狎暱；親近。《禮記·曲禮上》：「賢者狎而敬之，畏而愛之。」鄭注：「狎，習也，近也。」

【語譯】甲（狎）這個詞，有親暱的意思。

二·一五六 菼（ㄊㄢˇ）❶，騅（ㄓㄨㄟ）❷也（ㄧㄝˇ）。菼（ㄊㄢˇ），薍（ㄨㄢˋ）❸也（ㄧㄝˇ）。

【注釋】❶菼　初生的蘆荻，顏色灰白。《詩·衛風·碩人》：「鱣鮪發發，葭菼揭揭。」毛傳：「菼，薍也。」朱熹集傳：「菼，薍也，亦謂之荻。」❷騅　初生的蘆葦。《詩·王風·大車》：「大車檻檻，毳衣如菼。」毛傳：「菼，鵻（騅）也，蘆之初生者也。」按：依毛傳，騅即是菼。❸薍　初生的蘆荻。《說文》：「菿，萑之初生，一曰薍，一曰鵻。」按：菿，重文作菼。鵻當為騅。依《說文》，菼、騅、薍是一物異名。

【語譯】菼這個詞，有初生蘆葦的意思。菼這個詞，又有初生蘆荻的意思。

二・一五七　粲❶，餐❷也。

【注釋】❶粲　通「餐」。飯食。《詩・鄭風・緇衣》：「還，予授子之粲兮。」毛傳：「粲，餐也。」❷餐　進食。《說文》：「餐，吞也。」《詩・魏風・伐檀》：「彼君子兮，不素餐兮！」陸德明釋文引《字林》：「餐，吞食也。」引申為飯食。《列子・說符》：「東方有人焉，……而餓於道。狐父之盜曰丘，見而下壺餐以餔之。」張湛注：「餐，水澆飯也。」

【語譯】粲（餐）這個詞，有飯食的意思。

二・一五八　渝❶，變也。

【注釋】❶渝　改變。《說文》：「渝，變汙也。」《左傳・隱公六年》：「六年春，鄭人來渝平，更成也。」杜注：「渝，變也。」《淮南子・原道》：「是故得道者，……久而不渝，入火不焦，入水不濡。」高誘注：「渝，變也。」

【語譯】渝這個詞，有改變的意思。

二・一五九　宜❶，肴❷也。

【注釋】❶宜　菜肴。邢昺疏：「宜，謂肴饌也。」又有啖的意思。《詩・鄭風・女曰雞鳴》：「弋言加之，與子宜之。」毛傳：「宜，肴也。」孔疏：「與子賓客作肴羞之饌共食之。」❷肴　菜肴。《說文》：「肴，啖也。」段注：「謂熟饋可啖之肉。」

【語　譯】宜這個詞，有菜肴的意思。

二·一六〇　夷❶，悅也。

【注　釋】❶夷　喜悅。《詩·商頌·那》：「我有嘉客，亦不夷懌？」朱熹集傳：「夷，悅也。」《楚辭·九懷·陶壅》：「道莫貴兮歸真，羨余術兮可夷。」王逸注：「夷，喜也。」

【語　譯】夷這個詞，有喜悅的意思。

二·一六一　顛❶，頂也。

【注　釋】❶顛　本義頭頂，引申指頂部。郭璞注：「顛，頭上。」《說文》：「顛，頂也。」「頂，顛也。」《素問·奇病論》：「人生有病顛疾者。」王冰注：「顛，謂上顛，則頭首也。」《楚辭·九章·悲回風》：「上高巖之峭岸兮，處雌蜺之標顛。」洪興祖補注：「顛，頂也。」

【語　譯】顛這個詞，有頭頂、頂部的意思。

二·一六二　耋❶，老也。

【注　釋】❶耋　年老。《說文》：「年八十曰耋。」引申凡年壽高皆可稱耋。《左傳·僖公九年》：「以伯舅耋老，加勞，賜一級，無下拜。」杜注：「七十曰耋。」《禮記·射義》：「幼壯孝弟，耆耋好禮。」鄭注：「耆、耊皆老也。」

【語　譯】耊這個詞，有年老的意思。

二．一六三　輶❶，輕也。

【注　釋】❶輶　本義為輕車，引申為輕。《說文》：「輶，輕車也。」《詩・秦風・駟驖》：「輶車鸞鑣，載獫歇驕。」毛傳：「輶，輕也。」

【語　譯】輶這個詞，有輕便的意思。

二．一六四　俴❶，淺也。

【注　釋】❶俴　淺薄。《說文》：「俴，淺也。」《詩・秦風・小戎》：「俴駟孔群，厹矛鋈錞。」鄭箋：「俴，淺也。」孔疏：「俴駟，是用淺薄之金以為駟馬之甲。」

【語　譯】俴這個詞，有淺薄的意思。

二．一六五　綯❶，絞❷也。

【注　釋】❶綯　繩索。《詩・豳風・七月》：「晝爾于茅，宵爾索綯。」毛傳：「綯，絞也。」王引之《經義述聞》：「綯，即繩也。」❷絞　繩子。《儀禮・喪服傳》：「絞帶者，繩帶也。」

【語　譯】絢這個詞，有繩索的意思。

二·二六六　訛❶，化也。

【注　釋】❶訛　變化。《書·堯典》：「平秩南訛，敬致。」孔傳：「訛，化也。」《詩·小雅·節南山》：「式訛爾心，以畜萬邦。」鄭箋：「訛，化也。」

【語　譯】訛這個詞，有變化的意思。

二·二六七　跋❶，躐❷也。

【注　釋】❶跋　踩；踏。《文選·羽獵賦》：「跋犀犛，蹶浮麋。」李善注引韋昭：「跋，踏也。」❷躐　踐踏。《玉篇》：「躐，踐也。」《後漢書·崔駰傳》：「當其無事，則躐纓整襟，規矩其步。」李賢注：「躐，踐也。」

【語　譯】跋這個詞，有踐踏的意思。

二·二六八　疐❶，跲❷也。

【注　釋】❶疐　被絆倒。《詩·豳風·狼跋》：「狼跋其胡，載疐其尾。」毛傳：「疐，跲也。」字又作「躓」。《左傳·宣公十五年》：「杜回躓而顛，故獲之。」洪亮吉詁引《說文》：「躓，跲也。」❷跲　絆倒。《說文》：「跲，躓也。」《禮記·中庸》：「言前定，則不跲；事前定，則不困。」鄭注：「跲，躓也。」

【語譯】疐（躓）這個詞，有絆倒的意思。

二・一六九 烝（ㄓㄥ）❶，塵（ㄔㄣˊ）❷也（ㄧㄝˇ）。

【注釋】❶烝　長久。《詩・小雅・南有嘉魚》：「南有嘉魚，烝然罩罩。」鄭箋：「烝，塵也。塵然，猶言久如也。」❷塵　長久。參見一・一二二條：「塵，久也。」

【語譯】烝這個詞，有長久的意思。

二・一七〇 戎（ㄖㄨㄥˊ）❶，相（ㄒㄧㄤˋ）❷也（ㄧㄝˇ）。

【注釋】❶戎　輔助。郭璞注：「戎，相佐助。」《詩・小雅・常棣》：「每有良朋，烝也無戎。」鄭箋：「猶無相助己者。」❷相　輔佐。《書・盤庚下》：「予其懋簡相爾，念敬我眾。」孔傳：「相，助也。」

【語譯】戎這個詞，有輔助的意思。

二・一七一 飫（ㄩˋ）❶，私（ㄙ）也（ㄧㄝˇ）。

【注釋】❶飫　古代貴族兄弟間舉行的私人宴會。《詩・小雅・常棣》：「儐爾籩豆，飲酒之飫。兄弟既具，和樂且孺。」毛傳：「飫，私也。」《後漢書・班固傳》：「登降飫宴之禮即畢，因相與嗟歎玄德。」李賢注：「飫，私也。」

【語　譯】飫這個詞，有私宴的意思。

二·一七二　孺❶，屬❷也。

【注　釋】❶孺　本義為小孩，引申指親屬。《說文》：「孺，乳子也。」《禮記·曲禮下》：「天子之妃曰后，諸侯曰夫人，大夫曰孺人。」鄭注：「孺之言屬。」孔疏：「言其為親屬。」《詩·小雅·常棣》：「兄弟既具，和樂且孺。」毛傳：「孺，屬也。」❷屬　親屬。《禮記·喪服小記》：「屬從者，所從雖沒也，服。」孔疏：「屬者，骨血連續以為親也。」

【語　譯】孺這個詞，有親屬的意思。

二·一七三　幕❶，暮❷也。

【注　釋】❶幕　帳幕。《說文》：「帷在上曰幕，覆食案亦曰幕。」《穀梁傳·定公十年》：「罷會，齊人使優施舞于魯君之幕下。」范甯注：「幕，帳也。」❷暮　「莫」的今字，通「幕」。帳幕。朱駿聲《說文通訓定聲》：「莫，假借又為幕。」《漢書·李廣傳》：「不擊刁斗自衛，莫府省文書。」顏師古注：「莫府者，以軍幕為義。」

【語　譯】幕這個詞，有帳幕的意思。

二·一七四　煽❶，熾❷也。熾，盛也。

【注　釋】❶熻　火旺盛。《說文》新附：「熻，熾盛也。」《文選・蜀都賦》：「火井沉熒於幽泉，高焰飛熻於天垂。」劉淵林注：「熻，熾也。」❷熾　本義為火旺盛，引申為興盛。《說文》：「熾，盛也。」《論衡・論死》：「火熾而釜沸，沸止而氣歇，以火為主也。」《漢書・匈奴傳》：「初，北邊自宣帝以來，數世不見煙火之警，人民熾盛，牛馬遍野。」

【語　譯】熻這個詞，有火旺的意思。熾這個詞，又有興盛的意思。

二・一七五　柢(ㄉㄧˇ)❶，本(ㄅㄣˇ)❷也(ㄧㄝˇ)。

【注　釋】❶柢　樹根。《說文》：「柢，木根也。」《韓非子・解老》：「樹木有曼根有直根。直根者，書之所謂『柢』也。」引申為根本。《文選・獄中上書自明》：「今天下布衣窮居之士，……欲盡忠當世之君，而素無根柢之容。」❷本　樹根，或其他植物的根。《說文》：「木下曰本。」《呂氏春秋・審時》：「是以得時之禾，長稠長穗，大本而莖殺。」高誘注：「本，根也。」引申為根基、根本。《禮記・禮運》：「故聖人作則，必以天地為本。」孔疏：「本，根本也。」

【語　譯】柢這個詞，有樹根和根基的意思。

二・一七六　窕(ㄊㄧㄠˇ)❶，閒(ㄐㄧㄢ)❷也(ㄧㄝˇ)。

【注　釋】❶窕　間隙。郭璞注：「窈窕、間隙。」黃侃《爾雅音訓》：「閒兼閒暇、間隙二義。然閒暇之義本由間隙引申也，故郭但云間隙而閒暇之義自見其中矣。《廣雅》：『窕，寬也。』亦間隙之義。」《荀子・賦》：

「充盈大宇而不窕，入隙穴而不偪者與？」王念孫《讀書雜志》：「窕者，間隙之稱。」《左傳・昭公二十一年》：「小者不窕，大者不摦，則和於物。」杜注：「窕，細不滿。」按：不滿即有間隙。❷閒　空隙。《說文》：「閒，隙也。」《後漢書・明德馬皇后紀》：「始終無纖介之閒。」李賢注：「閒，隙也。」《楚辭・招魂》：「像設君室，靜閒安些。」王逸注：「無聲曰靜，空寬曰閒。」按：閒的本義是空隙，音「見」。引申為時間上的空閒、閒暇義，音「閑」。

【語　譯】窕這個詞，有間隙的意思。

二・一七七　淪❶，率❷也。

【注　釋】❶淪　本義為小水波。《說文》：「小波為淪。」水波紋理相連，故引申為相連、牽率之義。《詩・小雅・雨無正》：「若此無罪，淪胥以鋪。」毛傳：「淪，率也。」鄭箋：「言王使此無罪者見牽率相引而遍得罪也。」❷率　相繼；相連續。《荀子・議兵》：「無禮義忠信，焉慮率用賞慶刑罰詐險阸其下，獲其功用而已矣。」

【語　譯】淪這個詞，有相連、牽率的意思。

二・一七八　罹❶，毒❷也。

【注　釋】❶罹　憂患；痛苦。《說文》：「罹，心憂也。」《詩・王風・兔爰》：「我生之後，逢此百罹。」毛傳：「罹，憂也」。❷毒　痛苦；禍害。《國語・周語》：「若皆蚤世猶可，若登年以載其毒，必亡。」韋昭注：「毒，害也。」

【語　譯】罹這個詞，有痛苦的意思。

二・二七九　檢❶，同也。

【注　釋】❶檢　通「僉」。都；同樣。郭注：「模範、同等。」《說文》：「僉，皆也。」《小爾雅・廣言》：「僉，同也。」參見一・一三二條：「僉，皆也。」

【語　譯】檢（僉）這個詞，有齊同、同樣的意思。

二・二八〇　郵❶，過也。

【注　釋】❶郵　通「尤」。過錯。《禮記・王制》：「凡制五刑，必即天論，郵罰麗於事。」鄭注：「郵，過也。麗，附也。過人，罰人，當各附於其事，不可假他以喜怒。」《詩・小雅・賓之初筵》：「是曰即醉，不知其郵。」朱熹集傳：「郵，與尤同，過也。」《漢書・成帝紀》：「天著變異，以顯朕郵。」顏師古注：「郵與尤同，謂過也。」

【語　譯】郵（尤）這個詞，有過錯的意思。

二・二八一　遜❶，遯❷也。

【注　釋】❶遜　逃跑；逃避。《說文》：「遜，遁也。」《書・微子》：「我其發出狂，吾家耄遜於荒。」孔傳：「欲遯出於荒野。」《文選》揚雄〈劇秦美新〉：「是以耆儒碩老，抱其書而遠遜；禮官博士，卷其舌而不談。」劉良注：「遜，逃也。」❷遯　同「遁」。逃遁。《說文》：「遯，逃也。」《禮記・中庸》：「君子依乎中庸，遯世不見知而不悔，唯聖者能之。」陸德明釋文：「本又作遁。」

【語　譯】遜這個詞，有逃遁的意思。

二・一八二　斃❶，踣❷也。

【注　釋】❶斃　倒下去；仆倒。《說文》：「獘，頓仆也。……《春秋傳》曰：『與犬，犬獘。』」斃，獘或从死。」《左傳・哀公二年》：「鄭人擊簡子中肩，斃于車中。」杜注：「斃，仆也。」❷踣　向前倒下。郭注：「前覆。」《左傳・襄公十四年》：「譬如捕鹿，晉人角之，諸戎掎之，與晉踣之。」孔疏：「前覆謂之踣。」

【語　譯】斃這個詞，有向前倒下的意思。

二・一八三　僨❶，僵❷也。

【注　釋】❶僨　倒下。《說文》：「僨，僵也。」《左傳・隱公三年》：「庚戌，鄭伯之車僨于濟。」陸德明釋文：「僨，仆也。」❷僵　向後倒下。《說文》：「僵，僨也。」段注：「謂仰倒。」《淮南子・說山》：「騏驥一日千里，其出致釋駕而僵。」高誘注：「僵，仆也。」

【語　譯】僨這個詞，有向後倒下的意思。

二·二八四　畛（ㄓㄣˇ）❶，殄（ㄊㄧㄢˇ）❷也（ㄧㄝˇ）。

【注　釋】❶畛　本為田間路。《說文》：「畛，井田閒陌也。」田間路可作田的界限，也是田一端的盡頭，因可與絕、盡義通。❷殄　絕盡。《說文》：「殄，盡也。」《詩·大雅·桑柔》：「不殄心憂，倉兄填兮。」鄭箋：「殄，絕也。」參見一·〇五五條：「殄，盡也。」

【語　譯】畛這個詞，有絕盡的意思。

二·二八五　曷（ㄏㄜˊ）❶，盍（ㄏㄜˊ）❷也（ㄧㄝˇ）。

【注　釋】❶曷　疑問詞，相當「何不」。《說文》：「曷，何也。」段注：「凡言何不者，急言之但云曷也。」王引之《經義述聞》：「曷之為何常訓也，而又訓為何不。〈湯誓〉曰：『時日曷喪？』〈唐風·有杕之杜〉曰：『中心好之，曷飲食之？』曷皆謂何不也。」❷盍　疑問詞，相當「何不」。《左傳·桓公十一年》：「盍請濟師於王？」杜注：「盍，何不也。」《論語·公冶長》：「盍各言爾志？」皇侃疏：「盍，何不也。」

【語　譯】曷這個詞，有何不的意思。

二·二八六　虹（ㄒㄧㄤˊ）❶，潰（ㄎㄨㄟˋ）❷也（ㄧㄝˇ）。

【注　釋】❶虹　通「訌」。潰亂。郝疏：「虹者，訌之假借也。」《詩·大雅·抑》：「彼童而角，實虹小子。」毛傳：「虹，潰也。」朱熹集傳：「虹，潰亂也。」❷潰　潰亂。《詩·大雅·召旻》：「我相此邦，無不潰止。」

鄭箋：「潰，亂也。」

【語　譯】虹（訌）這個詞，有潰亂的意思。

二・一八七　暗❶，闇❷也。

【注　釋】❶暗　同「暗」。幽暗。《玉篇》：「暗，闇也。」《類篇》：「暗，不明也。」❷闇　通「暗」。黑暗。《禮記・曲禮上》：「孝子不服闇，不登危，懼辱親也。」鄭注：「闇，冥也。」《楚辭・天問》：「冥昭瞢闇，誰能極之？」朱熹集注：「闇，與暗同。」

【語　譯】暗（暗）這個詞，有幽暗的意思。

二・一八八　𦛂❶，膠❷也。

【注　釋】❶𦛂　粘住。《方言》卷二：「𦛂，黏也。齊魯青徐自關而東或曰𦛂。」《說文》：「黏，相箸也。」❷膠　粘住。《莊子・逍遙遊》：「覆杯水於坳堂之上，則芥為之舟；置杯焉則膠，水淺而舟大也。」陸德明釋文引李注：「膠，黏也。」

【語　譯】𦛂這個詞，有膠粘的意思。

二・一八九　孔❶，甚也。

【注　釋】❶孔　非常；很。《詩・小雅・鹿鳴》：「我有嘉賓，德音孔昭。」鄭箋：「孔，甚也。」又《詩・鄭風・羔裘》：「羔裘豹飾，孔武有力。」毛傳：「孔，甚也。」

【語　譯】孔這個詞，有很的意思。

二・一九〇　厥（ㄐㄩㄝˊ）❶，其（ㄑㄧˊ）也（ㄧㄝˇ）。

【注　釋】❶厥　代詞，相當「其」。《詩・大雅・瞻卬》：「懿厥哲婦，為梟為鴟。」鄭箋：「厥，其也。」《書・皋陶謨》：「皋陶曰：允迪厥德，謨明弼諧。」孔傳：「迪，蹈。厥，其也。其，古人也。言人君當信蹈行古人之德，謀廣聰明以輔諧其政。」

【語　譯】厥這個詞，有代詞「其」的意思。

二・一九一　戛（ㄐㄧㄚˊ）❶，禮（ㄌㄧˇ）也（ㄧㄝˇ）。

【注　釋】❶戛　常禮；常法。《書・康誥》：「不率大戛，矧惟外庶子訓人。」孔傳：「戛，常也。」參見一・〇一四條：「戛，常也。」

【語　譯】戛這個詞，有常禮的意思。

二・一九二　闍（ㄉㄨ）❶，臺（ㄊㄞˊ）也（ㄧㄝˇ）。

【注釋】❶闍　城臺。郭注：「城門臺。」《詩・鄭風・出其東門》：「出其闉闍，有女如荼。」毛傳：「闍，城臺也。」孔疏：「闍是城上之臺，謂當門臺也。」

【語譯】闍這個詞，有城臺的意思。

二・一九三　囚❶，拘❷也。

【注釋】❶囚　拘禁；被拘禁的人。《書・蔡仲之命》：「囚蔡叔于郭鄰，以車七乘。」孔傳：「囚謂制其出入。」《詩・魯頌・泮水》：「淑問如皋陶，在泮獻囚。」毛傳：「囚，拘也。」❷拘　拘禁。《書・酒誥》：「盡執拘以歸於周，予其殺。」

【語譯】囚這個詞，有拘禁的意思。

二・一九四　攸❶，所也。

【注釋】❶攸　處所。《詩・大雅・韓奕》：「為韓姞相攸，莫如韓樂。」鄭箋：「攸，所也。」朱熹集傳：「相攸，擇可嫁之所也。」又作助詞「所」。《詩・大雅・旱麓》：「豈弟君子，福祿攸降。」鄭箋：「攸，所也。」

【語譯】攸這個詞，有處所和助詞「所」的意思。

二・一九五　展❶，適❷也。

【注釋】❶展　伸張；舒展。郭璞注：「得自申展皆適意。」《楚辭・東君》：「翾飛兮翠曾，展詩兮會舞。」王逸注：「展，舒也。」按：舒展與舒適義通。❷適　適意；舒適。《漢書・賈山傳》：「秦王貪狠暴虐，殘賊天下，窮困萬民，以適其欲也。」顏師古注：「適，快也。」《文選》謝靈運〈南樓中望所遲客〉：「圓景早已滿，佳人猶未適。」呂向注：「適，謂適所意也。」

【語譯】展這個詞，有適意的意思。

二・一九六　鬱（ㄩˋ）❶，氣（ㄑㄧˋ）也（ㄧㄝˇ）。

【注釋】❶鬱　氣鬱結不通。《文選・舞賦》：「或有宛足鬱怒，般桓不發。」李善注：「鬱怒，氣遲留不發也。」《呂氏春秋・達鬱》：「病之留，惡之生也，精氣鬱也。」高誘注：「鬱，滯不通也。」

【語譯】鬱這個詞，有鬱悶之氣的意思。

二・一九七　宅（ㄓㄜˊ）❶，居（ㄐㄩ）也（ㄧㄝˇ）。

【注釋】❶宅　本義為住所、託身之處。《說文》：「宅，所託也。」《玉篇》：「人之居舍曰宅。」引申為居住。《書・堯典》：「分命羲仲，宅嵎夷，曰暘谷。」孔傳：「宅，居也。」

【語譯】宅這個詞，有住宅和居住的意思。

二・一九八　休（ㄒㄧㄡ）❶，慶（ㄑㄧㄥˋ）❷也（ㄧㄝˇ）。

【注　釋】❶休　喜慶；福慶。《詩・小雅・菁菁者莪》：「既見君子，我心則休。」馬瑞辰傳箋通釋引《廣雅》：「休，善也。」《國語・周語》：「凡我造國，無從非彝，無即臨慆，各守爾典，以承天休。」韋昭注：「休，慶也。」❷慶　慶賀；喜慶。《說文》：「慶，行賀人也。」《詩・大雅・韓奕》：「慶既令居，韓姞燕譽。」朱熹集傳：「慶，喜也。」又《詩・小雅・楚茨》：「孝孫有慶，報以介福，萬壽無疆！」朱熹集傳：「慶，猶福也。」

【語　譯】休這個詞，有喜慶、福慶的意思。

二・一九九

祈❶，叫也。

【注　釋】❶祈　祈禱；求告。《說文》：「祈，求福也。」郝疏：「祈者，〈釋詁〉云：『告也。』又訓叫者，叫、告義同。故《一切經音義》九引孫炎曰：祈，為民求福叫告之辭也。」

【語　譯】祈這個詞，有求福叫告的意思。

二・二〇〇

濬❶、幽❷，深也。

【注　釋】❶濬　深邃；幽深。《說文》：「睿，深通川也。……濬，古文睿。」《文選・月賦》：「臨濬壑而怨遙，登崇岫而傷遠。」李周翰注：「濬，深也。」❷幽　幽深。《詩・小雅・伐木》：「出自幽谷，遷于喬木。」毛傳：「幽，深也。」

【語　譯】濬、幽這兩個詞，都有幽深的意思。

二·二〇一　哲❶，智也。

【注釋】❶哲　聰明有智慧。《說文》：「哲，知也。」按：知為智的古字。《詩·大雅·抑》：「哲人之愚，亦維斯戾。」孔疏：「哲者，智也。」又《詩·大雅·瞻卬》：「哲夫成城，哲婦傾城。」鄭箋：「哲，謂多謀慮也。」

【語譯】哲這個詞，有聰慧的意思。

二·二〇二　弄❶，玩❷也。

【注釋】❶弄　本義為用手把玩器物。《說文》：「弄，玩也。」引申為玩弄、戲弄。《左傳·僖公九年》：「夷吾弱不好弄，能鬥不過，長亦不改，不識其他。」杜注：「弄，戲也。」❷玩　玩弄；玩忽。《說文》：「玩，弄也。」《玉篇》：「玩，玩戲也。」《國語·吳語》：「大夫種勇而善謀，將還玩吳國於股掌之上，以得其志。」韋昭注：「玩，弄也。」

【語譯】弄這個詞，有玩弄的意思。

二·二〇三　尹❶，正❷也。皇❸、匡❹，正也。

【注釋】❶尹　古代官名。《書·益稷》：「予擊石拊石，百獸率舞，庶尹允諧。」孔傳：「尹，正也。眾正官之長信皆和諧。」又《書·大誥》：「告我友邦君越尹氏、庶士、御事。」孔疏：「尹，正也，諸官之正，謂卿大夫。」又引申為治理。《說文》：「尹，治也。」《左傳・定公四年》：「故周公相王室，以尹天下，於周為睦。」杜注：「尹，正也。」❷正　治正；治理。《呂氏春秋・順民》：「昔者湯克夏而正天下，天大旱，五年不收。」高誘注：「正，治也。」又為官名。《左傳・哀公元年》：「歸于有仍，生少康焉。為仍牧正。」杜注：「牧正，牧官之長。」❸皇　通「匡」。匡正。《詩・豳風・破斧》：「周公東征，四國是皇。」毛傳：「皇，匡也。」❹匡　匡正；治理。《論語・憲問》：「管仲相桓公，霸諸侯，一匡天下，民到于今受其賜。」何晏集解引馬注：「匡，正也。」

【語　譯】尹這個詞，有官長和治理的意思。皇（匡）、匡這兩個詞，有匡正的意思。

二・二〇四　服（ㄈㄨˊ）❶，整（ㄓㄥˇ）❷也（ㄧㄝˇ）。

【注　釋】❶服　整治。邢昺疏：「服，謂整治也。」《詩・周南・葛覃》：「是刈是濩，為絺為綌，服之無斁。」鄭箋：「服，整也。」❷整　整治；整頓。《文選・東京賦》：「乃整法服，正冕帶。」薛綜注：「整，理也。」《國語・晉語五》：「盍亟索士整庀州犁焉？」韋昭注：「整，整頓也。」

【語　譯】服這個詞，有整治、整頓的意思。

二・二〇五　聘（ㄆㄧㄣˋ）❶，問（ㄨㄣˋ）❷也（ㄧㄝˇ）。

【注　釋】❶聘　訪問；問候。《說文》：「聘，訪也。」《公羊傳・隱公七年》：「齊侯使其弟年來聘。」何休注：「聘者，問也。」❷問　問候；慰問。《論語・雍也》：「伯牛有疾，子問之。」

【語　譯】聘這個詞，有問候的意思。

二・二〇六　愧，慚❶也。

【注　釋】❶慚　慚愧。《說文》：「慚，媿也。」又「媿，慚也。」按：媿，即愧。《左傳・桓公六年》孔疏：「《禮》：入國而問禁，入門而問諱。獻子入魯而不問，故以之為慚耳。」

【語　譯】愧這個詞，有慚愧的意思。

二・二〇七　殛❶，誅❷也。

【注　釋】❶殛　責罰。《說文》：「殛，殊也。」《書・禹典》：「竄三苗于三危，殛鯀於羽山。」孔傳：「殛，誅也。」孔穎達疏：「殛者，誅責之稱。」引申為誅殺。《莊子・徐無鬼》：「之狙也，伐其巧恃其便以敖予，以至此殛也，戒之哉！」成玄英疏：「殛，死也。」❷誅　本義為責難，引申為誅殺。《論語・公冶長》：「於予與何誅！」何晏集解引孔安國曰：「誅，責也。」《荀子・仲尼》：「文王誅四，武王誅二，周公卒業，至於成王則安無誅矣。」楊倞注：「誅者，討伐殺戮之名。」

【語　譯】殛這個詞，有責難和誅殺的意思。

二・二〇八　克❶，能也。

【注　釋】❶克　能夠。《書・堯典》：「允恭克讓，光被四表，格於上下。」孔傳：「克，能也。」《穀梁傳・隱公元年》：「克者何？能也。」

【語　譯】克這個詞，有能夠的意思。

二・二〇九　翌❶，明也。

【注　釋】❶翌　通「昱」。第二（天、年）。《說文》：「昱，明日也。」《漢書・武帝紀》：「翌日，親登嵩高。」顏師古注引應劭曰：「翌，明也。」

【語　譯】翌（昱）這個詞，有明（日、年）的意思。

二・二一〇　訩❶，訟❷也。

【注　釋】❶訩　爭訟；爭辯。《詩・魯頌・泮水》：「不告于訩，在泮獻功。」鄭箋：「訩，訟也。」❷訟　爭訟。《說文》：「訟，爭也。」《禮記・曲禮上》：「分爭辯訟，非禮不決。」孔疏：「爭罪亦曰訟也。」

【語　譯】訩這個詞，有爭訟、爭辯的意思。

二・二一一　晦❶，冥❷也。

【注　釋】❶晦　農曆每月的最後一天。《說文》：「晦，月盡也。」引申為夜晚、昏暗。《左傳・昭公元年》：

「晦淫惑疾，明淫心疾。」孔疏：「晦是夜也。」❷冥　幽暗。《說文》：「冥，幽也。」引申為夜晚。《詩・小雅・斯干》：「噲噲其正，噦噦其冥。」鄭箋：「冥，夜也。」

【語　譯】晦這個詞，有夜晚和幽暗的意思。

二・二二二　奔，走❶也。

【注　釋】❶走　本義為快跑。《說文》：「走，趨也。」《孟子・梁惠王上》：「填然鼓之，兵刃既接，棄甲曳兵而走。」按：「走」猶今語跑，這裡是逃跑的意思。成語有「奔相走告」，走與奔義同。

【語　譯】奔這個詞，有跑的意思。

二・二二三　逡❶，退也。

【注　釋】❶逡　返回去；後退。邢昺疏：「逡，卻退也。」《說文》：「逡，復也。」《玉篇》：「逡，逡巡也。」《文選・上林賦》：「於是二子愀然改容，超若自失，逡巡避席。」李善注：「逡巡，卻退也。」

【語　譯】逡這個詞，有後退的意思。

二・二二四　疐❶，仆❷也。

【注　釋】❶疐　同「躓」。絆倒；仆倒。參見二・一六八條：「疐，跆也。」❷仆　倒仆，特指向前傾倒。

《漢書・王莽傳》：「欲拔其門，仆其牆，夷其屋，焚其器。」顏師古注：「仆，倒也。」《左傳・昭公十三年》：「牛雖瘠，僨於豚上，其畏不死？」杜注：「僨，仆也。」孔疏：「前覆曰仆。」

【語　譯】疐（躓）這個詞，有倒仆的意思。

二・二一五　亞❶，次也。

【注　釋】❶亞　位居其次的。《左傳・文公六年》：「先君是以愛其子，而仕諸秦，為亞卿焉。」杜注：「亞，次也。」按：今語「亞軍」，即次於冠軍，位居其次的意思。

【語　譯】亞這個詞，有次於的意思。

二・二一六　諗❶，念也。

【注　釋】❶諗　思念。郭注：「相思念。」《詩・小雅・四牡》：「是用作歌，將母來諗。」毛傳：「諗，念也。」

【語　譯】諗這個詞，有思念的意思。

二・二一七　屆❶，極❷也。

【注　釋】❶屆　至；到達。《說文》：「屆，……一曰極也。」《詩・小雅・采菽》：「載驂載駟，君子所屆。」鄭箋：「屆，極也。」《書・大禹謨》：「無遠弗屆。」孔傳：「屆，至也。」❷極　到達。《詩・鄘風・載馳》：

「控于大邦，誰因誰極？」毛傳：「極，至也。」

【語譯】屆這個詞，有到達的意思。

二·二一八 弇❶，同也。弇，蓋也。

【注釋】❶弇 通「奄」。共有。《書·大禹謨》：「皇天眷命，奄有四海，為天下君。」孔傳：「奄，同也。」一義為遮蓋。《說文》：「弇，蓋也。」《周禮·春官·龜人》：「龜人掌六龜之屬。」鄭注：「龜俯者靈，前弇果。」孫詒讓正義：「弇謂甲長，掩覆其體。」

【語譯】弇（奄）這個詞，有共同的意思。弇這個詞，又有掩蓋的意思。

二·二一九 恫❶，痛也。

【注釋】❶恫 哀痛。《說文》：「恫，痛也。一曰呻吟也。」《詩·大雅·思齊》：「惠于宗公，神罔時怨，神罔時恫。」毛傳：「恫，痛也。」

【語譯】恫這個詞，有哀痛的意思。

二·二二〇 握❶，具也。

【注釋】❶握 通「屋」。器具。《詩·秦風·權輿》：「於，我乎！夏屋渠渠，今也每食無餘。」鄭箋：「屋，具也。……言君始於我厚，設禮食大具以食我。」

【語譯】握（屋）這個詞，有器具的意思。

二·二二二　振❶，訊❷也。

【注釋】❶振　振作；奮起。《說文》：「振，……一曰奮也。」《史記·高祖本紀》：「秦軍復振，守濮陽，環水。」裴駰集解引如淳曰：「振，起也。」《國語·晉語五》：「治兵振旅，鳴鐘鼓，以至於宋。」韋昭注：「振，奮也。」❷訊　通「迅」。迅疾；振奮。《詩·豳風·七月》：「六月莎雞振羽。」毛傳：「羽成而振訊之。」陸德明釋文：「訊本作迅，同。」《禮記·樂記》：「奮之以風雨，動之以四時。」鄭注：「奮，訊也。」陸德明釋文：「訊，本又作迅。」

【語譯】振這個詞，有振作、奮起的意思。

二·二二三　鬩❶，恨❷也。

【注釋】❶鬩　爭訟不休。《說文》：「鬩，恆訟也。」《詩·小雅·常棣》：「兄弟鬩于牆，外禦其務。」毛傳：「鬩，很也。」孔疏：「很者，忿爭之名。」❷恨　爭訟；鬥狠。郝疏：「作『很』，于義為常。」《玉篇》：「很，戾也，爭訟也。」《禮記·曲禮上》：「很毋求勝，分毋求多。」鄭注：「很，鬩也。謂爭訟也。《詩》云：兄弟鬩于牆。」

【語譯】鬩這個詞，有爭訟的意思。

二・二二三　越（ㄩㄝˋ）❶，揚（ㄧㄤˊ）也（ㄧㄝˇ）。

【注　釋】❶越　本義為超過。《說文》：「越，度也。」引申為宣揚、激揚。《淮南子・俶真》：「搖消掉捎仁義禮樂，暴行越智於天下，以招號名聲於世。」高誘注：「越，揚也。」

【語　譯】越這個詞，有宣揚、激揚的意思。

二・二二四　對（ㄉㄨㄟˋ）❶，遂（ㄙㄨㄟˋ）❷也（ㄧㄝˇ）。

【注　釋】❶對　通「遂」。通達。《詩・大雅・皇矣》：「以篤于周祜，以對于天下。」毛傳：「對，遂也。」❷遂　通達。《禮記・月令》：「慶賜遂行，毋有不當。」鄭注：「遂猶達也。」《淮南子・精神》：「能知大貴，何往而不遂？」高誘注：「遂，通也。」

【語　譯】對（遂）這個詞，有通達的意思。

二・二二五　燬（ㄏㄨㄟˇ）❶，火（ㄏㄨㄛˇ）也（ㄧㄝˇ）。

【注　釋】❶燬　火。郭璞注：「燬，齊人語。」《說文》：「燬，火也。」《詩・周南・汝墳》：「魴魚赬尾，王室如燬。」毛傳：「燬，火也。」陸德明釋文：「或云：楚人名火曰燥，齊人曰燬，吳人曰焜，此方俗訛語也。」

【語　譯】燬這個詞，有火的意思。

二・二二六　懈，怠❶也。

【注釋】❶怠　懈怠；鬆懈。《呂氏春秋・節喪》：「父雖死，孝子之重不怠。」高誘注：「怠，懈也。」

【語譯】懈這個詞，有鬆懈的意思。

二・二二七　宣❶，緩也。

【注釋】❶宣　發散，引申有寬緩義。郭璞注：「謂寬緩。」《左傳・昭公元年》：「於是乎節宣其氣，勿使有所壅閉湫底以露其體，茲心不爽，而昏亂百度。」杜注：「宣，散也。」《說文》：「宣，天子宣室也。」朱駿聲《說文通訓定聲》：「宣，當訓大室也，與寬略同。」按：發散與寬緩義通，發散則寬緩。一說：宣通「絙」。緩為「綬」之誤，為綬帶之義。

【語譯】宣這個詞，有寬緩的意思。

二・二二八　遇❶，偶❷也。

【注釋】❶遇　偶逢；不期而會。《說文》：「遇，逢也。」《論語・微子》：「子路從而後，遇丈人，以杖荷蓧。」皇侃疏：「遇者，不期而會之也。」❷偶　偶會；不期而遇。《文選・與山巨源絕交書》：「吾直性狹中，多所不堪，偶與足下相知耳。」李善注：「《爾雅》曰：偶，遇也。郭璞曰：偶，值也。」按：遇，口語說「碰上」，非約請而相逢，故有偶然之意，偶與遇義通。

【語　譯】遇這個詞，有偶逢的意思。

二·二二九　曩（ㄋㄤˇ）❶，曏（ㄒㄧㄤˋ）❷也（ㄧㄝˇ）。

【注　釋】❶曩　往日；從前。《說文》：「曩，曏也。」《左傳·定公九年》：「曩者之難，今又難焉！」陸德明釋文：「曩，曏也。」❷曏　從前。《說文》：「曏，不久也。」《呂氏春秋·觀表》：「曏者右宰穀臣之觴吾子也甚歡。」高誘注：「曏，曩也。」《莊子·秋水》：「證曏今故，故遙而不悶，掇而不跂，知時無止。」釋文引崔注：「曏，往也。」

【語　譯】曩這個詞，有從前的意思。

二·二三〇　偟（ㄏㄨㄤˊ）❶，暇（ㄒㄧㄚˊ）也（ㄧㄝˇ）。

【注　釋】❶偟　同「遑」。閒暇。《法言·君子》：「忠臣孝子，偟乎不偟。」李軌注：「偟，暇也。」《詩·邶風·谷風》：「我躬不閱，遑恤我後。」鄭箋：「遑，暇也。」陸德明釋文：「遑，本或作偟。」

【語　譯】偟（遑）這個詞，有閒暇的意思。

二·二三一　宵（ㄒㄧㄠ）❶，夜（ㄧㄝˋ）也（ㄧㄝˇ）。

【注　釋】❶宵　夜晚。《說文》：「宵，夜也。」《書·堯典》：「宵中，星虛，以殷仲秋。」孔傳：「宵，夜也。」《儀禮．士喪禮》：「宵，為燎於中庭。」鄭注：「宵，夜也。」

【語　譯】宵這個詞，有夜晚的意思。

二．二三二　懊❶，忨❷也。

【注　釋】❶懊　愛悅。《國語．鄭語》：「申呂方強，其隩愛太子，亦必可知也。」王引之《經義述聞》：「隩與懊同。愛、懊一聲之轉。」❷忨　貪愛。《說文》：「忨，貪也。」《玉篇》：「忨，愛也。」

【語　譯】懊這個詞，有愛悅的意思。

二．二三三　愒❶，貪也。

【注　釋】❶愒　貪愛。郭注：「謂貪羨。」《左傳．昭公元年》：「主民，翫歲而愒日，其與幾何？」杜注：「翫、愒皆貪也。」

【語　譯】愒這個詞，有貪愛的意思。

二．二三四　榰❶，柱也。

【注　釋】❶榰　柱腳。《說文》：「榰，柱砥，古用木，今以石。」《玉篇》：「榰，柱也。」

【語　譯】榰這個詞，有柱腳的意思。

二·二三五　裁❶，節❷也。

【注　釋】❶裁　本義為做衣服，引申為裁減、節制。郝疏：「裁者，制也，有減省之義。」《說文》：「裁，制衣也。」《漢書·食貨志》：「其後上郡以西旱，復修賣爵令，而裁其賈以招民。」顏師古注：「裁，謂減省之也。」❷節　節制；減省。《荀子·天論》：「強本而節用，則天不能貧。」

【語　譯】裁這個詞，有裁減、節制的意思。

二·二三六　竝❶，併❷也。

【注　釋】❶竝　並列。《說文》：「竝，併也。」又「併，竝也。」按：「竝」是「並」的本字，依《說文》竝與併義同。《儀禮·鄉射禮》：「下射升，上射揖，竝行。」鄭注：「竝，併也。」❷併　並列。《禮記·祭義》：「行，肩而不併，不錯則隨，見老者則車徒辟，斑白者不以其任行乎道路。」郝疏：「謂老少併行，言肩臂不得併行，少者差退在後。」

【語　譯】竝這個詞，有並列的意思。

二·二三七　卒❶，既❷也。

【注　釋】❶卒　完畢；終結。《詩·邶風·日月》：「父兮母兮，畜我不卒。」鄭箋：「卒，終也。」參見一·一七一條：「卒，已也。」一·一七二條：「卒，終也。」❷既　本義為喫飯完畢，引申為終盡。《穀梁傳·

桓公三年》：「既者，盡也，有繼之辭也。」

【語　譯】卒這個詞，有終盡的意思。

二·二三八　慒❶，慮也。

【注　釋】❶慒　謀慮。郭注：「謂謀慮也。」《說文》：「慒，慮也。」《玉篇》：「慒，謀也。」

【語　譯】慒這個詞，有謀慮的意思。

二·二三九　將❶，資❷也。

【注　釋】❶將　贈送；奉送。《周禮·春官·小宗伯》：「凡祭祀、賓客，以時將瓚果。」鄭注：「將，送也，猶奉也。」❷資　本義為資財，引申有資助、贈與義。《漢書·嚴助傳》：「今發兵行數千里，資衣糧，入越地。」顏師古注：「資，猶齎。」按：齎即贈送義。《戰國策·齊策三》：「太子何不倍楚之割地而資秦？」高誘注：「資，與。」

【語　譯】將這個詞，有贈送的意思。

二·二四〇　黹❶，紩❷也。

【注　釋】❶黹　縫紉；刺繡。《說文》：「黹，箴縷所紩衣也。」段注：「以鍼貫縷紩衣曰黹。」《周禮·春官・司服》：「祭社稷五祀則希冕。」鄭注：「希讀為絺，或作黹。」賈公彥疏：「黹，紩也。」❷紩　用針線縫。《說文》：「紩，縫也。」《晏子春秋・內篇諫下》：「且古者嘗有紩衣攣領而王天下者。」

【語　譯】黹這個詞，有縫製的意思。

二・二四一　遞❶，迭❷也。

【注　釋】❶遞　交替；更迭。《說文》：「遞，更易也。」《呂氏春秋・先己》：「當今之世，巧謀竝行，詐術遞用，攻戰不休，亡國辱主愈眾，所事者末也。」❷迭　交替。《說文》：「迭，更迭也。」《左傳・昭公十七年》：「三呼，皆迭對。楚人從而殺之。」杜注：「迭，更也。」

【語　譯】遞這個詞，有交替的意思。

二・二四二　矤❶，況❷也。

【注　釋】❶矤　何況。《詩・小雅・伐木》：「相彼鳥矣，猶求友聲；矤伊人矣，不求友生？」毛傳：「矤，況也。」❷況　何況。《莊子・人間世》：「匹夫猶未可動，而況諸侯乎！」

【語　譯】矤這個詞，有何況的意思。

二・二四三　廩❶，廯❷也。

【注　釋】❶廩　穀倉；倉庫。《左傳・文公十六年》：「自廬以往，振廩同食。」杜注：「廩，倉也。」❷廥　倉廩。《廣雅・釋宮》：「廥，倉也。」《玉篇》：「廥，廩也。」

【語　譯】廩這個詞，有倉庫的意思。

二・二四四　逭❶，逃也。

【注　釋】❶逭　逃避。邢昺疏：「逭，謂逭逃。」《說文》：「逭，逃也。」《書・太甲中》：「天作孽，猶可違；自作孽，不可逭。」孔傳：「逭，逃也。」

【語　譯】逭這個詞，有逃避的意思。

二・二四五　訊❶，言❷也。

【注　釋】❶訊　詢問。《說文》：「訊，問也。」《左傳・昭公二十一年》：「使子皮承宜僚以劍而訊之。」杜注：「訊，問也。」《禮記・學記》：「今之教者，呻其占畢，多其訊，言及於數，進而不顧其安，使人不由其誠，教人不盡其材。」鄭注：「訊猶問也。」❷言　問。《禮記・曲禮上》：「君言至，則主人出拜君言之辱。」鄭注：「此謂國君問事于其臣。」又《禮記・曾子問》：「召公言于周公。」孔疏：「言猶問也。」

【語　譯】訊這個詞，有詢問的意思。

二・二四六　間❶，俔❷也。

【注釋】❶間　間諜。按：間的本義是間隙，使有間隙叫離間，古代把軍中為敵方從事離間工作的人稱為「諜」，也叫「間人」。《後漢書・光武帝紀》：「安遣間人刺殺中郎將來歙。」李賢注：「間，諜也，謂伺候間隙也。」❷俔　暗探。《說文》：「俔，……一曰間見。」按：間見，即窺視之義。邢昺疏：「反間一名俔，今之細作也。」

【語譯】間這個詞，有間諜的意思。

二・二四七　沄（ㄩㄣˊ）❶，沆（ㄏㄤˋ）❷也（ㄧㄝˇ）。

【注釋】❶沄　水流洄旋，形容水勢浩大。郭注：「沄，水流漭沆。」《說文》：「沄，轉流也。」《後漢書・張衡傳》：「揚芒熛而絳天兮，水泫沄而涌濤。」李賢注：「沄，水流貌。」❷沆　水勢大。《說文》：「沆，莽沆，大水也。」

【語譯】沄這個詞，有水勢浩大的意思。

二・二四八　干（ㄍㄢ）❶，扞（ㄏㄢˋ）❷也（ㄧㄝˇ）。

【注釋】❶干　本義為盾，引申為捍衛。《詩・小雅・采芑》：「方叔涖止，其車三千，師干之試。」毛傳：「干，扞也。」❷扞　捍衛。《左傳・桓公十二年》：「絞小而輕，輕則寡謀。請無扞采樵者以誘之。」杜注：「扞，衛也。」《呂氏春秋・恃君》：「肌膚不足以扞寒暑。」高誘注：「扞，禦也。」

【語譯】干這個詞，有捍衛的意思。

二·二四九 趾(ㄓˇ)❶，足(ㄗㄨˊ)也(ㄧㄝˇ)。

【注釋】❶趾 腳。按：「止」與「趾」是古今字。《詩·周南·麟之趾》：「麟之趾，振振公子。」毛傳：「趾，足也。」《左傳·昭公七年》：「今君若步玉趾，辱見寡君，寵靈楚國，以信蜀之役，致君之嘉惠，是寡君既受貺矣，何蜀之敢望？」杜注：「趾，足也。」

【語譯】趾這個詞，有腳的意思。

二·二五〇 䠊(ㄈㄟˋ)❶，刖(ㄩㄝˋ)❷也(ㄧㄝˇ)。

【注釋】❶䠊 同「剕」。古代砍腳的酷刑。《說文》：「䠊，刖也。」《書·呂刑》：「剕辟疑赦，其罰倍差，閱實其罪。」孔傳：「刖足曰剕。」❷刖 古代斷足的酷刑。《左傳·莊公十六年》：「九月，殺公子閼，刖強鉏。」杜注：「斷足曰刖。」孔疏：「刖是斷絕之名，斷足之罪。」

【語譯】䠊這個詞，有砍腳之刑的意思。

二·二五一 襄(ㄒㄧㄤ)❶，駕(ㄐㄧㄚˋ)也(ㄧㄝˇ)。

【注釋】❶襄 通「驤」。駕馬車。邢昺疏：「襄，謂乘駕也。」《詩·鄭風·大叔于田》：「兩服上襄，兩驂鴈行。」毛傳：「襄，駕也。」

【語譯】襄這個詞，有駕車的意思。

二·二五二 忝（ㄊㄧㄢˇ）❶，辱（ㄖㄨˋ）也（ㄧㄝˇ）。

【注　釋】❶忝　辱沒；愧於。《說文》：「忝，辱也。」《書·堯典》：「嶽曰：『否德忝帝位。』」孔傳：「忝，辱也。」《國語·周語上》：「朝夕恪勤，守以敦篤，奉以忠信，奕世載德，不忝前人。」韋昭注：「忝，辱也。」

【語　譯】忝這個詞，有辱沒的意思。

二·二五三 燠（ㄩˋ）❶，煖（ㄋㄨㄢˇ）❷也（ㄧㄝˇ）。

【注　釋】❶燠　暖和。《說文》：「燠，熱在中也。」《詩·唐風·無衣》：「不如子之衣，安且燠兮！」毛傳：「燠，煖也。」❷煖　同「暖」。暖和。

【語　譯】燠這個詞，有暖和的意思。

二·二五四 塊（ㄎㄨㄞˋ）❶，堛（ㄅㄧˋ）❷也（ㄧㄝˇ）。

【注　釋】❶塊　土塊。《儀禮·既夕禮》：「垼，用塊。」鄭注：「塊，堛也。」賈公彥疏：「云『塊，堛』者，《爾雅·釋言》文。孫氏云：堛，土塊也。」❷堛　土塊。《玉篇》：「堛，土塊也。」

【語　譯】塊這個詞，有土塊的意思。

二·二五五 將（ㄐㄧㄤ）❶，齊（ㄐㄧˋ）❷也（ㄧㄝˇ）。

【注　釋】❶將　分割。郭注：「將，謂分齊也。」《詩・小雅・楚茨》：「或剝或亨，或肆或將。」毛傳：「將，齊也。或陳于牙，或齊其肉。」❷齊　分割。郝疏：「齊之為言劑也，劑亦兼調劑、分劑二義。」《詩・小雅・楚茨》：「既齊既稷，既匡既勑。」陸德明釋文：「謂分齊也。」馬瑞辰傳箋通釋：「（齊）讀如劑。」

【語　譯】將這個詞，有分割的意思。

二・二五六　餬（ㄏㄨˊ）❶，饘（ㄓㄢ）❷也（ㄧㄝˇ）。

【注　釋】❶餬　稠粥。《左傳・隱公十一年》：「寡人有弟，不能和協，而使餬其口於四方，其況能久有許乎？」孔疏：「餬是饘粥別名。」❷饘　稠粥。《說文》：「饘，糜也。从食，亶聲，周謂之饘，宋謂之餬。」

【語　譯】餬這個詞，有稠粥的意思。

二・二五七　啟（ㄑㄧˇ）❶，跪（ㄍㄨㄟˋ）也（ㄧㄝˇ）。

【注　釋】❶啟　通「跽」。身子挺直，雙膝著地而跪。郝疏：「啟者，跽之假音也。」《詩・小雅・四牡》：「王事靡盬，不遑啟處。」馬瑞辰傳箋通釋：「啟，當為跽之假借。」

【語　譯】啟（跽）這個詞，有跪的意思。

二・二五八　矏（ㄇㄧㄢˊ）❶，密（ㄇㄧˋ）也（ㄧㄝˇ）。

【注釋】❶矈 本義為眼角細密皺紋，引申有細密的意思。《說文》：「矈，目旁薄緻宀宀也。」段注：「宀宀，微密之皃。……引申為凡密之稱也。」

【語譯】矈這個詞，有細密的意思。

二·二五九 開，闢❶也。

【注釋】❶闢 開闢。《說文》：「闢，開也。」段注：「闢，引申為凡開拓之稱。」《書·舜典》：「詢于四嶽，闢四門，明四目，達四聰。」蔡沈集傳：「闢，開也。」字又寫作「辟」。《詩·大雅·召旻》：「昔先王受命，有如召公，日辟國百里。」毛傳：「辟，開也。」

【語譯】開這個詞，有開闢的意思。

二·二六〇 袍，襺❶也。

【注釋】❶襺 絲綿長衣。《說文》：「襺，袍衣也。……以絮曰襺，以縕曰袍。」《詩·秦風·無衣》：「豈曰無衣？與子同袍。」毛傳：「袍，襺也。」孔疏：「純著新綿名為襺。」

【語譯】袍這個詞，有絲綿長衣的意思。

二·二六一 障❶，畛❷也。

【注釋】❶障　本義為阻隔，引申為界限。郝疏：「障、畛皆有界限之義，界限所以隔別也。」《說文》：「障，隔也。」《文選》顏延之〈陽給事誄〉：「遏矣獯虜，乘障犯威。」呂延濟注：「障，邊也。」按：邊即邊界。❷畛　本義為田間路。田間小路也是田界，故可引申為界限。《說文》：「畛，井田閒陌也。」《詩・周頌・載芟》：「千耦其耘，徂隰徂畛。」朱熹集傳：「畛，田畔也。」按：畔，田界。《太玄・達》：「大達無畛。」范望注：「畛，界也。」

【語譯】障這個詞，有界限的意思。

二・二六二　靦❶，姡❷也。

【注釋】❶靦　露臉見人。《說文》：「靦，面見也。」《詩・小雅・何人斯》：「有靦面目，視人罔極。」毛傳：「靦，姡也。」孔疏：「靦與姡，皆面見人之貌。」❷姡　露面見人。《集韻・末韻》：「姡，靦也。」

【語譯】靦這個詞，有露面見人的意思。

二・二六三　鬻❶，糜❷也。

【注釋】❶鬻　同「粥」。糧食煮成的稀稠狀食物，俗稱「稀飯」。《左傳・昭公七年》：「饘於是，鬻於是，以餬余口。」杜注：「饘、鬻，餬屬。」孔疏：「稠者曰糜。」❷糜　稠粥。徐鍇《說文繫傳》：「糜，即粥也。」《釋名・釋飲食》：「糜，煮米使糜爛也。」《資治通鑑・漢紀》：「出太倉米豆為貧人作糜。」胡三省注：「糜，粥也。」

【語　譯】鬻這個詞，有稠粥的意思。

二·二六四　舒❶，緩也。

【注　釋】❶舒　舒緩。《詩·陳風·月出》：「舒窈糾兮，勞心悄兮！」毛傳：「舒，遲也。」《淮南子·說山》：「夫玉潤澤而有光，其聲舒揚。」高誘注：「舒，緩也。」

【語　譯】舒這個詞，有舒緩的意思。

二·二六五　翢❶，纛❷也。纛，翳❸也。

【注　釋】❶翢　同「纛」。邢昺疏引李巡曰：「翢，舞者所持纛也。」即古代以羽毛裝飾頂部的旗子，供舞者用。郭注：「今之羽葆幢。」❷纛　古代以雉尾或旄牛尾做的舞具。又指帝王車飾，又名「羽葆幢」。❸翳　以羽毛為飾的車蓋。《說文》：「翳，華蓋也。」

【語　譯】翢這個詞，有以羽毛裝飾頂部的旗子的意思。纛這個詞，有用羽毛裝飾的車蓋的意思。

二·二六六　隍❶，壑❷也。

【注　釋】❶隍　沒有水的護城壕。《說文》：「隍，城池也。有水曰池，無水曰隍。」《資治通鑑·唐紀》：「天子所居必有城隍。」胡三省注：「有水曰池，無水曰隍。」《列子·周穆王》：「恐人見之也，遽而藏諸隍中，覆之以蕉。」陸德明釋文：「隍，無水池也。」❷壑　深溝；溝。也指城隍。《詩・大雅・韓奕》：「實墉實壑，實畝實籍。」孔疏：「壑即城下之溝。」陸德明釋文：「壑，城池也。」

【語　譯】隍這個詞，有護城河的意思。

二・二六七　芼❶，搴❷也。

【注　釋】❶芼　拔取；擇取。《玉篇》：「芼，拔取菜。」《廣韻》：「芼，擇也，搴也，謂拔取菜也。」《詩・周南・關雎》：「參差荇菜，左右芼之。」毛傳：「芼，擇也。」❷搴　採擇；拔取。《楚辭・湘君》：「采薜荔兮水中，搴芙蓉兮木末。」王逸注：「搴，手取也。」

【語　譯】芼這個詞，有擇取的意思。

二・二六八　典❶，經❷也。

【注　釋】❶典　典籍；經典。多指記載有被尊為準則或規範的古人言行、古代規章制度等的經書。《說文》：「典，五帝之書也。」《書・五子之歌》：「有典有則，詒厥之孫。」孔傳：「典，謂經籍。」引申為常法、準則。《詩・周頌・維清》：「維清緝熙，文王之典，肇禋。」毛傳：「典，法也。」❷經　經典；經籍。指記載有被尊為準則和規範的古人言行、古代典章制度等的典籍，或者歷來被奉為典範的著作，如「四書五經」、「十三經」之類。《荀子・勸學》：「學惡乎始？惡乎終？曰：其數則始乎誦經，終乎讀禮。」楊倞注：「經，謂《詩》、《書》。」又引申為常法、法則。《禮記・禮器》：「故必舉其定國之數，以為禮之大經。」孔疏：「經，法也。」

【語　譯】典這個詞，有經典書籍和法則的意思。

二·二六九　威❶，則也。

【注　釋】❶威　法則。《詩·周頌·有客》：「既有淫威，降福孔夷。」毛傳：「淫，大；威，則。」《大戴禮記·四代》：「是以天子盛服朝日于東堂，以教敬示威於天下也。」王聘珍解詁引《爾雅》：「威，則也。」

【語　譯】威這個詞，有法則的意思。

二·二七○　苛❶，妎❷也。

【注　釋】❶苛　通「訶」。發怒。《說文》：「訶，大言而怒也。」《方言》卷二：「䶗、苛，怒也。小怒曰䶗，陳謂之苛。」《周禮·春官·世婦》：「不敬者而苛罰之。」鄭注：「苛，譴也。」朱駿聲《說文通訓定聲》：「苛，假借為訶。」❷妎　本義為妒忌。《說文》：「妎，妒也。」妒則懷怒在心，故與怒義通。

【語　譯】苛（訶）這個詞，有發怒的意思。

二·二七一　芾❶，小也。

【注　釋】❶芾　微小。郭注：「芾者，小貌。」《易·豐》：「豐其沛。」陸德明釋文：「沛，子夏傳作芾，傳云：小也。」

【語　譯】芾這個詞，有微小的意思。

二・二七二　迷（ㄇㄧˊ），惑（ㄏㄨㄛˋ）❶也（ㄧㄝˇ）。

【注　釋】❶惑　迷惑。《論語・為政》：「三十而立，四十而不惑，五十而知天命。」皇侃疏：「惑，疑惑也。」

【語　譯】迷這個詞，有迷惑的意思。

二・二七三　狃（ㄋㄧㄡˇ）❶，復（ㄈㄨˋ）也（ㄧㄝˇ）。

【注　釋】❶狃　反復。《書・君陳》：「狃于奸宄，敗常亂俗。」孔疏引〈釋言〉云：「狃，復也。」《詩・鄭風・大叔于田》：「將叔無狃，戒其傷女。」鄭箋：「狃，復也。」

【語　譯】狃這個詞，有反復的意思。

二・二七四　逼（ㄅㄧ），迫（ㄆㄛˋ）也（ㄧㄝˇ）。

【語　譯】逼這個詞，有逼迫的意思。

二・二七五　般（ㄆㄢˊ）❶，還（ㄒㄩㄢˊ）❷也（ㄧㄝˇ）。

【注　釋】❶般　盤桓；旋轉。《說文》：「般，辟也。象舟之旋。」《文選》司馬相如〈子虛賦〉：「纚乎淫淫，般乎裔裔。」李周翰注：「般，迴也。」《史記・屈原賈生列傳》：「般紛紛其離此尤分，亦夫子之辜也！」司馬貞索隱：「般，槃桓也。」按：槃桓即流連不進之貌。❷還　旋轉。《禮記・內則》：「遂左還，授師子，師辯告諸婦諸母名。」陸德明釋文：「還音旋，轉也。」《詩・邶風・泉水》：「還車言邁，遄臻于衛。」朱熹集傳：「還，迴旋也。」

【語　譯】般這個詞，有旋轉、盤桓的意思。

二・二七六　班❶，賦❷也。

【注　釋】❶班　分發；賜與。《說文》：「班，分瑞玉也。」《書・舜典》：「既月乃日，覲四岳群牧，班瑞于群后。」孔疏：「〈釋言〉云：『班，賦也。』孫炎曰：謂布與也。」❷賦　給予；分發。《呂氏春秋・分職》：「九日，葉公入，乃發太府之貨以予眾，出高庫之兵以賦民。」高誘注：「賦，予也。」《漢書・陳湯傳》：「賦予城郭諸國所發十五王。」顏師古注：「謂班與之也。」

【語　譯】班這個詞，有賜予、分發的意思。

二・二七七　濟❶，渡也。濟，成也。濟，益❷也。

【注　釋】❶濟　一義為渡河。《公羊傳・僖公二十二年》：「宋人與楚人期戰于泓之陽。楚人濟泓而來。」何休注：「濟，渡也。」又引申為成就（動詞）。《左傳・文公十八年》：「此十六族也，世濟其美，不隕其名。」

杜注：「濟，成也。」又有增加義。《左傳・昭公二十七年》：「左司馬沈尹戌帥都君子與王馬之屬以濟師，與吳師遇于窮。」杜注：「濟，益也。」❷益　增加。《韓非子・定法》：「五年而秦不益一尺之地。」《國語・周語下》：「有是寵也，而益之以三怨，其誰能忍之！」韋昭注：「益，猶加也。」

【語　譯】濟這個詞，有渡河的意思。濟這個詞，又有成就的意思。濟這個詞，又有增加的意思。

二・二七八　緡❶，綸❷也。

【注　釋】❶緡　釣絲。郭璞注：「緡，繩也，江東謂之綸。」《說文》：「緡，釣魚繳也。」又「繳，生絲縷也。」《詩・召南・何彼襛矣》：「其釣維何？維絲伊緡。」毛傳：「緡，綸也。」❷綸　釣絲。《詩・小雅・采綠》：「之子于釣，言綸之繩。」鄭箋：「綸，釣繳也。」

【語　譯】緡這個詞，有釣魚絲線的意思。

二・二七九　辟❶，歷❷也。

【注　釋】❶辟　本義為法度，引申為法治、治理。《說文》：「辟，法也。」《書・金縢》：「我之弗辟，我無以告我先王。」孔傳：「辟，法也。」陸德明釋文：「辟，治也。」《左傳・文公六年》：「正法罪，辟獄刑，董逋逃。」杜注：「辟猶理也。」❷歷　通「厤」。治理。《說文》：「厤，治也。」

【語　譯】辟這個詞，有治理的意思。

二·二八〇 漦❶，盝❷也。

【注釋】❶漦 滲漏。《說文》：「漦，順流也。」《廣雅·釋詁》：「漦，盝也。」❷盝 滲漏。郝疏：「盝者，與淥同，滲也。」

【語譯】漦這個詞，有滲漏的意思。

二·二八一 寬，綽❶也。

【注釋】❶綽 寬裕；有餘。《孟子·公孫丑下》：「豈不綽綽然有餘裕哉？」趙岐注：「綽、裕，皆寬也。」

【語譯】寬這個詞，有寬裕的意思。

二·二八二 袞❶，黻❷也。

【注釋】❶袞 古代帝王或上公的禮服，繡有龍形花紋。《說文》：「袞，天子享先王，卷龍繡於下幅，一龍蟠阿上鄉。」《左傳·宣公二年》：「《詩》又曰：袞職有闕，唯仲山甫補之。」杜注：「袞，君之上服。」❷黻 古代繡在禮服上青黑相間的花紋，或指繡有這種花紋的禮服。參見二·〇五七條：「黻，彰也。」

【語譯】袞這個詞，有禮服的意思。

二·二八三 華❶，皇❷也。

【注釋】❶華　草木的花。《說文》：「華，榮也。」按：榮即草木開花，也指花。《詩・小雅・皇皇者華》：「皇皇者華，于彼原隰。」朱熹集傳：「華，草木之華也。」❷皇　通「葟」。草木之花。〈釋草〉：「葟，榮。」陸德明釋文：「葟，本亦作皇。」

【語譯】華這個詞，有花朵的意思。

二・二八四　昆❶，後也。

【注釋】❶昆　後（與先相對）。郭注：「謂先後。」《書・大禹謨》：「帝曰：禹，官占，惟先蔽志，昆命於元龜。」孔傳：「昆，後也。官占之法，先斷人志，後命於元龜，言志定然後卜。」又指後代、後裔。《國語・晉語》：「天降禍于晉國，讒言繁興，延及寡君之紹續昆裔。」韋昭注：「昆，後也。」

【語譯】昆這個詞，有先後的後和後代的意思。

二・二八五　彌❶，終也。

【注釋】❶彌　盡頭；終結。郭璞注：「彌，終竟也。」《詩・魯頌・閟宮》：「上帝是依，無災無害，彌月不遲。」鄭箋：「彌，終也。」

【語譯】彌這個詞，有終竟的意思。

釋訓第三

【題解】本篇主要解釋的是古代摹狀事物情貌的語詞。共釋疊音詞一四三個，其他語詞四十三個，它們絕大部分來自《詩經》。此外還解釋了一些《詩經》中的語句。解釋的內容主要有兩種：一是解釋被訓釋語詞的詞彙義，如「穆穆、肅肅，敬也」之類；一是揭示被訓釋語詞或語句在《詩經》裡的興喻之義，如「丁丁、嚶嚶，相切直也」之類、「『如切如磋』，道學也」之類。

三·〇〇一 明明❶、斤斤❷，察也。

【注釋】❶明明 明智、明察貌。多用於歌頌帝王或神靈。《詩·大雅·常武》：「赫赫明明，王命卿士。」毛傳：「明明然，察也。」❷斤斤 明察。郭注：「聰明監察。」《詩·周頌·執競》：「自彼成康，奄有四方，斤斤其明。」朱熹集傳：「斤斤，明之察也。」

【語譯】明明、斤斤，都有明察的意思。

三·〇〇二 條條❶、秩秩❷，智也。

【注　釋】❶條條　本作「攸攸」，即《詩》「悠悠我心」之「悠悠」。黃侃《手批爾雅義疏》：「條條，舍人作『攸攸』，即悠悠。下文『儵儵』樊本作『攸』，以詩『攸攸我思』為『攸攸我思』，可證。舍人此文釋『悠悠我思』，故郭亦云『智思深長』。」❷秩秩　聰明多智的樣子。《詩·秦風·小戎》：「厭厭良人，秩秩德音。」毛傳：「秩秩，有知也。」

【語　譯】條條（攸攸）、秩秩，都有明智的意思。

三·〇〇三　穆穆❶、肅肅❷，敬也。

【注　釋】❶穆穆　端莊恭敬。《書·舜典》：「賓於四門，四門穆穆。」曾運乾《尚書正讀》：「賓讀為儐。四方諸侯來朝者，舜賓迎之也。四門穆穆，《史記》云：『諸侯遠方賓客皆敬。』」❷肅肅　恭謹的樣子。郭注：「容儀謹敬。」《詩·周南·兔罝》：「肅肅兔罝，椓之丁丁。」毛傳：「肅肅，敬也。」

【語　譯】穆穆、肅肅，都有端莊恭敬的意思。

三·〇〇四　諸諸❶、便便❷，辯❸也。

【注　釋】❶諸諸　善於辭令。邢疏：「言辭辯給也。」《說文》：「諸，辯也。」張舜徽《說文解字約注》：「《爾雅·釋訓》：『諸諸，辯也。』此即許書所本。」❷便便　形容言語明白流暢。《論語·鄉黨》：「其在宗廟朝廷，便便言，唯謹爾。」何晏《論語集解》引鄭曰：「便便，辯也。」❸辯　謂言辭或文辭華美、巧妙。《管子·法法》：「故言有辯而非務者，行有難而非善者。」尹知章注：「言辯而浮誕，則非要務也。」

【語　譯】諸諸、便便，都有能說會道的意思。

三·〇〇五　肅肅❶、翼翼❷，恭也。

【注　釋】❶肅肅　恭敬。黃侃《手批爾雅義疏》：「肅肅，上文云：『敬也。』恭、敬義同。」參見三·〇〇三條注釋。❷翼翼　恭敬的樣子。《詩·大雅·常武》：「緜緜翼翼，不測不克。」毛傳：「翼翼，敬也。」

【語　譯】肅肅、翼翼，都有恭敬的意思。

三·〇〇六　廱廱❶、優優❷，和也。

【注　釋】❶廱廱　和樂的樣子。《楚辭·九辯》：「鴈廱廱而南遊兮，鵾雞啁哳而悲鳴。」王逸《楚辭章句》：「雄雌和樂，群戲行也。」❷優優　寬裕；和樂。郭注：「優優，和樂。」《詩·商頌·長發》：「敷政優優，百祿是遒。」朱熹集傳：「優優，寬裕之意。」

【語　譯】廱廱、優優，都有和樂的意思。

三·〇〇七　兢兢❶、憴憴❷，戒也。

【注　釋】❶兢兢　小心謹慎的樣子。《書·皋陶謨》：「兢兢業業，一日二日萬幾。」孔傳：「兢兢，戒慎。」❷憴憴　或作「繩繩」。小心謹慎的樣子。《管子·宙合》：「故君子繩繩乎慎其所先。」尹知章注：「繩繩，戒慎也。」

【語譯】兢兢、憴憴，都有小心謹慎的意思。

三·〇〇八 戰戰❶、蹌蹌❷，動也。

【注釋】❶戰戰 戒慎的樣子；畏懼的樣子。《逸周書·大匡》：「在昔文考戰戰，惟時祇祇。」朱右曾《逸周書集訓校釋》：「戰戰，懼也。」❷蹌蹌 走路謹慎、有節奏的樣子。邢疏：「〈楚茨〉云：『濟濟蹌蹌。』此皆恐動趨走、威儀謹敬也。」《詩·小雅·楚茨》：「濟濟蹌蹌，絜爾牛羊。」高亨《詩經今注》：「蹌蹌，步趨有節貌。」

【語譯】戰戰、蹌蹌，都有戒慎地動的意思。

三·〇〇九 晏晏❶、溫溫❷，柔也。

【注釋】❶晏晏 柔順、和悅的樣子。《後漢書·第五倫傳》：「陛下即位，躬天然之德，體晏晏之姿。」李賢注：「晏晏，溫和也。」❷溫溫 寬柔的樣子。《詩·大雅·抑》：「溫溫恭人，維德之基。」毛傳：「溫溫，寬柔也。」

【語譯】晏晏、溫溫，都有柔順的意思。

三·〇一〇 業業❶、翹翹❷，危也。

【注　釋】❶業業　危懼的樣子。《書・皋陶謨》：「兢兢業業，一日二日萬幾。」孔傳：「業業，危懼。」❷翹翹　高而危殆的樣子。《文選》張衡〈東京賦〉：「常翹翹以危懼，若乘奔而無轡。」張銑注：「翹翹，危貌。」

【語　譯】業業、翹翹，都有危險的意思。

三・〇二　惴惴❶、憢憢❷，懼也。

【注　釋】❶惴惴　憂懼戒慎的樣子。《說文》：「惴，憂懼也。从心耑聲。《詩》曰：『惴惴其慄。』」《詩・小雅・小宛》：「惴惴小心，如臨于谷。」毛傳：「惴惴，懼也。」❷憢憢　同「嘵嘵」。恐懼。《詩・豳風・鴟鴞》：「予室翹翹，風雨所漂搖，予維音嘵嘵。」鄭箋：「音嘵嘵然，恐懼告愬之意。」《集韻・平蕭》：「憢，《說文》：『懼也。』引《詩》『唯予音之嘵嘵。』或從言從心。」

【語　譯】惴惴、憢憢，都有恐懼的意思。

三・〇三　番番❶、矯矯❷，勇也。

【注　釋】❶番番　勇武的樣子。《書・秦誓》：「番番良士，旅力既愆，我尚有之。」孔傳：「勇武番番之良士，雖眾力已過老，我今庶幾欲有此人而用之。」❷矯矯　勇武的樣子。《文選》潘岳〈楊荊州誄〉：「矯矯楊侯，晉之爪牙。」呂延濟注：「矯矯，武貌。」

【語　譯】番番、矯矯，都有勇武的意思。

三〇一三 桓桓❶、烈烈❷，威也。

【注釋】❶桓桓 威武的樣子。《書·牧誓》：「勗哉夫子！尚桓桓。」孔傳：「桓桓，武貌。」❷烈烈 威武的樣子。《詩·商頌·長發》：「相土烈烈，海外有截。」毛傳：「烈烈，威也。」

【語譯】桓桓、烈烈，都有威武的意思。

三〇一四 洸洸❶、赳赳❷，武也。

【注釋】❶洸洸 威武的樣子。《詩·大雅·江漢》：「江漢湯湯，武夫洸洸。」毛傳：「洸洸，武貌。」❷赳赳 威武雄健的樣子。《後漢書·龐參傳》：「亞夫赳赳，載於漢策。」李賢注：「赳赳，武貌。」

【語譯】洸洸、赳赳，都有威武的意思。

三〇一五 藹藹❶、濟濟❷，止❸也。

【注釋】❶藹藹 盛多的樣子。漢劉向〈九歎·逢紛〉：「讒夫藹藹而漫著兮，曷其不舒予情。」❷濟濟 眾多的樣子。《詩·大雅·文王》：「濟濟多士，文王以寧。」毛傳：「濟濟，多威儀也。」❸止 人的儀態舉止，這裡指賢士容止眾多。郭注：「賢士盛多之容止。」《詩·大雅·抑》：「淑慎爾止，不愆于儀。」鄭箋：「止，容止也。」

【語譯】藹藹、濟濟，都有眾多的意思。

三·〇一六　悠悠❶、洋洋❷，思也。

【注　釋】❶悠悠　思念的樣子；憂思的樣子。《後漢書·章帝紀》：「中心悠悠，將何以寄？」❷洋洋　同「養養」。憂思的樣子。邢疏：「《詩·邶風·二子乘舟》云：『中心養養。』此皆想念憂思也。洋、養音義同。」《禮記·中庸》：「使天下之人，齊明盛服，以承祭祀，洋洋乎如在其上，如在其左右。」鄭注：「洋洋，人想思其傍僾之貌。」

【語　譯】悠悠、洋洋，都有憂思的意思。

三·〇一七　蹶蹶❶、踖踖❷，敏也。

【注　釋】❶蹶蹶　行動敏捷的樣子。郭注：「便速敏捷。」《詩·唐風·蟋蟀》：「好樂無荒，良士蹶蹶。」朱熹集傳：「蹶蹶，動而敏於事也。」❷踖踖　恭敬而敏捷的樣子。《詩·小雅·楚茨》：「執爨踖踖，為俎孔碩。」孔疏：「其當執爨竈之人，皆踖踖然敬慎於事而有容儀矣。」

【語　譯】蹶蹶、踖踖，都有敏捷的意思。

三·〇一八　薨薨❶、增增❷，眾也。

【注　釋】❶薨薨　眾蟲齊飛聲。《詩·齊風·雞鳴》：「蟲飛薨薨，甘與子同夢。」❷增增　眾多的樣子。邢疏：「此皆人物眾夥之貌。楚人謂多為夥。」《詩·魯頌·閟宮》：「公徒三萬，貝冑朱綅，烝徒增增。」毛傳：「增增，眾也。」

【語譯】薨薨、增增，都有眾多的意思。

三・〇一九 烝烝❶、遂遂❷，作❸也。

【注釋】❶烝烝 美盛的樣子。《詩・魯頌・泮水》：「烝烝皇皇，不吳不揚。」毛傳：「烝烝，厚也。」馬瑞辰通釋：「皇皇為美，推之烝烝，亦當為美。」❷遂遂 興盛的樣子。郭注：「物盛興作之貌。」黃侃《手批爾雅義疏》：「下云：『穟穟，苗也。』《注》：『言茂好也。』《詩》傳：『苗好美也。』並與『物盛興作』之義合，然則『遂遂』與『穟穟』聲義同。」❸作 興起。《易・繫辭下》：「包犧氏沒，神農氏作。」

【語譯】烝烝、遂遂，都有興盛的意思。

三・〇二〇 委委、佗佗❶，美也。

【注釋】❶委委佗佗 委委，行步委曲雍容自得的樣子。佗佗，體態優美的樣子。郭注：「佳麗美豔之貌。」邢疏：「李巡曰：『皆寬容之美也。』孫炎曰：『委委，行之美。佗佗，長之美。』」《詩・鄘風・君子偕老》：「委委佗佗，如山如河。」毛傳：「委委者，行可委曲從跡也。佗佗者，德平易也。」

【語譯】委委、佗佗，都有美好的意思。

三・〇二一 忯忯❶、愓愓❷，愛也。

【注釋】❶忯忯　愛悅。《說文》：「忯，愛也。」段注：「〈釋訓〉曰：『忯忯，愛也。』」邢疏：「李巡曰：『忯忯，和適之愛也。』」❷惕惕　這裡指因愛而憂勞。《詩・陳風・防有鵲巢》：「誰侜予美，心焉惕惕。」毛傳：「惕惕，猶忉忉也。」陳奐《詩毛氏傳疏》：「惕惕，亦憂勞之意，故云猶忉忉也……《爾雅》：『惕惕，愛也。』郭注：『《詩》云：心焉惕惕，《韓詩》以為說人，故言愛也。』」按：愛者謂愛君，君受讒賊所誑，故君子憂勞之心惕惕然。《爾雅》釋經義，毛傳釋字義也。」

【語譯】忯忯、惕惕，都有愛的意思。

三・〇二二　偁偁❶、格格❷，舉也。

【注釋】❶偁偁　稱揚。郭注：「舉持物也。」❷格格　或作「閣閣」。揚起。黃侃《手批爾雅義疏》：「《詩（・小雅・斯干）》『約之閣閣』，《考工記・匠人》注引作『約之格格』，此『格格』即『閣閣』也。」

【語譯】偁偁、格格，都有舉起、上揚的意思。

三・〇二三　蓁蓁❶、孽孽❷，戴❸也。

【注釋】❶蓁蓁　草木茂盛的樣子。《說文》：「蓁，艸盛皃。」《詩・周南・桃夭》：「桃之夭夭，其葉蓁蓁。」朱熹集傳：「蓁蓁，葉之盛也。」❷孽孽　亦作「孽孽」。裝飾華麗的樣子。《玉篇・子部》：「孽孽，盛飾貌。」❸戴　增益。郝疏：「戴者，《說文》云：『分物得增益曰戴。』《玉篇》云：『戴在首也。』是戴訓增益，戴物于首即增益之義也。」

【語　譯】蓁蓁、孽孽，都有增加的意思。

三·〇二四　懕懕❶、媞媞❷，安也。

【注　釋】❶懕懕　安詳的樣子。郭注：「好人安詳之容。」《說文》：「懕，安也……《詩》曰：『懕懕夜飲。』」按：今本《詩·小雅·湛露》作「厭厭」。❷媞媞　安樂的樣子。或作「提提」。《詩·魏風·葛屨》：「好人提提。」毛傳：「提提，安諦也。」黃侃《手批爾雅義疏》：「《淮南·說林》：『提提者射。』注：『提提，安也。』」

【語　譯】懕懕、媞媞，都有安靜的意思。

三·〇二五　祁祁❶、遲遲❷，徐也。

【注　釋】❶祁祁　舒緩的樣子。《詩·小雅·大田》：「有渰萋萋，興雨祁祁。」毛傳：「祁祁，徐也。」❷遲遲　徐行。《說文》：「遲，徐行也。从辵犀聲。《詩》曰：『行道遲遲。』」《楚辭》劉向〈九歎·惜賢〉：「時遲遲其日進兮，年忽忽而日度。」王逸《楚辭章句》：「遲遲，行貌。」洪興祖《楚辭補注》：「遲遲，來遲也。」

【語　譯】祁祁、遲遲，都有徐緩的意思。

三·〇二六　丕丕❶、簡簡❷，大也。

【注釋】❶丕丕　盛大的樣子。郭注：「皆多大。」《書・立政》：「率惟謀從容德，以並受此丕丕基。」❷簡簡　盛大的樣子。《詩・周頌・執競》：「降福簡簡，威儀反反。」毛傳：「簡簡，大也。」

【語譯】丕丕、簡簡，都有盛大的意思。

三・〇二七　存存❶、萌萌❷，在❸也。

【注釋】❶存存　單用時有「鑒察；省察」義。《禮記・禮運》：「故聖人參於天地，並於鬼神，以治政也，處其所存，禮之序也。」鄭注：「存，察也。」❷萌萌　明察。黃侃《手批爾雅義疏》：「〈釋詁〉又云：『在，察也。』作『萌』者，『明』之假借。上文云：『明明，察也。』陳玉澍亦云：『此即訓察之明明。』」參見三・〇〇一條。❸在　察知；審察。《書・舜典》：「在璿璣玉衡，以齊七政。」孔傳：「在，察也。」

【語譯】存存、萌萌（明明），都有明察的意思。

三・〇二八　懋懋❶、慔慔❷，勉也。

【注釋】❶懋懋　勤勉；努力。單用同義。《書・舜典》：「汝平水土，惟時懋哉！」孔傳：「懋，勉也。」❷慔慔　自勉、努力的樣子。郭注：「自強勉。」邵疏：「《說文》云：『慔，勉也。』重言之義同。」

【語譯】懋懋、慔慔，都有勉力的意思。

三・〇二九　庸庸❶、慅慅❷，勞也。

【注　釋】❶庸庸　酬報有功勞的人。《荀子·大略》：「親親、故故、庸庸、勞勞，仁之殺也。」楊倞注：「庸，功也。庸庸、勞勞，謂稱其功勞，以報有功勞者。」❷慅慅　辛勞的樣子。郭注：「劬勞也。」

【語　譯】庸庸、慅慅，都有辛勞的意思。

三·〇三〇　赫赫❶、躍躍❷，迅也。

【注　釋】❶赫赫　顯赫盛大的樣子。《國語·楚語上》：「赫赫楚國，而君臨之。」韋昭注：「赫赫，顯盛也。」❷躍躍　快速跳躍的樣子。郭注：「盛疾之貌。」《戰國策·秦策四》：「《詩》云：『他人有心，予忖度之。躍躍毚兔，遇犬獲之。』」高誘注：「躍躍，跳走也。」

【語　譯】赫赫、躍躍，都有顯盛、快速的意思。

三·〇三一　綽綽❶、爰爰❷，緩也。

【注　釋】❶綽綽　寬鬆的樣子。郭注：「寬緩也。」《孟子·公孫丑下》：「豈不綽綽然有餘裕哉？」朱熹集注：「綽綽，寬貌。」❷爰爰　寬緩的樣子。《詩·王風·兔爰》：「有兔爰爰，雉離于羅。」毛傳：「爰爰，緩意也。」

【語　譯】綽綽、爰爰，都有寬裕、寬緩的意思。

三·〇三二　坎坎❶、壿壿❷，喜也。

【注　釋】❶坎坎　同「竷竷」。歡舞的樣子。《說文》：「竷，繇也，舞也……《詩》曰：『竷竷舞我。』」今《詩・小雅・伐木》作「坎坎鼓我，蹲蹲舞我」。陸德明釋文：「坎坎，如字。《說文》作『竷』，音同。」❷墫墫　歡舞的樣子。郭注：「鼓舞懽喜。」《說文》：「墫，舞也。从士尊聲。《詩》曰：『墫墫舞我』。」今本《詩・小雅・伐木》作「蹲蹲」。

【語　譯】坎坎（竷竷）、墫墫，都有鼓舞喜樂的意思。

三・〇三三　瞿瞿❶、休休❷，儉❸也。

【注　釋】❶瞿瞿　勤謹的樣子。《詩・唐風・蟋蟀》：「好樂無荒，良士瞿瞿。」毛傳：「瞿瞿然顧禮義也。」孔疏：「瞿瞿，皆謂治身儉約，故能樂道顧禮也。」❷休休　安閒的樣子。這裡指因節儉樂道而安閒。《詩・唐風・蟋蟀》：「好樂無荒，良士休休。」毛傳：「樂道之心。」朱熹集傳：「休休，安閒之貌。樂而有節，不至於淫，所以安也。」❸儉　約束；節制。《左傳・僖公二十三年》：「晉公子廣而儉，文而有禮。」杜注：「志廣而體儉。」

【語　譯】瞿瞿、休休，都有節制的意思。

三・〇三四　旭旭❶、蹻蹻❷，憍❸也。

【注　釋】❶旭旭　自得、驕傲的樣子。郭注：「小人得志憍蹇之貌。」《漢書・揚雄傳〈河東賦〉》：「嘻嘻旭旭。」顏師古注：「旭旭，自得之貌。」❷蹻蹻　驕慢的樣子。《詩・大雅・板》：「老夫灌灌，小子蹻蹻。」

毛傳：「蹻蹻，驕貌。」孔疏引孫炎曰：「謂驕慢之貌。」❸憍　同「驕」。驕傲。《戰國策・魏策一》：「君予之地，知伯必憍。憍而輕敵，鄰國懼而相親。」憍，一本作「驕」。

【語　譯】旭旭、蹻蹻，都有驕傲的意思。

三・〇三五　夢夢❶、訰訰❷，亂也。

【注　釋】❶夢夢　昏亂；不明。《詩・小雅・正月》：「民今方殆，視天夢夢。」陸德明釋文：「夢，莫紅反，亂也。」朱熹集傳：「夢夢，不明也。」❷訰訰　紛亂的樣子。郭注：「闇亂。」

【語　譯】夢夢、訰訰，都有混亂的意思。

三・〇三六　懪懪❶、邈邈❷，悶也。

【注　釋】❶懪懪　煩躁鬱悶。郭注：「煩悶。」❷邈邈　同「藐藐」。憂悶。《詩・大雅・抑》：「誨爾諄諄，聽我藐藐。」毛傳：「藐藐然不入也。」孔疏引舍人曰：「藐藐，憂悶也。」

【語　譯】懪懪、邈邈，都有鬱悶的意思。

三・〇三七　儚儚❶，洄洄❷，惛❸也。

【注　釋】❶儚儚　昏昧；糊塗。黃侃《手批爾雅義疏》：「上文云：『夢夢，亂也。』夢、儚音同，亂、惛義同。」參見三・○三五條。❷洄洄　同「佪佪」。昏亂的樣子。《玉篇・人部》：「佪佪，昏皃。」王符《潛夫論・救邊》：「若此以來，出入九載……佪佪潰潰，當何終極！」❸惛　昏亂；迷糊。《孟子・梁惠王上》：「王曰：『吾惛，不能進於是矣。』」趙岐《孟子章句》：「王言，我情思惛亂，不能進行此仁政。」

【語　譯】儚儚、洄洄（佪佪），都有昏亂、糊塗的意思。

三・○三八　版版❶、盪盪❷，僻也。

【注　釋】❶版版　邪僻；反常。亦作「板板」。邢疏引李巡曰：「版版，失道之僻也。」《廣雅・釋訓》：「版版，反也。」《詩・大雅・板》：「上帝板板，下民卒癉。」毛傳：「板板，反也。上帝以稱王者也。」❷盪盪　本作「蕩蕩」。任意驕縱、廢壞法度的樣子。邢疏引李巡曰：「盪盪者，弗思之僻也。」《詩・大雅・蕩》：「蕩蕩上帝，下民之辟。」鄭箋：「蕩蕩，法度廢壞之貌。」

【語　譯】版版、盪盪，都有邪僻反常的意思。

三・○三九　爞爞❶、炎炎❷，薰也。

【注　釋】❶爞爞　通「蟲蟲」。熱氣薰蒸的樣子。郭注：「旱熱薰炙人。」《詩・大雅・雲漢》：「旱既大甚，蘊隆蟲蟲。」毛傳：「蘊蘊而暑，隆隆而雷，蟲蟲而熱。」❷炎炎　灼熱的樣子。《詩・大雅・雲漢》：「赫赫炎炎，云我無所。」毛傳：「炎炎，熱氣也。」

【語　譯】爞爞、炎炎，都有灼熱薰蒸的意思。

三·〇四〇 居居❶、究究❷，惡也。

【注釋】❶居居 憎惡、不相親近的樣子。《詩・唐風・羔裘》：「羔裘豹祛，自我人居居。」毛傳：「居居，懷惡不相親比之貌。」鄭箋：「其意居居然有悖惡之心，不恤我之困苦。」❷究究 相互憎惡的樣子。郭注：「相憎惡。」《詩・唐風・羔裘》：「羔裘豹褎，自我人究究。」毛傳：「究究，猶居居也。」

【語譯】居居、究究，都有憎惡、不相親近的意思。

三·〇四一 仇仇❶、敖敖❷，傲也。

【注釋】❶仇仇 傲慢的樣子。陸德明釋文引舍人注：「仇仇，無倫理之貌。」《詩・小雅・正月》：「執我仇仇，亦不我力。」毛傳：「仇仇，猶謷謷也。」孔疏：「〈釋訓〉云『仇仇、敖敖，傲也』，義同。」❷敖敖 或作「嚻嚻」、「謷謷」。傲慢的樣子。《詩・大雅・板》：「我即爾謀，聽我嚻嚻。」毛傳：「嚻嚻，猶謷謷也。」朱熹集傳：「嚻嚻，自得不肯受言之貌。」

【語譯】仇仇、敖敖，都有傲慢的意思。

三·〇四二 佌佌❶、瑣瑣❷，小也。

【注釋】❶佌佌 渺小；微賤。《詩・小雅・正月》：「佌佌彼有屋，蔌蔌方有穀。」高亨《詩經今注》：「佌佌，卑微渺小。」黃侃《手批爾雅義疏》：「佌聲與柴同。《說文》：『柴，小木散材。』」❷瑣瑣 形容人品卑微、平庸、渺小。《詩・小雅・節南山》：「瑣瑣姻亞，則無膴仕。」鄭箋：「瑣瑣姻亞，妻黨之小人。」高亨《詩經今注》：「瑣瑣，卑微渺小貌。」

【語　譯】佌佌、瑣瑣，都有微小卑賤的意思。

三・〇四三　悄悄（ㄑㄧㄠˇ ㄑㄧㄠˇ）❶、慘慘（ㄘㄢˇ ㄘㄢˇ）❷，慍（ㄩㄣˋ）❸也（ㄧㄝˇ）。

【注　釋】❶悄悄　憂傷的樣子。《詩・邶風・柏舟》：「憂心悄悄。」毛傳：「悄悄，憂貌。」❷慘慘　憂悶；憂愁。郭注：「賢人愁恨。」《詩・小雅・正月》：「憂心慘慘，念國之為虐。」鄭箋：「慘慘，猶戚戚也。」❸慍　怨恨；愁恨。《詩・邶風・柏舟》：「慍于群小。」毛傳：「慍，怒也。」

【語　譯】悄悄、慘慘，都有憂愁的意思。

三・〇四四　痯痯（ㄍㄨㄢˇ ㄍㄨㄢˇ）❶、瘐瘐（ㄩˇ ㄩˇ）❷，病（ㄅㄧㄥˋ）也（ㄧㄝˇ）。

【注　釋】❶痯痯　亦作「悹悹」、「管管」。憂鬱疲勞的樣子。《詩・小雅・杕杜》：「檀車幝幝，四牡痯痯，征夫不遠。」毛傳：「痯痯，罷貌。」《說文》：「悹，憂也。」《廣韻・上緩》：「悹悹，憂無告也。《詩》傳云：悹悹，無所依。」按：今本《詩・大雅・板》：「靡聖管管。」毛傳：「管管，無所依也。」❷瘐瘐　憂鬱之病。郭注：「賢人失志懷憂病也。」《玉篇・疒部》：「瘐，病也。」

【語　譯】痯痯、瘐瘐，都有憂鬱的意思。

三·〇四五　殷殷❶、惸惸❷、忉忉❸、慱慱❹、欽欽❺、京京❻、忡忡❼、惙惙❽、怲怲❾、弈弈❿，憂也。

【注釋】❶殷殷　同「慇慇」。憂傷的樣子。《詩·邶風·北門》：「出自北門，憂心殷殷。」《詩·小雅·正月》：「念我獨兮，憂心慇慇。」毛傳：「慇慇然痛也。」鄭箋：「此賢者孤特自傷也。」❷惸惸　憂思的樣子。《詩·小雅·正月》：「憂心惸惸，念我無祿。」毛傳：「惸惸，憂意也。」《集韻·清韻》：「惸惸，憂也。」❸忉忉　憂思的樣子。《詩·陳風·防有鵲巢》：「誰侜予美？心焉忉忉。」朱熹集傳：「忉忉，憂貌。」❹慱慱　憂勞不安的樣子。《詩·檜風·素冠》：「庶見素冠兮，棘人欒欒兮，勞心慱慱兮。」毛傳：「慱慱，憂勞也。」❺欽欽　憂思不忘的樣子。《詩·秦風·晨風》：「未見君子，憂心欽欽。」朱熹集傳：「欽欽，憂而不忘之貌。」❻京京　憂愁不斷的樣子。《詩·小雅·正月》：「念我獨兮，憂心京京。」毛傳：「京京，憂不去也。」❼忡忡　憂愁的樣子。《說文》：「忡，憂也。从心，中聲。《詩》曰：『憂心忡忡。』」按：《詩·召南·草蟲》：「未見君子，憂心忡忡。」❽惙惙　憂鬱的樣子。《吳越春秋·句踐入臣外傳》：「心惙惙兮若割。」徐天祜注：「惙惙，憂也。」❾怲怲　憂愁滿面的樣子。《詩·小雅·頍弁》：「未見君子，憂心怲怲。」毛傳：「怲怲，憂盛滿也。」❿弈弈　憂悶的樣子。《詩·小雅·頍弁》：「未見君子，憂心弈弈。」朱熹集傳：「弈弈，憂心無所薄也。」

【語　譯】殷殷、惸惸、忉忉、慱慱、欽欽、京京、忡忡、惙惙、怲怲、弈弈，都有憂愁的意思。

三·〇四六　畇畇❶，田❷也。

【注釋】❶畇畇　墾辟的樣子。《詩・小雅・信南山》：「畇畇原隰，曾孫田之。」毛傳：「畇畇，墾辟貌。」馬瑞辰通釋：「畇畇者，田已均治之貌，故傳訓為墾辟貌。」❷田　耕種田地。郝疏：「田者，言治田也。」《詩・齊風・甫田》：「無田甫田，維莠驕驕。」孔疏：「上『田』謂墾耕，下『田』謂土地。」

【語　譯】畇畇，有墾辟田地的意思。

三・〇四七　畟畟❶，耜❷也。

【注　釋】❶畟畟　利耜深耕快進的樣子。猶言「測測」。《詩・周頌・良耜》：「畟畟良耜，俶載南畝。」毛傳：「畟畟，猶測測也。」朱熹集傳：「畟畟，嚴利也。」❷耜　耒下鏟土的部件，初以木製，後以金屬製作，可拆卸置換。《易・繫辭下》：「神農氏作，斲木為耜，揉木為耒。」

【語　譯】畟畟，有形容耜鋒利的意思。

三・〇四八　郝郝❶，耕也。

【注　釋】❶郝郝　同「澤澤」。耕土翻地的聲音。郭注：「言土解。」邢疏：「謂耕地，其土解散郝郝然也。《周頌・載芟》云：『其耕澤澤。』……郝郝、澤澤，並音釋，其義亦同。」

【語　譯】郝郝，有摹狀耕土翻地的聲音的意思。

三・〇四九　繹繹❶，生也。

【注釋】❶繹繹　同「驛驛」、「奕奕」。禾苗陸續生長的樣子。邢疏：「舍人云：『穀皆生之貌。』《詩・周頌・載芟》云：『驛驛其達。』毛傳云：『達，射也。』鄭箋云：『達，出地也。』是言其種調勻，皆出地而生也。繹與驛音義同。」

【語譯】繹繹，有形容禾苗陸續生長的意思。

三・〇五〇　穟(ㄙㄨㄟˋ)穟(ㄙㄨㄟˋ)❶，苗(ㄇㄧㄠˊ)也(ㄧㄝˇ)。

【注釋】❶穟穟　禾苗美好的樣子。郭注：「言貌好也。」《詩・大雅・生民》：「荏菽旆旆，禾役穟穟。」毛傳：「役，列也。穟穟，苗好美也。」

【語譯】穟穟，有形容禾苗美好的意思。

三・〇五一　緜(ㄇㄧㄢˊ)緜(ㄇㄧㄢˊ)❶，穮(ㄅㄧㄠ)❷也(ㄧㄝˇ)。

【注釋】❶緜緜　耘田細密的樣子。郭注：「言芸精。」《詩・周頌・載芟》：「厭厭其苗，緜緜其麃。」

❷穮　本作「麃」。耘田除草。阮校：「《詩經》、《爾雅》、毛傳皆作『麃』，陸、孔所據釋訓字皆不從禾，自唐石經據字書增加，而今本承之。」《說文》：「穮，耕禾間也。」《左傳・昭公元年》：「譬如農夫，是穮是蓘。雖有飢饉，必有豐年。」杜注：「穮，耘也；壅苗為蓘。」

【語譯】緜緜，有形容耘田細密的意思。

三·〇五二　挃挃❶，穫也。

【注釋】❶挃挃　收割莊稼的聲音。郭注：「刈禾聲。」《詩·周頌·良耜》：「穫之挃挃，積之栗栗。」毛傳：「挃挃，穫聲也。」

【語譯】挃挃，有摹狀收割作物的聲音的意思。

三·〇五三　栗栗❶，眾也。

【注釋】❶栗栗　眾多的樣子。《詩·周頌·良耜》：「穫之挃挃，積之栗栗。」鄭箋：「栗栗，眾多也。」

【語譯】栗栗，有形容眾多的意思。

三·〇五四　溞溞❶，淅❷也。

【注釋】❶溞溞　或作「叟叟」。淘米聲。郭注：「洮米聲。」郝疏：「溞者，《詩》作『叟』，毛傳：『叟叟，聲也。』」❷淅　淘米。《儀禮·士喪禮》：「祝淅米於堂，南面用盆。」鄭注：「淅，汰也。」

【語譯】溞溞，有摹狀淘米聲的意思。

三·〇五五　烰烰❶，烝❷也。

【注釋】❶烰烰　熱氣蒸騰的樣子。通作「浮浮」。《說文》：「烰，烝也。从火，孚聲。《詩》曰：『烝之烰烰。』」段注：「烰烰，烝皃。謂火氣上行之皃也。」按：今本《詩・大雅・生民》作「浮浮」。❷烝　用蒸汽加熱。後作「蒸」。《詩・大雅・生民》：「釋之叟叟，烝之浮浮，」孔疏：「炊之於甑爨而烝之，其氣浮浮然……既烝熟乃以為酒食。」

【語　譯】烰烰，有摹狀熱氣蒸騰的意思。

三・〇五六　俅俅❶，服❷也。

【注　釋】❶俅俅　冠飾華美的樣子。《說文》：「俅，冠飾皃。从人求聲。《詩》曰：『弁服俅俅。』」❷服　穿戴。這裡指戴弁服。郭注：「謂戴弁服。」《詩・魏風・葛屨》：「要之襋之，好人服之。」

【語　譯】俅俅，有形容穿戴的冠飾華美的意思。

三・〇五七　峨峨❶，祭也。

【注　釋】❶峨峨　盛壯，這裡指祭祀時儀容端莊盛美。《詩・大雅・棫樸》：「濟濟辟王，左右奉璋。奉璋峨峨，髦士攸宜。」毛傳：「峨峨，盛壯也。」鄭箋：「奉璋之儀峨峨然。」

【語　譯】峨峨，有形容祭祀時儀容端莊盛美的意思。

三・〇五八　鍠鍠❶，樂也。

【注釋】❶鍠鍠　鐘鼓之音和諧悅耳的樣子。或作「喤喤」。《詩・周頌・執競》：「鐘鼓喤喤，磬筦將將。」毛傳：「喤喤，和也。」孔疏引舍人曰：「喤喤，鐘鼓之樂也。」《漢書・禮樂志》引作：「鐘鼓鍠鍠。」

【語譯】鍠鍠，有形容鐘鼓之音和諧悅耳的意思。

三・〇五九　穰穰❶，福也。

【注釋】❶穰穰　豐盛，這裡指多福的樣子。郭注：「言饒多。」《詩・周頌・執競》：「降福穰穰，降福簡簡。」毛傳：「穰穰，眾也。」孔疏：「穰穰，眾多之貌也。某氏引此詩明穰穰是福豐之貌也。」

【語譯】穰穰，有形容多福的意思。

三・〇六〇　子子孫孫，引❶無極也。

【注釋】❶引　延長；延續。《詩・小雅・楚茨》：「子子孫孫，勿替引之。」孔傳：「引，長也。」鄭箋：「願子孫勿廢而長行之。」

【語譯】子子孫孫，有延續無窮的意思。

三・〇六一　顒顒卬卬❶，君之德也。

【注釋】❶顒顒卬卬　形容體貌莊重恭敬，氣概軒昂。這裡比喻君主的美德。郭注：「道君人者之德望。」

《詩・大雅・卷阿》：「顒顒卬卬，如圭如璋，令聞令望。」毛傳：「顒顒，溫貌。卬卬，盛貌。」鄭箋：「王有賢臣，與之以禮義相切瑳，體貌則顒顒然敬順，志氣則卬卬然高朗。」按：郝疏：「自此以下，但解作詩興喻之義，不解詩文。」即從這一條開始至三・〇七四條，並非一般地解釋被訓釋詞的詞義，而是說明那些詞語在《詩經》裡運用的「興喻之義」。

【語　譯】顒顒卬卬形容體貌莊重恭敬，氣概軒昂，興喻君主的美德。

三・〇六二　丁丁、嚶嚶，相切直也❶。

【注　釋】❶丁丁嚶嚶二句　丁丁，伐木聲。嚶嚶，鳥和鳴聲。這裡是比喻朋友之間彼此友愛、相互切磋督正。郭注：「丁丁，砍木聲。嚶嚶，兩鳥鳴，以喻朋友切磋相正。」《詩・小雅・伐木》：「伐木丁丁，鳥鳴嚶嚶。」毛傳：「丁丁，伐木聲也。」鄭箋：「嚶嚶，兩鳥鳴也。」

【語　譯】丁丁指伐木聲，嚶嚶指鳥和鳴聲，興喻朋友們彼此友愛、相互切磋督正。

三・〇六三　藹藹❶、萋萋❷，臣盡力也。噰噰喈喈❸，民協服也。

【注　釋】❶藹藹　盛多的樣子。參見三・〇一五條注釋。這裡比喻眾多的賢臣。《詩・大雅・卷阿》：「藹藹王多吉人。」毛傳：「藹藹猶濟濟也。」孔疏引舍人曰：「藹藹，賢士之貌。」❷萋萋　茂盛的樣子。這裡特指梧桐茂盛，比喻君有盛德。《詩・大雅・卷阿》：「菶菶萋萋。」毛傳：「梧桐盛也。」鄭箋：「菶菶萋萋，喻君德盛也。」❸噰噰喈喈　鳥和鳴聲。這裡特指鳳凰和鳴，比喻君臣和諧。《詩・大雅・卷阿》：「雝雝喈喈。」

毛傳：「鳳凰鳴也。臣竭其力則地極其化，天下和洽，則鳳皇樂德。」鄭箋：「喻民臣和協。」孔疏：「上以鳳皇比賢者，其鳴似賢者之政教加被於民，民應之而相與和協。」

【語　譯】藹藹是盛多的樣子，萋萋是茂盛的樣子，與喻君主有盛德，眾多賢臣盡力輔政；噰噰喈喈指鳥和鳴的聲音，與喻君主有盛德，民眾齊心順服。

三·○六四　佻佻❶、契契❷，愈遐急❸也。

【注　釋】❶佻佻　獨行的樣子。《詩·小雅·大東》：「佻佻公子，行彼周行。」毛傳：「佻佻，獨行貌。」❷契契　愁苦的樣子。《楚辭·九歎·惜賢》：「孰契契而委棟兮。」王逸《楚辭章句》：「契契，憂貌也。」❸愈遐急　黃侃《手批爾雅義疏》：「愈遐急者，猶言愈遐愈急也。」愈，益；更加。遐，遠。邢疏：「愈，益也。遐，遠也。」

【語　譯】佻佻是獨行的樣子，契契是憂苦的樣子，與喻賢士的憂苦越來越急迫。

三·○六五　宴宴❶、粲粲❷，尼❸居息也。

【注　釋】❶宴宴　同「燕燕」。安閒逸樂的樣子。《詩·小雅·北山》：「或燕燕居息，或盡瘁事國。」毛傳：「燕燕，安息貌。」《漢書·五行志下之下》引《詩》作：「或宴宴居息。」顏師古注：「宴宴，謂安息皃也。」❷粲粲　服飾鮮豔華麗的樣子。《詩·小雅·大東》：「西人之子，粲粲衣服。」鄭箋：「京師人衣服鮮潔而逸豫。」朱熹集傳：「粲粲，鮮盛貌。」❸尼　近。邢疏：「尼，近也。謂宴安盛飾，近處優閑也。」

【語　譯】宴宴是安閒逸樂的樣子，粲粲是衣著鮮豔華麗的樣子，興喻貴族們在京城近處悠閒安息、盡情享樂。

三·〇六六　哀哀❶、悽悽❷，懷報德也。

【注　釋】❶哀哀　悲傷不已的樣子。《廣雅·釋訓》：「哀哀，悲也。」《詩·小雅·蓼莪》：「哀哀父母，生我劬勞。」❷悽悽　同「萋萋」。悲傷的樣子。郝疏：「悽悽於《詩》無見，故釋文云：『悽，郭本或作萋。』邵氏《正義》引《詩·杕杜》云：『其葉萋萋』，下云『憂我父母』，興喻之義與〈蓼莪〉同，故皆為懷報德也。」

【語　譯】哀哀是悲傷不已的樣子，悽悽是悲傷的樣子，興喻欲報答父母恩德而不能的痛苦心情。

三·〇六七　儵儵❶、嘒嘒❷，罹禍毒也。

【注　釋】❶儵儵　憂思的樣子。陸德明釋文：「樊本作『攸』，引詩云『攸攸我思』。」郝疏：「儵儵即悠悠。毛傳『悠』訓為『憂』；《爾雅》『罹』亦訓『憂』，其義正同。」❷嘒嘒　蟬鳴聲。郭注：「羨蟬鳴自得，傷己失所，遭讒賊。」《詩·小雅·小弁》：「菀彼柳斯，鳴蜩嘒嘒。」毛傳：「蜩，蟬也。嘒嘒，聲也。」

【語　譯】儵儵是憂思的樣子，嘒嘒是蟬鳴聲，興喻遭遇災禍和不幸。

三·〇六八　晏晏、旦旦❶，悔爽忒❷也。

【注釋】❶晏晏旦旦　晏晏，柔順溫和的樣子。旦旦，誠懇的樣子。《詩・衛風・氓》：「總角之宴，言笑晏晏。信誓旦旦。」毛傳：「晏晏，和柔也。信誓旦旦然。」鄭箋：「女與我言笑，晏晏然，而和柔我。其以信相誓，旦旦耳。言其懇惻款誠。」❷爽忒　差失。邢疏：「爽忒，差失也。」

【語譯】晏晏是柔順溫和的樣子，旦旦是誠懇的樣子，興喻遭遺棄的女子對丈夫行為差失的悔恨心情。

三・〇六九　皋皋❶、琄琄❷，刺素食也。

【注釋】❶皋皋　愚頑的樣子。《詩・大雅・召旻》：「皋皋訿訿，曾不知其玷。」毛傳：「皋皋，頑不知道也。」孔疏引某氏曰：「無德而空食祿也。無德不治而空食祿，是頑不知其道也。」❷琄琄　同「鞙鞙」。佩玉的樣子。郝疏：「琄者，《詩・大東》傳：『鞙鞙，玉貌。』釋文：『鞙字或作琄。』」

【語譯】皋皋是愚頑的樣子，琄琄是佩玉的樣子，諷刺那些雖佩美玉而愚頑無德空享俸祿的貴族們。

三・〇七〇　懽懽❶、愮愮❷，憂無告也。

【注釋】❶懽懽　憂懼無處訴說的樣子。郭注：「賢者憂懼，無所訴也。」❷愮愮　通作「搖搖」。憂懼不安的樣子。《詩・王風・黍離》：「行邁靡靡，中心搖搖。」毛傳：「搖搖，憂無所愬。」

【語譯】懽懽是憂懼無處訴說的樣子，愮愮是憂懼不安的樣子，興喻賢人憂懼而無處訴說。

三・○七一

憲憲、洩洩❶，制法則也。

【注　釋】❶憲憲洩洩　憲憲，同「欣欣」。歡樂的樣子。洩洩，同「泄泄」。話多的樣子。《詩・大雅・板》：「天之方難，無然憲憲。天之方蹶，無然泄泄。」毛傳：「憲憲，猶欣欣也。蹶，動也。泄泄，猶遝遝也。」孔疏：「憲憲，猶欣欣，喜樂貌也。謂見王將為惡政而冉樂之。泄泄，猶遝遝，競進之意也。謂見王將為惡政競隨從而為之制法也。」

【語　譯】憲憲（欣欣）是歡樂的樣子，洩洩（泄泄）是話多的樣子，形容群臣競相制定法規的情景。

三・○七二

謔謔❶，謞謞❷，崇讒慝❸也。

【注　釋】❶謔謔　喜樂的樣子。《詩・大雅・板》：「天之方虐，無然謔謔。」陸德明釋文：「謔謔，喜樂也。」❷謞謞　同「熇熇」。盛烈的樣子。郝疏：「謞者，當作熇。《說文》云：『火熱也。』引《詩》『多將熇熇……』《正義》引舍人曰：『謔謔、謞謞，皆盛烈貌。』孫炎曰：『厲王暴虐，大臣謔謔然喜，謞謞然盛以興讒慝也。』」《詩・大雅・板》：「多將熇熇，不可救藥。」毛傳：「熇熇然熾盛也。」❸慝　邪惡。《書・大禹謨》：「〔舜〕負罪引慝，祗載見瞽瞍。」孔傳：「慝，惡。」孔疏：「自負其罪，自引其惡。」

【語　譯】謔謔是喜樂的樣子，謞謞（熇熇）是盛烈的樣子，形容臣子助長邪惡的氣焰。

三・○七三

翕翕、訿訿❶，莫供職也。

【注釋】❶翕翕訿訿　翕翕，或作「潝潝」。苟合的樣子。訿訿，亦作「呰呰」。腐敗不稱職的樣子。郭注：「賢者陵替奸黨熾，背公恤私曠職事。」《詩・小雅・小旻》：「潝潝訿訿，亦孔之哀。」毛傳：「潝潝然患兒。訿訿然思不稱乎上。」《說文》：「呰，呰呰，不思稱意也……《詩》曰：『翕翕訿訿。』」

【語譯】翕翕是苟合的樣子，訿訿是腐敗不稱職的樣子，興喻無人奉公守職。

三・〇七四　速速❶、蹙蹙❷，惟逑鞫也❸。

【注釋】❶速速　同「蔌蔌」。猥瑣醜陋的樣子。《詩・小雅・正月》：「佌佌彼有屋，蔌蔌方有穀。」毛傳：「蔌蔌，陋也。」鄭箋：「此言小人富而窶陋將貴也。」邢疏：「速、蔌音義同。」❷蹙蹙　局促、不舒展的樣子。《詩・小雅・節南山》：「我瞻四方，蹙蹙靡所騁。」鄭箋：「蹙蹙，縮小之貌。我視四方土地日見侵削於夷狄，蹙蹙然雖欲馳騁無所之也。」❸惟逑鞫也　邢疏：「惟，念也。逑，急迫也。鞫，窮也。言鄙陋小人專據爵祿，國土侵削，致賢士永哀念其窮迫也。」

【語譯】速速（蔌蔌）是猥瑣醜陋的樣子，蹙蹙是局促不舒展的樣子，興喻對賢士被小人所迫而陷於困境的憂思。

三・〇七五　抑抑❶，密也。秩秩❷，清也。

【注釋】❶抑抑　慎密的樣子。郭注：「威儀審諦。」《詩・小雅・賓之初筵》：「其未醉止，威儀抑抑。」毛傳：「抑抑，慎密也。」馬瑞辰通釋：「此傳慎密猶慎審也。」❷秩秩　清明的樣子。邢疏：「《詩・大雅・

假樂》：『威儀抑抑，德音秩秩。』鄭箋云：『成王立朝之威儀，緻密無所失，教令又清明，天下皆樂仰之。』」參見三·〇〇二條注釋。

【語　譯】抑抑，就是慎密的樣子。秩秩，就是清明的樣子。

三·〇七六　甹夆❶，掣曳❷也。

【注　釋】❶甹夆　或作「荓蜂」。牽引違離正道。郭注：「謂牽拕。」邢疏引孫炎曰：「謂相掣曳入於惡也。」《詩·周頌·小毖》：「莫予荓蜂，自求辛螫。」毛傳：「荓蜂，掣曳也。」❷掣曳　牽引。邢疏：「掣曳者，從旁牽挽之言，是挽離正道，使就邪僻。」

【語　譯】甹夆，就是牽引違離正道的意思。

三·〇七七　朔❶，北方也。

【注　釋】❶朔　北方。邢疏引舍人曰：「朔，盡也。北方萬物盡，故言朔也。」《書·舜典》：「五月南巡守，至於南嶽……十有一月朔巡守，至於北嶽。」孔疏：「〈釋訓〉云：『朔，北方也。』故〈堯典〉及此與〈禹貢〉，皆以朔言北。」

【語　譯】朔，指北方。

三·〇七八　不俟❶，不來也。

【注釋】❶不俟　不可等待。郭注：「不可待，是不復來。」俟，等待。《書・金縢》：「爾之許我，我其以璧與珪，歸俟爾命。」孔傳：「待命當以事神。」

【語譯】不俟，就是不再來的意思。

三・〇七九　不遹❶，不蹟❷也。

【注釋】❶遹　遵循。《書・康誥》：「今民將在祗遹乃文考，紹聞衣德言。」孔傳：「今治民將在敬循汝文德之父。」❷蹟　遵循；仿效。《詩・小雅・沔水》：「念彼不蹟，載起載行。」毛傳：「不蹟，不循道也。」鄭箋：「彼，彼諸侯也。諸侯不循法度，妄興師出兵。」

【語譯】不遹，就是不遵循法度的意思。

三・〇八〇　不徹❶，不道也。

【注釋】❶徹　道；軌轍。這裡是循道的意思。郭注：「徹亦道也。」郝疏：「徹者，通也，達也。通、達皆道路之名，故云徹亦道也。徹之言轍，有軌轍可循。」《詩・小雅・十月之交》：「天命不徹，我不敢傚我友自逸。」毛傳：「徹，道也。」陳奐《詩毛氏傳疏》：「言天之命，不循道而行。」

【語譯】不徹，就是不遵循正道的意思。

三・〇八一　勿念❶，勿忘也。

【注釋】❶勿念　即念、不忘。勿為助詞，用於句首。郭注：「勿念，念也。」邢疏：「勿念，念也。念即不忘也。若〈大雅・文王〉篇云：『無念爾祖。』是也。」黃侃《手批爾雅義疏》：「念，〈釋詁〉云：『思也。』此云：『勿念，勿忘。』相反為訓。」

【語譯】勿念，就是不忘的意思。

三・〇八二　萲❶、諼❷，忘也。

【注釋】❶萲　忘憂草。《詩・衛風・伯兮》：「焉得諼草。」毛傳：「諼草令人忘憂。」邢疏：「〈伯兮〉篇本或作『萲草』。」❷諼　忘記。《詩・衛風・淇奧》：「有匪君子，終不可諼兮。」毛傳：「諼，忘也。」

【語譯】萲、諼，都有忘記的意思。

三・〇八三　每有❶，雖也。

【注釋】❶每有　連詞，雖然。《詩・小雅・常棣》：「每有良朋，況也永歎。」鄭箋：「每有，雖也。」

【語譯】每有，就是雖然的意思。

三・〇八四　饎❶，酒食也。

【注釋】❶饎　酒食。邢疏引李巡曰：「得酒食則喜歡也。」《詩・小雅・天保》：「吉蠲為饎，是用孝享。」

毛傳：「饎，酒食也。」

【語譯】饎，就是酒食的意思。

三·〇八五 舞、號，雩❶也。

【注釋】❶雩 古代為祈雨而舉行的祭祀。郭注：「雩之祭，舞者吁嗟而請雨。」《左傳·桓公五年》：「龍見而雩。」杜注：「龍見，建巳之月。蒼龍，宿之體，昏見東方，萬物始盛，待雨而大，故祭天，遠為百穀祈膏雨。」

【語譯】舞即舞蹈，號即號呼，都有求雨祭祀的意思。

三·〇八六 暨❶，不及也。

【注釋】❶暨 連詞。與；及；和。黃侃《手批爾雅義疏》：「〈釋詁〉：『暨、及，與也。』相反為訓。」

【語譯】暨，就是及、和的意思。

三·〇八七 蠢❶，不遜也。

【注釋】❶蠢 同「惷」。不遜順。郭注：「蠢，動為惡，不謙遜也。」黃侃《手批爾雅義疏》：「《說文》：『惷，亂也。《春秋傳》曰：王室日惷惷焉。』今《左傳·昭公二十四年》作『蠢蠢』注：『動擾貌。』按：蠢、惷字通，以『惷』為正字。」

【語　譯】蠢（惷），有不遜順的意思。

三·〇八八　「如切如磋」，道學也❶。「如琢如磨」，自修也❷。「瑟兮僩兮」，恂慄也❸。「赫兮烜兮」，威儀也❹。「有斐❺君子，終不可諼兮」，道盛德至善，民之不能忘也。

【注　釋】❶如切如磋二句　「如切如磋」出自《詩・衛風・淇奧》，說的是商討學問，精益求精的事。郭注：「骨、象須切磋而為器，人須學問以成德。」切，刻製骨器。磋，雕刻象牙。毛傳：「治骨曰切，象曰磋。」❷如琢如磨二句　「如琢如磨」出自《詩・衛風・淇奧》，比喻君子修養品德，日臻完美。郭注：「玉石之被雕磨，猶人自修飾。」琢，雕刻玉器。磨，磨製寶石。❸瑟兮僩兮二句　「瑟兮僩兮」出自《詩・衛風・淇奧》，是說嚴肅恭謹的風度。瑟，矜持莊嚴的樣子。僩，胸襟開闊的樣子。毛傳：「瑟，矜莊貌。僩，寬大也。」孔疏：「瑟，矜莊，是外貌莊嚴也。僩，寬大，是內心寬裕。」恂慄，嚴肅恭謹的樣子。《禮記・大學》：「瑟兮僩兮者，恂慄也。」鄭注：「恂字或作峻，讀如嚴峻之峻，言其容貌嚴栗也。」❹赫兮烜兮二句　「赫兮烜兮」出自《詩・衛風・淇奧》，是說威嚴的儀容舉止。赫，光明的樣子。烜，本作「咺」。盛大顯著的樣子。毛傳：「赫，有明德赫赫然。咺，威儀容止宣著也。」❺斐　有文采的樣子。郭注：「斐，文貌。」

【語　譯】「如切如磋」即像把牛骨、象牙精細加工製成寶器一樣，說的是商討學問，精益求精的事。「如琢如磨」即像把美玉、寶石精細加工製成寶物一樣，比喻君子修養品德，日臻完美。「瑟兮僩兮」即矜持莊嚴，胸襟開闊，說的是嚴肅恭謹的風度。「赫兮烜兮」即明德顯赫，威儀宣著，說的是威嚴的儀容舉止。「有斐君子，終不可諼兮」即文采風流的君子，永遠不會讓人忘懷，說的是道德盡善盡美，民眾不能忘懷。

三·〇八九 「既微且尰❶」。骭瘍為微，腫足為尰。

【注釋】❶既微且尰　出自《詩·小雅·巧言》，曰：「既微且尰，爾勇伊何？」毛傳：「骭瘍為微，腫足為尰。」鄭箋：「此人居下濕之地，故生微、尰之疾。」尰，指足部水腫。骭瘍，脛瘡。郭注：「骭，腳脛；瘍，瘡。」

【語譯】「既微且尰」，腳脛生瘡稱作「微」，足部水腫稱作「尰」。

三·〇九〇 「是刈是濩❶」。濩，煮之也。

【注釋】❶是刈是濩　出自《詩·周南·葛覃》，曰：「葛之覃兮，施于中谷，維葉莫莫，是刈是濩。」毛傳：「濩，煮之也。」刈，割取。孔疏：「葛既成就，已可採用，后妃於是刈取之。」

【語譯】「是刈是濩」中的「濩」是煮的意思。

三·〇九一 「履帝武敏❶」。武，迹也。敏，拇也。

【注釋】❶履帝武敏　出自《詩·大雅·生民》，曰：「履帝武敏歆，攸介攸止。」履，踐踏。帝，天帝。武，足跡。敏，通「拇」。足大指名。鄭箋：「帝，上帝也。敏，拇也。」傳說中周始祖后稷之母姜嫄踩到大神足跡的拇指上，時心有所動，故懷孕生后稷。

【語　譯】「履帝武敏」中的「武」是足跡的意思，「敏（拇）」是指腳大拇指名。

三·〇九二　「張仲孝友❶」，善父母為孝，善兄弟為友。

【注　釋】❶張仲孝友　出自《詩·小雅·六月》，曰：「侯誰在矣？張仲孝友。」毛傳：「張仲，賢臣也。善父母為孝，善兄弟為友。」郝疏：「《詩·六月》正義引李巡云：『張，姓。仲，字。其人孝，故稱孝友。』」

【語　譯】「張仲孝友」，好好對待父母就是孝，好好對待兄弟就是友。

三·〇九三　「有客宿宿」，言再宿也。「有客信信」，言四宿也❶。

【注　釋】❶有客宿宿四句　「有客宿宿」、「有客信信」都出自《詩·周頌·有客》，曰：「有客宿宿，有客信信。」宿宿，謂連住兩夜。信信，謂連宿四夜。毛傳：「一宿曰宿，再宿曰信。」郭注：「再宿為信，重言之，故知四宿。」

【語　譯】「有客宿宿」，是說連續住了兩夜。「有客信信」，是說連續住了四夜。

三·〇九四　美女為媛❶。

【注　釋】❶媛　美女。《詩·鄘風·君子偕老》：「展如之人兮，邦之媛也！」朱熹集傳：「美女曰媛。」

【語譯】美女稱作媛。

三·〇九五 美士為彥❶。

【注釋】❶彥 賢士。《詩·鄭風·羔裘》：「彼其之子，邦之彥兮。」毛傳：「彥，士之美稱。」

【語譯】賢士稱作彥。

三·〇九六 「其虛其徐❶」，威儀容止也。

【注釋】❶其虛其徐 出自《詩·邶風·北風》，「徐」作「邪」，曰：「其虛其邪？既亟只且！」虛邪即舒徐。從容溫雅的樣子。鄭箋：「邪讀如徐。」邢疏：「虛徐者，謙虛閑徐之義。」

【語譯】「其虛其徐」，就是說儀容舉止威嚴恭謹。

三·〇九七 「猗嗟名兮❶」，目上為名。

【注釋】❶猗嗟名兮 出自《詩·齊風·猗嗟》，曰：「猗嗟名兮，美目清兮。」名，形容眉宇開展。毛傳：「猗嗟，歎辭。目上為名。」孔疏引孫炎云：「目上平博。」

【語譯】「猗嗟名兮」中的「名」是形容眉宇開展。

三·〇九八　「式微式微❶」者，微乎微者也。

【注　釋】❶式微式微　出自《詩·邶風·式微》，曰：「式微式微！胡不歸？」式，發語辭。式微，衰微；衰敗。鄭箋：『式微式微』者，微乎微者也。……式，發聲也。」朱熹集傳：「式，發語辭。微，猶衰也。」

【語　譯】「式微式微」，是說由盛變衰其間的變化非常微小。

三·〇九九　之❶子者，是子也。

【注　釋】❶之　指示代詞。此；這個。《詩·周南·漢廣》：「之子于歸，言秣其馬。」鄭箋：「之子，是子也。」

【語　譯】之子，就是這個人的意思。

三·一〇〇　「徒御不驚❶」，輦❷者也。

【注　釋】❶徒御不驚　出自《詩·小雅·車攻》，曰：「徒御不驚？大庖不盈？」徒，挽車者。御，駕車者。毛傳：「徒，輦也。御，御馬也。」不，助詞，無義。用以足句或加強語氣。毛傳：「不驚，驚也；不盈，盈也。」驚，通「警」。警戒。孔疏：「言以相警戒也。」❷輦　人拉的車。《周禮·地官·鄉師》：「大軍旅，會同，正治其徒役，與其輂輦。」鄭注：「輦，人輓行，所以載任器也，止以為蕃營。」

【語　譯】「徒御不驚」是挽車者與駕車者相警戒的意思，是指車夫而言。

三·一〇一　襢裼❶，肉袒也。

【注　釋】❶襢裼　脫衣露體；赤膊。郭注：「脫衣而見體。」《詩·鄭風·大叔于田》：「襢裼暴虎，獻于公所。」毛傳：「襢裼，肉袒也。」

【語　譯】襢裼，有脫衣露體的意思。

三·一〇二　暴虎，徒搏也。馮河，徒涉也❶。

【注　釋】❶暴虎四句　《詩·小雅·小旻》：「不敢暴虎，不敢馮河。」毛傳：「徒涉曰馮河。徒搏曰暴虎。」暴虎，空手搏虎。郭注：「空手執也。」馮，徒涉；蹚水。《呂氏春秋·安死》引此詩高誘注：「無兵搏虎曰暴，無舟渡河曰馮。」

【語　譯】暴虎，就是空手不拿武器搏虎。馮河，就是徒步涉水渡河。

三·一〇三　籧篨❶，口柔❷也。

【注　釋】❶籧篨　有醜疾不能俯身的人，比喻諂佞之徒。《詩·邶風·新臺》：「燕婉之求，籧篨不鮮。」毛傳：「籧篨，不能俯者。」鄭箋：「籧篨，口柔，常觀人顏色而為之辭，故不能俯也。」郭注：「籧篨之疾，不能俯，口柔之人，視人顏色，常亦不伏，因以名云。」❷口柔　以言語媚人；奉承。邢疏引李巡曰：「籧篨，巧言好辭，以口饒人，是謂『口柔』。」

【語　譯】籧篨，比喻花言巧語、諂佞之徒。

三・一〇四　戚施❶，面柔❷也。

【注　釋】❶戚施　本為蟾蜍的別名，喻指駝背。以蟾蜍四足據地，無頸。不能仰視，故喻。又用以比喻諂諛獻媚的人。《詩・邶風・新臺》：「燕婉之求，得此戚施。」毛傳：「戚施，不能仰者。」郭注：「戚施之疾，不能仰。面柔之人常俯，似之，亦以名云。」❷面柔　指奴顏獻媚之人。邢疏：「面柔者，必低首下人，媚以容色，似戚施之人，因名面柔者為『戚施』。」

【語　譯】戚施，比喻諂諛獻媚之徒。

三・一〇五　夸毗❶，體柔❷也。

【注　釋】❶夸毗　以諂諛、卑屈取媚於人。《詩・大雅・板》：「天之方懠，無為夸毗。」朱熹集傳：「夸，大；毗，附也。小人之於人，不以大言夸之，則以諛言毗之也。」❷體柔　郭注：「屈己卑身以柔順人也。」

【語　譯】夸毗，是指諂諛、卑屈取媚於人。

三・一〇六　婆娑❶，舞也。

【注　釋】❶婆娑　舞貌。《詩・陳風・東門之枌》：「子仲之子，婆娑其下。」朱熹集傳：「婆娑，舞也。」

【語譯】婆娑，就是輕舞的樣子。

三·一〇七 擗❶，拊❷心也。

【注釋】❶擗 撫心；捶胸。通作「辟」。《玉篇·手部》：「擗，拊心也。《詩》曰：『寤擗有摽。』」按：今《詩·邶風·柏舟》作：「靜言思之，寤辟有摽。」毛傳：「辟，拊心也。」高亨《詩經今注》：「辟，讀為『擗』。」《孝經·喪親》：「擗踴哭泣，哀以送之。」❷拊 拍；擊。《左傳·襄公二十五年》：「公拊楹而歌。」杜注：「拊，拍也。」

【語譯】擗，就是拍胸的意思。

三·一〇八 矜❶、憐，撫掩❷之也。

【注釋】❶矜 憐憫；同情。《書·泰誓上》：「天矜於民。」孔傳：「矜，憐也。」❷撫掩 安慰體恤。郭注：「撫掩猶撫拍，謂慰恤也。」

【語譯】矜、憐，都有安撫體恤的意思。

三·一〇九 緎❶，羔裘之縫也。

【注釋】❶緎 羔裘的接縫。邢疏：「孫炎云：『緎之為界域。』然則縫合羔羊皮為裘，縫即裘之界域，因名裘縫為緎。故郭云：『縫飾羔皮之名。』」《詩・召南・羔羊》：「羔羊之革，素絲五緎。」毛傳：「緎，縫也。」

【語　譯】緎，就是指羔裘的接縫。

三・一一〇　殿屎❶，呻也。

【注　釋】❶殿屎　愁苦呻吟。郭注：「呻吟之聲。」《詩・大雅・板》：「民之方殿屎，則莫我敢葵。」毛傳：「殿屎，呻吟也。」馬瑞辰通釋：「《說文》引《詩》作『唸吚』者，正字，《詩》及《爾雅》作『殿屎』者，叚借字也。」

【語　譯】殿屎（唸吚），就是呻吟的意思。

三・一一一　幬❶，謂之帳。

【注　釋】❶幬　床帳。郭注：「今江東亦謂帳為幬。」《淮南子・道應》：「於是市偷進請曰：『臣有薄技，願為君行之。』子發曰：『諾。』不問其亂而遣之，偷則夜解齊將軍之幬帳而獻之。」

【語　譯】幬，就是床帳的意思。

三・一一二　侜張❶，誑也。

【注　釋】❶侜張　欺誑。或作「譸張」。郭注：「《書》曰：『無或侜張為幻。』幻惑欺誑人者。」按：今《書・

無逸》作：「民無或譸張為幻。」孔傳：「譸張，誑也。」漢仲長統《昌言》：「於是淫厲亂神之禮興焉，侜張變怪之言起焉。」

【語譯】侜張，就是欺詐的意思。

三·一一三　**誰昔❶，昔也。**

【注釋】❶誰昔　疇昔；從前。誰，發語詞。《詩·陳風·墓門》：「知而不已，誰昔然矣。」孔疏引郭曰：「誰，發語辭。」朱熹集傳：「誰昔，昔也，猶言疇昔也。」

【語譯】誰昔，就是從前、過去的意思。

三·一一四　**不辰❶，不時也。**

【注釋】❶不辰　不得其時。郭注：「辰亦時也。」《詩·大雅·桑柔》：「我生不辰，逢天僤怒。」

【語譯】不辰，就是生不逢時的意思。

三·一一五　**凡曲者為罶❶。**

【注釋】❶罶　捕魚的竹簍。《詩·小雅·魚麗》：「魚麗于罶，鱨鯊。」毛傳：「罶，曲梁也，寡婦之笱也。」詳參六·〇〇四條。

【語譯】凡是以彎曲的竹篾製成的捕魚竹簍就稱作罶。

三・一一六　鬼之為言歸也。

【語譯】所謂鬼就是人所歸的意思。

釋親第四

【題　解】本篇解釋古代社會的親屬稱謂語詞，共分為宗族、母黨、妻黨、婚姻四類。宗族類所釋為父系親屬稱謂名稱；母黨類所釋為母系親屬稱謂名稱；妻黨類所釋主要為男子對妻族親屬的稱謂名稱，還包括其他與之相關的親屬關係稱謂名稱；婚姻類所釋為由婚姻關係結成的親戚稱謂名稱。解釋的方法大抵是通過理順親屬關係明確所釋親屬稱謂語詞的所指，也有以通俗稱謂語詞直接為釋的。解釋的形式基本上是釋語詞在前，被釋語詞在後。

四·○○一　父為考❶，母為妣❷。

【注　釋】❶考　父親。古代生父、亡父都稱考。《易·蠱》：「幹父之蠱，意承考也。」孔疏：「對文，父沒稱考；若散而言之，生亦稱考。」《書·康誥》：「大傷厥考心。」孔傳：「大傷其父心，是不孝。」後專稱已死的父親。❷妣　母親。古代生母、亡母都稱妣。《倉頡篇》：「考妣延年。」《禮記·曲禮下》：「生曰父，曰母，曰妻；死曰考，曰妣，曰嬪。」後專稱已死的母親。《書·舜典》：「百姓如喪考妣。」孔傳：「考妣，父母，後稱死去的父母為考妣。」

【語　譯】父親稱作考，母親稱作妣。

四·〇〇二

父之考為王❶父，父之妣為王母。王父之考為曾❷祖王父，王父之妣為曾祖王母。曾祖王父之考為高祖王父❸，曾祖王父之妣為高祖王母。

【注　釋】❶王　這裡是指古人對祖父母輩的尊稱。郝疏：「祖父母而曰王者，王，大也，君也，尊上之稱。」下同。❷曾　重。指中間隔兩代的親屬。郭注：「曾，猶重也。」下同。❸高祖王父　曾祖的父親，也稱高祖。郭注：「高者，言最在上。」《禮記·喪服小記》：「繼禰者為小宗。有五世而遷之宗，其繼高祖者也。」鄭注：「小宗有四：或繼高祖，或繼曾祖，或繼祖，或繼禰，皆至五世則遷。」

【語　譯】父親的父親稱作王父，父親的母親稱作王母。祖父的父親稱作曾祖王父，祖父的母親稱作曾祖王母。曾祖父的父親稱作高祖王父，曾祖父的母親稱作高祖王母。

四·〇〇三

父之世父❶、叔父❷為從❸祖祖父，父之世母❹、叔母為從祖祖母。

【注　釋】❶世父　大伯父。後用作伯父的通稱。《儀禮·喪服》：「世父叔父何以期也？與尊者一體也。」按：「期」為喪服名。「尊者」指父親。❷叔父　通稱父親的弟弟。《孟子·告子上》：「敬叔父乎？敬弟乎？」❸從　甲骨文字形象二人相從形，本義為隨行、跟隨。引申有次義，故同一宗族次於至親者稱從，如從祖父、從伯、從叔等。《儀禮·喪服》：「〔小功〕報從祖父從祖昆弟之長殤。」下同。❹世母　伯母。《周書·王慶傳》：「以齊人許送皇姑及世母，朝廷遂與通知。」

【語　譯】父親的伯父、叔父都稱作從祖祖父，父親的伯母、叔母都稱作從祖祖母。

四·〇〇四　父之晜❶弟，先生為世父，後生為叔父。

【注　釋】❶晜　兄。亦作「昆」。《詩·王風·葛藟》：「終遠兄弟，謂他人昆。」毛傳：「昆，兄也。」

【語　譯】父親的兄弟，先出生的稱作伯父，後出生的稱作叔父。

四·〇〇五　男子先生為兄，後生為弟。男子謂女子先生為姊❶，後生為妹。父之姊妹為姑❷。

【注　釋】❶姊　姐姐。郝疏：「女子亦謂女子先生為姊，《爾雅》略舉一邊耳。」《詩·邶風·泉水》：「女子有行，遠父母兄弟。問我諸姑，遂及伯姊。」毛傳：「先生曰姊。」《左傳·宣公十五年》：「潞子，嬰兒之夫人，晉景公之姊也。」❷姑　父親的姐妹。《詩·邶風·泉水》：「問我諸姑，遂及伯姊。」毛傳：「父之姊妹稱姑。」

【語　譯】男子先出生的稱作兄，後出生的稱作弟。男子稱比自己先出生的女子為姐，比自己後出生的為妹。稱父親的姐妹為姑。

四·〇〇六　父之從父晜弟❶為從祖父❷，父之從祖晜弟❸為族父。

【注釋】❶從父晜弟　伯叔父之子，即堂兄弟。《儀禮・喪服》：「從父昆弟。」鄭注：「世父叔父之子也。」❷從祖父　父親的同祖父的堂兄弟。郝疏：「云父之從父晜弟者，是即父之世父、叔父之子也，當為從父。而言從祖父者，言從祖而別也。」《儀禮・喪服》：「〔小功〕報從祖父從祖昆弟之長殤。」❸從祖晜弟　同曾祖父的堂兄弟。亦作「從祖昆弟」。《儀禮・喪服》：「〔小功〕從祖昆弟。」鄭注：「父之從父昆弟之子。」郝疏：「同出曾祖，故言從祖昆弟。」

【語譯】父親的同祖父的堂兄弟稱作從祖父，父親的同曾祖父的堂兄弟稱作族父。

四・〇〇七　族父之子相謂為族晜弟❶。族晜弟之子相謂為親同姓。兄之子、弟之子相謂為從父晜弟。

【注釋】❶族晜弟　即同高祖父的堂兄弟。亦作「族昆弟」。《儀禮・喪服》：「緦麻三月者……族昆弟。」胡培翬《儀禮正義》：「族昆弟者，高祖之玄孫，己之三從昆弟也。」

【語譯】族父的兒子們相互稱作族兄弟。族兄弟的兒子們相互稱作親同姓。兄的兒子、弟的兒子相互間稱作從父兄弟。

四・〇〇八　子之子為孫。孫之子為曾孫。曾孫之子為玄孫❶。玄孫之子為來孫❷。來孫之子為晜孫❸。晜孫之子為仍孫❹。仍孫之子為雲孫❺。

【注　釋】❶玄孫　自身以下的第五代。郭注：「玄者，言親屬微昧也。」❷來孫　從自身算起的第六代孫。後亦泛指遠孫。郭注：「言有往來之親。」《釋名・釋親屬》：「玄孫之子曰來孫。此在無服之外，其意疎〔疏〕遠，呼之乃來也。」❸晜孫　從自身算起的第七代孫。郭注：「晜，後也。《汲冢竹書》曰：『不窋之晜孫。』」郝疏：「晜孫亦遠孫之通稱。」❹仍孫　從自身算起的第八代孫。《釋名・釋親屬》：「昆孫之子曰仍孫。以禮仍有之耳，恩意實遠也。」❺雲孫　從本身算起的第九代孫。亦泛指遠孫。郭注：「言輕遠如浮雲。」《釋名・釋親屬》：「仍孫之子曰雲孫。言去已遠，如浮雲也。」

【語　譯】兒子的兒子稱作孫。孫子的兒子稱作曾孫。曾孫的兒子稱作玄孫。玄孫的兒子稱作來孫。來孫的兒子稱作晜孫。晜孫的兒子稱作仍孫。仍孫的兒子稱作雲孫。

四・〇〇九　王父之姊妹為王姑。曾祖王父之姊妹為曾祖王姑。高祖王父之姊妹為高祖王姑。父之從父姊妹❶為從祖姑。父之從祖姊妹❷為族祖姑。

【注　釋】❶從父姊妹　伯叔父之女。即堂姐妹。《儀禮・喪服》：「〔小功〕從父姊妹。」鄭注：「父之昆弟之女。」❷從祖姊妹　同曾祖父的堂姐妹。

【語　譯】祖父的姐妹稱作王姑。曾祖父的姐妹稱作曾祖王姑。高祖父的姐妹稱作高祖王姑。父親的同祖父的堂姐妹稱作從祖姑。父親的同曾祖父的堂姐妹稱作族祖姑。

四・〇一〇　父之從父晜弟之母為從祖王母❶。父之從祖晜弟之母為族祖王母。父之兄妻為世母，父之弟妻為叔母。父之從父晜弟之妻為從祖母❷。父之從祖晜弟之妻為族祖母❸。

【注釋】❶從祖王母　也叫從祖祖母，指祖父兄弟的妻子。即伯祖母或叔祖母。❷從祖母　父親的堂兄弟之妻。即堂伯母或堂叔母。❸族祖母　即族母，參見四・〇〇六條注釋。有學者以「族祖母」之「祖」字為衍字。黃侃《手批爾雅義疏》：「……前文但云『族父』（按：見四・〇〇六條）者，明稱『族』與稱『族祖』同也。由是推之，『族昆弟』亦可稱『族祖昆弟』。」「鄭珍說，『族祖母』祖字衍，緣『從祖母』祖字而衍也。說亦非。」今依黃說。

【語譯】父親的同祖父堂兄弟的母親稱作從祖王母。父親的同曾祖父堂兄弟的母親稱作族祖王母。父親的兄長的妻子稱作世母，父親的弟弟的妻子稱作叔母。父親的同祖父堂兄弟的妻子稱作從祖母。父親的同曾祖父堂兄弟的妻子稱作族祖母。

四・〇一二

父之從祖祖父為族曾王父❶，父之從祖祖母為族曾王母❷。

【注釋】❶族曾王父　即己之從曾祖父。郝疏：「族曾王父母即己之從曾祖父母。」❷族曾王母　即己之從曾祖母。

【語譯】父親的從祖祖父稱作族曾王父，父親的從祖祖母稱作族曾王母。

四·〇一二　父之妾❶為庶母❷。

【注釋】❶妾　古代男子在妻以外娶的女子。《易·鼎》：「得妾以其子，無咎。」孔疏：「妾者側媵，非正室也。」❷庶母　與「嫡母」相對，指父親的妾。《儀禮·士昏禮》：「庶母及門內施鞶，申之以父母之命。」鄭注：「庶母，父之妾也。」古代男子的妻子只能有一個，但妾可以有多個。故郝疏云：「庶母，猶言諸母也。」

【語譯】父親的妾稱作庶母。

四·〇一三　祖，王父也❶。

【注釋】❶祖二句　黃侃《手批爾雅義疏》：「上文有曾祖、高祖，而祖但稱王父，故此補釋之。」

【語譯】祖父就是王父。

四·〇一四　晜，兄也❶。

【注釋】❶晜二句　黃侃《手批爾雅義疏》：「晜、兄通言不別，對言有分。此通言也。」

【語譯】晜就是兄。

宗族❶。

【注　釋】❶宗族　是對以上十四條的歸類。說明它們解釋的是父系親屬稱謂語詞。

【語　譯】宗族是父系親屬稱謂的歸類。

四·〇一五　**母之考為外王父，母之妣為外王母❶。母之王考❷為外曾王父，母之王妣為外曾王母。**

【注　釋】❶母之考為外王父二句　外王父、外王母，即外祖父、外祖母。稱「外」者，「異姓故言外」（郭注語），「以別于父族也」（郝疏語）。❷王考　對已故祖父的敬稱。《禮記·祭法》：「是故王立七廟，一壇一墠，曰考廟，曰王考廟，曰皇考廟，曰顯考廟，曰祖考廟。」孔疏：「曰王考廟者，祖廟也。王，君也。君考者，言祖有君成之德也。祖尊于父，故加君名也。」

【語　譯】母親的父親稱作外王父，母親的母親稱作外王母。母親的祖父稱作外曾王父，母親的祖母稱作外曾王母。

四·〇一六　**母之晜弟為舅❶，母之從父晜弟為從舅❷。**

【注　釋】❶舅　即母之兄或弟。《儀禮·喪服》：「舅，傳曰：何以緦？從服也。」鄭注：「〔舅，〕母之昆弟。」❷從舅　母親的叔伯兄弟。

【語　譯】母親的兄弟稱作舅，母親的同祖父堂兄弟稱作從舅。

四·○一七 母之姊妹為從母❶。從母之男子為從母晜弟❷，其女子子❸為從母姊妹❹。

【注釋】❶從母　即姨母，指母親的姐妹。《儀禮・喪服》：「從母丈夫婦人報。」鄭注：「從母，母之姊妹。」❷從母晜弟　母之姐妹之子，即姨表兄弟。亦作「從母昆弟」。《儀禮・喪服》：「〔緦麻〕從母昆弟。」❸女子子　即女兒。《儀禮・喪服》：「女子子在室為父。」鄭注：「女子子者，女子也，別於男子也。」賈公彥疏：「男子、女子各單稱子，是對父母生稱，今於女子別加一字，故雙言二子，以別於男一子者云。」❹從母姊妹　母親的姐妹的女兒。即姨表姐妹。

【語譯】母親的姐妹稱作從母。母親姐妹的兒子稱作從母兄弟，母親姐妹的女兒稱作從母姐妹。

母黨❶。

【注釋】❶母黨　是對以上三條的歸類。說明它們解釋的是母系親屬稱謂語詞。

【語譯】母黨是母系親屬稱謂的歸類。

四·○一八 妻之父為外舅，妻之母為外姑❶。

【注釋】❶妻之父為外舅二句　外舅即岳父，外姑指岳母。《釋名・釋親屬》：「妻之父曰外舅，母曰外姑。言妻從外來，謂至己家為歸，故反以此義稱之。」

【語　譯】妻子的父親稱作外舅，妻子的母親稱作外姑。

四·〇一九　姑之子為甥❶，舅之子為甥，妻之晜弟為甥，姊妹之夫為甥。

【注　釋】❶甥　本指姐妹的子女。《釋名·釋親屬》：「舅謂姊妹之子曰甥。甥亦生也。出配他男而生，故其制字男旁作生也。」古代姑姑的兒子、舅舅的兒子、妻子的兄弟、姐妹的丈夫都稱作「甥」。這與現代有很大不同，用現代的稱呼，姑姑的兒子、舅舅的兒子相互叫「表兄弟」，妻子的兄弟叫「內兄」或「內弟」，姐妹的丈夫叫「姐夫」或「妹夫」。郭沫若《甲骨文字研究·釋祖妣》認為這是亞血族群婚制的遺跡。亞血族群婚制的特點是：「由異姓之兄弟群與姊妹群互為婚姻，即兄弟共多妻，姊妹共多夫。」「在亞血族群婚制下……蓋姑舅乃互為夫婦者，姑舅之子，即妻之昆弟；妻之昆弟，亦即姊妹之夫，故終於一名。」此經郭注亦云：「四人體敵，故更相為甥。甥猶生也，今人相呼蓋依此。」按：妻子的兄弟古又稱作「舅」。《戰國策·楚策四》：「李園不治國，王之舅也。」李園妹為楚考烈王后。

【語　譯】姑姑的兒子稱作甥，舅舅的兒子稱作甥，妻子的兄弟稱作甥，姐妹的丈夫稱作甥。

四·〇二〇　妻之姊妹，同出❶為姨❷。女子謂姊妹之夫為私❸。

【注　釋】❶同出　俱已出嫁。郭注：「同出，謂俱已嫁。」一說為隨同出嫁。❷姨　妻的姐妹。《左傳·莊公十年》：「息媯將歸，過蔡。蔡侯曰：『吾姨也。』」杜預注：「妻之姊妹曰姨。」孔疏引孫炎曰：「同出，俱已嫁也。私，無正親之言。」❸私　古時稱姐妹之夫。《詩·衛風·碩人》：「東宮之妹，邢侯之姨，譚公維私。」毛傳：「妻之姊妹曰姨。姊妹之夫曰私。」《釋名》：「姊妹互相謂夫曰私，言于其夫兄弟之中，此人與己姊妹有恩私也。」

【語譯】妻子的姐妹已出嫁的稱作姨。女子稱姐妹的丈夫作私。

四·〇二二　男子謂姊妹之子為出❶。女子謂晜弟之子為姪❷，謂出之子為離孫❸，謂姪之子為歸孫❹，女子子之子為外孫❺。

【注釋】❶出　姐妹出嫁所生，指外甥。《釋名·釋親屬》：「姊妹之子曰出。出嫁於異姓而生之也。」《左傳·莊公二十二年》：「陳厲公，蔡出也。」杜注：「姊妹之子曰出。」孔疏：「言姊妹出嫁而生子也。」❷姪　女子稱兄弟的兒子為姪。字亦作「侄」。《儀禮·喪服》：「侄者何也？謂我姑者，我謂之侄。」《左傳·僖公十五年》：「侄從其姑。」晉以後男子始稱兄弟之子為姪。北齊顏之推《顏氏家訓·風操》：「兄弟之子已孤……北土人多呼為侄。按《爾雅》、《喪服經》、《左傳》，侄名雖通男女，並是對姑之稱，晉世以來始呼叔侄。」❸離孫　男子稱姐妹的兒子的兒子為離孫。郝疏：「離，猶遠也。」《釋名·釋親屬》：「出之子曰離孫，言遠離己也。」❹歸孫　女子稱姪子的兒子為「歸孫」。郭沫若《中國史稿》第一編第二章第一節：「『侄』是『至』的意思。侄之子又生於本氏族，所以就叫做『歸孫』。」❺外孫　女兒的兒子。《儀禮·喪服》：「外孫。」鄭注：「女子子之子。」賈公彥疏：「外孫者，以女出外適而生，故云外孫。」

【語譯】男子稱姐妹的兒子作出。女子稱兄弟的兒子作姪，稱出的兒子作離孫，稱姪的兒子作歸孫，女兒的兒子稱作外孫。

四·〇二二 女子同出，謂先生為姒，後生為娣❶。

【注 釋】❶女子同出三句 姒、娣，古代同夫諸妾稱長者曰姒，幼者曰娣。郭注：「同出，謂俱嫁事一夫。」郝疏：「即眾妾相謂之詞，不關嫡夫人在內。其嫡夫人則禮稱女君。」

【語 譯】女子同嫁一個丈夫，年長的女子稱作姒，年幼的女子稱作娣。

四·〇二三 女子謂兄之妻為嫂❶，弟之妻為婦❷。

【注 釋】❶嫂 兄之妻。有敬義。《釋名·釋親屬》：「嫂，叟也。叟，老者稱也。」❷婦 本指已婚女子。《爾雅》此稱有卑下義。《說文》：「婦，服也。从女持帚灑掃也。」郝疏：「婦為卑服之稱，嫂是尊老之號。」按：古代男子稱兄弟之妻稱號同此。《爾雅》僅舉女子者，「從其類也」（郝疏語）。

【語 譯】女子稱兄長的妻子作嫂，稱弟弟的妻子作婦。

四·〇二四 長婦謂稚婦為娣婦，娣婦謂長婦為姒婦❶。

【注 釋】❶長婦謂稚婦為娣婦二句 長、稚對言，長婦指哥哥的妻子，稚婦指弟弟的妻子。郝疏：「稚者，幼禾也。稚婦名以此。」娣婦、姒婦，郭注：「今相呼先後，或云妯娌。」黃侃《手批爾雅義疏》：「姒音變作娌，娣音變作妯。……娣姒之名以別長幼，故〈喪服傳〉云『弟長也』。」

【語 譯】兄長的妻子稱弟弟的妻子作娣婦，弟弟的妻子稱兄長的妻子作姒婦。

妻黨❶。

【注　釋】❶妻黨　是對以上七條的歸類。說明它們解釋的是妻族親屬稱謂語詞，包括男子對妻族親屬的稱謂語詞，還包括其他與之相關的親屬稱謂語詞。

【語　譯】妻黨是妻族親屬稱謂的歸類。

四·〇二五　婦稱夫之父曰舅，稱夫之母曰姑。姑舅在，則曰君舅、君姑❶；沒❷，則曰先舅、先姑。謂夫之庶母❸為少姑。

【注　釋】❶君舅君姑　也叫威舅、威姑、皇舅、皇姑。郝疏：「君舅、君姑者，《說文》引《漢律》曰：『婦告威姑』。按：古讀君如威，威姑即君姑也。〈士昏禮〉云：『敢奠嘉菜于皇舅某子，敢告于皇姑某氏。』鄭注：『皇，君也。』然則君謂之皇者，君、皇同訓。」❷沒　死。《易·繫辭下》：「包犧氏沒，神農氏作。」❸庶母　參見四·〇一二條注釋。

【語　譯】婦女稱自己丈夫的父親作舅，稱自己丈夫的母親作姑。姑舅如果健在，就稱作君舅、君姑；如果去世了，就稱作先舅、先姑。稱自己丈夫的庶母作少姑。

四·〇二六　夫之兄為兄公❶，夫之弟為叔❷，夫之姊為女公❸，夫之女弟為女妹❹。

【注　釋】❶兄公　丈夫之兄。《釋名·釋親屬》：「夫之兄曰公。公，君也。君，尊稱也。」郝疏：「俗間曰兄章。章，灼也。章灼敬奉之也。」一說「兄公」之兄為衍字。❷叔 稱丈夫的弟弟。《禮記·雜記下》：「嫂不撫叔，叔不撫嫂。」❸女公 丈夫的姐姐。亦作「女妐」。❹女妹 丈夫的姐妹。亦作「女叔」。《禮記·昏義》「和於室人」鄭注：「室人，塒女妐、女叔、諸婦也。」孔疏：「女妐謂壻之姊也，女叔謂壻之妹。」

【語　譯】丈夫的哥哥稱作兄公，丈夫的弟弟稱作叔，丈夫的姐姐稱作女公，丈夫的妹妹稱作女妹。

四·〇二七　子之妻為婦。長婦為嫡婦❶，眾婦為庶婦❷。

【注　釋】❶嫡婦　嫡長子之妻。亦作「適婦」。❷庶婦　指嫡子的眾妾。也指庶子的妻妾。《儀禮·士昏禮》：「庶婦則使人醮之。」鄭注：「庶婦，庶子之婦也。……適婦酌之以醴，尊之。庶婦酌之以酒，卑之。」

【語　譯】兒子的妻子稱作婦。正妻稱作嫡婦，眾妾稱作庶婦。

四·〇二八　女子子之夫為壻❶。

【注　釋】❶壻　女婿；女兒的丈夫。字亦作「聟」、「婿」。《禮記·昏義》：「壻執鴈入，揖讓升堂，再拜奠鴈，蓋親受之于父母也。」陸德明釋文：「壻，或又作聟，悉計反，女之夫也。」

【語　譯】女兒的丈夫稱作婿。

四·〇二九　壻之父為姻❶，婦之父為婚❷。

【注　釋】❶姻　結親的男家，指夫或夫之父。《說文》：「姻：壻家也。女之所因，故曰姻。从女从因，因亦聲。」《詩・小雅・我行其野》：「不思舊姻，求爾新特。」鄭箋：「壻之父曰姻。」陳奐《詩毛氏傳疏》引《白虎通・嫁娶》：「姻者，婦人因夫而成，故曰姻。《詩》云『不惟舊姻』，謂夫也。」後泛指由婚姻而結成的親戚。❷婚　本義指妻之家。字從昏聲得義，因為古時婚嫁為黃昏迎親。《說文》：「婚，婦家也。禮，娶婦以昏時。婦人陰也，故曰婚。从女，从昏，昏亦聲。」也用作動詞，指男女結為夫婦。《國語・晉語四》：「同姓不婚，惡不殖也。」又可專指妻之父。《釋名・釋親屬》：「婦之父曰婚。言壻親迎用昏，又恆以昏夜成禮也。」《荀子・富國》：「婚姻娉內，送逆無禮。」楊倞注：「婦之父為婚，壻之父曰姻。」

【語　譯】女婿的父親稱作姻，媳婦的父親稱作婚。

四・〇三〇　父之黨❶為宗族，母與妻之黨為兄弟❷。

【注　釋】❶黨　指親族。《禮記・雜記下》：「有服，人召食之，不往。大功以下，既葬適人，人食之，其黨也食之，非其黨弗食也。」鄭注：「黨，猶親也。」❷兄弟　指對姻親之間同輩男子的稱呼。《周禮・地官・大司徒》：「三曰聯兄弟。」鄭注：「兄弟，昏姻嫁娶也。」孫詒讓《周禮正義》：「謂異姓兄弟也。」《禮記・曾子問》：「如壻之父母死，則女之家亦使人弔……壻已葬，壻之伯父致命女氏曰：『某之子有父母之喪，不得嗣為兄弟，使某致命。』女氏許諾而弗敢嫁，禮也。」

【語　譯】父親的親族稱作宗族，母親與妻子的親族稱作兄弟。

四・〇三一　婦之父母，壻之父母，相謂為婚姻❶。兩壻相謂為亞❷。

【注釋】❶婚姻　「婚」、「姻」本為二詞，「婚」指妻之家，「姻」指結親的男家。參見四・〇二九條。指夫或夫之父。後成為合成詞，指親家，有婚姻關係的親戚。《史記・項羽本紀》：「沛公奉卮酒為壽，約為婚姻。」❷亞　姐妹丈夫的互稱，俗稱連襟。後作「婭」。邢疏：「劉熙《釋名》云：『兩壻相謂為亞』者，言每一人取姊，一人取妹，相亞次也。」

【語譯】媳婦的父母與女婿的父母之間相互稱作婚姻。同岳父母的女婿之間相互稱作亞。

四・〇三二　婦之黨為婚兄弟，壻之黨為姻兄弟❶。

【注釋】❶婦之黨為婚兄弟二句　郝疏：「此中言婚姻之黨皆為兄弟也。」後「姻兄弟」泛稱姻親中的同輩弟兄。

【語譯】媳婦的親族稱作婚兄弟，女婿的親族稱作姻兄弟。

四・〇三三　嬪❶，婦❷也。

【注釋】❶嬪　已死妻子的美稱。《禮記・曲禮下》：「生曰父、曰母、曰妻，死曰考、曰妣、曰嬪。」鄭注：「嬪，婦人有法度者之稱也。」❷婦　這裡指妻子。黃侃《手批爾雅義疏》：「此『婦』蒙上『婦之黨』而言，專指『夫婦』之婦。」

【語譯】嬪，是故去妻子的意思。

四・〇三四　謂我舅者，吾謂之甥也❶。

釋宮第五

【題　解】本篇共釋涉及宮室、道路、橋梁等土木工程名稱的語詞九十個，統命之為「釋宮」，蓋古人認為道路、橋梁等皆出於宮。解釋的方法主要是以今語釋古語，以雅語通方言，或揭示其所指。解釋的形式大抵是「某謂之某」，被釋語詞在後，釋語詞在前。

五·〇〇一　宮❶謂之室❷，室謂之宮。

【注　釋】❶宮　古代對房屋、居室的通稱。《左傳·僖公二十八年》：「（晉侯）令無入僖負羈之宮而免其族，報施也。」秦漢以來，特指帝王之宮。《呂氏春秋·知度》：「古之王者，擇天下之中而立國，擇國之中而立宮，擇宮之中而立廟。」❷室　本義指內室。古人房屋內部，前叫「堂」，堂後以牆隔開，後部中央叫「室」，室的東西兩側叫「房」，引申為房屋、住宅。《說文》：「室，實也。」段注：「古者前堂後室。《釋名》曰：『室，實也，人物實滿其中也。』引申之，則凡所居皆曰室。」按：古代「宮」、「室」通言沒有區別，析言則「宮」指整個所有圍牆圍著的房子，「室」指其中的一個居住單位。王國維《觀堂集林·明堂廟寢通考》：「故室者，宮室之始也。後世彌文，而擴其外而為堂，擴其旁而為房，或更擴堂之左右而為箱，為夾，為個。然堂後及左右房間之正室，必名之曰室，此名之不可易者也。故通言之，則宮謂之室，室謂之宮。析言之，則所謂室者，必指堂後之正室，而堂也、房也、箱也，均不得蒙此名也。」

【語　譯】宮稱作室，室稱作宮。

五·〇〇二　牖❶戶❷之間謂之扆❸，其內謂之家❹。東西牆謂之序❺。

【注　釋】❶牖　窗戶。《書·顧命》：「牖間南向，敷重篾席。」孔疏：「牖，謂窗也。」❷戶　指門戶。《詩·唐風·綢繆》：「綢繆束楚，三星在戶。」朱熹集傳：「戶，室戶也。戶必南出，昏見之星至此，則夜分矣。」❸扆　古代宮殿窗和門之間的地方。《說文》：「戶牖之間謂之扆。」段注：「凡室，戶東牖西，戶牖之中間是曰扆。」❹家　室內，指大門以內。《詩·大雅·緜》：「古公亶父，陶復陶穴，未有家室。」毛傳：「室內曰家。」孔疏引李巡曰：「謂門以內也。」❺序　堂的東、西牆。《禮記·喪服大記》：「大夫殯以幬，攢置於西序。」孔疏：「攢置於西序者，屋堂西頭壁也。」

【語　譯】房屋窗和門之間的地方稱作扆，室內稱作家。堂的東、西牆稱作序。

五·〇〇三　西南隅❶謂之奧❷，西北隅謂之屋漏❸，東北隅謂之宧❹，東南隅謂之窔❺。

【注　釋】❶隅　角；角落。《詩·小雅·緜蠻》：「緜蠻黃鳥，止於丘隅。」朱熹集傳：「隅，角也。」❷奧　指室內西南角，古時祭祀設神主或尊長居坐之處。《儀禮·少牢饋食禮》：「司宮筵于奧，祝設几於筵上，右之。」鄭注：「室中西南隅謂之奧。」❸屋漏　古代室內西北隅施設小帳，安藏神主，為人所不見的地方稱作「屋漏」。

《詩・大雅・抑》：「相在爾室，尚不愧於屋漏。」毛傳：「西北隅謂之屋漏。」鄭箋：「屋，小帳也；漏，隱也。」❹宧　室內的東北角。《說文》：「宧，養也。室之東北隅，食所居。」邢疏：「李巡云：『東北者陽始起，育養萬物，故曰宧。宧，養也。』」郝疏：「云『食所居』者，古人庖廚食閣皆在室之東北隅，以迎養氣。」❺窔　室中東南隅。《儀禮・既夕禮》：「比奠，舉席埽室，聚諸窔，布席如初。」鄭注：「室東南隅謂之窔。」《荀子・非十二子》：「奧窔之閑，簟席之上，斂然聖王之文章具焉，佛然平世之俗起焉。」字亦作「穾」。《廣韻・嘯韻》：「窔，亦作『穾』。東南隅謂之穾。」

【語　譯】屋內的西南角稱作奧，西北角稱作屋漏，東北角稱作宧，東南角稱作窔。

五・〇〇四　柣❶謂之閾❷。棖❸謂之楔❹。楣❺謂之梁❻。樞❼謂之椳❽。樞達北方謂之落時❾，落時謂之戹❿。

【注　釋】❶柣　門下橫木；門檻。《玉篇・木部》：「柣，門限也。」本作「榍」。《說文》：「榍，限也。」段注：「〈釋宮〉：『柣謂之閾。』柣，郭千結反。柣即榍字也。」❷閾　門檻。《儀禮・士冠禮》：「布席於門中，闑西閾外，西面。」鄭注：「閾，閫也。」賈公彥疏：「閫，門限，與閾為一也。」❸棖　古代門兩旁豎的木柱。《禮記・玉藻》：「君入門，介拂闑，大夫中棖與闑之間，士介拂棖。」鄭注：「棖，門楔也。」孔疏：「謂門之兩旁長木，所謂門楔也。」❹楔　這裡指門兩邊的木柱。《禮記・檀弓上》：「復楔齒。」孔疏：「楔，柱也。」❺楣　門楣，即門框上邊的橫木。郭注：「門戶上橫梁。」《楚辭・九歌・湘夫人》：「桂棟兮蘭橑，辛夷楣兮藥房。」朱熹集注：「楣，門戶上橫梁也。」❻梁　本義為水橋。泛指橫向的長條形承重構件。❼樞　門的轉軸或承軸之臼。《說文》：「樞，戶樞也。」《漢書・五行志下之上》：「不信我言，視門樞下，當有白髮。」顏師古注：「樞，門扇所由開閉者也。」❽梱　承托門軸的門臼。《說文》：「梱，門樞謂之梱。」段注：「謂樞所檃謂之梱也。梱，猶淵也，宛中為樞所居也。」❾落時　撐持門樞之木。郭注：「門持樞者。或達北檼，以為固也。」郝疏：「戶在東南，其持樞之木或達於北方者名落時。落之青絡，連綴之意。」❿戺　同「戺」。門軸。邢疏：「持樞之木，或達北檼，以為牢固者，名落時。檼即棟也。落時又名戺。是持樞一木有此二名也。」

【語　譯】門檻稱作閾。門兩旁所豎的木柱稱作楔。門框上承重的橫木稱作梁。承托門軸的門臼稱作梱。撐持門軸的長木稱作落時，落時又稱作戺。

五·〇〇五　垝(ㄍㄨㄟˇ)❶謂(ㄨㄟˋ)之(ㄓ)坫(ㄉㄧㄢˋ)❷。牆(ㄑㄧㄤˊ)謂(ㄨㄟˋ)之(ㄓ)墉(ㄩㄥˊ)❸。

【注　釋】❶垝　古代堂內放置物品的土臺。《廣韻·寘韻》：「垝，坫，堂隅可致物。」❷坫　古代築在廟內或室內的一種土臺。築在廟內兩柱中間的有反坫（反爵之坫。諸侯相會，宴飲禮畢，將空酒杯放回坫上）、崇坫（用以置放來會諸侯所贈送的玉圭等物）；築在室內的有靠近廚房用來放食物的，有靠屋角用來為士舉行冠禮、喪禮儀式的。《禮記·內則》：「大夫于閣三，士於坫一。」孔疏：「士卑不得作閣，但於室中為土坫庋食也。」郝疏：「《爾雅》『垝謂之坫』實兼指諸義而言。」今從郝說。❸墉　牆。《易·解》：「上六，公用射隼于高墉之上，獲之，無不利。」孔疏：「墉，牆也。」

【語　譯】堂內放置物品的土臺子稱作坫。牆稱作墉。

五·〇〇六　鏝(ㄇㄢˋ)❶謂(ㄨㄟˋ)之(ㄓ)杇(ㄨ)❷。椹(ㄓㄣ)❸謂(ㄨㄟˋ)之(ㄓ)榩(ㄑㄧㄢˊ)❹。地(ㄉㄧˋ)謂(ㄨㄟˋ)之(ㄓ)黝(ㄧㄡˇ)❺。牆(ㄑㄧㄤˊ)謂(ㄨㄟˋ)之(ㄓ)堊(ㄜˋ)❻。

【注釋】❶鏝　瓦工抹牆用的工具。邢疏：「鏝者，泥鏝也。一名杇，塗工之作具也。」字或從木作「槾」。《說文》：「槾，杇也。」段注：「〈釋宮〉曰：『鏝謂之杇。』釋文云：『鏝，本或作槾。』」❷杇　塗牆的工具，俗稱泥抹子、瓦刀。《說文》：「杇，所以塗也。秦謂之杇，關東謂之槾。」段注：「按：此器今江浙以鐵為之。或以木。」❸椹　砧；墊板。郭注：「斫木櫍也。」黃侃《手批爾雅義疏》：「椹之言枕也。」❹椴　斫木砧。通作「虔」。邵晉涵《爾雅正義》：「椹一名椴，斫木時所藉之木也。通作虔。」❺黝　淡黑色；塗飾黑色。《說文》：「黝，微青黑色。从黑幼聲。《爾雅》曰：地謂之黝。」郭注：「黑飾地也。」邢疏：「以黑飾地謂之黝，以白飾牆謂之堊。」❻堊　白色土；用白色塗料粉刷。《說文》：「堊，白塗也。」《山海經・西山經》：「大次之山，其陽多堊。」郭注：「堊似土，色甚白。」《管子・輕重丁》：「皆堊白其門，而高其閭。」

【語譯】塗牆的工具稱作杇。砍木用的砧板稱作椴。把地面塗飾成黑色稱作黝。把牆壁粉刷成白色稱作堊。

五・〇〇七　樴❶謂之杙❷，在牆者謂之楎❸，在地者謂之臬❹，大者謂之栱❺，長者謂之閣❻。

【注釋】❶樴　小木樁。亦泛指樁子。《墨子・備梯》：「縣（懸）火，四尺一鉤樴，五步一灶。」孫詒讓《墨子閒詁》：「《說文・木部》云：樴，弋也。鉤樴，蓋以弋著鉤而縣（懸）火。」❷杙　木樁。邢疏：「杙即橜也，一名樴。」《尚書大傳》卷二：「爨灶者有容，椓杙者有數。」鄭注：「杙者，繫牲者也。」❸楎　釘在牆上，用來懸掛衣服的木橛。郭注：「橜也。」（橜同橛，短木樁。）《禮記・內則》：「男女不同椸枷，不敢縣（懸）於夫之楎椸。」鄭注：「竿謂之椸。楎，杙也。」孔疏：「植曰楎，橫曰椸。然則楎椸是同類之物。」

橫者曰梔，則以竿為之，故云竿謂之梔。」❹臬　古代門中央所豎短木。郭注：「臬，即門橛也。」字亦作「闑」。《禮記・曲禮上》：「大夫士出入君門，由闑右，不踐閾。」鄭注：「闑，門橛。」陸德明釋文：「門橛，門中木。」❺栱　在立柱與橫梁交接處向外伸出成弓形的承重結構。其與方形木塊縱橫交錯層疊構成科栱，逐層向外挑出形成上大下小的托座，兼有裝飾效果，為中國傳統建築造型的主要特徵之一。郝疏：「栱之言拱，柱上科栱，所以拱持梁棟。」❻閣　古代放在門上用來防止門自合的長木樁。《說文》：「閣，所以止扉也。」

【語　譯】木樁子稱作杙，釘在牆上，用來懸掛衣服的木橛稱作楎，插在門中地上的木橛稱作臬，大木樁稱作栱，長木樁稱作閣。

五・〇〇八　闍❶謂之臺，有木者謂之榭❷。

【注　釋】❶闍　城門上的臺。邢疏引李巡云：「闍，積土為之，所以觀望。」《詩・鄭風・出其東門》：「出其闉闍，有女如荼。」孔疏：「闍是城上之臺，謂當門臺也。」❷榭　建在高臺上的木屋，多為遊觀之所。《說文》新附：「榭，臺有屋也。」《禮記・月令》：「可以處臺榭。」鄭注：「有木者謂之榭。」

【語　譯】城門上的高臺稱作臺，建在高臺上的木屋稱作榭。

五・〇〇九　雞棲於弋❶為榤❷。鑿垣而棲為塒❸。

【注　釋】❶弋　木樁。後作「杙」。《說文》：「弋，橜也。象折木衺銳著形。从厂，象物掛之也。」漢揚雄〈長楊賦〉：「椓巀嶭而為弋，紆南山以為罝。」❷榤　同「桀」。小木樁。這裡指雞棲息的木樁。《詩・王風・

君子于役》：「曷其有佸，雞棲於桀。」朱熹集傳：「桀，杙。」❸塒　鑿開牆壁做成的雞窩。邢疏引李巡云：「鑿牆為雞作棲曰塒……避寒故穿牆以棲雞。」《詩·王風·君子于役》：「雞棲於塒，日之夕矣，羊牛下來。」毛傳：「鑿牆而棲曰塒。」

【語　譯】雞棲息的木樁稱作榤，鑿開牆壁做成的雞窩稱作塒。

五·〇一〇　植❶謂之傳，傳謂之突。

【注　釋】❶植　門外閉時用以加鎖的中立直木。郝疏：「植為立木所以鍵門持鎖。古人門外閉訖，中植一木，加鎖其上，所以堂歫兩邊，固其鍵閉。其木植，故謂之植。又可傳移，故謂之傳。傳之言轉也。又謂之突，……謂其突然立也。」《墨子·非儒下》：「季孫與邑人爭門關，決植。」孫詒讓《墨子閒詁》引《說文》：「植，戶植也。」

【語　譯】門外閉時用以加鎖的中立直木稱作傳，傳又稱作突。

五·〇一一　杗廇❶謂之梁，其上楹謂之梲❷。閞謂之槉❸。栭謂之楶❹。棟謂之桴❺。桷謂之榱❻。桷直而遂謂之閱❼，直不受檐謂之交❽。檐謂之樀❾。

【注　釋】❶杗廇　屋中央的大梁。郭注：「屋大梁也。」《說文》：「杗，棟也。从木亡聲。《爾雅》曰：『杗廇謂之梁。』」郝疏：「廇為中央之名。杗本棟名，杗廇中央斯謂之梁。《說文》以棟訓杗，非以杗為梁也。」❷其上楹謂之梲　楹，本指廳堂前部的柱子，這裡指大梁上的短柱。《說文》：「楹，柱也。」《左傳·莊公二十三年》：「秋，丹桓宮楹。」杜注：「楹，柱也。」棁，梁上的短柱。郭注：「侏儒柱也。」黃侃《手批爾雅義疏》：「棁者，〈明堂位〉正義引李巡曰：『梁上短柱也。』釋文作『棳』，云：『本或作棁。』」棳（棁）與朱儒一聲之轉，與黜（《方言》：『黜，短也。』）、掇（《莊子・秋水》注：『掇，猶短也。』）、叕（《淮南・人間》注：『叕，短也。』）、𧡸（《說文》：『𧡸，短面也。』）、惙（《應音》四引《聲類》：『惙，短氣貌。』）並有『短』義，猶蜘蛛亦有蝃及蝃蝥及侏儒之三名矣。」❸閞謂之槉　閞，柱上承托棟梁的方形短木。即斗栱。《說文》：「閞，門欂櫨也。从門弁聲。」槉，閞的別名，又名枅、楮。郭注：「柱上欂也。亦名枅，又曰楮。」❹栭謂之楶　栭，柱上支承大梁的方木。《說文》：「栭，屋枅上標。从木而聲。」《文選》張衡〈西京賦〉：「雕楹玉碣，繡栭云楣。」薛綜注：「栭，斗也。」楶，柱頭斗栱。漢揚雄《法言・學行》：「吾未見好斧藻其德若斧藻其楶者也。」李軌注：「楶，櫨也。」郝疏：「楶與槉本一物而兩名。楶言其標，則槉言其本。謂之斗栱者，言方木似斗形而拱承屋棟。」❺桴　房屋的次棟，即二梁。亦泛指房棟。《說文》：「桴，棟名。从木孚聲。」段注：「桴，眉（楣）棟也。」班固〈西都賦〉：「列棼橑以布翼，荷棟桴而高驤。」❻桷謂之榱　桷，方形的椽子。《說文》：「桷，榱也，椽方曰桷。从木角聲。」《詩・魯頌・閟宮》：「松桷有舄，路寢孔碩。」高亨《詩經今注》：「桷，方的椽子。」榱，屋椽。《說文》：「榱，秦名為屋椽，周謂之榱，齊魯謂之桷。从木衰聲。」《急就篇》卷三：「榱椽欂櫨瓦屋梁。」顏師古注：「榱即椽也，亦名為桷。」❼閱　長而直達於檐的椽。邢疏：「屋椽長直而遂達五架屋際者名閱。」❽交　短的屋椽叫做交。郭注：「謂五架屋際椽不直上檐，交於櫋上。」郝疏：「閱、交者，別椽長短之名也。椽之長而直達於檐者名閱。閱，歷也，言歷於檐前也。其短而不直達於檐者名交。交，接也，言接於棟上也。」❾樀　屋檐。《說文》：「樀，戶樀也。」黃侃《手批爾雅義疏》：「樀之言滴也。」

【語　譯】屋中央的大梁稱作梁，大梁上的短柱稱作棁。柱上承托棟梁的方形短木稱作槉。柱頂上支撐大梁的方木稱作窠。房屋的二梁稱作桴。方形的椽子稱作榱。長而直達到屋檐的方椽子稱作閱，短直而不能達到屋檐的方椽子稱作交。屋檐稱作樀。

五·○一二　容❶謂之防❷。

【注釋】❶容　障蔽物。古代行射禮，用皮革做小屏風，作為障蔽，謂之容。《周禮·夏官·射人》：「王以六耦射三侯，三獲三容。」鄭注：「容者，乏也，待獲者所蔽也。」郝疏：「容與扆同，扆為屏風，容唯小曲為異……容即今之圍屏，其形小曲，射者之容，蓋亦放此。」❷防　小曲屏風，即容。郭注：「形如今床頭小曲屏風，唱射者所以自防隱也。」

【語　譯】古代射禮唱射者用來防箭的皮革製小曲屏風稱作防。

五·○一三　連謂之簃❶。

【注釋】❶簃　樓閣邊的小屋，一名連。郭注：「堂樓閣邊小屋，今呼之簃廚、連觀也。」郝疏：「《御覽》一百八十四引《通俗文》云『連閣曰簃』。」

【語　譯】樓閣邊的小屋稱作簃。

五·○一四　屋上薄❶謂之筄❷。

【注　釋】❶薄　簾子。《禮記・曲禮上》：「帷薄之外不趨。」孔疏：「帷，幔也。薄，簾也。」❷筄　鋪在椽上瓦下的竹席或葦席。郭注：「屋笮。」按：笮，屋上的箔席。用竹或葦編成，鋪在瓦下椽上。《周禮・考工記・匠人》「殷人重屋」鄭注：「重屋，複笮也。」

【語　譯】屋上鋪在椽上瓦下的竹席或葦席稱作筄。

五・〇一五　兩階間謂之鄉❶。中庭之左右謂之位❷。門屏之間謂之宁❸。屏謂之樹❹。

【注　釋】❶鄉　殿堂的東西兩階之間。郭注：「人君南鄉當階間。」邢疏：「人君南面，鄉明而治，其位在兩階間，因名云也。」❷位　朝廷中群臣的列位。郭注：「群臣之列位也。」《說文》：「位，列中庭之左右謂之位。」《國語・楚語上》：「在輿有旅賁之規，位寧有官師之典。」❸宁　古代宮室門屏之間。《禮記・曲禮下》：「天子當宁而立，諸公東面，諸侯西面，曰朝。」鄭注：「宁，門屏之間。」《釋名・釋宮室》：「宁，佇也。將見君所佇立定氣之處也。」❹樹　門屏；照壁。邢疏：「屏，蔽也；樹，立也。立牆當門以自蔽也。李巡曰：『垣當門自蔽名曰樹。』」《禮記・郊特牲》：「臺門而旅樹。」鄭注：「樹所以蔽行道。」

【語　譯】殿堂的東西兩階之間稱作鄉。中庭的左右兩邊稱作位。宮室的門屏之間稱作宁。門屏稱作樹。

五・〇一六　閍❶謂之門。

【注釋】❶閍　宗廟門。字亦作「祊」。《國語・周語中》：「今將大泯其宗祊。」韋昭注：「廟門謂之祊。」按：「閍謂之門」一語，阮校作「門謂之閍」，郝疏云：「……參以李、孫二注，並以廟門釋祊，疑《爾雅》古本當作『廟門謂之祊』，賴有注疏可證。」語譯從阮、郝之說。

【語譯】宗廟門稱作閍。

五・〇一七　正門❶謂之應門❷。

【注釋】❶正門　建築物正中的主要的門，這裡指王宮居內門和外門之中的門。郝疏：「正門者，正猶中也，言應門居內外之中。」❷應門　王宮正門。《詩・大雅・緜》：「廼立應門，應門將將。」毛傳：「王之正門曰應門。」

【語譯】王宮居內門和外門之中的門稱作應門。

五・〇一八　觀❶謂之闕❷。

【注釋】❶觀　古代宮門外的雙闕。《禮記・禮運》：「昔者仲尼與於蜡賓，事畢，出遊於觀之上，喟然而歎。」鄭注：「觀，闕也。」❷闕　宮門、城門兩側的高臺，中間有道路，臺上起樓觀。《詩・鄭風・子衿》：「挑兮達兮，在城闕兮。」高亨《詩經今注》：「闕，城門兩邊的高臺。」

【語譯】宮門外兩側有望樓的高臺稱作闕。

五・〇一九　宮中之門謂之闈❶，其小者謂之閨❷。小閨謂之閤❸。衖❹門謂之閎❺。

【注釋】❶闈　古代宮室的旁側小門。《說文》：「闈，宮中之門也。从門韋聲。」《周禮．地官．保氏》：「使其屬守王闈。」鄭注：「闈，宮中之巷門。」孫詒讓《周禮正義》：「此保氏守王闈，亦即王宮之側門……而凡側門之內，必別有巷以達於內宮，故側門亦得稱巷門也。」❷閨　宮中小門。《公羊傳．宣公六年》：「有人荷畚，自閨而出者。」何休注：「宮中之門謂之闈，其小者謂之閨。」❸閤　宮中小門。《墨子．雜守》：「閤通守舍，相錯穿室。」按：「閨」與「閤」渾言不別。郝疏：「古者閨、閤連言多不分別。故《楚辭．逢尤篇》注：『閨，閤也。』」❹衖　同「巷」。即胡同。《楚辭．離騷》：「不顧難以圖後兮，五子用失乎家衖。」朱熹集注：「衖，一作巷，與巷同。」❺閎　巷門。《左傳．成公十七年》：「齊慶克通於聲孟子，與婦人蒙衣乘輦而入於閎。」杜注：「閎，巷門。」楊伯峻注：「閎，宮中夾道門，巷門。」

【語譯】宮中的小門稱作闈，小闈稱作閨，小閨稱作閤。巷門稱作閎。

五．〇二〇

門側之堂謂之塾❶。

【注釋】❶塾　宮門內外兩側房屋。郭注：「夾門堂也。」《書．顧命》：「先輅在左塾之前，次輅在右塾之前。」

【語譯】宮門內外兩側的房屋稱作塾。

五．〇二一

橛謂之闑❶。闔❷謂之扉❸。所以止扉謂之閎❹。

【注釋】❶闑　古代門中央所豎短木。參見五．〇〇七條注釋。❷闔　門扇。《說文》：「闔，門扇也。」《管子．八觀》：「閭閈不可以毋闔，宮垣關閉不可以不修。」尹知章注：「闔，扉也。」❸扉　門扇。《左傳．

襄公二十八年》：「子尾抽桷擊扉三。」杜注：「扉，門扇也。」❹閎　郝疏作「閣」。《說文》：「閣，所以止扉也。」《玉篇》引《爾雅》亦作「閣」。蓋《爾雅》古本作「閣」，今本改作「閎」。閣，門開後插在兩旁用來固定門扇的長木樁。郝疏：「上云『杙，長者謂之閣』，此閣以長木為之，各施於門扇兩旁以止其走扇。故郭云『門辟旁長橛也』。」

【語　譯】古代門中央所豎的短木樁稱作闑。門扇稱作扉。插在門扇兩旁用來固定打開的門扇的長木樁稱作閣。

五·〇二二　瓴甋❶謂之甓❷。

【注　釋】❶瓴甋　磚。漢蔡邕〈弔屈原文〉：「啄碎琬琰，寶其瓴甋。」❷甓　磚。《詩·陳風·防有鵲巢》：「中唐有甓，邛有旨鷊。」馬瑞辰通釋：「甓為磚。」

【語　譯】磚稱作甓。

五·〇二三　宮中衖謂之壼❶。廟中路謂之唐❷。堂途❸謂之陳❹。

【注　釋】❶壼　古時宮中道路。郭注：「巷閤間道。」《詩·大雅·既醉》：「其類維何，室家之壼。」朱熹集傳：「壼，宮中之巷也。言深遠而嚴肅也。」❷唐　庭堂前或宗廟內的大路。《詩·陳風·防有鵲巢》：「中唐有甓，邛有旨鷊。」毛傳：「中，中庭也；唐，堂塗也。」❸堂途　亦作「堂塗」、「堂涂」。堂下至門的磚路。《周禮·考工記·匠人》：「堂塗十有二分。」鄭注：「謂階前，若今令甓裓也。」賈公彥疏：「漢時名堂塗為令甓裓。令甓，則今之塼也，裓則塼道也。」《詩・陳風・防有鵲巢》「中唐有甓」毛傳：「唐，堂塗也」，孔疏引孫炎云：「堂途，堂下至門之徑也。」❹陳　堂下到院門的通道。郭注：「堂下至門徑也。」《詩・小雅・何人斯》：「彼何人斯，胡逝我陳。」鄭注：「陳，堂塗也。」

【語　譯】宮中房舍間的道路稱作壼。廟中的道路稱作唐。堂下到門的道路稱作陳。

五・〇二四　路、旅❶，途❷也。路、場❸、猷❹、行，道也。

【注　釋】❶旅　道路。《書・禹貢》：「蔡蒙旅平。」王引之《經義述聞・尚書上》：「余謂旅，道也。《爾雅》：『路、旅，途也。』郭璞曰：『途，即道也。』〈郊特牲〉：『臺門而旅樹。』鄭注曰：『旅，道也。』『蔡蒙旅平』者，言二山之道已平治也。」❷途　道路。《管子・中匡》：「鮑叔、隰朋趨而出，及管仲於途。」❸場　道路。《墨子・備城門》：「除城場外，去池百步，牆垣樹木小大俱壞伐。」孫詒讓《墨子閒詁》：「場，道也。謂城下周道。〈旗幟篇〉云『道廣三十步，於城下夾階者各二』是也。」❹猷　道路。郝疏：「猷者，《說文》作『䌛』，云：『行䌛徑也。』」

【語　譯】路、旅，都有路途的意思。路、場、猷、行等詞，都有道路的意思。

五・〇二五　一達❶謂之道路，二達謂之歧旁❷，三達謂之劇旁❸，四達謂之衢❹，五達謂之康❺，六達謂之莊❻，七達謂之劇驂❼，八達謂之崇期❽，九達謂之逵❾。

【注釋】❶達　通達；到。《說文》：「達，行不相遇也。」《書・禹貢》：「浮於濟漯，達於河。」❷歧旁　雙岔路。郭注：「歧道旁出也。」郝疏：「歧猶枝也。木別生曰枝，道別出曰歧。歧與枝俱在旁，故曰歧旁也。」《釋名・釋道》：「二達曰岐旁。物兩為岐，在邊曰旁。此道並通出，似之也。」❸劇旁　三面相通的道路。郝疏：「劇旁者，《釋名》云：『古者列樹以表道，道有夾溝以通水潦，恆見修治，此道旁轉多，用功稍劇也。』《詩・兔罝》正義引孫炎云：『旁出歧多故曰劇。』」按：劇者，甚也，言此道歧多旁出轉甚也。」按：古代「三」、「四」、「九」等表示多數，只表虛數，並非實指。❹衢　四通八達的道路。郝疏：「《楚辭・天問》注：『九交道曰衢』。《淮南・繆稱篇》注：『道六通謂之衢。』……據《楚辭》、《淮南》注，是道四達以上通謂之衢。」《左傳・昭公二年》：「尸諸周氏之衢，加木焉。」杜注：「衢，道也。」❺康　四通八達的大路。郝疏：「康有廣大之義，故五穀並登謂之康年，五途並出謂之康衢。」❻莊　四通八達的道路。《左傳・襄公二十八年》：「得慶氏之木百車於莊。」孔疏引〈釋宮〉云：「六達謂之莊。」❼劇驂　七面相通的大道。郭注：「三道交，復有一歧出者。今北海劇縣有此道。」《釋名・釋道》：「七達曰劇驂。驂馬有四耳，今此道有七，比於劇也。」❽崇期　四通八達的道路。郭注：「四道交出。」郝疏引《釋名》：「崇，充也。道多所通，人充滿其上如共期也。」❾逵　四通八達的道路。《左傳・隱公十一年》：「潁考叔挾輈以走，子都拔棘以逐之，及大逵。」杜注：「逵，道方九軌也。」陸德明釋文：「逵，求龜切。《爾雅》云：『九達謂之逵。』杜云：『道方九軌。』此依〈考工記〉。」

【語譯】通往一個方向的路稱作道路，通往兩個方向的路稱作歧旁，通往三個方向的路稱作劇旁，通往四個方向的路稱作衢，通往五個方向的路稱作康，通往六個方向的路稱作莊，通往七個方向的路稱作劇驂，通往八個方向的路稱作崇期，通往九個方向的路稱作逵。

五·〇二六　室中謂之時❶，堂上謂之行，堂下謂之步❷，門外謂之趨❸，中庭謂之走，大路謂之奔。

【注釋】❶時　通「跱」。止息；停止。《詩·大雅·緜》：「曰止曰時，築室於茲。」王引之《經義述聞·毛詩中》：「時亦止也，古人自有複語耳……棲止謂之時，居止謂之時，其義一也。」❷步　步行；用腳走。《書·召誥》：「王朝步自周，則至於豐。」鄭注：「步，行也。」❸趨　疾行；奔跑。《公羊傳·桓公二年》：「殤公知孔父死，己必死，趨而救之，皆死焉。」何休注：「趨，走也。」

【語譯】室中止步不前稱作時，堂上碎步慢走稱作行，堂下慢步徐行稱作步，門外小步奔跑稱作趨，庭中跑稱作走，大路上快跑稱作奔。

五·〇二七　隄❶謂之梁，石杠❷謂之徛❸。

【注釋】❶隄　橋梁。郝疏：「隄，本積土防水之名，梁亦為隄以偃水。」❷石杠　石橋。一說為置於水中供人渡涉的踏腳石。郭注：「聚石水中，以為步渡彴也。《孟子》曰：『歲十月徒杠成。』或曰今之石橋。」❸徛　放在水中用以過河的石頭。《說文》：「徛，舉脛有渡也。」

【語譯】橋梁稱作梁。放在水中用以過河的石頭稱作徛。

五·〇二八　室有東西廂曰廟❶，無東西廂有室曰寢❷，無室曰榭，四方而高曰臺，陜❸而脩曲曰樓。

【注釋】❶廟　古代指結構完整的成套大屋。郭注：「夾室前堂。」邢疏：「凡大室有東西廂、夾室及前堂有序墻者曰廟。」❷寢　古代帝王宗廟之後殿，為放置祖宗衣冠之處。《禮記・月令》：「寢廟畢備。」鄭注：「凡廟，前曰廟，後曰寢。」孔疏：「廟是接神之處，其處尊，故在前，寢，衣冠所藏之處，對廟為卑，故在後。但廟制有東西廂，有序牆，寢制唯室而已。」❸陜　同「狹」。狹隘；狹窄。《說文》：「陜，隘也。从阜夾聲。」《墨子・備穴》：「以穴高下廣陜為度。」孫詒讓《墨子閒詁》：「陜作狹。」

【語譯】房屋有東西廂房的稱作廟，沒有東西廂房但有藏室的稱作寢，沒有廂房也無藏室的稱作榭，四四方方而且高大的建築稱作臺，狹窄而且修長而迴曲的建築稱作樓。

釋器第六

【題解】本篇共釋語詞一三四個。主要解釋的是關於器用方面的名稱，其中還包括一些有關服飾、飲食方面的名稱。解釋的方法主要是以今語釋古語，以通語釋方言。解釋的形式大抵是「某謂之某」，被釋語詞在後，釋語詞在前。也有少數條目解釋形式與〈釋詁〉相同的。

六·〇〇一 木豆謂之豆❶。竹豆謂之籩❷。瓦豆謂之登❸。

【注釋】❶豆 古代用來裝酒肉的祭器。形似高足盤，大多有蓋。多為陶質，也有用青銅、木、竹製成的。《公羊傳·桓公四年》：「一曰乾豆。」何休注：「豆，祭器名，狀如鐙。」❷籩 古代祭祀時盛果脯的竹器，形狀像木製的豆。《周禮·天官·籩人》：「〔籩人〕掌四籩之實。」鄭注：「籩，竹器如豆者，其容實皆四升。」❸登 古代祭器名。《詩·大雅·生民》：「卬盛于豆，于豆于登。」毛傳：「木曰豆，瓦曰登。豆，薦葅醢也；登，大羹也。」

【語譯】木製的高腳祭器稱作豆。竹製的高腳祭器稱作籩。瓦製的高腳祭器稱作登。

六·○○二 盎謂之缶❶。甌❷瓿❸謂之瓵❹。康瓠❺謂之甈❻。

【注釋】❶盎謂之缶 盎、缶，指小口大腹的盆類盛器。郭注：「盆也。」《急就篇》卷三：「甀、缶、盆、盎、甕、罃、壺。」顏師古注：「缶、盆、盎一類耳。缶即盎也，大腹而斂口，盆則斂底而寬上。」❷甌 盆甕一類的瓦器。《方言》卷五：「自關而西謂之甂，其大者謂之甌。」《淮南子·說林》：「狗彘不擇甂甌而食，偷肥其體，而顧近其死。」❸瓿 古代陶製容器名。圓口、深腹、圈足，用以盛物。《戰國策·東周策》：「夫鼎者，非效壺醯醬瓿耳，可懷挾提挈以至齊者。」高誘注：「瓿，甂也。」❹瓵 陶製的容器。郭注：「瓿甊，小甖，長沙謂之瓵。」❺康瓠 空壺；破瓦器。郝疏引《說文》：「康瓠，破瓠。」《史記·屈原賈生列傳》：「斡棄周鼎兮寶康瓠。」❻甈 陶製的壺。邢疏：「康瓠，一名甈瓠，即壺也。」

【語譯】小口大腹的盆類盛器稱作缶。甕、缶一類瓦製盛器稱作瓵。破瓦器稱作甈。

六·○○三 劬斸❶謂之定❷。斫❸謂之鐯❹。斛❺謂之疀❻。

【注釋】❶劬斸 古代鋤類農具。《說文》：「劬，劬斸，所以斫也。」段注：「劬之言鉤也，斸之言斫也。〈考工記·車人〉注作『句欘』。」❷定 這裡指古代鋤類農具。陸德明釋文引李巡曰：「定，鋤別名。」黃侃《手批爾雅義疏》：「定之為言朾也，朾，橦（撞）也。」❸斫 大鋤。郝疏：「斫者，與斸聲轉，其義則同。」❹鐯 大鋤。本作「鐯」，亦作「櫡」。郝疏：「鐯者，櫡之或體也。《說文》本《爾雅》作『斫謂之櫡』。」❺斛 古農具。即鍬。《說文》：「斛，利也。《爾雅》曰：『斛謂之疀。』古田器也。」❻疀 古代的一種農具，即鍬。《說文》：「疀，斛也，古田器也。从甾疌聲。」

【語　譯】鋤具稱作定。大鋤稱作鐯。鍬稱作鏟。

六·〇〇四　緵罟謂之九罭❶。九罭，魚罔❷也。嫠婦之笱謂之罶❸。罺❹謂之汕❺。篧❻謂之罩❼。槮❽謂之涔❾。

【注　釋】❶緵罟謂之九罭　緵罟，網眼細密的漁網。《詩·豳風·九罭》：「九罭之魚。」毛傳：「九罭，緵罟，小魚之網也。」陸德明釋文：「今江南呼緵罟為百囊網也。」郝疏：「緵之言總也，《孟子》所謂數罟，言其網目細密，故毛《傳》以為小魚之網。」罭，捕小魚的細眼網。通稱「九罭」。❷罔　指漁獵的網具。《荀子·王制》：「黿、鼉、魚、鱉、鰌、鱣孕別之時，罔罟毒藥不入澤。」❸嫠婦之笱謂之罶　嫠婦，寡婦。《左傳·昭公十九年》：「初，莒有婦人，莒子殺其夫，已為嫠婦。」笱，竹製的捕魚器；魚籠。《詩·邶風·谷風》：「毋逝我梁，毋發我笱。」罶，捕魚的竹簍。《詩·小雅·魚麗》：「魚麗於罶，鱨鯊。」毛傳：「罶，曲梁也，寡婦之笱也。」❹罺　捕魚小網。郭注：「今之撩罟。」郝疏：「按撩罟，今謂之抄網也。」《文選》左思〈吳都賦〉：「罺鰝鰕。」劉逵注：「罺，抑魚之器也。」❺汕　捕魚的工具。邢疏：「捕魚籠。」❻篧　用細竹編成的捕魚用的罩。郭注：「捕魚籠也。」邢疏引李巡云：「篧，編細竹以為罩捕魚也。」❼罩　捕魚的竹籠。《說文》：「罩，捕魚器也。从網卓聲。」❽槮　積柴水中用作捕魚之具。郭注：「今之作槮者，聚積柴木於水中，魚得寒入其裡藏隱，因以簿圍捕取之。」❾涔　積柴木於水中以捕魚。

【語　譯】網眼細密的漁網稱作九罭。九罭，是一種捕小魚的細眼網。寡婦捕魚用的竹簍稱作罶。捕魚用的抄網稱作汕。用細竹編成的捕魚用的罩子稱作罩。積柴木於水中以誘捕魚的方式稱作涔。

六·〇〇五

鳥罟謂之羅❶。兔罟謂之罝❷。麋罟謂之罞❸。彘❹罟謂之羉❺。魚罟謂之罛❻。繴❼謂之罿❽。罿，罬❾也，罬謂之罦❿，罦，覆車也。

【注釋】❶羅　捕鳥的網。《說文》：「羅，以絲罟鳥也。从网从維。古者芒氏初作羅。」《詩·王風·兔爰》：「有兔爰爰，雉離於羅。」毛傳：「鳥網為羅。」❷罝　捕兔網。泛指捕獸的網。《呂氏春秋·上農》：「繯網罝罦，不敢出於門。」高誘注：「罝，獸罟也。」❸罞　捕獲麋鹿的網。郝疏：「罞者，冒也。郭云『冒其頭』，蓋網麋者，必罥其角也。」❹彘　豬。《孟子·盡心上》：「五母雞，二母彘，無失其時，老者足以無失肉矣。」《方言》卷八：「豬……關東西或謂之彘，或謂之豕。」❺羉　捕捉野豬的網。郭注：「羉，幕也。」邢疏：「其罔名羅羉，幕也，言幕絡其身也。」❻罛　一種大型魚網。邢疏：「魚之大網名罛。」《詩·衛風·碩人》：「施罛濊濊。」毛傳：「罛，魚罟。」❼繴　車網，一種能自動覆蓋的捕獲鳥獸的網。郭注：「今之翻車也。」《說文》：「繴謂之罿，罿謂之罬，罬謂之罦。捕鳥覆車也。从糸辟聲。」❽罿　覆車網。《說文》：「罬也。从网童聲。」《詩·王風·兔爰》：「有兔爰爰，雉離於罿。」❾罬　古代一種裝設機關掩捕禽鳥的網。《說文》：「罬，捕鳥覆車也。从网叕聲。」❿罦　裝設機關掩捕鳥獸的網。又稱覆車網。《詩·王風·兔爰》：「雉離於罦。」毛傳：「罦，覆車也。」

【語譯】捕鳥的網稱作羅。捕兔的網稱作罝。捕捉麋鹿的網稱作罞。捕捉野豬的網稱作羉。捕魚的大網稱作罛。裝設有機關的捕鳥獸的網稱作罿，罿就是罬，罬稱作罦。罦就是覆車網。

六·〇〇六

絢❶謂之救❷。

【注　釋】❶絢　網罟的別名。《穀梁傳・襄公二十七年》：「織絢邯鄲，終身不言衛。」❷救　通「糾」。與「絢」義近。郝疏：「救之言糾也，糾繚斂聚之意。」

【語　譯】用繩捕獲鳥獸稱作救（糾）。

六・〇〇七　律❶謂之分❷。

【注　釋】❶律　古代用竹管或金屬管製成的定音儀器。以管的長短確定音階高低。郭注：「律管可以分氣。」《禮記・月令》：「〔孟春之月〕律中大蔟。」鄭注：「律，候氣之管，以銅為之。」孔疏：「按司農注《周禮》云：陽律以竹為管，陰律以銅為管，鄭康成則以皆用銅為之。」❷分　律的別名。邢疏：「總而言之，陰、陽皆稱律。故〈月令〉十二月皆云『律中』是也。以其分候十二月氣，故又名分。」

【語　譯】用竹管或金屬管製成的定音儀器稱作分。

六・〇〇八　大版謂之業❶。繩之謂之縮❷之。

【注　釋】❶業　版；大版。古代覆在懸掛鐘、鼓等樂器架橫木上的裝飾物，刻如鋸齒形，塗以白色。《詩・周頌・有瞽》：「有瞽有瞽，在周之庭。設業設虡，崇牙樹羽。」毛傳：「業，大板也，所以飾栒為縣也……植者為虡，衡者為栒。」一說為築牆的大版。郭注：「築牆版也。」❷縮　約束。《詩・大雅・緜》：「縮版以載。」孔疏：「孫炎曰：『繩束築板謂之縮。』郭璞曰：『縮者，縛束之也。』然則縮者束物之名。用繩束板，故謂之縮。」

【語　譯】覆在懸掛鐘、鼓等樂器架橫木上的裝飾物稱作業。用繩約束築版稱作縮之。

六·〇〇九　彝❶、卣❷、罍❸，器也。小罍謂之坎。

【注　釋】❶彝　古代宗廟常用禮器的總名。《說文》：「彝，宗廟常器也。」《周禮·春官·序官》：「司尊彝。」鄭注：「彝，亦尊也。」賈公彥疏：「彝亦尊者，以其同是酒器。」孫詒讓《周禮正義》：「尊與彝對文則異，散文亦通。」❷卣　古代一種中型酒樽，青銅製，一般為橢圓形，大腹，斂口，圈足，有蓋與提梁，多用作禮器，盛行於商和西周。下文：「卣，中尊也。」郭注：「不大不小者。」❸罍　古代的一種容器。外形或圓或方，小口，廣肩，深腹，圈足，有蓋和鼻，與壺相似。用來盛酒或水。多用青銅鑄造，亦有陶製的。郭注：「罍形似壺，大者受一斛。」《詩·周南·卷耳》：「我姑酌彼金罍，維以不永懷。」朱熹集傳：「罍，酒器，刻為雲雷之象，以黃金飾之。」

【語　譯】彝、卣、罍，都是盛酒的器具。小的壺形酒器稱作坎。

六·〇一〇　衣裗謂之𧛧❶。黼領謂之襮❷。緣謂之純❸。袕謂之褮❹。衣眥謂之襟❺。衱謂之裾❻。衿謂之袸❼。佩衿謂之褑❽。執衽謂之袺❾。扱衽謂之襭❿。衣蔽前謂之襜⓫。婦人之褘謂之縭⓬。縭，緌⓭也。裳削幅謂之纀⓮。

【注釋】❶衣裗謂之祝　裗，衣褸。郭注：「衣褸也。」郝疏：「裗者，流之或體也。釋文：『裗。本又作流。』《玉藻》云：『齊如流。』鄭注『衣之齊，如水之流』是也。」祝，衣褸。《玉篇·衣部》：「祝，衣裗也。」❷黼領謂之襮　黼，古代禮服上白黑相間的花紋，取斧形，象臨事決斷。《書·益稷》：「藻火粉米，黼黻絺繡。」孔傳：「黼若斧形。」陸德明釋文：「白與黑謂之黼。」襮，繡有黼形花紋的衣領。《說文》：「襮，黼領也。」《詩·唐風·揚之水》：「素衣朱襮，從子於沃。」毛傳：「襮，領也。諸侯繡黼丹朱中衣。」❸緣謂之純　緣，衣服邊上的鑲緄；衣服的邊。《禮記·玉藻》：「緣廣寸半。」又可用作動詞，指給衣履等物鑲邊或緄邊。《管子·四稱》：「以緇緣緇，吾何以知其美也；以素緣素，吾何以知其善也。」純，鑲邊；邊緣。《儀禮·士冠禮》：「屨夏用葛，玄端黑屨，青絇繶純，純博寸。」鄭注：「純，緣也。」賈公彥疏：「云純緣也者，謂繞口緣邊也。」❹袕謂之褮　袕，衣服開孔。郭注：「衣開孔也。」褮，開孔衣。《說文》：「褮，鬼衣也。」按：傳說鬼衣無縫。衣無縫即衣開孔。❺衣眥謂之襟　眥，衣領相交接處。郝疏：「蓋削殺衣領以為斜形，下屬於襟，若目眥然也。」《淮南子·齊俗》：「不務於奇麗之容，隅眥之削。」襟，衣的交領。邢疏：「謂交領也。」❻衱謂之裾　衱，農服的後襟。邢疏：「衱，一名裾，即衣後裾也。」裾，衣服的後襟。郭注：「衣後裾也。」❼衿謂之袸　衿，繫衣服的帶子。邢疏：「衿，衣小帶也，一名袸。」《儀禮·士昏禮》：「母施衿結帨曰：『勉之敬之，夙夜無違宮事。』」胡培翬《儀禮正義》：「衿，衣小帶。」袸，衣小帶。郭注：「衣小帶。」❽褑　衣襟上佩玉的帶。郭注：「佩玉之帶上屬。」黃侃《手批爾雅義疏》：「褑之言援也。援，引也。」❾袺　手提起衣襟兜東西。郭注：「持衣上衽。」《詩·周南·芣苢》：「采采芣苢，薄言袺之。」毛傳：「袺，執衽也。」❿扱衽謂之襭　扱，插。《禮記·問喪》：「親始死，雞斯徒跣。扱上衽，交手哭。」陳澔《禮記集說》：「上衽，深衣前襟也。以號踴履踐為妨，故扱之於帶也。」襭，把衣襟插在腰帶上兜東西。《詩·周南·芣苢》：「采采芣苢，薄言襭之。」毛傳：「襭，扱衽也。」陳奐《詩毛氏傳疏》：「襭者，插衽於帶以納物。」⓫襜　繫在身前的圍裙。《詩·小雅·采綠》：「終朝采藍，不盈一襜。」陸德明釋文：「襜，尺占反。衣蔽前謂之襜，郭璞云：『今之蔽膝。』」⓬婦人之褘謂之縭　褘，佩巾。佩於前身可以蔽膝，故也稱蔽膝。《方言》卷四：「蔽厀，江淮之間謂之褘，或謂之袚，魏、宋、南楚之間謂之大巾，自關東西謂之蔽厀，齊魯之郊謂之袡。」縭，古代女子所用之佩巾。《詩・豳風・東山》：「親結其縭，九十其儀。」毛傳：「縭，婦人之褘也。」⓭緌　古代帽帶的下垂部分。《詩・齊風・南山》：「葛屨五兩，冠緌雙止。」朱熹集傳：「緌，冠上飾也。」⓮襥　古代諸侯、大夫、士家居所穿之衣──深衣的下裳。郭注：「削殺其幅，深衣之裳。」邢疏：「此深衣衣裳相連，被體深邃，故謂之深衣。」

【語譯】衣縷稱作視。繡有白黑相間花紋的衣領稱作襮。給衣履等物鑲邊或緄邊稱作純。衣服開孔稱作裻。衣領相交接處稱作襟。衣服的後襟稱作裾。繫衣服的小帶子稱作袸。衣襟上用來佩玉的帶子稱作褑。提起衣襟稱作袺。把衣襟插在腰帶上以兜東西稱作襭。繫在身前的圍裙稱作襜。婦人繫在身前的大佩巾稱作縭。縭，就是緌。下裳削小幅的寬度稱作襥。

六・〇二　輿，革前謂之鞎❶，後謂之笰❷；竹前謂之禦❸，後謂之蔽❹。環謂之捐❺。鑣❻謂之钀❼。載轡謂之轙❽。轡首謂之革❾。

【注釋】❶鞎　古代車廂前面革製的遮蔽物。《詩・齊風・載驅》「簟笰朱鞹」孔疏引李巡曰：「輿革前，謂輿前以革為車飾曰鞎。笰，車後戶名也。」❷笰　古代車箱後面登車的門戶上的遮蔽物。郭注：「以韋靶後戶。」❸禦　掛在車前的竹簾。邢疏：「李巡曰：『竹前，謂編竹當車前以擁蔽，名之曰禦。』孫炎曰：『禦，以簟為車飾也。』」❹蔽　古時車輿前後或左右遮擋風塵的簾子。《儀禮・既夕禮》：「主人乘惡車，白狗幦，蒲蔽。」鄭注：「蔽，藩。」賈公彥疏：「藩，謂車兩邊禦風為藩，蔽以蒲草。」❺捐　車環。郭注：「著車眾環。」

王引之《經義述聞》：「家大人曰，環與捐皆圓貌也。」❻鑣　馬嚼子。與銜合用，銜在口中，鑣在口旁。青銅製或鐵製，也有用骨、角製的，上面可繫鑾鈴。《詩・秦風・駟驖》：「輶車鸞鑣，載獫載驕。」朱熹集傳：「鑣，馬銜也。」❼钀　鑣的別名，馬勒旁鐵。郭注：「馬勒旁鐵。」❽轙　車衡上貫穿韁繩的大環。郭注：「車軛上環，轡所貫也。」《文選》張衡〈東京賦〉：「龍輈華轙，金鍐鏤錫。」❾革　轡首。即馬絡頭。《韓非子・外儲說右下》：「然而使王良操左革而叱吒之，使造父操右革而鞭笞之，馬不能行十里。」

【語　譯】關於車，車廂前面的革製遮蔽物稱作䩷，車箱後面登車的門戶上的革製遮蔽物稱作茀；掛在車前的竹簾稱作禦，掛在車後面遮擋風塵的簾子稱作蔽。用來穿韁繩的圓環稱作捐。馬嚼子稱作钀，車衡上貫穿韁繩的大環稱作轙。轡首稱作革。

六・〇一二　餀❶謂之餯❷。食饐❸謂之餲❹。摶者❺謂之爛❻，米者❼謂之糪❽。肉謂之敗❾，魚謂之餒❿。

【注　釋】❶餀　食物變味發臭。《說文》：「餀，食臭也。」❷餯　食物腐敗變臭。郭注：「說物臭也。」❸饐　食物經久腐臭。❹餲　食物經久而腐臭變味。《論語・鄉黨》：「食饐而餲。」何晏《論語集解》引孔安國曰：「饐、餲，臭味變。」❺摶者　這裡指煮得爛而粘在一起的飯。摶，捏之成團。漢枚乘〈七發〉：「楚苗之食，安胡之飰，摶之不解，一啜而散。」❻爛　飯相摶粘。郭注：「飯相著。」❼米者　指煮得半生不熟的飯。❽糪　夾生飯。《說文》：「炊，米者謂之糪。」❾敗　腐爛；變質。❿餒　指魚類腐爛。《論語・鄉黨》：「魚餒而肉敗，不食。」何晏《論語集解》引孔安國曰：「魚敗曰餒也。」

【語譯】食物變味發臭稱作餯。食物經久而腐臭變味稱作餲。煮得爛而粘在一起的飯稱作糷，煮得半生不熟的飯稱作糪。肉類腐爛變質稱作敗，魚類腐爛變臭稱作餒。

六·○一三　肉曰脫❶之，魚曰斮❷之。

【注釋】❶脫　肉剝皮去骨。郭注：「剝其皮也。」邢疏：「此論治擇魚肉之名也。肉剝去其皮，因名『脫之』。李巡云：『肉去其骨曰脫。』」《禮記·內則》：「肉曰脫之。」❷斮　削去；削除。郭注：「謂削鱗也。」

【語譯】把肉剝皮去骨稱作脫之，把魚削掉魚鱗稱作斮之。

六·○一四　冰❶，脂也。

【注釋】❶冰　結冰；凝結。後多作「凝」。《說文》：「冰，水堅也。从仌從水。凝，俗冰从疑。」《逸周書·時訓》：「立冬之日，水始冰。又五日，地始凍。」

【語譯】冰指油脂凝結。

六·○一五　肉謂之羹❶。魚謂之鮨❷。肉謂之醢❸，有骨者謂之臡❹。

【注釋】❶羹　用肉類或菜蔬等製成的帶濃汁的食物。《詩·商頌·烈祖》：「亦有和羹。」孔疏：「羹者，五味調和。」❷鮨　魚醬。郝疏：「鮨是以魚作醬。」❸醢　肉醬。《詩·大雅·行葦》：「醓醢以薦，或燔或炙。」高亨《詩經今注》：「醓，肉醬。」❹臡　有骨的肉醬。《儀禮・公食大夫禮》：「昌本南，麋臡。」鄭注：「三臡亦醓也。鄭司農曰：……或曰麋臡，醬也。有骨為臡，無骨為醓。」

【語　譯】用肉類等製成的帶濃汁的食物稱作羹。魚醬稱作鮨。肉醬稱作醓，有骨頭的肉醬稱作臡。

六・〇一六　康（ㄎㄤ）❶謂（ㄨㄟˋ）之（ㄓ）蠱（ㄍㄨˇ）❷。

【注　釋】❶康　同「穅」。穀皮。郝疏：「康者，《說文》作『穅』，云：『穀皮也。或省作康。』」❷蠱　穀蠱，也指穀蟲蝕穀米留下的空穀皮。《左傳・昭公元年》：「符之飛，亦為蠱。」杜注：「穀久積則變為飛蠱，名蠱。」黃侃《手批爾雅義疏》：「蠱之言兆也。兆，廱蔽也。又言鼓也。《釋名》：鼓，郭也，張皮以冒之，其中空也。」《說文》：「蠱，腹中蟲。」段注：「『中、蟲』皆讀去聲……腹中蟲者，謂腹內中蟲食之毒也，自外而入，故曰中，自內而蝕，故曰蟲。」按：穀蟲蝕米，化為飛蛾，空留穀皮，故穀蟲蝕穀米留下的空穀皮亦名蠱。

【語　譯】穀蟲蝕穀米留下的空穀皮稱作蠱。

六・〇一七　澱（ㄉㄧㄢˋ）❶謂（ㄨㄟˋ）之（ㄓ）垽（ㄧㄣˋ）。

【注　釋】❶澱　沉積的泥滓、灰滓。郭注：「滓澱也。今江東呼垽。」邢疏：「澱，滓泥也。一名垽。」黃侃《手批爾雅義疏》：「澱之言定也。垽之言堇也。堇，黏土也。」

【語　譯】沉積的泥滓稱作垽。

六·〇一八

鼎❶絕大謂之鼐❷，圜❸弇❹上謂之鼒❺，附耳外謂之釴❻，款足者❼謂之鬲❽。

【注　釋】❶鼎　古代器物，一般為圓腹三足兩耳，可用作祭器，盛行於商、周。《說文》：「鼎，三足兩耳，和五味之寶器也。」《周禮·秋官·掌客》：「鼎簋十有二。」鄭注：「鼎，牲器也。」❷鼐　大鼎。《詩·周頌·絲衣》：「鼐鼎及鼒，兕觥其觩。」毛傳：「大鼎謂之鼐，小鼎謂之鼒。」❸圜　同「圓」。圓形。《楚辭·離騷》：「何方圜之能周兮，夫孰異道而相安？」朱熹集注：「圜，一作『圓』。」❹弇　謂器物口小而腹大。《呂氏春秋·孟冬》：「其器宏以弇。」于省吾《雙劍誃諸子新證·呂氏春秋》：「徐灝《說文》箋：『凡口狹而中寬者謂之弇。』然則『其器宏以弇』，謂其器宏大而斂口也。」❺鼒　口小的鼎。郭注：「鼎斂上而小口。」❻釴　附耳在脣外的方鼎。郭注：「鼎耳在表。」郝疏：「附耳外者，言近於耳而在外之處謂之釴，釴猶翼也。」❼款足者　足曲而中空的鼎。郭注：「鼎曲腳也。」黃侃《手批爾雅義疏》：「款與卷同聲，故亦有曲義。注云『曲腳』者，讀款為屈，為卷，以款為曲也。恆言亦云款曲矣。」❽鬲　古代一種炊器。口圓，似鼎，三足中空而曲。陶製的始於新石器時代晚期。殷周時，陶製的與青銅製的並存。《周禮·考工記·陶人》：「鬲實五觳，厚半寸，脣寸。」孫詒讓《周禮正義》：「其用主於烹飪，與釜、鍑同。」

【語　譯】鼎最大的稱作鼐，圓形而口小腹大的稱作鼒，方形而附耳在脣外的稱作釴，足曲而中空的稱作鬲。

六·〇一九

鼫❶謂之鬵❷。鬵，鉹也。

【注　釋】❶鬸　蒸食炊器。《說文》：「鬸，鬵屬。」邢疏：「鬸，一名鬵，涼州名鉹。《方言》云：『甑自關而東或謂之甗，或謂之鬵，或謂之酢餾。』是也。」❷鬵　釜類烹器。《楚辭》劉向〈九歎・憂苦〉：「潛周鼎於江淮兮，爨土鬵於中宇。」王逸《楚辭章句》：「鬵，釜也。」

【語　譯】蒸食的大鍋稱作鬵。鬵，又稱作鉹。

六・〇二〇　璲❶，瑞也。玉十謂之區❷。

【注　釋】❶璲　瑞玉名。郭注：「璲者，玉瑞。」《詩・小雅・大東》：「鞙鞙佩璲，不以其長。」毛傳：「璲，瑞也。」❷區　玉的計數單位，玉五雙謂之「區」。郭注：「雙玉曰瑴，五瑴為區。」

【語　譯】璲就是一種瑞玉。十塊玉相合稱作區。

六・〇二一　羽本謂之翮❶。一羽謂之箴❷，十羽謂之縳❸，百羽謂之緷❹。

【注　釋】❶翮　鳥羽的莖。中空透明，俗稱「羽管」。《周禮・地官・羽人》：「掌以時徵羽翮之政。」鄭注：「翮，羽本。」❷箴　量詞，用於計算鳥雀的羽數。郭注：「別羽數多少之名。」❸縳　羽數名。《周禮・地官・羽人》：「十羽為審，百羽為搏，十搏為縳。」鄭注：「縳，羽數，束名也。」❹緷　古代量詞，用百根羽毛捆成的一束。又泛稱大捆為緷。《玉篇・糸部》：「緷，大束也。」

【語　譯】鳥羽莖的下端稱作翮。一根羽毛稱作箴，十根羽毛捆成一束稱作縳，百根羽毛捆成一束稱作緷。

六·〇二二 木謂之虡❶。

【注釋】❶虡 古代懸掛鐘鼓木架的兩側立柱。《詩·大雅·靈臺》：「虡業維樅，賁鼓維鏞。」毛傳：「植者曰虡，橫者曰栒。業，大版也。」

【語譯】懸掛鐘鼓木架的兩側立柱稱作虡。

六·〇二三 旄❶謂之藣❷。

【注釋】❶旄 旄牛尾。古代常作飾物。郭注：「旄牛尾也。」《周禮·春官·宗伯第三》：「旄人下士四人，舞者眾寡無數。」鄭注：「旄，旄牛尾，舞者所持以指麾。」❷藣 古代舞者手執的旄牛尾。邢疏：「舞者所執也。」

【語譯】舞者手執的旄牛尾稱作藣。

六·〇二四 菜謂之蔌❶。

【注釋】❶蔌 蔬菜的總稱。郭注：「蔌者，菜茹之總名。」《詩·大雅·韓奕》：「其蔌維何？維筍及蒲。」

【語譯】蔬菜稱作蔌。

六·〇二五 白蓋❶謂之苫❷。

【注釋】❶蓋　用白茅編成的覆蓋物。《左傳・襄公十四年》：「乃祖吾離被苫蓋，蒙荊棘，以來歸我先君。」杜注：「蓋，苫之別名。」❷苫　又名蓋。用茅草編製的覆蓋物。郭注：「白茅，苫也。今江東呼為蓋。」

【語譯】用白茅編成的覆蓋物稱作苫。

六・〇二六　黃金謂之璗❶，其美者謂之鏐❷。白金謂之銀，其美者謂之鐐❸。鉼❹金謂之鈑❺，錫謂之鈏❻。

【注釋】❶璗　黃金。《說文》：「璗，金之美者，與玉同色。」❷鏐　純美的黃金。又稱紫磨金。《史記・夏本紀》：「貢璆、鐵、銀、鏤。」裴駰《史記集解》引鄭玄曰：「黃金之美者謂之鏐。」❸鐐　純美的銀子。《詩・小雅・瞻彼洛矣》「鞞琫有珌」毛傳：「鞞，容刀鞞也。琫，上飾；珌，下飾……大夫鐐琫而鏐珌。」❹鉼　鉼狀金、銀、銅塊。《周禮・秋官・職金》：「則共其金版。」鄭注：「鉼金謂之版。」❺鈑　鉼狀金銀塊。亦指板塊狀金屬。郭注：「《周禮》曰『祭五帝，即供金鈑』是也。」❻鈏　即錫。郭注：「錫，白鑞。」邢疏：「錫，今白鑞也，一名鈏。」

【語譯】黃金稱作璗，純美的黃金稱作鏐。白金稱作銀，純美的白金稱作鐐。鉼狀的金屬塊稱作鈑。錫稱作鈏。

六・〇二七　象謂之鵠❶，角謂之鱟❷，犀謂之剒❸，木謂之剫❹，玉謂之雕。

【注釋】❶鵠　治理象牙。郭注：「治樸之名。」❷鱟　對獸角加工雕琢。《說文》：「鱟，治角也。」❸剒琢磨；雕刻打磨。邢疏：「謂治其樸，俱未成器。」❹剫　斫木；加工木料。郭注引《左傳》曰：「山有木，工則剫之。」按：今本《左傳·隱公十一年》「剫」作「度」。

【語譯】治理加工象牙稱作鵠，雕琢加工獸角稱作觷，琢磨加工犀牛角稱作剒，斫砍加工木料稱作剫，雕刻加工玉石稱作雕。

六·〇二八　金謂之鏤❶，木謂之刻，骨謂之切❷，象謂之磋❸，玉謂之琢❹，石謂之磨。

【注釋】❶鏤　本義為可以用作雕刻的鋼鐵，引申為雕刻。《書·禹貢》：「厥貢璆、鐵、銀、鏤、砮、磬。」孔疏：「鏤者，可以刻鏤，故為剛鐵也。」❷切　加工珠寶骨器的工藝名稱。❸磋　磨治象牙。❹琢　雕刻加工玉石。《詩·衛風·淇奧》：「如切如磋，如琢如磨。」毛傳：「治骨曰切，象曰磋，玉曰琢，石曰磨。」

【語譯】雕刻金屬器物稱作鏤，雕刻木器稱作刻，加工珠寶骨器稱作切，磨治象牙稱作磋，雕刻加工玉石稱作琢，加工石器稱作磨。

六·〇二九　璆❶、琳❷，玉也。

【注釋】❶璆　同「球」。美玉。郭注：「美玉名。」《國語·晉語四》：「官師之所材也，戚施直鎛，蘧蒢蒙璆。」韋昭注：「璆，玉磬。」❷琳　美玉；青碧色的玉。《書·禹貢》：「厥貢惟球、琳、琅玕。」孔傳：

「球、琳，皆玉名。」

【語　譯】璆、琳，都是美玉的名稱。

六・〇三〇　簡謂之畢❶。

【注　釋】❶畢　古代用以寫字的簡。《禮記・學記》：「今之教者，呻其佔畢，多其訊。」鄭注：「呻，吟也；佔，視也；簡謂之畢。」陳澔《禮記集說》：「畢，簡也。」

【語　譯】竹簡稱作畢。

六・〇三一　不律❶謂之筆。

【注　釋】❶不律　筆的別名。郭注：「蜀人呼筆為不律也，語之變轉。」《說文》：「楚謂之聿，吳謂之不律，燕謂之弗，秦謂之筆。」

【語　譯】不律稱作筆。

六・〇三二　滅❶謂之點❷。

【注　釋】❶滅　除盡；使不存在。《易・剝》：「剝牀以足，以滅下也。」❷點　塗抹；滅去。郭注：「以筆滅字為點。」《後漢書・文苑傳下・禰衡》：「衡攬筆而作，文無加點，辭采甚麗。」

【語譯】用筆塗去已寫的文字稱作點。

六·〇三三 絕澤謂之銑❶。

【注釋】❶銑 光澤度極好的金屬。郭注：「銑即美金，言最有光澤也。」南朝梁江淹〈齊故司徒右長史檀超墓誌文〉：「惟金有銑，惟玉有瑤。」胡之驥《江文通集匯注》：「銑，金之澤者。《國語》曰：『玦之以金者，銑寒甚矣。』」

【語譯】最有光澤的金屬稱作銑。

六·〇三四 金鏃❶翦羽謂之鍭❷。骨鏃不翦羽謂之志❸。

【注釋】❶鏃 箭頭。《管子·參患》：「射而不能中，與無矢者同實；中而不能入，與無鏃者同實。」❷鍭 即鍭矢。古代用於田獵、射禮的一種金鏃齊羽的箭。《詩·大雅·行葦》：「敦弓既堅，四鍭既鈞。」鄭箋：「周之先王將養老，先與群臣行射禮，以擇其可與者以為賓。」王夫之《詩經稗疏·大雅》：「殺矢、鍭矢用諸近射、田獵，唯恆矢則用諸散射。散射者，禮射也。此宜用恆矢之軒輖中者，而顧用參亭之鍭矢，蓋射椹質而非射大侯也；椹質難入，故用鍭矢以益其力。」❸志 骨鏃不剪羽的箭。郭注：「今之骨骲是也。」按：骲，骨或木製的箭鏃。

【語譯】箭頭用金屬製成、箭身羽毛剪得短齊的箭稱作鍭。箭頭用骨頭製成、箭身羽毛不剪短齊的箭稱作志。

六·○三五　弓有緣❶者謂之弓，無緣者謂之弭❷。以金者謂之銑❸，以蜃者謂之珧，以玉者謂之珪。

【注　釋】❶緣　衣邊，此處指弓之兩端以絲繩纏繞作裝飾。參見六·○一○條注釋。❷弭　末端飾以角、骨的弓。按：以角、骨飾兩頭，不繳束，不漆。《左傳·僖公二十三年》：「若不獲命，其左執鞭弭，右屬櫜鞬，以與君周旋。」杜注：「弭，弓末無緣者。」❸銑　銑弓：弓的兩端用金裝飾者。郭注：「用金、蚌、玉飾弓兩頭，因取其類以為名。」

【語　譯】兩端用絲繩纏繞作裝飾的弓稱作弓，不用絲繩纏繞作裝飾的弓稱作弭。兩端用金屬作裝飾的弓稱作銑，兩端用貝殼作裝飾的弓稱作珧，兩端用玉作裝飾的弓稱作珪。

六·○三六　珪❶大尺二寸謂之玠❷。璋❸大八寸謂之琡❹。璧❺大六寸謂之宣❻。肉倍好❼謂之璧，好倍肉謂之瑗❽，肉好若一謂之環❾。

【注　釋】❶珪　「圭」的古字。瑞玉。常作祭祀、朝聘之用。《書·金縢》：「植璧秉珪，乃告大王、王季、文王。」❷玠　大圭。郭注：「《詩》曰：『錫爾玠珪。』」按：今本《詩·大雅·崧高》作「介圭」。❸璋　玉器名。狀如半圭，古代朝聘、祭祀、喪葬、治軍時用作禮器或信玉。郭注：「璋，半珪也。」《書·顧命》：「秉璋以酢。」孔傳：「半圭曰璋。」❹琡　玉器，八寸的璋。邢疏：「璋，半珪也，大八寸者名琡。」❺璧　玉器名。扁平、圓形、中心有孔。邊闊大於孔徑。古代貴族用作朝聘、祭祀、喪葬時的禮器，也作佩帶的裝飾。

《詩・衛風・淇奧》：「有匪君子，如金如錫，如圭如璧。」❻宣　本作「瑄」。指古代祭天用的大璧。《史記・孝武本紀》：「皇帝始郊見泰一雲陽，有司奉瑄玉嘉牲薦饗。」裴駰《史記集解》引孟康曰：「璧大六寸謂之瑄。」❼肉倍好　古代圓形有孔的玉器或錢幣孔外部分稱為「肉」，孔空部分稱為「好」。「肉倍好」指邊寬比孔徑大一倍。❽瑗　孔大邊小的璧。郭注：「瑗，孔大而邊小。」《管子・輕重丁》：「因使玉人刻石而為璧，尺者萬泉……珪中四千，瑗中五百，璧之數已具。」❾環　璧的一種。圓圈形的邊孔適等的玉器。郭注：「環，邊孔適等。」《左傳・昭公十六年》：「宣子有環，其一在鄭商。」

【語　譯】長一尺二寸的珪稱作玠。長八寸的璋稱作瑑。大有六寸的璧稱作宣（瑄）。圓形有孔的玉器邊寬比孔徑大一倍的稱作璧，孔徑比邊寬大一倍的稱作瑗，邊寬與孔徑相等的稱作環。

六・〇三七　緌❶，綬❷也。

【注　釋】❶緌　古代貫串佩玉的帶子。郭注：「即佩玉之組，所以連繫瑞玉者。」❷綬　古代用以繫佩玉、官印、帷幕等的絲帶。綬帶的顏色常用以標誌不同的身分與等級。《禮記・玉藻》：「天子佩白玉而玄組綬，公侯佩山玄玉而朱組綬。」鄭注：「綬者，所以貫佩玉相承受者也。」

【語　譯】貫串佩玉的帶子稱作綬。

六・〇三八　一染謂之縓❶，再染謂之赬❷，三染謂之纁❸。青謂之蔥❹。黑謂之黝。斧謂之黼❺。

【注　釋】❶縓　淺紅色。《儀禮・既夕禮》：「縓綼緆。」鄭注：「一染謂之縓，今紅也。」❷赬　紅色。郭注：「淺赤。」❸纁　淺絳色。《周禮・考工記・鍾氏》：「三入為纁。」鄭注：「染纁者，三入而成。」❹蔥　青綠色。《詩・小雅・采芑》：「朱芾斯皇，有瑲蔥珩。」毛傳：「蔥，蒼也。」❺黼　古代禮服上白黑相間的花紋，取斧形，象臨事決斷。《書・益稷》：「藻火粉米，黼黻絺繡。」孔傳：「黼若斧形。」陸德明釋文：「白與黑謂之黼。」

【語　譯】染一次而成的淺紅色稱作縓，染兩次而成的淺紅色稱作赬，染三次而成的淺紅色稱作纁。青綠色稱作蔥。黑色稱作黝。禮服上黑白相間的斧形花紋稱作黼。

六・〇三九　邸❶謂之柢❷。

【注　釋】❶邸　通「柢」。物的基部。郝疏：「邸者，本為邸舍，經典借為根柢，故此釋之也。」《周禮・春官・典瑞》：「四圭有邸，以祀天旅上帝。」孫詒讓《周禮正義》：「四圭共著一璧為柢。」❷柢　本義指樹根，引申指物體的底。邢疏：「凡物之柢必在底下，因名云也。」《周禮・夏官・弁師》「王之皮弁……象邸玉笄」鄭注：「邸，下柢也。」賈公彥疏：「謂於弁內頂上以象骨為柢。」

【語　譯】根底稱作柢。

六・〇四〇　雕謂之琢。

【語　譯】雕刻稱作琢。

六·〇四一　蓐❶謂之茲❷。

【注釋】❶蓐　草席；草墊子。《周禮·夏官·圉師》：「圉師掌教圉人養馬，春除蓐。」❷茲　邢疏：「蓐一名茲。郭云：『茲者，蓐席也。』言草蓐之席也。」

【語譯】草席墊稱作茲。

六·〇四二　竿謂之箷❶。

【注釋】❶箷　同「椸」。衣架。邢疏：「凡以竿為衣架者曰箷。」《禮記·曲禮上》：「男女不雜坐，不同椸枷。」鄭注：「椸，可以枷衣者。」陸德明釋文：「椸……衣架也。枷，本又作『架』。」

【語譯】衣架稱作箷。

六·〇四三　簀❶謂之笫。

【注釋】❶簀　用竹片或木條編成的床墊子。亦稱笫。《國語·晉語一》：「獻公田，見翟柤之氛，歸寢不寐。郤叔虎朝，公語之。對曰：『牀笫之不安邪？抑驪姬之不存側邪？』」韋昭注：「笫，簀也。」

【語譯】竹篾或木條製成的床墊稱作笫。

六·〇四四　革中絕❶謂之辨❷，革中辨謂之韏❸。

【注　釋】❶絕　斷；分成兩段或幾段。《荀子．修身》：「其折骨絕筋，終身不可以相及也。」❷辨　皮革中斷。郭注：「中斷皮也。」❸鞏　皮革中斷，再從中分割。郭注：「復分半也。」邢疏：「皮去毛曰革。此別分斷之名也。中斷之名辨，復中分其辨名鞏也。」

【語　譯】將皮革從中間分割成兩半稱作辨，再把已分割的皮革從中間分割成兩半稱作鞏。

六．〇四五　鏤，鎪❶也。

【注　釋】❶鎪　鏤刻。郭注：「刻鏤物為鎪。」《文選》嵇康〈琴賦〉：「鎪會裛廁，朗密調均。」李善注：「鎪會，謂鎪鏤其縫會也。」

【語　譯】鏤刻稱作鎪。

六．〇四六　卣❶，中尊也。

【注　釋】❶卣　參見六．〇〇九條注釋。

【語　譯】卣，是一種不大不小的青銅酒器。

釋樂第七

【題　解】本篇共釋語詞三十六個。主要解釋的是古代關於音階和樂器的名稱語詞，解釋的方法主要是以今語釋古語，以通語釋方言。解釋的形式為「某謂之某」，被釋語詞在後，釋語詞在前。

七·〇〇一　宮謂之重，商謂之敏，角謂之經，徵謂之迭，羽謂之柳❶。

【注　釋】❶宮謂之重五句　宮、商、角、徵、羽，是中國古代五聲音階中的五音。大致相當於現代簡譜上的「1」、「2」、「3」、「5」、「6」。而「重」、「敏」、「經」、「迭」、「柳」之類，皆為異名。郭注：「皆五音之別名。」邢疏：「云『之別名』者，謂重、敏、經、迭、柳是宮、商、角、徵、羽之別名也。」徐景安《樂書》引劉歆曰：「宮者，中也，君也，為四音之綱，其聲重厚如君之德而為重。商者，章也，臣也，其聲敏疾如臣之節而為敏。角者，觸也，民也，其聲圓長經貫清濁如民之象而為經。徵者，祉也，事也，其聲抑揚遞續其音如事之緒而為迭。羽者，宇也，物也，其聲低平掩映自高而下五音備成，如物之聚而為柳。」

【語　譯】宮音稱作重，商音稱作敏，角音稱作經，徵音稱作迭，羽音稱作柳。

七·〇〇二 大(ㄉㄚˋ)瑟(ㄙㄜˋ)❶謂(ㄨㄟˋ)之(ㄓ)灑(ㄙㄚˇ)❷。

【注釋】❶瑟 古撥絃樂器。春秋時已流行，常與古琴或笙合奏。形似古琴，但無徽位，有五十絃、二十五絃、十五絃等。每絃有一柱。上下移動，以定聲音。《詩·唐風·山有樞》：「子有酒食，何不日鼓瑟。」❷灑 樂器名。郭注：「長八尺一寸，廣一尺八寸，二十七弦。」郝疏：「謂之灑者，釋文引孫炎云：『音多變，布出如灑也。』」

【語譯】大瑟稱作灑。

七·〇〇三 大(ㄉㄚˋ)琴(ㄑㄧㄣˊ)謂(ㄨㄟˋ)之(ㄓ)離(ㄌㄧˊ)❶。

【注釋】❶離 古代一種大琴。郭注：「或曰琴大者二十七弦，未詳長短。《廣雅》曰：『琴長三尺六寸五分，五弦。』」邢疏：「琴之大者，別名離也。孫叔然云：『音多變，聲流離也。』」

【語譯】大琴稱作離。

七·〇〇四 大(ㄉㄚˋ)鼓(ㄍㄨˇ)謂(ㄨㄟˋ)之(ㄓ)鼖(ㄈㄣˊ)❶，小(ㄒㄧㄠˇ)者(ㄓㄜˇ)謂(ㄨㄟˋ)之(ㄓ)應(ㄧㄥ)❷。

【注釋】❶鼖 古代軍中所用的大鼓，八尺而兩面。郭注：「鼖長八尺。」《說文》：「鼖，大鼓謂之鼖。鼖八尺而兩面，以鼓軍事。」❷應 古樂器名。即小鼓。邢疏：「其小者名應，言聲應於大鼓也。李巡曰：『小者聲音相承，故曰應也。』孫炎曰：『和應大鼓也。』」《詩·周頌·有瞽》：「應田縣鼓，鞉磬柷圉。」毛傳：

「應，小鞞也；田，大鼓也。」

【語　譯】大鼓稱作鼖，小鼓稱作應。

七·〇〇五　大磬❶謂之毊❷。

【注　釋】❶磬　古代一種用玉、石或金屬製成的打擊樂器。狀如曲尺。懸掛於架上，擊之而鳴。《左傳·襄公十一年》：「凡兵車百乘，歌鐘二肆，及其鎛、磬，女樂二八。」杜注：「鎛、磬，皆樂器。」❷毊　古樂器名。大磬。郭注：「毊形似犂錧，以玉石為之。」

【語　譯】大磬稱作毊。

七·〇〇六　大笙❶謂之巢❷，小者謂之和❸。

【注　釋】❶笙　管樂器名。由簧片、笙管、斗子三部分組成。簧片古時用竹製，後改用響銅；笙管為長短不一的竹管，於近上端處開音窗，近下端處開按孔，下端嵌接木質「笙角」以裝簧片，並插入斗子內；斗子用匏、木或銅製成，連有吹口。有圓形、方形等多種形制，簧管自十三至十九根不等。奏時手按指孔，吹吸振動簧片而發音。能奏和音。是民間器樂合奏中的重要樂器。《說文》：「笙，十三簧，象鳳之身也。笙，正月之音。物生，故謂之笙。」《詩·小雅·鹿鳴》：「我有嘉賓，鼓瑟吹笙。」❷巢　笙之大者。邢疏：「巢，高也，言其聲高。」❸和　笙之小者。邢疏引李巡曰：「小者聲少，音相和也。」

【語　譯】大笙稱作巢，小笙稱作和。

七·〇〇七

大篪❶謂之沂❷。

【注釋】❶篪　古代一種竹製的管樂器。像笛，有八孔，橫吹。唯其開孔數及尺寸古書記載不一。郭注：「篪，以竹為之。長尺四寸，圍三寸。一孔上出一寸三分，名翹。橫吹之。小者尺二寸。《廣雅》云八孔。」《詩·小雅·何人斯》：「伯氏吹壎，仲氏吹篪。」❷沂　大篪。邢疏：「李巡曰：『大篪其聲悲也。』孫炎曰：『篪聲悲。沂，悲也。』」

【語譯】大篪稱作沂。

七·〇〇八

大塤❶謂之嘂❷。

【注釋】❶塤　古代一種土製吹奏樂器。大如鵝蛋或雞蛋，頂部稍尖，底平，中空，有球形或橢圓形等多種。頂上有吹口，前面有三、四或五孔，後面有二孔，古今各異。《周禮·春官·小師》：「小師掌教鼓、鞀、柷、敔、塤、簫、管、弦、歌。」鄭注：「塤，燒土為之，大如鴈卵。」❷嘂　樂器名。即大塤，言其音大如叫呼之意。邢疏引孫炎曰：「音大如叫呼聲。」

【語譯】大塤稱作嘂。

七·〇〇九

大鐘謂之鏞❶，其中謂之剽❷，小者謂之棧❸。

【注釋】❶鏞　大鐘。《詩·大雅·靈臺》：「虡業維樅，賁鼓維鏞。」鄭箋：「鏞，大鐘也。」❷剽　樂器名。中等大小的鐘。邢疏引孫炎曰：「剽者，聲輕疾也。」❸棧　古樂器名。小鐘。邢疏引李巡曰：「棧，淺也。」

【語　譯】大鐘稱作鏞，中等大小的鐘稱作剽，小鐘稱作棧。

七・〇一〇

大簫❶謂之言❷，小者謂之筊❸。

【注　釋】❶簫　一種竹製管樂器。古代的簫用許多竹管編成，有底；後代的簫只用一根竹管做成，不封底，直吹。❷言　大簫。郭注：「編二十三管，長尺四寸。」邢疏引李巡曰：「大簫，聲大者言言也。」❸筊　小簫。邢疏引李巡曰：「小者聲揚而小，故言筊。筊，小也。」

【語　譯】大簫稱作言，小簫稱作筊。

七・〇一一

大管❶謂之簥❷，其中謂之篞❸，小者謂之篎❹。

【注　釋】❶管　古樂器名。《詩・周頌・有瞽》：「既備乃奏，簫管備舉。」朱熹集傳：「管，如篴，併兩而吹之者也。」❷簥　古樂器。大管。郭注：「管長尺，圍寸，併漆之，有底。賈氏以為如篪六孔。」❸篞　古代管樂器名。郝疏：「《御覽》五百八十引舍人曰：『大管聲高大，故曰簥。簥者，高也。中者聲精密，故曰篞。篞，密也。小者聲音清妙也。』」❹篎　古代的一種小管樂器。《說文》：「篎，小管謂之篎。」

【語　譯】大管稱作簥，中等大小的管稱作篞，小管稱作篎。

七・〇一二

大籥❶謂之產，其中謂之仲，小者謂之箹。

【注　釋】❶籥　古管樂器。在甲骨文中，本作「龠」。象編管之形，似為排簫之前身。有吹籥、舞籥兩種。吹籥似笛而短小，三孔；舞籥長而六孔，可執作舞具。《詩・邶風・簡兮》：「左手執籥，右手秉翟。」孔疏：「籥雖吹器，舞時與羽並執，故得舞名。」

【語　譯】大籥稱作產，中等大小的籥稱作仲，小籥稱作箹。

七・〇一三　徒鼓瑟謂之步。徒吹謂之和。徒歌謂之謠。徒擊鼓謂之咢❶。徒鼓鐘謂之修❷。徒鼓磬謂之寋❸。

【注　釋】❶咢　擊鼓而歌。《詩・大雅・行葦》：「嘉殽脾臄，或歌或咢。」毛傳：「徒擊鼓曰咢。」❷修　古代音樂名詞。謂只有鐘鼓之音而不伴以歌唱。❸寋　古代音樂名詞。謂只擊磬而不伴以其他樂器。

【語　譯】只彈奏瑟稱作步。只吹奏稱作和。只唱歌而無樂器伴奏稱作謠。只擊鼓稱作咢。只敲鐘稱作修。只擊磬稱作寋。

七・〇一四　所以鼓柷❶謂之止。所以鼓敔❷謂之籈❸。

【注　釋】❶柷　古樂器名。木製，形如方斗。奏樂開始時擊之。郭注：「柷如漆桶，方二尺四寸，深一尺八寸，中有椎柄，連底挏之，令左右擊。止者，其椎名。」❷敔　古樂器名。又稱楬。形如伏虎。雅樂將終時擊以止樂。《書・益稷》：「合止柷敔。」孔疏：「樂之初，擊柷以作之；樂之將末，戛敔以止之。」❸籈　古代敲擊樂器敔所用的棒。

【語譯】用來打擊柷的槌子稱作止。用來打擊敔的木棒稱作籈。

七·〇一五 大鼗❶謂之麻，小者謂之料❷。

【注釋】❶鼗 鼓名。亦作「鞀」。即長柄搖鼓，俗稱撥浪鼓。《周禮·春官·小師》：「掌教鼓、鞀、柷、敔、塤、簫、管、弦、歌。」鄭注：「鞀如鼓而小，持其柄搖之，旁耳還自擊。」❷料 古樂器。即小鞀，長柄搖鼓。郭注：「麻者音概而長也，料者聲清而不亂。」

【語譯】大的長柄搖鼓稱作麻。小的長柄搖鼓稱作料。

七·〇一六 和樂謂之節❶。

【注釋】❶節 敲擊以控制樂曲節奏的樂器。邢疏：「節，樂器名，謂相也。〈樂記〉云：『治亂以相。』鄭注云：『相即拊也，亦以節樂。拊者以韋為表，裝之以糠。糠一名相，因以名焉。』」

【語譯】敲擊以和諧音樂，控制樂曲節奏的樂器稱作節。

釋天第八

【題　解】本篇共釋語詞一四九個。分為四時、祥、災、歲陽、歲名、月陽、月名、風雨、星名、祭名、講武、旌旂等十二類。主要解釋的是關於天文和與之有關的曆法、氣象等方面的語詞。

八·〇〇一　**穹蒼❶，蒼天也。**

【注　釋】❶穹蒼　蒼天。亦稱蒼穹。《詩·大雅·桑柔》：「靡有旅力，以念穹蒼。」孔疏：「穹蒼，蒼天，《釋天》云。李巡曰：『古時人質仰視天形，穹隆而高，色蒼蒼然，故曰穹蒼。』是也。」

【語　譯】穹蒼，就是蒼天的意思。

八·〇〇二　**春為蒼天❶，夏為昊天❷，秋為旻天❸，冬為上天❹。**

【注　釋】❶蒼天　指春天。亦泛指天。郭注：「萬物蒼蒼然生。」《詩·王風·黍離》：「悠悠蒼天，此何人哉！」毛傳：「蒼天，以體言之……據遠視之蒼蒼然，則稱蒼天。」❷昊天　指夏天。古多泛指天。昊，元氣博大貌。郭注：「言氣皓旰。」《書·堯典》：「乃命羲和，欽若昊天，曆象日月星辰，敬授人時。」❸旻天特指秋天。亦泛指天。郭注：「旻，猶湣也，湣萬物彫落。」《書・多士》：「爾殷遺多士，弗弔旻天，大降喪于殷。」孔疏：「天有多名，獨言旻天者，旻，湣也。」❹上天　特指冬天。亦泛指天空、天上。郭注：「言時無事，在上臨下而已。」《詩・小雅・信南山》：「上天同雲，雨雪雰雰。」馬瑞辰通釋：「上天與昊天、蒼天等同為天稱。」

【語　譯】春季的天稱作蒼天，夏季的天稱作昊天，秋季的天稱作旻天，冬季的天稱作上天。

四時❶。

【注　釋】❶四時　是對以上二條的歸類，說明它們所釋的都是四時天之名。邢疏：「此題上事也。言上所陳，是四時天。」《禮記・孔子閒居》：「天有四時，春秋冬夏。」

【語　譯】四時是四季天的別名的歸類。

八・〇〇三　春為青陽❶，夏為朱明❷，秋為白藏❸，冬為玄英❹。四氣和謂之玉燭❺。

【注　釋】❶青陽　指春天。邢疏：「言春之氣和，則青而溫陽。」❷朱明　指夏季。郭注：「氣赤而光明。」❸白藏　指秋天。秋於五色為白，序屬歸藏，故稱。郭注：「色白而收藏。」❹玄英　謂冬天。邢疏：「言冬之氣和則黑而清英也。」❺玉燭　謂四時之氣和暢。形容太平盛世。郭注：「道光照。」邢疏：「道光照者，道，言也；言四時和氣，溫潤明照，故曰玉燭。」《尸子》卷上：「四氣和，正光照，此之謂玉燭。」

【語譯】春季氣青而溫陽，稱作青陽；夏季氣赤而光明，稱作朱明；秋季氣白而收藏，稱作白藏；冬季氣黑而清英，稱作玄英。四季的氣候和暢稱作玉燭。

八·〇〇四　春為發生，夏為長贏，秋為收成，冬為安寧❶。四時和為通正❷，謂之景風❸。

【注釋】❶春為發生四句　發生、長贏、收成、安寧也是四時的別稱。郭注：「此亦四時之別號。《尸子》皆以為大平祥風。」❷通正　順暢平正。郭注：「通，平暢也。」邢疏：「言上四時之功和，是為通暢平正也。」《尸子》卷上：「四氣和為通正。」❸景風　祥和之風。《列子·湯問》：「景風翔，慶雲浮。」

【語譯】春季萬物萌發生長，稱作發生；夏季萬物增長充盈，稱作長贏；秋季萬物收斂成熟，稱作收成；冬季萬物安息寧靜，稱作安寧。四季順暢平正稱作通正，這些祥和之風就稱作景風。

八·〇〇五　甘雨❶時降，萬物以嘉，謂之醴泉❷。

【注釋】❶甘雨　適時好雨。《詩·小雅·甫田》：「以祈甘雨，以介我稷黍，以穀我士女。」孔疏：「甘雨者，以長物則為甘，害物則為苦。」❷醴泉　指及時之雨。《尸子》卷上：「甘雨時降，萬物以嘉，高者不少，下者不多，此之謂醴泉。」

【語譯】甘雨適時降臨，萬物因而和美，這就稱作醴泉。

祥❶。

【注釋】❶祥　吉祥的徵兆。這裡是對以上三條的歸類，說明它們都是表示祥順的天候。

【語譯】祥是表示祥順天候的語詞的歸類。

八·〇〇六

穀不熟為饑，蔬不熟為饉，果不熟為荒❶，仍❷饑為荐。

【注釋】❶穀不熟為饑三句　饑，年成很差或顆粒無收。饉，蔬菜歉收。荒，年成不好；歉收。《詩·小雅·雨無正》：「降喪饑饉，斬伐四國。」毛傳：「穀不熟曰饑，蔬不熟曰饉。」《韓非子·六反》：「天饑歲荒。」❷仍　一再；頻繁；連年。《國語·周語下》：「晉仍無道而鮮冑，其將失之矣。」韋昭注：「仍，數也。」

【語譯】穀物歉收稱作饑，蔬菜歉收稱作饉，果物歉收稱作荒，連年歉收稱作荐。

災❶。

【注釋】❶災　指自然災害。這裡是對上條所釋語詞的歸類，說明它們都是表示因災荒而歉收。

【語譯】災是表示因災荒而歉收的語詞的歸類。

八·〇〇七

大歲❶在甲曰閼逢，在乙曰旃蒙，在丙曰柔兆，在丁曰強圉，在戊曰著雍，在己曰屠維，在庚曰上章，在辛曰重光，在壬曰玄黓，在癸曰昭陽。

【注釋】❶大歲　即太歲星，是古代天文學中假設的歲星。又稱歲陰或太陰。古代認為歲星（即木星）十二年一周天（實為一一・八六年），因將黃道分為十二等分，以歲星所在部分作為歲名。但歲星運行方向自西向東，與將黃道分為十二支的方向正相反，故假設有一太歲星作與歲星運行相反的方向運動，以每年太歲星所在的部分來紀年。如太歲星在寅叫攝提格，在卯叫單閼等。又配以十歲陽，組成六十干支，用以紀年。

【語譯】太歲星在甲稱作閼逢，在乙稱作旃蒙，在丙稱作柔兆，在丁稱作強圉，在戊稱作著雍，在己稱作屠維，在庚稱作上章，在辛稱作重光，在壬稱作玄黓，在癸稱作昭陽。

歲陽❶。

【注釋】❶歲陽　是對上條所釋語詞的歸類。古代以干支紀年，甲、乙、丙、丁、戊、己、庚、辛、壬、癸十干叫「歲陽」；子、丑、寅、卯、辰、巳、午、未、申、酉、戌、亥十二支叫「歲陰」。

【語譯】歲陽是以太歲星所在的十干來紀年的年歲名稱的歸類。

八・○○八　大歲在寅曰攝提格，在卯曰單閼，在辰曰執徐，在巳曰大荒落，在午曰敦牂，在未曰協洽，在申曰涒灘，在酉曰作噩，在戌曰閹茂，在亥曰大淵獻，在子曰困敦，在丑曰赤奮若。

【語譯】太歲星在寅稱作攝提格，在卯稱作單閼，在辰稱作執徐，在巳稱作大荒落，在午稱作敦牂，在未稱作協洽，在申稱作涒灘，在酉稱作作噩，在戌稱作閹茂，在亥稱作大淵獻，在子稱作困敦，在丑稱作赤奮若。

八·〇〇九 載，歲也。夏曰歲，商曰祀，周曰年，唐虞曰載。

【語譯】載，就是歲的意思。夏時稱作歲，商時稱作祀，周時稱作年，唐虞時稱作載。

歲名❶。

【注釋】❶歲名 指年歲的別名。這裡是對以上二條的歸類。

【語譯】歲名是年歲別名的歸類。

八·〇一〇 月在甲曰畢，在乙曰橘，在丙曰修，在丁曰圉，在戊曰厲，在己曰則，在庚曰窒，在辛曰塞，在壬曰終，在癸曰極。

【語譯】月亮在甲稱作畢，在乙稱作橘，在丙稱作修，在丁稱作圉，在戊稱作厲，在己稱作則，在庚稱作窒，在辛稱作塞，在壬稱作終，在癸稱作極。

月陽❶。

【注釋】❶月陽　是古代以十干紀月的別名。這裡是對上條所釋語詞的歸類。

【語譯】月陽是以十干紀月的月分別名的歸類。

八·〇二　正月為陬❶，二月為如❷，三月為寎❸，四月為余❹，五月為皋❺，六月為且❻，七月為相，八月為壯，九月為玄，十月為陽，十一月為辜，十二月為涂。

【注釋】❶陬　農曆正月的別稱。《楚辭·離騷》：「攝提貞于孟陬兮，惟庚寅吾以降。」王逸《楚辭章句》：「正月為陬。」❷如　農曆二月的別稱。郝疏：「如者，隨從之義，萬物相隨而出，如如然也。」❸寎　農曆三月的別稱。郝疏：「寎，本或作窉……然則窉者，丙也，三月陽氣盛，物皆炳然也。」❹余　農曆四月的別稱。郝疏：「四月萬物皆生枝葉，故曰余。余，舒也。」❺皋　農曆五月的別稱。郝疏：「皋、高音義同。……高者，上也，五月陰生，欲自下而上。」❻且　農曆六月的別稱。郝疏：「且者，次且行不進也。六月陰漸起，欲遂上，畏陽猶次且也。」

【語譯】正月稱作陬，二月稱作如，三月稱作寎，四月稱作余，五月稱作皋，六月稱作且，七月稱作相，八月稱作壯，九月稱作玄，十月稱作陽，十一月稱作辜，十二月稱作涂。

月名❶。

【注釋】❶月名 是對上條所釋語詞的歸類。古人紀月常用數字表示，這裡的「月名」指每個月特定的別名。

【語譯】月名是農曆每個月特定的別名的歸類。

八·〇二

南風謂之凱風❶，東風謂之谷風❷，北風謂之涼風❸，西風謂之泰風❹。

【注釋】❶凱風 和暖的風，指南風。《詩·邶風·凱風》：「凱風自南，吹彼棘心。」毛傳：「南風謂之凱風。」❷谷風 東風；生長之風。《詩·邶風·谷風》：「習習谷風，以陰以雨。」邢疏引孫炎曰：「谷之言穀。穀，生也；谷風者，生長之風也。」❸涼風 北風；寒秋之風。《禮記·月令》：「〔孟秋之月〕涼風至，白露降，寒蟬鳴。」❹泰風 西風；大風。邢疏引孫炎曰：「西風成物，物豐泰也。《詩·大雅·桑柔》云『泰風有隧』是也。」按：今本《詩》「泰」作「大」。

【語譯】南風稱作凱風，東風稱作谷風，北風稱作涼風，西風稱作泰風。

八·〇三

焚輪❶謂之穨。扶搖❷謂之猋❸。風與火為庉❹。迴風❺為飄。

【注釋】❶焚輪 從上而降的旋風。《詩·小雅·谷風》：「維風及穨。」毛傳：「穨，風之焚輪者也。」

孔疏引李巡曰：「焚輪，暴風從上來降謂之穨。穨，下也。」❷扶搖　飆風；盤旋而上的暴風。《莊子・逍遙遊》：「鵬之徙於南冥也，水擊三千里，摶扶搖而上者九萬里。」成玄英疏：「扶搖，旋風也。」❸猋　通「飆」。是「扶搖」二字的合音詞。邢疏：「扶搖，暴風從下升上，故曰猋。猋，上也。」❹庉　火熾盛貌。或作「燉」。邢疏：「言風自火出，火因風熾，而有大風者為庉。」陸德明釋文：「庉，本或作『燉』，字同。」❺迴風　旋風。郝疏：「旋風迴旋於地，不上不下，異於穨、猋，其行飄飄，故謂之飄風。」《楚辭・九章・悲迴風》：「悲回風之搖蕙兮，心冤結而內傷。」

【語譯】從上而降的暴風稱作穨。盤旋而上的暴風稱作猋。風猛火烈稱作庉。旋風稱作飄。

八・〇一四　日出而風為暴❶。風而雨土為霾❷。陰而風為曀❸。

【注釋】❶暴　急驟；猛烈。《詩・邶風・終風》：「終風且暴，顧我則笑。」毛傳：「暴，疾也。」孔疏：「〈釋天〉云：『日出而風為暴。』孫炎曰：『陰雲不興而大風暴起。』然則為風之暴疾，故云疾也。」❷霾　飛沙蔽天、日色無光貌。邢疏引孫炎曰：「大風揚塵土從上下也。」《詩・邶風・終風》：「終風且霾，惠然肯來。」毛傳：「霾，雨土也。」❸曀　天色陰暗而有風。《詩・邶風・終風》：「終風且曀，不日有曀。」毛傳：「陰而風曰曀。」

【語譯】太陽高掛而刮大風稱作暴。大風吹起而塵土飛揚稱作霾。天色陰暗而有風稱作曀。

八・〇一五　天氣下，地不應曰雺❶。地氣發，天不應曰霧。霧謂之晦。

【注　釋】❶霿　昏暗不明。郭注：「言蒙昧。」

【語　譯】天上的空氣降下，而大地不接應稱作霿。地上的空氣上升，而上天不接應稱作霧。霧又稱作晦。

八・〇一六　螮蝀❶謂之雩❷。螮蝀，虹也。蜺❸為挈貳。

【注　釋】❶螮蝀　亦作「蝃蝀」。虹的別名。郭注：「俗名謂美人虹。江東呼雩。」《詩・鄘風・蝃蝀》：「蝃蝀在東，莫之敢指。」毛傳：「蝃蝀，虹也。」❷雩　虹的別名。❸蜺　副虹。又稱雌虹、雌蜺。雨後天空中出現的彩色圓弧，一般有兩個，顏色鮮豔的叫虹，亦稱正虹或雄虹，顏色較淡的稱為霓，亦稱副虹、雌虹或挈貳。《楚辭・天問》：「白蜺嬰茀，胡為此堂？」王逸《楚辭章句》：「蜺，雲之有色似龍者也。」洪興祖《楚辭補注》：「蜺，雌虹也。」

【語　譯】螮蝀稱作雩。螮蝀，又稱作虹。蜺稱作挈貳。

八・〇一七　弇日❶為蔽雲。

【注　釋】❶弇日　遮蓋了日光。郭注：「即暈氣五彩覆日也。」弇，覆蓋；掩蔽。《墨子・耕柱》：「是猶弇其目而祝於叢社也。」

【語　譯】雲氣遮蓋了日光稱作蔽雲。

八·〇一八 疾雷為霆霓❶。

【注釋】❶霆霓 迅雷；霹靂。按：「霆霓」之「霓」為衍文。阮校：「霆下本無霓字。」《詩·大雅·常武》：「震驚徐方，如雷如霆。」

【語譯】迅雷稱作霆。

八·〇一九 雨霓❶為霄雪❷。

【注釋】❶霓 同「霰」。雪珠。白色不透明的球形或圓錐形小冰粒。多在下雪前或下雪時降落。《詩·小雅·頍弁》：「如彼雨雪，先集維霰。」鄭箋：「將大雨雪，始必微溫，雪自上下，遇溫氣而摶謂之霰，久而寒勝則大雪矣。」❷霄雪 米雪；雪珠。按：「霄雪」之「雪」為衍文。阮校：「霓為水雪雜下，是不得偏舉雪也。古本《爾雅》蓋無『雪』字。」黃侃《手批爾雅義疏》：「經之雪字因注而衍。」

【語譯】下小雪珠稱作霄。

八·〇二〇 暴雨謂之涷❶。小雨謂之霢霂❷。久雨謂之淫❸。淫謂之霖❹。濟❺謂之霽。

【注釋】❶涷 暴雨。郭注：「今江東人呼夏月暴雨為涷雨。」《淮南子·覽冥》：「若乃至於玄雲之素朝，陰陽交爭，降扶風，雜涷雨。」高誘注：「涷雨，暴雨也。」❷霢霂 小雨。《詩·小雅·信南山》：「益之以霡霂，既優既渥。」毛傳：「小雨曰霡霂。」❸淫　久雨。《素問・五運行大論》：「其眚淫潰。」王冰注：「淫，久雨也。」❹霖　久雨。《左傳・隱公九年》：「凡雨，自三日以往為霖。」❺濟　同「霽」。停止。特指雨止。郭注：「今南陽人呼雨止為霽。」《書・洪範》：「乃命卜筮，曰雨，曰霽。」孔傳：「龜兆形有似雨者，有似雨止者。」

【語　譯】暴雨稱作涷。小雨稱作霡霂。久雨稱作淫。淫又稱作霖。雨停止稱作霽。

風雨❶。

【注　釋】❶風雨　指風、雲、雨、雪等天象。這裡是對以上九條的歸類，說明它們所釋的都是表示與風雨相關的名稱。

【語　譯】風雨是表示與風雨相關的名稱的歸類。

八・〇二　壽星❶，角、亢也。天根，氐❷也。

【注　釋】❶壽星　十二星次之一。在十二支為辰，在二十八宿則起於軫宿十二度，跨角、亢二宿而至氐宿四度。郭注：「數起角亢，列宿之長，故曰壽。」《國語・晉語四》：「歲在壽星及鶉尾，其有此土乎？」韋昭注：「自軫十二度至氐四度，為壽星之次。」❷氐　星名。二十八宿之一。亦名「天根」。郭注：「角、亢下繫於氐，若木之有根。」按：二十八宿，是指中國古代天文學家把周天黃道（太陽和月亮所經天區）的恆星分成二十八個星座。《淮南子・天文》：「五星、八風，二十八宿。」高誘注：「二十八宿，東方：角、亢、氐、房、心、尾、箕；北方：斗、牛、女、虛、危、室、壁；西方：奎、婁、胃、昴、畢、觜、參；南方：井、鬼、柳、星、張、翼、軫也。」十二星次，是指古人為了說明日月五星的運行和節氣的變換，把黃赤道附近一周天按照由西向東的方向分為十二個等分，叫做星次。十二次的名稱為：星紀、玄枵、娵訾、降婁、大梁、實沈、鶉首、鶉火、鶉尾、壽星、大火、析木。

【語　譯】壽星次，有角宿和亢宿。天根就是氐宿。

八·○二二　天駟❶，房也。大辰❷，房、心、尾也。大火謂之大辰。

【注　釋】❶天駟　房宿的別名。《國語·周語下》：「昔武王伐殷，歲在鶉火，月在天駟。」韋昭注：「天駟，房星也。」❷大辰　即心宿、大火。《左傳·昭公十七年》：「冬，有星孛於大辰，西及漢。申須曰：『彗所以除舊布新也。天事恆象，今除於火，火出必布焉，諸侯其有火災乎！』」杜注：「大辰，房、心、尾也。」

【語　譯】天駟，就是房宿。大辰次，有房宿、心宿和尾宿。大火次又稱大辰次。

八·○二三　析木謂之津❶，箕、斗之間，漢津❷也。

【注　釋】❶析木謂之津　析木次的別名。郭注：「即漢津也。」按：「析木謂之津」之「謂」為衍文。阮校：「《春秋昭八年》正義引孫炎注《爾雅》云：『析木之津，箕斗之間，漢津也。』無『謂』字。」❷漢津　銀漢。亦特指十二星次中的「析木之津」，在尾與南斗之間。郝疏：「《左傳》及〈周語〉並云『析木之津』。韋昭注：『津，天漢也。析木，次名，從尾十度至南斗十一度為析木，其間為漢津。』」

【語　譯】析木次，在尾與南斗之間，也稱作漢津。

八・〇二四　星紀，斗、牽牛也❶。

【注　釋】❶星紀二句　星紀，星次名。十二次之一。與十二辰之丑相對應，二十八宿中之斗、牛二宿屬之。《左傳・襄公二十八年》：「歲在星紀，而淫於玄枵。」杜注：「星紀在丑，斗牛之次。」牽牛，星名。一般指河鼓星，又稱天鼓，俗稱牛郎星、扁擔星。有時亦可指二十八宿北方七宿中的牛宿。此處即指牛宿。

【語　譯】星紀次，有斗宿和牛宿。

八・〇二五　玄枵❶，虛也；顓頊之虛❷，虛也；北陸❸，虛也。

【注　釋】❶玄枵　十二星次之一。與二十八宿相配為女、虛、危三宿，與十二辰相配為子。《左傳・襄公二十八年》：「玄枵，虛中也。」楊伯峻注：「玄枵有三宿，女、虛、危。虛宿在中。」枵，空虛。郭注：「枵之言耗，耗亦虛意。」❷顓頊之虛　二十八宿中虛宿的別名。《左傳・昭公十年》：「今茲歲在顓頊之虛。」杜注：「顓頊之虛，謂玄枵。」孔疏：「北方三次以玄枵為中。玄枵次有三宿，又虛在其中。以水位在北，顓頊居之，故謂玄枵虛星為顓頊之虛。」❸北陸　虛宿的別名。位在北方。《左傳・昭公四年》：「古者日在北陸而藏冰。」孔疏：「日在北陸，為夏之十二月也。十二月，日在玄枵之次……於是之時，寒極冰厚，故取而藏之也。」

【語　譯】玄枵次，有虛宿；顓頊之虛就是虛宿；北陸宿也稱作虛宿。

八·〇二六　營室❶謂之定。娵觜之口❷，營室東壁也。

【注釋】❶營室　星名。即室宿，二十八宿之一。《周禮·考工記·輈人》：「龜蛇四斿，以象營室也。」鄭注：「營室，玄武宿，與東壁連體而四星。」古亦稱「定」。《詩·鄘風·定之方中》：「定之方中，作于楚宮。」朱熹集傳：「定，北方之宿，營室星也。此星昏而正中，夏正十月也。於是時可以營制宮室，故謂之營室。」❷娵觜之口　星次名。即「娵訾」。在二十八宿為室宿和壁宿。其位置相當於現代天文學上黃道十二宮中的雙魚宮。《左傳·襄公三十年》：「及其亡也，歲在娵訾之口。」

【語譯】室宿稱作定宿。娵觜次，有營室宿和東壁宿。

八·〇二七　降婁❶，奎、婁也。

【注釋】❶降婁　星次名。十二星次之一，與十二辰相配為戌，與二十八宿相配為奎、婁兩宿。《左傳·襄公三十年》：「於子蟜之卒也，將葬，公孫揮與裨竈晨會事焉。過伯有氏，其門上生莠。子羽曰：『其莠猶在乎？』於是歲在降婁，降婁中而旦。」杜注：「降婁，奎、婁也。周七月，今五月，降婁中而天明。」

【語譯】降婁次，有奎宿和婁宿。

八·〇二八　大梁❶，昴❷也；西陸❸，昴也。

【注釋】❶大梁　星次名。在十二支中為酉，在二十八宿為胃、昴、畢三星。《國語·晉語四》：「歲在大梁，將集天行。」韋昭注：「自胃七度至畢十一度為大梁。」❷昴　星宿名。二十八宿之一。《書・堯典》：「日短星昴，以正仲冬。」孔傳：「昴，白虎之中星。」❸西陸　古代指太陽運行在西方七宿的區域。這裡指昴宿的別名。昴宿在西方七宿中居中，故又稱西陸。

【語　譯】大梁次，有昴宿；西陸宿，也稱作昴宿。

八・〇二九　濁❶謂之畢。

【注　釋】❶濁　畢星的別名。畢，二十八宿之一，為白虎七宿的第五宿。有星八顆，以其分布之狀像古代田獵用的畢網，故名。古人以為此星主兵、主雨。《詩・小雅・大東》：「東有啟明，西有長庚，有捄天畢，載施之行。」朱熹集傳：「天畢，畢星也，狀如掩兔之畢。」郭注：「掩兔之畢，或呼為濁，因星形以名。」

【語　譯】濁宿又稱作畢宿。

八・〇三〇　咮❶謂之柳。柳，鶉火也。

【注　釋】❶咮　星宿名。即柳宿。《左傳・襄公九年》：「咮為鶉火，心為大火。」孔疏：「咮，謂柳也。」

【語　譯】咮宿又稱作柳宿。柳宿，在鶉火次之中。

八・〇三一　北極謂之北辰❶。

【注　釋】❶北極謂之北辰　北極，北極星。又稱北辰。邢疏：「北極謂之北辰者，極，中也；辰，時也。居天之中，人望之在北，因名北極。斗杓所建，以正四時，故云北辰。《論語》云：『為政以德，譬如北辰。』是也。」

【語　譯】北極星又稱作北辰星。

八·〇三二　何鼓❶謂之牽牛。

【注　釋】❶何鼓　星名。即河鼓。郭注：「今荊楚人呼牽牛星為擔鼓，擔者荷也。」郝疏：「何鼓亦名黃姑，聲相轉耳。郭云：『擔鼓，擔者荷也。』『擔荷』《說文》作『擔何』，今南方農語猶呼此星為扁擔。蓋因何鼓三星中豐而兩頭銳下，有儋何之象，故因名焉。」何，本作「河」。阮校：「按：唐石經元刻作『何』，後刮磨作『河』。」

【語　譯】何鼓星又稱作牽牛星。

八·〇三三　明星❶謂之启明。

【注　釋】❶明星　启明星。即金星。郭注：「太白星也。晨見東方為启明，昏見西方為太白。」《詩·鄭風·女曰雞鳴》：「子興視夜，明星有爛。」朱熹集傳：「明星，启明之星，先日而出者也。」

【語　譯】金星又稱作启明星。

八·〇三四　彗星為欃槍❶。

【注釋】❶欃槍　彗星的別名。古人認為是凶星，主不吉。郭注：「亦謂之孛，言其形孛孛似掃彗。」《淮南子·俶真》：「欃槍衡杓之氣，莫不彌靡而不能為害。」高誘注：「欃槍，彗孛也。」

【語譯】彗星又稱作欃槍星。

八·〇三五　奔星為彴約❶。

【注釋】❶彴約　流星。也叫做奔星。郭注：「流星。」

【語譯】流星又稱作彴約星。

星名❶。

【注釋】❶星名　指中國古代對恆星等天體的命名。這裡是對以上十五條的歸類，說明它們所釋的都是星名。

【語譯】星名是恆星等天體的別名的歸類。

八·〇三六　春祭曰祠，夏祭曰礿，秋祭曰嘗，冬祭曰蒸❶。

【注釋】❶春祭曰祠四句　祠、礿、嘗、蒸都是古代宗廟時祭名。《詩·小雅·天保》：「禴祠烝嘗。」毛傳：「春曰祠，夏曰禴，秋曰嘗，冬曰烝。」董仲舒《春秋繁露·四祭》：「四祭者，因四時之所生孰而祭其先祖父母也。故春曰祠，夏曰礿，秋曰嘗，冬曰蒸……祠者，以正月始食韭也。礿者，以四月食麥也。嘗者，以七月嘗黍稷也。蒸者，以十月進初稻也。」礿，字亦作「禴」。嘗，字亦作「甞」。

【語　譯】春季的祭祀稱作祠，夏季的祭祀稱作礿，秋季的祭祀稱作嘗，冬季的祭祀稱作蒸。

八·○三七

祭天曰燔柴❶，祭地曰瘞薶❷，祭山曰庪縣❸，祭川曰浮沈❹，祭星曰布❺，祭風曰磔❻。

【注　釋】❶燔柴　古代祭天儀式。將玉帛、犧牲等置於積柴上而焚之。邢疏：「祭天之禮，積柴以實牲體、玉帛而燔之，使煙氣之臭上達於天，因名祭天曰燔柴也。」《儀禮・覲禮》：「祭天，燔柴。」❷瘞薶　即「瘞埋」。古代祭地禮儀之一。《禮記・祭法》：「瘞埋於泰折，祭地。用騂犢。」孔疏：「瘞埋於泰折，祭地也者，謂瘞繒埋牲祭神祇於此郊也。」❸庪縣　將祭品放置或懸掛山上以祭山。邢疏：「庪縣，祭山之名也。庪，謂埋藏之……縣，謂縣其牲幣於山林中，因名祭山曰庪縣。」《公羊傳・僖公三十一年》「山川有能潤於百里者，天子秩而祭之」徐彥疏引漢李巡曰：「祭山以黃玉及璧，以庪置几上，遙遙而眡之，若縣，故曰庪縣。」❹浮沈　亦作「浮沉」。古代一種祭河川的儀式。郭注：「投祭水中，或浮或沉。」❺布　布散祭品於地以祭星。郭注：「布散祭於地。」❻磔　古代祭祀時分裂牲畜肢體，這裡指割裂犧牲肢體以祭風。《禮記・月令》：「〔季春之月〕九門磔攘。」孫希旦《禮記集解》：「磔，磔裂牲體也……磔牲以祭國門之神，欲其攘除凶災，禦止疫鬼，勿使復入也。」

【語　譯】將玉帛、犧牲等祭品置於積柴上焚燒以祭天稱作燔柴，將祭品深埋以祭地稱作瘞薶，將祭品放置或懸掛在山上以祭山稱作庪縣，將祭品沉入水中以祭河川稱作浮沈，將祭品布散於地以祭星稱作布，將犧牲肢體割裂以祭風稱作磔。

八·○三八 是禷是禡❶，師祭也。

【注　釋】❶是禷是禡　語出《詩·大雅·皇矣》。今本作「是類是禡」。禷，祭祀名。古代因征戰出師而祭天。《說文》：「禷，以事類祭天神。」段注：「郊天不言禷，而肆師類造上帝。〈王制〉：天子將出，類於上帝。皆主軍旅言。凡經傳言禷者皆謂因事為兆，依郊禮而為之。」禡，古代在軍隊駐地舉行的祭禮。《漢書·敘傳下》：「類禡厥宗。」顏師古注引應劭曰：「至所征伐之地，表而祭之謂之禡。禡者，馬也。馬者，兵之首，故祭其先神也。」

【語　譯】是禷（類）是禡，就是征戰出師時祭祀天神。

八·○三九 既伯既禱❶，馬祭也。

【注　釋】❶既伯既禱　祭祀馬神。語出《詩·小雅·吉日》：「吉日維戊，既伯既禱。」毛傳：「伯，馬祖也。重物慎微，將用馬力，必先為之禱其祖。」釋文：「禱，馬祭也。」朱熹集傳：「伯，馬祖也。謂天駟房星之神也。」

【語　譯】既伯既禱，就是將要打獵時祭馬神。

八·○四○ 禘❶，大祭也。

【注釋】❶禘　古代帝王、諸侯舉行各種大祭的總名。《禮記・祭法》：「有虞氏禘黃帝而郊嚳。」孔疏：「《爾雅・釋天》云『禘，大祭』，以比餘處為大祭，揔得稱禘。」

【語譯】禘，就是大祭的意思。

八・○四一　繹❶，又祭也。周曰繹，商曰肜❷，夏曰復胙❸。

【注釋】❶繹　周代稱正祭之次日又祭為繹。《春秋・宣公八年》：「壬午，猶繹。」❷肜　殷祭名。《書・高宗肜日》：「高宗肜日。」孔傳：「祭之明日又祭，殷曰肜，周曰繹。」孔疏引孫炎曰：「祭之明日尋繹復祭也。肜者，相尋不絕之意。」❸復胙　夏代謂正祭後的第二天再祭。邢疏：「說者云：胙，祭肉也。以祭之明日，復陳其祭肉以賓尸也。」

【語譯】繹，就是正祭後的第二天又進行的祭祀。周代稱作繹，商代稱作肜，夏代稱作復胙。

祭名❶。

【注釋】❶祭名　為古人祭天祀祖的種種名稱。這裡是對以上六條的歸類，說明它們所釋的都是古代的祭名。

【語譯】祭名是各種祭天祀祖的名稱的歸類。

八・○四二　春獵為蒐❶，夏獵為苗❷，秋獵為獮❸，冬獵為狩❹。

【注　釋】❶蒐　打獵。特指春獵。《左傳・定公四年》：「取於有閻之土以共王職，取於相土之東都以會王之東蒐。」❷苗　古稱夏季田獵。《詩・小雅・車攻》：「之子于苗，選徒囂囂。」毛傳：「夏獵曰苗。」❸獮　秋天打獵。《周禮・春官・肆師》：「獮之日涖卜來歲之戒。」鄭注：「秋田為獮。」❹狩　打獵。特指古代君主冬獵。《詩・魏風・伐檀》：「不狩不獵，胡瞻爾庭有縣貆兮！」鄭箋：「冬獵曰狩。」

【語　譯】春季打獵稱作蒐，夏季打獵稱作苗，秋季打獵稱作獮，冬季打獵稱作狩。

八・〇四三　宵田❶為獠。火田❷為狩。

【注　釋】❶宵田　夜間打獵。郝疏：「《管子》曰：獠，獵畢弋。今江東亦呼獵為獠，音遼。或曰：即今夜獵載鑪照也。」獠，獵的別名。郭注：「今江東亦呼獵為獠。」❷火田　以火焚燒草木而田獵。《禮記・王制》：「昆蟲未蟄，不以火田。」

【語　譯】夜晚打獵稱作獠。以火焚燒草木來打獵稱作狩。

八・〇四四　「乃立冢土，戎醜攸行❶」，起大事，動大眾，必先有事乎社而後出，謂之宜。

【注　釋】❶乃立冢土二句　修建大社，民眾前往祭祀。語出《詩・大雅・緜》。毛傳：「冢，大。冢土，大社也。起大事，動大眾，必先有事於社而後出，謂之宜。」戎醜，大眾。毛傳：「戎，大；醜，眾也。」孔疏：「立此社者，為動大眾，所以告之而行也。」攸，連詞。乃，於是。《書・禹貢》：「彭蠡既豬，陽鳥攸居。」

【語　譯】「乃立冢土，戎醜攸行」，即修建大社，民眾前往祭祀。舉行軍事行動，要動員廣大民眾的時候，一定要先到社廟祭祀，然後再出發打仗，這就稱作宜。

八·○四五　「振旅闐闐❶」，出為治兵，尚威武也。入為振旅，反尊卑❷也。

【注　釋】❶振旅闐闐　語出《詩·小雅·采芑》：「伐鼓淵淵，振旅闐闐。」。振旅，整治軍隊。闐闐，眾多、旺盛貌。❷反尊卑　郭注：「尊老在前，復常儀也。」

【語　譯】「振旅闐闐」，出兵打仗的時候，把年輕、卑賤者列在前面，為的是崇尚威武；入內練兵的時候，把年老、尊貴者列在前面，為的是恢復尊卑有序的正常儀禮。

講武❶。

【注　釋】❶講武　意為講習武事。是對以上四條的歸類。這裡說的田獵、軍武之事，均與季節、祭天有關，所以亦放在〈釋天〉之中。

【語　譯】講武是與田獵、軍武有關的語詞的歸類。

八·○四六　素錦綢杠❶，纁帛縿❷，素陞龍❸于縿，練❹旒❺九，飾以組❻，維以縷❼。

【注釋】❶綢杠　纏裹旗杆。邵晉涵《爾雅正義》：「綢釋為韜，言纏繞之。」「杠」即旗杆之義。《說文》「㫃，旌旗杠皃」段注：「杠，謂旗之杆也。」❷縿　旌旗的正幅，為旒所著之處。郭注：「縿，眾旒所著。」❸素陞龍　白色頭朝上的龍。郭注：「畫白龍於縿，令上向。」邢疏：「陞，上也。」❹練　煮熟生絲或生絲織品，使之柔軟潔白。這裡指白色的熟絹。❺旒　旌旗懸垂的飾物。《詩・商頌・長發》：「受小球大球，為下國綴旒。」鄭箋：「旒，旌旗之垂者也。」❻組　絲帶。《書・禹貢》：「厥篚玄纁璣組。」孔傳：「組，綬類。」❼縷　絲線；麻線。郭注：「用朱縷維連持之，不欲令曳地。」按：此條說龍旗的製法。邢疏：「『素錦綢杠』者，自此至『維以縷』，說旂之制也。」

【語譯】製作龍旗，是用白色的絲帛纏裹旗杆，用淺赤色的絲綢做旌旗的正幅，在旗面上畫著頭朝上的白龍，用九條白色熟絹來做旗上的飄帶，用又寬又薄的絲帶來鑲邊，再以紅絲線紮起來。

八・〇四七　緇❶廣充幅長尋曰旐❷。繼旐曰旆❸。

【注釋】❶緇　黑色，這裡指黑色的絲綢。《說文》：「緇，帛黑色。」邢疏：「緇，黑色也。」❷旐　古代畫有龜蛇圖像的旗。《詩・小雅・出車》：「設此旐矣，建彼旄矣。」毛傳：「龜蛇曰旐。」❸旆　古代旐末狀如燕尾的垂旒。《詩・小雅・六月》：「織文鳥章，白旆央央。」

【語譯】用黑色絲綢製作整幅長八尺的旗子稱作旐。旐末所鑲的形狀像燕尾的帛製垂旒稱作旆。

八・〇四八　注旄首曰旌❶。

【注　釋】❶旌　古代用氂牛尾或兼五彩羽毛飾竿頭的旗子。《周禮・春官・司常》：「全羽為旞，析羽為旌。」

【語　譯】竿頭鑲綴有氂牛尾或兼五彩羽毛的旗子稱作旌。

八・〇四九　有（ㄧㄡˇ）鈴（ㄌㄧㄥˊ）曰（ㄩㄝ）旂（ㄑㄧˊ）❶。

【注　釋】❶旂　古代畫有兩龍並在竿頭懸鈴的旗。《詩・周頌・載見》：「龍旂陽陽，和鈴央央。」

【語　譯】竿頭懸掛有鈴鐺的旗子稱作旂。

八・〇五〇　錯（ㄘㄨㄛˋ）革（ㄍㄜˊ）鳥（ㄋㄧㄠˇ）曰（ㄩㄝ）旟（ㄩˊ）❶。

【注　釋】❶旟　古代畫有鳥隼圖像的軍旗。《說文》：「旟，錯革鳥其上，所以進士眾。旟旟，眾也。」段注引孫炎曰：「錯，置也。革，急也。言畫急疾之鳥於參。」《詩・大雅・江漢》：「既出我車，既設我旟，匪安匪舒，淮夷來鋪。」鄭箋：「鳥隼曰旟。」

【語　譯】描繪有疾飛的鳥隼圖像的軍旗稱作旟。

八・〇五一　因（ㄧㄣ）章（ㄓㄤ）曰（ㄩㄝ）旃（ㄓㄢ）❶。

【注　釋】❶旃　赤色、無飾、曲柄的旗。《儀禮・聘禮》：「使者載旜，帥以受命於朝。」鄭注：「旜，旌旗屬也。載之者所以表識其事也。」

【語譯】以絳帛作本色而不加文飾的旗子稱作旃。

旌旂❶。

【注釋】❶旌旂 是對以上六條的歸類。因與「講武」密切相關，故與之一起歸入〈釋天〉。

【語譯】旌旂是各種旗幟名稱的歸類。

釋地第九

【題解】本篇共釋語詞七十個。分為九州、十藪、八陵、九府、五方、野、四極等七類，主要解釋的是古代地理方面的自然萬物專名。

九·〇〇一 兩河❶間曰冀州❷。

【注釋】❶兩河 郭注：「自東河至西河。」戰國秦漢時代，黃河在今河南武陟之下向東北流，經山東西北角，折北至河北滄縣東北入海，略呈南北流向，與上游今山西、陝西間的南北流向的一段黃河相對，合稱兩河。

❷冀州 古九州之一。《書·禹貢》：「冀州，既載壺口。」蔡沈傳：「冀州，帝都之地，三面距河：兗，河之西；雍，河之東；豫，河之北。《周禮·職方》：『河內曰冀州』是也。」

【語譯】古黃河的東西兩段南北流向的河道之間稱作冀州。

九·〇〇二 河南曰豫州❶。

【注釋】❶豫州 古九州之一。《周禮·夏官·職方氏》：「河南曰豫州。」

【語譯】黃河以南稱作豫州。

九·〇〇三 河西曰雍州❶。

【注釋】❶雍州 古九州之一。《書·禹貢》：「黑水西河惟雍州。」孔疏：「計雍州之境，被荒服之外，東不越河，而西踰黑水。王肅云『西據黑水、東距西河』，所言得其實也。」

【語譯】黃河以西稱作雍州。

九·〇〇四 漢南曰荊州❶。

【注釋】❶荊州 古九州之一。在荊山、衡山之間。漢為十三刺史部之一。轄境約相當於今湘鄂二省及豫桂黔粵的一部分；漢末以後轄境漸小。《書·禹貢》：「荊及衡陽惟荊州。」

【語譯】漢水以南稱作荊州。

九·〇〇五 江南曰楊州❶。

【注釋】❶楊州 古九州之一。邢疏：「楊州之境跨江北至淮，此云江南者，舉遠大而言也。」《釋名·釋州國》：「楊州，州界多水，水波揚也。」楊，本又作「揚」。

【語譯】長江以南稱作楊州。

九·〇〇六 濟河間曰兗州❶。

【注釋】❶兗州 古九州之一。邢疏引李巡曰：「濟、河間，其氣專，體性信謙，故曰兗；兗，信也。」

【語譯】濟水與黃河之間稱作兗州。

九·〇〇七 濟東曰徐州❶。

【注釋】❶徐州 古九州之一。《書·禹貢》：「海岱及淮惟徐州。」孔傳：「東至海，北至岱，南及淮。」

【語譯】濟水以東稱作徐州。

九·〇〇八 燕❶曰幽州❷。

【注釋】❶燕 指戰國燕地，即今河北北部及遼寧一帶。❷幽州 亦作「幽洲」。古九州之一。《周禮·夏官·職方氏》：「東北曰幽州。」《書·舜典》：「流共工於幽洲。」孔傳：「象恭滔天，足以惑世，故流放之幽洲北裔。」

【語譯】燕國屬地稱作幽州。

九·〇〇九 齊❶曰營州❷。

【注釋】❶齊 戰國時齊地，即今山東泰山以北黃河流域和膠東半島地區。❷營州 古九州之一。或曰即青州。邢疏：「此營州則青州之地也。」

【語譯】齊國屬地稱作營州。

九州❶。

【注釋】❶九州　是對以上九條的歸類。是傳說中中國上古時期的行政區域，其具體名稱，說法不一。如《尚書・禹貢》作冀、兗、青、徐、揚、荊、豫、梁、雍，《周禮・職方氏》作冀、兗、青、揚、荊、豫、雍、幽、并，《呂氏春秋・有始覽》作冀、兗、青、徐、揚、荊、豫、雍、幽，《爾雅》作冀、豫、雍、荊、揚、兗、徐、幽、營。

【語譯】九州是九個行政區域名稱的歸類。

九・〇一〇　魯❶有大野❷。

【注釋】❶魯　周代諸侯國名。故地在今山東兗州東南至江蘇沛縣、安徽泗縣一帶。《史記・周本紀》：「〈周武王〉封弟周公旦於曲阜，曰魯。」❷大野　古澤名。又名巨野、鉅野。在今山東巨野、嘉祥一帶。《書・禹貢》：「大野既豬，東原厎平。」孔傳：「大野，澤名。」孔疏：「〈地理志〉云：大野澤在山陽鉅野縣北。鉅即大也。」

【語譯】魯國有巨野澤。

九・〇一一　晉❶有大陸❷。

【注　釋】❶晉　春秋諸侯國名。周成王封弟叔虞於堯之故墟唐，南有晉水，至叔虞子燮父改國號晉。故址在今山西省、河北省南部、陜西省中部及河南省西北部。❷大陸　古澤藪名。又名巨鹿澤、廣阿澤。在今河北隆堯、巨鹿、任縣三縣之間。郭注：「今鉅鹿北廣河澤是也。」《書・禹貢》：「北過降水，至於大陸。」

【語　譯】晉國有大陸澤。

九・〇二二　秦有楊陓❶。

【注　釋】❶楊陓　古澤藪名。又作「陽紆」、「楊紆」、「陽華」等。確址舊說不一，不可考。《周禮・夏官・職方氏》：「河內曰冀州，其山鎮曰霍山，其澤藪曰楊紆。」鄭注：「霍山在彘，陽紆所在未聞。」孫詒讓《周禮正義》：「楊紆、楊陓、陽華、陽紆、陽盱聲類並相近，惠（惠士奇）說以為一地，義似可通，惟所在地域則舛互殊甚……楊紆所在，漢時已不可攷，故班鄭並闕而不言，而舊說多強為傅合，悉無塙證，謹從蓋闕，以竢知者。」

【語　譯】秦國有楊陓澤。

九・〇二三　宋有孟諸❶。

【注　釋】❶孟諸　古澤藪名。亦作「孟豬」、「明都」、「盟諸」、「望諸」等。在今河南商丘東北、虞城西北。《左傳・僖公二十八年》：「余賜女孟諸之麋。」杜注：「孟諸，宋澤藪。」

【語　譯】宋國有孟諸澤。

九·〇一四 楚有雲夢❶。

【注釋】❶雲夢 古澤藪名。在今湖北潛江附近。《周禮·夏官·職方氏》：「正南曰荊州，其山鎮曰衡山，其澤藪曰雲瞢。」鄭注：「衡山在湘南，雲瞢在華容。」

【語譯】楚國有雲夢澤。

九·〇一五 吳越之間有具區❶。

【注釋】❶具區 古澤藪名。又名震澤、笠澤。即今太湖。《周禮·夏官·職方氏》：「東南曰揚州，其山鎮曰會稽，其澤藪曰具區。」

【語譯】吳國與越國之間有具區澤。

九·〇一六 齊有海隅❶。

【注釋】❶海隅 古代澤藪名。邢疏：「此營州藪也。」

【語譯】齊國有海隅澤。

九·〇一七 燕有昭余祁❶。

【注釋】❶昭余祁　古澤藪名。又稱九澤。在今山西祁縣西南、介休北。邢疏：「《周禮》并州『其澤藪曰昭余祁』。鄭注云：『在鄔。』〈地理志〉云：『鄔，九澤在北，是為昭余祁，并州藪。』」

【語譯】燕國有昭余祁澤。

九·〇一八　鄭有圃田❶。

【注釋】❶圃田　古澤藪名。又稱原圃、圃中。故地在今河南中牟西。《周禮·夏官·職方氏》：「河南曰豫州，其山鎮曰華山，其澤藪曰圃田。」

【語譯】鄭國有圃田澤。

九·〇一九　周有焦護❶。

【注釋】❶焦護　古澤藪名。阮校作「焦穫」。在今陝西涇陽北。郭注：「今扶風池陽縣瓠中是也。」邢疏：「《詩·六月》云：『玁狁匪茹，整居焦穫。』是也。時人謂之瓠中也。」

【語譯】周地有焦護（穫）澤。

十藪❶。

【注釋】❶十藪　是對以上十條的歸類。藪是湖澤的通稱，專指少水的澤地。上古有九藪之說，但九藪的名稱與所在，古籍記載不一。《呂氏春秋・有始》：「九藪：吳之具區，楚之雲夢，秦之陽華，晉之大陸，梁之圃田，宋之孟諸，齊之海隅，越之鉅鹿，燕之大昭。」漢人增「周有焦護」，成「十藪」。

【語　譯】十藪是十大湖澤名稱的歸類。

九・〇二〇　東陵，阠❶。南陵，息慎❷。西陵，威夷。中陵，朱滕。北陵，西隃❸，鴈門是也。

【注　釋】❶阠　陵名。所在未詳。黃侃《手批爾雅義疏》：「阠，《說文》無之，惟有『陙』字，云：『小阜也。』義與『漘』近。下云『夷上灑下，不漘』是也。阠讀信則息慎之合音也。阠讀尸慎反，正與陙音近。」❷息慎　傳說中的南方大陸名。八陵之一。❸西隃　古大陵名。也叫隃。又稱雁門山。在今山西代縣。《穆天子傳》卷一：「天子西征，乃絕隃之關隥。」郭注：「隃，鴈門山也。」

【語　譯】東陵稱作阠。南陵稱作息慎。西陵稱作威夷。中陵稱作朱滕。北陵稱作西隃，也就是鴈門山。

九・〇二一　陵莫大於加陵。

【語　譯】大土山沒有大過加陵的。

九·〇二二

梁莫大於湨梁❶。

【注　釋】❶湨梁　湨水邊的大堤。郭注：「湨，水名。梁，隄也。」《春秋·襄公十六年》：「公會晉侯、宋公……於湨梁。」

【語　譯】河堤沒有大過湨水大堤的。

九·〇二三

墳莫大於河墳❶。

【注　釋】❶河墳　黃河的堤岸。墳，堤岸；水邊高地。《詩·周南·汝墳》：「遵彼汝墳，伐其條枚。」孔疏：「墳，大防。」

【語　譯】堤岸沒有大過黃河河堤的。

八陵❶。

【注　釋】❶八陵　是對以上四條的歸類。為傳說中的八處大陵。其中湨梁、河墳並非土山，只是因其大若陵而歸入「八陵」類。

【語　譯】八陵是八處大陵名稱的歸類。

九·〇二四

東方之美者，有醫無閭❶之珣玗琪❷焉。

【注　釋】❶醫無閭　即醫巫閭山。在今遼寧北鎮西，以產玉石而聞名。《周禮・夏官・職方氏》：「東北曰幽州，其山鎮曰醫無閭。」鄭注：「醫無閭，在遼東。」❷珣玗琪　玉石名。夷玉。《淮南子・墬形》：「東方之美者有醫毋閭之珣玗琪焉。」《說文》：「醫無閭之珣玗琪，《周書》所謂夷玉也。」段注：「珣玗琪合三字為玉名……蓋醫無閭、珣玗琪皆東夷語。」

【語　譯】東方的美物，有醫無閭山上的玉石珣玗琪。

九・〇二五　東南之美者，有會稽❶之竹箭❷焉。

【注　釋】❶會稽　山名。在浙江紹興東南。相傳夏禹大會諸侯於此計功，故名。一名防山，又名茅山。《左傳・哀公元年》：「越子以甲楯五千保於會稽。」❷竹箭　即篠。細竹。可以製箭。《管子・小匡》：「是以羽旄不求而至，竹箭有餘於國，奇怪時來，珍異物聚。」

【語　譯】東南的美物，有會稽山的竹箭。

九・〇二六　南方之美者，有梁山❶之犀象❷焉。

【注　釋】❶梁山　指湖南的衡山，即南嶽。❷犀象　犀牛的角和象牙。

【語　譯】南方的美物，有衡山的犀牛角和象牙。

九・〇二七　西南之美者，有華山之金石❶焉。

【注釋】❶金石　金和美石之屬。《大戴禮記・勸學》：「故天子藏珠玉，諸侯藏金石，大夫畜犬馬，百姓藏布帛。」

【語譯】西南的美物，有華山的黃金美石。

九・〇二八　西方之美者，有霍山之多珠玉❶焉。

【注釋】❶多珠玉　多種精美玉石。郭注：「珠，如今雜珠而精好。」黃侃《手批爾雅義疏》：「郭云雜珠以別於蚌之珠也。珠從玉，故亦為美石之通稱。《廣雅》自水晶、琉璃、珊瑚之屬九名皆目曰珠，是知珠之所包多矣，故曰多珠玉。」

【語譯】西方的美物，有霍山的多種精美玉石。

九・〇二九　西北之美者，有崐崘虛❶之璆琳、琅玕❷焉。

【注釋】❶崐崘虛　崐崘，山名。在西藏、新疆和青海之間。海拔六〇〇〇公尺左右，多雪峰、冰川。《淮南子・原道》：「經紀山川，蹈騰昆侖，排閶闔，淪天門。」高誘注：「昆侖，山名也。在西北，其高萬九千里。」虛，指山下基部，山腳。❷璆琳、琅玕　皆精美的玉石之名。郭注：「璆琳，美玉名；琅玕，狀似珠也。」

【語譯】西北的美物，有崐崘山下的美玉和玉石。

九・〇三〇　北方之美者，有幽都❶之筋角焉。

【注釋】❶幽都　山名。郭注：「幽都，山名。謂多野牛筋角。」邢疏：「《山海經》云：北海之內有山名曰幽都之山。」

【語譯】北方的美物，有幽都山的野牛筋角。

九·○三一　東北之美者，有斥山❶之文皮❷焉。

【注釋】❶斥山　山名。或作「厈山」。邢疏：「斥山，山名也。」在今山東榮城南。❷文皮　有文彩的獸皮。《淮南子·墬形》：「東北方之美者，有斥山之文皮焉。」高誘注：「文皮，虎豹之皮也。」

【語譯】東北的美物，有斥山帶花紋的獸皮。

九·○三二　中有岱岳❶，與其五穀魚鹽生焉。

【注釋】❶岱岳　即泰山。郝疏：「五穀魚鹽之饒，非必泰山所有，《爾雅》言中有岱岳，實概舉中土而言耳。」

【語譯】中部有泰山，那裡盛產五穀和魚鹽。

九府❶。

【注釋】❶九府　是對以上九條的歸類。說的是九州內儲藏的珍寶美物。

【語譯】九府是九州內儲藏的珍寶美物名稱的歸類。

九·〇三三 東方有比目魚焉，不比不行，其名謂之鰈❶。

【注釋】❶鰈　魚名。比目魚的一類。即鰈科比目魚。體側扁，像薄片，長橢圓形，有細鱗，兩眼都在右側。生活在淺海中，左側向下臥在沙底。郭注：「狀似牛脾，鱗細，紫黑色，一眼，兩片相合乃得行，今水中所在有之。江東又呼為王餘魚。」

【語譯】東方有比目魚，不兩兩挨著就不能游動，牠的名字稱作鰈。

九·〇三四 南方有比翼鳥焉，不比不飛，其名謂之鶼鶼❶。

【注釋】❶鶼鶼　傳說中的比翼鳥。郭注：「似鳧，青赤色，一目一翼，相得乃飛。」

【語譯】南方有比翼鳥，不兩兩挨著就不能飛行，牠的名字稱作鶼鶼。

九·〇三五 西方有比肩獸焉，與邛邛岠虛❶比，為邛邛岠虛齧❷甘草，即有難，邛邛岠虛負而走，其名謂之蟨❸。

【注釋】❶邛邛岠虛　獸名。亦作「邛邛距虛」。傳說中這種獸前足長，後足短，善奔跑而不善於覓食。故與蟨互相依存，平時蟨以美草供給邛邛距虛，遇難時邛邛距虛負蟨而逃。《穆天子傳》卷一：「邛邛距虛走百里。」郭注：「亦馬屬。」❷齧　咬；嚙。《管子・戒》：「東郭有狗嘊嘊，旦暮欲齧我，猳而不使也。」❸蟨　獸名。郝疏作「蟨」。傳說中這種獸前足短而後足長，善覓食而不善於奔跑。與邛邛岠虛互相依存，故稱為比肩獸。黃侃《手批爾雅義疏》：「蟨之為言蹷也。蹷，短也。以前足短得名，故字亦作蹷。」

【語　譯】西方有比肩獸，和邛邛岠虛挨並生活，為邛邛岠虛咬甘草吃。如果發生災難，邛邛岠虛就背著牠跑，牠的名字稱作蟨。

九·○三六

北方有比肩民❶焉，迭❷食而迭望。

【注　釋】❶比肩民　古代傳說中半身之人，二體相合、相助而生。郭注：「此即半體之人，各有一目、一鼻一（引者按：此「一」為衍字）孔、一臂、一腳，亦猶魚鳥之相合，更望備驚急。」❷迭　更迭；輪流。《易·說卦》：「《易》六畫而成卦，分陰分陽，迭用柔剛。」韓康伯注：「六爻升降，或柔或剛，故曰迭用柔剛也。」

【語　譯】北方有比肩民，他們輪流吃飯，輪流觀望警戒。

九·○三七

中有枳首蛇❶焉。

【注　釋】❶枳首蛇　歧頭蛇；兩頭蛇。枳，通「枝」。歧出。郭注：「歧頭蛇也。或曰：今江東呼兩頭蛇，為越王約髮。亦名弩絃。」

【語　譯】中部有歧頭蛇。

九·○三八

此四方中國之異氣❶也。

【注　釋】❶異氣　這裡指異常怪誕之物。

【語　譯】這些都是四方中國的異常怪誕之物。

五方❶。

【注　釋】❶五方　是對以上六條的歸類。本指東、南、西、北和中央，這裡意指中國各地的異常怪誕之物。大都為傳說所言，並非實有其物。而且說某物產於某方也不確切，只是大概言之。

【語　譯】五方是中國各地異常怪誕之物的名稱的歸類。

九·〇三九　邑外謂之郊❶。郊外謂之牧❷。牧外謂之野❸。野外謂之林❹。林外謂之坰❺。

【注　釋】❶郊　周制距國都百里或五十里、三十里、十里之地。根據國的大小而定。《周禮・春官・肆師》：「〔肆師〕與祝侯禳於畺及郊。」鄭注：「畺，五百里。遠郊百里，近郊五十里。」❷牧　郊外。《左傳・隱公五年》：「四月，鄭人侵衛牧，以報東門之役。」俞樾《群經平議・左傳一》：「此傳『牧』字即郊外之『牧』也。」❸野　郊外；離城市較遠的地方。《詩・邶風・燕燕》：「之子于歸，遠送於野。」毛傳：「郊外曰野。」❹林　指野外或退隱的地方。❺坰　遠郊；野外。《詩・魯頌・駉》：「駉駉牡馬，在坰之野。」毛傳：「坰，遠野也。邑外曰郊，郊外曰野，野外曰林，林外曰坰。」

【語　譯】國都之外稱作郊。郊外稱作牧地。牧地之外稱作野。野外稱作林。林外稱作坰。

九·〇四〇　下溼❶曰隰。大野曰平。廣平曰原。高平曰陸。大陸曰阜。大阜曰陵。大陵曰阿❷。

【注　釋】❶下溼　謂地勢低而潮溼。《尚書大傳》卷二上：「下溼曰隰。」隰，低溼的地方。《書·禹貢》：「原隰底績，至於豬野。」孔傳：「下溼曰隰。」❷阿　大的丘陵。《詩·小雅·菁菁者莪》：「菁菁者莪，在彼中阿。」毛傳：「中阿，阿中也。大陵曰阿。」

【語　譯】地勢低而潮濕的地方稱作隰。廣大的野地稱作平。廣平的地方稱作原。高平的地方稱作陸。大陸稱作阜。大阜稱作陵。大陵稱作阿。

九·〇四一　可食者❶曰原，陂❷者曰阪。下者曰隰。

【注　釋】❶可食者　指寬廣平整可以種植莊稼之地。郭注：「可種穀給食。」❷陂　山坡；斜坡。郝疏：「《釋名》云：『山旁曰陂。』言陂陁也。……然則坡之言頗也，阪之言反也。謂山田頗側之處可耕種者。」

【語　譯】地勢平坦寬廣可以種糧食的地方稱作原。可以耕種的山坡之地稱作阪。可以耕種的低濕之地稱作隰。

九·○四二 田一歲曰菑，二歲曰新田，三歲曰畬❶。

【注釋】❶田一歲曰菑三句 《詩·小雅·采芑》：「薄言采芑，于彼新田，於此菑畝。」毛傳：「田一歲曰菑。二歲曰新田。三歲曰畬。」菑，初耕一年的田。郭注：「今江東呼初耕地反草為菑。」畬，開墾過三年的田地；熟田。《詩·周頌·臣工》：「亦又何求？如何新畬。」

【語譯】初耕一年的田稱作菑。耕種兩年的田稱作新田。耕種三年的田稱作畬。

野❶。

【注釋】❶野 是對以上四條的歸類。野是郊外的通名。郊、牧、林、坰，是野的異名。原、隰、陸、阜、陵、阿、菑、畬等，都是野的細目名。

【語譯】野是郊外別名的歸類。

九·○四三 東至於泰遠，西至於邠國，南至於濮鈆，北至於祝栗❶，謂之四極。

【注釋】❶東至於泰遠四句 泰遠、邠國、濮鈆、祝栗是中國古代傳說中東、西、南、北極遠處的國家名。郭注：「皆四方極遠之國。」

【語譯】東到泰遠國，西到邠國，南到濮鈆國，北到祝栗國，這就稱作四極。

九·○四四 觚竹、北戶、西王母、日下❶，謂之四荒❷。

【注釋】❶觚竹北戶西王母日下　皆為上古時期的國家名。郭注：「觚竹在北，北戶在南，西王母在西。日下在東，皆四方昏荒之國。次四極者。」邢疏：「觚竹者，《漢書・地理志》：『遼西令支有孤竹城是乎？』北戶者，即日南郡是也。顏師古曰：『言其在日之南，所謂北戶以向日者。』西王母者，《山海・西荒經》云：『西海之中，流沙之濱，赤水之後，黑水之前，有大山，名崐崙之丘。』『有人，戴勝，虎齒，有尾，穴處，名曰西王母。』又《穆天子傳》曰：『天子賓于西王母，乃紀其跡於弇山，名曰西王母之山。』是也。日下者，謂日所出，處其下之國也。」❷四荒　指四方荒遠之地。邢疏：「云謂之四荒者，言聲教不及，無禮義文章，是四方昏荒之國也，在土四極之內。」

【語譯】觚竹、北戶、西王母、日下等四個邊遠的國家屬地稱作四荒。

九·○四五 九夷❶、八狄❷、七戎❸、六蠻❹，謂之四海❺。

【注釋】❶九夷　古代泛稱東方的九種民族。《論語・子罕》：「子欲居九夷。」何晏《論語集解》引馬融曰：「東方之夷有九種。」《後漢書・東夷傳》：「夷有九種。曰：『畎夷、于夷、方夷、黃夷、白夷、赤夷、玄夷、風夷、陽夷。』」❷八狄　古代對北方部族的泛稱。《墨子・節葬下》：「昔者，堯北教乎八狄。」❸七戎　古代泛稱中國西部的少數民族。《墨子・節葬下》：「舜西教乎七戎。」❹六蠻　古指中國南方各少數民族。郭注：「六蠻在南。」❺四海　這裡指四鄰各族居住的地域。

【語譯】九夷、八狄、七戎、六蠻等四鄰各族居住的地方，稱作四海。

九·〇四六　岠❶齊州以南，戴❷日為丹穴❸。北，戴斗極為空桐❹。東，至日所出為大平。西，至日所入為大蒙❺。

【注釋】❶岠　通「距」。離；到。郭注：「岠，去也。」郝疏：「（岠）通作『距』。」❷戴　值；當。《晏子春秋・雜下四》：「古之立國者，南望南斗，北戴樞星。」❸丹穴　傳說中的地名。《淮南子・氾論》：「丹穴太蒙。」高誘注：「丹穴，南方當日之下也；太蒙，西方日所入處也。」❹空桐　北方極遠處山名。邢疏：「值此北極之下，其處名空桐。」❺大蒙　古謂日落處，指西方極遠之地。郭注：「即蒙氾也。」

【語譯】離齊州以南，正對著日下的地方稱作丹穴。北面正對著北斗星與北極星的地方稱作空桐。東面到日出的地方稱作大平。西面到日落的地方稱作大蒙。

九·〇四七　大平之人仁，丹穴之人智，大蒙之人信，空桐之人武❶。

【注釋】❶大平之人仁四句　郝疏引《淮南子・墬形》注云：「東方木德仁，故有君子之國。此即大平之人仁也。推是而言，南方火德明，故其人智；西方金德實，故其人信；北方水德怒，故其人武。中國土德和平，故其人五性具備也。」

【語譯】大平的人講仁義，丹穴的人顯聰明，大蒙的人守信用，空桐的人尚勇武。

四極❶。

【注釋】❶四極　即四方極遠之地，是對以上五條的歸類。這裡所釋的大都是一些傳說中的國家或地方。

【語譯】四極是四方極邊遠的國家或地方的名稱的歸類。

釋丘第十

【題　解】本篇共釋語詞五十一個。分為丘和岸兩類，主要解釋的是古代關於各種自然形成的高地的名稱。解釋的方法主要是揭示各種高地的特點。解釋的形式大抵是釋語詞在前，被釋語詞在後。

一〇・〇〇一　丘❶，一成為敦丘❷，再成為陶丘❸，再成銳上為融丘❹，三成為崐崘丘❺。

【注　釋】❶丘　自然形成的小土山。《說文》：「丘，土之高也，非人所為也。」《書・禹貢》：「九河既道……桑土既蠶，是降丘宅土。」孔傳：「地高曰丘。大水去，民下丘居平地，就桑蠶。」❷敦丘　一層之丘。郭注：「成，猶重也。《周禮》曰：『為壇三成。』今江東呼地高堆者為敦。」❸陶丘　兩重的山丘。邢疏：「丘形上有兩丘相重累者，名陶丘。」郝疏：「陶從匋，匋是瓦器，丘形重累似之。」❹融丘　尖頂的高丘。郭注：「纖頂者。」郝疏：「《釋名》云：『銳上曰融丘。融，明也；明，陽也。凡上銳皆高而近陽者也。』按：融，炊氣上出也，宜兼高長二義，長與高即銳上之意。」❺崐崘丘　三重相疊的土山。郭注：「崐崘山三重，故以名云。」「崐崘」亦作「崑崘」、「崑崙」、「崐侖」、「昆侖」。

【語　譯】小土山，一層的稱作敦丘，兩層重疊的稱作陶丘，兩層重疊而尖頂的稱作融丘，三層重疊的稱作崐崘丘。

一〇·〇〇二　如乘者，乘丘❶。如陼❷者，陼丘。

【注　釋】❶乘丘　狀如車乘或形似田塍的小土山。郭注：「形似車乘也。或云乘者謂稻田塍埒。」❷陼　同「渚」。水中小塊陸地。《漢書·司馬相如傳上》：「且齊東陼鉅海，南有琅琊。」顏注：「蘇林曰：『小州曰陼。』東陼鉅海，東有大海之陼。字與渚同也。」

【語　譯】形狀像車乘或田塍的小土山稱作乘丘。形狀像水中小洲的小土山稱作陼丘。

一〇·〇〇三　水潦❶所止，泥丘。

【注　釋】❶潦　積水。《詩·大雅·洞酌》：「洞酌彼行潦，挹彼注滋，可以餴饎。」高亨《詩經今注》：「潦，積水也。」

【語　譯】頂上有凹窪以積聚雨水的高地稱作泥丘。

一〇·〇〇四　方丘，胡丘。

【語　譯】四方形的小土山稱作胡丘。

一〇·〇〇五 絕高為❶之京❷。非人為之丘。

【注釋】❶為 通「謂」。❷京 高丘。《詩·小雅·甫田》：「曾孫之庾，如坻如京。」毛傳：「京，高丘也。」按：此「京」與「丘」對舉，「丘」為自然形成，「京」為人力建成。邢疏：「言卓絕高大如丘，而人力為作之者名京。」

【語譯】人力建成的極為高大的土山稱作京。不是人工建成而是自然形成的土山稱作丘。

一〇·〇〇六 水潦所還❶，埒丘。

【注釋】❶還 通「環」。環繞。邢疏：「還，環繞也。」

【語譯】四周被水環繞、圍有界限的土山稱作埒丘。

一〇·〇〇七 上正，章丘❶。

【注釋】❶章丘 頂上平正的土山。邢疏：「丘頂上平正者，名章丘。章亦平也。」

【語譯】頂上平正的土山稱作章丘。

一〇·〇〇八 澤中有丘，都❶丘。

【注釋】❶都　水流匯聚。亦指水流匯聚之所。邢疏：「都，水所聚也。」《管子・輕重甲》：「請以令隱三川，立員都，立大舟之都。」馬非百《管子輕重篇新詮》：「安井衡云：『員、圓，都、豬，皆通。豬，水所聚也。』此說是也。蓋築堤壅水，立為圓池，猶今之游泳池也。」

【語　譯】池澤之中的高地稱作都丘。

一〇・〇〇九　當途，梧丘❶。

【注　釋】❶梧丘　當路的高丘。《晏子春秋・雜下三》：「景公畋於梧丘。」吳則虞《晏子春秋集釋》引《釋名》：「當塗曰梧丘。」

【語　譯】道路當中的高地稱作梧丘。

一〇・〇一〇　途出其右而還之，畫丘❶。途出其前，戴丘❷。途出其後，昌丘。

【注　釋】❶畫丘　被道路環繞的山丘。郭注：「言為道所規畫。」邢疏：「右，謂西也；還，繞也；畫，規畫也。言道出丘西而復環繞之者，名畫丘，若為道所規畫然也。」❷戴丘　道側之丘。郝疏：「謂道過丘南，若為道負戴，故為戴丘。」

【語　譯】道路出自其右側而且被道路環繞的土山稱作畫丘。道路出自其前面的土山稱作戴丘。道路出自其後面的土山稱作昌丘。

一〇·〇二一 水出其前，渻丘。水出其後，沮丘。水出其右，正丘❶。水出其左，營丘。

【注釋】❶正丘 《釋名·釋丘》：「水出其右曰沚丘。沚，止也，西方義氣有所制止也。」今《爾雅》作「正」，蓋「止」之訛。

【語譯】有河流出自其前面的土山稱作渻丘。有河流出自其後面的土山稱作沮丘。有河流出自其右面的土山稱作正（止）丘。有河流出自其左面的土山稱作營丘。

一〇·〇二二 如覆敦者，敦丘❶。

【注釋】❶敦丘 參見一〇·〇〇一條注釋。敦，古代食器。用以盛黍、稷、稻、粱等。形狀較多。一般為三短足，圓腹，二環耳，有蓋。圈足的敦，蓋上多有提柄。流行於春秋戰國時期。《禮記·明堂位》：「有虞氏之兩敦，夏后氏之四連。」鄭注：「皆黍稷器。」

【語譯】形狀像倒扣著的大碗那樣的土山，稱作敦丘。

一〇·〇二三 邐迆❶，沙丘。

【注釋】❶邐迆 曲折連綿貌。

【語　譯】曲折綿延的土山稱作沙丘。

一〇・〇一四　左高，咸丘。右高，臨丘。前高，旄丘❶。後高，陵丘。偏高，阿丘。

【注　釋】❶旄丘　前高後低的山丘。《詩・邶風・旄丘》：「旄丘之葛兮，何誕之節兮。」毛傳：「前高後下曰旄丘。」

【語　譯】左邊高的土山稱作咸丘。右邊高的土山稱作臨丘。前面高的土山稱作旄丘。後面高的土山稱作陵丘。一邊偏高傾斜的土山稱作阿丘。

一〇・〇一五　宛中，宛丘❶。

【注　釋】❶宛丘　四周高中央低窪的土山。《詩・陳風・宛丘》：「宛丘之上兮。」毛傳：「四周高，中央下曰宛丘。」宛，低窪；凹入。

【語　譯】四周高中央低窪的土山稱作宛丘。

一〇・〇一六　丘背有丘為負❶丘。

【注　釋】❶負　以背載物。《詩・小雅・無羊》：「爾牧來思，何蓑何笠，或負其餱。」

【語譯】土山背面還有一個土山的稱作負丘。

一〇·〇一七 左澤，定丘。右陵，泰丘。

【語譯】左邊有大澤的土山稱作定丘。右邊有大陵的土山稱作泰丘。

一〇·〇一八 如畝，畝丘❶。如陵，陵丘❷。

【注釋】❶畝丘 有壟界的丘地。郭注：「丘有壟界如田畝。」《詩・小雅・巷伯》：「揚園之道，猗於畝丘。」朱熹集傳：「畝丘，高地也。」❷陵丘 大丘。《墨子・節用中》：「古者人之始生，未有宮室之時，因陵丘堀穴而處焉。」陵，大土山。《詩・小雅・天保》：「如山如阜，如岡如陵。」毛傳：「大阜曰陵。」

【語譯】像田畝一樣有壟界的土山稱作畝丘。像大陵那樣的大土山稱作陵丘。

一〇·〇一九 丘上有丘為宛丘。

【語譯】土山上又有一個中間低窪的土丘稱作宛丘。

一〇·〇二〇 陳有宛丘❶。晉有潛丘❷。淮南有州黎丘❸。

【注釋】❶宛丘 古丘阜名。古宛丘地為春秋時陳都，秦置陳縣，隋開皇初改稱宛丘縣，清為淮寧縣，即今河南淮陽。傳縣東南有宛丘，高二丈，但久已平沒，不可考。《詩・陳風・宛丘》：「子之湯兮，宛丘之上兮。」即指此丘。❷潛丘　古地名。在今山西太原南晉源東。❸州黎丘　古丘名。在今安徽壽春西南。

【語　譯】陳國有宛丘。晉國有潛丘。淮南有州黎丘。

一〇・〇二二　天下有名丘五，三在河南，其二在河北。

【語　譯】天下有五座著名的山丘，其中三座在黃河的南邊，兩座在黃河的北邊。

丘❶。

【注　釋】❶丘　是對以上二十一條的歸類，說明所釋都是有關丘的名稱。

【語　譯】丘是各種丘的名稱的歸類。

一〇・〇二三　望厓❶洒❷而高，岸。

【注　釋】❶厓　水邊。指高岸。郭注：「厓，水邊。」《詩・魏風・伐檀》：「坎坎伐檀兮，寘之河之干兮。」毛傳：「干，厓也。」❷洒　高峻的樣子。《詩・邶風・新臺》：「新臺有洒。」毛傳：「洒，高峻也。」

【語　譯】水邊看上去峻拔而高起的陸地稱作岸。

一〇・〇二三　夷上洒下，不漘❶。

【注　釋】❶不漘　上面平坦而臨下陡峭的崖岸。邢疏引李巡曰：「夷上，平上。洒下，陗下，故名曰漘。」不，一說為衍字。邢疏：「不者，蓋衍字。」一說作語助。郭注：「不，發聲。」

【語　譯】上面平坦而臨下陡峭的崖岸稱作漘。

一〇・〇二四　隩❶，隈❷。厓內為隩，外為隈❸。

【注　釋】❶隩　水邊彎曲處。《說文》：「隩，水隈厓也。」段注：「厓，山邊也。引申之為水邊，隈厓謂曲邊也。」❷隈　山水彎曲隱蔽處。《左傳・僖公二十五年》：「秦人過析，隈入而係輿人，以圍商密，昏而傅焉。」杜注：「隈，隱蔽之處。」❸隈　邢疏：「隈當作鞫，傳寫誤也。」阮校：「《詩・公劉》：『芮鞫之即。』正義曰：『《釋丘》：隩，隈也。厓內為隩，外為鞫。』李巡曰：『厓內近水為隩，其外為鞫。』是孔穎達所據李巡本作『鞫』，與釋文正合。」此可備一說。

【語　譯】隩，隈，都是指水邊彎曲處。水岸向內彎曲的地方稱作隩，水岸向外彎曲的地方稱作隈（鞫）。

一〇・〇二五　畢❶，堂牆。

【注　釋】❶畢　水旁堤壩。王引之《經義述聞》：「今按：『畢，堂牆』之堂，當讀為『陂唐』之唐。唐，堤也。牆謂堤內一面障水者。以其在水之旁，故謂之牆，又謂之畢。畢之言蔽障，蔽水使不外出也。」黃侃《手批爾雅義疏》：「畢之言蔽也。蔽膝謂之韠，藩落謂之箄，聲義並通。」

【語　譯】水旁的堤壩稱作堂牆。

一〇・〇二六　重厓❶，岸。岸上，滸❷。

【注　釋】❶重厓　高厓。郝疏：「重厓者，言其高，非必累兩厓也。」❷滸　水邊陸地。《詩・王風・葛藟》：「緜緜葛藟，在河之滸。」毛傳：「水厓曰滸。」

【語　譯】高厓稱作岸。水邊陸地稱作滸。

一〇・〇二七　墳❶，大防。

【注　釋】❶墳　堤岸；水邊高地。《楚辭・九章・哀郢》：「登大墳以遠望兮，聊以舒吾憂心。」朱熹集注：「水中高者曰墳，《詩》『汝墳』是也。」

【語　譯】墳稱作大防，指水邊高地。

一〇・〇二八　涘❶為厓。

【注　釋】❶涘　水邊。郭注：「謂水邊。」《詩・秦風・蒹葭》：「所謂伊人，在水之涘。」

【語　譯】涘稱作厓，指水邊。

一〇·〇二九　窮瀆❶，汜。谷❷者，溦❸。

【注　釋】❶窮瀆　窮竭不流通的溝渠。郭注：「水無所通者。」❷谷　兩山間流水的通道。《說文》：「谷，泉出通川為谷。」❸溦　流水的央道。郝疏：「《水經》『滱水』注引《爾雅》曰『谷者，微』。郭景純曰：『微，水邊通谷也。』據注『谷』上當脫『通』字。微、溦同。」

【語　譯】窮竭不流通的溝渠稱作汜。兩山間流水的通道稱作溦。

厓岸❶。

【注　釋】❶厓岸　是對以上八條的歸類，說明所釋為有關水邊高地的名稱。

【語　譯】厓岸是各種水邊高地的名稱的歸類。

釋山第十一

【題　解】本篇共釋語詞五十個。主要解釋的是古代的山名。先舉五座大山，再釋山的多種形體的不同專名，最後解釋五嶽。解釋的方法主要是揭示不同山名的山的特點。解釋的形式大抵是釋語詞在前，被釋語詞在後。

一一·○○一　河南華，河西嶽，河東岱，河北恆，江南衡❶。

【注　釋】❶河南華五句　此釋中國古代五大名山。邢疏：「篇首載此五山者，以為中國之名山也。」案，《周禮·職方氏》：『河南曰豫州，其山鎮曰華山。』『正西曰雍州，其山鎮曰嶽山。』『河東曰兗州，其山鎮曰岱山。』『正北曰并州，其山鎮曰恆山。』『正南曰荊州，其山鎮曰衡山。』」

【語　譯】黃河以南有華山，黃河以西有嶽山，黃河以東有泰山，黃河以北有恆山，長江以南有衡山。

一一·○○二　山三襲，陟❶；再成，英❷；一成，坯❸。

【注　釋】❶陟　重疊的山陵。郝疏：「山之形若三山重累者名陟。」《列子·湯問》：「四方悉平，周以喬陟。」張湛注：「山之重壟也。」❷英　兩山相重。郭注：「兩山相重。」郝疏：「成猶重也。英本華萼之名，華萼相銜與跗連接，重累而高，故再重之山取此為名。」❸坯　重疊的山嶺，本作「伾」。邢疏：「此文則山上更有一山重累者名伾。」《書．禹貢》：「至於大伾。」孔傳：「山再成曰伾。」

【語　譯】三重的山稱作陟；兩重的山稱作英；一重的山稱作坯。

一一．○○三　山大而高，崧❶。山小而高，岑❷。銳而高，嶠❸。卑而大，扈❹。小而眾，巋❺。

【注　釋】❶崧　同「嵩」。山大而高。邢疏引李巡曰：「高大曰嵩。」《詩．大雅．崧高》：「崧高維嶽，駿極於天。」毛傳：「崧，高貌。山大而高曰崧。」❷岑　小而高的山。郭注：「言岑崟。」邢疏：「言山形雖小而高嶔崟者，名岑也。」《說文》：「岑，山小而高。」❸嶠　指高而銳的山。邢疏：「言山形纖峻而高者名嶠。」❹扈　廣大，這裡指低而大的山。郭注：「扈，廣貌。」邢疏：「言山形卑下而廣大者名扈。」❺巋　小山叢聚羅列。郭注：「小山叢羅。」

【語　譯】山大而高的稱作崧（嵩）。山小而高的稱作岑。山尖而高的稱作嶠。山低而廣大的稱作扈。小山叢聚羅列的稱作巋。

一一．○○四　小山岌❶大山，峘❷。

【注　釋】❶岌　高於；高聳。郭注：「岌，謂高過。」❷峘　邢疏：「言小山與大山相並，而小山高過於大山者，名峘。」

【語　譯】小山與大山相並，而小山高過大山的稱作峘。

一一·〇〇五　屬者，嶧❶。獨者，蜀❷。

【注　釋】❶嶧　山相連接。郭注：「言駱驛相連屬。」邢疏：「言山形相連屬、駱繹然不絕者，名嶧。」❷蜀　專指孤峰獨秀的山。邢疏：「言山之孤獨者名蜀。」

【語　譯】相互連接的山稱作嶧。孤峰獨秀的山稱作蜀。

一一·〇〇六　上正，章❶。宛中，隆❷。

【注　釋】❶章　山形上平的山。邢疏：「正猶平也。言山形上平者名章。」❷隆　高；突起。這裡指中央高周圍低的山。郭注：「山中央高。」

【語　譯】山形上平的山稱作章。中央高周圍低的山稱作隆。

一一·〇〇七　山脊，岡❶。未及上❷，翠微❸。

【注　釋】❶岡　亦作「崗」。山脊；山嶺。邢疏：「孫炎云：『長山之脊也。』言高山之長脊名岡。」《詩·小雅·天保》：「如山如阜，如岡如陵。」❷未及上　未到山頂，在旁坡之處。指旁坡之處的青蔥的山氣。❸翠

微　山色輕淡青蔥。

【語　譯】山嶺稱作岡。山頂旁坡之處的青蔥的山氣稱作翠微。

一一．〇〇八　山頂，冢❶。崒者，厜㕒❷。

【注　釋】❶冢　山頂。《詩．小雅．十月之交》：「百川沸騰，山冢崒崩。」鄭注：「山頂曰冢。」❷厜㕒　山峰高峻。即「崔嵬」。郭注：「謂山峰頭巉巖。」

【語　譯】山頂稱作冢。山峰高峻稱作厜㕒。

一一．〇〇九　山如堂❶者，密❷；如防❸者，盛❹。

【注　釋】❶堂　建於高臺基之上的廳房。古時，整幢房子建築在一個高出地面的臺基上。前面是堂，通常是行吉凶大禮的地方，不住人；堂後面是室，住人。《詩．唐風．蟋蟀》：「蟋蟀在堂。」❷密　形狀像堂屋的山。郭注：「形如堂室者。《尸子》曰：『松柏之鼠，不知堂密之有美樅。』」❸防　堤岸；堤壩。郭注：「防，隄。」《周禮．地官．稻人》：「稻人掌稼下地，以瀦畜水，以防止水。」鄭注：「防，豬旁隄也。」❹盛　形如堤防的山。邢疏：「此盛，讀如粢盛之盛。隄防之形隋而高峻，若黍稷之在器，故其山形如隄防者，亦名盛也。」

【語　譯】形狀像堂屋的山稱作密；形狀像堤防的山稱作盛。

一一．〇一〇　巒❶，山墮❷。

【注　釋】❶巒　狹長的山。郭注：「謂山形長狹者。荊州謂之巒。」❷山墮　狹長的山。墮，一本作「隋」。邢疏：「凡物狹而長謂之隋者，則此言山隋者，謂山形狹長，一名巒也。」

【語　譯】狹長的山稱作山墮。

一一·〇二一　重甗❶，隒❷。

【注　釋】❶甗　通「巘」。山峰。郝疏：「疑『甗』皆『巘』之叚借。《玉篇》引作『重巘，隒』。」❷隒　層疊的山。郭注：「謂山形如累兩甗。甗，甑山，形狀似之，因以名云。」

【語　譯】山峰重疊的山形稱作隒。

一一·〇二二　左右有岸，厒❶。

【注　釋】❶厒　兩邊有水流而成為岸的山。郭注：「夾山有岸。」邢疏：「謂山兩邊有水，山與水為岸，此山名厒。」

【語　譯】兩邊有水流而成為岸的山稱作厒。

一一·〇二三　大山宮❶小山，霍❷。小山別❸大山，鮮❹。

【注　釋】❶宮　圍繞。郭注：「宮，謂圍繞之。」《禮記·喪大記》：「君為廬宮之，大夫襢之。」鄭注：

「宮，謂圍障之也。」❷霍　圍繞貌；拱衛貌。這裡指大山圍繞小山的山形。邢疏：「謂小山在中，大山在外圍繞之，山形若此者名霍。」❸別　分開；離析。《書・禹貢》：「禹別九州。」孔傳：「分其圻界。」❹鮮　這裡指與大山不相連的小山。邢疏：「謂小山與大山分別不相連屬者，名鮮。」

【語　譯】大山圍繞小山的山形稱作霍。與大山不相連的小山稱作鮮。

一一・〇一四

山絕，陘❶。

【注　釋】❶陘　山脈中斷的地方。邢疏：「謂山形連延中忽斷絕者名陘。」

【語　譯】山脈中斷的地方稱作陘。

一一・〇一五

多小石，磝❶。多大石，礐❷。

【注　釋】❶磝　多小石頭的山。郭注：「多礓礫。」邢疏：「礓礫即小石也。山多此小石者名磝。」❷礐　多大石的山。郭注：「多盤石。」邢疏：「盤，大石也。山多此盤石者名礐。」

【語　譯】多小石頭的山稱作磝。多大石塊的山稱作礐。

一一・〇一六

多草木，岵❶。無草木，峐❷。

【注　釋】❶岵　多草木的山。《說文》：「岵，山有草木也。」《釋名》：「山有草木曰岵。岵，怙也，人所怙取以為事用也。」❷峐　不長草木的山。陸德明釋文：「峐，《三蒼》、《字林》並云猶『屺』字。」《說文》：「屺，山無草木也。」《詩・魏風・陟岵》：「陟彼屺兮，瞻望母兮。」

【語　譯】山上有草木的稱作岵，山上沒有草木的稱作峐（屺）。

一一・〇一七　山上有水，埒❶。夏有水，冬無水，澩❷。

【注　釋】❶埒　山上的水流。《釋名・釋山》：「山上有水曰埒。埒，脫也，脫而下流也。」《列子・湯問》：「一源分為四埒，注於山下。」張湛注：「山上水流曰埒。」❷澩　夏季有水而冬季無水的山澤和山溪。《說文》：「夏有水、冬無水曰澩。」段注：「謂山上夏有停潦，冬則乾也。」

【語　譯】山上的水流稱作埒。夏季有水而冬季無水的山澤和山溪稱作澩。

一一・〇一八　山豄❶無所通，谿❷。

【注　釋】❶豄　同「瀆」。小水溝。邢疏：「豄即溝瀆也。」❷谿　山間的小水流。《左傳・隱公三年》：「澗谿沼沚之毛，蘋蘩蘊藻之菜……可薦於鬼神，可羞於王公。」杜注：「谿，亦澗也。」孔疏引李巡曰：「水出於山入於川為谿也。」

【語　譯】山間不與外界溝通的小水流稱作谿。

一一・〇一九　石戴土謂之崔嵬，土戴石為砠❶。

【注釋】❶石戴土謂之崔嵬二句　阮校：「《毛詩・〈周南〉卷耳》傳：『崔嵬，土山之戴石者。』『石山戴土曰砠。』……按：《說文・山部》云：『岨，石戴土也。』（引者按：岨同「砠」。）《釋名》：『石戴土曰岨。岨，臚然也。土戴石曰崔嵬，因形名之也。』皆與毛傳同。」徐注：「當作『土戴石謂之崔嵬，石戴土為砠。』」譯文從阮、徐之說。

【語譯】土山上有石頭的稱作崔嵬，石山上有土的稱作砠。

一一・〇二〇　山夾水，澗❶。陵夾水，澞❷。

【注釋】❶澗　兩山間的水溝。《詩・召南・采蘩》：「於以采蘩？於澗之中。」毛傳：「山夾水曰澗。」

❷澞　丘陵間的溪水。邢疏：「其陵間有水者名澞。」

【語譯】夾在兩山之間的水溝稱作澗。夾在兩座丘陵之間的水溝稱作澞。

一一・〇二一　山有穴為岫❶。

【注釋】❶岫　有洞穴的山。郭注：「謂巖穴。」邢疏：「謂山有巖穴者為岫也。」

【語譯】有洞穴的山稱作岫。

一一・〇二二　山西曰夕陽，山東曰朝陽❶。

【注釋】❶山西曰夕陽二句　夕陽指山的西面，朝陽指山的東面。《書・武成》：「歸馬于華山之陽。」孔疏引李巡曰：「山西暮乃見日，故曰夕陽。山東朝乃見日，故云朝陽。」

【語譯】山的西面稱作夕陽，山的東面稱作朝陽。

一一・〇二三　泰山❶為東嶽，華山❷為西嶽，霍山❸為南嶽，恆山❹為北嶽，嵩高❺為中嶽。

【注釋】❶泰山　山名。五嶽之一。在山東中部。古稱「東嶽」。也稱岱宗、岱山、岱嶽、泰岱。主峰玉皇頂在泰安北。古代帝王常在泰山舉行封禪大典。《詩・魯頌・閟宮》：「泰山巖巖，魯邦所詹。」❷華山　山名。五嶽之一。在陝西華陰南，北臨渭河平原，屬秦嶺東段。又稱太華山。古稱「西嶽」。❸霍山　山名。五嶽之一。《太平寰宇記》：「霍山，一名衡山，一名天柱山。」郭注以霍山指天柱山（在安徽西部）。而邢疏則認為指衡山（在湖南東部）：「本衡山，一名霍山。漢武帝移嶽神於天柱，又名天柱亦為霍。故漢以來，衡、霍別耳。」習稱衡山為「南嶽」。❹恆山　山名。五嶽之一。主峰在今河北曲陽西北。古稱「北嶽」。《書・禹貢》：「太行恆山，至於碣石，入於海。」❺嵩高　山名。五嶽之一。即嵩山。在河南登封。古稱「中嶽」。《史記・封禪書》：「昔三代之居，皆在河洛之間，故嵩高為中嶽。」

【語譯】泰山稱作東嶽，華山稱作西嶽，霍山稱作南嶽，恆山稱作北嶽，嵩山稱作中嶽。

一一・〇二四　梁山❶，晉望❷也。

【注釋】❶梁山　山名。在今陝西韓城境。《詩・大雅・韓奕》：「奕奕梁山，維禹甸之。」鄭箋：「梁山，今左馮翊夏陽西北。」❷晉望　郭注：「晉國所望祭者。」望，古祭名。遙祭山川、日月、星辰。《書・舜典》：「望于山川，徧於群神。」孔傳：「九州名山大川、五嶽四瀆之屬，皆一時望祭之。」

【語譯】梁山是晉國所望祭的山。

釋水第十二

【題解】本篇解釋與水有關的各種名稱，分為水泉、水中、河曲、九河等四類。除了解釋水名之外，也涉及與水流相關的陸地之名以及渡水行為。

一二·〇〇一 泉一見❶一否為瀸❷。

【注釋】❶見 現的古字。顯現；顯露。《易·乾》：「九二：見龍在田。」陸德明釋文：「見，賢遍反。」按：即今之現字，出現的意思。❷瀸 亦作「瀐」。泉水時有時無。《說文》：「瀸……《爾雅》曰：『泉一見一否為瀸。』」王筠句讀：「此『瀸』與『纖』同意，謂纖微也。」唐柳宗元〈又祭崔簡旅櫬歸上都文〉：「陰流洩漏，瀸沒渝溢。」

【語譯】泉水有時候出現有時候隱沒稱為瀸。

一二·〇〇二 井一有水一無水為瀱汋❶。

【注釋】❶瀱汋 井水時有時無。郭璞注：「《山海經》曰：『天井夏有水冬無水。』即此類也。」郝疏：

「井一有水一無水，曰瀱汋。瀱，竭也。」汋，水自然湧出。《莊子・田子方》：「夫水之於汋也，無為而才自然矣。」王先謙集解：「汋乃水之自然湧出。」

【語　譯】井有時候有水有時候沒有水稱為瀱汋。

二二・〇〇三　濫泉❶正出。正出，涌出也。沃泉❷縣出❸。縣出，下出也。氿泉❹穴出。穴出，仄❺出也。

【注　釋】❶濫泉　噴湧而出的泉水。《詩・大雅・瞻卬》：「觱沸檻泉，維其深矣。」鄭箋：「檻泉正出，湧出也。」按：檻，通「濫」。❷沃泉　由上向下流的泉水。郝疏引李巡曰：「水泉從上溜下出是下泉，即沃泉。」❸縣出　即懸出。郭璞注：「從上溜下。」《釋名・釋水》：「水……懸出曰沃泉。水從上下，有所灌沃。」❹氿泉　從側面流出的泉水。《詩・小雅・大東》：「有洌氿泉，無浸穫薪。」毛傳：「側出曰氿泉。」❺仄　通「側」。旁邊。

【語　譯】濫泉是指正出的泉水。正出，是向上湧出的意思。沃泉是指懸出的泉水。懸出，是從上溜下的意思。氿泉是指穴出的泉水。穴出，是從側面流出的意思。

二二・〇〇四　湀闢❶，流川。過辨，回❷川。

【注　釋】❶湀闢　通流大川，亦泛指流水。❷回　同「迴」。旋轉。

【語　譯】湀闢，是通直的水流。過辨，是迴旋的水流。

一二·〇〇五 灉❶，反❷入。

【注釋】❶灉 字亦作「澭」。河水流出又返回的支流。❷反 通「返」。返回。

【語譯】灉，河水流出又倒流回來的支流。

一二·〇〇六 潬❶，沙出。

【注釋】❶潬 沙灘。郭璞注：「今江東呼水中沙堆為潬。」邢昺疏：「潬者，是沙堆出於水中之名也，故曰『沙出』。」《北齊書·陽斐傳》：「石濟河溢，橋壞，斐修治之。又移津於白馬，中河起石潬，兩岸造關城，累年乃就。」

【語譯】潬，是指水中沙灘。

一二·〇〇七 汧❶，出不流。

【注釋】❶汧 泉水流出後停積成沼澤。郭璞注：「水泉潛出便自停成汙池。」邢昺疏：「〈地理志〉云：扶風汧縣，雍州弦蒲藪，汧出西北入渭。以其初出不流，停成弦蒲澤藪，故曰『汧出不流』也，其終則入渭也。」

【語譯】汧，泉水流出後停積不流動形成的沼澤。

一二·〇〇八 歸異出同流❶，肥❷。

【注釋】❶流　衍文。❷肥　水同源而異流。《詩經・邶風・泉水》：「我思肥泉，茲之永嘆。」毛傳：「所出同所歸異為肥泉。」即此。

【語譯】同一源而流入不同地方的水流叫做肥。

一二・〇〇九　瀵❶，大出尾下❷。

【注釋】❶瀵　泉水自地底下噴湧而出。郭璞注：「今河東汾陰縣有水，口如車輪許，濆沸湧出，其深無限，名之為瀵。」《列子・湯問》：「有水湧出，名曰神瀵。」晉郭璞〈江賦〉：「翹莖瀵蘂，濯穎散裏。」❷尾下　底下，指地底下。邢昺疏：「尾，猶底也。」

【語譯】瀵，從地底噴湧而出的泉水。

一二・〇一〇　水醮❶曰厬❷。

【注釋】❶醮　水盡。郭璞注：「謂水醮盡。」《荀子・禮論》：「利爵之不醮也，成事之俎不嘗也。」楊倞注：「醮，盡也。」❷厬　涸竭。

【語譯】水枯竭稱為厬。

一二・〇一一　水自河❶出為灉❷，濟為濋❸，汶❹為瀾❺，洛❻為波❼，漢❽為潛❾，淮⑩為滸⑪，江⑫為沱⑬，過⑭為洵⑮，潁⑯為沙⑰，汝⑱為濆⑲。

【注釋】❶河　古代對黃河的專稱。《書・禹貢》：「島夷皮服，夾右碣石入於河。」❷灉　古水名。字或作「澭」、「雍」。由黃河分出後又注入黃河。故道約在今山東西部、河北南部一帶。《書・禹貢》：「雷夏既澤，灉沮會同。」孔傳：「雷夏，澤名。灉沮水會同此澤。」❸濟為濋　是「水自濟出為濋」的省略說法，以下八句情況類似。濟，古四瀆之一。《周禮・夏官・職方氏》、《漢書・地理志》、《說文》作「泲」，他書作「濟」。包括黃河南北兩部分。《書・禹貢》：「導沇水，東流為濟，入於河，溢為滎，東出於陶丘北，又東至於菏，又東北會於汶，又北東入於海。」孔傳：「發源為沇，流去為濟，在溫西北平地。」濋，古水名。濟水的支流，在今山東定陶一帶。北魏酈道元《水經注・濟水一》：「河水東北出於定陶縣北，屈左合氾水，氾水西分濟瀆，東北逕濟陰郡南。」❹汶　水名。即今大汶河。源出山東萊蕪北，西南流經古嬴縣南，古稱嬴汶，又西南會牟汶、北汶、石汶、柴汶至今東平縣戴村壩。自此以下，古汶水西流經東平縣南，至梁山東南入濟水。《書・禹貢》：「浮於汶，達於濟。」❺瀾　汶水支流。一說本作「闡」。❻洛　洛水，發源於陝西，流入河南。《易・繫辭上》：「河出圖，洛出書，聖人則之。」❼波　古水名。源出今河南魯山西北，南流入滍水（今沙河）。《周禮・夏官・職方氏》：「其川滎雒，其浸波溠。」❽漢　水名。漢水，也稱漢江，為長江最長的支流。發源於今陝西寧強，流經湖北省，在武漢市入長江。《書・禹貢》：「嶓冢導漾，東流為漢。」孔傳：「泉始出山為漾水，東南流為沔水，至漢中東流為漢水。」❾潛　水名。漢水支流，即今湖北潛江東南部的蘆洑河。《書・禹貢》：「九江孔殷，沱潛既道。」❿淮　水名。即淮河，中國大河之一。源出河南桐柏山，東流經河南、安徽等省到江蘇省入洪澤湖。洪澤湖以下，主流出三河經高郵湖由江都縣三江營入長江。全長約一〇〇〇公里，流域面積十八・七萬平方公里。下游原有入海河道，一一九四年黃河奪淮後，河道淤高，遂逐漸以入江為主。《書・禹貢》：「導淮自桐柏。」《孟子・滕文公下》：「水由地上行，江、淮、河、漢是也。」⓫滸　古水名。淮河的支流。⓬江長江。《書・禹貢》：「江漢朝宗於海。」《孟子・滕文公上》：「決汝漢，排淮泗注之江。」⓭沱　長江的支流。《詩・召南・江有汜》：「江有沱，之子歸，不我過。」⓮過　水名。又名渦河。淮河支流。源出河南通許，東南流至安徽亳州納惠濟河，至懷遠入淮河。北魏酈道元《水經注・淮水》：「〔淮水〕又東過當塗縣北，過水從西北來注之。」⓯洵　水名。過水的支流。《山海經・西山經》：「〔軒轅之丘〕無草木。洵水出焉，南流注于黑水。」⓰潁　水名。源出河南登封嵩山西南，東南流到商水縣，納沙河、賈魯河，至安徽壽縣正陽關入淮河。《周禮・夏官・職方氏》：「其川江漢，其浸潁湛。」⓱沙　沙河，潁水的支流。⓲汝　古水名。源出河南魯山大盂山，流經寶豐、襄城、郾城、上蔡、汝南，注入淮河。《左傳・哀公元年》：「楚子圍蔡……使疆于江、汝之間而還。」⓳濆　古水名。汝水支流。即今河南省境的沙河。

【語　譯】從黃河流出的支流稱為灉，從濟水流出的支流稱為濋，從汶水流出的支流稱為瀾，從洛水流出的支流稱為波，從漢水流出的支流稱為潛，從淮河流出的支流稱為滸，從長江流出的支流稱為沱，從過水流出的支流稱為洵，從潁水流出的支流稱為沙，從汝水流出的支流稱為濆。

一二・〇二　水決❶之❷澤為汧，決復入為汜❸。

【注　釋】❶決　排除壅塞；疏通水道。《書・益稷》：「予決九川，距四海。」《孟子・告子上》：「性猶湍水也，決諸東方則東流，決諸西方則西流。」❷之　往；到。《詩・鄘風・載馳》：「百爾所思，不如我所之。」❸汜　由幹流分出又匯合到幹流的水。《詩・召南・江有汜》：「江有汜，之子歸，不我以。」毛傳：「決復入為汜。」

【語　譯】疏通水道讓停積的水流到河澤裡稱為汧，從幹流分出後又流回幹流的河水稱為汜。

一二・〇一三

「河水清且瀾漪❶」，大波為瀾，小波為淪❷，直波為徑❸。

【注釋】❶河水清且瀾漪　語出《詩・魏風・伐檀》，此條是解釋《詩・魏風・伐檀》的。瀾，字當作「瀾」，本或作「瀾」。瀾，大波。《毛詩》作「漣」。意指風吹水面形成的波紋。「瀾」「漣」音義近，故可通。漪，語氣詞。馬瑞辰通釋：「漪，漢石經作『兮』。釋文本作『猗』，與《書・秦誓》『斷斷猗』《大學》引作『兮』正合，是知猗即兮也。」❷淪　水的小波紋。亦謂水起小波紋，或使起波紋。《文選》謝莊〈月賦〉：「聲林虛籟，淪池滅波。」❸徑　阮元校作「涇」。《釋名》：「水直波曰涇。涇，徑也。言如道徑也。」

【語譯】「河水清且瀾漪」，大水波稱為瀾，小水波稱為淪，直水波稱為徑（涇）。

一二・〇一四

江有沱，河有灉，汝有濆❶。

【注釋】❶江有沱三句　此條的注釋參見一二・〇一一條。

【語譯】長江有支流沱水，黃河有支流灉水，汝水有支流濆水。

一二・〇一五

滸❶，水厓❷。

【注釋】❶滸　水邊。《詩・王風・葛藟》：「緜緜葛藟，在河之滸。」毛傳：「水厓曰滸。」❷厓　水邊。指高岸。《詩・魏風・伐檀》：「坎坎伐檀兮，寘之河之干兮。」毛傳：「干，厓也。」

【語譯】滸，是指水邊的陸地。

一二·〇一六　水草交為湄❶。

【注釋】❶湄　岸邊；水和草相接的地方。《詩·秦風·蒹葭》：「所謂伊人，在水之湄。」孔穎達疏：「謂水草交際之處，水之岸也。」

【語譯】岸邊水草相交接的地方稱為湄。

一二·〇一七　「濟有深涉，深則厲，淺則揭❶。」揭❷者，揭衣也。以衣涉水為厲❸。繇❹膝以下為揭，繇膝以上為涉❺，繇帶❻以上為厲。

【注釋】❶濟有深涉三句　語出《詩·邶風·匏有苦葉》，此條解釋《詩·邶風·匏有苦葉》。毛傳：「濟，渡也。」❷揭　提起衣服。漢司馬相如〈上林賦〉：「其北則盛夏含凍裂地，涉冰揭河。」陸德明釋文：「揭，衣渡水也。」❸厲　連衣涉水。戰國楚宋玉〈大言賦〉：「血沖天車，不可以厲。」❹繇　通「由」。介詞。自；從。郭璞注：「繇，自也。」陸德明釋文：「繇，古由字。」《史記·孝文本紀》：「禍自怨起，而福繇德興。」《漢書·陳勝項籍傳贊》：「政繇羽出。」顏師古注：「繇與由同。」❺涉　徒步渡水。《詩·鄭風·褰裳》：「子惠思我，褰裳涉溱。」《韓非子·難一》：「昔者紂為炮烙，崇侯、惡來又曰斬涉者之脛也，奚分於紂之謗？」❻帶　腰帶。

【語譯】「濟有深涉，深則厲，淺則揭。」所謂揭，是提起衣服，步行渡水。連衣涉水稱為厲。從膝蓋以下的水流中渡過稱為揭，從膝蓋以上的水流中渡過稱為涉，從腰帶以上的水流中渡過稱為厲。

二二〇一八　潛❶行為泳。

【注　釋】❶潛　涉水；沒水游渡。《詩・小雅・正月》：「魚在於沼，亦匪克樂；潛雖伏矣，亦孔之炤。」《淮南子・泰族》：「山居木棲，巢枝穴藏，水潛陸行，各得其所寧焉。」

【語　譯】從水底潛游稱為泳。

二二〇一九　「汎汎楊舟，紼縭維之❶。」紼，繂❷也。縭，緌❸也。

【注　釋】❶汎汎楊舟二句　語出《詩・小雅・采菽》。汎汎，浮游不定的樣子。毛傳：「紼，繂（同繂）也；縭（同縭），緌也。」❷繂　粗繩索。❸緌　纜繩；大索。此處指船纜。

【語　譯】「汎汎楊舟，紼縭維之。」紼，是指粗繩的意思。縭，是指船纜的意思。

二二〇二〇　天子造舟❶，諸侯維舟❷，大夫方舟❸，士特舟❹，庶人乘泭❺。

【注　釋】❶造舟　將船並列水面，上面加上木板作橋。《詩・大雅・大明》：「大邦有子，俔天之妹。文定厥祥，親迎於渭。造舟為梁，不顯其光。」孔疏：「李巡曰：『比其舟而渡曰造舟，中央左右相維持曰維舟，兩船曰方舟，一舟曰特舟。』孫炎曰：『造舟，比舟為梁也。維舟，連四舟一也。』」❷維舟　古代諸侯所乘之船。維連四船，使不動搖，故稱。❸方舟　兩船相並。《莊子・山木》：「方舟而濟於河，有虛船來觸舟，雖有惼心之人，不怒。」成玄英疏：「兩舟相並曰方舟。」❹特舟　單船。特，獨也。❺泭　竹筏；木筏。《國語・

齊語》：「方舟設泭，乘桴濟河。」韋昭注：「編木曰泭，小泭曰桴。」《楚辭・九章・惜往日》：「乘氾泭以下流兮，無舟楫而自備。」

【語　譯】天子用船隻並列而成的浮橋渡河，諸侯用相連繫的四條船渡河，大夫用並列的兩條船渡河，士用一條船渡河，庶人乘竹木筏子渡河。

一二・〇二二　水注川曰谿❶，注谿曰谷，注谷曰溝，注溝曰澮❷，注澮曰瀆❸。

【注　釋】❶谿　同「溪」。山間的水流。《左傳・隱公三年》：「澗谿沼沚之毛，蘋蘩蘊藻之菜……可薦於鬼神，可羞於王公。」杜預注：「谿，亦澗也。」孔穎達疏引李巡曰：「水出於山入於川為谿也。」❷澮　田間排水道。《周禮・地官・稻人》：「以列舍水，以澮寫水。」鄭玄注：「澮，田尾去水大溝。」❸瀆　溝渠。《論語・憲問》：「〔管仲〕豈若匹夫匹婦之為諒也，自經於溝瀆而莫之知也？」按：古代典籍中谿與谷，溝與澮、瀆相對而言有大小之別。谿指山間小河溝，谷指兩山間流水道，澮指田間水溝，瀆指小水渠。但常常是作為同義詞通用的。

【語　譯】水流入大河稱為谿，流入谿中稱為谷，流入谷中稱為溝，流入溝中稱為澮，流入澮中稱為瀆。

一二・〇二三　逆流而上曰泝洄❶，順流而下曰泝游。

【注　釋】❶泝洄　亦作「泝回」、「溯洄」。泝，同「遡」、「溯」。逆流而上。《詩・秦風・蒹葭》：「溯洄從之，道阻且長。」《文選》左思〈吳都賦〉：「葺鱗鏤甲，詭類舛錯，泝洄順流，噞喁沉浮。」李周翰注：「泝，逆流上也。言水物或逆上，或順流。」

【語譯】逆著河流往上稱為泝洄，順河流往下稱為泝游。

一二·〇二三

正❶絕流❷曰亂❸。

【注釋】❶正　直。❷絕流　橫渡。❸亂　橫渡。《詩·大雅·公劉》：「涉渭為亂，取厲取鍛。」孔疏：「水以流為順，橫渡則絕其流，故為亂。」

【語譯】直著橫渡江河稱為亂。

一二·〇二四

江、河、淮、濟為四瀆❶。四瀆者，發源注❷海者也。

【注釋】❶四瀆　古人對長江、黃河、淮河、濟水的合稱。《禮記·王制》：「天子祭天下名山大川，五嶽視三公，四瀆視諸侯。」瀆，江河大川。《韓非子·五蠹》：「中古之世，天下大水，而鯀禹決瀆。」❷注　流入；灌入。《詩·大雅·文王有聲》：「豐水東注，維禹之績。」

【語譯】長江、黃河、淮河、濟水稱為四瀆。所謂四瀆，指的是四條從發源地一直流入大海的河流。

水泉❶。

【注釋】❶水泉　即水源，水的發源，也指泉水，古字泉與原（源）通。《說文》：「泉，水原也。」《玉篇》：

「泉，山水之原也。」按：《爾雅》此處是對以上二十四條的歸類。水的本原是泉，由泉而成水，所以先釋泉後釋水。

【語　譯】水泉是各種與泉、水流相關的語詞的歸類。

一二·〇二五　**水中可居者曰洲❶，小洲曰陼❷，小陼曰沚❸，小沚曰坻❹。人所為為潏❺。**

【注　釋】❶洲　水中的陸地。《詩·周南·關雎》：「關關雎鳩，在河之洲。」《楚辭·離騷》：「朝搴阰之木蘭兮，夕攬洲之宿莽。」❷陼　字或作「渚」，水中小塊陸地。《漢書·司馬相如傳上》：「且齊東陼鉅海，南有琅邪。」顏師古注：「蘇林曰：『小州曰陼。』東陼鉅海，東有大海之陼。字與渚同也。」❸沚　水中小洲。《詩·秦風·蒹葭》：「遡游從之，宛在水中沚。」毛傳：「小渚曰沚。」❹坻　水中小洲或高地。《詩·秦風·蒹葭》：「遡游從之，宛在水中坻。」❺潏　人工建造的水中陸地。

【語　譯】水中可以居留的陸地稱為洲，水中的小塊陸地稱為陼（渚），小陼稱為沚，小沚稱為坻。人工建造的水中陸地稱為潏。

水中❶。

【注　釋】❶水中　即水流中的陸地，是解釋水中各種各樣的高地。

【語譯】水中是水流中各種陸地名稱的歸類。

一二·〇二六 河出崐崘虛❶，色白。所渠❷并千七百，一川色黃。百里一小曲，千里一曲一直。

【注釋】❶崐崘虛 參見九·〇二九條注釋。❷所渠 指所容納的河流。渠，人工開鑿的水道；濠溝。《國語·晉語二》：「景霍以為城，而汾、河、涑、澮以為渠。」韋昭注：「渠，池也。」

【語譯】黃河水從崐崘山流出來時，水色清白。後來容納的支流共達一千七百條，整條河的水色變成濁黃。黃河流水百里一小彎，千里一彎一直。

河曲❶。

【注釋】❶河曲 意指黃河中上游水色變化及河道曲直的情況。

【語譯】河曲是黃河中上游水色變化及河道曲直等情況的說解的歸類。

一二·〇二七 徒駭、太史、馬頰、覆鬴、胡蘇、簡、絜、鉤盤、鬲津❶。

【注釋】❶徒駭句 「徒駭」至「鬲津」為黃河下游九條河流的名稱，並稱「九河」。《漢書·溝洫志》載：「古說九河之名，有徒駭、胡蘇、鬲津，今見在成平、東光、鬲界中。自鬲以北至徒駭間，相去二百餘里，今河雖數移徙，不離此域。」按班固的說法，這九條河流應在今河北交河縣到山東平原之間的近海地區。邢昺疏云：「太史、馬頰、覆釜在東光之北，成平之南；簡、絜、鉤盤在東光之南，鬲縣之北也。」

【語譯】徒駭、太史、馬頰、覆鬴、胡蘇、簡、絜、鉤盤、鬲津，是古黃河下游九條河流的名稱。

九河（ㄐㄧㄡˇ ㄏㄜˊ）❶。

【注釋】❶九河　是指古黃河下游支流的總稱，因河道久廢，今難確指。

【語譯】九河是黃河下游九條支流名稱的歸類。

釋草第十三

【題解】本篇共二〇〇條，是關於各種草本植物的名稱及其形狀特徵的解釋說明。

一三·〇〇一 藿❶，山韭。

【注釋】❶藿 生長在山中的韭，又稱山韭。邢昺疏：「生山中者名藿。《韓詩》云：『六月食鬱及藿』是也。」

【語譯】藿，山中生長的野韭菜，又稱山韭。

一三·〇〇二 茖❶，山蔥。

【注釋】❶茖 茖蔥。郝疏：「蔥之生於山者名茖。」

【語譯】茖，山中生長的野蔥。

一三·〇〇三 蒚❶，山䪥❷。

【注釋】❶葝 山薤，又稱「野藠頭」。百合科，多年生草本，生山地。❷䪥 蔬菜名。亦作「薤」。葉細長似韭而中空，莖可作蔬菜。

【語譯】葝，山地生長的野藠頭。

一三·〇〇四 蒚❶，山蒜❷。

【注釋】❶蒚 山蒜的別名。郝疏：「蒜之生於山者名蒚。」❷蒜 多年生草本植物。有大蒜、小蒜兩種。大蒜名葫，根莖俱大而瓣多；小蒜根莖俱小而瓣少。葉狹長而扁平，可食用。有地下鱗莖，味辣，有刺激性氣味，可做佐料，也可入藥。

【語譯】蒚，山中生長的野蒜。

一三·〇〇五 薜❶，山蘄❷。

【注釋】❶薜 藥草。當歸的別名。郭注：「《廣雅》曰：『山蘄，當歸。』當歸，今似蘄而粗大。」又「薜，白蘄。」郭注：「即上『山蘄』。」郝疏：「又名白蘄者，陶注《本草》云：曆剛所出，色白而氣味薄，不相似，呼為草當歸。」❷山蘄 當歸的別名。

【語譯】薜就是藥草當歸，又稱山蘄。

一三·〇〇六 椵❶，木槿❷。櫬❸，木槿。

【注　釋】❶椵　即木槿。郭注：「別二名也，似李樹，華朝生夕隕，可食。」❷木槿　錦葵科。落葉灌木。又名椵、櫬。夏秋外花，花有白、紫、紅等顏色，朝開暮閉，栽培供觀賞，兼作綠籬。花、皮可入藥。莖的纖維可造紙。邢疏引某氏云：「其樹似李，其花朝生暮落，與草同氣，故在〈釋草〉中。」❸櫬　木名。即木槿。《詩‧鄭風‧有女同車》「顏如舜華」三國吳陸璣疏：「舜，一名木槿，一名櫬，一名日椵，齊魯之間謂之王蒸，今朝生暮落者是也。」

【語　譯】椵，就是木槿。櫬，就是木槿。

一三‧〇〇七　朮❶，山薊❷、楊，枹薊❸。

【注　釋】❶朮　草名。菊科朮屬植物的泛稱。多年生草本。全草入藥。有白朮、蒼朮等種。郭注：「《本草》云：朮，一名山薊。今朮似薊而生山中。」邢昺疏：「陶注云：有兩種，白朮葉大有毛，甜而少膏；赤朮葉細小，苦而多膏是也。」❷薊　多年生草本植物。有大薊、小薊兩種。大薊莖高四五尺，小薊莖高僅尺餘。全草可供藥用，嫩葉和莖皆可食，亦可作飼料。郭注：「《本草》云：朮，一名山薊。今朮似薊而生山中。」邢昺疏：「生平地者，即名薊；生山中者，一名朮。」❸枹薊　朮的別名。邵晉涵正義：「此別朮之名類也。朮之生於山者，名山薊。楊，一名枹薊，即朮也。」明李時珍《本草綱目‧草一‧朮》：「揚州之域多種白朮，其狀如枹，故有楊枹及枹薊之名，今人謂之吳朮是也。」一本作「桴薊」。

【語　譯】朮有白朮、蒼朮等種：白朮又稱為山薊；蒼朮又稱為楊枹薊或枹薊。

一三‧〇〇八　葥❶，王蔧❷。

【注　釋】❶葥　藜科。一年生高大草本。果實稱「地膚子」，可入藥，老株可製掃帚。郝懿行疏：「《說文》作『[艹湔]，王蔧。』《繫傳》云：『今落帚草也。』」❷王蔧　植物名。掃帚草，也稱王帚、落帚。郭注：「王帚也，似藜。其樹可以為埽蔧，江東呼之曰落帚。」

【語　譯】葥，俗稱為掃帚草。

一三·〇〇九　菉(ㄌㄨˋ)❶，王芻(ㄨㄤˊ ㄔㄨˊ)❷。

【注　釋】❶菉　草名。即藎草。一名「王芻」。一年生細柔草本。高一二尺。葉片卵狀披針形，近似竹葉。生草坡或陰濕地。作牧草。莖葉藥用，汁液可作黃色染料。《文選》屈原〈離騷〉：「薋菉葹以盈室兮。」李善注：「菉，王芻也。」❷王芻　植物名。菉草的別稱，又名藎草。《詩·衛風·淇奧》「綠竹猗猗」毛傳：「綠，王芻也。」

【語　譯】菉又稱王芻，就是藎草。

一三·〇一〇　拜(ㄅㄞˋ)❶，蔏藋(ㄕㄤ ㄉㄧㄠˋ)❷。

【注　釋】❶拜　植物名。即灰菜。邢昺疏：「此亦似藜，而葉大者名拜。」❷蔏藋　簡稱藋，藜類植物。《說文》：「藋，一曰拜，蔏藋。」《繫傳》云：「蔏藋，俗所謂灰藋也。」今名灰菜、灰條菜。《左傳·昭公十六年》：「斬之蓬蒿藜藋，而共處之。」《莊子·徐無鬼》：「藜藋柱乎鼪鼬之逕。」

【語　譯】拜又稱蔏藋，就是灰菜。

一三·〇一　蘩❶，皤蒿❷。蒿，菣❸。蔚❹，牡菣❺。

【注釋】❶蘩　植物名。即白蒿。多年生草本，可食用。《詩·召南·采蘩》：「於以采蘩？于沼於沚。」❷蒿　菊科蒿屬植物。一般稱青蒿為蒿，白蒿為蘩。皤，白色。葉似艾，有白毛，可食，古代常用作祭品。《詩·豳風·七月》「采蘩祁祁」三國吳陸璣疏：「蘩，皤蒿。」❸菣　青蒿，亦叫香蒿。菊科，兩年生草本。莖、葉入藥。郭注：「今人呼青蒿香中炙啖者為菣。」邢昺疏引孫炎曰：「荊楚之間謂蒿為菣。」《詩·小雅·鹿鳴》「呦呦鹿鳴，食野之蒿」宋朱熹集傳：「蒿，菣也。即青蒿也。」❹蔚　草名。即牡蒿。《詩·小雅·蓼莪》：「蓼蓼者莪，匪莪伊蔚。」孔穎達疏引陸璣曰：「牡蒿也，華似胡麻華而紫赤，一名馬薪蒿。」❺牡菣　植物名。多年生草本。全草供藥用。民間用葉代茶，或燃乾草驅蚊。《詩·小雅·蓼莪》「匪莪伊蔚」漢鄭箋：「蔚，牡蒿也。」孔穎達疏引三國吳陸璣曰：「牡蒿也。」

【語譯】蘩又稱白蒿。蒿指青蒿。蔚就是牡蒿。

一三·〇二　齧❶，彫蓬。薦❷，黍蓬。

【注釋】❶齧　彫蓬，蒿的一種。郝疏認為即秋蓬，「葉似松杉，秋枯根拔，風卷為飛，所謂孤蓬自振，此即齧彫蓬矣。」❷薦　牧草。《說文》：「薦，獸之所食草。」段注：「《莊子》：『麋鹿食薦』。釋文引《三蒼》注曰：『六畜所食曰薦。』」

【語譯】齧，又稱作彫蓬，就是秋蓬；薦，又稱黍蓬，是獸畜所食的草。

一三・〇一三 䕡，鼠莞❶。

【注釋】❶莞 俗名水蔥、席子草。亦指用莞草織的席子。《詩・小雅・斯干》：「下莞上簟，乃安斯寢。」郭注：「亦莞屬也，纖細如龍鬚，可以為席。蜀中出好者。」

【語譯】䕡就是龍鬚草，又稱鼠莞。

一三・〇一四 葝，鼠尾❶。

【注釋】❶鼠尾 草名。即陵苕。初秋開淡紫花。花及莖葉可以染皂，又入藥可治痢。《詩・小雅・苕之華》「苕之華」三國吳陸璣疏：「苕，一名陵時，一名鼠尾……華可染皂，煮以沐髮即黑，葉青如藍而多華。」

【語譯】葝就是指鼠尾草。

一三・〇一五 菥蓂❶，大薺。

【注釋】❶菥蓂 薺菜的一種，莖梗上有毛。十字花科遏藍菜屬植物。種子或全草入藥，嫩苗作野菜。漢張衡〈南都賦〉：「若其園圃，則有……菥蓂、芋瓜。」

【語譯】菥蓂俗呼花薺，又稱大薺菜。

一三・〇一六 蒤❶，虎杖。

【注　釋】❶蒤　又名「花斑竹根」。又稱虎杖。莖中空，表面有紅紫色斑點，故名。根可入藥。郭注：「似紅草而粗大，有細刺，可以染赤。」《本草綱目》云：「莖似紅蓼，葉圓似杏，枝黃似柳，花狀如菊，色如桃。」

【語　譯】蒤又稱為虎杖。

一三·〇一七　孟❶，狼尾❷。

【注　釋】❶孟　草名。俗稱狼尾草。邢昺疏：「草似茅者，一名孟，一名狼尾。」郭注：「似茅。今人亦以攫燧。」❷狼尾　《本草綱目·穀部》：「狼尾，莖葉穗粒並如粟，而穗色紫黃有毛，荒年亦可採食。」

【語　譯】孟就是指狼尾草。

一三·〇一八　瓠棲❶，瓣❷。

【注　釋】❶瓠棲　瓠中之子。瓠是蔬菜名。一年生草本。莖蔓生，葉莖有茸毛，葉呈心臟形，葉腋生卷鬚。花白，結實呈長條形狀者稱瓠瓜，短頸大腹者稱壺盧，今作「葫蘆」。其子實整齊潔白，常以之比喻美之齒。亦稱「瓠犀」。郭注：「瓠中瓣也。《詩》云：『齒如瓠棲。』」❷瓣　瓜類的子。《說文》：「瓣，瓜中實。」段注：「瓜中之實曰瓣，實中之可食者當曰人，如桃杏之人。」晉傅玄〈瓜賦〉：「細肌密理，多瓤少瓣。」

【語　譯】瓠棲指瓠瓜子。

一三·〇一九　茹藘❶，茅蒐❷。

【注釋】❶茹藘　草名。亦稱「絮藘」、「茅蒐」。即茜草、蒨草。其根可作絳紅色染料。《詩・鄭風・東門之墠》：「東門之墠，茹藘在阪。」毛傳：「茹藘，茅蒐也。」孔疏引李巡曰：「茅蒐，一名茜，可以染絳。」❷茅蒐　即茜草。根可作絳紅色染料。《詩・小雅・瞻彼洛矣》「韎韐有奭」毛傳：「韎韐者，茅蒐染草也。」孔疏：「奭者，赤貌。傳解言奭之由，以其用茅蒐之草染之，其草色赤故也。」

【語譯】茹藘就是茜草，又稱茅蒐。

一三・〇二〇　果贏❶之實，栝樓❷。

【注釋】❶果贏　植物名。蔓生，果實名栝樓，呈黃色，圓形，大如拳。亦稱瓜蔞，可供藥用。《詩・豳風・東山》：「果贏之實，亦施於宇。」鄭注：「果贏，栝樓也。」❷栝樓　多年生草本植物，莖上有卷鬚，以攀緣他物；果實卵圓形，橙黃色。中醫用來做鎮咳祛痰藥。其果實亦稱「栝樓」。三國蜀諸葛亮《便宜十六策・察疑》：「栝蔞似瓜，愚者食之。」

【語譯】果贏的果實名稱為栝樓。

一三・〇二一　荼❶，苦菜。

【注釋】❶荼　苦菜。《詩・邶風・谷風》：「誰謂荼苦，其甘如薺。」毛傳：「荼，苦菜也。」

【語譯】荼就是苦菜。

一三·〇二二　萑ㄏㄨㄢˊ❶，蓷ㄊㄨㄟ❷。

【注釋】❶萑　藥草名。即益母草。又名「茺蔚」、「蓷」等。郭注：「今茺蔚也，葉似荏，方莖白華，華生節間，又名益母。」❷蓷　益母草。一年或二年生草本，全草或子實入藥。《詩·王風·中谷有蓷》：「中谷有蓷，暵其乾矣。」孔疏引郭璞曰：「今茺蔚也……又名益母草。」

【語譯】萑又稱蓷，就是益母草。

一三·〇二三　虉ㄧˋ❶，綬ㄕㄡˋ❷。

【注釋】❶虉　草名。古稱綬草。郭注：「小草，有雜色，似綬。」故稱為綬草。❷綬　多年生矮小草本。夏季開花，花小，白而帶紫紅色，可供觀賞。根莖可入藥，能滋陰益氣、涼血解毒。

【語譯】虉就是綬草。

一三·〇二四　粢ㄗ❶，稷ㄐㄧˋ❷。眾ㄓㄨㄥˋ❸，秫ㄕㄨˊ❹。

【注釋】❶粢　穀物名。即稷。《楚辭·招魂》：「稻粢穱麥，挐黃粱些！」王逸注：「粢，稷。」《淮南子·精神》：「珍怪奇味，人之所美也，而堯糲粢之飯，藜藿之羹。」高誘注：「粢，稷也。讀齊衰之齊。」❷稷　一種食用作物。即粟。邢昺疏：「郭云『今江東人呼粟為粢』，然則粢也、稷也、粟也正是一物。」❸眾　穀類的一種。即秫。郭注：「謂粘粟也。」❹秫　粱米、粟米之粘者。多用以釀酒。《禮記·內則》：「饘、酏、酒、醴、芼、羹、菽、麥、蕡、稻、黍、粱、秫，唯所欲。」孫希旦集解：「秫，黏粟也；然凡黍稻之黏者，皆謂之秫，不獨粟也。」

【語　譯】粢就是小米。眾指粘粟。

一三·〇二五　戎叔❶謂之荏菽❷。

【注　釋】❶戎叔　山戎所種植的一種豆科植物。大豆。《管子·戒》：「北伐山戎，出冬蔥與戎菽，布之天下。」《詩·大雅·生民》：「蓺之荏菽。」毛傳：「荏菽，戎菽也。」鄭箋：「戎菽，大豆也。」一說為胡豆、蠶豆。❷荏菽　大豆。《詩·大雅·生民》：「荏菽旆旆，禾役穟穟。」毛傳：「荏菽，戎菽也。」鄭箋：「戎菽，大豆也。」郝疏：「戎，壬，〈釋詁〉竝云大。壬、荏古字通，荏、戎聲相轉也。」

【語　譯】大豆又稱為荏菽。

一三·〇二六　卉❶，草。

【注　釋】❶卉　草的總稱。《詩·小雅·四月》：「山有嘉卉，侯栗侯梅。」毛傳：「卉，草也。」鄭箋：「山有善美之草。」

【語　譯】卉是草的總稱。

一三·〇二七　莌❶，雀弁。

【注釋】❶蒡　蓄草的別稱。因其花色赤而微黑，似雀頭，故名雀弁。

【語譯】蒡又稱為雀弁。

一三·○二八　蘥❶，雀麥。

【注釋】❶蘥　雀麥。《說文》：「蘥，爵（雀）麥也。」一年生草本。可作牧草，穀粒作飼料。郭注誤以為即燕麥。《植物名實圖考》：「今燕麥附莖結實，離離下垂，尚似青稞。雀麥一莖十餘，小穗，乃微似穄。」

【語譯】蘥就是雀麥。

一三·○二九　蘹❶，烏蓯。

【注釋】❶蘹　草名。花生葉間，莖歧出。多生於水澤中。

【語譯】蘹又稱作烏蓯。

一三·○三○　蘞❶，菟荄。

【注釋】❶蘞　白蘞。葡萄科。藤本。根呈卵形塊的樣子，數個相聚。又稱「菟荄」、「兔核」。藥用，可消癰腫。

【語譯】蘞就是白蘞，又稱作菟荄。

一三·〇三一 蘩(ㄈㄢˊ)❶，菟(ㄊㄨˋ)蒵(ㄒㄧ)。

【注釋】❶蘩 款冬。菊科。多年生草本。未開放的頭狀花序入藥。亦稱菟蒵。

【語譯】蘩就是款冬，又稱菟蒵。

一三·〇三二 蔩(ㄧㄣˊ)❶，菟(ㄊㄨˋ)瓜(ㄍㄨㄚ)。

【注釋】❶蔩 菟瓜。《說文》：「蔩，兔也。」郭注：「菟瓜似土瓜。」

【語譯】蔩指菟瓜。

一三·〇三三 茢(ㄌㄧㄝˋ)薽(ㄓㄣ)❶，豕(ㄕˇ)首(ㄕㄡˇ)❷。

【注釋】❶茢薽 藥草。又稱為豕首、天名精、蛤蟆藍、活鹿草等。生於平原川澤之間，花紫白色，其香如蘭。亦可製作染料。❷豕首 天名精的別名。菊科，多年生草本。根、葉、果實均可入藥。《周禮·地官·掌染草》「掌以春秋斂染草之物」鄭注：「染草，茅蒐、櫜蘆、豕首、紫茢之屬。」

【語譯】茢薽就是天名精，又稱豕首。

一三·〇三四 荓(ㄆㄧㄥˊ)❶，馬(ㄇㄚˇ)帚(ㄓㄡˇ)❷。

【注釋】❶荓　草名。又名茢草，俗名鐵掃帚。葉可造紙，根可製刷。亦用以為止血、利尿藥。《管子・地員》：「蔓下於荓，荓下於蕭。」明李時珍《本草綱目・草部四・蠡實》：「荓音瓶，馬帚也。此即茢草，謂其可為馬刷，故名。今河南北人呼為鐵掃帚。」❷馬帚　草名。荓之別名。根可製帚。郭注：「似蓍，可以為掃彗。」

【語譯】荓又稱馬帚，即鐵掃帚草。

一三・〇三五　蘢❶，懷羊❷。

【注釋】❶蘢　草名。又稱懷羊。郝疏：「當是香草。」❷懷羊　草名。漢張衡〈西京賦〉：「草則……王芻莔臺，戎葵懷羊。」

【語譯】蘢又稱懷羊。

一三・〇三六　茭❶，牛蘄。

【注釋】❶茭　馬芹。又名野茴香。傘形科。草本。嫩時可食，種子入藥。郭注：「今馬蘄。葉細銳似芹，亦可食。」

【語譯】茭就是野茴香，又稱牛蘄。

一三・〇三七　葖❶，蘆萉❷。

【注　釋】❶葖　蘿蔔。❷蘆葩　郭注：「『葩』宜為『菔』。蘆菔，蕪菁屬，紫華大根，俗呼雹葖。」邢疏：「今謂之蘿蔔是也。」萊菔的別名。又名蘿蔔。見明李時珍《本草綱目．菜部一．萊菔》。

【語　譯】葖又稱蘆葩，今稱蘿蔔。

一三．〇三八

滇(ㄔˋ)灌(ㄍㄨㄢˋ)❶，茵(ㄑㄧㄡˊ)芝(ㄓ)❷。

【注　釋】❶滇灌　菌的一種。郝疏：「滇之言殖也，灌猶叢也。菌芝叢生而繁殖，因以為名。」清錢大昕〈答問七〉：「問：滇灌是何草？曰：李登《聲類》以滇灌與茵芝為一物。」❷茵芝　菌類植物的一種，即「木靈芝」。郭注：「芝，一歲三華，瑞草。」

【語　譯】滇灌就是木靈芝，又稱茵芝。

一三．〇三九

筍(ㄙㄨㄣˇ)❶，竹(ㄓㄨˊ)萌(ㄇㄥˊ)❷。簜(ㄉㄤˋ)❸，竹(ㄓㄨˊ)。

【注　釋】❶筍　竹的嫩芽，可作菜。《詩．大雅．韓奕》：「其蔌維何，維筍及蒲。」鄭玄箋：「筍，竹萌也。」❷萌　植物的芽。《禮記．月令》：「〔季春之月〕生氣方盛，陽氣發泄，句者畢出，萌者盡達。」鄭注：「句，屈生者。芒而直曰萌。」❸簜　大竹。郭注：「竹別名。」邢昺疏：「李巡曰：竹節相去一丈曰簜。孫炎曰：竹闊節者曰簜。」《書．禹貢》：「篠簜既敷。」孔傳：「簜，大竹。」

【語　譯】筍，是指竹的嫩芽。簜，是指大竹。

一三·〇四〇 莪❶，蘿。

【注釋】❶莪 植物名。即莪蒿。多年生草本植物，葉子像針，花黃綠色，生在水邊，嫩的莖葉可作蔬菜。也叫蘿、蘿蒿、廩蒿，俗稱抱娘蒿。《詩·小雅·菁菁者莪》：「菁菁者莪。」孔疏引陸璣云：「莪蒿也，一名蘿蒿也。生澤田漸洳之處。葉似邪蒿而細，科生。三月中莖可生食，又可蒸，香美，味頗似蔞蒿是也。」

【語譯】莪，又稱為蘿蒿。

一三·〇四一 苨❶，菧苨。

【注釋】❶苨 藥草名。亦稱甜桔梗、杏葉沙參、菧苨等。桔梗科。多年生草本。根肥而無心，可入藥。

【語譯】苨亦稱菧苨，即甜桔梗。

一三·〇四二 綐履❶。

【注釋】❶綐履 義不詳，待考。

【語譯】綐履。

一三·〇四三 莕❶，接余。其葉，苻❷。

【注釋】❶莕 同「荇」。荇菜。多年生水生草本植物，葉呈對生圓形，嫩時可食，亦可入藥。《詩・周南・關雎》：「參差荇菜，左右流之。」毛傳：「荇，接余也。」❷苻 荇菜的葉。邢昺疏：「莕菜，一名接余，其葉名苻。」

【語譯】莕（荇）就是荇菜，又稱接余。它的葉子稱為苻。

一三・〇四四 白華，野菅❶。

【注釋】❶菅 植物名。菅茅。多年生草本，葉子細長而尖，花綠色。莖可作繩織履，莖葉之細者可以覆蓋屋頂。根堅韌，可做刷帚，也可入藥。《楚辭・招魂》：「五穀不生，藂菅是食些。」《詩・小雅・白華》：「白華菅兮，白茅束兮。」毛傳：「白華，野菅也。已漚天為菅。」

【語譯】白華是指野菅。

一三・〇四五 薜❶，白蘄。

【注釋】❶薜 當歸。參見一三・〇〇五條注釋。

【語譯】薜就是草當歸，又稱白蘄。

一三・〇四六 菲❶，芴❷。

【注釋】❶菲　古指蘿蔔一類的菜。《詩・邶風・谷風》：「采葑采菲。」鄭玄箋：「此二菜者，蔓菁與葍之類也。皆上下可食。」郭注：「即土瓜也。」❷芴　即葸菜。一年生草本，產於中國北部和中部，可供觀賞，兼作蔬菜。

【語譯】菲就是土瓜，又稱芴。

一三・〇四七　葍❶，葍。

【注釋】❶葍　一種多年生的蔓草。又叫「旋花」。古有葍、藑茅、舁、爵（雀）弁等異名。《詩・小雅・我行其野》：「我行其野，言采其葍。」高亨注：「葍，多年生蔓草，花相連，根白色，可蒸食。」

【語譯】葍就是旋花，又稱葍。

一三・〇四八　熒，委萎❶。

【注釋】❶委萎　草名。又稱為「熒」、「萎蕤」、「地節」、「玉竹」。郭注：「藥草也。葉似竹，大者如箭竿，有節，葉狹而長，表白裡青，根大如指，長一二尺，可啖。」

【語譯】熒就是萎蕤，又稱委萎。

一三・〇四九　蒟❶，苧熒❷。

【注　釋】❶葋　草名。❷艼熒　草名。《說文》：「艼，艼熒，朐也。」桂馥義證：「按：《山海經．中山經》：『熊耳之山，有草焉，曰葶薴，似蘇，可以毒魚。』艼熒、葶薴聲相近。」

【語　譯】葋又稱為艼熒。

一三·〇五〇　竹(ㄓㄨˊ)，萹(ㄆㄧㄢ)蓄(ㄒㄩˋ)❶。

【注　釋】❶萹蓄　草名。一名「萹茿」、「萹竹」、「竹葉菜」。一年生草本。多生郊野道旁。葉狹長似竹，初夏於節間開淡紅色或白色小花，入秋結子，嫩葉可入藥。郭注：「似小藜，赤莖節，好生道旁，可食，又殺蟲。」

【語　譯】竹就是指萹竹草，又稱萹蓄。

一三·〇五一　葴(ㄓㄣ)❶，寒(ㄏㄢˊ)漿(ㄐㄧㄤ)❷。

【注　釋】❶葴　草名。酸漿草。茄科。多年生草本。果實、根及全草供藥用。郭注：「今酸漿草，江東呼曰苦葴。」《漢書．司馬相如傳上》：「葴持若蓀。」顏師古注：「葴，寒漿也。」❷寒漿　酸漿。郝疏：「今京師人以充茗飲，可滌煩熱，故名寒漿，其味微酸，故名酸漿。」

【語　譯】葴就是指酸漿草，又稱寒漿。

一三·〇五二　薢(ㄒㄧㄝˋ)茩(ㄍㄡˇ)❶，芵(ㄐㄩㄝ)茪(ㄍㄨㄤ)❷。

【注釋】❶薢茩　草決明。蔆的別名。《說文》：「蔆，芰也。楚謂之芰；秦謂之薢茩。」郭注：「芵明也，葉黃銳，赤華，實如山茱萸。或曰陵也，關西謂之薢茩。」❷芵茪　又名「芵明」、「馬蹄決明」，即決明。豆科。一年生草本。偶數羽狀複葉，莢果呈長角狀，種子入藥。邢昺疏：「藥草芵明也，一名芵茪，一名決明。」

【語譯】薢茩就是指草決明，又稱芵茪。

一三·〇五三　莁荑❶，蔱蘠❷。

【注釋】❶莁荑　又名「蕪荑」、「大果榆」。榆科。落葉小喬木或灌木狀。種子味辛溫，古用作醬調味，今為殺蟲消疳藥。漢董仲舒《春秋繁露·郊語》：「蕪荑生於燕，橘枳死於荊。」❷蔱蘠　植物名。又名「蕪荑」。郭注：「一名白蕢。」

【語譯】莁荑即蕪荑，又稱蔱蘠。

一三·〇五四　瓞❶，瓝❷。其紹瓞。

【注釋】❶瓞　小瓜。《詩·大雅·緜》：「緜緜瓜瓞。」鄭玄箋：「瓜之本實，繼先歲之瓜必小，狀似瓝，故謂之瓞。」孔疏：「瓜之族類本有二種，大者曰瓜，小者曰瓞……瓜蔓近本之瓜必小於先歲之大瓜，以其小如瓝，故謂之瓞。瓞是瓝之別名。」❷瓝　小瓜。《詩·大雅·緜》「緜緜瓜瓞」毛傳：「瓞，瓝也。」陸德明釋文：「瓝，小瓜也。」

【語譯】瓞又稱瓝。蔓上結的小瓜稱為瓞。

一三·〇五五　芍(ㄒㄧㄠˋ)❶，鳧(ㄈㄨˊ)茈(ㄘˊ)❷。

【注　釋】❶芍　荸薺。郭注：「生下田，苗似龍鬚而細，根如指，黑色，可食。」《說文》：「芍，鳧茈也。」段注：「今人謂之勃臍，即鳧茈之轉語。」❷鳧茈　亦作「鳧茨」。即荸薺。《後漢書・劉玄傳》：「王莽末，南方飢饉，人庶群入野澤，掘鳧茈而食之。」李賢注：「郭璞曰：『生下田中，苗似龍鬚而細，根如指頭，黑色，可食。』」

【語　譯】芍就是指荸薺，又稱鳧茈。

一三·〇五六　蘱(ㄌㄟˋ)❶，薡(ㄉㄧㄥˇ)董(ㄉㄨㄥˇ)❷。

【注　釋】❶蘱　蒲草的一種。即長苞香蒲。又稱「薡董」。香蒲科。多年生草本。生水邊或池沼。葉可編織席子、蒲包等。郭注：「似蒲而細。」❷薡董　長苞香蒲。葉片可編織席子、蒲包等。

【語　譯】蘱就是指長苞香蒲，又稱薡董。

一三·〇五七　蕛(ㄊㄧˊ)❶，苵(ㄉㄧㄝˊ)❷。

【注　釋】❶蕛　一種形似稗的雜草。實如小米。郭注：「蕛似稗，布地生穢草。」郝疏：「今驗其葉似稻而細，青綠色，作穗似稗而小，穗又疏散，其米也小，人不食之。」❷苵　即「蕛」。《說文》：「苵，蕛苵也。」

【語　譯】蕛是一種似稗的草，也稱作苵。

一三・〇五八 鉤❶，芺❷。

【注釋】❶鉤 苦芺。葪類草。郭注：「大如拇指，中空，莖頭有臺，似葪，初生可食。」邢昺疏：「葪類也，一名鉤、一名芺。」❷芺 草名。也稱苦芺。《說文》：「芺，艸也。味苦，江南食以下氣。」

【語譯】鉤又稱為芺，就是苦芺。

一三・〇五九 䪥❶，鴻薈。

【注釋】❶䪥 野生的稱為葪，園中種植的稱為鴻薈。

【語譯】䪥為園中之薤，又稱鴻薈。

一三・〇六〇 蘇❶，桂荏❷。

【注釋】❶蘇 植物名。即紫蘇，又名桂荏。一年生草本。莖方形，葉兩面或背面帶紫包，夏季開淡紅或紅色花。莖、葉、種子入藥。嫩葉古用以調味，種子可榨油。邢疏：「荏類之草也，以其味辛似荏，故名桂荏。」漢張衡〈南都賦〉：「蘇、蔱、紫薑，拂徹羶腥。」❷桂荏 即紫蘇。郭注：「蘇，荏類，故名桂荏。」郝疏：「《說文》用《爾雅》。《繫傳》云：『荏，白蘇也，桂荏，紫蘇也。』」漢馬融〈廣成頌〉：「其土毛則搉牧薦草，芳茹甘荼……桂荏、鳧葵。」

【語譯】蘇就是紫蘇，又稱桂荏。

一三·〇六一 蘠❶，虞蓼。

【注釋】❶蘠　蓼科植物名。郭注：「虞蓼，澤蓼。」邢昺疏：「蘠，一名虞蓼，即蓼之生水澤者也。」《管子·地員》：「其草兢與蘠。」

【語譯】蘠就是澤蓼，又稱虞蓼。

一三·〇六二 蓧❶，蓨❷。

【注釋】❶蓧　羊蹄菜，又名上大黃。根可入藥。《三國志·吳書·諸葛恪傳》：「藜蓧稂莠，化為善草。」

❷蓨　亦名「蓫」。羊蹄菜。郝懿行疏：「《齊民要術》十引《詩義疏》曰：『（蓫，）今羊蹄，似蘆菔，莖赤。煮為茹，滑而不美，多啖令人下痢。幽陽謂之蓫，一名蓨，亦食之。』是蓨即蓫也。」《管子·地員》：「黑埴宜稻麥，其草宜蘋蓨。」

【語譯】蓧就是羊蹄菜，又稱蓨。

一三·〇六三 虋❶，赤苗。芑❷，白苗。秬❸，黑黍。秠❹，一稃❺二米。

【注釋】❶虋　赤粱粟。穀（粟）的良種。《說文》：「虋，赤苗。嘉穀也。」郭注：「今之赤粱粟。」秦漢以前，粟為穀類總稱。包括黍、稷、粱、秫等。漢以後始稱穗大毛長粒粗者為粱，穗小毛短粒細者為粟。郝懿行疏云：「郭言粱者，粱即粟之米，故《三蒼》云：『粱，好粟也。』此皆言苗，郭以粟言者，粟即穀通名耳。」❷芑　粟之一種。莖白色。又名白粱粟。《說文》：「芑，白苗，嘉穀也。」《詩・大雅・生民》：「維穈維芑。」毛傳：「穈，赤苗也；芑，白苗也。」陳奐傳疏：「赤苗、白苗，謂禾莖有赤白二種。」郭注：「芑，今之白粱粟。」❸秬　黑黍。古人視為嘉穀。《詩・大雅・生民》：「誕降嘉種，維秬維秠。」毛傳：「秬，黑黍也。」《呂氏春秋・本味》：「飯之美者，玄山之禾，不周之粟，陽山之穄，南海之秬。」《管子・地員》：「其種大秬細秬。」❹秠　黑黍的一種。每個殼中有二粒米。《詩・大雅・生民》：「誕降嘉種，維秬維秠。」孔疏：「郭璞曰：『秠，亦黑黍，但中米異耳。漢和帝時任城生黑黍，或三四實，實二米，得黍三斛八斗。』則秬是黑黍之大名；秠是黑黍之中有二米者，別名之為秠。故此經異其文，而《爾雅》釋之若然。秬、秠，皆黑黍矣。」❺稃　穀殼；麩糠。《詩・大雅・生民》：「維秬維秠。」毛傳：「秠，一稃二米也。」陸德明釋文：「稃，芳於反。《字書》云：『稃，麤糠也。』」

【語　譯】虋，紅苗的良種穀子；芑，白苗的良種穀子。秬是黑黍，秠指一個穀殼中有兩粒米的黑黍。

一三・〇六四　稌❶，稻。

【注　釋】❶稌　粳稻。《詩・周頌・豐年》：「豐年多黍多稌，亦有高廩，萬億及秭。」毛傳：「稌，稻也。」《周禮・天官・食醫》：「凡會膳食之宜，牛宜稌。」鄭注引鄭司農曰：「稌，稉也。」

【語　譯】稌就是稻。

一三・〇六五　葍❶，藑茅❷。

【注　釋】❶葍　草名。《詩・小雅・我行其野》：「我行其野，言采其葍。」高亨注：「葍，多年生蔓草，花相連，根白色，可蒸食。」❷藑茅　即旋花。一種多年生的蔓草。生田野。地下莖可蒸食，有甘味，今用以釀酒和入藥。郭注：「葍，華有赤者為藑。藑、葍，一種耳。」邢昺疏：「葍與藑茅，一草也。花白者即名葍，花赤者別名藑茅。」

【語　譯】葍又稱為藑茅。

一三・〇六六　臺（ㄊㄞˊ）❶，夫須（ㄈㄨ ㄒㄩ）❷。

【注　釋】❶臺　莎草。一名夫須。可製蓑笠。《詩・小雅・南山有臺》：「南山有臺，北山有萊。」毛傳：「臺，夫須也。」漢張衡〈西京賦〉：「王芻莔臺，戎葵懷羊。」❷夫須　即臺草。多年生草本。根莖硬而扁平，葉呈帶狀，夏季抽穗開花。自生於原野沼澤之地。莖葉可編織蓑笠等。《詩・小雅・都人士》「臺笠緇撮」漢鄭玄箋：「臺，夫須也。都人之士，以臺皮為笠，緇布為冠。」《詩・小雅・南山有臺》「南山有臺」三國吳陸璣疏：「舊說夫須，莎草也，可為蓑笠。」

【語　譯】臺就是莎草，又稱夫須。

一三・〇六七　藆藅（ㄐㄧㄢˇ ㄈㄚˊ）。

【語　譯】藆藅，草名。

一三·〇六八　莔❶，貝母。

【注　釋】❶莔　藥草名。即「貝母」。百合科。多年生草本。鱗莖都可以入藥。郭注：「根如小貝，圓而白華，葉似韭。」

【語　譯】莔就是藥草貝母。

一三·〇六九　荍❶，蚍衃❷。

【注　釋】❶荍　錦葵。二年生草本。初夏開花，花冠淡紫色，有紫脈，供觀賞。郭注：「今荊葵也。」《詩·陳風·東門之枌》：「視爾如荍，貽我握椒。」毛傳：「荍，芘芣也。」朱熹集傳：「荍，芘芣也，又名荊葵。」❷蚍衃　植物名。即錦葵。

【語　譯】荍即錦葵，又稱蚍衃。

一三·〇七〇　艾❶，冰臺。

【注　釋】❶艾　植物名。一名冰臺，又名艾蒿。菊科。多年生草本。莖、葉都可以作中藥，性溫味苦，有袪寒除濕、止血、活血及養血的功效。葉片曬乾製成艾絨，可用於灸療。《詩·王風·采葛》：「彼采艾兮，一日不見，如三歲兮。」毛傳：「艾，所以療疾。」《孟子·離婁上》：「今之欲王者，猶七年之病求三年之艾也，苟為不畜，終身不得。」

【語　譯】艾即艾蒿草，又稱冰臺。

一三·〇七一　蕇（ㄉㄧㄢˇ）❶，亭（ㄊㄧㄥˊ）歷（ㄌㄧˋ）。

【注　釋】❶蕇　葶藶。俗稱麥裡蒿。一年或兩年生草本植物。種子可入藥，稱為葶藶子。郭注：「實、葉皆似芥，一名狗薺。」

【語　譯】蕇俗稱麥裡蒿，又稱為亭歷。

一三·〇七二　苻（ㄈㄨˊ）❶，鬼（ㄍㄨㄟˇ）目（ㄇㄨˋ）。

【注　釋】❶苻　鬼目草。就是白英。茄科。多年生蔓草。莖和葉柄密被白毛。聚傘花序。漿果熟時紅色。葉枝藥用。郭注：「今江東有鬼目草，莖似葛，葉圓而毛，子如耳璫也。赤色叢生。」

【語　譯】苻就是白英，又稱鬼目草。

一三·〇七三　薜（ㄅㄛˋ）❶，庾（ㄩˇ）草（ㄘㄠˇ）。

【注　釋】❶薜　草名。又稱庾草。鄭樵注：「藤生，蔓延在牆樹之間。」

【語　譯】薜又稱庾草。

一三·〇七四 蔜❶，蕿蔞。

【注釋】❶蔜 草名。又稱蕿蔞、俗稱雞腸草。莖細長，中間是空的，莖斷有絲相連，葉卵圓形，可以作蔬菜。

【語譯】蔜又稱蕿蔞，俗稱雞腸草。

一三·〇七五 離南❶，活莌。

【注釋】❶離南 即通草、通脫木。灌木或小喬木，莖髓大，白色，紙質。葉大，集生莖頂，基部心形，掌狀深裂。郭注：「草生江南高丈許，大葉，莖中有瓤，正白。」

【語譯】離南就是通草，又稱活莌。

一三·〇七六 蘢❶，天蘥。

【注釋】❶蘢 草名。《說文》：「蘢，天蘥也。」郝疏：「此草高大，故名天蘥。」《管子·地員》：「其山之淺，有蘢與斥。」

【語譯】蘢又稱天蘥。

一三·〇七七 須❶，葑蓯。

【注釋】❶須　草名。即蕪菁。古稱須從、葑、葑蓯。塊根肥大，呈球形或長形，可作蔬菜。《詩・邶風・谷風》：「采葑采菲，無以下體。」毛傳：「葑，須也。」

【語譯】須就是蕪菁，又稱葑蓯。

一三・〇七八　蒡（ㄅㄤˋ）❶，隱荵（ㄧㄣˇ ㄖㄣˇ）。

【注釋】❶蒡　薺苨（甜桔梗）的苗。又稱「隱荵」。郭注：「似蘇。有毛。今江東呼為隱荵，藏以為菹，亦可瀹食。」葛洪《肘後方》云：「隱荵草，苗似桔梗，人皆食之。搗汁飲，治蠱毒。」說明隱荵並非桔梗，而是薺苨之苗。薺苨苗甘甜可食，而桔梗苗則苦不可食。

【語譯】蒡即薺苨苗，又稱隱荵。

一三・〇七九　莤（ㄧㄡ）❶，蔓（ㄇㄢˊ）于（ㄩˊ）。

【注釋】❶莤　水草名。即蕕。郭注：「多生水中，一名軒于。」郝疏：「莤當為蕕。《說文》：『蕕，水邊草也。』《繫傳》云：『似細蘆，蔓生水上，隨水高下，汎汎然也，故曰。蕕，遊也。』今驗此草，俗人即名蘆子，其形狀悉如徐鍇所說。」

【語譯】莤是一種水草，又稱蔓于。

一三・〇八〇　蓾（ㄌㄨˇ）❶，蔖（ㄘㄨㄛˊ）。

【注釋】❶菡 草名。莖可編草鞋，也可作鞋裡草墊。邢昺疏：「《說文》：『菡，草也，可以束。』一名蕢，即蒯類也，中作履底。」

【語譯】菡是一種蒯類的草，又稱蕢。

一三〇八一 柱夫❶，搖車。

【注釋】❶柱夫 草名。俗名野蠶豆、紅花菜、翹翹花。蔓生，細葉，紫花，可食。邢昺疏：「柱夫，可食之草也。一名搖車，俗呼翹搖車。蔓生紫華，花翹起搖動，因名之。」

【語譯】柱夫俗名野蠶豆，又稱搖車。

一三〇八二 出隧，蘧蔬❶。

【注釋】❶蘧蔬 菌類植物。郭注：「蘧蔬，似土菌，生菰草中。今江東啖之，甜滑。」

【語譯】出隧是一種菌類植物，又稱蘧蔬。

一三〇八三 蘄茝，蘪蕪❶。

【注釋】❶蘪蕪 香草名。亦作「蘼蕪」。川芎的苗，多年生草本。根入藥。《本草綱目・草部》：「其莖葉靡弱而繁蕪，故以名之。當歸名蘄，白芷名蘺，其葉似當歸，其香似白芷，故有蘄茝、江蘺之名」。《管子・地員》：「五臭疇，生蓮與蘼蕪，槁本白芷。」

【語譯】蘄茝即香草蘼蕪。

一三·○八四 茨❶，蒺藜。

【注釋】❶茨 蒺藜。《詩·鄘風·牆有茨》：「牆有茨，不可埽也。」毛傳：「茨，蒺藜也。」《詩·小雅·楚茨》：「楚楚者茨，言抽其棘。」鄭玄箋：「茨，蒺藜也。」

【語譯】茨即蒺藜。

一三·○八五 蘮蒘❶，竊衣。

【注釋】❶蘮蒘 草名。郭注：「似芹可食，子大如麥，兩兩相合，有毛，著人衣。」邢昺疏：「俗名鬼麥者也。」《太平御覽》卷九九八引孫炎注曰：「江、淮間食之。其花著人衣，故曰『竊衣』。」

【語譯】蘮蒘俗稱鬼麥，又稱竊衣。

一三·○八六 髦，顛蕀❶。

【注釋】❶顛蕀 即藥草天門冬。郭注：「細葉有刺，蔓生。一名商蕀。《廣雅》云：『女木也』。」因其葉細如髦。故又稱髦。

【語　譯】髦就是藥草天門冬，又稱顛棘。

一三·〇八七　萑❶，芄蘭❷。

【注　釋】❶萑　草名。即荻。《墨子·旗幟》：「凡守城之法，石有積，樵薪有積，菅茅有積，萑有積。」孫詒讓《閒詁》引《說文》：「萑，薍也。」《漢書·貨殖傳》：「五穀六畜及至魚鼈鳥獸萑蒲材幹器械之資，所以養生送終之具，靡不皆育。」顏師古注：「萑，薍也，即今之荻也……萑音桓。」❷芄蘭　植物名。又名蘿藦。多年生蔓草。莖葉長卵形而尖。夏開白花，有紫紅色斑點。結子莢形如羊角，霜後枯裂，種子上端具白色絲狀毛。莖、葉和種子皆可入藥。《詩·衛風·芄蘭》：「芄蘭之支，童子佩觿。」毛傳：「芄蘭，草也。」鄭玄箋：「芄蘭柔弱，恆蔓延於地，有所緣則起。」陸璣疏：「一名蘿藦。幽州人謂之雀瓢。」

【語　譯】萑又稱芄蘭。

一三·〇八八　薚❶，莐藩。

【注　釋】❶薚　藥草名。亦作「蕁」。即知母。又名莐藩。生山中，莖根狀，葉如韭，莖可藥用。《說文》：「蕁，芜藩也。」

【語　譯】薚（蕁）即知母草，又稱莐藩。

一三·〇八九　蕍❶，蔦。

【注釋】❶蕍　藥草名。即澤瀉。郭注：「今澤蕮。」生於淺水中，葉狹長，地下球莖可藥用。

【語譯】蕍就是澤瀉草，也稱蕮。

一三·〇九〇　蔨❶，鹿藿。其實莥❷。

【注釋】❶蔨　草名。即鹿藿，又名鹿豆。俗稱野綠豆。郭注：「今鹿豆也，葉似大豆，根黃而香，蔓延生。」
❷莥　鹿豆。《說文》：「鹿藿之實名也。」

【語譯】蔨就是野綠豆，又稱鹿藿。它的果實稱為莥。

一三·〇九一　薃侯❶，莎。其實媞❷。

【注釋】❶薃侯　莎草的別名。即香附子。生於海邊，地下塊根可入藥。❷媞　莎草的果實。

【語譯】薃侯又稱莎草。它的果實稱為媞。

一三·〇九二　莞❶，苻蘺。其上蒚。

【注釋】❶莞　蒲草。郭注：「今西方人呼蒲為莞蒲。……今江東謂之苻蘺，西方亦名蒲，中莖為蒚，用之為席。」

【語譯】莞就是蒲草，又稱苻蘺。它的莖幹稱為蒚。

一三·〇九三

荷❶，芙蕖❷。其莖茄❸，其葉蕸，其本蔤❹，其華菡萏，其實蓮，其根藕，其中的，的中薏❺。

【注釋】❶荷　植物名。蓮。多年生水生宿根草本。夏天開花，色淡紅或白，有清香，供觀賞。花謝後形成蓮蓬，內生多數堅果，俗稱蓮子，為滋補食品。荷的肥大根莖為藕，可食。藕節、蓮子、荷葉可供藥用。《詩·陳風·澤陂》：「彼澤之陂，有蒲與荷。」❷芙蕖　荷花的別名。郭注：「〔芙蕖〕別名芙蓉，江東呼荷。」❸茄　荷梗。《文選》張衡〈西京賦〉：「蔕倒茄於藻井，披紅葩之狎獵。」薛綜注：「茄，藕莖也。以其莖倒殖於藻井，其花下向反披。」❹蔤　荷的地下莖，俗稱藕絲菜。❺薏　蓮子的心。邢昺疏引陸璣曰：「蓮青皮，裡白，子為的；的中有青為薏，味甚苦。」

【語譯】荷又稱為芙蕖。它的莖幹稱為茄，它的葉子稱為蕸，它的水下莖幹稱為蔤，它的花稱為菡萏，它的果實稱為蓮，它的根稱為藕，蓮子稱為的，蓮子心稱為薏。

一三·〇九四

紅❶，蘢古。其大者蘬。

【注釋】❶紅　草名。葒草。一名水紅。蓼科。一年生高大草本。莖直立，多分枝，全株有毛，生水澤中。果及全草入藥。郭注：「俗呼紅草為蘢鼓，語轉耳。」《爾雅翼·釋草·龍》：「龍，紅草也。……今人猶謂之水紅草。而《爾雅》又謂之蘢古。〈鄭詩〉《詩經·鄭風·山有扶蘇》稱『山有橋松，隰有游龍。』云游龍者，言其枝葉之放縱也。」

【語譯】紅指葒草，又稱蘢古。大的葒草稱為蘬。

一三·〇九五 蒫，薺實。

【語譯】蒫指薺菜籽。

一三·〇九六 黂❶，枲實。枲❷，麻。

【注釋】❶黂 結子實的麻。即苧麻。《淮南子·說山》：「見黂而求成布，雖其理哉，亦不病暮。」高誘注：「黂，麻之有實者。可以為布，因求其成。」賈思勰《齊民要術·種麻子》題下原注引漢崔寔曰：「苴麻，麻之有蘊者，苧麻是也，一名黂。」❷枲 大麻的雄株。只開雄花，不結子，纖維可織麻布。亦泛指麻。《書·禹貢》：「荊河惟豫州……厥貢漆、枲、絺、紵。」

【語譯】黂指麻籽。枲就是大麻。

一三·〇九七 須❶，蕵蕪。

【注釋】❶須 草名。又稱酸模。生於山野，嫩莖葉味酸，可供食用或作飼料，全草入藥。郭注：「蕵蕪，似羊蹄，葉細，味酢，可食。」

【語譯】須即酸模草，又稱蕵蕪。

一三·〇九八　菲❶，蒠菜❷。

【注釋】❶菲　菜名。蒠菜。郭注：「菲草，生下濕地，似蕪菁，華紫赤色，可食。」❷蒠菜　一年生草本植物。初夏開淡紫色花，可供觀賞，嫩葉莖可作蔬菜，種子榨油，供食用。又名「菲」。

【語譯】菲又稱蒠菜。

一三·〇九九　蕢❶，赤莧。

【注釋】❶蕢　菜名。就是赤莧。郭注：「今之莧赤莖者。」阮校「之莧」作「人莧」。《植物名實圖考》：「人莧，蓋莧之通稱。」

【語譯】蕢又稱赤莧。

一三·一〇〇　蘠蘼❶，虋冬❷。

【注釋】❶蘠蘼　即薔薇。又名「天門冬」、「營實」。明李時珍《本草綱目·草部七·營實蘠蘼》：「薔薇、山棘、牛棘、牛勒、刺花。此草蔓柔，靡依牆援而生，故名蘠蘼。其莖多棘刺勒人，牛喜食之，故有山刺、牛勒諸名。」❷虋冬　即天門冬和麥門冬。明李時珍《本草綱目·草部五·麥門冬》：「虋冬。麥鬚曰虋，此草根似麥而有鬚，其葉如韭，淩冬不凋，故謂之麥虋冬。」又〈草部七·天門冬〉：「虋冬。草之茂者為虋，俗作門。此草蔓茂，而功同麥門冬，故曰天門冬。」

【語　譯】薔蘼就是薔薇，又稱虋冬。

一三·一〇一　萹苻、止濼，貫眾❶。

【注　釋】❶貫眾　蕨科植物。又稱萹苻、止濼、貫節、草鴟頭等。郭注：「葉圓銳，莖毛黑，布地，冬不死。一名貫渠。《廣雅》云『貫節』。」《本草綱目·草部·貫眾》：「此草葉莖如鳳尾，其根一本而眾枝貫之。」

【語　譯】萹苻、止濼都是指貫眾。

一三·一〇二　莙❶，牛藻。

【注　釋】❶莙　水藻名。可食。又名「牛藻」、「馬藻」。郭注：「似藻，葉大，江東呼為馬藻。」

【語　譯】莙是一種大葉水藻，又稱牛藻。

一三·一〇三　蓫薚❶，馬尾。

【注　釋】❶蓫薚　即商陸。多年生草本。夏秋開花，結實大如豆而扁有棱，根如蘆菔而長，可入藥。郭注：「《廣雅》曰：『馬尾，商陸。』《本草》云：『別名薚。』今關西亦呼為薚，江東呼為當陸。」

【語　譯】蓫薚又稱馬尾，就是商陸。

一三·一〇四　苹❶，蓱。其大者蘋❷。

【注　釋】❶苹　浮蓱。或作「蓱」。多年生小草本，浮生水面，夏季開白花。帶根全草入藥。《禮記·月令》：「〔季春之月〕苹始生。」《淮南子·原道》：「苹樹根於水。」❷蘋　大苹。今稱「四葉菜」、「田字草」。多年生淺水草本，葉柄長，頂端集生四片小葉，全草入藥，也作豬飼料。《詩·召南·采蘋》：「於以采蘋？南澗之濱。」毛傳：「蘋，大蓱也。」《楚辭·九歌·湘夫人》：「鳥萃兮蘋中，罾何為兮水上。」

【語　譯】苹（蓱）就是浮萍，又稱蓱。大苹稱為蘋。

一三·一〇五　莃❶，菟葵。

【注　釋】❶莃　草名。即菟葵。郭注：「頗似葵而小，葉狀如藜，有毛。汋啖之，滑。」明李時珍《本草綱目·草部五·菟葵》：「菟葵一名莃。」又〔集解〕引蘇恭曰：「菟葵苗如石龍芮，而葉光澤，花白似梅，其莖紫黑，煮啖極滑。所在下澤田間皆有，人多識之。六月、七月採莖、葉，曝乾入藥。」

【語　譯】莃就是野葵，又稱菟葵。

一三·一〇六　芹❶，楚葵❷。

【注　釋】❶芹　蔬菜名。即水芹。《詩·小雅·采菽》：「觱沸檻泉，言采其芹。」朱熹集傳：「芹，水草，可食。」❷楚葵　水芹。郭注：「今水中芹菜。」

【語　譯】芹即芹菜，又稱楚葵。

一三・一〇七　藬(ㄊㄨㄟˊ)❶，牛蘈(ㄋㄧㄡˊ ㄊㄨㄟˊ)。

【注　釋】❶藬　草名。即牛蘈。郭注：「今江東呼草為牛蘈者，高尺餘許，方莖，葉長而銳，有穗，穗間有華，華紫縹色，可淋以為飲。」

【語　譯】藬又稱牛蘈草。

一三・一〇八　藚(ㄒㄩˋ)❶，牛脣(ㄋㄧㄡˊ ㄔㄨㄣˊ)。

【注　釋】❶藚　藥草名。即澤瀉，也叫水舃。多年生草本植物，生淺水中。中醫入藥，亦可食用。《說文》：「藚，水舃也。」《詩・魏風・汾沮洳》：「彼汾一曲，言采其藚。」朱熹集傳：「藚，水舃也。葉如車前草。」

【語　譯】藚就是澤瀉，又稱牛脣。

一三・一〇九　苹(ㄆㄧㄥˊ)❶，藾蕭(ㄌㄞˋ ㄒㄧㄠ)。

【注　釋】❶苹　艾蒿。又稱藾蕭。郭注：「今藾蒿也，初生亦可食。」《詩・小雅・鹿鳴》：「呦呦鹿鳴，食野之苹。」孔疏引陸璣曰：「葉青白色，莖似箸而輕脆，始生香，可生食，又可蒸食。」《植物名實圖考》：「按藾蕭乃蒿之別種，俗呼牛尾蒿。」

【語譯】蘋指艾蒿，又稱藾蕭。

一三·二〇 連❶，異翹。

【注釋】❶連 連翹的本名。又稱連苕、連草、異翹等。落葉灌木。枝條開展向下垂，中空，花黃色。供觀賞，果實可入藥。

【語譯】連就是連翹，又稱異翹。

一三·二一 澤，烏蕵❶。

【注釋】❶烏蕵 因為生於水澤裡，所以用澤來指稱。

【語譯】澤指烏蕵。

一三·二二 傅❶，橫目。

【注釋】❶傅 草名。又稱橫目草、鼓箏草、結縷等，葉似茅而細，莖幹堅韌不易折，蔓生，如絲縷相連結。

【語譯】傅又稱橫目草。

一三·二三 釐❶，蔓華。

【注釋】❶釐 同「萊」。草名。即蔓華，亦名蒙華。郝疏：「釐，《說文》作萊，云蔓華也，萊與釐古同聲。」莖葉似王芻，初生時可食。

【語譯】釐（萊）就是蔓華。

一三・一二四 蔆❶，蕨攈❷。

【注釋】❶蔆 同「菱」。一年生水生草本植物。水上葉棱形，葉柄上有浮囊，花白色。果實有硬殼，一般有角，俗稱菱角。《說文》：「蔆，芰也。……楚謂之芰，秦謂之薢茩。」《楚辭・招魂》：「〈涉江〉〈采菱〉，發〈揚荷〉些。」❷蕨攈 即菱角。又名芰。郭注：「今水中芰。」按：攈，當作「攗」。參閱清錢大昕《潛研堂集・答問七》。

【語譯】蔆（菱）就是菱角，又稱蕨攈（攗）。

一三・一二五 大菊，蘧麥❶。

【注釋】❶蘧麥 即瞿麥。石竹科。多年生草本。葉對生，狹披針形。夏季開花，花淡紅或白色。可栽培供觀賞，全草入藥。《說文》：「蘧，蘧麥也。」段注：「俗謂之洛陽花。一名石竹。」

【語譯】大菊就是瞿麥，又稱蘧麥。

一三・一二六 薜，牡贊❶。

【注釋】❶牡蘩　蘩或作「蘩」。朱駿聲《說文通訓定聲》：「今北人東馬薙以刷鍋，則牡蘩疑即薜荔。」翟灝《爾雅補郭》：「此薜荔之無實者，故以牡名。生山中。」郝疏：「《說文》：『薜，牡贊也。』郭云『未詳』。今亦未知其審。或云：即薜荔也。恐非。」

【語譯】薜又稱牡蘩。

一三·一一七　葥❶，山莓。

【注釋】❶葥　懸鉤子。又名山莓。薔薇科，直立灌木，有刺，果實為聚合的小核果，紅色，味甜，可入藥。郭注：「今之木莓也，實似藨莓而大，亦可食。」

【語譯】葥即懸鉤子，又稱山莓。

一三·一一八　齧❶，苦堇。

【注釋】❶齧　野菜名。又稱苦堇。郭注：「今堇葵也。葉似柳，子如米，汋食之滑。」

【語譯】齧是一種野菜，指苦堇。

一三·一一九　藫❶，石衣。

【注釋】❶藫　即石衣。一種生於水底的苔藻。郭注：「水苔也，一名石髮，江東食之。」

【語　譯】藫就是水苔，又稱石衣。

一三・二〇　蘜❶，治蘠。

【注　釋】❶蘜　同「菊」。《說文》：「蘜，治牆也。」王筠句讀：「牆，一作蘠。〈釋草〉同。郭以為今之秋華菊，《玉篇》、《廣韻》沿之。」《周禮・秋官・蟈氏》：「蟈氏，掌去鼃黽，焚牡蘜，以灰灑之，則死。」鄭注：「牡蘜，蘜不華者。」

【語　譯】蘜就是菊，又稱治蘠。

一三・二一　唐、蒙，女蘿❶。女蘿，菟絲❷。

【注　釋】❶女蘿　植物名。亦作「女羅」。即松蘿。多附生在松樹上，成絲狀下垂。《詩・小雅・頍弁》：「蔦與女蘿，施于松柏。」毛傳：「女蘿，菟絲，松蘿也。」《楚辭・九歌・山鬼》：「若有人兮山之阿，被薜荔兮帶女羅。」王逸注：「羅，一作蘿。」一說亦泛指菟絲子。❷菟絲　植物名。藥草稱菟絲子，又稱女蘿、唐、蒙、菟縷等。一年生纏繞性寄生草本。莖細柔，成絲狀，常纏繞在豆科等植物上，吸取養料，是一種有害的寄生植物，種子入藥。

【語　譯】唐、蒙都是指女蘿。女蘿就是菟絲。

一三・二二　苗❶，蓨❷。

【注釋】❶苗　當從釋文作「苖」。《說文義證》：「苖，蓨也。」❷蓨　草名。又名羊蹄草。多年生草本。根入藥。《管子・地員》：「黑埴宜稻麥，其草宜蘋蓨。」

【語譯】苗（苖）就是羊蹄草，又稱蓨。

一三・一二三　茥❶，蒛葐。

【注釋】❶茥　藥草名。覆盆子。又名插田藨。郭注：「覆盆也。實似莓而小。亦可食。」《本草綱目・草部》：「覆盆子，《爾雅》名茥，子似覆盆之形，故名。五月子熟，其色烏赤。」

【語譯】茥就是覆盆子，又稱為蒛葐。

一三・一二四　芨❶，堇草。

【注釋】❶芨　蒴藋，即陸英。灌木狀草本。野生。全草治跌打損傷，故又稱接骨草。釋文：「按：《本草》：『蒴藋，一名堇草，一名芨。』非烏頭也。」

【語譯】芨就是陸英，又稱堇草。

一三・一二五　虃❶，百足。

【注釋】❶虃　地蜈蚣草。翟灝《爾雅補郭》：「今所呼地蜈蚣草也。生塍野卑濕處，葉密而對，有如蜈蚣之形。」

【語　譯】蘵就是地蜈蚣草，又稱百足。

一三·一二六　葥(ㄐㄧㄢ)❶，戎(ㄖㄨㄥˊ)葵(ㄎㄨㄟˊ)。

【注　釋】❶葥　蜀葵，也稱戎葵。郝疏：「戎、蜀皆大之名，非自戎、蜀來也。」二年生草本。夏季開花，花腋生，自下向上順次開放，至末梢成長穗狀。供觀賞，根入藥。郭注：「今蜀葵也。似葵，華如木槿華。」

【語　譯】葥就是蜀葵，又稱戎葵。

一三·一二七　虄(ㄐㄧˋ)❶，狗(ㄍㄡˇ)毒(ㄉㄨˊ)。

【注　釋】❶虄　草名。又稱狗毒。郭注：「樊光云：『俗語苦如虄。』」

【語　譯】虄又稱狗毒草。

一三·一二八　垂(ㄔㄨㄟˊ)，比(ㄅㄧˋ)葉(ㄧㄝˋ)❶。

【注　釋】❶垂二句　郭注：「未詳。」翟灝《爾雅補郭》云：「(垂)謂萎蕤也。《說文》曰：『蕤，草木華垂貌。』此草根多長鬚，如冠緌之下垂，因有『垂』及『萎蕤』之稱。《本草》言萎蕤葉俱兩兩相並，因又謂之比葉。」按：萎蕤即玉竹。

【語　譯】垂又稱比葉。

一三·一二九　蕧（ㄈㄨˋ）❶，盜（ㄉㄠˋ）庚（ㄍㄥ）。

【注　釋】❶蕧　旋覆花，又名金沸草。《說文》：「蕧，盜庚。」郭注：「旋覆，似菊。」多年生草本。夏秋開花，花狀如金錢菊，故又稱金錢花。花和全草入藥。《植物名實圖考》：「蕧，盜庚，釋者以為末秋有黃華，為盜金氣。」

【語　譯】蕧就是旋覆花，又稱盜庚。

一三·一三〇　茡（ㄗˋ）❶，麻（ㄇㄚˊ）母（ㄇㄨˇ）。

【注　釋】❶茡　苴麻。即大麻雌株。郭注：「苴麻盛子者。」

【語　譯】茡就是苴麻，又稱麻母。

一三·一三一　瓝（ㄅㄛˊ）❶，九（ㄐㄧㄡˇ）葉（ㄧㄝˋ）。

【注　釋】❶瓝　草名。郝疏：「翟氏灝曰：『《圖經本草》：關中呼淫羊藿為三枝九葉草。疑即此也。其草一根數莖，莖三椏，椏三葉。』」

【語　譯】瓝就是淫羊藿，又稱九葉。

一三·一三二　藐(ㄇㄧㄠˇ)❶，茈(ㄔㄞˊ)草(ㄘㄠˇ)❷。

【注　釋】❶藐　紫草。根可作紫色染料。郭注：「可以染紫。一名茈莀。」《廣雅》：「茈莀，茈草也。」❷茈草　即紫草。《山海經·西山經》：「北五十里，曰勞山，多茈草，弱水出焉。」袁珂校注引吳任臣曰：「即紫草。」

【語　譯】藐就是紫草，又稱茈草。

一三·一三三　倚(ㄧˇ)商(ㄕㄤ)，活(ㄏㄨㄛˊ)脫(ㄊㄨㄛ)❶。

【注　釋】❶活脫　通草。即離南、活莌。

【語　譯】倚商就是通草，又稱活脫。

一三·一三四　蘵(ㄓˊ)❶，黃(ㄏㄨㄤˊ)蒢(ㄔㄨˊ)。

【注　釋】❶蘵　草名。一種茄科植物。郭注：「蘵草，葉似酸漿，華小而白，中心黃。江東以作菹食。」鄭樵《通志》以為即蕺。蕺、蘵音近，其狀亦相類。

【語　譯】蘵又稱黃蒢。

一三·一三五　藒(ㄑㄧㄝˋ)車(ㄐㄩ)❶，芞(ㄑㄧˋ)輿(ㄩˊ)。

【注釋】❶藒車　香草名。或作「揭車」。古用以去除臭味及蟲蛀。又稱芞輿。高數尺，黃葉白花。《楚辭·離騷》：「畦留夷與揭車兮。」王逸注：「揭車，亦芳草。一名芞輿。」

【語譯】藒車（揭車）又稱芞輿。

一三·一三六　權❶，黃華。

【注釋】❶權　草名。又稱黃華。郭注：「今謂牛芸草為黃華。華黃，葉似荍蓿。」郝疏：「鄭樵《通志》以為野決明是也。」

【語譯】權就是野決明，又稱黃華。

一三·一三七　葞❶，春草。

【注釋】❶葞　莽草。可以毒魚。郭注：「一名芒草。」邢昺疏：「按：《本草》：『莽草，一名葞，一名春草。』陶注云：『今是處皆有，葉青辛烈者良，今俗呼為菵草也。』郭云芒草者，所見本異也。」

【語譯】葞就是莽草，又稱春草。

一三·一三八　蔠葵❶，蘩露。

【注釋】❶蔠葵　又名落葵、蘩露、承露。一年生纏繞草本。葉肉質，廣卵形，嫩葉可食。郭注：「承露也。

大莖小葉，華紫黃包。」郝疏：「此草葉圓而剡上，如椎之形，幫曰終葵；冕旒所垂謂之繁露。」《植物名實圖考》：「即胭脂豆也。」

【語　譯】蔠葵就是胭脂豆，又稱蘩露。

一三·一三九　菋（ㄨㄟˋ）❶，荎（ㄔˊ）藸（ㄔㄨˊ）。

【注　釋】❶菋　五味子。又名荎藸。落葉木質藤本。葉互生，卵形。花白或淡紅色，果實成穗狀聚合果，可入藥。郭注：「五味也，蔓生，子叢在莖頭。」邢昺疏：「《唐本草》注云：『五味皮肉甘酸，核中辛苦，都有鹹味，此則五味具也。』」

【語　譯】菋就是五味子，又稱荎藸。

一三·一四〇　蒤（ㄊㄨˊ）❶，委（ㄨㄟˇ）葉（ㄧㄝˋ）❷。

【注　釋】❶蒤　雜草。郭注：「《詩》云：『以茠蒤蓼。』」蒤當作「荼」。《詩·周頌·良耜》：「以薅荼蓼。」孔疏：「荼亦穢草。非苦菜也。〈釋草〉云：『荼，委葉。』舍人曰：荼，一紀委葉。」❷委葉　草名。邢昺疏：「蒤，一名委葉……原田蕪穢之草。」

【語　譯】荼是一種雜草，又稱委葉。

一三·一四一　皇（ㄏㄨㄤˊ）❶，守（ㄕㄡˇ）田（ㄊㄧㄢˊ）。

【注　釋】❶皇　穀類的一種。又稱守田。生於荒田澤地。郭注：「似燕麥，子如彫胡米，可食，生廢田中。」鄭樵注：「一穗未得數粒穀而易墮落，明年複生，故謂之守田。」

【語　譯】皇是一種似燕麥的穀類，又稱守田。

一三·一四二

鉤，藈姑❶。

【注　釋】❶藈姑　即王瓜，又稱土瓜。多年生攀草本。葉互生，近心臟形。夏季開白花。果實球形或橢圓形，塊根，果實入藥。郭注：「鉤𤬪也，一名王瓜，實如瓟瓜，正赤，味苦。」按：鉤𤬪，釋文作「𤬏𤬪」，引《字林》云：「𤬏𤬪，王瓜也。」

【語　譯】鉤就是王瓜，又稱藈姑。

一三·一四三

望❶，乘車。

【注　釋】❶望　草名。又稱乘車。即芒草。芒草似茅而大，草長而韌，可製繩索。郭注：「可以為索，長丈餘。」

【語　譯】望指芒草，又稱乘車。

一三·一四四

困❶，衱袶。

【注　釋】❶困　草名。又稱衱袶。具體不詳。

【語譯】困又稱衱袶。

一三·一四五 攫❶，烏階。

【注釋】❶攫 草名。亦稱烏階。郭注：「即烏杷也，子連相著，狀如杷齒，可以染皂。」

【語譯】攫就是烏杷草，又稱烏階。

一三·一四六 杜❶，土鹵。

【注釋】❶杜 香草名。杜衡。又名土鹵、土杏、馬蹄香。多年生草本，葉廣披作針形，葉辛香，可入藥。郭注：「杜衡也。似葵而香。」邢昺疏：「香草也。一名杜，一名土鹵。」

【語譯】杜就是香草杜衡，又稱土鹵。

一三·一四七 盱❶，虺床。

【注釋】❶盱 草名。又名蛇床、虺床、蛇粟、蛇米。花葉似蘼蕪，果實可入藥。郭注：「蛇床也，一名馬床。」

【語譯】盱就是蛇床子，又稱虺床。

一三·一四八 蔝❶，蔜。

【注　釋】❶蘇　《玉篇》：「蘇，菜名，蘇子也。」一說即蕿蔞（雞腸草），見閻若璩《困學紀聞注》。

【語　譯】蘇又稱蔜。

一三・一四九　赤枹薊❶。

【注　釋】❶赤枹薊　邵疏：「此即枹薊之赤色者，後世所謂蒼朮也。」

【語　譯】赤枹薊，就是蒼朮。

一三・一五〇　菟蒵，顆凍❶。

【注　釋】❶顆凍　藥草名。即款冬。郭注：「款凍也。紫赤華，生水中。」郝疏：「顆凍即款冬。顆款聲轉，凍冬聲同也。《本草》：『款冬，一名橐吾，一名顆凍，一名虎鬚，一名菟奚。』」

【語　譯】菟蒵就是款冬，又稱顆凍。

一三・一五一　中馗❶，菌。小者菌。

【注　釋】❶中馗　大菌。郭注：「地蕈也，似蓋。今江東名為土菌，亦曰馗廚，可啖之。」邢昺疏：「大者名中馗，小者即名菌。」

【語譯】中馗就是指大蕈。小的稱為菌。

一三·一五二 莥❶，小葉。

【注釋】❶莥 小葉麻。郝疏：「《說文》：『莥，麻蒸也。』邵氏正義引《管子·地員》謂：麻之細者如蒸細，即小也。莥為小葉之麻，所以別為山麻。」

【語譯】莥就是小葉麻。

一三·一五三 苕❶，陵苕。黃華，蔈。白華，茇❷。

【注釋】❶苕 淩霄花。又名紫葳。落葉木質藤本，借氣根攀援於其他物上。花冠漏斗狀鐘形，大而鮮豔，桔紅色，栽培供觀賞，花入藥。邵疏：「謂之陵苕，所以別於〈陳風〉之『旨苕』也……《本草》有紫葳，《唐本草》注謂之淩霄。蔓生，依大木，久延至顛。」《詩·小雅·苕之華》：「苕之華，芸其黃矣。」毛傳：「苕，陵苕也，將落則黃。」鄭玄箋：「陵苕之華紫赤而繁。」孔疏：「如〈釋草〉之文，則苕華本自有黃有白。將落則黃，是初不黃矣。箋云『陵苕之華紫赤而繁』，陸璣疏亦言其華紫色，蓋就紫色之中有黃紫白紫耳，及其將落，則全變為黃。」❷茇 苕之開白花者。

【語譯】苕就是淩霄花，又稱陵苕。開黃花的苕稱蔈。開白花的苕稱茇。

一三·一五四 虂❶，從水生。

【注釋】❶蘱　水草的通稱。釋文：「蘱，蘱草，生江水中。」

【語譯】蘱，從水中生長出來的草。

一三·一五五

薇❶，垂水。

【注釋】❶薇　野豌豆。一年或兩年生草本。嫩莖葉可食。《說文》：「薇，菜也。似藿。」釋文：「薇音微。顧云：水濱生，故曰垂水。」《本草綱目·菜部·薇》：「時珍曰：薇生麥田中，原澤亦有，故《詩》云『山有蕨薇』，非水草也。即今野豌豆，蜀人謂之巢菜。」《詩·召南·草蟲》：「陟彼南山，言采其薇。」毛傳：「薇，菜也。」陸璣疏：「薇，山菜也。莖葉皆似小豆，蔓生。其味亦如小豆藿，可作羹，亦可生食。」《史記·伯夷列傳》：「隱於首陽山，采薇而食之。」

【語譯】薇就是野豌豆，又稱為垂水。

一三·一五六

薜❶，山麻。

【注釋】❶薜　山麻。郭注：「似人家麻，生山中。」

【語譯】薜就是山中野生的麻，又稱山麻。

一三·一五七

莽❶，數節。桃枝，四寸有節。粼❷，堅中。簢❸、筡❹，中。仲❺，無笐❻。䈚❼，箭萌。篠，箭。

【注　釋】❶莽　竹的一種。郭注：「竹類也，節間短。」郝疏：「數節，促節也。莽竹節短，蓋如今馬鞭竹。」❷粼　釋文作「䉮」。實心竹。《齊民要術》引《字林》曰：「䉮，竹實中。」❸簢　竹名。可以為席。郭注：「言其中空，竹類。」清方以智《物理小識》卷九：「交趾梧竹為甑，皆大簜、空簢類也。」❹筡　中空的竹。郭注：「言其中空竹類。」《玉篇》：「筡，竹中空也。」❺仲　中等大小的竹子。郝疏：「釋文仲或為笗，則仲為中竹，非大竹也。」❻無笐　成行列。郝疏：「云無笐者，《說文》：『笐，竹列也。』養大竹欲得成列，中竹以下任其延布而已。」《說文》「笐」欄位注：「笐之方行也，行，列也。〈釋草〉：『仲無笐。』蓋謂竹有行列如伯仲然也。無，發聲也。」❼䈚　竹筍。《說文》：「䈚，竹萌也。」段注：「䈚，从怠，與始同音，取始生之意。筍謂掘諸地中者，如今之冬筍；䈚謂已抽出者，如今之春筍。」

【語　譯】莽就是指竹節細密的竹子。桃枝就是指竹節之間相距四寸的竹子。粼就是指實心的竹子。簢、筡都是指空心的竹子。仲是指慢慢成行列的中等大小的竹子。䈚就是竹筍。篠是指箭竹。

一三·一五八　枹，霍首❶。

【注　釋】❶枹二句　該條古來說法不一。翟灝《爾雅補郭》認為「霍」字是「藿」字之省。《類篇》引《爾雅》作「藿首」。按照這種解釋，「枹」則是大豆，不過其品居眾豆之上，故私之曰霍首。較眾豆又特肥大，故又名之曰枹。

【語　譯】枹，眾豆之首。

一三・一五九 素華，軌鬷❶。

【注釋】❶軌鬷 草名。郝疏：「《廣韻》引《爾雅》云：『軌鬷，一名素華。』但其形狀未聞。」

【語譯】素華又稱軌鬷。

一三・一六〇 芏❶，夫王。

【注釋】❶芏 芏草。即江芏，又名鹹水草。多年生草本。莖三棱形，葉片短，葉鞘很長，生長於沼澤地或低濕處。莖可織席造紙。郭注：「芏草生海邊，似莞藺，今南方越人采以為席。」

【語譯】芏就是指江芏草，又稱夫王。

一三・一六一 綦❶，月爾。

【注釋】❶綦 紫蕨。嫩葉可食，根莖供藥用。郭注：「即紫綦也。似蕨，可食。」因其色紫，故而得名。

【語譯】綦就是指紫蕨，又稱月爾。

一三・一六二 葴❶，馬藍❷。

【注釋】❶葴 植物名。馬藍。《漢書・司馬相如傳上》：「其高燥則生葴析苞荔，薛莎青薠。」顏師古注張揖曰：「葴，馬藍也。」漢張衡〈西京賦〉：「草則葴莎菅蒯，薇蕨荔苀。」郭注：「今大葉冬藍也。」❷馬藍　常綠草本植物。呈灌木狀，葉對生，橢圓形，邊緣有鋸齒，暗綠色，有光澤。花紫色。莖葉可製藍靛。明宋應星《天工開物・藍澱》：「蓼藍、馬藍、吳藍等皆撒子生。」

【語　譯】葴就是指大葉冬藍，又稱馬藍。

一三・一六三　姚莖，涂薺❶。

【注　釋】❶涂薺　薺菜的一種。鄭樵注：「涂薺即菥蓂也。擢莖高於薺而相似。」《本草綱目・菜部》：「薺與菥蓂，一物也。但分大小二種耳。小者為薺，大者為菥蓂。」

【語　譯】姚莖就是大的薺菜，又稱涂薺。

一三・一六四　苄❶，地黃。

【注　釋】❶苄　地黃，又名芑。多年生草本。全株被灰白色柔毛，根莖肉質肥厚。夏季開紫紅色筒狀花。為著名中藥。根莖稱「生地」，加工後稱「熟地」。郭注：「一名地髓，江東呼苄。」

【語　譯】苄就是藥草地黃。

一三・一六五　蒙❶，王女。

【注釋】❶蒙 女蘿。參見一三・一二一條注釋。

【語譯】蒙就是女蘿，又稱王女。

一三・一六六

拔，蘢葛❶。

【注釋】❶蘢葛 草名。又稱拔、龍尾。郭注：「似葛，蔓生，有節。江東呼為龍尾，亦謂之虎葛，細葉，赤莖。」

【語譯】拔就是龍尾草，又稱蘢葛。

一三・一六七

藗❶，牡茅。

【注釋】❶藗 不結子實的茅草。郭注：「白茅屬。」邢昺疏：「茅之不實者也。」所以稱牡茅。

【語譯】藗是一種不結果實的茅類植物，又稱牡茅。

一三・一六八

菤耳❶，苓耳。

【注釋】❶菤耳 野菜名。或作「卷耳」。又稱苓耳、蒼耳、爵耳。葉似鼠耳，細莖，叢生如盤狀，可食用或藥用。《詩・周南・卷耳》：「采采卷耳。」

【語譯】菤耳是一種野菜，又稱苓耳。

一三·一六九　蕨，虌❶。

【注釋】❶虌　蕨的幼葉，即蕨菜，可食。郭注：「初生無葉，可食，江西謂之虌。」釋文：「此即今蕨菜也。葉初出鱉蔽，因亦名云。」

【語譯】蕨就是指蕨菜，又稱虌。

一三·一七〇　蕎❶，邛鉅❷。

【注釋】❶蕎　植物名。即大戟。多年生草本。根入藥。郭注：「今藥草大戟也」。❷邛鉅　藥草名。大戟。郭注：「今藥草，大戟也。《本草》云。」郝疏：「《本草》云『大戟一名邛鉅』……此草俗呼貓眼睛，高一二尺，華黃而圓，如鵝眼錢，其中深黃有似目睛，因以為名。葉如柳葉而黃，其莖中空，莖頭又攢細葉，摘皆白汁，螫人如漆。」

【語譯】蕎就是大戟，又稱邛鉅。

一三·一七一　緐❶，由胡。

【注釋】❶緐　即蘩字之省。郝疏：「〈夏小正〉：『二月采蘩。蘩，由胡。由胡者，蘩母也。』陸璣《詩疏》『皤蒿，一名游胡』，游胡即由胡。」

【語譯】緐（蘩）就是白蒿，又稱由胡。

二三·一七二　莣❶，杜榮。

【注釋】❶莣　芒草。又稱杜榮。多年生草本。形似茅，果實多纖毛。稈皮可以編索、製鞋。

【語譯】莣就是芒草，又稱杜榮。

二三·一七三　稂❶，童粱。

【注釋】❶稂　同「蓈」。禾粟的穗子。《說文》：「蓈，禾粟之采生而不成者，謂之董蓈。稂，蓈或從禾。」《詩·曹風·下泉》：「洌彼下泉，浸彼苞稂。」孔疏：「此稂是禾之秀而不實者。」

【語譯】稂（蓈）是禾粟的穗子，又稱童粱。

二三·一七四　藨❶，麃。

【注釋】❶藨　莓的一種。又名麃、藨莓、蓬虆。俗名薅田藨。秋結實如桑椹。郭注：「麃即莓也，今江東呼為藨莓子，似覆盆而大，赤，酢甜可啖。」

【語譯】藨一般稱薅田藨，又稱麃。

二三·一七五　的，薂❶。

【注釋】❶蔤 蓮子。郭注：「即蓮實。」

【語譯】的就是蓮子，又稱蔤。

一三·一七六 購（ㄍㄡˋ），蔏（ㄕㄤ）蔞（ㄌㄡˊ）❶。

【注釋】❶蔏蔞 水生白蒿。又名購、蔞蒿。郭注：「蔏蔞，蔞蒿也。地下田，初出可啖，江東用羹魚。」

【語譯】購就是水生白蒿，又稱蔏蔞。

一三·一七七 茢（ㄌㄧㄝˋ）❶，勃（ㄅㄛˊ）茢（ㄌㄧㄝˋ）。

【注釋】❶茢 藥草名。即石芸。郭注：「一名石芸。」郝疏：「《本草別錄》：『石芸，味甘無毒。一名螫烈，一名顧喙。』按：螫烈蓋即勃烈之異文。」

【語譯】茢就是藥草石芸，又稱勃茢。

一三·一七八 葽（ㄧㄠ）繞（ㄖㄠˇ）❶，蕀（ㄐㄧˊ）蒬（ㄩㄢ）。

【注釋】❶葽繞 藥草。即遠志。又稱蕀蒬。郭注：「今遠志也。似麻黃。赤華，葉銳而黃，其上謂之小草。」

【語譯】葽繞就是藥草遠志，又稱蕀蒬。

一三·一七九 茦❶，刺。

【注釋】❶茦 草的芒刺。亦作「莿」。郭注：「草刺針也。關西謂之刺，燕北朝鮮之間曰茦，見《方言》。」

【語譯】茦是指草的芒刺，也就是刺。

一三·一八〇 蕭❶，萩。

【注釋】❶蕭 香蒿。《說文》：「蕭，艾蒿也。」郭注：「即蒿。」又名萩、萩蒿。郝疏：「今萩蒿，葉白，似艾而多歧，莖尤高大如蔞蒿，可丈餘。」

【語譯】蕭就是指香蒿，又稱萩。

一三·一八一 蕁❶，海藻。

【注釋】❶蕁 海藻。郭注：「藥草也。一名海蘿，如亂髮，生海中。」

【語譯】蕁就是指海藻。

一三·一八二 長楚❶，銚芅❷。

【注釋】❶長楚 長，亦作「萇」。羊桃的別名。《說文》：「萇，萇楚，銚弋。一曰羊桃。」郭注：「今羊桃也。或曰鬼桃，葉似桃，華白，子如小麥，亦似桃。」❷銚芅　亦作「銚弋」。羊桃的別名。葉似桃，花白色，子如小麥。《詩·檜風·隰有萇楚》：「隰有萇楚」毛傳：「萇楚，銚弋也。」孔疏引郭璞曰：「今羊桃也，或曰鬼桃。葉似桃，華白，子如小麥，亦似桃。」明李時珍《本草綱目·草部七·羊桃》：「鬼桃，羊腸，萇楚，銚芅，鈕子。」

【語　譯】長（萇）楚就是指羊桃，又稱銚芅。

一三·一八三　蘦❶，大苦。

【注　釋】❶蘦　蘗草名。又稱大苦、黃蘗。亦寫作「苓」。郭注：「今甘草也。蔓延生，葉似荷，青黃，莖赤，有節，節有枝相當。或云：蘦似地黃。」沈括《夢溪筆談·藥議》：「此（蘦）乃黃蘗也，其味極苦，謂之大苦，非甘草也。」

【語　譯】蘦是指黃蘗，又稱大苦。

一三·一八四　芣苢❶，馬舄。馬舄，車前。

【注　釋】❶芣苢　又作「芣苡」。又稱馬舄、車前草等。多年生草本。葉叢生，廣卵形或長橢圓狀卵形，有長柄。穗狀花序，夏秋開花，種子與全草入藥。郭注：「今車前草，大葉長穗，好生道邊，江東呼為蝦蟆衣。」《詩·周南·芣苢》：「采采芣苢，薄言采之。」

【語　譯】芣苢又稱馬舄。馬舄就是車前草。

一三・一八五

綸似綸，組似組❶，東海有之。帛似帛，布似布❷，華山有之。

【注釋】❶綸似綸二句　綸，上一「綸」字，指像青絲帶做的頭巾似的海草；下一「綸」字，意即青絲帶做的頭巾。組，上一「組」字，指像薄而寬呈帶狀的海草；下一「組」字，意即寬而薄的絲帶。郝疏謂海中的綸、組，就是海帶、青苔、紫菜一類的海菜。郭注：「綸，今有秩嗇夫所帶糾青絲綸；組，綬也。海中草生彩理有象之者，因以名云。」晉郭璞〈江賦〉：「青綸競糾，縟組爭映。」❷帛似帛二句　上一「帛」、「布」，指山中草葉似帛似布的野生植物。邢昺疏：「華山有草葉似帛、布者，因名帛草、布草也。」鄭樵注：「必藤蔓之類，有似布、帛，故名。」郝疏：「〈西山經〉：『小華之山，其草有萆荔。』畢氏沅校正引《說文》云：『萆、蘼似烏韭。』《爾雅》『帛似帛、布似布，華山有之』，疑此草矣。」

【語譯】稱為綸的海草，它的形狀像青絲帶做的頭巾一樣；稱為組的海草，它的形狀像寬而薄的絲帶一樣，東海裡有這樣的海草。稱為帛的山草，它的形狀像帛一樣；稱為布的山草，它的形狀像布一樣，華山上有這樣的野草。

一三・一八六

苀❶，東蠡。

【注釋】❶苀　草名。郝疏謂即《本草綱目》所載之蠡實。《圖經本草》以蠡實為馬藺子，北人呼為馬楝子。又名荔實、馬藺、馬薤。《說文》：「荔似蒲而小，根可為馬刷。」《集韻・店韻》：「苀，草名，葉似蒲，叢生。」張衡〈西京賦〉：「草則葴莎菅蒯，薇蕨荔苀。」

【語譯】苀，又稱東蠡。

一三・一八七 緜馬，羊齒❶。

【注釋】❶羊齒 草名。又稱為緜馬。郭注：「草細葉，葉羅生而毛，有似羊齒。今江東呼為雁齒，繅者以取繭緒。」

【語譯】緜馬又稱為羊齒。

一三・一八八 萿❶，麋舌❷。

【注釋】❶萿 草名。郭注：「今麋舌草。春生，葉有似於舌。」❷麋舌 草名。麋，通「蘼」。南朝梁沈約〈郊居賦〉：「其陸卉則紫鼈、綠葹、天著、山韭、雁齒、麋舌、牛脣、彘首。」

【語譯】萿又稱為麋舌草。

一三・一八九 搴❶，柜朐。

【注釋】❶搴 草名。即藆。郝疏：「上文藆藅。釋文：藆，本亦作搴。然則即藆也。」

【語譯】搴又稱為柜朐，是一種草。

一三・一九〇 蘩之醜❶，秋為蒿。

【注釋】❶醜　意即類屬。蘩類植物指蘩、蕭、蔚、莪等。郭注云：「春時各有種名，全秋老成，皆通呼為蒿。」

【語譯】蘩一類的草，秋天通稱為蒿。

一三·一九一　芺、薊，其實蓩❶。

【注釋】❶蓩　菊科植物芺、薊等的果實。郭注：「芺與薊莖頭皆有蓊臺名蓩，即其實。」

【語譯】芺和薊的果實稱為蓩。

一三·一九二　藨、荂，荼❶。

【注釋】❶荼　茅、蘆之類的白花。邢昺疏：「案鄭注《周禮》『掌荼』及《詩》『有女如荼』皆云：『荼，茅秀也。』藨也、荂也其別名。」《詩·鄭風·出其東門》：「出其闉闍，有女如荼。」《國語·吳語》：「萬人以為方陣，皆白裳、白旂、素甲、白羽之矰，望之如荼。」韋昭注：「荼，茅秀也。」《漢書·禮樂志》：「顏如荼。」顏師古注引應劭曰：「荼，野菅白華也。言此奇麗，白如荼也。」

【語譯】藨、荂，都是荼的別稱。

一三·一九三　猋、藨，芀❶。葦醜，芀❷。

【注釋】❶芀　蘆葦的花穗。《說文》：「芀，葦華也。」又稱猋、藨。郭注：「皆芀、荼之別名。」郝疏：

「荼者，秀也……《考工記》：『鮑人之事，望而眡之，欲其荼白也。』〈既夕禮〉云：『茵著用荼。』注皆以荼為茅秀也。萑葦之秀亦為荼。」釋文：『芀或作苕，下同。』是苕、芀通。」《藝文類聚》卷六三引晉庾闡〈樂賢堂頌〉：「高觀迴云，疎猋綺窗。」❷葦醜二句　意謂葦類花穗叫做芀（苕）。王引之《述聞》引王念孫曰：「《詩・豳風・鴟鴞》傳：『荼、萑，苕也。』則萑葦之秀謂之苕。萑亦葦之類也，故曰葦醜，芀。」

【語譯】猋、藨，都是芀（苕）的別名。芀，指蘆葦類植物的花穗。

一三・一九四　葭，華❶。蒹❷，薕。葭，蘆。菼❸，薍。其萌虇蕍❹。

【注釋】❶華　阮校、周校均作「葦」。正因為古本作「葦」，所以郭注：「即今蘆也。」❷蒹　沒有出穗的蘆葦。郭注：「似萑而細，高數尺，江東呼為蒹薕。」《說文》：「蒹，雚之未秀者。」《詩・秦風・蒹葭》：「蒹葭蒼蒼，白露為霜。」❸菼　初生的荻。又稱為薍。似葦而小，實心。《詩・衛風・碩人》：「葭菼揭揭。」毛傳：「菼，薍也。」孔疏引陸璣曰：「薍或謂之荻，至秋堅成則謂之萑。」❹虇蕍　即權輿。草木萌芽始生。這裡指初生的蘆葦。

【語譯】葭是指初生的蘆葦。蒹又稱為薕。葭即蘆葦。菼又稱為薍。蘆葦的萌芽稱為虇蕍。

一三・一九五　芛❶、葟❷、華❸，榮❹。

【注釋】❶芛　初生的草木花。郭注：「今俗呼草木華初生者為芛。」邢昺疏：「芛，華初生之名也。」一說為花開之貌。《說文》：「芛，草之葟榮也。」❷葟　草木花。亦稱花美之貌。邢昺疏：「芛亦華也。」❸華花。《易・大過》：「枯楊生華，老婦得其士夫，無咎無譽。」《詩・小雅・皇皇者華》：「皇皇者華，于彼原隰。」❹榮　草木的花。《楚辭・九章・橘頌》：「綠葉素榮，紛其可喜兮。」王逸注：「言橘青葉白華，紛然茂盛，誠可喜也。」

【語　譯】芛、葟、華都是指草木的花。

一三・一九六　卷施❶草，拔心不死。

【注　釋】❶卷施　草名。亦作「卷葹」。又名「宿莽」。郭注：「宿莽也。」郝疏：「凡草通名莽，惟宿莽是卷施草之名也……按：施，《玉篇》作葹。」屈原〈離騷〉：「夕攬中州之宿莽。」王逸注：「草冬生不死者，楚人名之曰宿莽。」晉郭璞〈卷施贊〉：「卷施之草，拔心不死。屈平嘉之，諷詠以比。」

【語　譯】卷施草是一種拔心不死的草。

一三・一九七　苭❶、茭❷、荄❸，根。

【注　釋】❶苭　草根。《說文》：「苭，茭也，茅根也。」段注：「苭見〈釋草〉。苭者，茭也；茭者，草根也，文相承。」❷茭　草根。郝疏：「《廣韻》『苭』字下引《爾雅》而云『蘪䒹根可食者曰茭』，是草根通名茭。」唐韓愈〈崔評事墓銘〉：「署為觀察巡官，實掌軍田，鑿澮溝，斬茭茅，為陸田千二百頃，水田五百頃。」❸荄　草根。郭注：「俗呼韭根為荄。」《方言》卷三：「荄，杜，根也。東齊曰杜，或曰茇。」《漢書・禮樂志》：「青陽開動，根荄以遂。」顏師古注：「草根曰荄。」

【語譯】苭、茇、荄都是指草根。

一三・一九八　攫❶，橐含。

【注釋】❶攫　字當作「欔」。

【語譯】攫（欔），又稱為橐含。

一三・一九九　華，荂❶也。華、荂，榮也。

【注釋】❶荂　草木開的花。郭注：「今江東人呼華為荂。」《文選》左思〈吳都賦〉：「異荂蓲蘛，夏曄冬蒨。」

【語譯】華是指草木的花。華和荂均指草本植物的花。

一三・二〇〇　木謂之華，草謂之榮。不❶榮而實者謂之秀❷，榮而不實者謂之英。

【注釋】❶不　衍文，釋文：「眾家並無『不』字。」阮校：「當從眾家無『不』字。」❷秀　草類植物結實。《詩・豳風・七月》：「四月秀葽。」毛傳：「不榮而實曰秀；葽，葽草也。」

【語譯】樹木的花稱為華，百草的花稱為榮。開花並且結果的稱為秀，開花但不結果的稱為英。

釋木第十四

【題解】本篇主要解釋的是古代有關木本植物的名稱及其形體特徵等方面的百科名詞。解釋的方法主要是異名同實語詞互相為釋。

一四・〇〇一 槄(ㄊㄠ)❶，山(ㄕㄢ)榎(ㄐㄧㄚˇ)❷。

【注釋】❶槄 木名。即山楸。郭注：「今之山楸。」《詩・秦風・終南》「有條有梅」鄭箋：「條，槄。」陸璣疏：「條，槄也，今山楸也，亦如下田楸耳。皮葉白，色亦白，材理好，宜為車板。能濕，又可為棺木。」❷榎 同「檟」。即楸，落葉喬木。《左傳・襄公二年》：「穆姜使擇美檟，以自為櫬與頌琴。」

【語譯】槄就是指山楸，又稱作山榎（檟）。

一四・〇〇二 栲(ㄎㄠˇ)❶，山(ㄕㄢ)樗(ㄕㄨ)❷。

【注釋】❶栲 木名。又名山樗。《詩・唐風・山有樞》：「山有栲，隰有杻。」毛傳：「栲，山樗。」明李時珍《本草綱目・木部二・椿樗》：「香者名椿，臭者名樗，山樗名栲。」❷樗 木名。即臭椿。苦木科，落葉喬木。抗旱性較強，耐煙塵，生長快，為工礦區較合適的綠化樹之一。其材粗硬，不耐水濕。可供膠合板、建築、造紙用，根皮可入藥。《詩・豳風・七月》：「采荼薪樗，食我農夫。」毛傳：「樗，惡木也。」孔穎達疏：「唯堪為薪，故云惡木。」

【語　譯】栲是指山中臭椿，又稱作山樗。

一四・〇〇三　柏，椈❶。

【注　釋】❶椈　即柏樹。因性堅致，有脂而香，故古人破為暢臼，用以搗和祭祀用酒。《禮記・雜記上》：「暢臼以椈，杵以梧。」鄭注：「椈，柏也。」

【語　譯】柏是指柏樹，又稱作椈。

一四・〇〇四　髡❶，梱❷。

【注　釋】❶髡　本指剃去毛髮，這裡指整枝，即剪去樹木枝條。❷梱　使齊平。《儀禮・大射禮》：「既拾，取矢梱之。」鄭注：「梱，齊等之也。」

【語　譯】髡是指剪去樹木枝條，又稱作梱。

一四・〇〇五　椵❶，柂。

【注釋】❶椵 木名。阮校：「唐石經作椵。」郝疏亦作「椵」。譯文從之。一名柂。落葉喬木，葉互生，有鋸齒，花黃色或白色，果實球形或卵圓形。木材紋理細緻，用途很廣。郭注：「白椵也。樹似白楊。」

【語譯】椵就是指白椵，又稱作柂。

一四·〇〇六 梅(ㄇㄟˊ)❶，柟(ㄋㄢˊ)❷。

【注釋】❶梅 指柟木。即楠木。《詩·秦風·終南》：「終南何有？有條有梅。」鄭箋：「梅，柟也。」高亨注：「梅，又名楠，高大的喬木，可做器材。」《說文》：「梅，柟也。」段注：「〈召南〉等之『梅』，與〈秦〉〈陳〉之『梅』，判然兩物：〈召南〉之梅，今之酸果也；〈秦〉、〈陳〉之梅，今之楠樹也。」❷柟 同「楠」。《莊子·山木》：「王獨不見夫騰猿乎，其得柟梓豫章也，攬蔓其枝。」

【語譯】梅就是指楠木，又稱作柟。

一四·〇〇七 柀(ㄅㄧˇ)❶，煔(ㄕㄢ)❷。

【注釋】❶柀 木名。杉科植物。常綠喬木。結實名被子，即榧子。邢昺疏：「柀，一名煔，俗作杉。」❷煔 即杉。郭注：「煔似松，生江南，可以為船及棺材，作柱埋之不腐。」《通志·昆蟲草木略》：「杉曰柀，曰煔，松類也。」

【語譯】柀是指杉，又稱作煔。

一四·〇〇八 櫠（ㄈㄟˋ）❶，椵（ㄐㄧㄚˇ）❷。

【注　釋】❶櫠　果木名。柚屬。郭注：「柚屬也，子大如盂，皮厚二三寸，中似枳，食之少味。」❷椵　果木名。柚屬。郝疏：「《桂海虞衡志》云：『廣南臭柚大如瓜，可食，其皮甚厚，染墨打碑，可代氈刷，且不損紙。』即郭注所說也。」

【語　譯】櫠是一種柚木，又稱作椵。

一四·〇〇九 杻（ㄋㄧㄡˇ）❶，檍（ㄧˋ）❷。

【注　釋】❶杻　木名。檍樹。《詩·唐風·山有樞》：「山有栲，隰有杻。」毛傳：「杻，檍也。」朱熹集傳：「葉似杏而尖，白色，皮正赤，其理多曲少直，材可為弓弩幹者也。」❷檍　木名。又名木橿、萬年木。可作弓材。《周禮·考工記·弓人》：「弓人為弓，取六材必以其時……凡取幹之道七：柘為上，檍次之，檿桑次之，橘次之，木瓜次之，荊次之，竹為下。」

【語　譯】杻是一種可作弓材的木，又稱作檍。

一四·〇一〇 楙（ㄇㄠˋ）❶，木瓜（ㄇㄨˋ ㄍㄨㄚ）。

【注　釋】❶楙　果木名。即木瓜樹。落葉灌木或小喬木，夏初開花，果實可入藥。郭注：「實如小瓜，酢，可食。」

【語　譯】楙又稱作木瓜。

一四·〇二一 椋ㄌㄧㄤˊ❶，即ㄐㄧˊ來ㄌㄞˊ。

【注　釋】❶椋　木名。又稱涼子木、即來等。《重修政和證類本草·木部中·椋子木》：「椋子木，味甘鹹，平，無毒。」唐本注：「葉似柿，兩葉相當，子細圓，如牛李子，生青熟黑，其木堅重，煮汁赤色。」

【語　譯】椋就是椋子木，又稱即來。

一四·〇二二 栵ㄌㄧㄝˋ❶，栭ㄦˊ❷。

【注　釋】❶栵　木名。郭注：「樹似槲樕而庳小，子如細栗可食，今江東亦呼為栭栗。」❷栭　木名。栗之一種。即茅栗。明李時珍《本草綱目·果部一·栗》：「栗之大者為板栗……小如指頂者為茅栗，即《爾雅》所謂栭栗也。」

【語　譯】栵是指茅栗，又稱作栭。

一四·〇二三 檴ㄏㄨㄛˋ❶，落ㄌㄨㄛˋ。

【注　釋】❶檴　木名。即榔榆。邢昺疏：「〈小雅·大東〉云：『無浸檴薪。』鄭箋云：『檴，落木名。』陸璣疏云：『今榔榆也。其葉如榆，其皮堅韌，剝之長數尺，可為絙索，又可為甑帶，其材可為杯器。』是也。」

【語　譯】檴就是榔榆，又稱作落。

一四·〇一四　柚❶，條。

【注釋】❶柚　木名。常綠喬木，葉大而闊，花白色，果實大，圓形或扁圓形，皮厚，果味甜酸。產於中國南部地區。亦指其果實，又名文旦，通稱柚子。《書．禹貢》：「厥篚織貝，厥包橘柚錫貢。」孔傳：「小曰橘，大曰柚。」

【語譯】柚就是柚子樹，又稱作條。

一四·〇一五　時❶，英梅。

【注釋】❶時　木名，又名英梅、雀梅、車下李。花或白或赤，六月中熟，大如李子，可食。邢昺疏：「時，一名英梅。郭云『雀梅』。似梅而小者也。」

【語譯】時，又稱作英梅。

一四·〇一六　楥❶，柜柳。

【注釋】❶楥　木名。即欅柳。郭注：「柳，當為柳，柜柳似柳，皮可煮作飲。」郝疏：「柜柳即欅柳也……北方無作飲者，俗呼之平楊柳，或謂之鬼柳，鬼柜聲相轉也。楥柳聲轉為楊柳、柜柳，又轉為杞柳。」

【語譯】楥又稱作柜柳（柳）。

一四·〇一七　栩❶，杼。

【注　釋】❶栩　木名。櫟的別名。《詩·唐風·鴇羽》：「肅肅鴇羽，集於苞栩。」陸璣疏：「栩，今柞櫟也。徐州謂櫟為杼。或謂之栩。其子為皁或言皁斗，其殼為汁，可以染皁。今京洛及河內多言杼汁，或云橡斗。」

【語　譯】栩就是櫟，又稱作杼。

一四·〇一八　味❶，茎著。

【注　釋】❶味　本作「菋」。陸德明釋文：「菋，音味，又亡戒反，本今作『味』。」郭注：「〈釋草〉已有此名，疑誤重出。」按：〈釋草〉作：「菋，茎藸。」

【語　譯】味（菋）又稱作茎著。

一四·〇一九　櫙❶，茎❷。

【注　釋】❶櫙　即刺榆。落葉小喬木，小枝有堅硬的枝刺，木材堅實，可作農具、車輛等。邢昺疏：「郭云：『今之刺榆。』《詩·唐風》云：『山有樞。』陸璣疏：『其針刺如柘，其葉如榆。』」❷茎　木名。即刺榆。黃侃《手批爾雅義疏》：「茎之言挃也。」

【語　譯】櫙就是刺榆，又稱作茎。

一四·〇二〇　杜（ㄉㄨˋ）❶，甘（ㄍㄢ）棠（ㄊㄤˊ）。

【注　釋】❶杜　木名。即杜梨，也叫棠梨。一種野生梨。邢昺疏：「杜，一名甘棠。郭云：『今之杜棃。』下云：『杜，赤棠。白者，棠。』舍人曰：『杜，赤色名赤棠，白者亦名棠。』然則其白者名棠，其赤者為杜，為甘棠，為赤棠。《詩·召南》云：『蔽芾甘棠。』〈小雅〉云：『有杕之杜。』〈傳〉云：『杜，赤棠。』是也。」

【語　譯】杜就是杜梨，又稱作甘棠。

一四·〇二一　狄（ㄉㄧˊ）❶，臧（ㄗㄤ）槔（ㄍㄠ）❷。

【注　釋】❶狄　木名。《玉篇》作「楸」。《廣韻·錫韻》：「楸，臧槔。《爾雅·釋木》『狄，臧槔』是也。」
❷槔　烏臼樹。《六書故·植物》：「槔，葉如鳧蹼，遇霜則丹。其實外膏可為燭。其核中油可然（燃）燈，亦名烏臼。」

【語　譯】狄（楸）就是烏臼樹，又稱臧槔。

一四·〇二二　貢（ㄍㄨㄥˋ）綦（ㄑㄧˊ）❶。

【注　釋】❶貢綦　義不詳，待考。

【語　譯】貢綦。

一四·〇二三 朹❶，檕梅。

【注　釋】❶朹　山楂，又名檕梅。明李時珍《本草綱目·果部二·山楂》：「郭注《爾雅》云：『朹樹如梅，其子大如指頭，赤色似小柰，可食。』此即山楂也。」

【語　譯】朹就是山楂，又稱作檕梅。

一四·〇二四 朻者聊❶。

【注　釋】❶朻者聊　義不詳，待考。

【語　譯】朻者聊。

一四·〇二五 魄❶，榽橀。

【注　釋】❶魄　木名。白皮，細葉，似檀。郭注：「魄，大木，細葉，似檀。今江東多有之。」郝疏：「魄，即今白木也。今京西諸山有之。其木皮白，材理細密，作炭甚堅。」

【語　譯】魄就是指白木，又稱作榽橀。

一四·〇二六 梫❶，木桂。

【注釋】❶梫 木名。桂的異名。古書中指肉桂。亦稱木桂、牡桂。邢昺疏：「梫，一名木桂。郭云：『今南人呼桂厚皮者為木桂。桂樹葉似枇杷而大，白華，華而不著子。叢生岩嶺，枝葉冬夏常青，間無雜木。』按：《本草》謂之牡桂者是也。」

【語譯】梫指肉桂，又稱木桂。

一四·〇二七 棆(ㄌㄨㄣˊ)❶，無(ㄨˊ)疵(ㄘ)。

【注釋】❶棆 木名。梗屬，似豫章。郭注：「棆，梗屬，似豫章。」邢昺疏：「棆，美木也。無疵病，因名之。」

【語譯】棆又稱作無疵。

一四·〇二八 椐(ㄐㄩ)❶，樻(ㄎㄨㄟˋ)。

【注釋】❶椐 木名。即靈壽木。樹小，多腫節，可以做手杖。郭注：「腫節可以為杖。」《詩·大雅·皇矣》：「啟之辟之，其檉其椐。」陸璣疏：「椐，樻，節中腫似扶老，今靈壽是也。今人以為馬鞭及杖。」

【語譯】椐就是靈壽木，又稱作樻。

一四·〇二九 檉(ㄔㄥ)❶，河(ㄏㄜˊ)柳(ㄌㄧㄡˇ)。旄(ㄇㄠˊ)❷，澤(ㄗㄜˊ)柳(ㄌㄧㄡˇ)。楊(ㄧㄤˊ)，蒲(ㄆㄨˊ)柳(ㄌㄧㄡˇ)。

【注釋】❶檉 木名。即檉柳。郭注：「今河旁赤莖小楊。」《詩·大雅·皇矣》：「啟之辟之，其檉其椐。」

朱熹集傳：「檉，河柳也，似楊，赤色，生河邊。」❷旄　木名。即生長於水澤中的柳樹。邢昺疏：「柳生澤中者，別名旄。」

【語　譯】檉是生長在河旁的柳樹，又稱作河柳。旄是指生長於水澤中的柳樹，又稱作澤柳。楊是指生長在水邊的楊樹，又稱作蒲柳。

一四・〇三〇　權❶，黃英。

【注　釋】❶權　木名。《說文・木部》：「權，黃華木。」王筠句讀：「〈釋草〉曰：『權，黃華。』郭注以牛芸草當之。〈釋木〉：『權，黃英。』郭云未詳。許君合二條為一，而以木定之，謂即一物，兩篇重出耳。」

【語　譯】權是指黃華木，又稱作黃英。

一四・〇三一　輔❶，小木。

【注　釋】❶輔　義未詳，待考。

【語　譯】輔即小木。

一四・〇三二　杜，赤棠。白者棠❶。

【注　釋】❶杜三句　赤棠為杜，白者為棠。參見一四・〇二〇條。

【語　譯】杜就是指赤棠，白色的稱為棠。

一四·〇三三　諸慮❶，山櫐❷。欇❸，虎櫐。

【注　釋】❶諸慮　一種山地藤本植物。慮，阮校作「櫖」。《玉篇》：「櫖，山櫐也，似葛而粗大。」❷櫐　同「蘽」。藤本植物名。郭注：「今江東呼櫐為藤，似葛而粗大。」黃侃《手批爾雅義疏》：「櫐之言纍也。」❸欇　植物名。即紫藤。也稱虎櫐、虎豆。郭注：「今虎豆，纏蔓林樹而生，莢有毛刺。」郝疏：「其華紫色，作穗垂垂，人家以飾庭院。謂之虎櫐者，其莢中子色斑然，如貍首文也。」

【語　譯】諸慮（櫖）是一種山地藤本植物，又稱作山櫐。欇就是紫藤，又稱作虎櫐。

一四·〇三四　杞❶，枸檵。

【注　釋】❶杞　木名。即枸杞。枸杞亦寫作「枸檵」。落葉小灌木。漿果卵圓形，紅色。果實、根皮可入藥。《詩·小雅·四牡》：「翩翩者鵻，載飛載止，集於苞杞。」朱熹集傳：「杞，枸檵也。」段注：「枸檵為古名，枸杞雖見《本草經》，而為今名。」

【語　譯】杞就是枸杞，又稱作枸檵。

一四·〇三五　杬❶，魚毒。

【注　釋】❶杬　同「芫」。草名。又名魚毒。落葉灌木。花呈淡紫色，有毒，可藥用。《急就篇》卷四「烏喙附子椒芫華」顏師古注：「芫華，一名魚毒。漁者煮之，以投水中，魚則死而浮……芫字或作『杬』。《爾雅》曰：『杬，魚毒。』」

【語　譯】杬（芫）是芫花，又稱作魚毒。

一四·〇三六　檓❶，大椒。

【注　釋】❶檓　即花椒樹。芸香科，落葉灌木或小喬木，具有香氣。單數羽狀複葉。果實可做調味的香料，也可供藥用。其種子亦用以和泥塗壁。郭注：「今椒樹叢生，實大者名為檓。」

【語　譯】檓就是花椒樹，又稱作大椒。

一四·〇三七　楰❶，鼠梓。

【注　釋】❶楰　木名。苦楸。又名鼠梓。《詩·小雅·南山有臺》：「南山有枸，北山有楰。」毛傳：「楰，鼠梓。」陸璣疏：「楰，楸屬。其樹葉、木理如楸。山楸之異者，今人謂之苦楸。濕時脆，燥時堅。今永昌又謂鼠梓，漢人謂之楰。」

【語　譯】楰就是指苦楸，又稱作鼠梓。

一四·〇三八　楓❶，欇欇❷。

【注釋】❶楓　木名。即楓香樹。因其葉經霜變紅，故有「紅楓」、「丹楓」之稱。《楚辭・招魂》：「湛湛江水兮上有楓，目極千里兮傷春心。」❷欇欇　楓香樹的別名。黃侃《手批爾雅義疏》：「《說文》：『楓，木也。厚葉弱枝，善搖，一名欇。』……楓為欇欇，言天風則鳴瑟瑟也。」

【語譯】楓就是楓香樹，又稱作欇欇。

一四・〇三九　寓木❶，宛童。

【注釋】❶寓木　寄生在樹木上的一種小灌木。又名宛童、寄生、蔦木。《山海經・中山經》：「又東北七十里，曰龍山，上多寓木。」郭注：「寄生也，一名宛童。」明李時珍《本草綱目・木部四・桑上寄生》：「此物寄寓他木而生，如鳥立於上，故曰寄生、寓木、蔦木。俗呼為寄生草。〈東方朔傳〉云：在樹為寄生，在地為窶藪。」寓，寄託。郝疏：「寓，猶寄也。」

【語譯】寓木是指一種寄生灌木，又稱宛童。

一四・〇四〇　無姑❶，其實夷。

【注釋】❶無姑　喬木名。一名蕪荑。其葉皮可入藥。郭注：「無姑，姑榆也。生山中，葉圓而厚，剝取皮合漬之，其味辛香，所謂無夷。」

【語譯】無姑就是指姑榆，它的果實稱作夷。

一四·〇四一 櫟(ㄌㄧˋ)❶，其(ㄑㄧˊ)實(ㄕˊ)梂(ㄑㄧㄡˊ)❷。

【注釋】❶櫟　麻櫟。山毛櫸科。落葉喬木。葉長橢圓形。初夏開花，黃褐色，雌雄同株。堅果卵圓形。幼葉可飼柞蠶。殼斗和樹皮可提取栲膠。木材堅實，可做枕木和機械用材。因其木理斜曲，古代多作炭薪。古人常喻作不材之木。《詩·秦風·晨風》：「山有苞櫟，隰有六駮。」陸璣疏：「秦人謂柞櫟為櫟。」參見一四·〇一七條。❷梂　植物包裹子實的球狀外殼。郭注：「有梂彙自裹。」邢昺疏：「梂，盛實之房也。」郝疏：「櫟實外有裹橐，形如彙毛，狀如球子。」

【語譯】櫟就是麻櫟，它的果實的球狀外殼稱作梂。

一四·〇四二 檖(ㄙㄨㄟˋ)❶，蘿(ㄌㄨㄛˊ)。

【注釋】❶檖　果木名。又叫山梨。古代的一種野生梨，果子似梨而小，可食。《詩·秦風·晨風》：「山有苞棣，隰有樹檖。」陸璣疏：「檖，一名赤羅，一名山梨，今人謂之楊檖，實如梨，但小耳。」

【語譯】檖就是山梨，又稱作蘿。

一四·〇四三 楔(ㄒㄧㄝ)❶，荊(ㄐㄧㄥ)桃(ㄊㄠˊ)。

【注釋】❶楔　木名。即櫻桃。郭注：「今櫻桃。」

【語譯】楔就是櫻桃，又稱作荊桃。

一四·〇四四 旄❶，冬桃。榹桃❷，山桃。

【注釋】❶旄 果名。桃的一種。舊曆十月果實成熟，其味甘美，又稱冬桃。郭注：「子冬熟。」邢昺疏：「桃子冬熟者名旄。」❷榹桃 又名山桃、山毛桃。果實小而多毛，其味酸苦。郭注：「實如桃而小，不解核。」邢昺疏：「(桃子)生山中者名榹桃。」

【語譯】旄是一種子冬熟的桃樹，又稱作冬桃。榹桃是一種生在山中的桃樹，又稱作山桃。

一四·〇四五 休❶，無實李。痤❷，椄慮李。駁❸，赤李。

【注釋】❶休 果名。一種果實沒有核的李。故又名無實李。邢昺疏：「李之無實者名休。」❷痤 即麥李。明徐光啟《農政全書》卷二九：「麥李，麥秀時熟，實小，有溝，肥甜。一名痤，一名接慮。」黃侃《手批爾雅義疏》：「此李細小，故名痤。」❸駁 樹木名。赤李。郭注：「子赤。」郝疏：「李之子赤者名駁。」

【語譯】休就是無核李，又稱作無實李。痤就是麥李，又稱作椄慮李。駁是一種結紅色果子的李，又稱作赤李。

一四·〇四六 棗：壺棗❶，邊要棗❷。櫅❸，白棗。樲❹，酸棗。楊徹❺，齊棗。遵❻，羊棗。洗❼，大棗。煮❽，填棗。蹶泄❾，苦棗。皙❿，無實棗。還味，棯棗⓫。

【注釋】❶壺棗　形似上小下大的葫蘆的大棗。郭注：「今江東呼棗大而銳上者為壺。壺猶瓠也。」黃侃《手批爾雅義疏》：「壺與胡聲義俱近。《周書・謚法》：『胡，大也。』《說文》：『湖，大陂也。』《賈子容經》：『祜，大福也。』」❷邊要棗　棗子兩邊大中間細，形似轆轤。郭注：「子細腰，今謂之鹿盧（轆轤）棗。」邢昺疏：「邊大而腰細者名邊要棗。」❸櫅　果名。白棗。郭注：「即今棗子白熟。」郝疏：「白棗者，凡棗熟時赤，此獨白熟為異。」❹樲　木名。即酸棗。郭注：「樹小實酢。《孟子》曰：『養其樲棗。』」❺楊徹　齊地所產的棗子。郝疏：「《玉篇》：『徹，棗也。』翟氏《補郭》云：『齊地所產之棗，其方俗謂之楊徹。』」❻遵　果名。羊棗。長橢圓形，初生色黃，熟則黑，似羊矢，俗稱「羊矢棗」。郭注：「實小而圓，紫黑色，今俗呼之為羊矢棗。」❼洗　大棗名。郭注：「今河東猗氏縣出大棗，子如雞卵。」邢昺疏：「洗，最大之棗名也。」❽煮　指填棗。郝疏：「『煮，填棗』者，須煮熟又鎮壓之，榨取其油。『鎮』與『填』古字通也。」❾蹶泄　苦棗的別稱。亦作「蹶洩」。郭注：「子味苦。」郝疏：「蹶洩者，今登萊人謂物之短尾者為蹶洩……棗形肥短，故以為名。」❿晳　不能結實的棗。郝疏：「晳者，無實棗名。《晏子春秋》所謂東海有棗，華而不實者也。」⓫還味二句　還味，味道不好。郭注：「還味，短味。」棯，阮校作「稔」，云：「稔，熟也。棗過熟者味短也，故名『還味』。」

【語譯】棗裡有形狀上小下大的葫蘆稱作壺棗，兩邊大中間細的稱作邊要棗。櫅是白棗。樲即酸棗。楊徹是齊地所產的棗子。遵就是羊棗。洗是大如雞卵的棗子。煮就是填棗。蹶泄又稱作苦棗。晳是不能結實的棗。吃起來乏味的稱作稔棗。

一四・〇四七　櫬（ㄔㄣˋ）❶，梧（ㄨˊ）。

【注　釋】❶櫬　梧桐的一種。即青桐。郝疏：「一種皮青碧而滑澤，今人謂之青桐，即此櫬梧是也。一種皮白，材中樂器，即下榮桐是也。樹皆大葉濃陰。青桐尤為姸美，人多種之，以飾庭院。」

【語　譯】櫬就是青桐，又稱作梧。

一四·〇四八　樸（ㄆㄨˊ）❶，枹（ㄅㄠ）❷者（ㄓㄜˇ）。

【注　釋】❶樸　叢生的樹木。《詩・大雅・棫樸》：「芃芃棫樸，薪之槱之。」毛傳：「樸，枹木也。」孔穎達疏引孫炎曰：「樸屬叢生謂之枹。」❷枹　叢生的小樹木。

【語　譯】樸，就是叢生的樹木。

一四·〇四九　謂（ㄨㄟˋ）櫬（ㄔㄣˋ），采（ㄘㄞˇ）薪（ㄒㄧㄣ）。采（ㄘㄞˇ）薪（ㄒㄧㄣ），即（ㄐㄧˊ）薪（ㄒㄧㄣ）❶。

【注　釋】❶謂櫬四句　此條解的是樵薪。郭注：「指解今樵薪。」邢昺疏：「一名櫬，一名采薪，一名即薪。」謂，同「彙」。陸德明釋文：「舍人本謂作『彙』。」黃侃《手批爾雅義疏》：「彙通作謂猶彙重文作蝟也。……舍人以彙屬上讀。」按：今人胡奇光等也以「謂」屬上讀，郭注、郝疏等屬下連「櫬」讀。今從郝說。

【語　譯】謂櫬指叢聚的柞木，又稱作采薪。采薪又稱作即薪。

一四·〇五〇　棪（ㄧㄢˇ）❶，樕（ㄙㄨˋ）其（ㄑㄧˊ）❷。

【注釋】❶棪　果木名。又名槤其。邢昺疏：「棪，一名槤其。郭云：『棪實似柰，赤，可食。』《山海經（南山經）》云：『堂庭之山，多棪木。』注云『棪實似柰，赤，可食』是也。」❷其　語助，無義。黃侃《手批爾雅義疏》：「其為語助，猶梁曰蘛其。」

【語譯】棪又稱作槤其。

一四·〇五一　劉❶，劉杙。

【注釋】❶劉　同「榴」。果木名。即石榴。又稱作劉杙。郭注：「劉子生山中，實如梨酢甜，核堅，出交趾。」《文選》左思〈吳都賦〉：「龍眼橄欖，棎榴禦霜。」劉逵注引薛瑩《荊揚已南異物志》：「榴，榴子樹也。出山中，實亦如梨，核堅，味酸美，交趾獻之。」

【語譯】劉（榴）就是指石榴，又稱作劉杙。

一四·〇五二　櫰❶，槐大葉而黑。守宮槐❷，葉晝聶❸宵炕❹。

【注釋】❶櫰　木名。槐類。葉大色黑。郭注：「槐樹，葉大色黑者，名為櫰。」《漢書·西域傳上·罽賓國》：「罽賓地平，溫和，有目宿，雜奇草木，檀、櫰、梓、竹、漆。」顏師古注：「即槐之類也，葉大而黑也。」❷守宮槐　槐樹的一種。其葉白日聚合，夜間舒展。郝疏：「《御覽》引晉儒林祭酒杜行齊說：『在朗陵縣南，有一樹，似槐，葉晝聚合相著，夜則舒布而守宮也。』」❸聶　合攏。黃侃《手批爾雅義疏》引《御覽》：「聶，合也。」❹炕　張開。陸德明釋文：「炕，樊本作『抗』。」

【語譯】櫰，是指葉子大而顏色黑的槐樹。守宮槐，是指葉子白天合攏而晚上張開的槐樹。

一四·○五三 槐，小葉曰榎❶。大而皵，楸❷。小而皵，榎。

【注釋】❶榎 同「檟」。即楸，落葉喬木。郭注：「『槐』當為『楸』，楸細葉者為榎。」❷大而皵二句 樹老而樹皮龜裂的稱作楸。邢昺疏：「樊光云：『大者，老也。皵，措皮也，謂樹老而皮粗皵者為楸。』」

【語譯】楸樹，小葉的稱作榎（檟）。樹老而樹皮龜裂的稱作楸。樹小而樹皮龜裂的稱作榎。

一四·○五四 椅❶，梓。

【注釋】❶椅 木名。又稱山桐子。落葉喬木。葉卵形。圓錐花序，花黃綠色。漿果球形，紅色或紅褐色。木材可製器具。種子榨油，可製肥皂或作潤滑油。《詩·小雅·湛露》：「其桐其椅，其實離離。」鄭箋：「桐也，椅也，同類而異名。」高亨注：「桐，梧桐。椅，椅樹，即山桐子。」

【語譯】椅就是山桐子，又稱作梓。

一四·○五五 桋❶，赤楝❷。白者楝。

【注釋】❶桋 木名。即赤楝。《詩·小雅·四月》：「山有蕨薇，隰有杞桋。」毛傳：「桋，赤楝也。」❷楝 即桋樹。邢昺疏：「楝，赤者名桋，白者名曰楝。某氏曰：其色雖異，為名即同。」

【語　譯】棟是指木理呈紅色的棟樹，又稱作赤棟。木理呈白色的稱作棟。

一四·〇五六

終❶，牛棘。

【注　釋】❶終　木名。一種帶刺的大灌木。又稱牛棘。邢昺疏：「終，一名牛棘。郭云：『即馬棘也，其刺粗而長。』」

【語　譯】終是一種帶刺的大灌木，又稱作牛棘。

一四·〇五七

灌木❶，叢木。

【注　釋】❶灌木　叢生之木。《詩·周南·葛覃》：「黃鳥於飛，集於灌木。」毛傳：「灌木，藂木也。」

【語　譯】灌木是一種矮而叢生的木本植物。

一四·〇五八

瘣木❶，苻婁❷。

【注　釋】❶瘣木　有病瘿腫，枝葉不榮的樹木。郭注：「謂木病，尫傴瘿腫無枝條。」瘣，病；內傷之病。這裡特指樹木有病瘿腫，枝葉不榮。《說文》：「瘣，病也……《詩》曰：『譬彼瘣木。』」按：今本《詩·小雅·小弁》作「譬彼壞木，疾用無枝」。毛傳：「壞，瘣也。謂傷病也。」鄭箋：「猶內傷病之木，內有疾，故無枝也。」❷苻婁　無枝而有瘤的病木。郝疏：「苻婁者，疊韻字，猶僂僂也。」

【語譯】瘣木是指無枝而有瘤的病木，又稱作苻婁。

一四·〇五九 蕡(ㄈㄣˊ)❶，藹(ㄞˇ)❷。

【注釋】❶蕡 草木果實繁盛碩大貌。《詩·周南·桃夭》：「桃之夭夭，有蕡其實。」俞樾《群經平議·毛詩一》：「蕡者，大也。『有蕡其實』，言其實之大也。」❷藹 茂盛貌。《楚辭·九辯》：「離芳藹之方壯兮，余萎約而悲愁。」洪興祖補注：「藹，繁茂也。」

【語譯】蕡形容樹木果實繁盛的樣子，又稱作藹。

一四·〇六〇 枹(ㄅㄠ)❶，遒(ㄑㄧㄡˊ)木(ㄇㄨˋ)❷，魁(ㄎㄨㄟˊ)瘣(ㄏㄨㄟˋ)❸。

【注釋】❶枹 叢生的樹木。參見一四·〇四八條。❷遒木 叢生的樹木。邢昺疏：「木叢攢迫而生者名遒木。」遒，聚合；聚集。《詩·商頌·長發》：「不競不絿，不剛不柔。敷政優優，百祿是遒。」毛傳：「遒，聚也。」❸魁瘣 樹木根節盤結。邢昺疏：「謂根節盤結處也。」

【語譯】枹是指叢生的樹木，根節盤結一處。

一四·〇六一 棫(ㄩˋ)❶，白(ㄅㄛˊ)桵(ㄖㄨㄟˊ)。

【注釋】❶棫 木名。灌木，小枝有刺，果實可食，可作藥用。即白桵。《詩·大雅·緜》：「柞棫拔矣。」

鄭箋：「棫，白桵也。」陸璣疏：「《三蒼》說棫即柞也。其材理全白無赤心者曰桵，直理易破，可為犢車軸，又可為矛戟鍛。」

【語　譯】棫又稱作白桵。

一四·〇六二　梨，山樆❶。

【注　釋】❶梨二句　《玉篇》、《廣韻》、阮校皆作「樆，山梨」，今從。樆，木名。即山梨。邢昺疏：「梨生山中者名樆。郭云：『即今梨樹』言其在山之名則曰樆，人植之曰梨。」

【語　譯】樆就是山梨。

一四·〇六三　桑辨❶有葚❷，梔❸。女桑❹，桋桑。

【注　釋】❶辨　這裡是一半的意思。郭注：「辨，半也。」❷葚　桑樹的果實。《詩·衛風·氓》：「於嗟鳩兮，無食桑葚。」❸梔　桑樹的一種。邢昺疏引舍人曰：「桑樹一半有葚、半無葚為梔。」❹女桑　樹小而枝條長的桑樹。也稱作桋桑、荑桑。郭注：「今俗呼桑樹小而條長者為女桑樹。」《詩·豳風·七月》：「猗彼女桑。」鄭箋：「女桑，荑桑也。」朱熹集傳：「女桑，小桑也。」

【語　譯】一半結葚而另一半不結的桑樹稱作梔。女桑就是樹小而枝條柔長的桑樹，又稱作桋桑。

一四·〇六四　榆❶，白枌❷。

【注　釋】❶榆　榆樹。落葉喬木，葉卵形，花有短梗，翅果倒卵形，稱榆莢、榆錢。木材堅實，可製器物或供建築用。果實、樹皮和葉可入藥，可食。《詩・唐風・山有樞》：「山有樞，隰有榆。」❷枌　木名。白色樹皮之榆。《詩・陳風・東門之枌》：「東門之枌，宛丘之栩。」毛傳：「枌，白榆也。」按：此條疑古本作「榆，白者枌。」黃侃《手批爾雅義疏》：「《正義》引孫炎曰：『榆，白者名枌。』〈內則〉云：『堇、荁、枌、榆（、免、薧、滫、瀡以滑之。）』」鄭注：「『榆白者枌。』疑鄭、孫所見《爾雅》皆作『榆，白者枌』，與上『白者棠』、『白者棣』同例。」語譯從黃說。

【語　譯】白色樹皮的榆稱作枌。

一四・〇六五　唐棣，栘❶。常棣❷，棣。

【注　釋】❶栘　木名。即唐棣。郭注：「似白楊，江東呼夫栘。」❷常棣　木名。郭注：「今山中有棣樹，子如櫻桃，可食。」《詩・小雅・常棣》：「常棣之花，鄂不韡韡，凡今之人，莫如兄弟。」〈詩序〉：「常棣，燕兄弟也。」後因以常棣喻兄弟。清劉獻廷《廣陽雜記》卷五：「『常棣之華』，〈小雅〉第四篇，宴兄弟之詩也。『唐棣之華』，逸詩也。今人論兄弟事，多引常棣為言。而因常誤唐，間有書唐棣者。及攷《爾雅》諸書，乃知常棣，棣也，子如櫻桃，可食；唐棣，栘也，似白楊，凡木之華，皆先合而後開，惟此花先開而後合，故曰偏其反，而反則不親矣，豈可以比兄弟乎？」

【語　譯】唐棣是一種白楊類樹木，又稱作栘。常棣是一種子如櫻桃的樹木，又稱作棣。

一四・〇六六　檟❶，苦荼。

【注　釋】❶檟　茶樹的別名。郭注：「樹小似梔子，冬生葉，可煮作羹飲。今呼早采者為茶，晚取者為茗。一名荈，蜀人名之苦茶。」郝疏：「今茶字古作『荼』……至唐陸羽《茶經》始減一筆作茶字。」

【語　譯】檟就是指茶樹，又稱作苦茶。

一四·〇六七　樕樸❶，心❷。

【注　釋】❶樕樸　小木名。即樸樕。邢昺疏：「孫炎曰：『樸樕，一名心。』某氏曰：『樸樕，槲樹也，有心能濕……』《詩·召南》云『林有樸樕』，此作『樕樸』，文雖倒其實一也。」❷心　這裡指初生小木。《詩·邶風·凱風》：「凱風自南，吹彼棘心。」

【語　譯】樕樸是指小樹，又稱作心。

一四·〇六八　榮❶，桐木。

【注　釋】❶榮　即桐木。郭注：「即梧桐。」

【語　譯】榮就是梧桐樹。

一四·〇六九　棧木❶，干木。

【注　釋】❶棧木　僵木。邢昺疏：「棧木，一名干木。」黃侃《手批爾雅義疏》：「棧之為言殘也，干之為言蘖也。……干、僵亦義近。」

【語　譯】棧木就是僵木，又稱作干木。

一四·〇七〇　檿桑❶，山桑。

【注　釋】❶檿桑　木名。即山桑。葉可飼蠶。木堅勁，古代多用以製弓和車轅。郭注：「似桑，材中作弓及車轅。」郝疏：「今山桑葉小於桑而多缺刻，性尤堅緊。」《周禮·考工記·弓人》：「凡取幹之道七：柘為上，檍次之，檿桑次之。」

【語　譯】檿桑又稱作山桑。

一四·〇七一　木自斃❶，柛❷。立死，椔。斃者翳❸。

【注　釋】❶斃　同「弊」。倒下。郭注：「斃，踣。」（踣，向前仆倒。）黃侃《手批爾雅義疏》：「《類篇》、《集韻》引作『弊』。」❷柛　同「槇」。樹木自倒而死。黃侃《手批爾雅義疏》：「柛字，邵讀作『槇』，云：『《說文》曰：僕木也。』《繫傳》引《書》『若顛木之有由枿』，本作此字，作『顛』，假借也。按，槇從真聲，即柛之正字。」❸立死三句　椔，亦作「菑」。直立著的枯木。翳，樹木倒地自行枯死。《詩·大雅·皇矣》：「作之屏之，其菑其翳。」毛傳：「木立死曰菑，自斃為翳。」

【語　譯】樹木自己倒下稱作柛。樹木直立枯死稱作椔。樹木倒地自行枯死稱作翳。

一四·〇七二 木相磨，槸❶。棤❷，皵❸。梢，梢櫂❹。

【注釋】❶槸 兩樹枝相磨。郭注：「樹枝相切磨。」《說文》：「槸，木相摩也。」❷棤 樹皮粗硬多皺。郭注：「謂木皮甲錯。」❸皵 表皮粗糙皴裂。參見一四·〇五三條注釋。❹梢櫂 樹木別無旁枝，主幹修長而挺拔。邢昺疏：「木無枝柯，長而殺者名梢，一名梢櫂。」

【語譯】樹枝相磨稱作槸。棤指樹皮粗糙皴裂，又稱作皵。梢指別無旁枝，主幹修長而挺拔，又稱作梢櫂。

一四·〇七三 樅❶，松葉柏身。檜❷，柏葉松身。

【注釋】❶樅 木名。幹高數丈，可作建築材料。郭注：「今大廟梁材用此木。」《尸子》卷上：「松柏之鼠，不知堂密之有美樅。」❷檜 木名。柏科，常綠喬木。莖直立，幼樹的葉子像針，大樹的葉子像鱗片，雌雄異株，春天開花。木材桃紅色，有香味，細緻堅實。壽命可長達數百年。《詩·衛風·竹竿》：「淇水滺滺，檜楫松舟。」

【語譯】樅，樹葉如松，樹幹如柏。檜，樹葉如柏，樹幹如松。

一四·〇七四 句❶如羽，喬。下句曰朻❷。上句曰喬。如木楸曰喬，如竹箭曰苞，如松柏曰茂，如槐曰茂。

【注釋】❶句 後作「勾」。彎曲。《周禮・考工記・冶氏》：「戈廣二寸，內倍之，胡三之，援四之。已倨則不入，已句則不決。」鄭注：「戈，句兵也……已句謂胡曲多也。以啄人則創不決。」❷朻 同「樛」。樹木向下彎曲。戰國楚宋玉〈高唐賦〉：「雙椅垂房，朻枝還會。」《詩・周南・樛木》「南有樛木」陸德明釋文：「木下句曰樛。馬融、《韓詩》本並作朻，音同。」

【語譯】樹枝捲曲像羽毛一樣的稱作喬。樹枝向下彎曲稱作朻（樛）。樹枝向上彎曲稱作喬。像楸樹一樣的樹木稱作喬，像竹箭一樣的樹木稱作苞，像松柏一樣的樹木稱作茂，像槐樹一樣的樹木稱作茂。

一四・〇七五 祝❶，州木❷。

【注釋】❶祝 同「柷」。阮校作「柷」，引宋翔鳳云：「柷，蓋謂木之中空者也。」❷州木 有孔穴的樹木。黃侃《手批爾雅義疏》：「祝、州音近。州者，〈釋畜〉『白州，驠』注：州，竅也。」

【語譯】祝（柷）指中空的樹木，又稱作州木。

一四・〇七六 髦❶，柔英。

【注釋】❶髦 義未詳，待考。

【語譯】髦，又稱作柔英。

一四·〇七七 槐、棘醜❶，喬；桑、柳醜，條；椒、樧❷醜，莍❸；桃、李醜，核。

【注釋】❶醜 類。邢昺疏：「醜，類也。」《國語·楚語下》：「官有十醜，為億醜。」韋昭注：「醜，類也。」❷樧 植物名。即茱萸。《楚辭·離騷》：「椒專佞以慢諂兮，樧又欲充其佩幃。」王逸注：「樧，茱萸也。」❸莍 椒、樧類果實表皮密生疣狀突起的腺體。邢昺疏：「莍者，實之房也。椒、樧之類，實皆有莍彙自裹。」

【語譯】槐、棘之類的樹木，樹幹高大；桑、柳之類的樹木，枝條繁盛；椒、樧之類的樹木，果實表皮密生疣狀腺體；桃、李之類的樹木，果實中有核。

一四·〇七八 瓜曰華❶之，桃曰膽❷之，棗李曰疐❸之，樝❹梨曰鑽❺之。

【注釋】❶華 當中剖開。《禮記·曲禮上》：「為國君者華之，巾以綌。」鄭注：「華，中裂之不四析也。」章炳麟《新方言·釋言》：「今謂以刀分物為華開。」❷膽 拂拭。《禮記·內則》：「桃曰膽之。」孫希旦集解：「桃多毛，拭去之，令色青滑如膽也。」❸疐 同「蒂」。瓜果的蒂部，引申為去掉瓜果的蒂。《禮記·曲禮上》：「為天子削瓜者……士疐之。」孔穎達疏：「疐謂脫華處。」❹樝 果木名。即山楂。後作「楂」。《說文》：「樝，果似梨而酢。」❺鑽 穿孔；打眼。郝疏：「〈內則〉疏云：『恐有蟲，故一一鑽看其蟲孔也。』」《孟子·滕文公下》：「不由其道而往者，與鑽穴隙之類也。」

【語譯】瓜要在中間剖開，桃子要擦拭去掉皮上的毛，棗子、李子要去掉蒂，山楂、梨子要查看有沒有蟲孔。

一四·〇七九 小枝上繚❶為喬。無枝為檄。木族生為灌。

【注釋】❶繚 纏繞；圍繞。《禮記·玉藻》：「大夫大帶四寸。雜帶，君朱綠，大夫玄華，士緇辟，二寸。再繚四寸。」孫希旦集解：「繚，繞也。」

【語譯】小樹枝繚繞上翹稱作喬。樹木光禿無枝稱作檄。樹木聚集叢生稱作灌。

釋蟲第十五

【題解】本篇解釋的是有關昆蟲的名稱及其習性的名詞。解釋的方法主要是異名同實語詞互相為釋。此外，還涉及到了對昆蟲的辨別。

一五·〇〇一 螜❶，天螻❷。

【注釋】❶螜 即螻蛄。又名天螻、土狗、拉拉蛄。郭注：「螻蛄也。」明李時珍《本草綱目·蟲部三·螻蛄》：「螜，音斛，螻蛄。」《大戴禮記·夏小正》：「螜，天螻也。」體長形圓，色黃褐。穴居土中，晝伏夜出，損害農作物。❷螻 螻蛄。《呂氏春秋·應同》：「黃帝之時，天先見大螾、大螻。」高誘注：「螻，螻蛄。」《呂氏春秋·慎小》：「巨防容螻，而漂邑殺人。」高誘注：「巨，大；防，隄也。如隄有孔穴容螻蛄則潰漏竅決，至於漂沒閭邑，溺殺人民也。」

【語譯】螜就是螻蛄，又稱為天螻。

一五·〇〇二 蜚❶，蠦蜰❷。

【注　釋】❶蜚　蜚蠊。俗稱蟑螂。又稱蠦蜰。生川澤及人家廚灶間，種類很多。因體有惡臭，常沾汙食物，傳染疾病，但也入藥用。明李時珍《本草綱目・蟲部三・蜚蠊》：「蜚蠊、行夜、𧖥螽三種，西南夷皆食之，混呼為負盤。」❷蠦蜰　一種圓薄能飛的小蟲。味辛辣而臭。郭注：「蜰，即負盤，臭蟲。」郝疏：「此蟲氣如廉薑，故名飛廉；圓薄如盤，故名負盤。今俗人呼之㱩般蟲。其大如錢，輕薄如黃葉色，解飛，其氣㱩惡。」

【語　譯】蜚俗稱蟑螂，又稱蠦蜰。

一五・〇〇三　螾衘❶，入耳。

【注　釋】❶螾衘　又作「螾蜇」，即蚰蜒。又稱為入耳。節肢動物，形狀像蜈蚣但形體略小一些，生活在陰濕的地方。《方言》卷一一：「蚰蜇，自關而東謂之螾蜇、或謂之入耳。」

【語　譯】螾衘就是蚰蜒，又稱入耳。

一五・〇〇四　蜩❶，蜋蜩❷、螗蜩❸。蚻❹，蜻蜻❺。蠽❻，茅蜩。蝒❼，馬蜩。蜺❽，寒蜩。蜓蚞❾，螇螰❿。

【注　釋】❶蜩　蟬。《詩・豳風・七月》：「五月鳴蜩。」《莊子・逍遙遊》：「蜩與學鳩笑之。」陸德明釋文：「蜩，音條。司馬云：蟬。」❷蜋蜩　蟬的一種。體長七八分，色黑，雜黃綠斑紋，腹部面有白粉，翅無色透明。郭注：「〈夏小正〉傳曰：蜋蜩者，五彩具。」郝疏：「蜋者，《方言》云：蟬，楚謂之蜩，陳鄭之間謂之蜋蜩。」❸螗蜩　一種較小的蟬。郝疏：「螗蜩小於馬蜩，背青綠色，頭有花冠，喜鳴，其聲清圓。」❹蚻一種小蟬。郭注：「如蟬而小。」郝疏：「今驗此蟬，棲霞人呼桑蠽蟟，順天人呼咨咨，其形短小，方頭廣額，體兼彩文，鳴聲清婉，若咨咨然。」❺蜻蜻　一種小蟬。《詩‧衛風‧碩人》「螓首蛾眉」漢鄭玄箋：「螓謂蜻蜻也。」孔穎達疏：「此蟲額廣而且方。此經手膚領齒舉全物以比之，故言如螓首蛾眉。」《方言》卷一一：「〔蟬〕其小者謂之麥蚻，有文者謂之蜻蜻。」❻蠽　蟬的別名。清郝疏：「今黃縣人謂之蛣蟟，棲霞謂之蠽蟟，順天謂之蝍蟟，皆語音之轉也。」章炳麟《新方言‧釋動物》：「《方言》：蟬，其大者謂之蟧。今直隸謂蟬為即蟧，山東、淮北謂之蠽蟧，浙江謂之蚻蟧，或曰知蟧。」❼蝒　蚱蟬的別名。也稱馬蜩。明李時珍《本草綱目‧蟲部三‧蚱蟬》：「夏月始鳴，大而色黑者，蚱蟬也，又曰蝒。」❽蜺　秋蟬。《禮記‧月令》「〔孟秋之月〕寒蟬鳴」漢鄭注：「寒蟬，寒蜩，謂蜺也。」《方言》卷一一：「蟬，黑而赤者謂之蜺。」清惲敬〈釋螰蛄〉：「蜺、蚻，秋蟬也。」❾蜓蚞　蚱蟬的別名。郭注：「即蝭蟧也，一名螰蛄。齊人呼螇螰。」郝疏：「今東齊人謂之德勞，或謂之都盧，揚州人謂之都蟟，皆蜓蚞、螇螰之語聲相轉，其不同者，方音有輕重耳。」❿螇螰　蟬的一種。即螰蛄。郭注：「即蝭蟧也，一名螰蛄，齊人呼螇螰。」

【語　譯】蜩（蟬）又稱作蜋蜩、螗蜩。蚻又稱蜻蜻。蠽又稱茅蜩。蝒又稱馬蜩。蜺又稱寒蜩。蜓蚞又稱螇螰。

一五‧〇〇五　蛣蜣（ㄐㄧㄝˊ ㄑㄧㄤ）❶，蜣蜋（ㄑㄧㄤ ㄌㄧㄤˊ）。

【注　釋】❶蛣蜣　甲蟲名。又稱作蜣蜋。俗稱屎克郎。全身黑色，背有堅甲，胸部和腳有黑褐色的長毛，會飛，吃糞屎和動物的屍體，常把糞滾成球形，產卵其中。《莊子‧齊物論》：「庸詎知吾所謂知之非不知邪。」晉郭象注：「夫蛣蜣之知，在於轉丸，而笑蛣蜣者，乃以蘇合為貴。」

【語　譯】蛣蟯俗稱屎克郎，又稱蟯蜋。

一五·〇〇六　蝎（ㄏㄜˊ）❶，蛣（ㄐㄧㄝˊ）蝠（ㄑㄩ）。

【注　釋】❶蝎　木中蛀蟲。又稱蛣蝠。郭注：「木中蠹蟲。」漢王充《論衡·商蟲》：「桂有蠹，桑有蝎。」北齊劉晝《新論·防欲》：「身之有慾，如樹之有蝎……故蝎盛則木折，慾熾則身亡。」

【語　譯】蝎是指木中蛀蟲，又稱蛣蝠。

一五·〇〇七　蠰（ㄕㄤˋ）❶，齧（ㄋㄧㄝˋ）桑（ㄙㄤ）。

【注　釋】❶蠰　一種形似天牛的桑樹害蟲。郭注：「似天牛，角長，體有白點，喜齧桑樹，作孔入其中。江東呼為齧髮。」邢昺疏：「蠰，一名齧桑。」《淮南子·道應》：「吾比夫子，猶黃鵠與蠰蟲也，終日行不離咫尺，而自以為遠，豈不悲哉。」

【語　譯】蠰是一種形似天牛的桑樹害蟲，又稱齧桑。

一五·〇〇八　諸（ㄓㄨ）慮（ㄌㄩˋ）❶，奚（ㄒㄧ）相（ㄒㄧㄤˋ）。

【注　釋】❶諸慮　桑蠹之類昆蟲，又稱奚相（奚桑）。劉師培《爾雅蟲名今釋》：「今桑木之蟲有色黑身長，以身繞樹作盤屈之形，殆即此文之奚相也。因其形纏屈，故假山纍之名以為名。」

【語　譯】諸慮是指桑木蠹蟲，又稱奚相。

一五·〇〇九　蜉ㄈㄨˊ蝣ㄧㄡˊ❶，渠ㄑㄩˊ略ㄌㄩㄝˋ。

【注　釋】❶蜉蝣　蟲名。又寫作「蜉蝤」。幼蟲生活在水中，成蟲褐綠色，有四翅，生存期極短。《詩·曹風·蜉蝣》：「蜉蝣之羽，衣裳楚楚。」毛傳：「蜉蝣，渠略也，朝生夕死。」孔疏：「舍人曰：南陽以東曰蜉蝣，梁、宋之間曰渠略。」

【語　譯】蜉蝣是一種朝生暮死的小蟲，又稱渠略。

一五·〇一〇　蛂ㄅㄧㄝˊ❶，蟥ㄏㄨㄤˊ蛢ㄆㄧㄥˊ。

【注　釋】❶蛂　甲蟲名。俗稱金龜子。危害植物的蟲子。郭注：「甲蟲也。大如虎豆，綠色，今江東呼黃蛢。」

【語　譯】蛂就是金龜子，又稱蟥蛢。

一五·〇一一　蠸ㄑㄩㄢˊ輿ㄩˊ父ㄈㄨˇ❶，守ㄕㄡˇ瓜ㄍㄨㄚ。

【注　釋】❶蠸輿父　一種喜食瓜葉的黃甲小蟲。又名瓜螢、輿父、守瓜。葉甲科，成蟲黃色，有硬殼，是瓜類主要害蟲。郭注：「今瓜中黃甲小蟲，喜食瓜葉，故曰守瓜。」《列子·天瑞》：「九猷生乎瞀芮，瞀芮生乎腐蠸。」張湛注：「謂瓜中黃甲蟲也。」

【語　譯】蠸與父是瓜中黃甲蟲，又稱守瓜。

一五·〇一二　蝚（ㄖㄡˊ），蛖（ㄇㄤˊ）螻（ㄌㄡˊ）❶。

【注　釋】❶蛖螻　螻蛄的一種。郭注：「蛖螻，螻蛄類。」劉師培《爾雅蟲名今釋》：「雜色為蛖，今螻蛄有身雜采色者，殆即《爾雅》之蛖螻。」

【語　譯】蝚又稱蛖螻。

一五·〇一三　不（ㄅㄨˋ）蜩（ㄊㄧㄠˊ）❶，王（ㄨㄤˊ）蚥（ㄈㄨˋ）。

【注　釋】❶不蜩　大蟬。不，通「丕」。翟灝補郭注：「不，《詩》《書》及古金石文多通作丕。丕，大也。王蚥亦大之稱，此必蜩中之大者。」

【語　譯】不蜩又稱王蚥。

一五·〇一四　蛄（ㄍㄨ）䗐（ㄕ）❶，強（ㄑㄧㄤˊ）蛘（ㄧㄤˊ）。

【注　釋】❶蛄䗐　米象；米牛；米中蛀蟲。郭注：「今米穀中小黑蠹蟲是也，建平人呼為子。」

【語　譯】蛄䗐是米中蛀蟲，又稱強蛘。

一五·〇一五

不過❶，蟷蠰❷。其子蜱蛸❸。

【注釋】❶不過　螳螂的別名。明李時珍《本草綱目·蟲部一·螳螂》：「蟷螂，兩臂如斧，當轍不避，故得當郎之名。俗呼為刀螂，兗人謂之拒斧，又呼不過也。」❷蟷蠰　螳螂的別名。《禮記·月令》「小暑至，螳蜋生」唐孔穎達疏：「舍人云：『不過，名蟷蠰，今之螳蜋也。』」❸蜱蛸　螳螂的卵塊。

【語譯】不過就是螳螂，又稱蟷蠰。它的卵稱為蜱蛸。

一五·〇一六

蒺藜，蝍蛆❶。

【注釋】❶蝍蛆　蟋蟀。一說蜈蚣。郭注：「似蝗而大腹長角，能食蛇腦。」《廣雅·釋蟲》：「蝍蛆，吳公也。」王念孫疏證：「吳公，一作蜈蚣。」

【語譯】蒺藜又稱為蝍蛆。

一五·〇一七

蝝❶，蝮蜪。

【注釋】❶蝝　未生翅的幼蝗。《公羊傳·宣公十五年》：「冬，蝝生。」《文選》張衡〈西京賦〉：「擭胎拾卵，蚳蝝盡取。」李周翰注：「蝝，蝗子。」

【語譯】蝝是蝗的幼蟲，又稱蝮蜪。

一五・○一八 蟋蟀，蛬❶。

【注釋】❶蛬 蟋蟀。《詩・唐風・蟋蟀》「蟋蟀在堂」毛傳：「蟋蟀，蛬也。」

【語譯】蟋蟀又稱蛬。

一五・○一九 蟼❶，蟆。

【注釋】❶蟼 蛤蟆的一種。郭注：「蛙類。」郝疏：「今按蝦蟆居陸，蛙居水，此是蟆，非蛙也，郭注失之。」

【語譯】蟼是指蟆，蛤蟆的一種。

一五・○二○ 螁❶，馬蝬❷。

【注釋】❶螁 宋監本作「蛝」。❷馬蝬 即馬陸。邢疏：「蛝蟲一名馬蝬」。

【語譯】螁（蛝）就是馬陸，又稱馬蝬。

一五・○二一 蛗螽❶，蠜。草螽❷，負蠜。蜤螽❸，蜙蝑。蟿螽❹，螇蚸。土螽❺，蠰谿。

【注釋】❶蛗螽 蚱蜢。郝疏：「蛗螽名蠜。《詩》作『阜螽』。正義引李巡曰：『蛗螽，蝗子也』」。❷草螽蝗類昆蟲名。又作「草蟲」。又稱負蠜、常羊。❸蜇螽　蝗類昆蟲名。即螽斯。邢昺疏：「蜇螽，〈周南〉作螽斯，〈七月〉作斯螽。」❹蟿螽　蝗的一種。又稱「螇蚸」。郭注：「今俗呼似蜙蝑而細長、飛翅作聲者為螇蚸」。❺土螽　蝗類昆蟲名。又稱蠰谿。郝疏：「土螽者，今土蛨蚔也。亦有二種：一種體如土色，似蝗而小，有翅，能飛不遠；又一種黑班色而大，翅絕短，不能飛，善跳。俗呼之度蛨蚔，即土蛨蚔（灰蚱蜢）也。」

【語　譯】皇螽就是蚱蜢，又稱蠜。草螽是蝗類昆蟲，又稱負蠜。蜇螽是蝗類昆蟲，又稱蜙蝑。蟿螽又稱螇蚸。土螽就是灰蚱蜢，又稱蠰谿。

一五·〇二二　螼蚓❶，豎蚕。

【注　釋】❶螼蚓　又作「螼螾」。蚯蚓的別名。《漢書·賈誼傳》「夫豈從蝦與蛭螾」顏師古注引漢服虔曰：「螾，今之螼螾也。」清杭世駿《續方言》卷下：「螼蚓，江東呼寒蚓。」

【語　譯】螼蚓，又稱為豎蚕。

一五·〇二三　莫貈，螗蜋，蛑。

【語　譯】莫貈就是螳蜋，又稱蛑。

一五·〇二四　虰蛵❶，負勞。

【注釋】❶虰蛵　即蜻蜓。郭注：「或曰即蜻蛉也。」明李時珍《本草綱目・蟲部二・蜻蛉》：「蜻虰，蜻蝏，虰蛵。」

【語譯】虰蛵就是指蜻蜓，又稱負勞。

一五·〇二五　蜭（ㄏㄢˋ）❶，毛（ㄇㄠˊ）蠹（ㄉㄨˋ）❷。

【注釋】❶蜭　一種有毒螫人的毛蟲。遍體有毛，多短足。又名毛蠹。俗呼刺毛蟲。

【語譯】蜭俗稱刺毛蟲，又稱毛蠹。

一五·〇二六　蟔（ㄇㄛˋ）❶，蛅（ㄓㄢ）蟴（ㄙ）❷。

【注釋】❶蟔　毛蟲。即蛅蟴。郭注：「蛓屬也。今青州人呼蛓為蛅蟴。」❷蛅蟴　一種毛蟲。又名楊瘌子。《說文》：「蛅斯，墨也。」段注：「此乃食木葉之蟲，非木中之蠹。」桂馥義證：「《本草》陶（陶弘景）云：蛅蟴，蠔蟲也。其背毛螫人，生卵形如雞子，大如巴豆。陳藏器云：蠔蟲好在果樹上，大小如蠶，身面背上有五色斑文，毛有毒，能螫人。欲老者口吐白汁，凝聚如雀卵。其蟲以甕為繭，在中成蛹，夏月羽化而蛾生於葉間，如蠶子。」

【語譯】蟔是一種毛蟲，又稱蛅蟴。

一五·〇二七　蟠（ㄆㄢˊ）❶，鼠（ㄕㄨˇ）負（ㄈㄨˋ）❷。

【注釋】❶蟠　小蟲名。郝疏：「《詩》疏引陸璣疏云：伊威，一名委黍，一名鼠婦，在壁根下甕底土中生，似白魚者是也。今按鼠婦長半寸許，色如蚯蚓，背有橫文，腹下多足。生水瓨底或牆根濕處。此蟲名蟠，不名負蟠，《本草》：『鼠婦，一名負蟠。』非也。」❷鼠負　蟲名。又名鼠婦。郭注：「甕器底蟲。」《初學記》卷一九引南朝梁劉思真〈醜婦賦〉：「朱脣如踏血，畫眉如鼠負。」

【語譯】蟠就是潮蟲，又稱鼠負。

一五·〇二八　蟫❶，白魚。

【注釋】❶蟫　蠹魚，又名衣魚、白魚。體長而扁，觸角鞭狀，體被銀包細鱗，無翅。常棲於衣服、書籍中。郭注：「衣書中蟲，一名蛃魚。」《爾雅翼·釋蟲一》：「蟫，始則黃色，既老則身有粉，視之如銀，故曰白魚。」

【語譯】蟫就是蠹魚，又稱白魚。

一五·〇二九　蛾，羅。

【語譯】蛾是指飛蛾，又稱羅。

一五·〇三〇　螒❶，天雞。

【注釋】❶螒　字又作「翰」。俗稱紡織娘。昆蟲。褐色或綠色，頭小，善跳躍，鳴聲如紡車之聲。生活在草地。郭注：「小蟲，黑身，赤頭，一名莎雞，又曰樗雞。」

【語　譯】螒（翰）俗稱紡織娘，又稱天雞。

一五·〇三一

傅（ㄈㄨˋ），負（ㄈㄨˋ）版（ㄅㄢˇ）❶。

【注　釋】❶負版　又作「蝜蝂」。一種性喜負重的小蟲。

【語　譯】傅是一種性喜負重的小蟲，又稱負版。

一五·〇三二

強（ㄑㄧㄤˊ），蚚（ㄑㄧˊ）❶。

【注　釋】❶蚚　米中小黑蟲。成蟲紅褐色，頭小吻長，是糧庫中的主要害蟲。郝疏：「《說文》強、蚚互訓。《玉篇》『強，米中蠹小蟲』是。」《正字通·蟲部》：「蚚，今廣東呼米牛，紹興呼米象。」

【語　譯】強是指米中小黑蟲，又稱蚚。

一五·〇三三

蛶（ㄌㄧㄝˋ）❶，螪（ㄕㄤ）何（ㄏㄜˊ）。

【注　釋】❶蛶　蟲名。蜥蜴類。郝疏：「何或作蚵，音河。《玉篇》：『蛶，螪蚵也。』又云：『蚵蠪，蜥易。』本於《廣雅》。《集韻》引《爾雅》：『蛶，螪何。』亦以為蜥易之類也。」按：據《集韻》，「螪何」應作「螪何」。螪為蜥易之合聲。一說：米中小黑甲蟲。劉師培《爾雅蟲名今釋》：「螪何之何，即『蛪』字之轉音。……《玉篇》云：『蛩，米中蟲。』此文之『何』，蓋面彼文之『蛩』，與『茄』之為『荷』一律。」

【語譯】蛶是蜥蜴類爬蟲，又稱螪（螪）何。

一五·〇三四 螝❶，蛹。

【注釋】❶螝 蟲蛹。郝疏：「《埤雅》引孫炎《正義》：『螝即是雄，蛹即是雌。』《說文》：『螝，蛹也。』王筠句讀：「吾鄉諺語，凡草木蟲之有繭自裹者，皆謂之蛹；無繭者，皆謂之螝，如蜻蜓在水中未蛻時，及蟬之為復育時，皆名之。」」

【語譯】螝就是蛹。

一五·〇三五 蜆❶，縊女。

【注釋】❶蜆 蝶類的幼蟲。赤頭，長寸許，吐絲作繭，懸於空中，俗名縊女。郭注：「小黑蟲，赤頭，喜自縊死，故曰縊女。」郝疏：「按：今此蟲吐絲自裹，望如披蓑，形如自懸而非真死，舊說殊未了也。」

【語譯】蜆是蝶類的幼蟲，俗稱縊女。

一五·〇三六 蚍蜉❶，大螘❷，小者螘。蠪❸，朾螘。蟼❹，飛螘，其子蚳❺。

【注釋】❶蚍蜉 大蟻。《禮記·學記》「蛾子時術之」漢鄭注：「蛾，蚍蜉也，蚍蜉之子微蟲耳，時術蚍蜉之所為，其功乃復成大垤。」❷螘　同「蟻」。《楚辭》宋玉〈招魂〉：「赤螘若象。」王逸注：「螘，蚍蜉也。小者為螘，大者謂之蚍蜉也。」❸蠪　一種赤色斑駁的大螞蟻。郭注：「赤駮蚍蜉。」王引之《經義述聞・爾雅下》：「蠪之言尨也，古者謂雜色為尨，或借龍字為之，故螘之赤色斑駁者謂之蠪，義與尨同也。朾之言赬也，赬，赤也。螘色赤駮，故又謂之赬螘。」❹蠠　白蟻。也稱飛蟻。邢昺疏：「有翅而飛者名蠠，即飛螘也。」❺蚳　蟻卵。郭注：「蚳，蟻卵。」《宋書・明帝紀》：「古者衡虞置制，蝝、蚳不收。」

【語　譯】蚍蜉就是指大螞蟻，小的螞蟻稱螘(蟻)。蠪是一種大的紅螞蟻，又稱朾螘。蠠即白蟻，是一種能飛的螞蟻，牠的卵稱為蚳。

一五・〇三七　次蟗，蜘蛛❶。蜘蛛，蛛蝥：土蜘蛛，草蜘蛛。

【注　釋】❶蜘蛛　節肢動物。尾部分泌粘液，凝成細絲，織成網，用來捕食昆蟲。又名次蟗。郭注：「今江東呼蝃蝥。」邢昺疏：「蜘蛛，又一名蛛蝥。」

【語　譯】次蟗就是蜘蛛。蜘蛛又稱蛛蝥：有土蜘蛛，有草蜘蛛。

一五・〇三八　土蜂❶。木蜂❷。

【注　釋】❶土蜂　蜂的一種。俗名「馬蜂」。體圓而長，黑褐色，有細毛，尾有毒針，能螫人。腳短而粗。棲於沙土或朽木中。常捕捉金龜子的幼蟲等作為小土蜂的食物。❷木蜂　指在樹上作房的一種蜂，形體比馬蜂要小。

【語　譯】蜂有土蜂，有木蜂。

一五·〇三九　蟦❶，蠀螬。

【注　釋】❶蟦　蟲名。即蟦蠀。金龜子的幼蟲。體乳白色，常彎曲呈馬蹄形，一般稱蠀螬。

【語　譯】蟦是金龜子的幼蟲，又稱蠀螬。

一五·〇四〇　蝤蠀❶，蝎。

【注　釋】❶蝤蠀　蝎蟲。天牛的幼蟲。色白身長。多比喻美女之頸。《詩·衛風·碩人》：「領如蝤蠀。」毛傳：「蝤蠀，蝎蟲也。」《埤雅·釋蟲》：「蓋蝤蠀之體有豐潔且白者，故《詩》以況莊姜之領，〈七辯〉曰：『蝤蠀之領阿那宜顧』是也。」

【語　譯】蝤蠀是天牛的幼蟲，又稱蝎。

一五·〇四一　蛜威❶，委黍。

【注　釋】❶蛜威　舊說鼠婦蟲。俗稱地雞、地蝨。郭注：「舊說鼠婦別名。」按：蛜威，《說文》作「蛜威」。段注：「〈釋蟲〉以『蟠鼠婦』與『蛜威，委黍』畫為二條，不言一物。蛜威即今之地鱉蟲。與鼠婦異物。」

【語　譯】蛜威俗稱地鱉蟲，又稱委黍。

一五·〇四二　蟰蛸❶，長踦。

【注　釋】❶蠨蛸　蜘蛛的一種，腳很長。通稱蟢子。《詩・豳風・東山》：「伊威在室，蠨蛸在戶。」孔穎達疏：「蠨蛸，長踦，一名長腳。荊州河內人謂之喜母，此蟲來著人衣，當有親客至有喜也。幽州人謂之親客，亦如蜘蛛為羅網居之，是也。」

【語　譯】蠨蛸俗稱蟢子，又稱長踦。

一五・〇四三　蛭蝚❶，至掌。

【注　釋】❶蛭蝚　水蛭。又名螞蟥。體長扁平，有吸盤吸取人畜之血。《說文》：「蛭蝚，至掌也。」段注：「《本草經》：『水蛭味鹹，一名至掌。』是名醫謂即水蛭也。」

【語　譯】蛭蝚就是水蛭，又稱至掌。

一五・〇四四　國貉❶，蟲蠁。

【注　釋】❶國貉　土蛹。邢昺疏：「此蛹蟲也。今俗呼為蠁，一名國貉，一名蟲蠁。」《說文》云：「知聲蟲也。」生活在土中，像蠶一樣但是比蠶大。

【語　譯】國貉就是土蛹，又稱蟲蠁。

一五・〇四五　蠖❶，蚇蠖❷。

【注釋】❶蠖　蟲名。尺蠖。北方稱步曲，南方稱造橋蟲。體細長，生長於樹，爬行時一屈一伸。種類很多，為害各種植物。❷蚇蠖　又作「尺蠖」。尺蠖蛾的幼蟲。體細長，色如樹皮，屈伸前進，如量尺寸。郝疏：「其行先屈後伸，如人布手知尺之狀，故名尺蠖。」漢王褒〈洞簫賦〉：「是以蟋蟀蚸蠖，蚑行喘息。」

【語譯】蠖又稱蚇蠖。

一五·〇四六　果臝❶，蒲盧❷。

【注釋】❶果臝　土蜂。又名蒲盧、細腰蜂。❷蒲盧　即果臝。一種細腰的蜂。《禮記·中庸》：「夫政也者，蒲盧也。」鄭注：「蒲盧，蜾蠃，謂土蜂也。《詩》曰：『螟蛉有子，蜾蠃負之。』螟蛉，桑蟲也，蒲盧取桑蟲之子去而變化之，以成為己子，政之於百姓，若蒲盧之於桑蟲然。」

【語譯】果臝是指土蜂，又稱蒲盧。

一五·〇四七　螟蛉❶，桑蟲❷。

【注釋】❶螟蛉　螟蛾的幼蟲。泛指棉蛉蟲、菜粉蝶等多種鱗翅目昆蟲的幼蟲。《詩·小雅·小宛》：「螟蛉有子，蜾蠃負之。」❷桑蟲　亦稱「桑蟃」。螟蛉的別名。郭注：「俗謂之桑蟃，亦曰戎女。」《詩·小雅·小宛》「螟蛉有子」宋朱熹集傳：「螟蛉，桑上小青蟲也，似步屈。蜾蠃，土蜂也，似蜂而小腰，取桑蟲負之於木空中，七日而化為其子。」

【語譯】螟蛉是指螟蛾的幼蟲，又稱桑蟲。

一五·〇四八　蝎❶，桑蠹。

【注釋】❶蝎　木中蛀蟲。參見一五·〇〇六條。

【語譯】蝎指桑蠹。

一五·〇四九　熒火❶，即炤❷。

【注釋】❶熒火　螢火蟲。郭注：「夜飛，腹下有火。」❷即炤　螢火蟲的別名。《禮記·月令》「〔季夏之月〕腐草為螢」唐孔穎達疏引李巡云：「螢火夜飛，腹下如火光，故曰『即炤』。」

【語譯】熒火就是螢火蟲，又稱即炤。

一五·〇五〇　密肌，繼英❶。

【注釋】❶繼英　《玉篇》作「蠿蝧」。俗呼蓑衣蟲。

【語譯】密肌就是蠼螋，又稱繼英，俗稱蓑衣蟲。

一五·〇五一　蚅❶，烏蠋。

【注釋】❶蚅　烏蠋，蛾蝶類的幼蟲。似蠶，大如指。《本草綱目·蟲部·蠶》：「凡諸草木，皆有蚅蠋之類，食葉吐絲，不如蠶絲可以衣被天下，故莫得並稱。」

【語　譯】蚅又稱烏蠋。

一五·〇五二　蠓，蠛蠓❶。

【語　譯】蠓又稱蠛蠓。

【注　釋】❶蠛蠓　蟲名。體微細，群飛塞路。《文選》揚雄〈甘泉賦〉：「歷倒景而絕飛梁兮，浮蠛蠓而撇天。」李善注引孫炎《爾雅》注：「蠛蠓，蟲小於蚊。」

一五·〇五三　王蛈蜴❶。

【注　釋】❶王蛈蜴　土蜘蛛。又叫顛當蟲。郭注：「即螲蟷。似蜘蛛，在穴中，有蓋。今河北人呼蛈蜴。」

【語　譯】王蛈蜴。

一五·〇五四　蟓❶，桑繭。雔由❷：樗繭，棘繭❸，欒繭。蚢❹，蕭繭。

【注　釋】❶蟓　桑蠶。郭注：「食桑葉作繭者，即今蠶。」❷雔由　野蠶名。郝疏：「雔由者，樗繭、棘繭、欒繭之總名也。……野蠶隨樹食葉，皆能為繭。」❸棘繭　蠶名。因食棘葉而作繭，故稱。亦指這種蠶結的繭。郭注：「食棘葉。」邢昺疏：「此皆蠶類作繭者，因所食葉異而異其名也。」❹蚢　一種野蠶。郭注：「食蕭葉者，皆蠶類。」郝疏：「蚢者，《玉篇》云：『蠶類，食蒿葉。』蒿即蕭也。今草上蟲吐絲作繭者甚眾，不獨蒿也。嶺南蠶或食紫蘇葉作繭矣。」

【語　譯】蟓就是桑蠶結的繭，又稱桑繭。野蠶吃臭椿葉結的繭稱為樗繭；吃酸棗樹葉結的繭稱為棘繭；吃欒華樹葉結的繭稱為欒繭。蚢這種食艾蒿葉的野蠶結的繭稱為蕭繭。

一五·〇五五　翥❶醜❷罅❸，螽醜奮❹，強醜捋❺，蜂醜螸❻，蠅醜扇❼。

【注　釋】❶翥　蟲名。後來寫作「蠚」。郝疏：「凡飛翥之類多剖母背而生，邢疏以為蜩屬……。《廣韻》引翥作蠚，云蟲名。」❷醜　類。《國語・楚語下》：「官有十醜，為億醜。」韋昭注：「醜，類也。」❸罅　阮校作「罅」。裂開；裂縫。❹螽醜奮　邢昺疏：「螽蝗之類好奮迅作聲而飛。」❺強醜捋　邢昺疏：「強蚚之類好以腳自摩捋。」❻螸　蜂、螽之類腹部肥腴下垂貌。郝疏：「《爾雅翼》引《孝經援神契》曰：『蜂蠆垂芒。』按螽類腹多肥腴下垂，以自休息，非必欲螫人也。」《說文》：「螸，螽醜螸垂腴也。」段注：「腴者，腹下肥也。螽之類皆垂其腴矣。」王筠句讀：「螽與蜂皆然。」❼蠅醜扇　邢昺疏：「青蠅之類好搖翅自扇。」

【語　譯】飛翥類昆蟲多裂縫而生，蝗類昆蟲好奮起而飛，強蚚類昆蟲好捋腳內摩，蜂類昆蟲多有下垂的腹部，蠅類昆蟲擅長扇動翅膀。

一五·〇五六　食苗心，螟❶。食葉，蟘❷。食節，賊❸。食根，蟊❹。

【注　釋】❶螟　螟蛾的幼蟲。一種蛀食稻心的害蟲。《春秋・隱公五年》：「〔九月〕螟。」杜預注：「蟲食苗心者為災，故書。」❷蟘 吃苗葉的害蟲。唐李商隱〈為河南盧尹賀上尊號表〉：「苗螟葉蟘，坐致銷亡。」❸賊 一種專食苗節的害蟲。《詩・小雅・大田》：「去其螟螣，及其蟊賊。」毛傳：「食根曰蟊，食節曰賊。」陸璣疏：「賊，似桃李中蠹蟲，亦頭身長而細耳。」❹蟊 吃苗根的害蟲。明陳繼儒《珍珠船》卷三：「蔡邕以反舌為蝦蟇，《淮南子》以蛩為蟣蠓，《詩疏義》以蟊為螻蛄，高誘以乾鵲為蟋蟀。」

【語　譯】蛀食苗心的昆蟲稱為螟。蛀食苗葉的昆蟲稱為蟘。蛀食禾稈的昆蟲稱為賊。蛀食苗根的昆蟲稱為蟊。

一五・〇五七　有足謂之蟲，無足謂之豸❶。

【注　釋】❶豸 本指無足之蟲。後亦泛指蟲類。漢王逸〈九思・怨上〉：「蟲豸兮夾余，惆悵兮自悲。」

【語　譯】有足的稱為蟲，沒有足的稱為豸。

釋魚第十六

【題　解】本篇主要解釋的是關於各種魚類以及牠們形體、特徵、習性等方面的名詞。龜、蛇、貝等動物本不屬魚類，但是古人因牠們與魚一樣生活在水中，所以連類而及，一併歸入其中。解釋的方法主要是異名同實語詞互相為釋。

一六·〇〇一　鯉（ㄌㄧˇ）❶。

【注　釋】❶鯉　鯉魚。《詩·陳風·衡門》：「豈其食魚，必河之鯉。」漢焦贛《易林·訟之比》：「水流趨下，欲至東海，求我所有，買魴與鯉。」

【語　譯】鯉。

一六·〇〇二　鱣（ㄓㄢ）❶。

【注　釋】❶鱣　即鱘鰉魚。郭注：「鱣，大魚，似鱏而短鼻，口在頷下，體有邪行甲，無鱗，肉黃。大者長二、三丈。今江東呼為黃魚。」《史記·屈原賈生列傳》：「橫江湖之鱣鱏兮，固將制於蟻螻。」裴駰集解引如淳曰：「大魚也。」

【語譯】鱣。

一六·〇〇三 鰋❶，鯷❷。

【注釋】❶鰋 鯰魚。《詩·小雅·魚麗》：「魚麗於罶，鰋鯉。」毛傳：「鰋，鯰也。」《文選》何晏〈景福殿賦〉：「篁棲鶤鷺，瀨戲鰋鮋。」李善注：「鰋、鮋，二魚名。」明李時珍《本草綱目·鱗部四·鮧魚》：「魚額平夷低偃，其涎黏滑……鰋，偃也；鯰，黏也。古曰鰋，今曰鯰；北人曰鰋，南人曰鯰。」❷鯷 大鯰。明李時珍《本草綱目·鱗部四·鮧魚》〔集解〕引陶弘景曰：「鯷即鯰也。」

【語譯】鰋就是鯰魚，又稱鯷。

一六·〇〇四 鱧❶。

【注釋】❶鱧 鱧魚。俗稱黑魚、烏鱧，亦名鮦。魚綱鱧科。體延長，亞圓筒形。頭扁，口大，牙尖，咽頭上方有一寬大鰓上腔，能呼吸空氣。青褐色，有三縱行黑色斑塊，眼後至鰓孔有兩條黑色縱帶。背鰭、腹鰭、尾鰭均延長。性兇猛，捕食其他魚類，故為淡水養殖業的害魚之一。分布於中國及朝鮮和日本。肉肥美，供食用。《詩·小雅·魚麗》：「魚麗於罶，魴鱧。」毛傳：「鱧，鮦也。」

【語譯】鱧。

一六·〇〇五 鯇(ㄏㄨㄢˋ)❶。

【注釋】❶鯇 魚名。即草魚。體略呈圓筒形，青黃色。生活於淡水。是中國主要的養殖魚之一。

【語譯】鯇。

一六·〇〇六 鯊(ㄕㄚ)❶，鮀(ㄊㄨㄛˊ)❷。

【注釋】❶鯊 吹沙魚。又名鮀。生活在溪澗的小魚。《詩·小雅·魚麗》：「魚麗於罶，鱨鯊。」毛傳：「鯊，鮀也。」高亨注：「鯊，小魚名，圓而有點文，常張口吹沙。」❷鮀 一種淡水小魚。郭注：「今吹沙小魚。體圓而有點文。」又稱為鯊、魦。

【語譯】鯊指吹沙小魚，又稱鮀。

一六·〇〇七 鮂(ㄑㄧㄡˊ)❶，黑(ㄏㄜˋ)鰦(ㄗ)。

【注釋】❶鮂 白鰷魚。郭注：「即白儵魚，江東呼為鮂。」因背黑，又稱黑鰦。

【語譯】鮂就是白鰷魚，又稱黑鰦。

一六·〇〇八 鰼(ㄒㄧˊ)❶，鰌(ㄑㄧㄡ)。

【注釋】❶鰼 泥鰍。郭注：「今泥鰌。」陸佃《埤雅·釋魚》引孫炎曰：「鰼，尋也，尋習其泥，從其清水。」

【語譯】鰼又稱鰌，即泥鰍。

一六·〇〇九 鰹❶，大鮦；小者鮵。

【注釋】❶鰹 大烏鱧。郝疏：「此申釋鱧大小之異名也。大者名鰹，小者名鮵，然則中者名鱧。」

【語譯】鰹就是大烏鱧，又稱大鮦；小的烏鱧稱為鮵。

一六·〇一〇 魾❶，大鱯❷，小者鮡。

【注釋】❶魾 大鱯。郭注：「鱯，似鮎而大，白色。」明宋濂《燕書》之三十：「王鮪出入海中，鼓浪歕沫，腥風蓋倏倏然云，逢鮰鰼鰹魾必吞，日以十千計不能饜。」❷鱯 魚名。似鯰。《山海經·北山經》：「〔繡山〕洧水出焉，而東流注於河，其中有鱯、黽。」郭注：「鱯，似鮎而大，白色也。」北魏賈思勰《齊民要術·脯臘》：「作浥魚法：凡生魚悉中用，唯除鮎、鱯耳。」繆啟愉校釋：「鱯，音獲，也叫鮰魚、鮠魚，也是一種無鱗而多黏液的魚。又王念孫《廣雅疏證》：『今揚州人謂大鮎為鱯子。』」明李時珍《本草綱目·鱗部四·鮠魚》：「北人呼鱯，南人呼鮠，並與鮰音相近。」

【語譯】魾就是大鱯，小的稱為鮡。

一六·〇一一 鰝❶，大鰕。

【注　釋】❶鰝　大海蝦。郭注：「鰕大者，出海中，長二三丈，鬚長數尺。今青州呼鰕魚為鰝。」

【語　譯】鰝就是大海蝦。

一六・○一二　鯤❶，魚子。

【注　釋】❶鯤　魚苗的總稱。郭注：「凡魚之子總名鯤。」晉崔豹《古今注・魚蟲》：「魚子曰鱦，亦曰鯤。」黃侃《蘄春語》：「案吾鄉人家池塘中蓄魚皆鰱，其頭大者曰胖頭，頭小者曰鰱子；其鯤曰魚苗，稍大者曰魚秧。」

【語　譯】鯤，就是魚子。

一六・○一三　鱀❶，是鱁。

【注　釋】❶鱀　白鱀豚。又名白鰭豚。生活在淡水中的鯨類。體形似魚，皮膚光滑細膩，背淺灰而腹潔白。圓額，小眼，長吻。是中國特產的世界珍稀動物。郭注：「鱀，……大腹，喙小銳，而長齒羅生，上下相銜，鼻在額上，能作聲。少肉多膏。胎生，健啖細魚。大者長丈餘。江中多有之。」

【語　譯】鱀就是白鰭豚，又稱為鱁。

一六・○一四　鱦，小魚。

【語　譯】鱦是一種小魚的名稱。

一六〇一五

鮥❶，鮛鮪❷。

【注釋】❶鮥 鮛鮪，較小的鱘類魚。郭注：「今宜都郡自京門以上江中通出鱏、鱣之魚。有一魚狀似鱣而小，建平人呼鮥子，即此魚也。」❷鮪 鱘魚和鯉魚的古稱。《詩·周頌·潛》：「有鱣有鮪，鰷鱨鰋鯉。」陸璣疏：「鮪魚，形似鱣而色青黑，頭小而尖，似鐵兜鍪，口在頷下，其甲可以磨薑，大者不過七八尺，益州人謂之鱣鮪。大者為王鮪，小者為鮛鮪。」

【語譯】鮥即小鱘魚，又稱鮛鮪。

一六〇一六

鮂❶，當魱。

【注釋】❶鮂 即鰣魚。《說文》：「鮂，當互也。」段注：「今《爾雅》互作魱。郭云：『海魚也，似編而大鱗，肥美多鯁，今江東呼其最大長三尺者為當魱。』」因其出有時，故稱時魚。

【語譯】鮂就是鰣魚，又稱當魱。

一六〇一七

鮤❶，鱴刀。

【注釋】❶鮤 魚名。又名鮆魚、刀魚、鱴刀魚。郭注：「今之鮆魚也，亦呼為魛魚。」邢昺疏：「是則此魚一名鮤魚，一名鱴刀，一名魛魚，一名鮆魚也。」形體薄而長，似篾刀。

【語譯】鮤就是鮆魚，又稱鱴刀。

一六·〇一八 鱊鮬❶，鱖鯞。

【注釋】❶鱊鮬　一種小魚。又名鱖鯞、妾魚，即鰟鮍。《爾雅翼》：「鱖鯞，似鯽而小，黑色而揚赤。今人謂之旁皮鯽，又謂之婢妾魚。蓋其行以三為率，一頭在前，兩頭從之，若媵妾之狀，故以為名」。

【語譯】鱊鮬又稱為鱖鯞，就是鰟鮍。

一六·〇一九 魚有力者，徽❶。

【注釋】❶徽　大而多力的魚。郭注：「強大多力。」邢昺疏：「凡魚之強大多力異於群輩者名徽。」《文選》左思〈吳都賦〉：「徽鯨輩中於群犗。」劉逵注：「徽鯨，魚之有力者也。魚大者莫若也。故曰徽鯨也。」

【語譯】強大而有力的魚稱為徽。

一六·〇二〇 魵❶，鰕。

【注釋】❶魵　魚名。亦名鰕、斑魚。王引之《經義述聞·爾雅下》：「《魏志·東夷傳》『濊國海出斑魚皮』，即《說文》所云『魵魚出薉邪頭國』者也。魵，斑聲相近，故斑魚謂之魵魚。」

【語譯】魵就是斑魚，又稱鰕。

一六·〇二一 鮅❶，鱒❷。

【注釋】❶魛 鱒的別名。即赤眼鱒。郭注：「似鯶子，赤眼。」明李時珍《本草綱目・鱗部三・鱒魚》：「魛魚、赤眼魚。」似草魚而小，頭平扁，身圓而長，細鱗。❷鱒 赤眼鱒。亦名紅眼魚。魚綱鯉科。體延長，前部圓筒形，後部側扁，銀灰色，眼上緣紅色，每鱗片後具一小黑斑，尾鰭叉形。為生活於淡水中的常見食用魚類，可供養殖。《詩・豳風・九罭》：「九罭之魚，鱒魴。」朱熹集傳：「鱒，似鯶而鱗細眼赤。」

【語譯】魛就是鱒。

一六・〇二二 魴❶，魾。

【注釋】❶魴 魚名。鯿魚的古稱。體廣而薄肥，細鱗，青白色，味美。《詩・小雅・采綠》：「其釣維何，維魴及鱮。」《文選》束晳〈補亡詩・南陔〉：「淩波赴汨，噬魴捕鯉。」郭璞曰：「今呼魴魚為鯿。」

【語譯】魴就是鯿魚，又稱魾。

一六・〇二三 鮤鱴❶。

【注釋】❶鮤鱴 鰣魚的別名。《正字通・魚部》：「鮤，鰣別名。廣州謂之三鮤之魚。」

【語譯】鮤鱴。

一六・〇二四 蜎❶，蠉❷。

【注　釋】❶蜎　孑孓。蚊子的幼蟲。郭注：「井中小蛣蟩，赤蟲，一名孑孓。」郝疏：「按今此蟲多生止水，頭大而尾小，尾末有歧，行則搖掉其尾，翻轉至頭，止則頭懸在下，尾浮水上。」《莊子·秋水》：「還虷蟹與科斗，莫吾能若也。」❷蠉　孑孓。郝疏：「今登萊人呼跟頭蟲，揚州人呼翻跟頭蟲，欲老則化為蚊。」

【語　譯】蜎即蚊子的幼蟲，又稱蠉。

一六·〇二五　蛭❶，蟣❷。

【注　釋】❶蛭　環節動物。體略長而扁平，前後各有一個吸盤，生活在淡水或濕潤處，能吸人畜的血。漢王充《論衡·福虛》：「蛭之性食血，惠王心腹之積，殆積血也。故食血之蟲死，而積血之病癒。」❷蟣　郭注：「今江東呼水中蛭蟲入人肉者為蟣。」

【語　譯】蛭就是水蛭，又稱蟣。

一六·〇二六　科斗❶，活東❷。

【注　釋】❶科斗　蝌蚪。蛙或蟾蜍的幼體。《莊子·秋水》：「還虷蟹與科斗，莫吾能若也。」陸德明釋文：「科斗，蝦蟇子也。」❷活東　蝌蚪的異名。

【語　譯】科斗又稱活東。

一六·〇二七　魁陸❶。

【注釋】❶魁陸　蚶子。俗稱「瓦楞子」，又名「魁蛤」。軟體動物，蚶科。介殼厚硬，生活在淺海泥沙之中，為食用貝類之一。郭注：「《本草》云：魁狀如海蛤，圓而厚，外有理縱橫。即今之蚶也。」

【語譯】魁陸。

一六·〇二八　蜪蚅❶。

【注釋】❶蜪蚅　義未詳，待考。

【語譯】蜪蚅。

一六·〇二九　鼁𪓰，蟾諸❶。在水者黽❷。

【注釋】❶蟾諸　即「蟾蜍」。俗稱「癩蛤蟆」。兩棲類動物。又稱鼁。郭注：「似蝦蟆，居陸地。淮南謂之去蚥。」❷黽　蛙的一種。《山海經·北山經》：「〔繡山〕有鱯、黽。」

【語譯】鼁𪓰即蟾蜍。在水中的蟾蜍稱為黽。

一六·〇三〇　蜌❶，螷❷。

【注釋】❶蜌　蚌的一種。俗稱「馬刀」。常生活在淺海泥沙中。殼長而狹，質薄，色黃，肉可食。殼可入藥。郭注：「今江東呼蚌長而狹者為螷。」❷螷　狹長的蚌。《周禮·天官·鼈人》：「祭祀，共蠯、蠃、蚳，以授醢人。」鄭注引杜子春曰：「蠯，蜯也。」

【語譯】蜌是一種長而狹的蚌，又稱螷。

一六·〇三一 蚌❶，含漿❷。

【注釋】❶蚌 軟體動物。有兩個可以開閉的多呈橢圓形介殼，殼內有珍珠層，或能產珠。《易·說卦》：「〔離〕為鱉，為蟹，為蠃，為蚌，為龜。」❷含漿 蚌的別名。郝疏：「蓋蚌類多藴伏泥中，含肉而饒漿，故被斯名矣。」《周禮·天官·鼈人》「以時籍魚鼈龜蜃凡貍物」漢鄭注：「貍物，亦謂鱴刀含漿之屬。」

【語譯】蚌又稱含漿。

一六·〇三二 鱉三足，能❶。龜三足，賁❷。

【注釋】❶能 三足鱉。漢張衡〈東京賦〉：「王鮪岫居，能鼈三趾。」❷賁 三足龜。明李時珍《本草綱目·介部一·賁龜》：「按《山海經》云：狂水西南注伊水，中多三足龜，食之無大疾，可以已腫。」

【語譯】三隻腳的鱉稱為能。三隻腳的烏龜稱為賁。

一六·〇三三 蚹蠃❶，螔蝓。蠃小者蜬。

【注釋】❶蚹蠃 蝸牛類的軟體動物。古代又稱螔蝓。其實「蚹蠃」與「螔蝓」稍有區別，大概生活在水中的是「蚹蠃」(螺),生活在陸地的是「螔蝓」(蝸牛),古人以蝸牛形似小螺,往往將二者當作一物。

【語　譯】蚹蠃又稱螔蝓,就是蝸牛。蠃,同螺,小的螺稱蝓。

一六·〇三四 蜎蠌❶,小者蟧。

【注　釋】❶蜎蠌　海邊寄居蟲。形似蜘蛛,有螯,入空螺殼中,常戴殼而遊。郭注:「螺屬,見《埤蒼》。或曰,即彭蜎也,似蟹而小。」

【語　譯】蜎蠌指的是海螺內寄居蟲,小的蜎蠌稱蟧。

一六·〇三五 蜃❶,小者珧❷。

【注　釋】❶蜃　大蛤。《左傳·昭公二十年》:「海之鹽蜃,祈望守之。」杜預注:「蜃,大蛤也。」《莊子·人間世》:「夫愛馬者,以筐盛矢,以蜄盛溺。」陸德明釋文:「蜄,蛤類。」《國語·晉語九》:「雀入於海為蛤,雉入於淮為蜃」。韋昭注:「小曰蛤,大曰蜃。皆介物蚌類也。」楊樹達《積微居小學述林·文字初義不屬初形屬後起字考》:「辰為初形,其初義為大蛤,今大蛤之義為後起加形旁之蜃字所佔,而初形之辰,所有之義皆後起之義矣。」❷珧　蚌屬。《山海經·東山經》:「嶧皋之水出焉,東流注於激女之水,其中多蜃珧。」郭注:「蜃,蚌也。珧,玉珧,亦蚌屬。」郭注:「珧,玉珧,即小蚌。」

【語　譯】蜃即大海蚌,小的海蚌稱珧。

一六·〇三六　**龜，俯者靈，仰者謝，前弇❶諸❷果，後弇諸獵，左倪❸不❹類，右倪不若。**

【注　釋】❶弇　掩蔽；覆蓋。《墨子·耕柱》：「是猶弇其目而祝於叢社也。」這裡指龜甲掩蓋。❷諸　同「者」。代詞。❸倪　同「睨」。側目斜視。《管子·正世》：「重賦斂竭民財，急使令罷民力。財竭則不能無侵奪，力罷則不能無墮倪。」石一參今詮：「倪通睨，謂墮落傲睨。」《莊子·馬蹄》：「夫加之以衡扼，齊之以月題，而馬知介倪闉扼鷙曼詭銜竊轡。」成玄英疏：「倪，睥睨也。」❹不　助詞。無義。用以足句或加強語氣。《詩·小雅·車攻》：「徒御不驚，大庖不盈。」毛傳：「不驚，驚也；不盈，盈也。」下文「右倪不若」之「不」與之同。

【語　譯】龜，行動時低頭向下的稱為靈龜，行動時仰頭向上的稱為謝龜，行動時龜甲前掩的稱為果龜，行動時龜甲後掩的稱為獵龜，行動時頭向左斜視的稱為類龜，行動時頭向右斜視的稱為若龜。

一六·〇三七　**貝，居陸贆，在水者蜬。大者魧❶，小者鰿❷。玄貝❸，貽貝。餘貾❹，黃白文。餘泉，白黃文。蚆，博而頯❺，蜠❻，大而險❼。蟦，小而橢。**

【注　釋】❶魧　大貝。郭注：「《書大傳》曰：『大貝如車渠。』車渠謂車輞。即魧屬。」❷鰿　貝子；小貝。郝疏：「鰿者，小貝之名，《本草》名貝子，《別錄》名貝齒，陶（陶弘景）注：『出南海。此是小小貝子，人以飾軍容服物者。』」❸玄貝　貝的一種。通稱「殼菜」。乾製品稱為「淡菜」。又稱貽貝。呈長三角形，黑色，表面有輪形條紋，味美。《鹽鐵論・錯幣》：「夏后以玄貝，周人以紫石，後世或金錢刀布。」❹餘貾　又作「餘蚳」。黃中帶白花紋的貝。邢昺疏引李巡曰：「餘貾貝，甲黃為質，白為文采。」❺頯　中央寬而兩頭尖。❻蜠　當作「蜠」。貝名。❼險　通「儉」。薄；少。《荀子・致士》：「山林險則鳥獸去之。」王先謙集解引郝懿行曰：「險，與儉古通用。儉，如山之童，林木之濯濯。」

【語　譯】貝，居於陸地上的稱為贆，居於水中的稱為蜬。大的貝稱為魧，小的貝稱為鰿。玄貝即殼菜，又稱為貽貝。餘貾指黃中帶白花紋的貝。餘泉指白中帶黃花紋的貝。蚆指體大、中間寬而兩頭尖的貝。蜠指體大而薄的貝。蟦指體小而呈橢圓形的貝。

一六・〇三八　蠑螈❶，蜥蜴❷。蜥蜴，蝘蜓❸。蝘蜓，守宮也。

【注　釋】❶蠑螈　兩棲動物。狀如蜥蜴，頭扁，背黑色，腹紅黃色，有黑斑，四肢短，尾側扁，生活在水中，也見於草叢裡。❷蜥蜴　一種爬行動物，尾巴細長，易斷，生活在草叢裡。又名石龍子，通稱四腳蛇。漢荀悅《漢紀・武帝紀一》：「朔（東方朔）自請布卦射之曰：『臣欲以為龍，復無角；臣欲以為蛇，復有足；跂跂脈脈善緣壁，此非守宮，當是蜥蜴。』」❸蝘蜓　壁虎。又名守宮。一種爬行動物，尾巴圓錐形，易斷，多能再生，趾上有吸盤，常在壁上活動。古籍多與蜥蜴、蠑螈等相混。《荀子・賦》：「螭龍為蝘蜓，鴟梟為鳳皇。」楊倞注：「蝘蜓，守宮。」

【語　譯】古人常以蠑螈指蜥蜴。蜥蜴指蝘蜓。蝘蜓又稱守宮，就是壁虎。

一六・〇三九

跌❶，蝁。螣❷，螣蛇。蟒❸，王蛇。蝮虺❹，博三寸，首大如擘。

【注　釋】❶跌　毒蛇名。蝮蛇的一種。又名蝁。郭注：「蝮屬。大眼（按：一本作「火眼」），最有毒。今淮南人呼蝁子。」郝疏：「《爾雅》所釋，乃是土虺，今山中人多有見者，福山棲霞謂之土腳蛇，江淮間謂之土骨蛇。長一尺許，頭尾相等，狀類土色。」❷螣　騰蛇。傳說中一種能飛的蛇。《荀子．勸學》：「螣蛇無足而飛，梧鼠五技而窮。」《後漢書．張衡傳》：「玄武縮於殼中兮，螣蛇蜿而自糾。」❸蟒　巨蛇。郭注：「蟒，蛇最大者，故曰王蛇。」❹蝮虺　毒蛇名。蝮蛇。《史記．田儋列傳》：「蝮螫手則斬手，螫足則斬足。何者？為害於身也。」裴駰集解引應劭曰：「蝮一名虺，螫人手足，則割去其肉，不然則致死。」張守節正義：「蝮，毒蛇，長二三丈。」清杭世駿《續方言》卷下：「江淮以南曰蝮，江淮以北曰虺。」

【語　譯】跌是一種毒蛇，又稱蝁。螣即會飛的神蛇，又稱螣蛇。蟒是最大的蛇，又稱王蛇。蝮虺就是蝮蛇，身寬三寸，頭大得像人的手臂。

一六・〇四〇

鯢❶，大者謂之鰕❷。

【注　釋】❶鯢　動物名。屬兩棲綱。俗稱娃娃魚，亦名山椒魚。體長約一公尺，皮膚黏滑，頭扁圓，口大，四肢短小，尾呈鰭狀，宜游泳，棲息於山溪中。郭注：「今鯢魚似鮎，四腳，前似獮猴，後似狗，聲如小兒啼。」❷鰕　大鯢。《山海經．海外西經》：「龍魚陵居在其北，狀如狸，一曰鰕。即有神聖乘之以行九野。」畢沅注：「一作『如鰕』，言狀如鯢魚有四腳也。」

【語　譯】鯢，俗稱娃娃魚，大的娃娃魚稱為鰕。

一六·〇四一 魚枕❶謂之丁。魚腸謂之乙。魚尾謂之丙。

【注釋】❶枕 魚頭骨名。郭注：「枕，在魚頭骨中，形似篆書丁字。」

【語譯】魚頭骨形狀像丁字一樣，所以稱為丁。魚腸形狀像乙字一樣，所以稱為乙。魚尾形狀像丙字一樣，所以稱為丙。

一六·〇四二 一曰神龜，二曰靈龜，三曰攝龜，四曰寶龜，五曰文龜，六曰筮龜，七曰山龜，八曰澤龜，九曰水龜，十曰火龜❶。

【注釋】❶一曰神龜十句 該條古書的注解多認為是對《易·損》「十朋之龜」的解釋：神龜，邢昺疏：「龜之最神明者也。」靈龜，郝疏引《異物志》曰：「涪陵多大龜，其甲可以卜、其緣中叉似瑇瑁，俗名曰靈。」攝龜，郭注：「小龜也，腹甲曲折，能自張閉，好食蛇，江東呼為陵龜。」寶龜，《公羊傳》：「寶者何？……龜青純。」何休注：「千歲之龜，青髯，明於吉凶。……謂之寶者，世世寶用之辭。」文龜，郭注：「甲有文彩者。」筮、山、澤、水、火諸龜，皆因所生處以為名。邢昺疏：「筮龜，在著叢下者；山龜，生山中者；澤龜，生澤中者；水龜，生水中者；火龜，生火中者。」

【語譯】「十朋之龜」指的是：一稱神龜，二稱靈龜，三稱攝龜，四稱寶龜，五稱文龜，六稱筮龜，七稱山龜，八稱澤龜，九稱水龜，十稱火龜。

釋鳥第十七

【題　解】本篇主要解釋的是古代有關各種鳥類名稱及形體習性等方面的語詞。解釋的方法主要是異名同實語詞互相為釋。此外，還涉及到了鳥、畜的辨別。

一七·〇〇一　隹其，鳺鴀❶。

【注　釋】❶鳺鴀　鳥名。亦作「夫不」。又稱隹其、鵻等。是一種小鳩。《詩·小雅·四牡》「翩翩者鵻」毛傳：「鵻，夫不也。」黃侃《手批爾雅義疏》：「單言曰鵻，長言曰鵻其。猶鵜曰鵜胡也。」

【語　譯】隹其是一種小鳩，又稱作鳺鴀。

一七·〇〇二　鶌鳩❶，鶻鵃。

【注　釋】❶鶌鳩　鳥名。又名鶻鵃。似山鵲而小，短尾。青黑色。多聲。郭注：「似山鵲而小，短尾，青黑色，多聲。今江東亦呼為鶻鵃。」郝疏：「《左傳·昭公十七年》疏引舍人曰：鶌鳩，一名鶻鵃。今之班鳩也。」

【語　譯】鶌鳩就是班鳩，又稱作鶻鵃。

一七·〇〇三　鳲(ㄕ)鳩(ㄐㄧㄡ)❶，鴶(ㄐㄧˊ)鵴(ㄐㄩˊ)。

【注　釋】❶鳲鳩　又名鴶鵴、布穀、桑鳩等。為農林益鳥。郭注：「今之布穀也，江東呼為穫穀。」《詩・曹風・鳲鳩》：「鳲鳩在桑，其子七兮。」毛傳：「鳲鳩，秸鞠也。鳲鳩之養七子，朝從上下，莫從下上，平均如一。」

【語　譯】鳲鳩就是布穀鳥，又稱作鴶鵴。

一七·〇〇四　鷑(ㄐㄧˊ)鳩(ㄐㄧㄡ)❶，鵧(ㄆㄧˊ)鷑(ㄐㄧˊ)。

【注　釋】❶鷑鳩　鳥名。一種小黑鳥，五更時鳴叫催人勞作。又名鵧鷑、祝鳩、鴐犁、鐵鸚鵡等。邢疏：「鷑鳩一名鵧鷑。郭云：『小黑鳥，鳴自呼。』」

【語　譯】鷑鳩是一種小黑鳥，又稱作鵧鷑。

一七·〇〇五　鴡(ㄐㄩ)鳩(ㄐㄧㄡ)❶，王(ㄨㄤˊ)鴡(ㄐㄩ)。

【注　釋】❶鴡鳩　水鳥名。一名王鴡。雕類。常在江渚山邊食魚。其鳴雌雄應和。邢疏：「李巡曰：『王鴡，一名鴡鳩。』郭云：『鵰類，今江東呼之為鶚，好在江中渚邊食魚。』《詩・周南》云：『關關雎鳩。』陸璣疏云：『鵙鳩大小如鴟，深目，目上骨露，幽州謂之鷲。』」

【語　譯】鵙鳩就是魚鷹，又稱作王鵙。

一七·〇〇六

鵅❶，鵋鶀。

【注　釋】❶鵅　鳥名。即鵂鶹。又叫貓頭鷹。羽棕褐色，有橫斑，尾黑褐色，腿部白色。外形和鴟鴞相似，但頭部沒有角狀的羽毛。捕食鼠、兔等，對農業有益，但在古書中卻常常被視為不祥之鳥。郭注：「今江東呼鵂鶹為鵋鶀，亦謂之鴝鵅。」

【語　譯】鵅就是貓頭鷹，又稱作鵋鶀。

一七·〇〇七

鶅❶，鵌軌。

【注　釋】❶鶅　義不詳，待考。

【語　譯】鶅又稱作鵌軌。

一七·〇〇八

鴗❶，天狗。

【注　釋】❶鴗　鳥名。魚狗。俗稱天狗。體小，嘴長，尾短。羽多翠色，可供嵌鑲飾品用。主食魚蝦。郭注：「小鳥也，青似翠，食魚，江東呼為水狗。」《說文》：「鴗，天狗也。」

【語　譯】鴝就是魚狗，又稱作天狗。

一七·〇〇九　鷚❶，天鸙。

【注　釋】❶鷚　又名天鸙、告天鳥等。即雲雀。《說文》：「鷚，天鸙也。从鳥，翏聲。」朱駿聲《通訓定聲》：「今俗謂叫天子。」

【語　譯】鷚就是雲雀，又稱作天鸙。

一七·〇一〇　鵱鷜❶，鵝。

【注　釋】❶鵱鷜　野鵝。郭注：「今之野鵝。」明李時珍《本草綱目·禽部一·雁》：「雁狀似鵝，亦有蒼、白二色。今人以白而小者為雁，大者為鴻，蒼者為野鵝，亦曰鴚鵝，《爾雅》謂之鵱鷜也。」

【語　譯】鵱鷜就是野鵝。

一七·〇一一　鶬❶，麋鴰。

【注　釋】❶鶬　鳥名。即鶬鴰。又名麋鴰。郭注：「今呼鶬鴰。」《楚辭·招魂》：「鵠酸臇鳧，煎鴻鶬些。」洪興祖補注：「鶬，音倉，麋鴰也。」

【語　譯】鶬就是鶬鴰，又稱作麋鴰。

一七·〇二二 鴝❶，烏鸔。

【注釋】❶鴝 水鳥名。郭注：「水鳥也。似鶂短頸，腹翅紫白，背上綠色，江東呼烏鸔。」

【語譯】鴝是一種水鳥，又稱作烏鸔。

一七·〇二三 舒鴈❶，鵝。

【注釋】❶舒鴈 鵝的別稱。《禮記・內則》：「舒鴈翠，鵠鴞胖。」鄭注：「舒鴈，鵝也。」

【語譯】舒鴈是鵝的別名。

一七·〇二四 舒鳧❶，鶩❷。

【注釋】❶舒鳧 即鴨。《禮記・內則》：「舒鳧翠。」郭注：「鴨也。」郝疏：「謂之舒者，以其行步舒遲也。」黃侃《手批爾雅義疏》：「鳧與蹼亦聲屬，舒鳧之為言舒布也。」❷鶩 家鴨。《左傳・襄公二十八年》：「公膳日雙雞，饔人竊更之以鶩。」孔穎達疏引舍人曰：「鳧，野名也；鶩，家名也。」

【語譯】舒鳧就是鴨，又稱作鶩。

一七·〇二五 鳽❶，鵁鶄。

【注　釋】❶鳽　鳥名。鵁鶄的別稱。即池鷺。體長一般四十至五十公分。活動於湖沼、稻田一帶。冬季多單獨生活。遷徙和生殖期常組成大群，營巢高樹，食魚類、蛙類及水生軟體動物和水生昆蟲。背上蓑羽，可供裝飾用。郭注：「似鳧，腳高，毛冠。」

【語　譯】鳽就是池鷺，又稱作鵁鶄。

一七〇一六　輿(ㄩˊ)❶，鵛(ㄐㄧㄥ)鷋(ㄊㄨˊ)。

【注　釋】❶輿　本作「與」。即白頸寒鴉。釋文：「與，音餘，樊、孫本作『鸒』。」黃侃《手批爾雅義疏》：「以樊、孫作『鸒』推之，疑即下『燕，白脰烏』而通名鸒也。鸒、燕亦聲轉。鵛之言頸也；鷋之言荼也。荼者，白也。」

【語　譯】輿就是白頸寒鴉，又稱作鵛鷋。

一七〇一七　鵜(ㄊㄧˊ)❶，鴮(ㄨ)鸅(ㄓㄜˊ)。

【注　釋】❶鵜　水鳥名。鵜鶘。又名鴮鸅、洿河。體長可達二公尺，翼大，嘴長，尖端彎曲，嘴下有一個皮質的囊，羽毛灰白色，翼上有少數黑色羽毛。善於游泳和捕魚，捕得的魚存在皮囊中。多群居在熱帶或亞熱帶沿海。肉可以吃，羽毛可以做裝飾品。郭注：「今之鵜鶘也，好群飛，沉水食魚，故名洿澤，俗呼之為洿河。」《詩・曹風・候人》：「維鵜在梁，不濡其翼。」

【語　譯】鵜就是鵜鶘，又稱作鴮鸅。

一七·〇一八 鶾❶，天雞。

【注釋】❶鶾 一種赤羽的山雞，又名天雞。郭注：「鶾，雞，赤羽。《逸周書》曰：『文鶾，若彩雞，成王時蜀人獻之。』」

【語譯】鶾是一種赤羽的山雞，又稱天雞。

一七·〇一九 鷽❶，山鵲。

【注釋】❶鷽 山鵲的別名。鳴禽類。狀如鵲而色深青，有文彩，彩嘴赤足，頭上有白冠，尾白而長，不能遠飛。郭注：「似鵲而有文彩，長尾，觜腳赤。」明李時珍《本草綱目·禽部三·山鵲》：「山鵲，處處山林有之。狀如鵲而烏色，有文采，赤嘴赤足，尾長不能遠飛，亦能食雞、雀。諺云：朝鷽叫晴，暮鷽叫雨。」

【語譯】鷽是一種形狀像鵲並且有文彩的鳴禽，又稱作山鵲。

一七·〇二〇 鷣❶，負雀。

【注釋】❶鷣 鷂的別名。也稱負雀。因善捕雀，又名雀鷹。郭注：「鷣，鷂也。江南呼之為鷣。善捉雀，因名云。」黃侃《手批爾雅義疏》：「鷣之為鷂猶婬之為媱也。……鷣之言淫也。〈坊記〉注：『淫，猶貪也。』」

【語譯】鷣就是指鷂子，又稱作負雀。

一七·〇二一 齧齒，艾❶。

【注釋】❶艾 郝疏：「鄭樵注云：『艾即鴱也，巧婦鳥之雌者也。』」參見一七·〇二六條。

【語譯】齧齒就是指雌鷦鷯，又稱作艾。

一七·〇二二 鶨❶，鵙。

【注釋】❶鶨 鳥名。又稱作鵙。郭注：「俗呼為癡鳥。」《說文》：「鶨，欺老。」

【語譯】鶨又稱作鵙，俗稱癡鳥。

一七·〇二三 老鳸，鴳❶。

【注釋】❶鴳 鴳雀。鶉的一種。郭注：「今鴳雀。」《國語·晉語八》：「平公射鴳，不死，使豎襄搏之，失。」韋昭注：「鴳，鳸，小鳥。」

【語譯】老鳸就是鴳雀，又稱作鴳。

一七·〇二四 桑鳸❶，竊脂。

【注釋】❶桑鳸 鳥名。即桑扈。又名竊脂。郭注：「俗謂之青雀，觜曲，食肉，好盜脂膏，因名云。」明李時珍《本草綱目・禽部三・桑鳸》：「鳸意同扈，止也。《左傳》少皞氏以鳥名官，九鳸為九農正，所以止民無淫也。桑鳸乃鳸之在桑間者，其觜或淡白如脂，或凝黃如蠟，故古名竊脂，俗名蠟觜，淺色曰竊。陸璣謂其好盜食脂肉，殆不然也。」

【語　譯】桑扈是一種小青雀，又稱作竊脂。

一七・〇二五　鳭鷯❶，剖葦。

【注　釋】❶鳭鷯　鳥名。又名剖葦鳥。郭注：「好剖葦皮，食其中蟲，因名云。江東呼蘆虎，似雀，青班長尾。」

【語　譯】鳭鷯又稱作剖葦鳥。

一七・〇二六　桃蟲，鷦❶；其雌，鴱❷。

【注　釋】❶鷦　鷦鷯。形小，體長約三寸。羽毛赤褐色，略有黑褐色斑點。尾羽短，略向上翹。以昆蟲為主要食物。常取茅葦毛毳為巢，大如雞卵，繫以麻髮，於一側開孔出入，甚精巧，故俗稱巧婦鳥。又名黃脰鳥、桃雀、桑飛等。《詩・周頌・小毖》：「肇允彼桃蟲，拚飛維鳥。」毛傳：「桃蟲，鷦也。鳥之始小終大者。」

❷鴱　雌鷦鷯。

【語　譯】桃蟲是鷦鷯的別名。雌鷦鷯稱作鴱。

一七・〇二七　鷃❶，鳳；其雌，皇❷。

【注釋】❶鶠 鳥名。鳳的別名。邢疏：「鳳，一名鶠。」❷皇 後作「凰」。傳說中的雌鳳。

【語譯】鶠是傳說中的鳥王，又稱作鳳。雌鳳稱作皇。

一七·〇二八 䳭鴒❶，雝渠。

【注釋】❶䳭鴒 或作「脊令」、「鶺鴒」。又稱作雝渠。郭注：「雀屬也。飛則鳴，行則搖。」《詩・小雅・常棣》：「脊令在原，兄弟急難。」毛傳：「脊令，雝渠也，飛則鳴，行則搖，不能自舍耳。」鄭箋：「雝渠，水鳥，而今在原，失其常處，則飛則鳴，求其類，天性也，猶兄弟之於急難。」

【語譯】䳭鴒就是鶺鴒鳥，又稱作雝渠。

一七·〇二九 鸒斯❶，鵯鶋。

【注釋】❶鸒斯 鳥名。本單稱為「鸒」，斯為語辭。烏鴉的一種。體形較小，腹下白，喜群飛齊鳴。又名鴉烏、鵯鶋。《詩・小雅・小弁》：「弁彼鸒斯，歸飛提提。」毛傳：「鸒，卑居。卑居，雅烏也。」孔穎達疏：「此鳥名鸒，而云斯者，語辭。」

【語譯】鸒斯就是寒鴉，又稱作鵯鶋。

一七·〇三〇 燕❶，白脰❷烏。

【注　釋】❶燕　白頸鴉。郝疏：「《小爾雅》云：『白項而群飛者謂之燕烏。』今此烏大於雅烏而小於慈烏。」❷脰　頸項。《左傳・襄公十八年》：「射殖綽，中肩，兩矢夾脰。」楊伯峻注：「脰音豆，頸項。」

【語　譯】燕就是白頸鴉，又稱作白脰烏。

一七・〇三一　鴽❶，鴾母❷。

【注　釋】❶鴽　鵪鶉之類的小鳥。《儀禮・公食大夫禮》：「上大夫，庶羞二十，加於下大夫以雉兔鶉鴽。」賈公彥疏：「然則鴽、鶉一物也。」❷鴾母　鴽的別名。《呂氏春秋・季春》「田鼠化為鴽」高誘注：「鴽，鶉也，青徐謂之鴾母，幽冀謂之鶉。」

【語　譯】鴽是鵪鶉之類的小鳥，又稱作鴾母。

一七・〇三二　密肌❶，繫英。

【注　釋】❶密肌　英雞。徐復〈爾雅補釋〉（見《徐復語言文字學論稿》）：「汪君柏年曰：鄭樵注以為英雞，因啄啖石英而得名。……尋《本草拾遺》有英雞。藏器曰：『英雞出澤州有石英處，常食碎石英。狀如雞而雉尾，體熱無毛，腹下毛赤，飛翔不遠，腸中常有石英，人食之，取英之功也。』據此，則雞為鳥屬，故入〈釋鳥〉；蠼螋為蟲，故入〈釋蟲〉。不得誤合為一。」

【語　譯】密肌即英雞，又稱作繫英。

一七·〇三三　巂周❶，燕。燕燕，鳦❷。

【注釋】❶巂周　燕的別名，亦用以稱子規鳥。郭注：「子巂鳥出蜀中。」❷鳦　燕子。《詩·邶風·燕燕》「燕燕于飛」毛傳：「燕燕，鳦也。」

【語譯】巂周又稱作燕。燕又稱作鳦。

一七·〇三四　鴟鴞❶，鸋鴂。

【注釋】❶鴟鴞　鳥名。又稱作鸋鴂。《詩·豳風·鴟鴞》：「鴟鴞鴟鴞，既取我子，無毀我室。」毛傳：「鴟鴞，鸋鴂也。」陸璣疏：「鴟鴞似黃雀而小……幽州人謂之鸋鴂，或曰巧婦，或曰女匠；關東謂之工雀，或謂之過贏；關西謂之桑飛，或謂之韈雀，或曰巧女。」

【語譯】鴟鴞就是指鷦鷯，又稱作鸋鴂。

一七·〇三五　狂❶，茅鴟，怪鴟。梟❷，鴟。

【注釋】❶狂　鳥名。貓頭鷹的別名。又稱茅鴟、怪鴟。頭似貓而夜飛。❷梟　鳥名。貓頭鷹一類的鳥。舊傳梟食母，故常以喻惡人。《詩·大雅·瞻卬》：「懿厥哲婦，為梟為鴟。」

【語譯】狂就是指貓頭鷹，又稱作茅鴟、怪鴟。梟又稱作鴟，即貓頭鷹。

一七·〇三六 鶛❶，劉疾。

【注釋】❶鶛 雄性的鶉。郝疏：「下云『鷯，鶉。其雄鶛。』故《玉篇》以鶛為鵪鶉。」

【語譯】鶛是雄的鵪鶉，又稱作劉疾。

一七·〇三七 生哺，鷇❶。生噣❷，雛。

【注釋】❶鷇 由母哺食的幼鳥。《國語·魯語上》：「鳥翼鷇卵，蟲舍蚳蝝。」韋昭注：「翼，成也。生哺曰鷇，未乳曰卵。」❷噣 同「啄」。鳥啄食。《戰國策·楚策四》：「黃雀因是以俯噣白粒，仰棲茂樹。」

【語譯】需要母鳥哺食的幼鳥稱作鷇，能自行啄食的幼鳥稱作雛。

一七·〇三八 爰居❶，雜縣。

【注釋】❶爰居 海鳥名。又稱作雜縣。邢疏：「爰居，海鳥也，大如馬駒，一名雜縣。漢元帝時，琅邪有之。」《左傳·文公二年》：「作虛器，縱逆祀，祀爰居。」杜預注：「海鳥曰爰居。」

【語譯】爰居是一種大如馬駒的海鳥，又稱作雜縣。

一七·〇三九 春鳸❶，鳻鶞。夏鳸，竊❷玄。秋鳸，竊藍。冬鳸，竊黃。桑鳸，竊脂。棘扈，竊丹。行扈，唶唶。宵扈，嘖嘖。

【注釋】❶扈　農桑候鳥的通稱。《通志・昆蟲草木二》：「扈之類多，皆雀屬也。」❷竊　通「淺」。淡。《左傳・昭公十七年》「九扈為九農正」杜預注：「夏扈，竊玄；秋扈，竊藍。」孔穎達疏：「竊，即古之淺字。」

【語譯】春扈又稱作鳻鶞。夏扈又稱作竊（淺）玄。秋扈又稱作竊藍。冬扈又稱作竊黃。桑扈又稱作竊脂。棘扈又稱作竊丹。行扈又稱作唶唶。宵扈又稱作嘖嘖。

一七・〇四〇　鵖鴔❶，戴鵀。

【注釋】❶鵖鴔　鳥名。又名戴鵀、戴勝。即戴勝鳥。狀似雀，頭有冠，五色如方勝，故稱。郭注：「鵀即頭上勝，今亦呼為戴勝。」《禮記・月令》：「〔季春之月〕鳴鳩拂其羽，戴勝降于桑。」

【語譯】鵖鴔就是戴勝鳥，又稱作戴鵀。

一七・〇四一　鶭❶，澤虞。

【注釋】❶鶭　水鳥名。澤虞。俗稱護田鳥。字亦作「鴋」。郭注：「今婟澤鳥，似水鴞，蒼黑色，常在澤中，見人輒鳴喚不去，有象主守之官，因名云。俗呼為護田鳥。」《說文》：「鴋，澤虞也。从鳥方聲。」

【語譯】鶭就是護田鳥，又稱作澤虞。

一七・〇四二 鶿❶，鷧❷。

【注　釋】❶鶿　同「鷀」。水鳥名。即鸕鷀。俗叫水老鴉、魚鷹。羽毛黑色，有綠色光澤，頷下有小喉囊，嘴長，上嘴尖端有鉤，善潛水捕食魚類。漁人常馴養之以捕魚。郭注：「即鸕鶿也。觜頭曲如鉤，食魚。」❷鷧　鸕鷀的別名。明李時珍《本草綱目・禽部一・鸕鷀》：「鷧，水老鴉……此鳥色深黑，故名。鷧者，其聲自呼也。」

【語　譯】鶿就是水老鴉，又稱作鷧。

一七・〇四三 鷯❶，鶉。其雄，鶛；牝，痺❷。

【注　釋】❶鷯　鶉的別名。邢疏引李巡曰：「別雄雌異方之言。鶉，一名鷯。」❷痺　鳥名。即雌鶉。一本作「庳」。《山海經・南山經》：「櫃山……有鳥焉，其狀如鴟而人手，其音如痺，其名曰鴸。」

【語　譯】鷯是鶉的別名。雄鷯稱作鶛，雌鷯稱作痺。

一七・〇四四 鸍❶，沉鳧。

【注　釋】❶鸍　水禽名。野鴨。郭注：「似鴨而小，長尾，背上有文。今江東亦呼為鸍。」郝疏：「按：此即今水鴨。」明李時珍《本草綱目・禽部一・鳧》：「野鴨，野鶩，鸍，沉鳧。」

【語　譯】鸍就是野鴨，又稱作沉鳧。

一七·〇四五　鴢（ㄧㄠˇ）❶，頭（ㄊㄡˊ）鵁（ㄐㄧㄠ）❷。

【注　釋】❶鴢　鳥名。即魚鵁。邢疏：「鴢，一名頭鵁。」《山海經·中山經》：「〔青要之山〕畛水出焉，而北流注於河。其中有鳥焉，名曰鴢，其狀如鳧，青身而朱目赤尾，食之宜子。」❷頭鵁　即魚鵁。郭注：「似鳧，腳近尾，略不能行。江東謂之魚鵁。」

【語　譯】鴢就是魚鵁，又稱作頭鵁。

一七·〇四六　鷚（ㄌㄧㄡˋ）鳩（ㄐㄧㄡ）❶，寇（ㄎㄡˋ）雉（ㄓˋ）。

【注　釋】❶鷚鳩　鳥名。又名寇雉、突厥雀。形似鴿，為不定性冬候鳥。常成群覓食。郭注：「鷚大如鴿，似雌雉，鼠腳無後指，岐尾。為鳥憨急，群飛，出北方沙漠地。」明李時珍《本草綱目·禽部二·突厥雀》：「張華云：『鷚生關西，飛則雌前雄後，隨其行止。』」

【語　譯】鷚鳩就是突厥雀，又稱作寇雉。

一七·〇四七　萑（ㄏㄨㄢˊ），老（ㄌㄠˇ）鵵（ㄊㄨˋ）❶。

【注　釋】❶老鵵　一種鴟鴞科鳥。郭注：「木兔也。似鴟鵂而小，兔頭有角，毛腳，夜飛，好食雞。」郝疏：「《廣雅》云：『鵩鴟，老鵵也。』……鵵與兔同。《酉陽雜俎》云：『北海有木兔，似鵂鶹也。』按：此即上『狂，茅鴟』一種，大者亦俗呼貓兒頭，其頭似兔，以耳上毛為角也。」

【語　譯】萑是一種鴟鴞科鳥，又稱作老鵵。

一七·〇四八　鵚鶘❶，鳥。

【注　釋】❶鵚鶘　鳥名。即白頭翁。郭注：「似雉，青身，白頭。」亦寫作「突胡」。郝疏：「釋文：『鵚，本亦作突，胡，字或作鶘。』是古本作『突胡』，俗加鳥也。」

【語　譯】鵚鶘是一種鳥，即白頭翁。

一七·〇四九　狂❶，䴌鳥。

【注　釋】❶狂　傳說中的鳥名。邢疏：「䴌鳥，一名狂，五色之鳥也。……按：〈大荒西經〉云：『栗廣之野，有五采之鳥，有冠，名曰狂鳥。』」

【語　譯】狂又稱作䴌鳥，是傳說中一種有冠及五彩羽毛的怪鳥。

一七·〇五〇　皇，黃鳥❶。

【注　釋】❶黃鳥　鳥名。即黃雀。郝疏：「按：此即今之黃雀，其形如雀而黃，故名黃鳥，又名摶黍。」《詩·周南·葛覃》：「黃鳥於飛，集於灌木，其鳴喈喈。」

【語　譯】皇就是黃雀，又稱作黃鳥。

一七·○五一 翠❶，鷸❷。

【注釋】❶翠　翠鳥。屬鳴禽類，形似杜鵑，嘴長，頭部深橄欖色，有青綠色斑紋，背青綠色，腹赤褐色，尾短，捕食小魚。《楚辭·九歌·東君》：「翾飛兮翠曾。」王逸注：「翾然若飛似翠鳥之舉也。」❷鷸　翠鳥的別名。郭注：「似燕，紺色，生鬱林。」

【語譯】翠就是翠鳥，又稱作鷸。

一七·○五二 鸀❶，山烏。

【注釋】❶鸀　山烏。即紅嘴山鴉。通體亮黑，嘴鮮紅，腳淡紅。常結群高飛，鳴聲脆亮。巢營於石窟、土穴中。分布於新疆、青海、西藏、內蒙古及華北山地。郭注：「似烏而小，赤觜，穴乳，出西方。」黃侃《手批爾雅義疏》：「鸀之言囑也。上云：『生囑，雛。』烏以赤嘴名鸀猶燕以赤口名周。」

【語譯】鸀就是紅嘴山鴉，又稱作山烏。

一七·○五三 蝙蝠，服翼❶。

【注釋】❶服翼　蝙蝠的別名。哺乳動物，頭和軀幹像老鼠，前後肢有薄膜與身體相連，夜間在空中飛翔。漢劉向《新序·雜事五》：「黃鵠、白鶴，一舉千里，使之與燕、服翼試之堂廡之下，廬室之間，其便未必能過燕、服翼也。」《方言》卷八：「蝙蝠，自關而東謂之服翼。」

【語　譯】蝙蝠又稱作服翼。

一七·〇五四　晨風❶，鸇❷。

【注　釋】❶晨風　鳥名。《詩·秦風·晨風》：「鴥彼晨風，鬱彼北林。」毛傳：「晨風，鸇也。」❷鸇　猛禽名。又名晨風。似鷂，羽色青黃，以鳩鴿燕雀為食。《孟子·離婁上》：「為叢敺爵者，鸇也。」

【語　譯】晨風是一種兇猛的鳥，又稱作鸇。

一七·〇五五　鸉❶，白鷢。

【注　釋】❶鸉　鳥名。一名白鷢。即白鷂子。郝疏：「白鷢，即今白鷂子，似雀鷹而大，尾上一點白，因名焉……王照圓《詩小紀》云：『鸉，俗字當作楊。《詩》曰：「時維鷹揚」揚即《爾雅》「楊，白鷢」。古字通借為揚，毛傳便謂鷹之飛揚矣。』」

【語　譯】鸉就是指白鷂子，又稱作白鷢。

一七·〇五六　寇雉❶，泆泆。

【注　釋】❶寇雉　鳥名。又名鵽鳩、突厥雀、沙雞。參見一七·〇四六條。

【語　譯】寇雉即突厥雀，又稱作泆泆。

一七〇五七　鷏❶，鶶母❷。

【注　釋】❶鷏　蚊母鳥的別名。即夜鷹。晝伏夜出，捕食蚊虻。舊時以為此鳥吐蚊，故名。劉恂《嶺表錄異》卷中：「蚊母鳥，形如青鷁，嘴大而長，於池塘捕魚而食，每叫一聲，則有蚊蚋飛出其口……亦呼為吐蚊鳥。」❷鶶母　亦作「蚊母」。

【語　譯】鷏就是夜鷹，又稱作鶶母。

一七〇五八　鷉❶，須蠃。

【注　釋】❶鷉　水鳥名。鸊鷉。一名須蠃。俗稱油鴨。似鴨而小。善潛水，常成群浮游於水面，營巢於水草叢中，隨波上下。古人用其脂膏塗刀劍以防銹。郭注：「鷉，鸊鷉，似鳧而小，膏中瑩刀。」

【語　譯】鷉俗呼油鴨，又稱作須蠃。

一七〇五九　鼯鼠❶，夷由。

【注　釋】❶鼯鼠　鼠名。別名夷由。俗稱大飛鼠。外形像松鼠，生活在高山樹林中。尾長，背部褐色或灰黑色，前後肢之間有寬大的薄膜，能藉此在樹間滑翔，吃植物的皮、果實和昆蟲等。古人誤以為鳥類。郭注：「狀如小狐，似蝙蝠，肉翅。翅尾項脅，毛紫赤色，背上蒼艾色，腹下黃，喙頷雜白。腳短爪長，尾三尺許。飛且乳，亦謂之飛生。聲如人呼，食火煙，能從高赴下，不能從下上高。」

【語　譯】鼯鼠俗稱大飛鼠，又稱作夷由。

一七・〇六〇　倉庚❶，商庚。

【注　釋】❶倉庚　黃鶯的別名。又稱商庚、黃鸝、鵹黃。羽黃間黑，鳴聲悅耳。《詩・豳風・東山》：「倉庚於飛，熠燿其羽。」

【語　譯】倉庚就是黃鶯，又稱作商庚。

一七・〇六一　鴩❶，餔敊。

【注　釋】❶鴩　鳥名。一名餔敊。郝疏：「《說文》作『鴃，餔豉也』。……按：餔、鋪音同。鋪豉，蓋以鳥聲為名。」

【語　譯】鴩又稱作餔敊。

一七・〇六二　鷹，鶆鳩❶。

【注　釋】❶鶆鳩　鷹的一種，今為灰臉鵟鷹的別稱。鶆或作「來」。郝疏：「《爾雅釋文》亦作『來』，云：『或作鶆。』……則『來』為正文，『鶆』為或體。」

【語　譯】鷹就是灰臉鵟鷹，又稱作鶆（來）鳩。

一七·〇六三　鵳鵳❶，比翼。

【注釋】❶鵳鵳　鳥名，即比翼鳥。參見九·〇三四條。

【語譯】鵳鵳就是比翼鳥，又稱作比翼。

一七·〇六四　鷚黃❶，楚雀。

【注釋】❶鷚黃　黃鶯的別名。一名楚雀。參見一七·〇六〇條。

【語譯】鷚黃就是黃鶯，又稱作楚雀。

一七·〇六五　鴷❶，斲木。

【注釋】❶鴷　啄木鳥。益鳥。善援樹木，嘴尖，舌細而有鉤，利於剝鑿樹幹，探食蛀蟲。郭注：「口如錐，長數寸，常斲樹食蟲，因名云。」黃侃《手批爾雅義疏》：「鴷之言分列也。」

【語譯】鴷就是啄木鳥，又稱作斲木。

一七·〇六六　鸄❶，鶶鷵。

【注釋】❶鸄　鳥名。又名鶶鷵。羽呈蒼白色。郭注：「似烏，蒼白色。」

【語　譯】鶖是一種羽呈蒼白色的鳥，又稱作鶝鶝。

一七·〇六七　鸕❶，諸雉。

【注　釋】❶鸕　雉的古名。郝疏：「《說文》雉有十四種，盧，諸雉，其一也。按：黑色曰盧，博棋勝采，有雉有盧，盧亦黑也。」

【語　譯】鸕即黑野雞，又稱作諸雉。

一七·〇六八　鷺❶，舂鉏。

【注　釋】❶鷺　水鳥名。白鷺。又名白鳥、舂鉏。嘴直而尖，頸長，飛翔時縮著頸。郭注：「白鷺也。頭、翅、背上皆有長翰毛。」《詩·周頌·振鷺》：「振鷺於飛，於彼西雝。」

【語　譯】鷺即白鷺，又稱作舂鉏。

一七·〇六九　鷂雉❶。鷮雉❷。鳪雉❸。鷩雉❹。秩秩，海雉❺。鸐❻，山雉。翰雉❼，鵫雉。雉絕有力，奮❽。伊洛而南，素質、五采皆備成章曰翬❾。江淮而南，青質、五采皆備成章曰鷂。南方曰䲘，東方曰鶅，北方曰鵗，西方曰鷷❿。

【注　釋】❶鷂雉　一種青質五彩的野雞。即下文說的「江淮而南，青質、五采皆備成章曰鷂」。明李時珍《本草綱目・禽部二・雉》：「雉類甚多，亦各以形色為辨耳……青質五彩備曰鷂雉。」❷鷮雉　雉的一種。尾長，走且鳴，性勇健，肉鮮美，羽可為飾。《詩・小雅・車舝》：「依彼平林，有集維鷮。」朱熹集傳：「鷮，雉也，微小於翟，走而且鳴，其尾長，肉甚美。」❸鳪雉　黃色野雞。郭注：「黃色，鳴自呼。」邢疏：「云『鳪雉』者，雉之黃色，鳴自呼者名鳪。」❹鷩雉　鳥名。錦雞，似山雞而小，冠羽優美。郭注：「似山雞而小冠，背毛黃，腹下赤，項綠，色鮮明。」❺海雉　雉的一種。一名秩秩。黑色，出海中山上。郭注：「如雉而黑，在海中山上。」❻鸐　長尾野雞。一名山雉。郭注：「長尾者。」明李時珍《本草綱目・禽部二・鸐雉》：「翟，美羽貌。雉居原野，鸐居山林，故得山名。」❼鶾雉　白色野雞。一名鵫雉、白鶾、白鷳。郭注：「今白鵫也，江東呼白鶾，亦名白雉。」明李時珍《本草綱目・禽部二・白鷳》：「按《爾雅》白雉名鶾，南人呼閑字如寒，則鷳即鶾音之轉也。當作白鶾，如錦雞謂之文鶾也。」❽奮　鳥名。壯大有力能鬥的野雞。邢疏：「謂雉之壯大有力能鬭者名奮。」❾翬　五彩山雉。《詩・小雅・斯干》：「如鳥斯革，如翬斯飛。」鄭箋：「伊洛而南，素質、五色皆備成章曰翬。翬者，鳥之奇異者也。」❿南方曰翯四句　說四方出產的雉之名。《左傳・昭公十七年》「五雉為五工正」晉杜預注：「五雉，雉有五種：西方曰鷷雉，東方曰鶅雉，南方曰翟雉，北方曰鵗雉，伊洛之南曰翬雉。」

【語　譯】青羽、五彩花紋的野雞稱作鷂雉。體短尾長的野雞稱作鷮雉。黃羽毛的野雞稱作鳪雉。錦雞稱作鷩雉。產於海中山上黑毛長尾的野雞稱作秩秩，又稱作海雉。長尾野雞稱作鸐，又稱山雉。白羽野雞稱作鶾雉，又稱作鵫雉。壯大有力能鬥的野雞稱作奮。伊洛以南有白色羽毛帶五彩花紋的野雞稱作翬。江淮以南有青色羽毛帶五彩花紋的野雞稱作鷂，即鷂雉。南方的野雞稱作𠷎，東方的野雞稱作鶅，北方的野雞稱作鵗，西方的野雞稱作鷷。

一七·〇七〇 鳥鼠同穴，其鳥為鵌，其鼠為鼵❶。

【注釋】❶鳥鼠同穴三句　一種鳥與一種鼠。因處同一穴中，所以並稱。鳥稱作鵌，鼠稱作鼵。郭注：「鼵如人家鼠而短尾。鵌似鵽而小，黃黑色。穴入地三四尺，鼠在內，鳥在外。今在隴西首陽縣鳥鼠同穴山中。」邢疏引李巡曰：「鵌、鼵，鳥、鼠之名。共處一穴，天性然也。」

【語譯】鳥與鼠同居一穴，這種鳥稱作鵌，這種鼠稱作鼵。

一七·〇七一 鸛鷒❶，鶝鶔。如鵲，短尾，射之，銜矢射人。

【注釋】❶鸛鷒　鳥名。又稱作鶝鶔。郝疏：「按：俗說雅鳥一名大嘴鳥，善避繒繳，人以物擲之，從空中銜取，還以擲人。此即鸒斯（鵯鶋），鸒鶔、鵯鶝俱聲相轉。順天人呼寒鴉。寒即鸛鷒之合聲也。」

【語譯】鸛鷒又稱作鶝鶔，就是大嘴烏。該鳥形狀像鵲，短尾巴，人若用箭射牠，牠就用嘴銜住反過來射人。

一七·〇七二 鵲鶪❶醜，其飛也翪❷。鳶❸烏醜，其飛也翔。鷹隼❹醜，其飛也翬❺。鳧鴈醜，其足蹼，其踵企❻。烏鵲醜，其掌縮。

【注釋】❶鵙　鳥名。亦作「鶪」。即伯勞。《詩・豳風・七月》：「七月鳴鵙，八月載績。」毛傳：「鵙，伯勞也。」❷翪　鳥飛時振翅上下。郝疏：「鵲、鵙之類不能布翅高翔，但竦翅上下而已。」❸鳶　鳥名。即鴟。屬猛禽類。俗稱鷂鷹、老鷹。狀類鷹，唯嘴較短。上體暗褐雜棕白色。耳羽黑褐色，故又名「黑耳鳶」。下體大部分為灰棕色帶黑褐色縱紋。翼下具白斑，尾叉狀，翱翔時最易識別。攫蛇、鼠、雞、雛鳥為食。郝疏：「鳶即鴟也，今之鷂鷹。」《詩・小雅・四月》：「匪鶉匪鳶，翰飛戾天。」❹隼　鳥名。又名鶻。鷹類中最小者，飛速善襲。獵者多飼之，使助捕鳥兔。《易・解》：「公用射隼于高墉之上，獲之，無不利。」孔穎達疏：「隼者，貪殘之鳥，鸇鷂之屬。」❺翬　疾飛。郭注：「鼓翅翬翬然疾。」❻企　踮起腳。這裡指鳥飛行時伸直腳跟。郭注：「飛即伸其腳跟企直。」

【語譯】鵲鵙（鶪）一類的鳥，飛行時張開翅膀上下扇動。鳶鳥一類的鳥，盤旋在高空飛翔。鷹隼一類的鳥，振翅飛行疾速迅猛。鳧鴈一類的鳥，足上有蹼，飛行時腳跟伸直。烏鵲一類的鳥，飛行時將腳縮在腹下。

一七・〇七三　亢❶，鳥嚨。其粻❷，嗉。

【注釋】❶亢　咽喉；喉嚨。郭注：「亢即咽。」❷粻　嗉囊。鳥類食道下部貯藏食物的部分，像袋子。郭注：「嗉者受食之處，別名嗉，今江東呼粻。」

【語譯】亢就是指鳥的喉嚨。鳥的咽喉藏食物的地方稱作嗉。

一七・〇七四

鶉子，鳼❶。鴽子，鸋❷。雉之暮子為鷚❸。

【注　釋】❶鳼　雛鶉。明李時珍《本草綱目・禽部二・鶉》：「鶉性淳……其子曰鳼。」黃侃《手批爾雅義疏》：「鳼之言末也。」❷鸋　鵪鶉類的雛鳥。黃侃《手批爾雅義疏》：「鸋之言兒也。」❸鷚　小野雞。又指雛雞。郭注：「晚生者。今呼少雞為鷚。」

【語　譯】幼鶉稱作鳼。幼鴽稱作鸋。雉的晚生幼子稱作鷚。

一七・〇七五

鳥之雌雄不可別者，以翼右掩左，雄；左掩右，雌。

【語　譯】鳥類的雌雄在外形上是難以分別出來的，以右翅掩蔽左翅的是雄鳥；以左翅掩蔽右翅的是雌鳥。

一七・〇七六

鳥少美長醜為鶹鷅❶。

【注　釋】❶鶹鷅　鳥名。即梟。亦作「留離」、「流離」。郭注：「鶹鷅猶留離，《詩》所謂『留離之子』。」《詩・邶風・旄丘》「流離之子」陸璣疏：「流離，梟也。自關而西謂梟為流離，其子適長大，還食其母。故張奐云：『鶹鷅食母。』許慎云：『梟，不孝鳥。』是也。流與鶹同。」

【語　譯】幼小時美善而長大後醜惡的鳥稱作鶹鷅。

一七·〇七七 二足而羽謂之禽。四足而毛謂之獸。

【語譯】兩足有羽毛的動物稱作禽。四足而有皮毛的動物稱作獸。

一七·〇七八 鶪❶，伯勞也。

【注釋】❶鶪 鳥名。即伯勞。參見一七·〇七二條注釋。

【語譯】鶪就是伯勞。

一七·〇七九 倉庚，黧黃❶也。

【注釋】❶黧黃 即黃鶯，亦稱作倉庚。郭注：「其色黧黑而黃，因以名云。」黧，本作「鵹」。參見一七·〇六〇、一七·〇六四條。

【語譯】倉庚就是指黃鶯，又稱作黧黃。

釋獸第十八

【題　解】本篇主要解釋的是古代有關各種獸類名稱、類屬以及其習性特徵的名詞。共分為寓屬、鼠屬、齸屬和須屬四類。其中豬本為六畜之一，本應放入〈釋畜〉，現誤與野豬合在一起，放入本篇。

一八・○○一　麋❶：牡，麔❷；牝，麎❸；其子，麇；其跡，躔❹；絕有力，狄。

【注　釋】❶麋　麋鹿。也叫「四不像」。哺乳動物。毛淡褐色，雄的有角，角像鹿，尾像驢，蹄像牛，頸像駱駝，但從整體來看哪一種動物都不像。性溫順，吃植物。原產中國，是一種稀有的珍貴獸類。《楚辭・九歌・湘夫人》：「麋何食兮庭中？蛟何為兮水裔？」❷麔　麋鹿中的雄性。❸麎　雌性麋鹿。❹躔　獸的足跡。郭注：「腳所踐處。」

【語　譯】麋鹿：雄的稱作麔；雌的稱作麎；牠的幼仔稱作麇；牠的足跡稱作躔；非常強壯有力的麋鹿稱作狄。

一八・○○二　鹿：牡，麚❶；牝，麀❷；其子，麛❸；其跡，速；絕有力，麉❹。

【注　釋】❶麚　雄鹿。黃侃《手批爾雅義疏》：「《說文》：『麚，牡鹿，以夏至解角。』按：牡鹿名麚，猶牡豕名豭。」❷麀　牝鹿。《詩・小雅・吉日》：「獸之所同，麀鹿麌麌。」毛傳：「鹿牝曰麀。」❸麛　幼鹿。《儀禮・士相見禮》：「上大夫相見以羔，飾之以布，四維之結于面，左頭如麛執之。」賈公彥疏：「麛是鹿子，與鹿同時獻之。」❹麉　同「麗」。古代指力氣極大的鹿。

【語　譯】鹿：雄的稱作麚；雌的稱作麀；牠的幼仔稱作麛；牠的足跡稱作速；非常強壯有力的鹿稱作麉。

一八・〇〇三　麕❶：牡，麌；牝，麜；其子，麆；其跡，解；絕有力，豜。

【注　釋】❶麕　同「麇」。獐子。《詩・召南・野有死麕》：「野有死麕，白茅包之。」《左傳・哀公十四年》：「逢澤有介麇焉。」陸德明釋文：「麇，獐也。」

【語　譯】獐子：雄的稱作麌；雌的稱作麜；牠的幼仔稱作麆；牠的足跡稱作解；非常強壯有力的獐子稱作豜。

一八・〇〇四　狼：牡，貛；牝，狼；其子，獥❶；絕有力，迅❷。

【注　釋】❶獥　狼子。❷迅　獸名。指狼有力者。邢昺疏：「孫炎曰：『迅，疾也。』《詩・齊風》云：『並驅從兩狼兮。』」陸璣疏云：『其鳴能小能大，善為小兒啼聲，以誘人。去數十步，其猛捷者（人不能制），雖善用兵者不能免也。』」

【語譯】狼：雄的稱作貛；雌的稱作狼；牠的幼仔稱作獥；極為強壯有力的狼稱作迅。

一八·〇〇五 兔子，嬔；其跡，迒❶；絕有力，欣❷。

【注釋】❶迒 兔子的足跡。邢昺疏：「《字林》云：『迒，兔道也。』」❷欣 兔之絕有力者之名。黃侃《爾雅略說・論清儒爾雅之學下》：「兔、牛絕有力者，皆曰欣。」

【語譯】幼兔稱作嬔；兔子的足跡稱作迒；極其強壯有力的兔子稱作欣。

一八·〇〇六 豕子❶，豬。䝐，豶❷。幺，幼。奏者，豱❸。豕生三，豵；二，師；一，特。所寢，橧。四豴❹皆白，豥❺。其跡，刻。絕有力，豟。牝，豝❻。

【注釋】❶子 王引之《述聞》引王念孫曰：「豬即豕，非豕子也。蓋涉上文『兔子，嬔』而衍。」❷豶 去勢的豬。一名䝐。《說文》：「豶，羠豕也。從豕賁聲。」《易・大畜》：「六五，豶豕之牙，吉。」❸豱 豬的一種。腹部、軀幹、頭、足俱短，毛色赤黑而短，皮膚皺縮。郭注：「今豱豬，短頭，皮理腠蹙。」❹豴 亦作「蹢」。獸蹄。《詩・小雅・漸漸之石》：「有豕白蹢，烝涉波矣。」毛傳：「蹢，蹄也。」❺豥 特指四蹄都是白色的豬。《詩・小雅・漸漸之石》：「有豕白蹢，烝涉波矣。」鄭箋：「四蹄皆白曰駭。」陸德明釋文：「駭，戶楷反，《爾雅》《說文》皆作豥，古哀反。」❻豝 母豬。《詩・召南・騶虞》：「彼茁者葭，壹發五豝。」

鄭箋：「豕，牝曰豝。」

【語　譯】豕又稱作豬。䝐又稱作豶，就是閹割後的豬。么又稱作幼，就是最後出生的小豬。皮膚皺縮頭短而醜的豬稱作豱。母豬一胎生三子稱作豵；一胎生兩子稱作師；一胎只生一子稱作特。豬栖居之處稱作橧。四隻蹄子都是白色的豬稱作豥。豬的足跡稱作刻。極其強壯有力的豬稱作豟。母豬稱作豝。

一八·〇〇七　虎竊❶毛謂之虦貓❷。

【注　釋】❶竊　通「淺」。淺淡。郭注：「竊，淺也。」❷虦貓　淺毛虎。王引之《經義述聞·爾雅下》：「郭曰：『竊，淺也。《詩》曰：有貓有虎。』家大人曰：『竊淺聲之轉，淺虦聲相近，竊與虦皆淺也。《爾雅》言竊毛，《詩》傳言淺毛，其義一也。』」

【語　譯】毛色淺淡的老虎稱作虦貓。

一八·〇〇八　貘❶，白豹。

【注　釋】❶貘　豹的別名。郭注：「似熊，小頭庳腳，黑白駁，能舐食銅、鐵及竹骨。骨節強直，中實少髓，皮辟溼。或曰豹白色者別名貘。」郝疏：「《說文》：『貘，似熊而黃黑色，出蜀中。』釋文引《字林》云：『似熊而白黃，出蜀郡。』〈王會〉篇云：『不令支，玄貘。』是貘兼黑、白、黃三色。《神異經》云：『南方有獸，名曰齧鐵，其糞可為兵器，毛黑如漆。』按此即〈王會〉所云『玄貘』者也。〈白帖〉引《廣志》云：『貘，大如驢，色蒼白，舐鐵消千斤，其皮溫煗。』」

【語譯】貘又稱作白豹。

一八·〇〇九 虦❶，白虎。虪❷，黑虎。

【注釋】❶虦 白虎。邢昺疏：「白虎，一名虦。」❷虪 黑虎。黃侃《手批爾雅義疏》：「虪之言儵也。儵，青黑繒發白色也。」

【語譯】虦即白虎。虪即黑虎。

一八·〇一〇 貀❶，無前足。

【注釋】❶貀 獸名。亦作「豽」。其形狀及屬類各家說法不一。郭注：「晉太康七年，召陵扶夷縣檻得一獸，似狗，豹文，有角，兩腳，即此種類也。或說：貀似虎而黑，無前兩足。」郝疏：「《說文》：『貀，獸無前足。』引《漢律》：『能捕豺貀購錢百。』《爾雅考證》引《異物志》云：『貀，出朝鮮，似猩猩，蒼黑色，無前兩足，能捕鼠。』《廣韻》『貀』作『豽』，云：『似狸，蒼黑，無前足，善捕鼠。』與前說合矣。《臨海志》云：『狀如虎形，頭似狗，出東海水中。』《本草衍義》云：『今出登萊州，其狀非狗非獸，亦非魚也。前腳似獸，尾即魚，身有短青白毛，毛有黑點。』按此蓋有二種，郭注及《異物志》所說，皆陸產也。其《臨海志》及《衍義》所說，皆即今海狗也，登州人嘗見之，方春海凍出冰上，人捕取之，尾略似魚，頭似狗，身有短毛青黑而四足，非兩足也。」

【語　譯】貀是指沒有前足的獸。

一八·〇一一　鼳❶，鼠身長須而賊，秦人謂之小驢。

【注　釋】❶鼳　獸名。亦稱「鼳鼠」。邢昺疏：「鼳，獸名也。身如鼠，有長鬚，而賊害於物。秦人呼為小驢。郭云：『鼳，似鼠而馬蹄，一歲千斤，為物殘賊。』」

【語　譯】鼳是一種獸，身體像老鼠一樣，有長鬚，性兇殘，秦人稱牠作小驢。

一八·〇一二　熊虎醜，其子，狗；絕有力，麙。

【語　譯】熊虎一類的動物，幼仔稱作狗；極其強壯有力的稱作麙。

一八·〇一三　貍❶子，隸。

【注　釋】❶貍　獸名。野貓。也稱貍貓、貍子、山貓。《說文》：「貍，伏獸，似貙。」段注：「伏獸，謂善伏之獸……即俗所謂野貓。」

【語　譯】幼小的野貓稱作隸。

一八·〇一四　貈❶子，貆❷。

【注釋】❶貈 同「貉」。獸名。外形似狐，毛棕灰色。穴居於河谷、山邊和田野間，晝伏夜出，食魚、鼠、蛙、蝦、蟹和野果等。是一種重要的毛皮獸。❷貆 幼貉。《詩・魏風・伐檀》：「不狩不獵，胡瞻爾庭有縣貆兮？」鄭箋：「貉子曰貆。」

【語譯】幼小的貈稱作貆。

一八・〇一五 貒❶子，貗❷。

【注釋】❶貒 亦作「猯」。即豬獾。郭注：「貒，豚也。一名貛。」❷貗 幼小的豬獾。邢疏引《字林》：「貒，獸，似豕而肥，其子名貗。」郝疏：「按今貛形如豬，穴於地中，善攻隄岸，其子名貗。」

【語譯】幼小的豬獾稱作貗。

一八・〇一六 貔❶，白狐。其子，豰。

【注釋】❶貔 豹屬猛獸。似虎。又名白狐、執夷。郭注：「一名執夷，虎豹之屬。」《書・牧誓》：「如虎如貔，如熊如羆。」孔傳：「貔，執夷，虎屬也，四獸皆猛健。」

【語譯】貔又稱作白狐。幼貔稱作豰。

一八・〇一七 麝父❶。麕足。

【注　釋】❶麝父　雄麝。麝俗稱香獐。形似鹿而小，無角，前腿短，後腿長。善跳躍，尾短，毛黑褐色或灰褐色。雄麝臍與生殖器之間有腺囊，能分泌麝香。郭注：「腳似麕，有香。」

【語　譯】麝父就是指香獐，其足如麕。

一八·〇一八

豺❶，狗足。

【注　釋】❶豺　獸名。犬科，形似狼而小，性兇猛，常成群圍攻牛、羊等家畜。俗名豺狗。郭注：「腳似狗。」《逸周書·時訓》：「霜降之日，豺乃祭獸。」朱右曾校釋：「豺似狗，高前廣後，黃色，群行，其牙如錐，殺獸而陳之若祭。」

【語　譯】豺就是豺狗，牠的足像狗。

一八·〇一九

貙獌❶，似貍。

【注　釋】❶貙獌　猛獸名。似貍，狼屬。郝疏：「下云『貙，似貍』，與此同物。加『獌』字者，《說文》：『獌，狼屬。』引《爾雅》曰：『貙獌似貍。』是貙之大者名貙獌。非二物也。釋文引《字林》：『獌，狼屬，一曰貙』是矣。」《說文·犬部》：「獌，狼屬。」段注：「〈釋獸〉曰：『貙似貍』，郭云：『今貙虎也，大如狗，文似貍。』〈釋獸〉又曰：『貙獌似貍。』郭云：『今山民呼貙虎之大者為貙豻。』按：郭語則二條一物也。」

【語　譯】貙是狼類猛獸，形狀像貍。

一八·〇二〇　羆❶，如熊，黃白文。

【注釋】❶羆　熊的一種。俗稱人熊或馬熊。《山海經·西山經》：「獸多犀兕熊羆。」郭注：「羆似熊而黃白色，猛憨能拔樹。」

【語譯】羆就是馬熊，似熊，毛皮黃白色。

一八·〇二一　麢❶，大羊。

【注釋】❶麢　獸名。即羚羊。《山海經·西山經》：「〔翠山〕其陰多旄牛、麢、麝。」郭注：「麢似羊而大角細食，好在山崖間。」

【語譯】麢就是羚羊，似羊而大。

一八·〇二二　麠❶，大麃❷。牛尾，一角。

【注釋】❶麠　同「麖」。鹿的一種。水鹿。又名馬鹿、黑鹿。體高壯，栗棕色，耳大而直立，四肢細長，性機警，善奔跑。尾密生蓬鬆的毛，黑棕色。雄者有角，為名貴藥材。《說文》：「麠，大鹿也。牛尾，一角。从鹿畺聲。麖，或从京。」❷麃　麞鹿。《史記·孝武本紀》：「其明年，郊雍，獲一角獸，若麃然。」裴駰集解引韋昭曰：「楚人謂麞為麃。」

【語譯】麠即水鹿，又稱作大麃。尾巴像牛，有一隻角。

一八·〇二三

麐❶，大麢。旄毛，狗足。

【注釋】❶麐 同「麂」。哺乳動物的一屬。是小型的鹿，雄的有長牙和短角。腿細而有力，善於跳躍，皮很柔軟，可以製革。《說文》：「麐，大麋也。狗足。从鹿旨聲。麂，或从几。」

【語譯】麐是一種小型的鹿，即大麢，毛長，足像狗。

一八·〇二四

魋❶，如小熊，竊毛而黃。

【注釋】❶魋 獸名。似小熊。郭注：「俗呼為赤熊，即魋也。」明李時珍《本草綱目·獸部二·熊》：「熊、羆、魋，三種一類也。如豕，色黑者，熊也；大而色黃白者，羆也；小而色黃赤者，魋也。建平人呼魋為赤熊。」

【語譯】魋，俗稱赤熊，形狀像小熊一樣，毛淺而呈黃色。

一八·〇二五

猰貐❶，類貙，虎爪，食人，迅走。

【注釋】❶猰貐 古代傳說中的食人凶獸。《淮南子·本經》：「猰貐、鑿齒……皆為民害。」高誘注：「猰貐，獸名也。狀若龍首。或曰似狸，善走而食人，在西方也。」

【語譯】猰貐，形狀像貙一樣，爪子像老虎，吃人，跑得很快。

一八·〇二六

狻麑❶，如虦貓，食虎豹。

【注　釋】❶狻麑　獸名。亦作「狻猊」。獅子。《穆天子傳》卷一：「名獸使足，狻猊野馬走五百里。」郭注：「狻猊，師子，亦食虎豹。」

【語　譯】狻麑就是獅子，形狀像虢貓一樣，吃虎豹。

一八·〇二七　驨❶，如馬，一角；不角者，騏。

【注　釋】❶驨　獸名。像馬，有一角，角如鹿茸。郭注：「元康八年，九真郡獵得一獸，大如馬，一角，角如鹿茸。此即驨也。今深山中人時或見之。」黃侃《手批爾雅義疏》：「驨之言巂也。《說文》：『巂，周燕也，中象其冠。』然則驨本於巂，故字亦作巂。……從巂聲皆有角義。」

【語　譯】驨，形狀像馬一樣，一隻角；沒有角的稱作騏。

一八·〇二八　羱❶，如羊。

【注　釋】❶羱　羱羊。產於中國西部和北部的一種野生羊。郭注：「羱羊似吳羊而大角，角橢，出西方。」

【語　譯】羱是一種大角野羊，形狀像羊。

一八·〇二九　麐❶，麕身，牛尾，一角。

【注　釋】❶麐　同「麟」。古代傳說中的一種動物。身似獐，頭有一角，全身有鱗甲，尾似牛。古代常用之作吉祥的象徵。邢昺疏：「李巡曰：『麐，瑞應獸名。』孫炎曰：『靈獸也。』京房《易傳》曰：『麐，麕身，牛尾，狼額，馬蹄，有五采，腹下黃，高丈二。』」《詩・周南・麟之趾》：「麟之趾，振振公子。」

【語譯】麐（麟）即麒麟，身似獐，尾似牛，一隻角。

一八・〇三〇 猶❶，如麂，善登木。

【注釋】❶猶 獸名。猴類。亦稱猶猢，似猴而足短，好登岩樹。邢昺疏：「《說文》云：『猶，玃屬也。』其狀如麂，為獸健捷，善能上樹。」

【語譯】猶，就是猶猢，形狀像麂，善於攀登樹木。

一八・〇三一 貄❶，脩毫。

【注釋】❶貄 長毛獸。邢昺疏：「脩，長也。」

【語譯】貄，長毛獸。

一八・〇三二 貙❶，似貍。

【注釋】❶貙 獸名。也稱貙虎。郭注：「今貙虎也，大如狗，文如貍。」《文選》左思〈吳都賦〉：「其下則有梟羊麢狼，猰貐貙象。」劉逵注：「貙，虎屬也。」參見一八・〇一九條。

【語譯】貙是一種狼類猛獸，形狀像貍。

一八・〇三三 兕❶，似牛。

【注釋】❶兕 古代獸名。形狀如野牛，毛青色，皮厚，可以製甲。《左傳・宣公二年》：「牛則有皮，犀兕尚多，棄甲則那。」孔穎達疏：「〈釋獸〉云：『兕似牛。』郭璞云：『一角青色，重千斤。』《說文》云：『兕如野牛，青毛，其皮堅厚，可製鎧。』」

【語譯】兕是形狀像野牛的獸。

一八・〇三四 犀❶，似豕。

【注釋】❶犀 動物名。通稱犀牛。哺乳類，形略似牛，體較粗大。有一角或二角，間有三角者。皮厚而韌，多皺襞，色微黑，毛極稀少。郭注：「形似水牛，豬頭，大腹，庳腳。腳有三蹄，黑色。三角，一在頂上，一在額上，一在鼻上。鼻上者，即食角也。小而不橢，好食棘。亦有一角者。」《逸周書・世俘》：「武王狩，禽虎二十有二……犀十有二。」

【語譯】犀就是指犀牛，形狀像豬。

一八・〇三五 彙❶，毛刺。

【注釋】❶彙 即刺蝟。頭小，四肢短，身上有硬刺。郭注：「今蝟，狀似鼠。」《山海經·中山經》：「又東南二十里，曰樂馬之山。有獸焉，其狀如彙。」

【語譯】彙就是指刺蝟，有硬刺。

一八·〇三六 狒狒❶，如人，被髮，迅走，食人。

【注釋】❶狒狒 中國古代傳說中的猿類動物。身體像猴，頭部像狗，毛色灰褐，四肢粗，尾細長。群居，雜食。郭注：「梟羊也。《山海經》曰：『其狀如人，面長脣黑，身有毛，反踵，見人則笑。交廣及南康郡山中亦有此物。大者長丈許。俗呼之曰山都。』」

【語譯】狒狒，形狀像人一樣，披髮，跑得很快，吃人。

一八·〇三七 貍、狐、貒、貈醜，其足，蹯❶；其跡，厹。

【注釋】❶蹯 獸足掌。《左傳·文公元年》：「王請食熊蹯而死。」杜注：「熊掌難熟，冀久將有外救。」

【語譯】貍、狐、貒、貈類動物，牠們的足都稱作蹯；牠們的足跡都稱作厹。

一八·〇三八 蒙頌❶，猱❷狀。

【注釋】❶蒙頌 獸名。亦稱「蒙貴」。形狀似長尾猴而小，紫黑色，善捕鼠。明李時珍《本草綱目·獸部四・果然》：「蒙頌一名蒙貴，乃蜼之又小者也。紫黑色，出交趾，畜以捕鼠。勝於貓貍。」❷猱　獸名。猿類。身體便捷，善攀援。《詩・小雅・角弓》：「毋教猱升木。」毛傳：「猱，猨屬。」鄭箋：「猱之性善登木。」

【語　譯】蒙頌是善於捕捉老鼠的獸，形狀像猱。

一八・〇三九　猱，蝯❶，善援。

【注　釋】❶蝯　獸名。猴屬。今作「猿」。邢昺疏：「猱，一名蝯，善攀援樹枝。」聞一多《古典新義・爾雅新義》：「猱蝯善援，玃父善顧。按：蝯之言援也，玃之言顧也，皆以其性能為名。」

【語　譯】猱又稱作蝯，善於攀援。

一八・〇四〇　玃父❶，善顧。

【注　釋】❶玃父　即貑玃。俗呼馬猴。徐珂《清稗類鈔・動物・玃父》：「玃父，產蜀中，俗謂之馬猴，狀似獮猴而大，毛色蒼黑，長七尺，人行，健走。相傳遇婦女必攫去，故名。」

【語　譯】玃父俗稱馬猴，喜歡東張西望。

一八・〇四一　威夷❶，長脊而泥❷。

【注　釋】❶威夷　獸名。邢昺疏：「威夷之獸，長脊而劣弱，少才力也。」❷泥　弱；力氣小。郭注：「泥，少才力。」

【語　譯】威夷，脊背長而力量弱小。

一八·〇四二　麔、麚，短脰❶。

【注　釋】❶脰　頸項。郭注：「脰，項。」

【語　譯】麔、麚一類的獸，都短頸。

一八·〇四三　贙❶，有力。

【注　釋】❶贙　獸名。郭注：「出西海大秦國，有養者，似狗，多力獷惡。」

【語　譯】贙是似狗的獸，有力氣。

一八·〇四四　豦❶，迅頭。

【注　釋】❶豦　獮猴類動物。郭注：「今建平山中有豦，大如狗，似獮猴，黃黑色，多髯鬣，好奮迅其頭，能舉石摘人，貜類也。」明李時珍《本草綱目·獸部四·獮猴》：「似猴而多髯者，豦也。」

【語　譯】豦是獮猴類動物，喜歡迅速擺動頭。

一八·〇四五　**蜼❶，卬❷鼻而長尾。**

【注　釋】❶蜼　一種黃黑色長尾猿。《說文》：「如母猴，卬鼻，長尾。」《山海經·海外南經》：「狄山，帝堯葬於陽，帝嚳葬於陰。爰有熊、羆、文虎、蜼、豹、離朱、視肉。」郭注：「蜼，似獼猴。」❷卬　「仰」的古字。向上；抬頭向上。《莊子·天地》：「為圃者卬而視之。」

【語　譯】蜼是黃黑色長尾猴，卬（仰）起鼻孔，尾巴很長。

一八·〇四六　**時❶，善乘❷領❸。**

【注　釋】❶時　獸名。善於登山嶺。邢昺疏：「好登山峰之一獸也。」黃侃《手批爾雅義疏》：「時之言峙也。與乘為對轉。」❷乘　升；登。❸領　山嶺。後作「嶺」。《漢書·嚴助傳》：「輿轎而隃領，拕舟而入水。」顏師古注引項昭曰：「領，山領也。」

【語　譯】時，這種獸善於攀登山領（嶺）。

一八·〇四七　**猩猩❶，小而好啼❷。**

【注　釋】❶猩猩　哺乳動物。體高可達一·四公尺。臂長，頭尖，吻突，鼻平，口大。全身有赤褐色長毛，沒有臀疣。樹棲，主食果實。能在前肢幫助下直立行走。古亦指猿猴之類。《禮記·曲禮上》：「猩猩能言，不離禽獸。」❷小而好啼　叫聲像小兒啼哭。郭注：「聲似小兒啼。」而，本作「兒」。黃侃《手批爾雅義疏》：

「明《御覽．獸部》『而』作『兒』。」

【語　譯】猩猩，叫聲像小而（兒）啼哭。

一八·〇四八　闕洩❶，多狃。

【注　釋】❶闕洩　獸名。或作「闕泄」。邢昺疏：「舊說以為闕泄，獸名。其腳多狃。狃，指也。然其形，所未詳聞。」

【語　譯】闕洩這種獸，多腳趾。

寓屬❶。

【注　釋】❶寓屬　以上獸屬多寄居在樹木上，所以統稱作「寓屬」。

【語　譯】寓屬是多寄居在樹上的獸類。

一八·〇四九　鼢鼠❶。

【注　釋】❶鼢鼠　俗稱「犁鼠」、「地老鼠」。一種危害農作物的鼠類。體矮胖，尾很短，無耳殼，眼很小，肢短而壯，前肢爪特別長大，用以掘土。毛細而柔，多呈粉紅色或赤褐色，一般額部有一閃亮白毛區。古人以為即鼴鼠。《太平御覽》卷九一一引晉郭義恭《廣志》：「若家鼠小異者，鼢鼠，深目而短尾。」

【語　譯】鼢鼠就是地老鼠。

一八・〇五〇　鼸鼠❶。

【注　釋】❶鼸鼠　田鼠的一種。亦名香鼠，灰色短尾，能頰中藏食。郭注：「以頰裏藏食。」黃侃《手批爾雅義疏》：「鼸、嗛音義同。」按：嗛指用嘴含物。《說文》：「嗛，口有所銜也。」

【語　譯】鼸鼠又稱香鼠，是田鼠的一種。

一八・〇五一　鼷鼠❶。

【注　釋】❶鼷鼠　鼠類最小的一種。古人以為有毒，齧人畜至死不覺痛，故又稱甘口鼠。《春秋・成公七年》：「七年春，王正月，鼷鼠食郊牛角，改卜牛。鼷鼠又食其角，乃免牛。」明李時珍《本草綱目・獸部三・鼷鼠》〔集解〕引陳藏器曰：「鼷鼠極細，卒不可見，食人皮牛馬等皮膚成瘡，至死不覺。」

【語　譯】鼷鼠是最小的一種鼠。

一八・〇五二　鼶鼠❶。

【注　釋】❶鼶鼠　鼠名。似鼬。邢昺疏：「似鼬也。」〈夏小正〉：「九月……熊羆貊貉鼶鼬則穴，若蟄而。」

【語　譯】鼶鼠是一種似鼬的鼠。

一八·〇五三　鼬(ㄧㄡˋ)鼠(ㄕㄨˇ)❶。

【注　釋】❶鼬鼠　即黃鼬。俗稱黃鼠狼。尾長、四肢短。棲息林中水邊、田間以及多石的平原等處，以鼠、小鳥及昆蟲為食，也襲擊家禽。肛門近旁有臭腺一對，能放出臭氣用以禦敵。郝疏：「今俗通呼為黃鼠狼。善捕鼠，夜中竊食人雞，人掩取之，以其尾為筆，所謂狼毫者也。」

【語　譯】鼬鼠就是黃鼠狼。

一八·〇五四　鼩(ㄑㄩˊ)鼠(ㄕㄨˇ)❶。

【注　釋】❶鼩鼠　哺乳動物。即地鼠。形似小鼠。郭注：「小鼱鼩也。」明李時珍《本草綱目·獸部三·鼠》：「鼩鼱，似鼠而小。即今地鼠也。」

【語　譯】鼩鼠就是地鼠。

一八·〇五五　鼭(ㄕˊ)鼠(ㄕㄨˇ)❶。

【注　釋】❶鼭鼠　義未詳，待考。

【語　譯】鼭鼠是鼠類的一種。

一八·〇五六　鼣(ㄈㄟˋ)鼠(ㄕㄨˇ)❶。

【注　釋】❶鼣鼠　傳說中的鼠名。其叫聲如犬吠。黃侃《手批爾雅義疏》：「鼣者，吠之後出字。」《山海經・中山經》：「〔倚帝之山〕有獸焉，其狀如鼣鼠，白耳白喙，名曰狙如。」

【語　譯】鼣鼠是一種叫聲如犬吠的鼠。

一八・〇五七　鼫（ㄕˊ）鼠（ㄕㄨˇ）❶。

【注　釋】❶鼫鼠　大老鼠。郭注：「形大如鼠，頭如兔，尾有毛，青黃色，好在田中食粟豆。」郝疏：「鼫與碩古字通。碩者，大也。」

【語　譯】鼫鼠是一種大老鼠。

一八・〇五八　鼤（ㄨㄣˊ）鼠（ㄕㄨˇ）❶。

【注　釋】❶鼤鼠　即斑尾鼠。一種尾巴有斑紋的鼠。郝疏：「《玉篇》：『鼤，斑尾鼠。』《廣韻》：『鼤，斑鼠也。』」

【語　譯】斑尾鼠叫鼤鼠。

一八・〇五九　鼨（ㄓㄨㄥ）鼠（ㄕㄨˇ）❶，豹（ㄅㄠˋ）文（ㄨㄣˊ）❷。

【注　釋】❶鼨鼠　一種有像豹一樣斑紋的鼠。明李時珍《本草綱目・獸部三・鼠》：「鼨鼠，郭璞云：其大如拳，其文如豹。漢武帝曾獲得以問終軍者。」❷豹文　此文有二說。黃侃《手批爾雅義疏》：「此文有二說，許君、盧若虛以『豹文』二字屬上『鼣鼠』。終軍竇攸、郭氏、辛怡諫以『豹文』二字屬下『鼮鼠』。《玉篇》、《廣韻》兼采二說。使人疑『鼣』、『鼮』為一。非也。」

【語譯】鼣鼠這種鼠身上有豹紋。

一八·〇六〇　鼮(ㄊㄧㄥˊ)鼠(ㄕㄨˇ)❶。

【注釋】❶鼮鼠　一種斑紋如豹的鼠。郭注：「鼠文彩如豹者。漢武帝時得此鼠，孝廉郎終軍知之，賜絹百匹。」

【語譯】一種斑紋如豹的鼠叫鼮鼠。

一八·〇六一　鼳(ㄐㄩˊ)鼠(ㄕㄨˇ)❶。

【注釋】❶鼳鼠　松鼠。郭注：「今江東山中有鼳鼠，狀如鼠而大，蒼色，在樹木上。」鼳，字亦訛作「鼰」。

【語譯】鼳鼠就是松鼠。

鼠(ㄕㄨˇ)屬(ㄕㄨˇ)❶。

【注釋】❶鼠屬　以上解釋的是各種各樣的鼠名，所以統稱作「鼠屬」。

【語譯】鼠屬是鼠類的各種名稱。

一八・〇六二　牛曰齝❶，羊曰齥❷，麋鹿曰齸❸。

【注釋】❶齝　牛反芻。郭注：「食之已久，復出嚼之。」明李時珍《本草綱目・獸部一・牛》：「牛齝治反胃噎膈，雖取象回嚼之義，而沾濡口涎為多，故主療與涎之功同。」❷齥　同「䶗」。羊反芻。《說文》：「䶗，羊粻也。从齒世聲。」❸齸　麋鹿反芻。《說文》：「齸，鹿、麋粻。」段注：「言其自喉出復嚼。」

【語譯】牛的反芻稱作齝，羊的反芻稱作齥（䶗），麋鹿的反芻稱作齸。

一八・〇六三　鳥曰嗉❶。寓鼠曰嗛❷。

【注釋】❶嗉　嗉囊。參見一七・〇七三條注釋。❷嗛　猿猴、鼷鼠之類的頰囊。郭注：「頰裹貯食處，寓謂獼猴之類寄寓木上。」邢昺疏：「寓木之獸及鼠皆曰嗛。」

【語譯】鳥類動物體內貯藏食物的地方稱作嗉。寓鼠類動物體內貯藏食物的地方稱作嗛。

齸屬❶。

【注釋】❶齸屬　以上解釋的是與動物反芻有關的名稱語詞。齸，泛指牛羊之類動物。邢昺疏：「此屬皆咽中藏食，復出嚼之，故題云齸屬。」

【語譯】齸屬是與動物反芻有關的語詞。

一八·〇六四 獸曰釁❶。人曰撟❷。魚曰須❸。鳥曰狊❹。

【注 釋】❶釁 獸類的呼吸。郝疏：「釁者，隙也。獸臥引氣鼓息，腹脅間如有空隙，故謂之釁。」❷撟 伸舉；翹起。此處意指人疲倦之時伸展肢體等以休息，如伸懶腰等。邢昺疏：「人之罷倦，頻伸夭撟、舒展曲折名撟。」❸須 動植物及其他物體上像鬚的東西。這裡指魚類張口鼓腮喘息。邢昺疏：「魚之鼓動兩頰，若人之欠須道其氣息者名須。」❹狊 鳥張兩翅喘息。郭注：「張兩翅。」邢昺疏：「鳥之張兩翅，狊狊然搖動者名狊，此皆氣倦體罷所須。」

【語 譯】獸類的喘息稱作釁。人類疲倦之時伸展肢體等以休息稱作撟。魚類張口鼓腮喘息稱作須。鳥類張兩翅喘息稱作狊。

須屬❶。

【注 釋】❶須屬 以上解釋的是獸、人、魚、鳥等疲倦休息或喘息的動作名稱。須，意指休息；喘息。

【語 譯】須屬是獸、人、魚、鳥等疲倦休息或喘息的動作名稱。

釋畜第十九

【題　解】本篇解釋有關各種家畜名稱及其習性特徵的名詞。共分為六類：馬屬、牛屬、羊屬、狗屬、雞屬和六畜，這些動物與人類關係最為密切。

一九·〇〇一　騊(ㄊㄠˊ)駼(ㄊㄨˊ)❶馬(ㄇㄚˇ)。

【注　釋】❶騊駼　良馬名。《逸周書·王會》：「禺氏騊駼。」孔晁注：「騊駼，馬之屬也。」郭注引《山海經》：「北海內有獸，狀如馬，名騊駼，色青。」邢昺疏引《字林》云：「北狄良馬也。」

【語　譯】北方的一種良馬叫騊駼馬。

一九·〇〇二　野(ㄧㄝˇ)馬(ㄇㄚˇ)❶。

【注　釋】❶野馬　獸名。一種野生的馬。《逸周書·王會》：「請令以橐駝、白玉、野馬、騊駼、駃騠、良弓為獻。」朱右曾校釋：「野馬，如馬而小，出塞外。」《戰國策·宋衛策》：「智伯欲伐衛，遺衛君野馬四百。」目前中國北方仍有出產。被列為保護動物，嚴禁捕獵。另外，在古代漢語中，野馬也常指野外蒸騰的水氣。《莊子・逍遙遊》：「野馬也，塵埃也。生物之以息相吹也。」郭象注：「野馬者，遊氣也。」成玄英疏：「此言青春之時，陽氣發動，遙望藪澤之中，猶如奔馬，故謂之野馬也。」

【語　譯】北方的一種良馬叫野馬。

一九・〇〇三　駮❶，如馬，倨牙❷，食虎豹。

【注　釋】❶駮　傳說中的猛獸名。狀如馬，食虎豹。《山海經・西山經》：「(中曲之山)有獸焉，其狀如馬，而白身黑尾，一角，虎牙爪，音如故音，其名曰駮。」❷倨牙　曲牙。《後漢書・馬融傳》：「鷙獸毅蟲，倨牙黔口。」

【語　譯】駮，形狀像馬一樣，曲牙，吃老虎豹子。

一九・〇〇四　騉蹄❶，趼❷，善陞❸甗❹。

【注　釋】❶騉蹄　良馬名。蹄平正，善登高。郭注：「騉蹄，蹄如趼而健上山，秦時有騉蹄苑。」❷趼　獸蹄平正。❸陞　本或作「升」，登。❹甗　通「巘」。山嶺。《詩・大雅・公劉》：「陟則在巘，復降在原。」毛傳：「巘，小山，別於大山也。」

【語　譯】騉蹄是一種馬，蹄趾平正，善於登山。

一九・〇〇五　騉駼❶，枝蹄❷趼，善陞甗。

【注　釋】❶騉駼　良馬名。馬身而牛蹄，善登高。郭注：「騉駼亦似馬而牛蹄。」邢昺疏：「騉駼，馬名。」張衡〈西京賦〉：「陵重巘，獵騉駼。」❷枝蹄　指蹄有歧趾長出。俞樾《群經平議・爾雅二》：「馬蹄之枝分者謂之枝蹄。」

【語　譯】騉駼馬蹄有歧趾而蹄底平正，善於登高爬山。

一九・〇〇六　小領❶，盜驪❷。

【注　釋】❶領　指頸項。《詩・衛風・碩人》：「領如蝤蠐，齒如瓠犀。」❷盜驪　古代傳說周穆王八駿之一。頸細，色淺黑。《穆天子傳》卷一：「天子之駿，赤驥、盜驪。」郭注：「為馬細頸；驪，黑色也。」《史記・趙世家》：「造父取驥之乘匹，與桃林盜驪、驊騮、綠耳，獻之繆王。」

【語　譯】細頸的良馬稱為盜驪。

一九・〇〇七　絕有力，駥❶。

【注　釋】❶駥　八尺高的馬。泛指馬雄壯有力。郭注：「即馬高八尺。」郝疏：「釋文：『駥，本作戎。』按：〈釋詁〉：『戎，大也。』馬高大而有力，故被斯名。」今本《周禮・夏官・廋人》「駥」作「龍」。宋樓鑰〈再題行看子〉詩：「韓生所貌定傑出，七尺為騋八尺駥。」

【語　譯】極其強壯有力的馬稱為駥。

一九・〇〇八 膝上皆白，惟馵❶。四骹❷皆白，驓❸。四蹢❹皆白，首❺。前足皆白，騱❻。後足皆白，狗❼。前右足白，啟；左白，踦。後右足白，驤；左白，馵。

【注釋】❶馵　指後足白色的馬。《易・說卦》：「其於馬也，為善鳴，為馵足，為作足，為的顙。」孔穎達疏：「為馵足，馬後足白為馵，取其動而見也。」《詩・秦風・小戎》：「文茵暢轂，駕我騏馵。」毛傳：「左足白曰馵。」❷骹　小腿。《說文》：「骹，脛也。」亦指脛骨近腳細的部位。《文選》潘岳〈射雉賦〉：「奮勁骹以角槎，瞵悍目以旁睞。」徐爰注：「骹，脛也。」❸驓　膝下白色的馬。唐張說〈大唐開元十三年隴右監牧頌德碑〉：「差其毛物，則有蒼白驪黃……騧駮驓駩。」❹蹢　獸蹄。《詩・小雅・漸漸之石》：「有豕白蹢，烝涉波矣。」毛傳：「蹢，蹄也。」❺首　邵疏作「前」，郝疏作「騎」。郭注：「俗呼為踏雪馬。」❻騱　前足全白的馬。❼狗　後足全白的馬。

【語譯】膝以上全白的馬稱為馵。膝下四脛全白的馬稱為驓。四蹄全白的馬稱為首（騎）。前足全白的馬稱為騱。後足全白的馬稱為狗。右前足白的馬稱為啟。左前足白的馬稱為踦。右後足白的馬稱為驤。左後足白的馬稱為馵。

一九・〇〇九 駵❶馬白腹，騵❷。驪馬白跨❸，驈❹。白州❺，驠❻。尾本白，騴❼。尾白，駺。馰顙❽，白顛。白達❾，素縣。面顙皆白，惟駹。

【注　釋】❶騂　同「騮」。紅色黑鬣尾的良馬。《詩・魯頌・駉》：「有騂有雒。」毛傳：「赤身黑鬣曰騂。」❷騵　赤身白腹的馬。《詩・大雅・大明》：「檀車煌煌，駟騵彭彭。」毛傳：「騮馬白腹曰騵。」《淮南子・主術》：「伊尹賢相也，而不能與胡人騎騵馬而服騊駼。」❸驪馬白跨　驪馬，深黑色的馬。《詩・魯頌・駉》：「有驪有黃。」毛傳：「純黑曰驪。」《禮記・檀弓上》：「夏后氏尚黑……戎事乘驪。」鄭注：「馬黑色曰驪。」郝疏：「白跨，股腳白也。釋文引《蒼頡篇》云：『跨，兩股間。』」❹驈　身黑股白的馬。《詩・魯頌・駉》：「薄言駉者，有驈有皇。」毛傳：「驪馬白跨曰驈。」❺州　通「尻」。臀部。❻驠　白臀的馬。明余光〈北京賦〉：「騂騮騕褭，驠騏騊駼。」❼騴　尾巴根部呈白色的馬。❽馰顙　亦作「的顙」、「的盧」。額白色的馬。郭注：「戴星馬也。」顙，指額。❾白達　指鼻子白色的馬。

【語　譯】腹部毛白的騮馬稱為騵。胯部毛白的黑馬稱為驈。臀部毛白的馬稱為驠。尾根部毛白的馬稱為騴。尾巴毛白的馬稱為駺。前額白色的馬稱為白顛。鼻子白色的馬稱為素縣。面和額都白的黑馬稱為駹。

一九・〇二〇　回毛❶在膺❷，宜乘。在肘後，減陽。在幹❸，茀方。在背，闋廣。

【注　釋】❶回毛　即旋毛。拳曲的馬毛。郭注：「樊光云：『伯樂相馬法，旋毛在腹下如乳者，千里馬。』」❷膺　《國語・魯語下》：「請無瘠色，無洵涕，無掐膺，無憂容。」韋昭注：「膺，胸也。」《楚辭・九章・惜誦》：「背膺牉以交痛兮，心鬱結而紆軫。」❸幹　指馬脅。

【語　譯】旋毛在胸部的馬稱為宜乘。旋毛在肘後的馬稱為減陽。旋毛在脅部的馬稱為茀方。旋毛在背部的馬稱為闋廣。

一九·〇二一 逆毛，居馻❶。

【注釋】❶馻 馬毛逆刺。

【語譯】毛逆著長的馬稱為居馻。

一九·〇二二 騋❶：牝❷，驪；牡❸，玄；駒❹，褭驂❺。

【注釋】❶騋 高七尺的馬。《說文》：「馬七尺為騋，八尺為龍。」《周禮·夏官·庾人》：「馬八尺以上為龍，七尺以上為騋，六尺以上為馬。」❷牝 鳥獸的雌性。《太平廣記》卷四三四引《原化記·光祿屠者》：「光祿廚欲宰牝牛，牛有胎，非久合生。」❸牡 鳥獸的雄性。《詩·邶風·匏有苦葉》：「濟盈不濡軌，雉鳴求其牡。」《史記·封禪書》：「祠黃帝用一梟破鏡……馬行用一青牡馬。」❹駒 二歲的馬。泛指少壯的馬。《周禮·夏官·校人》：「春祭馬祖，執駒。」鄭注引鄭司農曰：「二歲曰駒。」《莊子·天下》：「孤駒未嘗有母。」❺褭驂 小馬的別名。一說古駿馬名。即騕褭。

【語譯】騋是七尺高的馬：雌的稱為驪；雄的稱為玄；馬駒稱為褭驂。

一九·〇二三 牡曰騭，牝曰騇。

【語譯】公馬稱為騭，母馬稱為騇。

一九·〇一四　駵白，駁。黃白，騜。駵馬黃脊，騝。驪馬黃脊，騽。青驪，駽。青驪驎❶，驒。青驪繁鬣，騥。驪白雜毛，駂。黃白雜毛，駓。陰白雜毛，駰。蒼白雜毛，騅。彤白雜毛，騢。白馬黑鬣，駱。白馬黑脣，駩。黑喙，騧。一目白，瞯。二目白，魚❷。

【注釋】❶驎　斑紋像魚鱗一樣的馬。郝疏引孫炎曰：「色有淺深似魚鱗也。」《集韻·真韻》：「驎，馬班文。」❷魚　指兩目毛色白的馬。《詩·魯頌·駉》：「有驔有魚。」毛傳：「二目白曰魚。」王引之《述聞》：「二目毛色白曰魚。」

【語譯】毛色紅白相間的馬稱為駁。毛色黃白相間的馬稱為騜。黃脊背的紅馬稱為騝。黃脊背的黑馬稱為騽。青黑色的馬稱為駽。青黑色有魚鱗狀斑紋的馬稱為驒。青黑色多長鬃毛的馬稱為騥。毛色黑白相雜的馬稱為駂。毛色黃白相雜的馬稱為駓。毛色淺黑與白相雜的馬稱為駰。毛色蒼白相雜的馬稱為騅。毛色紅白相雜的馬稱為騢。黑色長鬃的白馬稱為駱。黑色嘴唇的白馬稱為駩；黑嘴的黃馬稱為騧。一隻眼毛色白色的馬稱為瞯，兩隻眼毛色都是白色的馬稱為魚。

一九·〇一五　「既差我馬❶」，差，擇也。宗廟齊毫，戎事齊力，田獵齊足。

【注釋】❶既差我馬　語出《詩·小雅·吉日》。

【語　譯】「既差我馬」，差，選擇的意思。宗廟祭祀的時候要選擇毛色純的馬，行兵打仗的時候要選擇強壯有力的馬，田獵的時候要選擇腳力特別好的馬。

馬屬❶。

【注　釋】❶馬屬　解釋各種各樣的馬名。

【語　譯】馬屬是各種各樣的馬名。

一九·〇一六　摩牛❶。

【注　釋】❶摩牛　大牛。郭注：「出巴中，重千斤。」郝疏：「野牛也，郭云『出巴中』者，今此牛西寧府西寧衛，大者千餘斤。摩之為言莽也，莽者大也。今俗云莽牛即此。」

【語　譯】大牛叫摩牛。

一九·〇一七　犦牛❶。

【注　釋】❶犦牛　就是「封牛」。一種頸肉隆起的野牛，郭注：「即犎牛也，領上肉犦胅起，高二尺許，狀如橐駝，肉鞍一邊，健行肯日三百餘里。」

【語　譯】頸肉隆起的野牛叫犦牛。

一九・〇一八 犤（ㄆㄧˊ）牛（ㄋㄧㄡˊ）❶。

【注釋】❶犤牛 矮小短足的牛。郭注：「犤牛庳小，今之𤛓（𤜫）牛也。又呼果下牛。出廣州高涼郡。」

【語譯】南方的一種矮小的牛叫犤牛。

一九・〇一九 犩（ㄨㄟˊ）牛（ㄋㄧㄡˊ）❶。

【注釋】❶犩牛 中國古代西南山區一種很大的野牛。又稱「犪牛」或「夔牛」。郭注：「如牛而大，肉數千斤，出蜀中。《山海經》曰：『岷山犪牛。』」

【語譯】大野牛叫犩牛。

一九・〇二〇 犣（ㄌㄧㄝˋ）牛（ㄋㄧㄡˊ）❶。

【注釋】❶犣牛 即犛牛。一說犏牛。郭注：「旄牛也。髀、膝、尾皆有長毛。」《廣韻・葉韻》：「犣，牛牡。」

【語譯】旄牛叫犣牛。

一九・〇二一 犝（ㄊㄨㄥˊ）牛（ㄋㄧㄡˊ）❶。

【注釋】❶犝牛　無角小牛。郭注：「今無角牛。」《正字通・牛部》：「犝，舊注音同，牛無角。按：小牛無角曰童牛，小羊無角曰童羖，皆取童稚義，通作童。」

【語譯】無角的小牛叫犝牛。

一九・〇二二

犑(ㄐㄩˊ)❶牛(ㄋㄧㄡˊ)。

【注釋】❶犑　牛名，具體不詳，待考。

【語譯】犑牛是一種牛。

一九・〇二三

角(ㄐㄩㄝˊ)一(ㄧ)俯(ㄈㄨˇ)一(ㄧ)仰(ㄧㄤˇ)，觭(ㄐㄧ)❶；皆(ㄐㄧㄝ)踊(ㄩㄥˇ)，觢(ㄕˋ)❷。

【注釋】❶觭　角一俯一仰貌。《易・睽》「見輿曳，其牛掣」唐陸德明釋文：「掣，荀作觭。」❷觢　兩角直豎的牛。

【語譯】牛的兩角一低一高稱為觭，牛的兩角都向上豎起稱為觢。

一九・〇二四

黑(ㄏㄜˋ)脣(ㄔㄨㄣˊ)，犉(ㄖㄨㄣˊ)❶。黑(ㄏㄜˋ)眥(ㄗˋ)❷，牰(ㄧㄡˋ)❸。黑(ㄏㄜˋ)耳(ㄦˇ)，犚(ㄨㄟˋ)❹。黑(ㄏㄜˋ)腹(ㄈㄨˋ)，牧(ㄇㄨˋ)。黑(ㄏㄜˋ)腳(ㄐㄩㄝˊ)，犈(ㄑㄩㄢˊ)❺。

【注釋】❶犉　黑脣的牛。《詩・小雅・無羊》：「誰謂爾無牛，九十其犉。」毛傳：「黃牛黑脣曰犉。」

❷眥　上下眼瞼的接合處。近鼻處為內眥，近鬢處為外眥，通稱眼角。《列子・湯問》：「離朱、子羽方晝拭眥

揚眉而望之，弗見其形。」《史記・司馬相如列傳》：「弓不虛發，中必決眥。」❸牰　眼眶呈黑色的牛。❹犚　耳呈黑色的牛。❺犈　腳黑的牛。

【語　譯】黑嘴唇的牛稱為犉。黑眼眶的牛稱為牰。黑耳朵的牛稱為犚。黑肚皮的牛稱為牧。黑腳的牛稱為犈。

一九・〇二五　其（ㄑㄧˊ）子（ㄗˇ），犢（ㄉㄨˊ）❶。

【注　釋】❶犢　小牛。《禮記・月令》：「〔季春之月〕犧牲駒犢，舉書其數。」

【語　譯】小牛稱為犢。

一九・〇二六　體（ㄊㄧˇ）長（ㄔㄤˊ），犕（ㄅㄟˋ）。

【語　譯】身體長的牛稱為犕。

一九・〇二七　絕（ㄐㄩㄝˊ）有（ㄧㄡˇ）力（ㄌㄧˋ），欣（ㄒㄧㄣ）❶犌（ㄐㄧㄚ）❷。

【注　釋】❶欣　邵疏、阮校均以「欣」字為衍文。❷犌　力氣極大的牛。

【語　譯】極其強壯有力的牛稱為犌。

牛屬❶。

【注釋】❶牛屬　是解釋各種各樣的牛名。

【語譯】牛屬是各種各樣的牛名。

一九·〇二八

羊：牡，羒❶；牝，牂❷。

【注釋】❶羒　白色的大公羊。郭注：「謂吳羊白羝。」郝疏：「羝，牡羊也。吳羊，白色羊也。羒蓋同墳，言高大也。」❷牂　母羊。《莊子·徐無鬼》：「吾未嘗為牧而牂生於奧，未嘗好田而鶉生於宎。」《韓非子·五蠹》：「千仞之山，跛牂易牧者，夷也。」

【語譯】羊：雄的稱為羒；雌的稱為牂。

一九·〇二九

夏羊❶：牡，羭❷；牝，羖❸。

【注釋】❶夏羊　黑色羊。因夏后氏尚黑，故名。明李時珍《本草綱目·獸部一·羊》：「生江南者為吳羊，頭身相等而毛短。生秦晉者為夏羊，頭小身大而毛長；土人二歲而翦其毛，以為氈物，謂之緜羊。」❷羭　黑色的母羊。《列子·天瑞》：「老羭之為猨也。」張湛注：「羭，牝羊也。」❸羖　黑色的公羊。亦泛指公羊。《詩·小雅·賓之初筵》：「俾出童羖。」《史記·秦本紀》：「吾媵臣百里奚在焉，請以五羖羊皮贖之。」按：該條程瑤田《通藝錄》云：「當作『夏羊：牡，羖；牝，羭』」。今譯從之。

【語　譯】夏羊：雄的稱為羖；雌的稱為羭。

一九·○三○ 角不齊，觤❶。角三觠❷，羷❸。

【注　釋】❶觤　羊角不齊整。邢昺疏：「羊角不齊，一長一短者，名觤。」❷觠　牛羊角捲曲貌。《北史・司馬子如傳》：「司馬子如本從夏州策一杖投相王，王給露車一乘，觠牸牛犢。」❸羷　角捲三匝的羊。

【語　譯】羊角不齊、一長一短的羊稱為觤。羊角捲曲三匝的羊稱為羷。

一九·○三一 羳羊❶，黃腹。

【注　釋】❶羳羊　黃腹的羊。郭注：「腹下黃。」郝疏：「李時珍云，即黃羊也。狀與羊同，但低小細肋，腹下帶黃色，其耳甚小，西人謂之壐耳羊。」

【語　譯】羳羊是指腹下毛黃的羊。

一九·○三二 未成羊，羜❶。

【注　釋】❶羜　出生五個月的小羊。亦泛指未長大的小羊。《詩・小雅・伐木》：「既有肥羜，以速諸父。」毛傳：「五月生，未成羊也。」

【語　譯】未長大的羊稱為羜。

一九·○三三 絕❶有力，奮。

【注釋】❶絕 副詞。極；最。《詩·小雅·正月》：「終踰絕險，曾是不意。」《史記·伍子胥列傳》：「平王遂自娶秦女而絕愛幸之。」

【語譯】凡極其強壯有力的羊，統稱為奮。

羊屬❶。

【注釋】❶羊屬 解釋各種各樣的羊名。

【語譯】羊屬是各種各樣的羊名。

一九·○三四 犬❶生三，猣❷；二，師；一，玂❸。

【注釋】❶犬 家畜名。俗稱狗。為人類最早馴化的家畜之一。聽覺、嗅覺靈敏。性機警，易於訓練。品種很多，按用途可分為牧羊犬、獵犬、警犬、玩賞犬以及挽曳犬、皮肉用犬等。《詩·小雅·巧言》：「躍躍毚兔，遇犬獲之。」❷猣 犬生三子。❸玂 犬生一子。

【語譯】狗生三子的稱為猣；狗生二子的稱為師；狗生一子的稱為玂。

一九·○三五 未成毫❶，狗。

【注釋】❶毫　長而銳的毛；長毛。《山海經・西山經》：「〔三危之山〕其上有獸焉。其狀如牛，白身四角，其毫如披蓑。」

【語譯】沒有長毛的小狗稱為狗。

一九・〇三六　長喙，獫❶。短喙，猲獢❷。

【注釋】❶獫　長喙獵犬。《詩・秦風・駟驖》：「輶車鸞鑣，載獫歇驕。」毛傳：「獫、歇驕，田犬也，長喙曰獫，短喙曰歇驕。」❷猲獢　一種短嘴的獵狗。晉傅玄〈走狗賦〉：「聆輶車之鸞鑣兮，逸猲獢而盤桓。」猲，《說文》：「猲，短喙犬也。」

【語譯】長嘴的狗稱為獫。短嘴的狗稱為猲獢。

一九・〇三七　絕有力，狣❶。

【注釋】❶狣　體壯高大的狗。

【語譯】極其強壯有力的狗稱為狣。

一九・〇三八　尨❶，狗也。

【注釋】❶尨　多毛的狗。《說文》：「尨，犬之多毛者。」《詩・召南・野有死麕》：「有女如玉，舒而脫脫兮，無感我帨兮，無使尨也吠。」毛傳：「尨，狗也。非禮相陵則狗吠。」馬瑞辰通釋：「尨，蓋田犬、吠犬之通名。」

【語譯】尨指多毛的狗。

狗屬❶。

【注釋】❶狗屬　解釋各種各樣的狗名。

【語譯】狗屬是各種各樣的狗名。

一九·〇三九

雞，大者蜀。蜀子，雓❶。

【注釋】❶雓　大雞的雛雞。

【語譯】雞，大的雞稱為蜀。大雞的雞仔稱為雓。

一九·〇四〇

未成雞，僆❶。

【注釋】❶僆　小雞；雞之未長成者。郭注：「江東呼雞少者曰僆。」章炳麟《新方言·釋動物》：「《爾雅》：『未成雞，僆。』今登來呼小者為小僆，紹興亦爾。或云大僆頭雞。」

【語譯】未長成的雞稱為僆。

一九・〇四一 絕有力，奮。

【語譯】凡極其強壯有力的雞，統稱為奮。

雞屬❶。

【注釋】❶雞屬　是解釋雞類的名稱。

【語譯】雞屬是各種各樣的雞名。

一九・〇四二 馬八尺為駥。

【語譯】身高八尺的馬稱為駥。

一九・〇四三 牛七尺為犉❶。

【注釋】❶犉　身長七尺的牛。泛指大牛。邢昺疏：「《尸子》說六畜云：『大牛為犉，七尺。』故云。」《詩・小雅・無羊》：「誰謂爾無牛，九十其犉。」毛傳：「黃牛黑脣曰犉。」

【語譯】身高七尺的牛稱為犉。

一九·〇四四 羊六尺為羬❶。

【注釋】❶羬 六尺的羊。郭注：「《尸子》曰：『大羊為羬，六尺者。』」

【語譯】身高六尺的羊稱為羬。

一九·〇四五 彘❶五尺為豟。

【注釋】❶彘 豬。《孟子·盡心上》：「五母雞，二母彘，無失其時，老者足以無失肉矣。」《方言》卷八：「豬……關東西或謂之彘，或謂之豕。」《漢書·貨殖傳·巴寡婦清》：「牛千足，羊彘千雙。」顏師古注：「彘，即豕。」

【語譯】身高五尺的豬稱為豟。

一九·〇四六 狗四尺為獒❶。

【注釋】❶獒 高大兇猛的狗。《說文》：「獒，犬如人心可使者。」《書·旅獒》：「西旅獻獒。」孔傳：「西戎遠國貢大犬。」《左傳·宣公二年》：「晉侯飲趙盾酒，伏甲，將攻之。其右提彌明知之……遂扶（趙盾）以下。公嗾夫獒焉，明搏而殺之。」杜預注：「獒，猛犬也。」

【語譯】身高四尺的狗稱為獒。

一九·〇四七 雞三尺為鶤❶。

【注釋】❶鶤 同「鵾」。大雞。郭注：「陽溝巨鶤，古之名雞。」明李時珍《本草綱目・禽部二・雞》：「蜀中一種鶤雞，楚中一種傖雞，並高三四尺。」

【語譯】身高三尺的雞稱為鶤。

六（ㄌㄨˋ）畜（ㄔㄨˋ）❶。

【注釋】❶六畜 釋馬、牛、羊、豕（豬）、狗、雞六種家畜，這六種家畜與人類的關係最密切。

【語譯】六畜是馬、牛、羊、豕、狗、雞六種家畜。

主要引用書目

(加括弧者為引用簡稱)

《周易》(《易》),三國魏王弼注,繫辭以下晉韓康伯注,唐孔穎達疏(孔疏)。

《周易集解》,唐李鼎祚集解(李鼎祚集解)。

《尚書》(《書》),漢孔安國傳(孔傳),唐孔穎達疏(孔疏)。

《書集傳》,宋蔡沈集傳(蔡沈傳)。

《詩經》(《詩》),漢毛亨傳(毛傳),漢鄭玄箋(鄭箋)。

《詩集傳》,宋朱熹集傳(朱熹集傳)。

《毛詩傳箋通釋》,清馬瑞辰通釋(馬瑞辰通釋)。

《春秋左傳》(《左傳》),晉杜預注(杜注),唐孔穎達疏(孔疏)。

《春秋公羊傳》(《公羊傳》),漢何休注,唐徐彥疏。

《春秋穀梁傳》(《穀梁傳》),晉范甯注,唐楊士勛疏。

《儀禮》,漢鄭玄注(鄭注),唐賈公彥疏。

《周禮》，漢鄭玄注（鄭注），唐賈公彥疏。
《禮記》，漢鄭玄注（鄭注），唐孔穎達疏（孔疏）。
《經典釋文》，唐陸德明撰（陸德明釋文）。
《國語》，三國吳韋昭注。
《戰國策》，漢高誘注，宋鮑彪注。
《論語》，魏何晏注，南朝梁皇侃疏，宋邢昺疏。
《孟子》，漢趙岐注，宋孫奭疏。
《莊子》，唐成玄英疏。
《列子》，晉張湛注。
《墨子》，清孫詒讓閒詁。
《管子》，唐尹知章注。
《荀子》，唐楊倞注。
《呂氏春秋》，漢高誘注。
《淮南子》，漢高誘注。
《史記》，漢司馬遷著；南朝宋裴駰集解，唐司馬貞索隱，張守節正義。
《漢書》，漢班固著；唐顏師古注。
《後漢書》，南朝宋范曄著；唐李賢注。

《資治通鑑》，宋司馬光等著；元胡三省注。

《楚辭》，漢王逸注，宋洪興祖補注。

《文選》，南朝梁蕭統編；唐李善注，五臣（呂延濟、劉良、張銑、呂向、李周翰）注。

《爾雅》，晉郭璞注（郭注），宋邢昺疏（邢疏），孫炎注。

《爾雅義疏》，清郝懿行著（郝疏）。

《方言》，漢揚雄著；晉郭璞注。

《說文解字》（《說文》），漢許慎著。

《說文解字注》，清段玉裁注（段注）。

《說文通訓定聲》，清朱駿聲著。

《玉篇》，南朝梁顧野王著。

《廣雅》，三國魏張揖著。

《廣雅疏證》，清王念孫著。

《廣韻》，宋陳彭年等著。

詞語筆畫索引

（收錄詞語以被釋詞為主，按首字筆劃數排列）

十畫

十三畫

新譯李商隱詩選
新譯范文正公選集
新譯蘇洵文選
新譯蘇軾文選
新譯蘇軾詞選
新譯蘇轍文選
新譯曾鞏文選
新譯王安石文選
新譯唐宋八大家文選
新譯柳永詞集
新譯李清照集
新譯辛棄疾詞選
新譯陸游詩文選
新譯歸有光文選
新譯唐順之詩文選
新譯徐渭詩文選
新譯薑齋文集
新譯顧亭林文集
新譯納蘭性德詞
新譯方苞文選
新譯鄭板橋集
新譯袁枚詩文選
新譯李慈銘詩文選
新譯聊齋誌異選
新譯閱微草堂筆記
新譯浮生六記
新譯弘一大師詩詞全編

教育類

新譯爾雅讀本
新譯顏氏家訓
新譯聰訓齋語
新譯曾文正公家書
新譯三字經
新譯百家姓
新譯幼學瓊林
新譯增廣賢文・千字文
新譯格言聯壁

歷史類

新譯史記
新譯漢書
新譯後漢書
新譯三國志
新譯資治通鑑
新譯史記——名篇精選
新譯尚書讀本
新譯周禮讀本
新譯逸周書
新譯左傳讀本
新譯公羊傳
新譯穀梁傳
新譯春秋穀梁傳
新譯戰國策
新譯國語讀本
新譯說苑讀本
新譯新序讀本
新譯吳越春秋
新譯西京雜記
新譯列女傳
新譯越絕書
新譯燕丹子
新譯東萊博議
新譯唐六典
新譯唐摭言

宗教類

新譯金剛經
新譯高僧傳
新譯碧巖集
新譯百喻經
新譯楞嚴經
新譯梵網經
新譯圓覺經
新譯法句經
新譯六祖壇經
新譯禪林寶訓
新譯維摩詰經
新譯經律異相
新譯阿彌陀經
新譯無量壽經
新譯妙法蓮華經
新譯景德傳燈錄
新譯大乘起信論
新譯釋禪波羅蜜
新譯八識規矩頌
新譯永嘉大師證道歌
新譯華嚴經入法界品
新譯地藏菩薩本願經
新譯悟真篇
新譯无能子
新譯坐忘論
新譯列仙傳
新譯抱朴子
新譯神仙傳
新譯性命圭旨
新譯老子想爾注
新譯周易參同契
新譯道門觀心經
新譯養性延命錄
新譯樂育堂語錄
新譯沖虛至德真經
新譯長春真人西遊記
新譯黃庭經・陰符經

地志類

新譯山海經
新譯水經注
新譯佛國記
新譯大唐西域記
新譯洛陽伽藍記
新譯徐霞客遊記
新譯東京夢華錄

政事類

新譯商君書
新譯鹽鐵論
新譯貞觀政要

軍事類

新譯孫子讀本
新譯司馬法
新譯尉繚子
新譯三略讀本
新譯六韜讀本
新譯吳子讀本
新譯李衛公問對

◎新譯幼學瓊林

馬自毅／注譯　陳滿銘／校閱

成書於明末清初的《幼學瓊林》是中國歷代啟蒙讀物中的佼佼者，在近代新式教育興起以前，它一直是家喻戶曉、使用最廣的教育用書之一。因為它內容周遍，舉凡天文、地理、歷史、政治、社會生活各個層面的知識，皆有涉及，有如一本中國文化小百科全書。本書對正文詳為校勘，各種典故和生難詞語注譯詳明，幫助今人掃除閱讀障礙，是部您不容錯過的經典好書。